U0032667

帝國浮夢

日治時期日人作家的南方想像

The Empire's Pipe Dream

The Imaginary South of Japanese Writers during the Japanese Colonial Period

邱雅芳

陳芳明 主編

台灣與東亞

《台灣與東亞》叢刊發行旨趣

陳芳明

「東亞」觀念進入台灣學術界，大約是近十年的事。但歷史上的東亞，其實像幽靈一樣，早就籠罩在這海島之上。在戰爭結束以前，東亞一詞，挾帶著相當程度的侵略性與壟斷性。它是屬於帝國主義論述不可分割的一環，用來概括日本殖民者所具有的權力視野。傲慢的帝國氣象終於禁不起檢驗，而在太平洋戰爭中一敗塗地。所謂東亞概念，從此再也不能由日本單方面來解釋。尤其在跨入一九八〇年代之後，整個東亞地區，包括前殖民地的台灣與韓國，開始經歷史無前例的資本主義改造與民主政治變革。一個新的東亞時期於焉展開。

二十一世紀的國際學界，開始浮現「後東亞」一詞，顯然是相應於後結構主義的思考。所謂「後」，在於強調新的客觀條件已經與過去的歷史情境產生極大差異。在新形勢的要求下，東亞已經成為一個複數的名詞。確切而言，東亞不再是屬於帝國的獨占，而是由東亞不同國家所構成的共同觀念。每一個國家的知識分子都站在自己的立場重新出發，注入殖民時期與戰爭時期的記憶，再定義東亞的政經內容與文化意涵。他們在受害的經驗之外，又具備信心重建主體的價值觀念。因此東亞是一個頗具挑戰性的概念，不僅要找到本身的歷史定位，同時也要照顧到東亞範圍內不同國籍知識分子所提出的文化反省。

東亞的觀念，其實富有繁複的現代性意義。所謂現代性，一方面與西方中心論有千絲萬縷的關係，一方面又與資本主義的引介有相當程度的共謀。當台灣學界開始討論東亞議題時，便立即觸及現代性的核心問題。在歷史上不斷受到帝國支配的台灣，不可能永遠處在被壓抑、被領導的位置。進入一九八〇年代以後，台灣學界開始呈現活潑生動的狀態，許多學術工作已經不能只是限制在海島的格局。凡是發出聲音就必然可以回應國際的學術生態，甚至也可以分庭抗禮。這是一個重要的歷史轉折時期，不僅台灣要與國際接軌，國際也要與台灣接軌。

「台灣與東亞」叢刊的成立，正是鑑於國內學術風氣的日漸成熟，而且也見證研究成果的日益豐碩。這套叢刊希望能夠結合不同領域的研究者，從各自的專業領域嘗試探索東亞議題的可能性。無論是文學、歷史、哲學、社會學、政治學的專業訓練，都可以藉由東亞做為媒介，展開跨領域的對話。東亞的視野極為龐大，現代性的議題則極為複雜，尤其進入全球化的歷史階段，台灣學術研究也因而更加豐富。小小的海島，其實也牽動著當代許多敏感的議題，從歷史記憶到文學審美，從環保行動到反核運動，從民主改革到公民社會，從本土立場到兩岸關係，從經濟升級到勞工遷徙，無不細膩且細緻地開啟東亞思維。本叢刊強調嚴謹的學術精神，卻又不偏廢入世的人文關懷。站在台灣的立場，以開放態度與當代知識分子開啟無盡止的對話。

目次

序論

一

「南方」作為日本帝國的慾望版圖，在廣邈的地理想像中，臺灣是日本拓展南方領地之濫觴。明治維新之後，日本不僅積極投入文明開化、富國強兵的近代國家進程，也開始模仿西方帝國主義的發展路線，逐漸展開對外軍事擴張與殖民主義。[1]在一八九五年得到臺灣之後，殖民地經營成為日本帝國崛起的第一個考驗。對日本政府而言，臺灣統治的成功與否，不僅是日本發展殖民主義的試金石，也攸關日本和歐美列強在亞洲競逐的勢力消長。因此針對臺灣統治的對外宣傳，日本在展示其殖民績效、建構臺灣的知識論上，一方面採取精密數據的統計模式與博物館學式的展示，以彰顯對臺灣的細部監控；另一方面在文化上，從統治初期刻意形塑臺灣的野性氛圍，以呈現日本作為文明啟蒙者的角色。日本在殖民統治階段，對臺灣進行現代化與文明化的工作，持續強調臺灣接受日本統治所帶來的文化影響。南進政策正式確立後，臺灣更被各種南進論述定位為南進基地的戰略位置。隨著戰爭時局逐漸臻於高峰，日本更高舉向南方雄飛的熾熱口號，強調以臺灣作為跳板，宣揚帝國主義往南躍進的壯志。

毫無疑問的，帝國主義與殖民主義的論述，或是謀取殖民地資源的行動，其背後都有強烈的意識形態在支持。明治中期開始，南方作為日本投射帝國慾望的一個想像地理，透過各種文本的鋪陳漸漸建構出一套南進論述。不論是公共政策的社會層面，或是私人意識形態的精神層面，南方論述慢慢滲透成為帝國主義的文化血脈。誠然，這條南方論述系譜可以不必直接和政治權力有關，而可以分別存在於知識性、文化性、道德性的權力之中。藉由殖民地官吏、人類學者、詩人、小說家的各種書寫紀錄，日本帝國的南方主義逐漸具體成形。[2]串連這些不同的領域，顯示文化與擴張的帝國有所牽連。在成為臺灣的殖民主之後，如同西方人用東方主義去建構他們想像的東方一般，日本也透過各種論述去形塑他們的南方概念。從而，臺灣作為帝國慾望的一部分，形成一個龐大的「南方」知識體系。關於臺灣／南方的各種知識，日本從一無所知到全面掌控，逐漸化為複雜而精緻的技術，體現了文化霸權的無遠弗屆。

在文學書寫上，南方的想像最耐人尋味。島田謹二在《華麗島文學志》中詳述明治時期內地文學中所展現的臺灣。[3]就文學生產而言，日本在領臺初期，出現許多以臺灣為背景的文學作品，從內容來說可以分為三大類型：一是和征臺軍事有關；二是家人渡臺不歸（或不得歸），徒留親人在內地的家庭悲劇；三是以前往臺灣工作的內地人官吏或民間人士為題材。這些作品的出現，是因為臺灣作為日本的第一個海外領地，日本國民對臺灣事物產生濃厚興趣。又因為一般大眾對臺灣知識

1　殖民主義國家會強制將自身的社會文化、宗教與語言加諸於被征服的民族身上。所以殖民主義（Colonialism）實質上是一個比較強大的國家直接干預比較弱小的國家的政治、經濟和文化的系統。雖然殖民主義一詞常與帝國主義（Imperialism）交換使用，但帝國主義一詞較常被使用，因為該詞包括非正式的對該地區的控制，以及正式的軍事控制或經濟操控作用。

2　透過矢野暢《「南進」の系譜》一書的參考文獻，可以概括日本從明治到昭和時期的各種南進論述，有年鑑、圖書目錄、外交關係資料、雜誌、專論與單篇論文、傳記、地方史、旅行記等文體。請參閱矢野暢，《「南進」の系譜》（東京：中央公論社，一九九七），頁二〇六—二二〇。

3　島田謹二，《華麗島文學志》（東京：明治書院，一九九五）。

相當貧乏，文學者遂利用國民的好奇心，積極以臺灣為創作主題，而成為具有特殊類型的想像敘事。島田謹二特別指出四位作家：廣津柳浪（一八六一—一九二八）、尾崎紅葉（一八六八—一九〇三）、德富蘆花（一八六八—一九二七）、田山花袋（一八七二—一九三〇）的文學創作，透過他們的臺灣觀，轉化成為一般日本讀者的臺灣印象，甚至留下深刻的誤解。[4]在看待臺灣關係時，日本總是站在有力的一方，縱然作品多屬想像之物，甚至以政治小說的型態出現，卻都是日本帝國主義勢力的露骨展示。這種南方書寫熱潮，在一九〇四至一九〇五年前後卻突然消退，那是因為日俄戰役將日本國民的目光拉向北方，[5]而稍稍轉移對南方的注意。

誠如島田謹二所言，明治時期的臺灣書寫，除了少數幾位作者是參與領臺戰役或以官方派遣身分短暫來臺而留下詩作短歌，例如森鷗外、正岡子規、渡邊香墨、山田義三郎、伊良子清白等人，[6]其餘多數作品幾乎出於虛構，並非作者親身的臺灣體驗。在《華麗島文學志》第六章：「取材自臺灣的寫生文作家」，島田謹二提出日治時期以臺灣為取材對象的散文作品，亦即內地作家的臺灣紀行，當以佐藤春夫的《霧社》為第一位，[7]而他的小說〈女誡扇綺譚〉也是文學傑作，具備冶豔的異國情調。儘管佐藤春夫的旅行者身分，並不符合島田謹二外地文學論所規範的外地作家身分，他還是在《華麗島文學志》以專論分析佐藤春夫的臺灣書寫，[8]顯示佐藤春夫對在臺日人作家的文學影響是不可小覷。佐藤春夫作為臺灣荒廢美系譜書寫的開端，他開啟後輩作家的想像，尤其是中村地平與西川滿，受佐藤春夫的影響至鉅。佐藤春夫也是吸引筆者展開日人作家研究的起點，透過佐藤春夫及其文學影響的探索，進而發現日人作家在塑造殖民地圖像的一條南方系譜。毫無疑問的，日本人的南方觀，指涉廣泛的地理與範疇，尤其在明治時期逐步成形的南進論述中，日本帝國對於南方的慾望愈來愈膨脹。耐人尋味的是，日本帝國逐步建構的南方論述中，臺灣占據怎樣的位置？本書圍繞的「南方」，主要聚焦於日人作家的臺灣想像之上。無可避免的，在處理這些作家作品時，還是兼論他們對於南洋或是中國的文學書寫，但是臺灣作為他們南方想像的親臨原點是無庸置疑的。這些帶有深刻暗示的帝國文本，從日本帝國主義的發展史上來檢視，在政治對文學的動員關係上形成深刻的影響。

本書的書寫動機，即在於探討從明治中期以降日人作家的臺灣書寫，尤其聚焦在小說與紀行文體的南方想像之上。筆者縱貫討論一九一〇年代前後乃至一九四〇年代的日人作家作品，主要對象

4 島田謹二，〈明治の內地文学に現われたる台湾〉，《臺大文學》四卷一號（一九三九年四月）。本文後來收入島田氏著，《華麗島文學志》（東京：明治書院，一九九五），頁六一—六三。島田謹二重點提出的四位作家廣津柳浪、尾崎紅葉、德富蘆花、田山花袋，都是明治時期的著名作家。

5 日俄戰爭（一九〇四年二月六日—一九〇五年九月五日）是俄國與日本為爭奪在朝鮮半島和當時的滿洲地區（即中國東北）的戰爭。日俄戰爭促成日本在東北亞獲取軍事優勢，並得到在朝鮮、滿洲駐軍的能力。此外，日俄戰爭的陸地戰場是清朝領土的東北地區，而清朝政府卻被逼宣布中立，甚至為這場戰爭專門劃出了一塊交戰區。

6 除了漢詩作品外，森鷗外也有留下像《能久親王事蹟》（東京偕行社內棠陰会編纂，東京：春陽堂，一九〇八）的領臺役人物撰述。

7 關於島田謹二對《霧社》的評價，請參閱島田氏著，〈台湾に取材せる写生文作家〉，《華麗島文學志》（東京：明治書院，一九九五），頁二五五。另外，島田謹二的相關研究，將於本書第四章中探討。

8 島田謹二，〈佐藤春夫氏の「女誡扇綺譚」〉，《臺灣時報》（一九三九年九月）。本文後來收入島田氏著，《華麗島文學志》（東京：明治書院，一九九五），頁三五〇—三八五。

包括一九一〇年代前後的竹越與三郎、中村古峽，一九二〇年代的佐藤春夫，一九三〇年代的中村地平、真杉靜枝，一九四〇年代的西川滿與《文藝臺灣》。在各章節中也涉及作家作品相關的文化脈絡與歷史脈絡。不同歷史階段的書寫，往往呈現不同的南方論述。佐藤春夫以降的臺灣書寫，是令人注目的部分。不過，值得注意的是，一九〇五年到一九二〇年的小說紀行文類，卻是一段文學史上的空白，《華麗島文學志》未深入討論。島田謹二沒有留下紀錄，並非代表這段時間沒有出現優秀作品，在此之前，有隱藏的一些線索聯繫著南方書寫的系譜。本書以竹越與三郎與中村古峽為出發點，就是為了彌補這個缺口。這兩位作者雖然另有政治家和心理學者的專業身分，卻和文學界有極深淵源。他們兩位都曾來過臺灣，各自創作了極為傑出的臺灣相關作品，這是在一九一〇年代前後的事，可分別代表明治末期到大正初期官方觀點與民間觀點的臺灣印象。尤其是中村古峽的臺灣原住民書寫，並不亞於佐藤春夫。他以忐忑心情在臺灣南部展開探險旅程，和佐藤春夫觀光（sightseeing）的現代旅者姿態，誠然具有不同的文學表情。在此之後，本書接續討論佐藤春夫，在他的文學影響系譜中，中村地平與西川滿相當鮮明地承繼了他的南方想像。

日本從明治中期開始展開「南進論」，在其文化與帝國主義的發展路線上，透過各種文本逐步建構出一條再現臺灣／南方的系譜，南進論述也逐漸成為日本帝國擴張過程中的集體無意識。本書的主體架構，在於探討日治時期日人作家的臺灣書寫與南進論述，分析這些文本的殖民地意象或南方思維以何種策略現身。不論是明治末期到大正初期的殖民地圖像，或是一九二〇年代以降佐藤春夫的臺灣原住民書寫，乃至西川滿的臺灣歷史文本，一條南方論述的系譜學逐漸在文學地理中清晰浮現。南方的地理位置，是以日本為主體而出發的，涉及到邊陲與中心的概念。臺灣作為帝國慾望的客體，透過各種南方論述，從模糊的概念也逐漸顯現清晰的形體。到了南進政策明確的階段，「前進南方」已不再是潛藏在個人內心的集體無意識，它一躍而為昭然若揭的意志、隨處可見的口號。南方的空間範疇，透過大東亞共榮圈與南進政策的帝國宣傳，在日人作品中展演了延伸空間、延長時間的可能。未名的南方，可以是從點到圈的擴張，也是帝國無限膨脹的慾望。會選擇這些日人作家與文本，在於他們各年代的象徵性意義。本書企圖釐清這條系譜的南方形象之演變，並且分析日人作品在南進政策下以臺灣為客體的造像過程。值得注意的是，臺灣成為帝國龐大慾望的指涉對象，在日治時期日人作品中，殖民地想像與南方思維隨著殖民政策的轉變而出現微妙的衍異過程。這些作品具體呈現了文化和帝國主義的關係。薩依德說過，創作者的文學生產深深地置身於他們社會的歷史當中，在不同程度上被其歷史以及他們的社會情境所形塑，作品所包含的文化與文學形式衍生自歷史經驗，但這些作者也同時形塑了後者，這是無庸置疑的。[9]

臺灣文學所蘊含的文化意義是多重皺摺的，絕對無法把文學單獨處理，而需要藉助更多不同學術訓練來開發文學所負載的繁複而豐富的社會、政治、歷史、語言、文化之暗示。因此，將日人作品用歷史學、政治學、人類學的觀點來重新解讀是必要的。自二十世紀末以降，日治時期臺灣文學的相關討論，已經能夠擺脫戰後以來的殖民／反殖民二元論的對立觀點，朝向更為繁複而細緻的討論。許多曾經涉及國族認同或是意識形態的禁忌議題，無疑可以透過再閱讀與再詮釋的方式，開放

9 愛德華・薩依德（Edward W. Said）著，蔡源林譯，《文化與帝國主義》（*Culture and Imperialism*）（臺北，立緒，二〇〇一），頁一六—一九。

文學觀與史觀的解釋。原始文獻的復刻出版，則彰顯出親近文學原典的重要性。近年來，學界更進一步將臺灣置放在亞洲的空間位置與時間脈絡中討論，以東亞的文化視野來重新審視日治時期的臺灣文學生產。

就東亞文學與後殖民主義的觀點而論，日治時期日人作家臺灣書寫的發展，誠然具有複調（polyphonic）的文化意涵。文化自身是一個包含細緻化與提升性要素的概念，它也會被許多政治與意識形態主張在其上彼此相互交涉。這些帶有豐富暗示的帝國文本，和日本從明治時期以降的南進論述，甚至昭和時期的大東亞共榮圈構想，在政治對文學的動員關係上形成深刻的影響。不可否認的，作品所呈現出來的文化思維與美學形式，乃是衍生自每位作者的歷史經驗。南方作為帝國慾望的一部分，自明治中期以降逐漸在文學之上形成一條「南方」的系譜。追根究柢，帝國的政治與文化之間的聯繫是極其直接的。釐清這條帝國書寫系譜的南方形象之演變，不僅有助於分析日人文學在臺灣書寫的造像過程，也能窺探日人作家在南進政策下的文藝協力關係，亦可看出其中所蘊含的知識傳播與權力的結構關係。從而，本書在論述上也盡量避免以單一的歸類來看這些文本，不論是文學或是藝術創作，每一個文本都是獨特的，它們再現的意義不僅具有差異性，其文化意涵也是混雜、綜合、非純粹的，在於讓這條南方敘事逐漸浮出文學地表。

二

在十九世紀中葉以前，日本和世界維持了相當的距離，德川幕府以鎖國政策隔絕日本與西方之間的聯繫。一八五三年美國要求幕府開國並通商，翌年的《神奈川條約》，日本開啟下田及箱館（現函館）二個港口，鎖國體制從此消解崩壞。西方的入侵促使德川幕府倒臺，在短暫的紛亂局勢後，日本展開明治維新，接受西方的現代化思維，並且吸納歐洲的進步思想與科學技術。在歷經徹底改造之後，日本的國力漸進強化，隨之逐步廢除與西方簽訂的不平等條約，收回國家主權，擺脫淪為殖民地的危機。後來分別在中日甲午戰爭（一八九四）與日俄戰爭（一九〇四—一九〇五）擊敗了大清帝國與沙皇俄國，成為新興的亞洲強國。[10]日本的振起，在相當程度上也帶給歐洲列強極大的刺激。當時由福澤諭吉所提出的「脫亞入歐」論，主張日本擺脫亞洲的落後行列，轉向與歐洲列強共進退，則成為日本遂行帝國擴張主義的思考方向。[11]而從明治中期以降，日本的有識者開始發展「南進論」，主張藉助「海洋」的力量往南方前進，宣稱南洋是日本人海外進出最合適的地域。為了合理化帝國主義的發展，「南進論」強調，日本前進南方是具有使命性的，目的是要改造南洋的未開發性、政治的落後性；同時也在向歐洲列強宣示，開發海外殖民地不再是西方的特權。

近代日本的未來該往何方？國民的明日將有何企望？這兩個議題，恐怕是從明治以降日本官方

10　斯塔夫里阿諾斯（Lefften Stavros Stavrianos）著，吳象嬰、梁赤民譯，《全球通史》（下）（*A Global History: From Prehistory to the 21st Century*）（上海：上海社會科學院，一九九九），頁五八五—五八九。

11　福澤諭吉（一八三五—一九〇一）終其一生都致力於發揚西方文明，介紹西方政治制度以及文化價值觀。一八八五年他在《時事新報》發表著名的短文〈脫亞論〉，主張日本在明治維新之後應該要體察世界現況，放棄陳腐的儒教文化，轉而學習西洋文明。而位處鄰國的中國與朝鮮，至今仍處於滯怠不進的文化落後狀態，他呼籲要與這種損友般的國家絕交，進一步與歐洲的文明國家共進退。

與民間有識之士都亟欲找尋的答案。歐洲人的海外拓殖活動，顯然占據了明治時期日本人的目光。在工業革命之後，歐洲列強在政治上控制了亞洲的大部分地區和幾乎整個非洲。工業革命促進生產率的提高與醫學的進步，卻也造成了歐洲人口的急遽增加，通過海外遷移可以讓人口壓力得到紓解，而歐洲龐大的殖民地系統也因此在亞非地區建立。相對於傳統的帝國主義，十九世紀歐洲的新帝國主義除了經濟剝削，也攜來了對殖民地經濟結構與社會結構的改變。從而，亞非地區不僅是政治領域的歐化，也是經濟與文化上的歐化。到十九世紀末為止，歐洲的政治、經濟和文化均居於強勢地位，白種人自然認為這是源自於他們文明與種族的優越性，更把開拓海外殖民地視為一種天職，因為他們有義務指導四肢發達、頭腦簡單的有色劣等種族。這種論調其實是要合理化歐洲人對於侵略地區的政治干預與經濟剝奪，他們稱之為「白人的責任」。[12]

十九世紀末葉崛起於東亞的日本帝國，透過學習西方的科學技術以達到發展近代國家的條件；日本人不僅複製了西方的現代化，也複製了西方的帝國思維。日本明治到昭和時期的史學評論家、政治家竹越與三郎在他一九〇五年的著作《臺灣統治志》，曾經對日本是否具備帝國的政治能力自我提問：「白種人很久以來就相信：拓殖尚未開化的疆土並為其帶來文明的德澤，是他們所要擔負的責任。現在日本國民正從極東的海洋崛起，希望分擔白種人的大任。不知道我國民果真是否具有完成黃種人的承擔的才幹？臺灣統治的成敗，可說是解決這個問題的試金石。」[13]透過這段話，可以窺探他對臺灣統治的信心。他隨後在一九一〇年還出版《南國記》，對東南亞各殖民地政情有敏銳的觀察，這本書在當時引起了廣大的迴響，也召喚出許多日本人的南方想像。[14]

在竹越與三郎的時代，他只是南進論的支持者之一，當時日本政府內部對於帝國主義的擴張方向，基本上存有「南進」和「北進」兩種不同的論調。在一八七四年，日本先對臺灣出兵進而占領琉球。日清戰爭後，除了在朝鮮建立鞏固的地位外，還得到一個殖民地臺灣，日俄戰爭的結果則是獲得關東州。一九一四年參加第一次世界大戰後，日本海軍占領了德屬南洋群島，該區在戰後成為日本的委任統治領地，一時之間南進熱潮也因而突然升高。不過，這個時期在日本國內民間的「南進論」的主調，還是以貿易、投資、移民等和平性經濟進出為前提。誠然，這是頗為理想的說法。但是換一個角度來看，經濟因素是歐洲列強開始向外發展的動機，用「和平」的方式達到經濟進出的目的，並非西方帝國的手段。而日本帝國在擴展過程中，利潤與持續獲利的希望，是相當重要的目標。所以日本人的海外商業活動，其實也得到國家勢力作為後盾。[15]這自然是屬於政治力量的干

12 斯塔夫里阿諾斯（Leften Stavros Stavrianos）著，吳象嬰、梁赤民譯，《全球通史》（下）（*A Global History: From Prehistory to the 21st Century*）（上海：上海社會科學院，一九九九），頁六二五—六三三。

13 竹越與三郎，〈台湾統治志を提す〉，《臺灣統治志》（台湾統治志）（東京：博文館，一九〇五），頁一—二。本文參考之復刻本係由（臺北：南天書局，一九九七）。關於竹越與三郎的臺灣論述，將於本書第一章中詳細討論。

14 竹越與三郎，《南國記》（東京：二西社，一九一〇）。此書論述範疇包括了上海、廣東、香港、新加坡、爪哇及荷屬諸島（今印尼一帶）、法屬印度支那、臺灣等地。

15 當第一次世界大戰期間日本國內掀起南進熱潮時，臺灣總督府也再度推展「南支南洋」政策。除了華南的既有或新設之官方設施外，此時期有些新措施支援南洋的日本私人企業，構想藉此在南洋擴大日本經濟力。請參閱鍾淑敏，〈臺灣總督府的「南支南洋」政策——以事業補助為中心〉，《臺大歷史學報》第三四期（二〇〇四年十二月），頁一五八—一五九。

涉，也超越了「和平」這一意義。

日本最初的帝國發展策略，基本上是以朝鮮、滿洲、中國大陸方向北進，但只要有機可乘就南北並進地擴張領土。[16]一九三一年滿洲事變爆發後，雖然日本最後確保了滿洲，在中日戰爭也占領了大陸沿岸一帶，但是當時在國際的地位開始益形孤立。這個時期開始，以武力進出南洋正式成為日本的國家方針。臺灣總督府則利用臺灣的地利，從事華南與東南亞研究。第二次世界大戰期間，日本把國境南端的領土臺灣當作南進基地，作為進攻東南亞的基石。「南進論」的目的，最初雖然是以解決日本國內的經濟問題以及發展海外拓殖為主，到了太平洋戰爭期間演變為基本國策，透過公共論述的直接介入，「前往南方」逐漸成為日本人的集體意志。從而它的傳播系譜，也不只侷限在國家的政治宣傳之上，而牽涉到龐大知識體系的運作；在各種專業領域上，透過人類學家、科學家、歷史學家、地理家、醫學家、作家、畫家、探險家所生產的「南方」文本，包含了人種調查與田野報告、科學研究、政治評論、新聞報導性文件、地圖、熱帶病研究、文學作品、殖民地風景畫、旅遊手冊等，這些不同領域的文本可以相互引用、指涉到彼此，而逐步形構了日本帝國的南進論與南方學。

就日本的文學生產而言，隨著明治到昭和時期「南進論」的形塑過程，混沌未明的南方形象也透過作家的文字書寫而漸具雛形；一個需要被征服、被開拓、被啟蒙的「南方」儼然浮現。從一八八〇年代後期起，日本出現了以南洋為舞臺的冒險故事。[17]猶如十九世紀的歐洲探險家，他們相繼進入非洲，對非洲進行系統性的探險，後來還成為殖民者並從中獲取無盡的利益。歐洲的傳道士，則對非洲的文化具有深遠的影響，他們運用了三大工具：教育、醫學與宗教，改變了非洲人的生活方式。[18]歐洲的文學家也發揮豐富的文學想像，他們或許是大張旗鼓書寫冒險小說，或許是借助謳歌非洲以唾棄文明、回歸自然。旅行與探險的各種書寫在十九世紀後葉，受到廣大讀者的歡迎。無可否認的，現代旅行和帝國主義之間的擴張有密切的關聯。在現代旅行尚未普及的明治時期，對不曾踏出國土的日本人來說，閱讀冒險小說是想像世界的一種方式。日本在二十世紀初，透過媒體的策劃與宣傳，海外旅遊逐漸成為大正時期日本國民休閒生活的一部分，而殖民地臺灣正是海外旅遊活動中的重要目的地之一。[19]位於西太平洋上的亞熱帶島嶼臺灣，在一八九五年成為其殖民地之後，不但讓日本躋身帝國的行列，並初嘗殖民者的支配手段，透過制度化旅行的形成，臺灣更提供他們一個描繪南方的具體模型。中村古峽於一九一三年在《東京朝日新聞》連載的〈到鵝鑾鼻〉，

16　請參閱黃昭堂，《臺灣總督府》（臺北：鴻儒堂，二〇〇三），頁一七七—一八〇。

17　以南洋為舞臺的冒險故事，從一八八〇年代後期到一八九〇年代中，所謂的「南進小說」及「海洋小說」被歸為政治小說的一類而在日本國內享有頗高的人氣。關於日本在明治時期以降較具代表性的南方書寫，請參閱Faye Yuan Kleeman（阮斐娜）, *Under an Imperial Sun: Japanese Colonial Literature of Taiwan and the South*（在帝國的太陽之下：臺灣與南方的日本殖民文學）, Honolulu: University of Hawai Press, 2003, pp. 11-16. 目前臺灣已有中文翻譯本，參閱阮斐娜著，吳佩珍譯，《帝國的太陽下：日本的台灣及南方殖民地文學》（臺北：麥田，二〇一〇），頁三三—三八。

18　斯塔夫里阿諾斯（Leften Stavros Stavrianos）著，吳象嬰、梁赤民譯，《全球通史》（下）（*A Global History: From Prehistory to the 21st Century*）（上海：上海社會科學院，一九九九），頁五九一—六〇三。

19　呂紹理，《展示臺灣：權力、空間與殖民統治的形象表述》（臺北：麥田，二〇〇五），頁三四七。

是他該年到臺灣屏東原住民部落的旅行紀錄。[20]一九一六年刊登在《中央公論》的〈來自蕃地〉，可以說是〈到鵝鑾鼻〉的續篇，也是首篇以臺灣原住民為題材在日本綜合性雜誌發表的作品。[21]這篇紀行文體的小說，描繪主角到臺灣南部的原住民部落旅行。從獵奇到凝視，中村古峽的旅行書寫不僅是異國情調（exoticism）的細膩再現，也深具帝國的文明視線。

不論是明治時期竹越與三郎的《南國記》，或是大正時期中村古峽屏東紀行〈到鵝鑾鼻〉或是異國情調小說〈來自蕃地〉，都不斷指涉出文學在某種程度上參與了帝國主義的海外擴張。南方與蠻荒的殖民地意象，是他們作品中共存的部分；他們的臺灣書寫，展現了盎然趣味與異國情調，對日本讀者有其美學與報導的效果。但是在原住民的野性描寫部分，也有可能加深日本人對臺灣的刻板印象。竹越與三郎與中村古峽的作品，分別可以代表日治初期官方觀點與民間觀點從發現到建構臺灣的認識論，它們更具體而微地展現了日本人的帝國慾望與南方想像。

不過，以臺灣原住民題材為日本讀者帶來廣大影響的作家，還是佐藤春夫的臺灣紀行作品。一九二〇年的夏天，佐藤春夫來臺散心，返日後創作了一系列臺灣相關作品。如果借用後殖民主義的角度，不難看出佐藤春夫的臺灣書寫，尤其是在原住民的刻劃部分，除了帶有越境的異國情調之外，也展現了近代人的文化視域與殖民者的帝國凝視；這些文本蘊含豐饒的隱喻，深具探討價值。從一九二〇年代開始，以佐藤春夫為首的臺灣書寫，在後輩作家當中逐漸形成一條文學系譜，如果深入挖掘，這個系譜顯然還有擴大的可能。自佐藤春夫以降的日人作家，諸如中村地平、真杉靜枝、西川滿與《文藝臺灣》集團的創作，可以逐步勾勒出一條南方敘事的系譜，這也是筆者選擇文本的一個重要條件。從他們的臺灣相關作品，可以發現在文本與文本之間，殖民地臺灣與南方的意象發展出繁複的歧義與隱喻。所謂「臺灣」或者「南方」是如何被發現、認識的，又是如何形成一套投射帝國慾望的話語論述？關於這個認識論的生成背景，顯然涉及了政治干預的力量，並且與日本帝國的海外擴張與南進政策相伴而生。進一步探討，尚且可以窺知佐藤春夫只是這個論述的一位中繼者，該系譜的形成，還能往上、往下追溯至日本統治臺灣初期的各種殖民地／南方敘事。

三

臺灣在日治時期的文學創作，從最初的中、日文並用到戰爭期以日文為主的文藝政策，半世紀以來的臺灣文壇歷經政治動盪，而呈現出錯綜弔詭的文學風貌與作家集團，在臺灣文學發展史上占據重要的位置。然而，二次戰後的政權轉換，國語政策的強勢推展，使日治時代的作家不得不停筆或封筆。五四文學的白話文傳統，開始傳播到臺灣，然而，在嚴苛的反共年代，臺灣文學竟發生雙重斷層：一是與殖民地文學切斷聯繫，一是與三〇年代中國左翼文學完全割裂，使批判精神與抵抗

---

20 中村古峽（筆名古峽生），〈鵞鑾鼻まで〉，《東京朝日新聞》（一九一三年六月—七月五日連載），共十六回（六月二十一日沒有連載）。

21 河原功，〈日本人の見た台湾原住民：中村古峡と佐藤春夫〉，收入山口守編，《講座　台湾文学》（東京：国書刊行会，二〇〇三），頁六一—八六。

文化受到重挫。[22]在一九八七年解嚴前後，威權體制開始鬆動，臺灣社會開始追求主體性，日治時期臺灣文學才逐漸受到學界的重新挖掘。但是就殖民時期的日文作品而言，受限於語言阻礙，獲得較多注意的，還是以被翻譯的臺人作品為主。在日人作品方面，以西川滿為例，即使他是頗受到關切的一位，得到張良澤、陳明台等學者的注目，但他在日治年代的作品也只有少數獲得譯介，遑論其他日人作家文學的翻譯。關於日治時期的日人作品研究，戰後在臺灣政治環境與語言因素的雙重困境下，主要的先行研究，最初還是來自日本學界。

島田謹二的《華麗島文學志》出版於一九九五年[23]，但是其中的多數文章幾乎是完成於日治時期的一九三〇年代末期至一九四〇年代。這本書可以說是最早也最完整討論日本自明治時期以來日人作家的臺灣書寫之專著，雖然多側重在詩人討論，不過關於日治時期日人文學所呈現的臺灣，已有概括式的介紹，尤其島田謹二對於外地文學論的重要觀點，也都充分反映在書中各篇的論述。《華麗島文學志》各文章的原始出處多在《臺灣時報》，不過《文藝臺灣》在創刊之後，島田謹二也在這本刊物先後發表了〈外地文學研究的現狀〉、〈臺灣文學的過去、現在與未來〉、〈Jean Marquet的法屬印度支那小說—外地文學雜話（一）〉、〈臺灣寫生派俳句的前輩們——外地文學雜話（二）〉、〈Robert Randau的第二代小說——外地文學雜話（三）〉、〈文學的社會表現力〉等評論文章[24]，陸續衝擊日人作家的文學方向。這些文章不失為補充《華麗島文學志》的重要論述。

從島田謹二的《華麗島文學志》以降，尾崎秀樹的《舊殖民地文學的研究》、蜂矢宣朗的《南方憧憬：佐藤春夫與中村地平》、河原功的《台灣新文學運動的展開：與日本文學的接點》、藤井省三的《臺灣文學這一百年》、岡林稔的《南方文學的光與影：中村地平試論》等專著，代表了戰前到戰後日本學者對於日治時期日人文學的研究觀點。[25]上述各書的研究範疇，包括佐藤春夫的臺灣書寫，以及中村地平、真杉靜枝、西川滿、大鹿卓等人的臺灣相關作品，也注意到佐藤春夫對於後輩作家的影響。在這些先行研究者當中，戰前提出「外地文學論」的島田謹二，他的殖民者中心主義誠然可議，但是如尾崎秀樹、河原功、藤井省三的論述，已嘗試用對位的角度來檢視殖民地經

---

22 請參閱陳芳明，《台灣新文學史》（臺北：聯經，二〇一一），頁七。

23 島田謹二，《華麗島文學志》（東京：明治書院，一九九五）。

24 島田謹二，〈外地文學研究の現狀〉，《文藝臺灣》創刊號（一九四〇年一月一日），頁四〇—四三；〈臺灣文學の過現未〉，《文藝臺灣》二卷二號（一九四一年五月二十日），頁三—二四；〈ジャンマルケエの佛印度小說：外地文學雜話（一）〉，《文藝臺灣》（三卷一號，一九四一年十月二十日），頁三六—三九；〈台湾における寫生派俳句の先達：外地文學雜話（二）〉，《文藝臺灣》三卷二號（一九四一年十一月二十日），頁五八—六三；〈ロベエルランドオの第二世小說：外地文學雜話（三）〉，《文藝臺灣》三卷六號（一九四二年三月二十日），頁三六—三八；〈文學の社會表現力〉，《文藝臺灣》五卷一號（一九四二年十月二十日），頁五—一五。

25 各書的出版資料分別為：島田謹二，《華麗島文學志》（東京：明治書院，一九九五）；尾崎秀樹，《舊殖民地文学の研究》（東京：勁草書房，一九七一）（本書已有中文版：陸平舟、間ふさ子共譯，《舊殖民地文學的研究》（臺北：人間，二〇〇四））；蜂矢宣朗，《南方憧憬：佐藤春夫と中村地平》（臺北：鴻儒堂，一九九一）；河原功，《台湾新文学運動の展開：日本文学との接點》（東京：研文，一九九七）（本書已有中文版：莫素微譯，《台灣新文學運動的展開：與日本文學的接點》（臺北：全華，二〇〇四））；藤井省三，《台湾文學の百年》（東京：東方書店，一九九八）（本書已有中文版：張季琳譯，《臺灣文學這一百年》（臺北：麥田，二〇〇四））；岡林稔，《「南方文学」その光と影：中村地平試論》（宮崎：鉱脈社，二〇〇二）。

驗，其中也涉及了歷史評價與殖民批判。而蜂矢宣朗在退休後，依然不懈於研究，再度發表了《續灣生之記》，裡面收錄兩篇關於中村地平和真杉靜枝的論文，他可以說是研究中村地平的開創者，而且也是相當有毅力的一位研究者。[26]此外，在日本文學方面，柄谷行人的《日本近代文學的起源》（東京：岩波書店，二〇〇四）、川本三郎的《大正幻影》（東京：筑摩書房，一九九七），可以看出近代性與當代文學之間的互動關係。尤其川本三郎以美學、文學地理的角度來探討大正時期的作家如佐藤春夫、谷崎潤一郎等人。他們的研究範疇在相當程度上也觸及了本論文所指涉的文學年代。

至於臺灣方面，葉石濤可以說是起步相當早的一位評論者，但是都以散論為主，並非系統性的討論。[27]專書出版則有邱若山的《佐藤春夫台湾旅行関係作品研究》（日文）。[28]此書除了探討佐藤春夫的旅臺行程與路線，後半部在於個別分析他的四篇作品〈旅人〉、〈霧社〉、〈女誡扇綺譚〉、〈殖民地之旅〉所呈現出來的創作觀與歷史觀。另外，阮斐娜（Faye Yuan Kleeman）的《在帝國的太陽之下：臺灣與南方的日本殖民文學》，此書論及在「大日本帝國」的建構過程中不同身分位置的作家所形塑出來的殖民地文學與南方想像。全書以三大部組成，分別論述在日治時期短期滯留臺灣的日本作家、長期居住臺灣的日本人，以及臺籍作家的臺灣書寫。在第一部「描繪帝國」，談到日本對於「南方」的概念以及南洋想像，並透過臺灣原住民與歷史事件的關係，分析原住民形象，除了涉及佐藤春夫、中村地平等作家之外，也探討了殖民主義與帝國文本之間的關係。第二部則專論西川滿文學與《文藝臺灣》，探討西川滿的殖民地書寫與浪漫主義。第三部則是以臺人作家的日本語文學為主。[29]此書可說是最貼近本書研究主題的一部專著，尤其是第一部關於日本人作家的南方書寫和臺灣原住民之間的關係，敏銳地觀察到日本作品的南方系譜之形成。

　在歷史學的討論，尤其是南進論的形成，矢野暢的研究《「南進」的系譜》和《日本的南洋史觀》，是日本學界關於「南進論」的重要著作。[30]矢野暢的童年時期曾經在滿洲住過十年，所以稍

---

26 請參閱蜂矢宣朗，《続続　湾生の記》（作者自印，二〇〇〇）。這本書由作者自行出版，沒有收藏在一般的圖書館，筆者是在日本新宿的財團法人臺灣協會藏書室印出，書裡收錄了兩篇論文，分別是〈中村地平と濱田隼雄：『霧の蕃社』と『南方移民村』〉、〈真杉靜枝と台湾：『むすめ』と『ながれ』から〉。

27 葉石濤在解嚴（一九八七年七月）前的一九八七年二月，即出版了堪稱臺灣文學研究經典的《台灣文學史綱》（高雄：春暉），但是此書關於日治時期的文學評論是以臺籍作家作品為主。不過葉石濤在其他的文學評論集中，或多或少有觸及到日籍作家作品的討論，例如〈庄司總一的「陳夫人」〉、〈南方移民村〉，收入《臺灣文學的悲情》（高雄：春暉，一九九〇）；〈「文藝臺灣」與「臺灣文學」〉，收入《走向臺灣文學》（臺北：自立晚報，一九九〇）；〈敬悼西川滿先生〉、〈「陳夫人」中文譯本問世〉，收入《追憶文學歲月》（臺北：九歌，一九九九）。

28 邱若山，《佐藤春夫台湾旅行関係作品研究》（臺北：致良，二〇〇二）；該書是以其碩士論文為基礎所完成的：〈佐藤春夫研究：台湾旅行もの・「旅びと」を中心に〉（日本筑波大学博士課程文藝言語研究科中間評価修士論文）。邱若山也是佐藤春夫臺灣相關作品《殖民地之旅》（臺北：草根，二〇〇二）的翻譯者。

29 Faye Yuan Kleeman, *Under an Imperial Sun: Japanese Colonial Literature of Taiwan and the South*（在帝國的太陽之下：臺灣與南方的日本殖民文學）, Honolulu: University of Hawai Press, 2003. 本書另已發行日文版與中文版：林ゆう子譯，《大日本帝国のクレオール：植民地期台湾の日本語文学》（東京：慶應義塾大学出版会，二〇〇七）；吳佩珍譯，《帝國的太陽下：日本的台灣及南方殖民地文學》（臺北：麥田，二〇一〇）。

30 矢野暢，《「南進」の系譜》（東京：中央公論社，一九九七）；《日本の南洋史觀》（東京：中央公論社，一九七九）。

能理解戰前居住在海外的日本人生態，也對此議題抱持興趣。後來他從事東南亞研究，在一九六四年還跑到馬來半島的一個回教村進行調查，在那裡和村民生活了兩年，這個經歷對他往後的影響很大。他在《「南進」的系譜》中指出，日本在江戶時代就有南方經略論，不過是屬於思想史的範疇。日本在成為近代國家後所出現的「南進論」，要到一八八七年以降才出現。然而，明治中期所展開的「南進論」，是來自在野的、民間的聲音，而且是平和地經濟進出南洋為考量之下的善意思想。例如竹越與三郎，矢野暢認為他從慶應義塾大學畢業後投身於新聞工作，因此把他的南進論歸類為發自民間的思想，和官方並無關係。[31]然而，日本的「南進論」事實上呈現了帝國主義與資本主義相輔相成的發展，矢野暢認為是「和平的經濟進出」或是「發自民間」的思想，其實還有再討論的空間。

有關對竹越與三郎的定位與評價，還是要把《臺灣統治志》和《南國記》並置討論才能彰顯其意義。在第一章的論述中有新的觀點提出。從竹越與三郎受邀撰寫《臺灣統治志》到《南國記》所展現的帝國觀察視域，他和日本官方的關係應該相當密切，甚至可以說是代表官方立場。矢野暢在《「南進」的系譜》當中的發言，顯然忽視了竹越與三郎後來進入政壇的事實，也沒有釐清文化與帝國主義之間的關係。不過，矢野暢在一九七四年又另外出版了《日本的南洋史觀》，這本書的主題和《「南進」的系譜》相當類似，討論的範疇也非常接近。在這本書裡，他提到明治時期的七位「南進論」者，竹越與三郎自然也在其中。矢野暢在書中指出，竹越與三郎的《南國記》是讓日本大眾階層對「南進論」普及認知的開山之作，原因除了作者的知名度之外，還包括竹越與三郎的文章與文體的魅力。這些論點是重複的，他在先前的書中已經說過。不過，在《日本的南洋史觀》他不再言及關於竹越與三郎的發言立場問題，反而加重日本帝國主義與南進論之間的關係。這應該可以解讀為：矢野暢或多或少修正了他之前的論點。無論如何，他在「南進論」系譜的發現，其歷史價值是值得肯定的。

日本學界關於殖民時期的研究，成果相當豐碩。包括小熊英二的《日本人的境界》、駒込武的《殖民地帝國日本的文化統合》、松田京子的《帝國的視線：博覽會與異文化表象》、山路勝彥的《臺灣的殖民地統治：「無主的野蠻人」論述之展開》和《近代日本的殖民地博覽會》、曾山毅的《殖民地臺灣與近代觀光事業》[32]等專書。他們的研究提供了殖民政策的文化統合策略分析，也有透過文化人類學的眼光來檢視臺灣原住民被人種展示的文化意義。而關於博覽會的近代性形象與帝國權力的建構，亦是近年來相當炙手可熱的議題。臺灣方面，呂紹理的《展示臺灣：權力、空間與殖民統治的形象表述》分析了殖民政府的博覽會活動，伴隨旅遊活動的逐漸普及，臺灣的地景與社會都被納入到展示體系當中，其中也涉及了殖民知識的權力操作。陳培豐的《同化的同床異夢：日治時期臺灣的語言政策、近代化與認同》，則透過日治時期同化教育的分析，有關近代化論述和實際

31 請參閱矢野暢，《「南進」の系譜》（東京：中央公論社，一九九七），頁四八—七八。

32 小熊英二，《日本人の境界》（東京：新曜社，一九九八）；駒込武，《植民地帝國日本の文化統合》（東京：岩波書店，一九九七）；松田京子，《帝國の視線：博覽會と異文化表象》（東京：弘文館，二〇〇三）；山路勝彥，《台湾の植民地統治：〈無主の野蛮人〉という言説の展開》（東京：日本図書センタ，二〇〇四）；山路勝彥，《近代日本の植民地博覧会》（東京：風響社，二〇〇八）；曾山毅，《植民地台湾と近代ツーリズム》（東京：青弓社，二〇〇四）。

政策內容以及統治者和被統治者之間的互動關係，探討近代臺灣人認同意識之內涵、特質及意義。[33]他們都細膩分析了殖民政策的操作手段，透過歷史學、社會學、人類學等跨學科的對話，帶出許多嶄新的視野。

此外，紀行文作品和近代旅行的成立，誠然和帝國主義的擴張有極為密切的關係。旅行的過程，往往也牽涉到文化翻譯與文化差異的觀感。在旅行研究專書方面，有約書亞．福格爾（Joshua A. Fogel）的《重新發現中國的日本人旅行文學，一八六二至一九四五》，此書針對一八六二年到一九四五年之間，日本人到中國旅行的文學作品有深刻的分析。[34]而瑪莉．路易斯．普拉特（Mary Louise Pratte）的《帝國之眼：旅行書寫與跨文化》一書，則專門探討旅行書寫與帝國凝視之間的權力關係。[35]透過近代旅者的文化視域，跨越國境的旅行不僅是對異地、異國情調的文化體驗，也可能帶來帝國的凝視與他文化的刻板再現。顏娟英所譯著《風景心境：台灣近代美術文獻導讀》[36]，收錄一百三十七篇翻譯文章及日文文獻原件，涵蓋了日治時期的新聞與雜誌上，畫家發表的臺灣風景印象記、臺灣美術展評論、畫家美術論、臺灣畫壇回顧等文章，可以看出日人與臺人畫家的藝術特色，也能詳細回顧在日人畫家凝視下的臺灣風景與地方色彩，對本書第四章探討一九四〇年代《文藝臺灣》的美學走向與文藝作家相互協力有極大助益。

中日學界在近年來與本書主題有相關者，例如張隆志的〈知識建構、異己再現與統治宣傳：《臺灣統治志》（一九〇五）和日本殖民論述的濫觴〉，該篇論文主要側重在竹越與三郎的《臺灣統治志》和後藤新平治臺政策之間的關係。據筆者所知，是近年來首次以竹越與三郎為主題的研究論述。[37]而日本學者河原功的〈日本人看到的臺灣原住民：中村古峽與佐藤春夫〉，也是到目前為止僅有一篇提到中村古峽的研究。他指出，發表在一九一六年七月號《中央公論》中村古峽所創作的〈來自蕃地〉，就日本的商業性綜合雜誌而言，可說是首篇以臺灣原住民為題材的作品。[38]不過這篇論文較偏重在佐藤春夫作品的原住民再現，中村古峽的介紹篇幅不多，也沒有涉及他另一篇紀行

33 呂紹理，《展示臺灣：權力、空間與殖民統治的形象表述》（臺北：麥田，二〇〇五）；陳培豐著，王興安譯，《同化的同床異夢：日治時期臺灣的語言政策、近代化與認同》（臺北：麥田，二〇〇五）（此書原為日文版：《「同化」の同床異夢：日本統治下台湾の國語教育史再考》（東京：三元社，二〇〇一））。

34 Joshua A. Fogel（約書亞答・福格爾），*The Literature of Travel in the Japanese Rediscovery of China, 1862-1945*（重新發現中國的日本人旅行文學，一八六二—一九四五），Stanford: Stanford University Press, 1996.

35 Mary Louise Pratte（瑪莉・路易斯・普拉特），*Imperial Eyes: Travel Writing and Transculturation*（帝國之眼：旅行書寫與跨文化），London ; New York: Routledge, 1992.

36 顏娟英譯著，《風景心境：台灣近代美術文獻導讀》（上冊：顏娟英譯著；下冊：顏娟英譯著、鶴田武良譯）（臺北：雄獅美術，二〇〇七）。本書內文分七大主題：風景心境、青春少年時、評論官展、接力演出、個人風格、生活美術、臺灣美術論，每一主題前並有導讀文章，介紹分析相關之美術史文獻特質。書末附有詳細人名、團體組織、美術文化用語之名詞解釋及索引，可提供該時期之美術、社會、歷史發展研究。

37 請參閱張隆志，〈知識建構、異己再現與統治宣傳：《臺灣統治志》（一九〇五）和日本殖民論述的濫觴〉，原發表於「文化啟蒙與知識生產（一八九五—一九四五）國際學術研討會」（臺灣大學臺文所、音樂所主辦，二〇〇五年十一月二十六日），後收入梅家玲編，《文化啟蒙與知識生產：跨領域的視野》（臺北：麥田，二〇〇六），頁二三三—二六〇。

38 河原功，〈日本人の見た台湾原住民：中村古峡と佐藤春夫〉，收入山口守編，《講座　台湾文学》（東京：国書刊行会，二〇〇三），頁六一—八六。

〈到鵝鑾鼻〉。本書第一章將以這兩位學者的研究為基礎，涉入更廣泛的探索。

關於佐藤春夫的討論，黃美慧可說是最早觸及的學者，在一九九二年所發表的〈佐藤春夫與台灣中國：大正九年的台福之旅〉[39]，考察佐藤春夫的閩臺行程，也比較出兩地之旅的差異性。姚巧梅近年來則積極在日本發表研究，她寫過〈西川滿與臺灣〉、〈濱田隼雄與臺灣〉，此外則是一系列佐藤春夫評論：〈「女誡扇綺譚」的評價與佐藤春夫文學的現況〉、〈試論「女誡扇綺譚」的組成〉、〈閱讀佐藤春夫臺灣作品「女誡扇綺譚」：以「我」與世外民為中心〉、〈佐藤春夫與臺灣：以「指紋」、「都會的憂鬱」、「女誡扇綺譚」為中心〉、〈在佐藤春夫文學裡中國．福建的地位：以『南方紀行』為中心〉。[40]姚巧梅對於佐藤春夫的研究，頗為留意他在來臺前後之間的轉變。她指出，佐藤春夫在旅臺之後，除了創作量明顯增加之外，在作品內容上也開始展現對社會與人類的關心，這在他初期的作品〈田園的憂鬱〉是看不到的。〈田園的憂鬱〉只注重個人內心世界如孤獨、倦怠等感覺的刻劃，〈都會的憂鬱〉則表現了對他者的同理心與冷靜的自我分析，姚巧梅認為之所以會有這樣的轉變，應該和佐藤春夫在大正九年的臺灣、中國之旅有密切的關係。在經歷了臺灣和中國的風土、人情、現實社會之後，對佐藤春夫的心境產生了強烈的衝擊，也讓他將注視自我的目光轉向人間。

另一位研究者阮文雅，則聚焦於中村地平的討論。除了博士論文之外，她也集中以日文方式發表，主題都圍繞在中村地平臺灣相關作品：〈憧憬與嫌惡交錯的地平：以中村地平「熱帶柳的種子」為中心〉、〈論中村地平「鼴鼠先生也突然倒下」：「故鄉」回歸與「南方文學」之創新〉、〈中村地平「霧之蕃社」：重疊的困境〉、〈中村地平「蕃界之女」與佐藤春夫「旅人」：作品中關於

「南方憧憬」的視線〉等專論。[41]阮文雅的詮釋觀點，比較傾向以正面的視角來檢討中村地平對於臺灣的再現問題，而筆者則是採取批判性閱讀的態度。不過，筆者相當肯定阮文雅對於中村地平的嚴謹研究精神，她也是以貼近閱讀的方式，進行細緻的文本分析。在日本學者蜂矢宣朗、岡林稔的研

---

39 黃美慧，〈佐藤春夫與台灣中國：大正九年的台福之旅〉，《東海學報》第三三卷（一九九二年六月），頁一六七—一八三。

40 各論文發表於：姚巧梅，〈西川滿と台湾〉，《曙光》第七號（一九九六年十二月），頁八五—九二；姚巧梅，〈濱田隼雄と台湾〉，《曙光》第九號（一九九八年十二月），頁一〇七—一一二；姚巧梅，〈「女誡扇綺譚」の評価と佐藤春夫文学の現状〉，《曙光》第一一號（二〇〇〇年），頁一〇〇—一一五；姚巧梅，〈「女誡扇綺譚」の成立をめぐる試論〉，《曙光》第一二號（二〇〇一年），頁七二—八四；姚巧梅，〈佐藤春夫台湾物の「女誡扇綺譚」を読む：「私」と世外民を中心に〉，《日本台湾學會報》第三號（二〇〇一年五月），頁八九—一〇二；姚巧梅，〈佐藤春夫と台湾：「指紋」「都会の憂鬱」「女誡扇綺譚」を中心に〉，《解釈》五九八、五九九號（二〇〇五年一、二月），頁一九—二六；姚巧梅，〈佐藤春夫文学における中国・福建の位置：『南方紀行』を中心に〉，《皇學館論叢》三八卷二號（二〇〇五年四月），頁五二—六八。

41 各論文發表於：阮文雅，〈憧憬と嫌惡が交錯する地平：中村地平「熱帶柳の種子」を中心に〉，《東吳日本語教育學報》第二五期（二〇〇二年七月），頁二七九—三〇七；阮文雅，〈中村地平「土竜どんもぽっくり」論：「故郷」回帰と「南方的文学」の創出〉，《近代文学試論》第四〇號（二〇〇二年十二月），頁六一—六九；阮文雅，〈中村地平「霧の蕃社」：重疊的なジレンマ〉，《現代台湾研究》第二四號（二〇〇三年三月），頁三八—五三；阮文雅，〈中村地平「蕃界の女」と佐藤春夫「旅びと」：作品における「南方憧憬」のまなざしを巡って〉（二〇〇五年日語教學國際會議論文集，二〇〇五），頁二三三—二四九。

究基礎上，阮文雅展現了更為周延的研究方法。

有關真杉靜枝的討論，吳佩珍的〈皇民化時期的語言政策與內台結婚問題：以真杉靜枝〈南方的語言〉為中心〉，是透過〈南方的語言〉這篇小說，分析日本領臺以來語言教育政策的執行以及內臺結婚問題的糾葛。論者指出，這篇小說不但脫離我們當時對殖民地語言政策印象的常軌，也反映性／別問題；內臺結婚問題與語言政策執行的密切關係。李文茹的〈殖民地．戰爭．女性：探討戰時真杉靜枝台灣作品〉，則以真杉靜枝發表於中日戰爭爆發後的作品進行論證，探討日本女性作家如何透過自發性的行動，來協助帝國的殖民論述，以及如何介入男性社會體制。[42]真杉靜枝在戰前的文學活動頗為密集，但是戰後所得到的文學評價並不高，她的作品也相對地不受重視。對日本文壇來說，她的感情生活顯然比文學才華更為可觀，唯一較屬正面的傳記，應該是由她的家人委託十津川光子所寫的《惡評之女：一位女性作家的悲歡生涯》。[43]不過，林真理子以真杉靜枝為主人公所寫的《女小說家》言及她無法在文壇立足的原因，除了產量不多之外，文學質感才是重點，這自然涉及到作家的才華。[44]真杉靜枝的文學成就該如何評價，在這兩篇論文出現之前，臺灣學界尚未引起討論，因此需要慎重研究之後才能定論。不過，將她的作品置放在大時代的歷史脈絡下審視，能夠忠實反映日本殖民時代下的在臺日人女性身影，這是毫無疑問的，也是促成本文對真杉靜枝作品的研究動機。

歷史事件的討論上，由河上丈太郎與河野密合著，刊載於一九三一年三月號《改造》的〈談霧社事件的真相〉[45]，是一篇非常重要的史料。這篇文章是日本國會眾議員河野密、河上丈太郎來臺調查，隨即發表在一九三一年三月號的《改造》。這篇文章客觀探討日本殖民統治中「理蕃」政策的缺失，以人道的觀點來檢討霧社事件，相當具備批判意識。在霧社事件發生之後不到半年的時間，它就能夠在日本刊物《改造》上公開發表，作者分析霧社事件的因果關係，也絕非見容於日本官方，這篇文章顯然已超脫研究論文的價值，而是一篇彌足珍貴的歷史證言。

在文學社團的研究方面，中島利郎可以作為代表；他歷年來蒐集與整理刊物索引，並進行解說或解讀的工作，可以說是日本統治期臺灣研究的深耕者之一。近年來他寫了兩篇論文，著重討論西川滿和「臺灣詩人協會」、《文藝臺灣》的成立經過，相當值得注意。二〇〇五年發表的〈日本統治期臺灣文學研究：日本人作家的抬頭：西川滿與「臺灣詩人協會」的成立〉，論者以西川滿策劃「臺灣詩人協會」的成立及其機關誌《華麗島》的創刊為關鍵，標誌出以臺灣人作家為中心的臺灣

---

42 李文茹，〈殖民地・戰爭・女性：探討戰時真杉靜枝台灣作品〉，《台灣文學學報》第一二期（二〇〇八年六月），頁六三—八〇。吳佩珍，〈皇民化時期的語言政策與內台結婚問題：以真杉靜枝〈南方的語言〉為中心〉，《台灣文學學報》第一二期（二〇〇八年六月），頁四五—六二；後收入專書：吳佩珍，《真杉靜枝與殖民地台灣》（臺北：聯經，二〇一三），頁一〇七—一二三。吳佩珍另有一篇論文探討真杉靜枝的莎韻主題，〈臺灣皇民化時期官方的建構與虛實：論真杉靜枝「莎韻之鐘」翻案作品〉，《台灣文學學報》第一七期（二〇一〇年十二月），頁六七—九七；後收入專書：吳佩珍，《真杉靜枝與殖民地台灣》（臺北：聯經，二〇一三），頁一二五—一五〇。此外，關於一九四〇年代泰雅族少女莎韻的造神過程，臺灣已有許多研究成果，本書不再另作介紹。

43 十津川光子，《惡評の女：ある女流作家の愛と哀しみの生涯》（東京：虎見書房，一九六八）。

44 林真理子，《女文士》（東京：新潮社，一九九八），頁三七—三八。

45 河上丈太郎、河野密，〈霧社事件の真相を語る〉，《改造》（一九三一年三月號），頁一二一—一三二。

文學界轉向了以日本人作家為中心的階段。二〇〇六年發表的〈日本統治期臺灣文學研究：「臺灣文藝家協會」的成立與「文藝臺灣」：從西川滿「南方的烽火」談起〉[46]，則透過「臺灣文藝家協會」的會員組織，分為「贊助員」、「贊助會員」、「普通會員」。西川滿刻意拉攏內地文藝家和島內有影響力的日本文人參與，以凸顯自己的人脈，並達到掌控《文藝臺灣》的目的。這兩篇論文，可以說是中島利郎近年來相當出色的論述。他先以「臺灣詩人協會」與「臺灣文藝家協會」的成立經緯為切入點，探討西川滿主導下的臺灣文壇。在文中觸及到內地作家與在臺日籍作家在協會中的功能性配置，可以看出論者相當熟悉當時的文壇狀況，不僅是突破性的研究，也極具史料價值。

此外，朱惠足在近年來的研究議題和本論文相關的三篇論文，分別針對一九四〇年的日人長篇小說：西川滿的《臺灣縱貫鐵道》、庄司總一的《陳夫人》、濱田隼雄的《南方移民村》，進行文本比較。例如在〈帝國主義、國族主義、「現代」的移植與翻譯：西川滿《臺灣縱貫鐵道》與朱點人〈秋信〉〉一文中，以殖民現代性的角度比較西川滿《臺灣縱貫鐵道》與朱點人〈秋信〉。〈帝國下的漢人家族再現：滿洲國與殖民地台灣〉，則是比較臺灣出身日人作家庄司總一的《陳夫人》、滿洲漢人作家梁山丁的《綠色的谷》、臺灣漢人作家呂赫若的〈合家平安〉，將這三部作品用對位式的閱讀方式，檢視家族與民族書寫與殖民時期的移墾歷史、帝國下多重翻譯與現代性建構，存在怎樣錯綜複雜的關係。〈帝國的浪漫主義與內地人農業移民：濱田隼雄「南方移民村」〉，探討由日本內地到臺灣東部的農業移民的主體性，所謂的海外拓殖移民政策，也和日本內部因資本主義所引發的人口問題有關。[47]以論者的日文能力，討論一九四〇年代的日文作品可說是駕輕就熟。這三篇論文和本書第五章的研究範疇相近，並且嘗試用跨學科的研究方式釐清文本的歷史脈絡，提供極多研究資料。

透過上述前人的研究基礎，本書企圖以作品原典為基礎，包含以日治時期文學創作者的紀行、文稿，以及官方文書，還有當時日本官方報紙和民間報刊、文化雜誌等原始資料的掌握，以重新詮釋日治時期日人作家的書寫策略。藉由本書的完成，期待可以展開歷史文獻與前行研究的交互辯證，並且將殖民時期日人文學的發展軌跡置放在帝國知識與殖民論述的脈絡中進行考察。

本書所採取的研究步驟，一方面嘗試建立臺灣文學與日本文學的對話，一方面也嘗試建立文學與歷史學、政治學等不同學科之間的對話。在資料蒐集與文本閱讀的前提下，透過理論的穿針引線，冀望能呈現具有歷史深度的文本詮釋，強調從政治權力、意識形態、文化霸權等角度，對文本實施一種綜合性的解讀，這也是新歷史主義看待文學文本的態度。新歷史主義主張將歷史考察帶入文學研究，它指出文學與歷史之間無所謂「前景」與「背景」的關係，而是相互作用、相互影響。

---

46 中島利郎，〈日本統治期台湾文学研究：日本人作家の抬頭：西川満と「台湾詩人協会」の成立〉，《岐阜聖徳学園大学紀要》外国語学部編第四四集（二〇〇五），頁四三—五四；中島利郎，〈日本統治期台湾文学研究：「台湾文芸家協会」の成立と「文芸台湾」：西川滿「南方の烽火」から〉，《岐阜聖徳学園大学紀要》外国語学部編第四五集（二〇〇六），頁九一—一〇八。

47 朱惠足，〈帝國主義、國族主義、「現代」的移植與翻譯：西川滿《臺灣縱貫鐵道》與朱點人〈秋信〉〉，《中外文學》第三九五期（二〇〇五年四月），頁一一一—一四〇；朱惠足，〈帝國下的漢人家族再現：滿洲國與殖民地台灣〉，《中外文學》第四四五期（二〇〇八年三月），頁一五三—一九四；朱惠足，〈帝國のロマンチシズムと內地人農業移民：濱田隼雄「南方移民村」〉，《南臺應用日語學報》第三期（二〇〇三年六月），頁一四八—一六二。

它強調文學與文化之間的聯繫，認為文學應隸屬於更大的文化脈絡。新歷史主義著重考察文學與權力政治的複雜關係，認為文學是意識形態作用的結果，同時也參與意識形態的建構。歷史充滿斷層與罅隙，任何歷史都不過是一種論述，是根據當時的時間、地點、觀念建構的。換言之，歷史並不是對史實的單一記載，也不是對過去事件的單純紀錄。研究某個年代的歷史文本，必須同時理解它當時的歷史、文化史，以全然釐清這個文本對該歷史事件或時期的詮釋。用新歷史主義的角度來回顧日治時期的歷史材料或南方書寫，顯然也是對於詮釋作品一個較為周延的研究方法。

第一章

認識臺灣

一九一〇年代前後官方觀點與民間觀點下的臺灣

前言

「臺灣」這個地名，首次對日本民眾造成震撼性的印象，可以說是肇始於「牡丹社事件」（一八七一至一八七四）。[1] 一八七四年日本以保護琉球藩民為由，出兵討伐臺灣南部的原住民部落。這是日本自明治維新以來首次向國外發動戰爭，該事件可說是日本開始發展帝國主義的徵兆。牡丹社事件發生之後，日本的新聞媒體頻繁報導事件始末，臺灣的原住民族被賦予「野蠻」、「食人」等概括的觀念。由於當時的日本人對於臺灣事物不甚瞭解，因此報導的內容取向也左右了日本人的臺灣認識。在地理文化上，「南方」的「未開化」也成為日本人對南方的刻板印象。[2] 因為這個事件，許多日本人把臺灣和野蠻的「蕃人」畫上等號，對臺灣也充滿獵奇心態。臺灣在一八九五年成為日本的殖民地之後，日本逐步建構臺灣的認識論，臺灣的形象逐漸從模糊未明到清晰可見。日本在明治中期開始發展「南進論」，在帝國擴張主義的論述上，南方的地理方向，是相當明確的；但是南方的形象，則有待各種文本來形塑。臺灣被當作南進政策的起點，臺灣的地理與風土，也極可能轉化為日本人想像「南方」的表徵。

明治到大正初期的臺灣圖像，主要來自殖民地官吏與人類學者等專家之手。藉由各種專業的官方報告與人種、物種調查，臺灣各種事物開始被認識、被建構，逐步形構了日本帝國的南進論與南方學。可以說，殖民地本身就像一座博物館，鉅細靡遺地全面展示在殖民者眼前。本章第一節所探討的南方書寫《臺灣統治志》與《南國記》，可以視為這段時期官方觀點的代表論述之一。一九〇四年來臺訪問的史學評論家、政治家竹越與三郎（一八六五—一九五〇），於翌年出版了宣揚殖民政績的《臺灣統治志》。這本書的內容相當豐富，引用資料皆由臺灣總督府所提供，以量化的方式呈現日本殖民統治的績效。在一九〇九年他展開南方視察旅行，回國後出版《南國記》，並提倡南進論。《南國記》涉及的範疇從臺灣擴大到東南亞區域，不僅對東南亞各殖民地政情有敏銳的觀察，也是一部異國情調的遊記。它被日本學者矢野暢評價為是讓日本大眾階層對「南進論」普及認知的濫觴之作，原因除了作者的知名度之外，還有竹越的文章乃至於文體的魅力。誠然，竹越與三郎的臺灣與東南亞之旅為他攜來豐富的南方知識，《臺灣統治志》與《南國記》其實也投射了帝國主義的目光。《臺灣統治志》的文本性質顯然是為了宣傳殖民論述而寫，《南國記》在文學性之外則明示了作者的南進觀點。明治維新之後的日本，在其帝國主義的發展路線上，透過各種文本逐步建構出一套南進論述，在大正、昭和初期逐步形成一種南進觀的政治無意識，竹越與三郎的作品可以說是這個論述的濫觴之一。

「南方」所涵蓋的定義，原本只單純指涉地理方位的南方，近代日本文學的南方印象，也受到

1　關於牡丹社事件的探討，可參閱藤井志津枝，《近代中日關係史源起：一八七一—七四年臺灣事件》（臺北：金禾印行、揚智總經銷，一九九二）；戴寶村，《帝國的入侵：牡丹社事件》（臺北：自立晚報，一九九三）；林呈蓉，《牡丹社事件的真相》（臺北：博揚，二〇〇六）。

2　山路勝彥，《台湾の植民地統治：〈無主の野蛮人〉という言説の展開》（東京：日本図書センタ，二〇〇四），頁三四—三五。

歐洲作家書寫南方文學的影響。不過，隨著明治到昭和時期「南進論」的形塑過程，混沌未明的南方形象透過作者的文字書寫而漸具雛形；一個需要被征服、被開拓、被啟蒙的「南方」儼然浮現。就文學生產而言，日本在領臺以後出現許多以臺灣為背景的文學作品。透過閱讀市場的角度來看，這個現象顯示出了日本國民對臺灣事物的興趣。[3]但是這些作品多是想像之物，內地作家親自踏上殖民地，以臺灣體驗所完成的紀行文學，大抵就屬佐藤春夫《霧社》是既為人周知又優秀的散文作品。[4]然而在佐藤春夫之前，已有人發表文學價值頗高的臺灣紀行。本章第二節要討論的中村古峽，初登文壇時深受作家夏目漱石的知遇。他在年輕時代對文學創作懷有極大熱忱，後來轉向研究變態心理學，以心理學者聞名。中村古峽在大正初期發表了兩篇臺灣相關作品〈到鵝鑾鼻〉與〈來自蕃地〉；以作家的知名度而言，中村古峽似乎無法與佐藤春夫並置相論，筆者卻以為，〈到鵝鑾鼻〉與〈來自蕃地〉的文學性，絲毫不遜色於佐藤春夫的臺灣書寫，它們所凸顯的時代與歷史意義也深具探討價值。

一九一三年來臺灣旅行的中村古峽，在該年六月的《東京朝日新聞》即發表了〈到鵝鑾鼻〉。在這篇臺灣紀行當中，描寫作者從阿緱（屏東）出發來到臺灣最南端的鵝鑾鼻燈塔，沿途所見所聞，展現了饒富趣味的臺灣風土民情。而一九一六年刊登在《中央公論》的〈來自蕃地〉，是首篇以臺灣原住民為題材在日本綜合性雜誌發表的作品。[5]《中央公論》在該期以「世界大觀號」為主題，選錄九篇以各國「異國情調」為主的小說創作，其中的〈來自蕃地〉是一篇紀行文體的小說，描繪主角到一八七四年發生牡丹社事件的臺灣原住民部落旅行。中村古峽的足跡深入到屏東山區，〈到鵝鑾鼻〉與〈來自蕃地〉是作者的親身經歷，兩篇創作不僅早於佐藤春夫的臺灣相關作品，也展現了大正時期日本民間的知識人對於臺灣風土的親身觀察。在領臺之後，日本作家陸續以「牡丹社事件」、「蕃社」、「蕃女」、「霧社事件」為創作材料，這些作品的數量頗豐，不難藉此窺探日人作家對於臺灣原住民主題所抱持的興趣。

不論是明治末期的政治書寫《臺灣統治志》、南進論述《南國記》，或是大正初期的旅行遊記〈到鵝鑾鼻〉、異國情調小說〈來自蕃地〉，都不斷指涉出作者透過書寫「南方」，也參與了帝國的海外擴張。蠻荒南方的殖民地意象，是他們作品中都存在的內涵；他們的臺灣書寫展現了盎然趣味與南方情調，對日本讀者有其美學與報導的效果。不過在臺灣原住民「未開」（savageness）的描寫部分，也有可能深化日本人自牡丹社事件以來對臺灣的刻板印象。竹越與三郎以及中村古峽的作品，就其時代意義來說，可以視為日治初期從發現到建構臺灣的認識論。臺灣作為帝國慾望的投射，在他們的文本中，如何再現殖民地？而南方思維是以何種書寫方式呈現？從而，中村古峽的民間立場和日本官方的臺灣觀點是否具有差異性，將是本章所要詮釋的方向。

3 島田謹二，〈明治の內地文学に現われたる台湾〉，《華麗島文學志》（東京：明治書院，一九九五），頁三九—六四。

4 關於日本作家在領臺初期到中期以臺灣為取材對象的寫生作品，島田謹二在〈台湾に取材せる写生文作家〉有詳細介紹，收入《華麗島文學志》（東京：明治書院，一九九五），頁三九—六四。

5 河原功，〈日本人の見た台湾原住民：中村古峡と佐藤春夫〉，收入山口守編，《講座 台湾文学》（東京：国書刊行会，二〇〇三），頁六一—八六。

第一節　官方觀點・認識臺灣：竹越與三郎《臺灣統治志》、《南國記》的臺灣書寫與南進論述

引言

近代日本從明治中期以降，開始發展「南進論」。矢野暢在《日本的南洋史觀》提出七人作為明治時期「南進論」者的代表，他們分別是志賀重昂、服部徹、田口卯吉、鈴木經勳、菅沼貞風、稻垣滿次郎、竹越與三郎。[6]其中，竹越與三郎（一八六五—一九五〇）是和臺灣最有淵源的一位。[7]矢野暢以一九一〇年所出版的《南國記》作為竹越與三郎的「南進論」代表作，這本書的其中一個章節，是探討臺灣的殖民現狀。[8]不過，竹越與三郎的臺灣書寫，可以追溯到更早之前。一九〇四年他接受臺灣民政長官後藤新平的邀請來臺訪問，一九〇五年他出版了宣揚殖民政績的《臺灣統治志》[9]，內容詳述日本統治臺灣初期十年的發展。作者在自序中提到：「書中所引用的資料，主要是依據臺灣總督府的贈與文書」[10]，這些資料伴以大量的調查文獻與統計數據，增加了《臺灣統治志》的可信度。後藤新平（一八五七—一九二九）為該書所寫的序也讚揚這是一本考據精明、翔實描寫日本統治臺灣實況的專書。[11]兩年後的一九〇七年，這本書還出版了英文譯本，向

6 矢野暢舉出這七位「南進論」者的代表作，分別是志賀重昂的《南洋時事》（一八八七），服部徹的《日本之南洋》（一八八八）、《南洋策：一名・南洋貿易及殖民》（一八九一），田口卯吉的《南洋経略論》（一八九〇），鈴木經勳的《南洋探險実記》（一八九二）、《南洋巡航記》（一八九三）、《南洋風物誌》（一八九三），菅沼貞風的《新日本の圖南の夢》（一八八八），稻垣滿次郎《東方策》（一八九一）、《東方策結論草案》（一八九二），竹越與三郎《南國記》（一九一〇）。請參閱《日本の南洋史觀》（東京：中央公論社，一九七九），頁一六—一七。

7 竹越與三郎（一八六五—一九五〇），日本明治到昭和時期的史學評論家、政治家。埼玉縣本庄出身的竹越，是清野仙三郎的次子，一八八三年成為竹越藤平的養子。慶應義塾大學中退後進入新聞界，先後在《大阪公論》、《時事新報》、《國民新聞》擔任政論記者，在這段期間也因為創作《新日本史》、《二千五百年史》而得到陸奧宗光、西園寺公望的知遇，成為雜誌《世界之日本》的主筆。竹越後來進入政壇，一八九八年在伊藤內閣的西園寺文相之下擔任文部省勅任參事官，翌年渡歐到各國視察。一九〇二年以來當選過五次的議院議員，隸屬於立憲政友黨，一九四〇年被任命為樞密顧問官。竹越在一九一五年和本野一郎、池田成彬等人發起「日本經濟史編纂會」，在一九一九年刊行了《日本経済史》八卷，成為確立日本經濟史學的礎石。此外，還有《臺灣統治志》、《陶庵公》、《南國記》等著書。關於竹越與三郎生平，請參閱佐藤能丸、阿部恆久編，〈年譜〉，收入松島榮一編，《明治史論集（二）》「明治文學全集七十八」（東京都：筑摩書房，一九八四），頁四二五—四二六。

8 竹越與三郎，〈第八印度支那より台湾〉，《南國記》（東京：二酉社，一九一〇），頁二八一—三五〇。

9 竹越與三郎，《台湾統治志》（東京：博文館，一九〇五）。本文參考之復刻本係由（臺北：南天書局，一九九七）。

10 竹越與三郎，〈台湾統治志を題す〉，頁一。

11 後藤新平，〈序〉，《台湾統治志》，頁二。後藤新平（一八五七—一九二九）是醫生、官僚、政治家。曾擔任臺灣民政長官、滿鐵初任總裁、遞信大臣、內務大臣、外務大臣、東京市（現在的東京都）第七屆市長、東京放送局初任總裁、拓殖大學第三屆總長，也是日本發展帝國主義時期具有才能的殖民地經營者與都市計畫者。在臺灣總督府民政長官（一八九八—一九〇六）與滿鐵總裁（一九〇六—一九〇八）的任期中，支持日本的大陸進出政策，任鐵道院總裁時對於國內的鐵道整備具有貢獻。此外，關東大地震後，擔任內務大臣兼帝都復興院總裁，訂下了東京都市復興計畫。

西方介紹日本的殖民統治。[12]英文版本的出現，絕對不是偶然的，應該是日本殖民政府所主導的書寫計畫的一部分。

一九一〇年，竹越又出版了《南國記》，論述的範疇則擴大到東南亞區域。日本學者矢野暢在其著作《「南進」的系譜》指出，明治時期的南進論者中，志賀重昂和竹越與三郎這兩位人物是最值得注目的，因為他們的見解有別人無法取代的特點。[13]矢野暢以他們的作品《南洋時事》、《南國記》來談這兩位作家的特質：志賀重昂（一八六三—一九二七）在他《南洋時事》中，重新賦予「南洋」以獨特的概念而有別於西洋與東洋。而竹越與三郎以優秀文筆所完成的《南國記》則是讓日本大眾階層對「南進論」普及認知的開山之作。[14]另外，矢野暢也指出，日本其實在江戶時代就有南方經略論，卻是屬於思想史的範疇。日本在成為近代國家後進行的「南進論」，要到一八八七年以降才出現。然而，明治中期所展開的「南進論」，是來自在野的、民間的聲音，而且是平和地經濟進出南洋為考量之下的「善意」思想。包括志賀重昂、竹越與三郎等人，都是民間「南進論」的代表。他舉竹越與三郎為例，說明他在慶應義塾大學畢業後即投身於新聞工作，和官方並無直接關係。[15]

針對這一點，筆者認為，有關對竹越與三郎的定位與評價，還是要把《臺灣統治志》和《南國記》並置討論才能彰顯其意義。在本章的論述中，我把竹越與三郎視為官方觀點的代表，和矢野暢有不同的看法。從竹越與三郎受邀撰寫《臺灣統治志》到《南國記》所展現的帝國觀察視域，他和日本官方的關係應該相當密切，甚至可以說是代表官方立場。矢野暢在《「南進」的系譜》當中的發言，顯然忽視了竹越與三郎後來進入政壇的事實，也沒有釐清文化與帝國主義之間的關係。不過，矢野暢在一九七四年出版了《日本的南洋史觀》，這本書的主題和《「南進」的系譜》相當類似，討論的範疇也非常接近。在這本書裡，他提到明治時期的七位「南進論」者，竹越與三郎自然也在其中。矢野暢在書中再度肯定了竹越與三郎的《南國記》以及他的文學才能，這些論點他在《「南進」的系譜》已經說過。不過，在《日本的南洋史觀》他不再言及關於竹越與三郎的發言立場問題，反而加重日本帝國主義與南進論之間的關係。這應該可以解讀為：矢野暢或多或少修正了他之前的論點。無論如何，他在「南進論」系譜的發現，其歷史價值是值得肯定的。[16]矢野暢對於志賀重昂、竹越與三郎的評價，自然無法脫離明治到昭和時期的歷史氛圍。明治維新之後的日本，在

12 Yosaburo Takekoshi, *Japanese Rule in Formosa*, London: Longmans, Green and Co., 1907. 本文參考之版本係由臺北：南天書局，一九七八。將日本版本和英文版本相互對照，可以發現英文版本並非逐章、逐字翻譯，而是有所刪減。

13 關於矢野暢對於志賀重昂和竹越與三郎的討論，請參閱《「南進」の系譜》（東京：中央公論社，一九九七），頁五五—六四。

14 志賀重昂（一八六三—一九二七）在日本岡崎市出生，一八八四年札幌農學校畢業。一八八七年《南洋時事》出版，一八九四年《日本風景論》出版，一九二七年去世。志賀重昂是日本聞名的地理學者，也是活躍的政治家、政治評論家。他根據自然科學來解明日本山水風景的專書《日本風景論》，以嶄新的眼光重新發現日本之美，是他最著名的作品。

15 請參閱矢野暢，《「南進」の系譜》（東京：中央公論社，一九九七），頁六五。

16 矢野暢的童年時期曾經在滿洲住過十年，所以稍能理解戰前居住在海外的日本人生態，也對此議題抱持興趣。後來他從事東南亞研究，在一九六四年還跑到馬來半島的一個回教村進行調查，在那裡和村民生活了兩年，這個經歷對他往後的影響很大。

其帝國主義的發展路線上，透過各種文本逐步建構出一套「南進」的論述（discourse），進而形成一種政治無意識（political unconscious）。志賀重昂和竹越與三郎可以說是這個論述的主要奠基者之一。本文選擇以竹越與三郎為主題，除了他的《南國記》在南進系譜上的重要性之外，也因為他的臺灣相關作品《臺灣統治志》。

在《臺灣統治志》的書寫準備階段，竹越與三郎兩次來臺蒐集資料，隨後他又以親身的臺灣經驗，應用在對東南亞各殖民地文化、社會、政情的觀察上，而完成了《南國記》。誠然，竹越與三郎的臺灣與東南亞之旅，為他帶來了豐富的殖民地想像，《臺灣統治志》與《南國記》其實也投射出帝國延伸的南方慾望。《臺灣統治志》是為了宣傳殖民論述而寫，《南國記》則明示了作者的南方觀點。新聞記者出身的竹越與三郎，也是一位史學家、政治評論家、政治家。在帝國主義與知識運作的共同基礎上，竹越與三郎的政治地位與史學、文化專業，成為相輔相成的力量，而對明治以降的南進論述形成一定的影響。臺灣是日本南進政策的起點，所謂的殖民地意象或南進思維，以何種書寫策略出現在竹越與三郎的兩個文本當中，將是本章所要詮釋的方向。

一、《臺灣統治志》的殖民地論述

未開の國土を拓化して、文明の德澤を及ぼすは、白人が從來久しく其負擔なりと信じたる所なりき。今や日本國民は絕東の海表に起ちて、白人の大任を分たんと欲す。知らず我國民は果して黃人の負擔を遂ぐるの幹能ありや否や。臺灣統治の成敗は、此問題を解決

するの試金石と云はざるべからず。〈臺灣統治志に題す〉

白種人很久以來就相信：拓殖尚未開化的疆土並為其帶來文明的德澤，是他們所要擔負的責任。現在日本國民正從極東的海洋崛起，希望分擔白種人的大任。不知道我國民果真是否具有完成黃種人的承擔的才幹？臺灣統治的成敗，可說是解決這個問題的試金石。〈題臺灣統治志〉

這是竹越與三郎在《臺灣統治志》寫下的第一段話，是這本書的微言大義所在，也點出了日本模仿歐美帝國的企圖，亟欲成為東洋的新霸權。毫無疑問的，西方殖民者相信，如果占領未開化的土地是他們的任務，則不管被殖民者是否感謝或者理解，一旦這是他們的責任，就有如上帝所賦予的天職，應該去救贖落後的人種。竹越巧妙地挪用了這個概念，而把臺灣統治的問題，成為試煉日本帝國是否具備殖民才幹的試金石。作者以此提問作為本書的開端，其書寫策略除了要向世人證明臺灣統治的成功之外，也在向西方宣示歷經明治維新的日本已具備發展帝國主義的條件。這是因為臺灣是日本第一個獲得的殖民地，當時日本國內有出現許多反對接收的聲浪。另一方面，西方也在注意逐漸崛起的日本帝國。臺灣統治的成敗與否，對內對外，日本政府都承受極大的輿論壓力。

《臺灣統治志》的問世，志在以官方說法達到消弭雜音的作用。尤其是一九〇七年所出版的外文譯本，直接以英文面貌向西方介紹日本的殖民統治，此書能在頗短的時間內就翻譯完成，極有可能是日本殖民政府所主導的書寫計畫的一部分。《臺灣日日新報》在該年的八月，還轉載了國外方面各報章對於此書的評論〈臺灣統治批評〉，文章中除了簡介《臺灣統治志》的內容之外，發言也多站在肯定臺灣統治的立場。[17]可見這本書應該為臺灣總督府帶來正面的聲譽，也讓世人清楚臺灣在成為日本殖民地之後的近代化過程。後藤新平為該書所寫的序言中提到了，世上議論臺灣統治得失的很多，但是能夠做到善視篤論的很少，多半只在皮相摸索、無法切中核心。[18]對後藤新平而言，由竹越與三郎來執筆書寫此書，應該是最佳的選擇，以他的專業學養與知名度，是絕對可以勝任的。不過，對臺灣不甚瞭解的竹越，能夠迅速蒐集到資料並且完成書寫工程，其中得力於後藤新平的協助是不言可喻的。

一八九八年二月末，兒玉源太郎就任臺灣第四任總督，他隨即在三月初任命後藤新平成為臺灣的民政長官。兒玉是歷任總督中，唯一同時兼任日本國內軍事要職的官員。在他擔任臺灣總督的時期（一八九八－一九〇六，共八年），由於軍政事務相當繁忙，因此待在臺灣的機會很少。當時臺灣總督府的政策運行，實際上是由後藤新平負責。後藤新平是醫學背景出身的民政長官，也是臺灣現代化的重要奠基者。透過《臺灣統治志》的各章節，不難發現竹越在這本書裡面研究了臺灣過往的歷史、地勢、自然、人種，以及在接受日本殖民之後所進行的土地與人口調查、生蕃狀態，在經濟開發方面則談到了專賣制度、產業狀況、通商貿易，還有衛生、教育各個人民生活層面的改革，監控人民日常細節的警察機關與司法監獄等等。[19]行文中所展現的思維理路，可以窺探出後藤新平的治臺政策。

在第一章〈殖民及殖民國〉，作者即透過生物學的原理來談殖民主義：「生物學的原則到處支配著人類」，在世界的文明發展中，都常伴隨以海洋的力量，強調以「海」作為媒介的移民或殖民方式。所以殖民的歷史，是和海運的歷史相始終的。而在海外據有殖民地的國家，就好像擁有庭園的人家，可以把國民所剩餘的活力往殖民地排泄出去，殖民地如花草一般吸收了這些排泄物卻轉化成更新鮮的空氣回饋給殖民母國。[20]從海洋向外擴張的概念，是竹越與三郎提出南進論的重點，有別於當時另一派人士強調北進論；所謂北進論，是指從大陸方向往露西亞（俄國）、朝鮮半島、中國北部等前進。[21]在這裡可以看出，竹越與三郎將自己的南進觀點與後藤新平的生物學概念結合，指出臺灣統治的合理性與利益性。

在同化政策方面，竹越對於日本憲法是否適用於臺灣的問題，抱持反對的態度，這也和後藤新平的理念是相符的。在第三章〈臺灣統治法制上之觀察〉，竹越與三郎以為臺灣的人種、風俗、歷史、風土等都和日本本土有所差異，日本法律若是直接移植到臺灣來施行，一定會因為民情不同而造成紛亂，所以並不適用於殖民地。因此，在總督府提出因應臺灣統治的獨立法制之前，還是繼續

---

17 請參閱〈雜報／臺灣統治批評〉（一）、（三），《臺灣日日新報》（一九〇七年八月十四、十六日），此篇文章是轉載歐美各報對於《臺灣統治志》的介紹與評價。另外，九月分還有另一篇文章也是相同性質的報導，請參閱岳洋譯（香港デーリブレス所載），〈雜報／臺灣統治批評〉（上）、（下），《臺灣日日新報》（一九〇七年九月五、六日）。不過此篇文章在肯定日本殖民政策之外，也注意到臺灣人民納稅沉重的問題。

18 後藤新平，〈序〉，《台湾統治志》，頁一。

19 請參考本節附錄表一：《臺灣統治志》章節目錄。

20 竹越與三郎，〈殖民および殖民國〉，《台湾統治志》，頁一—二。

21 矢野暢，《日本の南洋史観》（東京：中央公論社，一九七九），頁五〇—五三。

沿用六三法為宜。在一九〇五年第二十一屆帝國議會中，竹越極力支持延續六三法。[22]第三章所提到的政治理念，無論是對同化政策的排斥，或是尊重舊慣調查，不僅是後藤新平治臺的特色，亦在強調臺灣人和日本人的人種差異。然而看似體貼殖民地人民的作法，其實也存在著日本人的優越主義。站在生物學的立場，臺灣人的人種是比日本人落後的，所以施行同化政策是不合宜的。至於舊慣調查，則是要鉅細靡遺地瞭解臺灣人的生活習慣與風土民情，這和人口調查是相輔相成的殖民手段。

後藤新平認為掌握土地和人口是施政的根本，因此在擔任民政長官時期，推動地籍和戶籍調查不遺餘力。《臺灣統治志》第五章所談到的〈臺灣的地勢、自然、人種〉、第六章的〈土地調查及大租權整理〉、第十四章的〈人口問題及國家營業主義〉都出現了精密的調查數據，另外在談論臺灣經濟產業的各章也附加大量的統計資料，充分顯示了後藤新平對於調查與統計的偏好。在他擔任民政長官時期，以總督府技術官僚身分前往臺灣各廳、視察國勢調查和統計相關業務，並且負責人口調查工作的水科七三郎（一八六三—一九四〇）[23]，曾經在紀念性文字〈後藤伯與統計〉中提到後藤新平在統計上的才能：「人們所周知的後藤伯，是醫者、政治家，而且個性豪放、磊落。但是，一方面他極盡緻密、周到，特別是在統計上精通之事，則似乎不太為人所知。」水科七三郎在文章中還舉了二、三件事來說明後藤新平在臺灣施行統計事業的政績，其中談到他受命委託編纂《臺灣十年間之進步》[24]，以統計表來呈現臺灣統治的發展：

後藤伯在民政長官任內，有一天我向他提議將領臺以來十年間的進步用統計的方式呈現並公開刊行於世如何呢？長官理解我的想法之後，立刻引領我到樓上的書房，並且指示了書架上分類的各種統計，他說：「我曾經考慮過這件事，也一直在蒐集這方面的資料，但是尚未達到完成的階段，所以趕快著手進行吧。而在臺灣財政獨立的計畫書方面因為有許多重要的統計，到峽事務官那裡去閱覽吧。」我接受了這個提示。自此數月之後，我編纂了和英對譯的《臺灣十年間之進步》（*The Progress of Taiwan* 〔*Formosa*〕*for Ten Years*，一八九五—一九〇四），在明治三十九年二月出版並廣泛分發中外各地。雖然當時在內地好像沒有很大迴響，可是在歐美的新聞雜誌當中，也有將之摘錄或評論讚嘆臺灣之進步的文章。而外國人對於統計的一目瞭然，亦表敬佩。[25]

22 竹越與三郎，〈台湾統治の法制上の観察〉，《台湾統治志》，頁六八—八五。所謂「六三法」是一八九六年三月三十日日本在臺灣施行的特別法律，將臺灣殖民地之立法權委交臺灣總督，原本施行期間以三年為限，但是後來又被一再延長，並於一九〇六年改為有效期限五年的「三一法」，但是「六三法」與「三一法」在本質並無差異。

23 水科七三郎（一八六三—一九四〇）生平不詳，一九〇三年十二月，以總督府技術官僚身分前往臺灣各廳，視察國勢調查和統計相關業務。

24 臺灣總督官房文書課編，《臺灣十年間之進步》（一九〇六）。

25 水科七三郎，〈後藤伯と統計〉，《吾等の知れる後藤新平伯》（東京：東洋協會，一九二九），頁三一四—三一八。本書為後藤新平逝世後的紀念文集。另外，文中所提到的「峽事務官」，應該是指當時任職總督府主計課的事務官峽謙齊，請參閱《臺灣總督府職員錄》。

這一段憶往，不僅生動地描繪出後藤新平對於統計事業的熱中，也可看出他在臺灣統治的用心。而這些努力調查的過程，最後透過數據的方式呈現在世人面前，對不熟悉臺灣的西方人來說，經濟的成長、產業的提升、教育人口的增加，都可以透過數字來描繪一個島嶼。數字的變化是一目瞭然的，也是最不需要思考的。而數字所代表的理性，也轉化成臺灣統治的近代性。然而對居住在臺灣的人而言，隱藏在數字背後的真相，可能是各項專賣制對臺灣人民的剝削、日方資本家與勞農之間的薪資糾紛，或是選擇性的教育政策，這都被統計數字與圖表排列掩蓋了。這是一項高明的宣傳策略，《臺灣統治志》和《臺灣十年間之進步》的出版，挾帶著強勢的理性思維，以大量數據向西方展現亮麗成績，學醫出身卻深諳統計技術的後藤新平，顯然也頗知如何向西方人宣傳臺灣統治。

後藤新平的專業是醫學，就促成殖民醫學的發展而言，後藤新平可說是臺灣衛生與醫療政策的推手。除了推行各項經濟改革和建設工作之外，後藤對臺灣衛生醫療制度的重大影響，則是鴉片漸禁政策與公醫設置制度。公醫制度是後藤在推行鴉片政策時所提出的，日治時期臺灣的衛生與醫療行政都是屬於警務系統所監管，這也點出了醫學和殖民主義結合的特質。此外，在《臺灣統治志》的第八章〈警察機關〉與第十三章〈司法監獄〉可以看出，日治時期的警察，職權掌管範圍之大，幾乎包含了人民生活的全部。不僅是治安刑事上的維持，包括戶口調查、「理蕃」政策、保甲制度、衛生行政，甚至教育事業都受到警察的監控。在現代性／殖民性的一體兩面之下，臺灣人只要不遵守法律或是不符合衛生習慣，都會被警察當作罪犯或病患而遭到隔離。竹越在書中也提到，以進步社會的標準來看，吏務和警務是必須分開的。但是因為臺灣的社會狀態還是幼稚的，所以採取嚴厲的法治才能得到效果。因此要以家長式的、恩威並施的政治，隨時讓人民感受到警察的勢力。[26]日治時期的統治策略，即是運用嚴密的警察體系來監控島民的生活與思想。因此警察是最基礎也是最嚴密的監控機制，他們的威權亦被無限膨脹。這種監控方式，使人民在日常生活中無所遁形。縱使人民表現出對警察的服從，其實是恐懼心態多於守法觀念。當時為了有效管理殖民地的人民，並且協助警察權威的行使，司法監獄、保甲制度等更多嚴厲的法律與規範也應運而生。

如果警察機關是對人民外在行為的管理，學校教育則是培養近代國民的地方。在第二十章〈教育、宗教、慈善〉，作者在開頭即直言：「開導臺灣最必要、也是前途最遙遠的，則是教育吧。」臺灣人必須透過教育做到移風易俗、改變心性，否則將和「支那人」一樣，追求生活享受與縱情慾望。[27]竹越顯然對中國人懷有極大的偏見，而且將某些人的負面性格擴大成他對全中國人的刻板印象。在他的腦海中，落後中國的破敗身影，除了政治上的腐敗，還包含了人性的墮落。他提到了中國舊社會的拜金主義，而和中國有血緣關係的臺灣人，自然也是具有這種劣根性的。此外，對於中國父權家庭的批判，在最後一章〈臺灣歷遊雜錄〉，則成為他的焦點話題。

作為日本殖民政府治臺政績的宣傳文本，《臺灣統治志》可以說是一部完全官方觀點的政治文本，只有在此書的末章〈臺灣歷遊雜錄〉，才能稍稍窺探作者竹越與三郎對於臺灣的旅遊觀感。當他從基隆搭車進入臺北城後，歷目所見的是清潔寬大的馬路、規模井然的市區，儼然出現新臺灣的

26 竹越與三郎，〈警察機關〉，《台湾統治志》，頁二四五—二四六。

27 竹越與三郎，〈教育、宗教、慈善〉，《台湾統治志》，頁四七八—四七九。

氣象。竹越指出，當時的爪哇被稱為世界的公園，但是他認為臺灣繼續經營的話，數年之後，臺灣不僅是日本的、也是世界的遊園地。[28]不過，他也特別提到臺灣的旅館風格，是殖民地旅行中令他感到不愉快之處。臺灣當時的日式旅館不少，但是竹越認為在熱帶地方，西洋式的旅館才是最恰當的建築，然而臺灣卻連一間歐洲風旅館都沒發現，這是相當遺憾的。依照竹越的想法，所謂的殖民地，是人們行樂的聚集地，所以應該注重娛樂設施，以達到安慰遊子的功能。因此殖民地經營者首先要規劃的，應該是公園、音樂館等建設。[29]

在近代性的觀察之外，作者對殖民地的異國情調也有生動的描寫，例如渡河搭乘竹筏、坐轎旅行的滋味，還有臺灣農村生活中不可或缺的水牛、家鴨、豬群等景象。在書中所附錄的三十八張寫真，有交通、產業、教育、人種、建築、市鎮等各方面的臺灣縮影，這些寫真也有如選擇性的觀景窗，當可看出作者對臺灣的整體印象。[30]毫無疑問的，臺灣的氣候、風土、物產，都有別於日本本土，這也符合竹越對於殖民地的期望，作為國人吸收新鮮養分的地方。這些能夠滋養本國的養分，除了臺灣豐富的山林資源、各項專賣之外，也包含了殖民地本身的娛樂功能。在殖民地經營者的持續開發之下，臺灣將會成為其他殖民地的典範。然而，這些美好的願景，都只涉及到臺灣的自然資源，另一方面，臺灣人的文明性與否，卻是竹越批判的對象，他還是以對比的心態看待日本人和臺灣人接受現代文明的先後順序。[31]

竹越與三郎在旅臺期間，非常留意臺灣的婚姻制度，這也和他對中國家長制的批判有關。竹越會對這一議題表達高度關切，應該受他的妻子竹越竹代（一八七〇—一九四四）的影響至深。竹越竹代是活躍在明治時期的婦女運動家，也是日本新聞史上第一位女性記者。[32]竹越竹代所從事的文筆與婦女運動，是她在婚後隨丈夫赴東京生活後的活動。原本在大阪公論社執筆政論的竹越與三郎，一八九〇年接受德富蘇峰的邀請，參與民友社的《國民新聞》創刊而回到東京。[33] 隨後來到東

28 竹越與三郎，〈臺灣歷遊雜錄〉，《台湾統治志》，頁五〇三。

29 同上註，頁五一四—五一五。

30 請參考本節附錄表二：《臺灣統治志》寫真目錄。

31 關於「文明性」（civility）一詞，是從英文的語境而來，包含物質文明和精神文明，在本書的論述當中，和殖民現代性有著密不可分的共生關係。

32 竹越竹代（一八七〇—一九四四）出生於一八七〇年，父親是岡山藩士族中村秀人，母親中村靜子則是岡山藩的儒學者石坂堅壯的次女。中村秀人在一八八〇年病歿之後，靜子獨力把竹代撫養長大。靜子受其家學影響，不僅資質聰穎而且是一位進步女性，後來皈依為基督教徒後更熱心於禁酒、廢娼等運動。竹代後來也和母親靜子一樣，在一八八三年接受岡山基督教會的創立者金森通倫的受洗而成為基督教徒，先後就讀基督教派所主持的山陽女學校、大阪梅花女學校。她在高等女學校即將畢業之際，透過教友的居中介紹，認識了當時正在擔任新聞記者的竹越與三郎（三叉），在獲得母親的認同之下於畢業後即和竹越與三郎結婚。翌年（一八九〇）竹越與三郎接受德富蘇峰的邀請，參與民友社的《國民新聞》創刊而回到東京。後來竹代也向《國民新聞》投稿，成為日本第一位的女性新聞記者。一八九一年成為東京婦人矯風會委員，集中精力在「一夫一妻的建言書」，一八九三年參加日本基督教婦人矯風會，展開廢妾運動、禁酒禁菸運動，這個時期也刊行了《婦人立志篇》、《ウェスト女史遺訓》（維斯特女史遺訓）等作品。一九〇九年左右開始傾倒於佛教禪宗，從此展開刻苦修行，後來得到淺草寺的大僧正救護榮海授予「大阿闍梨」高僧資格。享年七十五歲。

33 德富蘇峰（一八六三—一九五七）是日本熊本縣水俣鄉士德富一敬的長子，小說家德富蘆花的兄長，本名猪一郎。青少年時期在外地求學的德富，一八八一年回到故鄉創設大江義塾，也在地方新聞等執筆。一八八七年上京組成民友社，創刊雜誌《國民之友》，一八九〇年創刊《國民新聞》。德富素以進步平民主義立場從事執筆活動，但是在日清戰爭後成

京的竹越竹代，由此展開她的文筆活動，除了用「竹村女史」的筆名為《國民新聞》撰稿，還以該報記者身分擔任採訪工作，這在當時的社會而言，都是史無前例的。德富蘇峰甚至邀請她為民友社的婦女雜誌擔任撰稿編輯工作，也在此時竹越竹代開始她的婦女運動。一八九一年成為東京婦人矯風會委員，為「一夫一婦的建言書」而盡力奔走。一八九三年加入日本基督教婦人矯風會設立委員會，和許多婦女運動者一起展開廢妾運動、禁酒禁菸運動等等。竹越竹代也擔任了東京婦人矯風會機關誌《婦人矯風雜誌》編輯，因此竹越與三郎在這段時期常向該雜誌投稿，以側面聲援自己的妻子，這些作品多以探討女性地位為主，例如〈如何提高婦人的地位？〉、〈矯風事業首要之急務〉、〈日本婦人的三世相〉等文章。[34]

從他們夫妻的文筆活動來看，就不難理解竹越與三郎對於中國買賣式婚姻的批判。其時臺灣的漢人社會，自然還沿襲著中國傳統家庭制度，女性在家庭或社會上的地位是低微的。就竹越的觀察，他認為臺灣女性是稍稍比中國女性享有自由的，但是在婚姻體制上還是不脫影響。最後一章，竹越侃侃而談自己對殖民地的觀察，輔以「舊慣調查會報告」來說明臺灣家族中的夫妻關係，娶妻又納妾的實際狀況，也是造成家庭紛亂的根源。誠然，臺灣婦女解放運動的起步比日本遲晚，竹越的進步思維也凸顯了臺灣人的落後。在文化位階上，相當鮮明地呈現出日本人、臺灣人、中國人的高低排序。接受日本殖民的臺灣人，顯然還有進步的空間。但是中國人的血緣、家庭、社會制度等等根深蒂固的文化背景，和重利的猶太人擁有很多相似點，是民族上的問題。[35]而臺灣人和中國人的血緣與文化關係，也相當程度地左右了竹越對臺灣人的觀感。

但是有一些內地人，把臺灣當作淘金的新天地，懷抱多少荒唐的夢想而來，最終卻敗興而歸。

作者在書末提起這件事，無非是忠告他們要認清臺灣的現狀。為了撰寫《臺灣統治志》，竹越與三郎遂有了他首次的殖民地之旅。竹越所認識的臺灣，還是殖民地經營的草創階段。臺灣的各種資源，也才正在開發途中。以他對古老中國的偏見，牽動了他對臺灣的認識。在他的眼中，臺灣不是一座金山，而是一塊尚待啟蒙的蠻荒地。當時的臺灣社會，文明程度只能以「幼稚」而論，民智仍需開化。然而他也說，開導臺灣最必要、也是前途最遙遠的，就是教育吧。竹越並不是要否認殖民者到目前為止的努力，而是認為臺灣距離文明太遙遠了，「教育」肯定是一件艱辛的工程。換一個角度來看，竹越與三郎《臺灣統治志》當中的生物學、醫學、殖民地教育、婚姻制度等不同領域的論述，共同建構出了臺灣的「南方」性。不過，他在五年後所出版的《南國記》，臺灣的蠻荒意象已經被別的殖民地所取代，這個南方之島也出現了轉變。

為松方內閣的內務參事官因而遭到非難。一九一一年成為貴族院議員，一九一三年離開政界轉向評論家活動。一九三七年因為《近世日本国民史》一書得到學士院恩賜賞。第二次世界大戰期間，德富的言論思想以皇室的國家主義為中心，一九四二年當上大日本言論報國會會長，一九四三年獲得文化勛章。德富在敗戰後被開除公職，晚年在熱海的晚晴草堂直到過世，享年九十四歲。

34 竹越熊三郎編／下山京子著，《竹越竹代の生涯／一葉草紙（伝記・下山京子）》（東京：大空社，一九九五），頁一三一—二二。

35 竹越與三郎，〈臺灣歷遊雜錄〉，《台湾統治志》，頁五一七。

二、《南國記》與南進論

明治中期以降，日本開始發展「南進論」，「南方」的地理方位，是以日本為中心座標，主張藉助「海洋」的力量往南方前進，鼓吹南洋是日本人海外進出最合適的地域。一方面，南進論述也強調，日本前進南方是具有使命性的，目的就是要改造南洋的未開發性、政治的落後性，也在於向歐美帝國宣示，開發海外殖民地不再是西方的特權。「南進論」的主張，最初雖然是日本帝國發展海外拓殖為目的，到了太平洋戰爭期間卻演變為基本國策，透過國家的直接介入，「前往南方」逐漸成為日本人的集體無意識。「南進論」的傳播方式，顯然不只侷限在國家的政治宣傳之上，也牽涉到龐大知識體系的運作；在各種專業領域上生產的「南方」文本，逐步建構日本帝國的南進論述。本節的重心，就是要探討這條南進系譜的濫觴作品之一《南國記》。

一九〇九年的夏天，竹越與三郎到南洋旅行，翌年出版了《南國記》。這本書在當時引起廣大的迴響，也召喚了許多日本人的南方想像。竹越在序文〈題南國記〉中，描繪了這趟旅程的始末：

> 去年，我立下志向，從荷領東印度諸島開始，巡遊了法領印度支那，進一步踏入中國雲南省，看了南方的一部分。這趟水陸的路程有一萬餘里，更換了十三次的船，嘗受著豔陽的痛苦、和巨濤奮戰，去程時穿著夏衣，歸程時已著冬衣。此行和歐美旅行相比之下，雖然生活上的愉快較少，但是觸目之風光、歷遊之山川、男女之人情、政治之組織，皆詭異怪奇至

極，是我前後的旅行當中最具興味的。[36]

透過這段序言，我們大致可以勾勒出作者航行的地圖。在長達半年的旅程，竹越強烈感受到南方的光與熱，獵奇的異國情趣。值得注意的是，此書並非單純的紀行作品，它深刻地傳達出作者的南進思維。在竹越筆下的「南國」，是南方之國的泛稱，也指喻南方的土地。作者對於南方的追求，在《南國記》第一章的標題「往南！往南！」即表露無遺。翻開第一章，竹越展現了獨特的文筆功力，他以一則寓言起頭，描寫有個獵人總是忙於觀察遠處樹上的鷹鳩，卻不知道眼前草叢中就有巨雉的存在，等到被人提示而往腳下查看時，大鳥早已展翼飛走了。這則故事在影射當時的日本人已然遺忘美好的「南方」，而苦苦追求遙不可企的空想。接下來，他還引了一首詩加以論證：

盡日尋春不見春，芒鞋踏遍嶺頭雲。歸來笑拈梅花嗅，春在枝頭已十分。[37]

不難發現，寓言和詩的涵義都是相似的，竹越的用意在於點醒國人：我等的將來就在眼前的南方，只要能掌控熱帶殖民地就可以制服全世界，根本不需要辛苦北進大陸。《南國記》被評價為是

36 竹越與三郎，〈南國記に提す〉，《南國記》，頁一—二。

37 此詩出自宋代羅大經之《鶴林玉露》，作者為一佚名之女尼，題為〈某尼悟道〉。全詩以「尋春」比喻訪道，起初，不得入道之法，向東向西，四處尋找佛法真諦。在歷經芒鞋踏遍各地之後，才領會到佛法就在自心，不用向外去求。

讓日本的大眾階層對「南進論」普及認知的最初作品，原因除了竹越的知名度之外，也和他的文學技巧有關。少年時期就進入漢學塾的竹越，藉由閱讀中國史籍《史記》、《漢書》、《春秋左傳》等經典，奠定了深厚的漢學基礎。十七歲時，他上京學習英文，一年之後入學慶應義塾，在福澤諭吉的門下開始大量接觸西方知識。[38]在《國民新聞》的工作期間，他則對世界歷史產生濃厚興趣。[39]竹越個人的知識體系，結合了漢學和西學素養，這種特質也反映在他的作品當中。

一八九〇年到東京《國民新聞》擔任政論記者的竹越與三郎，在這段期間因為創作《新日本史》、《二千五百年史》而得到西園寺公望的知遇[40]，一八九八年進入政壇，在伊藤內閣的西園寺文相之下擔任文部省勅任參事官兼祕書官，翌年渡歐到各國視察，另外他也以「竹越三叉」的筆名從事政治評論活動。透過這些履歷，不難推測出他受邀執筆《臺灣統治志》的契機。竹越一九一〇年所出版的《南國記》，記錄了南洋旅行的見聞所感，論述範疇包括了上海、廣東、香港、新加坡、爪哇及荷屬諸島（今印尼一帶）、法屬印度支那、臺灣等地。[41]《南國記》出版後相當暢銷，一年多的時間就再版十次，如此迴響是異常程度之大的。這本書在當時也引起了大眾媒體的注目，主要的報章雜誌登出不少書評，而且對於竹越的主張大多給予積極的評價，可見這本書帶給社會極大的衝擊。[42]

以海洋作為移民或殖民的途徑，竹越在《臺灣統治志》已經展現這種思維，《南國記》則將海洋連結南方作為概念，說明日本前進南洋的必然性。經由第一章〈往南！往南！〉的幾個小標題「國人忘卻南方」、「控制熱帶就是制服世界」、「島國在大陸上用力之不利」、「吾等之將來在南方」等等，可以看出他極力主張日本南進。他以世界史的興衰來說明「南方」的優勢性，更以日本民族的血統中混合了馬來人種的血液來聯繫日本和南洋的關係：

我們曾經在小學時被教導：「凡此地球上之人種可分為五，曰歐羅巴人種、蒙古人種、阿非利加人種、馬黎人種、亞米利加人種是也」。而此馬來人種居住於與大日本帝國南端相望之地，儘管他們血液的一部分混入我南方臣民的脈管之中，我國人卻把這擱置一旁，對他們馬來人的理解相當少，卻徒然談論歐美、中國為多，這豈不是求之高遠而失之卑近嗎。[43]

38 福澤諭吉（一八三五—一九〇一）是日本明治時期的著名思想家，福澤諭吉終其一生都致力於在日本弘揚西方文明，介紹西方政治制度以及相應的價值觀。他積極提倡當時正值明治維新的日本應該放棄中國思想和儒教精神，〈脫亞論〉是福澤諭吉於一八八五年三月十六日在日本《時事新報》發表的著名短文。

39 矢野暢，《「南進」の系譜》（東京：中央公論社，一九九七），頁五九—六〇。

40 西園寺公望（一八四九—一九四〇），號陶庵，宮廷貴族清華家出身，德大寺公純次子，過繼西園寺師季。一八七一年留學法國，一八八〇年回國後開辦明治法律學校（明治大學前身）。二十世紀初期與桂太郎交替出任首相，一九一二年任最後一任元老。逝世後舉行了國葬。

41 請參閱本節附錄表三：《南國記》章節目錄。所謂的「印度支那」是指中南半島（含馬來半島），也特指曾經是法國殖民地的「法屬印度支那」，包括今天的越南、柬埔寨、寮國。「印度支那」一詞是音譯自法文「Indochine」，表示位於印度與中國之間並受兩國文化影響的區域。

42 矢野暢，《「南進」の系譜》，頁六一。

43 竹越與三郎，《南國記》，頁二—三。

當時日本關於民族起源之議，眾說紛紜，但是許多論調都和日本帝國發展有密切關聯。人類學並非竹越與三郎的專業領域，不過他在其著作《二千五百年史》就主張「日鮮同祖論」、人類學的「混合民族論」，《南國記》則以日本天孫民族從南方而來，且舉日本和南洋在某些風俗的類似為例，指出日本人的血統當中也混合了南方的馬來人種。這也是為了和北進論（大陸進出）對抗，所以提倡日本應該往民族的故鄉「南方」前進。[44]馬來人位居「南方」的座標位置，是對應日本本土的地理而來。馬來人所處的南洋群島不僅僅和日本比鄰，它也是作者眼中大且富足的殖民地。竹越提出日本民族和馬來人之間的血緣關係，是要強調往南洋發展的合理性。相較於日本人普遍對歐美、中國等國的文化、國情有相當認識，但是對於和日本民族有血緣關係、在日本南端遙遙相望的南洋島人卻一無所知，這不是捨近求遠嗎？竹越運用了他的世界歷史知識，建構出日本民族起源與南方的關係，無非是要以此支持他的南進論。但是就人類學的觀點來看，竹越的人種知識充滿了謬誤。

《南國記》引起爭議之處，倒不在於竹越所提出的混合種族論，而是他對馬來人的誤解；竹越關於馬來人種的定義，遭到人類學者鳥居龍藏的駁斥：「曰馬來者何。最後應注意者。係曰馬來者果何歟。生蕃之謂為馬來者。係西洋學者。自言語而研究之者。又據竹越與三郎氏所著南國記。則明謂安南東堡塞邊之民族為馬來。山路愛山氏之日本人種論。亦謂支那安南之人為馬來。是則以印度支那派之民族與馬來種族。混同而譯之者。其謬可知。」[45]其實，不只是竹越與三郎，當時詮釋馬來人種的歷史學者也另有其人，山路愛山就是其中一位。[46]竹越可說是南進論的混合民族論者，山路則是北進論的混合民族論者，彼此的立場雖然是對立的，卻不約而同地利用馬來人成為他們知識操作下的犧牲者。相當明顯的，兩人踰越自身的歷史專業領域而涉入了民族人類學的非專業範疇，他們發展出來的南進／北進論述，其實都是日本人企圖統治未開的土地與民族之事業的一部分，文化與帝國主義之間的權力運作也在於此。

《南國記》的暢銷程度，顯示出日本人對於南方的好奇與窺伺，也可大略瞭解它在南進論的影響力。《臺灣日日新報》在一九一一年十二月十六日的〈東京消息〉提到：「竹越氏的『南國記』多少有談到臺灣，此書尚且受到許多讀書人的歡迎，這是可賀之事。但是其他關於臺灣的有益著書，如當初的臺灣史料、南疆繹史、臺灣鄭氏記事、行在陽秋、淡水廳誌、臺灣府志、臺灣蕃政志、臺灣教育志稿等書，現在的則像臺灣總督府所編纂的臺灣統治綜覽，都依然束之高閣，對殖民地臺灣來說是遺憾的。」[47]由於《南國記》其中有一個章節是討論臺灣殖民現狀，這則消息認為《南國記》的眾多讀者也會看到臺灣書寫的部分，肯定對宣傳臺灣是有幫助的，但是其他和臺灣相關，甚至是由臺灣總督府所負責編纂的書籍卻乏人問津，對於編纂者的用心來說是相當可惜的。這個報導雖然是以臺灣為出發點而寫的，但是《南國記》並不是因為書寫臺灣主題而受到注目，它論及的內容涵蓋了整個東南亞區域。透過這則新聞，一方面凸顯《南國記》被日本人廣泛喜愛閱讀，

44　小熊英二，《単一民族の起源》（東京：新曜社，一九九五），頁九八—九九。

45　鳥居龍藏氏講演，〈生蕃人種之調查法〉，《臺灣日日新報》漢文版（一九一一年二月十日）。

46　山路愛山（一八六五—一九一七）本名彌吉，號愛山，是活躍於明治到大正初期的評論家、民間史家，和竹越與三郎是民友社時代的同事。當時山路愛山主張北進論的混合民族論，竹越與三郎則是南進論的混合民族論。

47　社外記者，〈東京便り〉，《臺灣日日新報》（一九一一年十二月十六日）。

一方面也可側面瞭解竹越的文字魅力。

在《南國記》的描寫下，未開化的南洋諸島，是人類歷史上嶄新的一頁。不難想像在日本人眼中，竹越所提到的極樂鳥、龍涎香、麒麟血、山竹果、荔枝，這些前所未見的名詞，不但帶來獵奇的趣味，也引起他們的南方想像。《南國記》是一本深具異國情調的遊記，記錄了作者在東南亞各殖民地的所見所聞，而且他的書寫風格相當明快生動，從南方各地的歷史文化談起，到風土、物產、民情，再搭配上各地的人物寫真圖片，使讀者在閱讀文字之餘，隨即能透過視覺的接收進入情境。相較於《臺灣統治志》大量的統計數字與圖表排列，《南國記》則著重在南方的文化風情，從第二章到第七章，竹越介紹了上海居留地、香港、廣東，以及東南亞各殖民地，綜論南洋各地的歷史與地理知識，盡情發揮了作者的文史專長特色。另一方面，本書的書寫策略也是相當鮮明的，它的目的在宣揚作者的南進論觀點，所以在每一章的後半，作者都會探討當地的政治狀況，並且分析各殖民母國的殖民政策之優劣。作者的用心，除了參考歐美各國的統治手段，還有和他們一較長短的企圖。南洋的豐富資源，自然不能坐視讓西方帝國獨占，這也是竹越積極主張南進論的原因。

對於竹越的南進論調，大多數的輿論是持肯定立場的，這也多少可以看出日本的政治意向，但是其中也有極少數的負面評價。在一篇名為〈輕率的日本人〉的政論，作者田原生批評了竹越的《南國記》與贊同南進論的日本人：「竹越代議士之所論，是自我欺騙、自家擅著，有識者是讀後一笑置之的。但是這本書卻被多數浮躁虛華的日本人所歡迎，陷入馳騁於樂觀空想者多矣，令人不得不感嘆。」[48]作者指出，南進論是太過輕率的主張，當前應該做的，是引導國民走向自知之道，並且藉由認真勞動以循序漸進，但是如此急進的南進論調，卻被多數浮躁虛華的日本人所歡迎，真是令人感嘆的事。《臺灣日日新報》所發表的這篇文章，足以說明一九一一年左右，南進論尚在萌芽的階段。日後它以勢如破竹的氣勢壓倒各種言論時，官方主導的報章雜誌上也難得會出現這種反對南進論的文章了。

一九一四年第一次世界大戰爆發之際，日本加入了戰局並且向德國宣戰，旋即占領了德屬南洋群島。自此以降，日本的南進經營論不再是紙上談兵，而是真正據有了土地。在第一次的占領後，日本迅速拓展在南洋的勢力範圍。透過竹越在一九一六年所發表的一篇〈南洋進展策　支那人歸化案〉，當可看出日本發展南進政策的進程：「予遊南洋。因唱南進政策。前後不過七年。而我國人在南洋地方之企業。經已非常勢力前進。當初僅在馬來半島。今已擴張到蘭領『浩屢黎墺、斯馬特拉』殊可忭喜。」大正時期日本推動南進政策的重心，主要是在南洋進行拓殖經濟。南洋的重要物產橡膠，也就是塑膠的原料，成為日本發展南洋實業的重心，但是當時卻有勞力人口不足的問題。這篇文章的主旨，就是要解決這個問題，竹越與三郎建議招攬中國人到南洋工作，並讓他們歸化成日本人作為利誘：

> 現我日本人在蘭領地方。與歐洲人種。同受優等國之待遇。支那人則與印度人種。共蒙劣等國之藐貌。其中不耳。實為匪少。間有兄為支那籍民。弟為臺灣籍民。兄弟之中。其待遇即不同。以臺灣人亦日本民也。故其權利利益。隨之而異。現在南洋僑居支那籍民。相率欲為

48 田原生，〈軽卒なる日本人〉（下），《臺灣日日新報》（一九一一年一月十五日）。

日本人者。已非一日。若令僱用于日本人事業或受其資助者。便可坐得日本籍。則勞働者無不靡然羣集於我事業。蓋此法當于暹羅實行之。予惟欲令我政府。一為倣效之耳。又此項章程。總要規定為經過僱用年限若干。始能取得國籍。而其國籍又要限在蘭領之內。去此則失。我國自有植民地以來。國籍之中。全不分載為登錄國民。抑植民地國民。與帝國臣民。頗為踈漏之點。此後宜設此制度。並以助長我南進實業策也。[49]

為了獲取勞力資源，竹越建議招徠中國人來南洋，並以入日本籍為獎勵。但是，顯然這種入籍方式是差別性與利益性的考量。竹越提出的方式，必須要有一定僱用年限始能取得國籍，而其國籍又要限在荷屬領地之內，這無異是以日本的利益為主的條款。其次，所謂的「帝國臣民」、「植民地國民」、「登錄國民」，如名稱所示，就存在著身分差別，也象徵了位階高低以及國民權利的多寡。當時是否真如竹越所說：「現在南洋僑居支那籍民。相率欲為日本人者」頗令人存疑，不過這篇文章也點出了另一個議題，那就是中國人和臺灣人的身分位置。在日本統治下的臺灣人，雖然是被殖民者的身分，竹越認為其地位是比中國人高一等的。這種匪夷所思的現象，也說明了臺灣人和中國人的政治處境。

竹越與三郎在一九〇九年所展開的東南亞之旅，以臺灣作為終點站，畫下圓滿的句點。曾經於一九〇四年為了寫作《臺灣統治志》而來到臺灣，五年後再度重遊殖民地，竹越驚奇地發現臺灣有了神速的進步。《南國記》的第八章〈從印度支那到臺灣〉以臺灣發展為主題，在作者的觀察下，無論是和五年前的臺灣相較，或是和東南亞各方的殖民地對比，現在的臺灣都展現了近代化的優勢。從基隆港的規模到臺北街道的革新，都市下水道、電力設備的整頓，甚至是臺北官設旅館的美觀舒適，都讓竹越讚嘆不已。並且，在愉快的鐵道旅行中，他沿途參觀臺灣西部的製糖會社、甘蔗園，感受到伴隨工業而來農業的進步，而蕃地開拓也擁有相當成績，這一切都歸功於日本殖民政策的各項創見。在竹越的描寫之下，臺灣儼然是一個充滿和平歡樂的殖民地。其中，他最謳歌的製糖會社，被形容成兼顧蔗農權益與經濟收益的良心事業，這無疑和臺灣人的理解有極大落差。竹越的論調，極其美化臺灣統治之能事，他是為了和歐美各國的殖民政策一較長短，企圖形塑超越西方統治的殖民地。

因此，在旅行過東南亞各國後，竹越確信臺灣無論談社會安定、經濟發展或人民生活水準各方面，都比其他各殖民地還要傑出，這主要是因為日本在殖民政策上的耕耘。《南國記》把臺灣部分放到第八章來談，其用意就是要比較出各殖民政策的優劣、殖民地人民的差別待遇，從而肯定日本在臺灣統治的政績：

> 看到荷蘭、法蘭西等國家如何在他們的殖民地壓榨土人、虐待中國人，這和臺灣土人境遇相較的話幾乎是天壤之別。在臺灣不論是本國人或土人，在政治上都一視同仁、沒有區別。[50]

---

49 竹越與三郎氏述，〈南洋進展策　支那人歸化案〉，《臺灣日日新報》漢文版（一九一六年二月四日）。

50 竹越與三郎，《南國記》，頁三二〇。

對臺灣人來說，這段話的可信度頗低。只要稍微理解殖民史的人都知道，日本統治臺灣的五十年，臺灣人的生活境遇乃至於基本權利，從來就不可能做到和日本人一視同仁。在同化政策上抱持反對立場的竹越會說出：「在政治上都一視同仁、沒有區別」，乃是希望藉此凸顯日本殖民政策的人道主義。不過，無論竹越是故意掩飾真相，或者他真心認為臺灣人被一視同仁地對待，他所說的話是有可能被廣大讀者相信的，尤其是不熟悉臺灣狀況的內地日本人。這些宣揚臺灣統治的帝國文本，更能透過翻譯的形式傳播到海外，而成為再現殖民地的樣本，也滿足了一般人所懵懂認知的南洋。竹越的《南國記》提到，他搭乘地洋丸在前往臺灣的途中，船上英美旅客三十多人當中，就有兩人看過《臺灣統治志》的翻譯本。[51]另外，據說《南國記》後來也被翻譯成法文，連荷印總督都看過此書。[52]可見，文化與帝國主義的力量是無法輕忽的，竹越雖然沒有豐富的南方生活經驗，但是憑藉個人的史學知識與文字專長，企圖透過書寫再現殖民地的全景。竹越占據了發言位置，也就擁有詮釋權。利用文字，他也掌控了更多的殖民地知識。

誠然，臺灣是南進政策的起點，《南國記》的主題還是以「馬來人」為主。占領臺灣讓日本開始學習如何經營殖民地，進而將臺灣經驗挪用在其他殖民地的治理之上。《臺灣統治志》的書寫工程，讓竹越掌握了殖民地政策的運作方式，在《南國記》的書寫策略上，竹越則將帝國的目光投向南洋群島。為了使南進論更具有合理性，竹越在書末再次提起日本人和馬來人的血緣關係，並以此設問：如果日本人和馬來人親密到有共同的祖先，為何今天日本已位居世界大國之列，而和日本人同胞同系的馬來人卻在南洋地方過著奴隸狀態的生活：

說明這個問題嘛，馬來人是純粹的馬來人種再多少混入了劣等的黑色人種而已。可是日本人為了和中國大陸、朝鮮半島而來的稍高等人種相接合，所以與起血統混合，結果成為如今日般的大國民。[53]

竹越顯然對「黑人」懷有極大的偏見，這應該和他接受西方歷史訓練有關。馬來人因為混合了黑色人種的血統，所以才會變成更加劣等的人種。而日本人則選擇性地混合了多種族的血液，最後成為現在這般優等的國民。緊接著他提到了馬來人居住的熱帶地區有取之不盡的天然資源，加上四季都是暑熱的氣候，所以人們不用辛苦勞動，終日懶惰過活，大腦無需思考，只要依照「飲食男女」的動物本能即可生存下去。這也是南洋地方人文不發達、無法產生文學的原因。竹越在最後所提出的文學觀：文章乃「經國之大業、不朽之盛事」[54]，就是期許自己能夠以文學的力量，引導國人未來的方向。

近代日本帝國的未來將往何方？日本國民的明日將在何方？這兩個議題恐怕是明治時期以降日本官方與民間都亟欲找尋的答案，我們也可以從《南國記》的書寫脈絡中感受到這種迫切的心情。

51　竹越與三郎，《南國記》，頁二八五。
52　矢野暢，《「南進」の系譜》，頁六三。
53　竹越與三郎，《南國記》，頁三五八—三五九。
54　竹越與三郎，《南國記》，頁三六六—三六九。

日本在明治維新之後，積極朝向文明開化、富國強兵的近代國家樣式，一方面也開始模仿西方帝國主義的發展路線。竹越與三郎遊歷東南亞之後，以《南國記》向國人宣告：日本的未來在南方，憑藉日本人和馬來人的血緣關係，日本到南洋發展的條件絕對比西方帝國更有優勢。南洋的出現，決定了臺灣作為「南方」起點的地政學位置。而且，日本在臺灣統治的成績，無論是人民的生活水準或是文明的改造程度，都比東南亞各個殖民地還要成功，這足以印證日本有能力成為明日帝國之星。為了凸顯和各殖民地的差異，《南國記》的臺灣再現，顯然比《臺灣統治志》更趨向正面的展示，這是作者的書寫策略，也透露了強悍的帝國慾望。

三、前進南方：一種政治無意識

竹越與三郎的臺灣與東南亞之旅，為他激盪出繁複的南方想像，也豐富了他的南方知識。在旅行的過程當中，他絕非一位單純的旅者；「觀光」不是他的目的，「觀察」才是他的重點。或者說他是以一個近代旅者的姿態，帶著文明性與殖民性的雙重目光，來凝視臺灣與東南亞各殖民地的風景。他能夠周遊南洋，和他在政界的權力有關。有了權力便有能力到達這些殖民地，再藉由竹越本身的史學專業，以此考察東南亞各殖民地的狀況，然後透過文字再現殖民地的風貌。《臺灣統治志》的書寫目的相當明確，是為了宣傳日本殖民政策而寫。《南國記》則不僅是極具異國情調的遊記，在文學性之外也明示了作者的南進觀點。這兩個文本是竹越編纂與傳播的南方知識，是帝國書寫的一部分，也讓他掌握了殖民地的詮釋權。對於南方的一切，竹越顯然懷有強烈的憧憬。但是他所憧憬的，不是南方的光與熱，而是征服與支配。

對正在發展帝國主義的日本而言，臺灣統治是一個試金石，以此檢驗日本是否具備開化蠻荒的能力。無可否認的，《臺灣統治志》縱使對臺灣的未開化程度有所擔心，但是作者毫不遲疑地正面肯定日本。臺灣統治的成功，也激發了無限的帝國慾望。竹越在《南國記》的書寫策略上，以臺灣經驗為墊腳石，主張藉由海洋的力量往「南進」，才是當今日本人的使命。相當鮮明的，《臺灣統治志》的臺灣意象是從蠻荒未開到半開。《南國記》的臺灣再現，已從半開躍進到開化的近代社會，較諸東南亞各殖民地更具文明進步，其書寫企圖是不言可喻的。臺灣作為日本南進政策的起點，它的指標性意義在於提供一個殖民地典範，甚至超越西方帝國在南洋的各殖民地。和歐美帝國發展史相較之下，雖然日本起步甚晚，但是日本以臺灣統治為開端，展現了向西方模仿到競爭的企圖。

分析《南國記》的書寫脈絡，作者顯然已有遲到的焦慮。當時日本是帝國主義剛要起步的階段，日本列島的地理環境則四面環海又南北狹長、高山縱橫，因此竹越也在思索：日本帝國的未來將往何方？日本國民的明日將在何方？我們不禁可以從《南國記》中感受到這種迫切向前的心情。和西方相比的話，日本的近代性是遲到的。明治維新之後的日本，以「脫亞入歐」的決心積極向西方學習，希望能脫離漢文化圈的委頓狀態。竹越與三郎在慶應義塾時期，成為福澤諭吉的門下。當時積極鼓吹學習西方文明觀的福澤諭吉於一八八五年三月十六日在日本《時事新報》發表著名的短文〈脫亞論〉，強烈建議經歷明治維新的日本應該擺脫中國和朝鮮這兩個鄰國：

為今之計，不能猶豫於等待鄰國開明之日再共興亞細亞，不如脫離他們的隊伍而和西洋文明國家共進退。對待中國、朝鮮方面也不必因為是鄰國的緣故就特別理會，只要按照西洋人應對他們的態度就可以了。與惡友親近的話則難免也會有惡名，我們要在心裡謝絕這種東亞的惡友。

這一段話是〈脫亞論〉的結論，也是福澤諭吉以文明性來檢驗中國和朝鮮的定見。他主張應在亞洲的東邊，創立一新西洋國日本，成為亞洲的新領導者。而對於像中國、朝鮮這些鄰國，既然它們還停留在半開化階段，日本自然不能與之為伍，而應脫離它們停滯、落後、愚昧的行列，加入進步、文明的西方陣營。對於文明論、人種優劣的概念，福澤諭吉完全是西方思維的，而他的「脫亞入歐」也成為日本在明治時期拓展政治外交的意識形態。有關竹越與三郎在文明開化的思維模式，或是對黑色人種、中國人種的歧視，明顯受福澤諭吉影響甚大。竹越在他的著作中曾露骨地表達在文化上及種族上對中國的歧視，這也是對漢文化圈與儒家傳統的否定。[55]因此，明治中期以降的南進論述，可為日本實踐脫亞入歐提供一個前進的方向。

明治時期的南進論，強調南洋的未開化性，主張日本有開發南洋的使命。大正時期的南進論，則利用實利主義的利潤與持續獲利的希望向廣大日本人號召，藉投資、開發南洋以增進日本經濟發展。到了昭和時期，「南進」逐漸演變成為基本國策，和大東亞戰爭共進退。不難發現，從明治到昭和時期的南進論述，隨著時局的變遷而有所變化。然而，在南進論述的建構工程中，製造「南方憧憬」是始終必要的條件。竹越在《南國記》裡，質疑歐美先進諸國的南洋開發能力，指出日本開發南洋的妥當性。他是透過南洋的未開化性，以及日本人和馬來人的淵源，來加強自己的論調。這本書的問世，也為日本人提供一個想像南方的方式。但是換個角度來說，對中國人始終不抱好感的竹越，在大正初期的那篇文章〈南洋進展策　支那人歸化案〉中，會提出以入日本籍吸引中國勞動人口來南洋工作的方法[56]，這也側面顯示了日本進出海外拓殖的一個困境：如何讓更多的日本人（包括殖民地的人民）志願前進南方？這也是南進政策當中，一個最根本的核心問題。《南國記》所建構的南方憧憬，應該有達到一定的效果，但是這個論述必須延續下去，讓它漸漸轉化成為日本人的集體無意識。

就像西方人發現東方一樣，日本也積極地去發現「南方」。明治中期的南進論者當中，竹越與三郎只是其中的一位。最初，這套論述顯然是由一些經濟史、歷史學家所發起，可以說是關於南方／殖民地的風土民情、歷史想像的總起點，像是竹越與三郎的《南國記》、志賀重昂的《南洋時事》。後來慢慢加入不同領域的專家，他們建構各種描述殖民地的文本。從而，在文化與帝國主義的相互運作之下，南方概念的挪用，不需要親自前往也能透過南方論述的文字力量，而達到神往的境界。但是這種南方想像，也極有可能轉化為日本人再現南方的刻板印象，諸如南洋的蠻荒未開性、馬來人的怠惰性格、臺灣原住民的凶暴本質，都可成為一再被展現的南方樣式。

如同我們可以輕易在日人作家的臺灣書寫當中，發現南方／殖民地概念的挪用，以及他們對臺灣原住民展現的高度興趣。例如，竹越與三郎在《臺灣統治志》裡曾經談過殖民地的「慰安」功

55　本文前述針對此點已有著墨，例如竹越與三郎在《臺灣統治志》中反覆批判中國人愛錢的本性，並與猶太人相提並論。

56　竹越與三郎氏述，〈南洋進展策　支那人歸化案〉，《臺灣日日新報》漢文版（一九一六年二月四日）。

用，後來作家中村地平在他的散文〈旅人之眼〉中，也提出要把臺灣全島國家公園化，以成為撫慰南進者的休憩之地：「既然臺灣是軍事、經濟的南進基地，那麼同時更必然是南進之人的慰安之地。」[57]不論中村地平有沒有親自閱讀過竹越的著作，殖民地的慰安／遊樂園功能，顯然已經成為日本人思考殖民地的方式之一。此外，《臺灣統治志》所附錄的人物寫真，網羅了臺灣原住民各族男女，可見作者把原住民展示當作重點介紹的意圖相當明顯。蠻荒的未開意象和臺灣原住民的原始野性，對日本人來說是深具獵奇的異國情趣的。[58]也難怪作家佐藤春夫曾經說過：當時大部分的日本人，都以為在臺灣居住的全是「蕃人」，因此要在文章中特別說明臺灣籍民是「支那人」。[59]這些例子足以說明，臺灣／南方概念可能被簡約化，並與「蠻荒」、「熱帶」、「蕃人」、「野性」等劃上等號。而作為亞洲唯一新興的近代國家日本，它的使命就在於「啟蒙」或「開化」這些亞洲的落後地區。

結語

日本帝國主義的擴張過程中，絕非僅限於國家機器的運作，也得力於各種不同形式的協力。在摸索的階段中，竹越與三郎的南方書寫，無異是日本嘗試建構南方主義的肇始之一。如同矢野暢所說的，日本的南方經略或南進論述，在江戶時代就有相關的思想言論，但是具有近代性意義的南進論，要到明治中期以降才真正誕生。[60]南進論或者南方主義，是一種逐漸形成的論述，絕非一蹴可幾的工程。明治中期開始，藉由各種專家之手，留下許多南方知識的文本紀錄；從懵懂未明到清晰可見的「南方」，再現一個非常龐大的南方實體，讓日本人可以輕易看見、掌握，進而形成一條政治無意識的南進系譜。無可否認，竹越的《南國記》只是這條南進系譜的濫觴之一而已，這條系譜也未必存有師承關係，它可以透過閱讀、再閱讀，呈現、再呈現的方式延續下去，讓前進南方／殖民地概念，形成一種集體的政治無意識。

西方所建構的東方主義，是一套龐大的知識運作體系，也是在長遠的歷史時空中進行的。然而，日本近代帝國版的「南方主義」形成的過程則在明治時期以降才開始塑形。在明治時期的南進論者中，志賀重昂和竹越與三郎這兩位人物是值得注目的，因為他們的論點有別人無法取代的特點。不過，在當時曾經造成廣泛影響的這兩位作家，對現今的日本大眾階層來說，恐怕卻是陌生的。一般的知識分子可能比較熟悉志賀重昂的代表作《日本風景論》[61]，因為這本書有回歸東洋風景意識的美學價值，《南洋時事》已被大眾遺忘。至於臺灣的狀況，則是以竹越與三郎的《臺灣統

57 中村地平，〈旅びとの眼：作家の觀た台湾〉，《臺灣時報》（一九三九年五月號）。

58 請參考拙作，〈南方與蠻荒：以中村地平的《台灣小說集》為中心〉，《台灣文學學報》第八期（二〇〇六年九月），頁一四七—一七六。這篇論文有探討日籍作家對於臺灣原住民題材的偏愛。

59 佐藤春夫，〈南方紀行〉，《定本佐藤春夫全集》第二七卷（京都：臨川書店，一九九九—二〇〇〇），頁一四。

60 矢野暢，《「南進」の系譜》，頁四八—四九。

61 請參閱志賀重昂，《日本風景論》（志賀重昂全集第四卷），東京：日本図書センター，一九九五年復刻版（根據一九二八年志賀重昂全集刊行會發行之版本複製）。以出版市場來觀察，日本岩波書店在二〇〇六年還繼續再版《日本風景論》，可見此書的經典地位。

治志》較為研究者所周知[62]，《南國記》卻幾乎沒有相關研究。如此看來，志賀重昂的《南洋時事》、竹越與三郎的《南國記》，縱使曾經是日本南進論述的初期力作，現在似乎已隨著人們對戰爭記憶的褪色，而隱沒在歷史激流當中。但是換個角度來看，《南洋時事》和《南國記》所展現的臺灣及南方思維，也可以被不同的文本挪用衍化，而延續它們的南方再現模式。對大正、昭和時期的許多日本作家而言，他們不必透過閱讀《南洋時事》和《南國記》，就可以輕易想像南方的光與熱、熱帶與叢林、毒蛇與瘧疾、蠻荒與落後、等待啟蒙與被救贖……。

62 不過，《臺灣統治志》也很稀少，近年來以竹越與三郎為主題的研究論述，據筆者所知，只有中研院臺史所張隆志博士的論文。請參閱張隆志，〈知識建構、異己再現與統治宣傳：《臺灣統治志》（一九〇五）和日本殖民論述的濫觴〉，「文化啟蒙與知識生產（一八九五—一九四五）國際學術研討會」（臺灣大學臺文所、音樂所主辦，二〇〇五年十一月二十六日）。本論文為張博士在國科會「世變中的啟蒙：文化重建與教育轉型（一八九五—一九四九）」整合型研究計畫之部分成果，後收入梅家玲編，《文化啟蒙與知識生產：跨領域的視野》（臺北：麥田，二〇〇六），頁二三三—二六〇。這篇論文主要側重在竹越與三郎的《臺灣統治志》和後藤新平治臺政策之間的關係。

本節附錄表一：《臺灣統治志》章節目錄

第一章：殖民及殖民國	第十二章：鑛物
第二章：在臺灣的日本統治	第十三章：司法監獄
第三章：臺灣統治法制上之觀察	第十四章：人口問題及國家營業主義
第四章：過去的臺灣	第十五章：生蕃的狀態及蕃地開拓政策
第五章：臺灣的地勢、自然、人種	第十六章：產業
第六章：土地調查及大租權整理	第十七章：交通、郵政、港灣及船舶
第七章：財政及經濟	第十八章：外國貿易、與母國的商業及通貨
第八章：警察機關	第十九章：衛生
第九章：鴉片專賣	第二十章：教育、宗教、慈善
第十章：食鹽專賣	第二十一章：臺灣歷遊雜錄
第十一章：樟腦專賣	附錄一、有關臺灣著書目錄。二、相片解說。

竹越與三郎，《臺灣統治志》，（東京：博文館，一九〇五）。

本節附錄表二：《臺灣統治志》寫真目錄

一、兒玉臺灣總督	十、惜字塔	十九、深坑廳屈尺原住民
二、後藤臺灣民政長官	十一、新高山	二十、阿里山蕃地的情景
三、臺北停車場正面	十二、安平鎮製茶試驗場	二十一、宜蘭廳小南澳腦寮
四、大稻埕祭禮	十三、打狗港內之景	二十二、臺灣各族原住民（十四張）
五、臺灣軍事中的郵件搬運	十四、臺中葫蘆墩竹筏渡河	二十三、淡水川養鴨
六、臺南城內紅毛樓	十五、南庄大東河隘寮	二十四、荷領期原住民的羅馬字
七、臺南市街	十六、恆春廳西門	二十五、民政長官官邸
八、苗栗廳大安溪輕便鐵道	十七、臺灣的學校（二張）	二十六、從總督官邸的屋頂鳥瞰全臺北市
九、彰化廳鹿港市街	十八、滬尾水源池	

本節附錄表三：《南國記》章節目錄

第一章：往南！往南！	第六章：法屬印度支那
第二章：上海居留地	第七章：南方亞細亞的明日
第三章：香港及廣東	第八章：從印度支那到臺灣
第四章：新加坡	第九章：經國之大業不朽之盛事
第五章：爪哇及荷屬諸島	

竹越與三郎，《南國記》，（東京：二酉社，一九一〇）。

第二節　民間觀點．認識臺灣：中村古峽〈到鵝鑾鼻〉、〈來自蕃地〉的南方風情與「蕃地」體驗

引言

近代旅行書寫的研究，是目前頗受關注的主題，作家透過旅遊活動所留下的紀錄，再現了文學者的美感經驗，進一步也讓讀者藉由他人的目光想像異地。邁入大正時期的日本，伴隨著經濟與政治勢力的擴張，帶動了海外旅行的風潮，殖民地臺灣也在這股浪潮當中，成為日本人的重要觀光景點之一。[63]東大文學科出身的中村古峽（一八八一—一九五二）[64]，在一九一三年初來臺灣旅行，

63 呂紹理，《展示臺灣：權力、空間與殖民統治的形象表述》（臺北：麥田，二〇〇五），頁三四七。

64 中村古峽（一八八一—一九五二），文學者、心理學者、精神醫學者。一八八一年出生於日本奈良縣。高中肄業後，以同等學歷考上東大文學部（專攻英國文學），並且投入夏目漱石的門下學習文學。由於弟弟義信的精神異常問題，後來他一邊執筆創作，一邊也在品川的御殿山從事心理療法的工作。四十歲以後，他開始在東京醫專（現在的東京醫大）學習醫學，也在千葉大學醫學部研究精神醫學，然後自行開設診療所。中村古峽的著作以變態心理學聞名，著有《變態心理の研究》（一九一九）、《迷信と邪教》（一九二二）、《變態心理と犯罪》（一九三〇）、《流言の解剖》（一九四二），

透過這個契機，他認識了第一任妻子小畑照世，還留下兩篇臺灣相關作品〈到鵝鑾鼻〉（一九一三）與〈來自蕃地〉（一九一六）。年輕時立志從事文學的中村古峽，在三十五歲之前創作與翻譯了許多文學相關作品，但從一九一六年以後文筆卻開始轉向，幾乎以心理學著作為主，後來他是以心理學者、精神醫學者聞名。[65]

〈到鵝鑾鼻〉與〈來自蕃地〉所描繪的風景，是作者深入屏東原住民部落的親身經歷。作品的特殊性即在於作者所行經的地方並非一般觀光客容易到達的景點，在當時交通不便的狀況下，中村古峽是以「探險」的心情來完成這些行旅。為何中村古峽要費盡千辛萬苦，走到臺灣最南端去參觀鵝鑾鼻燈塔？他又是以何種心情來到「牡丹社事件」發生的所在地？這些始末，透過他的文字應該可獲致答案。返日後，他在該年六月即發表了一篇臺灣屏東紀行〈到鵝鑾鼻〉。[66]〈到鵝鑾鼻〉是記錄中村古峽從阿緱（現今的屏東市）行至鵝鑾鼻燈塔為止的旅行紀錄。在〈到鵝鑾鼻〉的第一段，即提到他對鵝鑾鼻的深刻關心；一九一三年前往臺灣的途中，他受到一本書《臺灣案內記》介紹的鵝鑾鼻所吸引，也因為這裡是「帝國最南端的海角」，所以他決定要前往一探究竟。中村古峽後來果真完成自己的宿願，甚至在看完鵝鑾鼻燈塔之後，又決定要東行到牡丹社。隨後的旅行，也促成了〈來自蕃地〉這一篇小說的誕生。

如果參照〈到鵝鑾鼻〉的內容，可以發現一九一六年的〈來自蕃地〉，不僅是一篇紀行文體的小說，也是作者根據一九一三年的旅臺經歷所寫成，兩篇作品具有相當高的互文性。〈到鵝鑾鼻〉是作者從屏東到臺灣最南端的旅行紀錄。〈來自蕃地〉則是紀行文體的小說，聚焦在幾個事件來架構小說的發展；在旅途一開始，主角來到在日本人尚有強烈印象的「牡丹社事件」所在地，故事的進行是主角以書信的方式，向日本友人描述自己到臺灣東部原住民部落旅行的過程。小說的另一個高潮，則是主角在旅行途中認識了曾經在一九一〇年被送到「日英博覽會」作人種展示的一位原住民男性。透過參與日英博覽會人種展示的原住民，作者以正面描述的方式，再現了當時博覽會的盛況。除了這位原住民，主角在旅途中和不同部落的原住民邂逅，並且細膩描寫對他們的觀感。在故事的最後，主角還參觀了一位頭目家的人頭陳列架，舉目所見的幾十顆人頭，呈現出形狀各異的骨骼架構。主角一邊凝視著架上的人頭，一邊思索他們被砍下的那一瞬間，持刀砍頭的「蕃人」是以多急切的心情來完成這件事？隨著主角的想像，小說也漸入尾聲。

日本學者河原功指出，在一九一六年七月號《中央公論》上所發表的〈來自蕃地〉，就日本的商業性綜合雜誌而言，可以說是第一部以臺灣原住民為題材的作品。[67]由此看來，〈來自蕃地〉誠

並翻譯過佛洛伊德的《精神分析》（日文版，一九二九）。關於中村古峽生平，請參閱曾根博義編，〈中村古峽年譜〉，收入小田晋編，《『変態心理』中村古峽：大正文化への新視角》（東京都：不二出版，二〇〇一），頁一九二—二〇五。

65 關於中村古峽的創作方向，請參閱曾根博義編，〈中村古峽著作年表〉，收入小田晋編，《『変態心理』中村古峽：大正文化への新視角》（東京：不二出版，二〇〇一），頁二〇七—二一九。透過其著作年表可以發現，中村古峽在一九一六年之後，致力於變態心理學研究。

66 中村古峽（筆名古峽生），〈鷲鑾鼻まで〉，《東京朝日新聞》，自一九一三年六月十九日至七月五日連載，共十六回（六月二十一日沒有連載）。在河原功的論文〈日本人の見た台湾原住民：中村古峡と佐藤春夫〉，並沒有討論這篇作品。

67 河原功，〈日本人の見た台湾原住民：中村古峡と佐藤春夫〉，收入山口守編，《講座　台湾文学》（東京：国書刊行会，二〇〇三），頁六三。本篇論文探討了中村古峽的〈來自蕃地〉與佐藤春夫的〈霧社〉、〈魔鳥〉，主要圍繞在這兩

然具有挖掘的價值。不過到目前為止，河原功的論文大概是探討中村古峽臺灣相關作品唯一的一篇，在此前後並未引起研究者的關注。此外，河原功的論文並未提及中村古峽更早的創作〈到鵝鑾鼻〉。以兩份刊物的刊期來看，刊載〈來自蕃地〉的《中央公論》是每月發行，登出〈到鵝鑾鼻〉的《東京朝日新聞》則是日刊，〈到鵝鑾鼻〉甚至連載了十六回。因此就閱讀人口而言，〈到鵝鑾鼻〉的能見度也不可小覷。檢視中村古峽的著作年表，他的臺灣相關作品只有〈到鵝鑾鼻〉與〈來自蕃地〉而已，把這兩篇作品並置討論，應該可以更周延觀察近代旅行者的旅行視域。本節的研究企圖，在於透過一位民間知識人的觀點，亦即中村古峽的臺灣相關作品，去側面理解大正初期日本人的臺灣印象。從而，藉由小說中所描述的牡丹社事件與日英博覽會，能夠重新認識日本作家如何透過各種事件去建構最初的殖民地想像。

一、國境之南：〈到鵝鑾鼻〉的殖民地風景

〈到鵝鑾鼻〉是記錄中村古峽在一九一三年到達臺灣南部之後，從阿緱出發[68]，一路行至鵝鑾鼻燈塔的沿途見聞。鵝鑾鼻是臺灣最南端的海角，地理景觀相當奇特，有怪石、巨礁及洞穴[69]，周圍則分布有排灣族的原住民部落。[70]明清以來，鵝鑾鼻附近海域經常發生外國船隻與本地原住民的紛爭事件，關於外國人遇難的消息經常耳聞。牡丹社事件之後，清廷在外交壓力下，委託英國皇家學會技師畢齊禮（W. F. Spindey）興建鵝鑾鼻燈塔，於一八八二年完成。[71]日治時期以降，這座燈塔由最初的軍事、外交功能，逐漸成為臺灣制度化旅遊的觀光景點。

對日本人而言，鵝鑾鼻燈塔的吸引力不僅止於其周邊天然海灣的壯闊景觀，更重要的是它作為國境極南的地標象徵。早在一九〇一年的《日本名勝地誌・臺灣編》，就對這座燈塔及其周邊做過介紹[72]，一九一六年由總督府發行的《日本名勝舊蹟誌》也有列出。不過，由鐵道部所發行的觀光導覽《臺灣鐵道名所案內》（一九〇八）、《臺灣鐵道案內》（一九一二）、《鐵道旅行案內》（一九一六）卻完全沒有提及鵝鑾鼻，直到一九二一年版的《鐵道旅行案內》，才簡略記述鵝鑾鼻燈塔的所在。[73]這是因為一九〇八年開通的西部縱貫鐵路只建設到高雄，而一般私鐵的營造都和製糖會社的經濟效益有關，因此並沒有鐵路直達鵝鑾鼻。鵝鑾鼻實際成為觀光景點，要到一九二〇年代後半；當時道路堪稱完備，已能提供小型汽車通行。[74]《臺灣日日新報》曾在一九二七年五月推出

位作家所呈現出來的原住民形象。

68 一九〇九年至一九二〇年，臺灣總督府將臺灣行政區劃分為十二廳，阿緱廳（現今屏東市）為其中一廳，範圍包括廳直轄以及阿里港、甲仙埔、六龜里、蕃薯寮、潮州、東港、枋寮、枋山、恆春、蚊蟀等十支廳。阿緱位居通往南部原住民山區的要塞，產米甚多，後來也發展製糖事業。

69 「鵝鑾」是排灣族語「帆」的譯音，因為附近的香蕉灣有類似帆船的石頭，加以該地形突如鼻子，故稱為「鵝鑾鼻」。

70 排灣族（Paiwan）以臺灣南部為活動區域，分布北起大武山地，南達恆春，西自隘寮，東到太麻里以南海岸。包括高雄縣市、屏東縣、臺東縣境內。

71 在燈塔所在地設有鵝鑾鼻公園，鵝鑾鼻燈塔曾經是臺灣最南端的標誌，後來被「臺灣最南點」地標所取代。

72 島田定知，《日本名勝地誌・台湾編》（東京：博文館，一九〇一）。

73 曾山毅，《植民地台湾と近代ツーリズム》（東京：青弓社，二〇〇四），頁二一〇—二一一。

74 同上註，頁二一一。

「臺灣八景」票選活動，翌年八月揭露票選結果，鵝鑾鼻成為八景之一。[75]透過此結果可以窺知，在一九二〇年代末期，鵝鑾鼻燈塔的觀光形象已被公認，它的旅行條件也臻於成熟階段。

中村古峽在一九一三年來臺灣，當時到鵝鑾鼻尚且是一項辛苦路途。雖然沒有資料可以查證他旅臺的詳細行程，不過鵝鑾鼻顯然讓他印象深刻，也成為他的旅遊重點，甚至後來寫成〈到鵝鑾鼻〉，從他所留下的文字可看出端倪：

> 想走到鵝鑾鼻去看看這個念頭，是在東京下神戶的車上，初次讀到《臺灣案內記》時就開始有的宿願。說到帝國最南端的海角，不知為什麼，我的好奇心被煽動著。但是那裡是個連地圖上看來也頗為偏僻的地方，想到以前幾乎全被劃為蕃地，又有某些不安的，那好奇心亦多少萎縮了。[76]

這是〈到鵝鑾鼻〉的開場白，透露出作者既期待又不安的旅情。一方面，中村古峽對於屏東——日本國境之南充滿無限憧憬；另一方面，他也對地圖上所顯示的陌生海角懷有忐忑情緒。在第一回的連載，中村古峽把他成行之前的錯綜心理，描寫得相當細膩。對於是否前往鵝鑾鼻，他一直猶豫未決，在和官方人士接觸後，因為阿緱廳長的推薦與承諾：「那邊很有趣哦，去是很好的，我們也會盡可能給予方便……」這番話，重燃了他的念頭。但是一想到沿途道路狀況不佳，可能必須藉助「轎子」這種光看就足以令人眩暈的「混蛋東西」，立刻削弱了他的遊興。在抵達東港後，中村古峽為交通工具的問題再度徵詢他人意見，才發現前往鵝鑾鼻的路途並不如想像的險阻，儘管道路確實難行，但是如果在內地習慣徒步旅行的人，也絕對沒有走不到的路。這些訊息增強了他的信念，揣想縱使不坐在轎上被人搖晃扛著走，應該也能完成旅途吧。但是，中村古峽更需克服的，顯然還是心理問題。他聽聞鵝鑾鼻沿途和「蕃界」頗為接近，時常會有「蕃人」出沒，就算沒有親自遇上帶刀的「蕃人」，只要提起這種事就已經讓人心情不快。不過最後讓中村古峽下定決心，除了來自官方的善意，主因還是在於臺灣原住民部落給予他的野性魅惑：

> 然而，從佐藤廳長那裡已經取得幾封介紹信，也都向沿途的各支廳以電話通知了。而且好不容易來到臺灣，只要踏入蕃地一次也好，想去體驗看看這種令人毛骨悚然的經驗。我又被別的好奇心所強烈煽起，越發堅決進行鵝鑾鼻之旅。（第一回「生蕃袋與傘一把」，六月十九日）[77]

75　呂紹理，《展示臺灣：權力、空間與殖民統治的形象表述》（臺北：麥田，二〇〇五），頁三七五—三七七。一九二八年八月二十七日公布的臺灣八景有臺中州：八仙山、高雄州：鵝鑾鼻、花蓮港：太魯閣峽、臺北州：淡水、高雄州：壽山、臺南州：阿里山、臺中州：日月潭、臺北州：基隆旭岡。

76　這一段話是作者在〈鵞鑾鼻まで〉連載第一回（《東京朝日新聞》，一九一三年六月十九日）所寫下的內容，就放在文章的第一句。另外，關於中村古峽所提到的書《臺灣案內記》，臺灣的圖書館藏系統和日本的圖書館藏系統都無此書名，目前無法確知這本書的詳細資料。

77　本文引用〈鵞鑾鼻まで〉之內容，僅在文字後註明連載回數、標題與日期。

中村古峽實踐了他的願望，並且在當年返回日本後不久即發表〈到鵝鑾鼻〉，把該次旅行鉅細靡遺地記錄出來，這篇紀行自一九一三年六月十九日到七月五日分成十六回在《東京朝日新聞》連載，全文字數計三萬字左右，各回標題與景點如下：

連載日期	篇名	中譯	行經地點
六月十九日	一、生蕃袋と傘一本	生蕃袋與傘一把	阿緱廳（屏東市）→東港
六月二十日	二、夜中のトロ	半夜的臺車	東港
六月二十二日	三、未明の枋寮	未明的枋寮	枋寮
六月二十三日	四、初めて見た蕃人	初次見到蕃人	枋寮→枋山
六月二十四日	五、見窄らしい蕃童學校（上）	破舊的蕃童學校（上）	枋山→圓山埔的蕃童學校
六月二十五日	六、見窄らしい蕃童學校（下）	破舊的蕃童學校（下）	圓山埔的蕃童學校
六月二十六日	七、生蕃よりも水牛	水牛比生蕃還……	枋山→楓港→海口
六月二十七日	八、琉球藩民の墓	琉球藩民的墓	海口→統埔村
六月二十八日	九、四重溪の暮色	四重溪的暮色	四重溪→溫泉所在地
六月二十九日	十、石門の古戰跡	石門的古戰跡	四重溪溫泉→石門
六月三十日	十一、毒蛇毒草	毒蛇毒草	石門
七月一日	十二、恆春の城堡	恆春的城堡	恆春
七月二日	十三、墾丁の種畜場	墾丁的種畜場	大板轆→墾丁
七月三日	十四、龜仔角蕃の今昔（上）	龜仔角蕃之今昔（上）	龜仔角社（社頂）
七月四日	十五、龜仔角蕃の今昔（下）	龜仔角蕃之今昔（下）	龜仔角社（社頂）
七月五日	十六、東洋一の大燈臺	東洋第一大燈臺	鵝鑾鼻燈塔

透過文章的各回標題，可以大略勾勒出中村古峽的南行路線。作者從抵達阿緱開始記述，在歷經反覆思考後，他終於以篤定心情出發，旅行裝備相當輕便，隨身行李只有一個「生蕃袋」與一把傘。用細麻繩所編織出的生蕃袋，四角附有寬帶以掛背在身上，是當時「蕃人」外出必備的置物袋，稱之為「シカオ」（shikao）。有當地旅行經驗的人將這種袋子借給中村古峽，幫他省略了手提行李的麻煩。而他所攜帶的傘則權充手杖，可以遮雨也能助走。如此輕鬆的裝備，有一種灑脫的姿態，似乎也在暗示他決定成行後的心境。

可以說，〈到鵝鑾鼻〉的文字是頗為吸引人的，中村古峽透過生動、細膩的素描手法，再現自己的臺灣體驗，以一種近距離觀察方式呈現臺灣南部的風土人情，足以讓日本民間讀者群透過文字感受殖民地的南方氛圍。也由於他的旅行者身分，提供一個他者的視野以回顧一九一〇年代屏東風情。例如在第二回與第三回當中，他詳細介紹了臺灣交通名物「臺車」，從東港到枋寮之間，他就是搭乘這種手推輕便臺車。[78]

手推輕便臺車是當時臺灣庶民的日常交通工具，中村古峽以臺灣的「名物」來介紹它。文章中一再出現的名詞「トロ」，是「トロッコ」的簡稱，來自英文「truck」，泛指在輕便軌道上以手推

78 所謂輕便車其實是由木材所架成的簡易臺車，底板係由木板拼起，板的四個角豎起四根木柱子，以作為搬扶之用，而底板上則放置了長型木箱，作為客人的座椅。臺車底下安置和火車類似的車輪，行駛於鐵軌道上。這樣的輕便車並非由煤油蒸汽所帶動，也非靠牛馬牲畜來驅駛，而是完全藉助人力，亦即車夫透過手執木頭或竹截撐住地面或推或拉來使輕便車在鐵軌上前進。

方式運行的小型貨車。日治初期，由於交通建設的經費有限，未能立即鋪設環島鐵路。但是因為農林礦業的開發，私人企業所築設的「輕便鐵道」乃大行其道。到了大正年間，幾乎臺灣各地聚落都依靠這種軌道以人力臺車聯結周邊的交通。只是這種輕便鐵道多以聚落為中心，向周圍山林與小村莊放射，彼此間缺乏縱向聯繫。[79]中村古峽在文章中也透露，早在從臺中要到霧峰林家拜訪時，就曾經坐過這種交通工具。這次再度搭乘，他對乘車方式已頗為熟悉，一上車立即能夠擺正坐姿。他顯然對臺車留下深刻印象，因此以兩回的篇幅描寫這次的臺車體驗。作者的用意，也許是想記錄下殖民地的交通狀況與庶民生活。透過〈到鵝鑾鼻〉對於行程的詳盡描述，可以推想作者應該有隨身筆記的習慣。[80]

計畫搭車前往枋寮當天，車夫半夜三點就來叫醒中村古峽，他在簡單梳洗整理後，三點半從東港出發，不到六點就已抵達枋寮。這段行程，作者運用相當細膩的文字來形容屏東夜色。道路旁有許多相思樹，經過時垂下的樹枝輕撫著他的臉頰，令他想起日本內地的柳樹。路上還時常看到水牛的身影，真是令他驚奇，是連夜晚都被放養在草原上吧。而夜中疾駛在南方平野上的臺車，猶如一幅動態的風景畫，無形中添增了一份特殊情調。當大地尚未天明，人們還在睡夢之際，臺車所到之處，沒有受到任何阻礙，也不需要錯車等待。冬天的夜晚雖然有些微寒意，卻還是比下雪的日本溫暖許多，相較之下，作者覺得這裡真是一個極樂的旅行環境。美中不足的地方，大概是和車夫之間的溝通障礙。本來只約定僱一個車夫，出發時卻又多了一個人，在言語不通的狀況下，中村古峽暗想他們是為了貪圖兩份工資吧，之所以會有這種負面念頭，也是人之常情：

人在因為語言不通而缺乏意見溝通的情況下，總是會有懷疑對方的習性。（二、半夜的臺車）

他反省了自己的想法，為這樣的習性感到愧疚，不過卻無法避免面對類似情況時的反射思考。身處異地，語言障礙所帶來的距離感是不難理解的。在行進當中，兩位車夫一直在聒噪對話，如果他遭遇的是一趟沉默旅程，旅情也許會有所不同。

當他們清晨抵達枋寮時，天尚未全亮，舉目所及完全看不見官廳的房舍，也沒有任何人影，大地才正在緩慢地甦醒當中。當看到這幕景象時，中村古峽湧起一種會被遺棄在這荒野的恐慌。從而他對枋寮的第一眼印象，顯然帶有心境的寫照：

土塊堆積而築的簡陋土人家屋，兩側排列著低矮屋頂，待在到處都尚是寂然與寂靜的此地，好像來到一個長久埋沒在地底而現在才漸漸被挖掘起來的廢墟的感覺。（三、未明的枋寮）

在一九一〇年代，枋寮只是一個人口不到五百人、介於海濱一角的小村落。當天未明之際，沉靜的枋寮遂讓中村古峽油然而生一種廢墟之感。一八九九年中村古峽未滿二十歲時，就從奈良前往

79　戴震宇，《臺灣的鐵道》（新店：遠足，二〇〇二），頁九—一〇。

80　在第二回〈夜中のトロ〉中，中村古峽有提到被他放進生蕃袋的隨身物品：《南部臺灣》一冊，地圖兩三張，睡衣一套，裝入牙籤、牙粉等用品皮包一個，筆記本，鉛筆，替換的領襟一條。

東京發展。相對於東京的現代化速度，他大約能從臺灣感受到一種遲緩的生活步調。就算是當時的島都臺北，顯然無法和繁華的東京相比，更遑論屏東，甚至是南部海邊的枋寮了。臺灣南部的鄉鎮風景，從他的文字中透出幽闇的色澤，感覺有種沉重的氛圍。這樣的色調，也可以在第五回和第六回中所描寫的蕃童學校中看見。

抵達枋寮之後的行程，中村古峽開始以步行方式前進。從枋寮走到枋山的旅程，遇到一位會說日語的漢人少年和他同行。途中有原住民和他們錯身而過，少年告訴他，原住民是為了下山來交換物品的。這是中村古峽初次見到原住民，但並沒有近距離的接觸。在到達枋山後，透過官廳警吏的帶路，他拜訪附近一所蕃童學校，才和原住民有了正式的交流。藉由文章描述，可以推測中村古峽參觀的是一所「蕃人公學校」，而非「蕃童教育所」。[81]這兩者的教化功能都是相同的，然而「蕃童教育所」的特殊之處在於擔任撫育工作的老師，通常由駐防在教育所不遠的派出所日籍警察兼任，是針對山地部落兒童所設置的教育場所。學習國語（日本語）是原住民兒童教育的重點，並且讓兒童透過德育修身，對日本文化、現代技術懷抱崇敬之心，進而達到馴化原住民的作用。[82]

而中村古峽所參觀的學校，也不過是一間不到十坪的簡陋土屋，和平地的公學校相比，實在令人難以相信這是一個小學，而且學童數僅有十一位。中村古峽進入參觀後，看到更為破敗的景象：屋子裡面只擺設了幾張汙穢的桌子，黑板後面的牆壁大半毀壞，天花板還破洞透光，當時有四、五個面貌黝黑的「蕃童」在上數學課。與年輕的日籍校長談話之後才知道，原來這間小屋本來是寄宿生的宿舍，因為前年夏天風災把校舍損壞，在不得已的情況下，只好將宿舍充作教室使用，才會呈現如今難堪的景況。但是學校最早的面貌並非如此，在阿緱廳的行政區域裡共有三所蕃童小學，這所其實是最早創設的，剛開始成立時也有過風光的歷史，曾收容了近五十多名的學生。後來陸續有人逃學，在學校移轉到圓山埔之後，因為位置距離「蕃社」遙遠，退學者增加，逐漸變成現在的人數。

在中村古峽筆下，臺灣漢人的房屋土間，帶有一種荒廢的歷史感，像是失落生命力的空間。但是南方的生物、植物，甚至是原住民小孩，則給予他生氣勃勃的感覺。這些學童身穿汙穢的單薄衣物，腹部和臀部全坦露出來，肚子明顯凸出，每個人都赤腳，頭髮則像河童造型一般剪齊。在中村古峽眼中，他們的裝扮外貌就像猴子穿上衣服。但是體格顯然是比平地的漢人優秀，圓渾的肩膀、帶著光芒的小眼睛，隨處可見有剽悍的氣勢。如果能夠善用撫育的方式，應該會教養成為比漢人更加忠厚且伶俐的人。中村古峽在教室中，對學童有了近距離的觀察。當學童們彼此使用排灣族母語交談時，和漢人殺風景般的語言相比，猶如音樂一般在耳邊響起。而且學童的日語朗誦，也讓中村古峽印象深刻：

> 那個男生是四個蕃童中肚子最胖的小孩。他朗讀的文章，記得大概是描述富士山的文章，日本語的音調頗為不錯，與至今為止在平地的公學校裡所聽來的土人學童的發音比較之下是非

81　圓山埔的這所「蕃人公學校」，設立於一九〇三年，後來改稱為「內獅頭蕃人公學校」。

82　許雅妮，〈日治時代初期（一八九五—一九三〇）における台湾原住民教育：「蕃童教育所」の役割〉，《台湾原住民研究》第一〇號（二〇〇六年三月），頁四二。

常好的。我近來偶爾會思索，就人種與語言系統之上來說，臺灣的蕃人比起土人，不是和我們日本人更接近嗎？進入蕃地之後愈加確定了這個想法。（六、破舊的蕃童學校（下））

透過作者的文字，可以感受到他對原住民學童的好感，也對漢人稍稍顯露了負面的印象。在此同時，他強調教化的力量，這群小孩只要接受教育，應該能讓他們擺脫野性，甚至成為優於漢人的人種。中村古峽對於原住民的看法，是來自個人的思考，或是受到殖民者論述的影響？在文章中他並未提及。不過，臺灣總督府民政部蕃務本署在一九一三年發布「蕃童教育意見書」，卻和中村古峽的意見有相當程度的契合。意見書指出，由於臺灣人和日本人是不同的民族，分別持有各自的歷史之故，要急速同化臺灣人是難上加難的。但是在臺灣原住民方面，隨著教育的實行使之成為純粹的日本人則絕非難事，這也是原住民教育的根本要旨。[83]顯而易見，殖民者認為這些未脫「野蠻性」的人種是沒有歷史文化的族群，就像是一張白紙，因此他們的可塑性很高，只要將日本文化的因素植入他們的思維之中，自然就能撫育出馴服的人民。中村古峽來臺灣後，和官方人士有頗多接觸。雖然他不具官方身分，但是從文章中可以得知，他在進入「蕃地」前後，沿途受到各地官廳的招待與嚮導，不難推測他對臺灣原住民的認識，某種程度上有可能受到這些人物的影響。這或許能說明，他在原住民兒童的看法上，為何和「蕃童教育意見書」頗為一致。而他對漢人語言的隔閡感，從他面對臺車車夫的態度可以窺探。從東港到枋寮的路途，因為車夫不懂日語，中村古峽和兩位車夫有極大的溝通障礙，這種情況也讓他對旅程有些許不安。然而當他逐漸進入「蕃地」，沿途碰到的原住民竟然以日語：「日安」（こんにちは）向他問好：

向巡查詢問他們是何處的蕃人，答覆說是牡丹社的。頭上包覆著豬的毛皮，胸前垂下珊瑚玉的裝飾，以前讓琉球藩民驚訝的耳朵如今依然還嵌入著木片和貝殼。感覺在他們的親族當中，也有割取琉球人人頭的吧，也有在七年的戰役中被征伐的人吧。（九、四重溪的暮色）84

曾經震撼日本的牡丹社事件，是開啟日本民間對於臺灣原住民印象的重要關鍵。然而這些原住民的親族後代，現在卻能以日語禮貌地向他問好。姑且不論他們的日語程度如何，這段內容顯示，殖民化／文明化的力量，是足夠改造「野蠻性」的。作者對於牡丹社事件表現強烈的興趣，在〈到鵝鑾鼻〉的後半部分，幾乎都在介紹牡丹社事件的遺跡。第八回的「琉球藩民之墓」，是描述作者到統埔去參觀在牡丹社事件後日軍為紀念在該事件中被殺死的琉球人所建造的墓。第十回的「石門的古戰跡」，則是作者到達石門古戰場，緬懷一八七四年日軍進抵石門後和臺灣原住民展開激烈戰役的歷史。第十二回的「恆春的城堡」，記述清朝在牡丹社事件之後基於海防需求，聽從了欽差大臣沈葆楨的建議而築城，作者一邊遊歷恆春古城，一邊又回憶起種種歷史。第十五回「龜仔角蕃之今昔（下）」，作者已行至鵝鑾鼻燈塔所在地附近，整回文字都在說明燈塔的歷史。〈到鵝鑾鼻〉不僅記錄了臺灣南端的絕景，也圍繞在鵝鑾鼻燈塔和牡丹社事件之上。就內容而言，其實不難看出作者亟欲以客觀的方式再現。中村古峽似乎想藉由這篇紀行，將牡丹社事件的歷史始末，再次介紹給

83　同上註，頁四八。

84　文中所提到的年代：「也有在七年的戰役中被征伐的吧」，是指一八七四年。

讀者。[85]

牡丹社事件是日本明治維新之後，首次向國外發動的戰爭，也是中日近代史上第一次的重要外交事件。清朝方面稱為「牡丹社事件」，日本方面則是「臺灣出兵」或是「征臺之役」。由於牡丹社事件的發生，引起清廷對臺灣的重視，轉為積極治理臺灣，增設府縣，並在一八八五年建省。這個事件也可算是日本開始發展帝國主義的徵兆，不論是否發生琉球藩民遇難事件，日本都會處理琉球王國之間的關係，將其編入新國家體制之內。[86]在一八七一年琉球藩民遇難事件的發生，剛好提供日本一個出兵的契機，同時解決了內政與外交問題。另一方面，對民間的日本人來說，他們透過這個事件認識了臺灣，而且對「蕃人」的獵頭習俗留下鮮明深刻的印象。這也說明中村古峽在面對牡丹社的原住民時，為何內心會出現那樣的想法。

在重溫歷史之外，〈到鵝鑾鼻〉所描寫的臺灣風土，誠然對日本讀者而言，也帶有強烈的異國情調，例如他在描寫臺灣水牛的部分，應該會攜來新奇的想像。早在半夜搭乘臺車之際，他已經見識到在深夜的平原上，仍有許多牛隻被放養在野外。在枋山往恆春的山林中，再度出現令他更不可思議的景象：「驚奇的是，在碰不到任何人的山中，水牛被到處放飼著。」這些水牛，搖動著二尺長的大角，十數頭成群而行，常常堵住前方的小徑。當牠們從人身邊經過，每隻牛都齊向人這邊睥睨，這也被稱為「水牛的最敬禮」。中村古峽的觀察中，臺灣水牛的脾性相當奇怪：

> 一般而言這種動物性情乖僻之處在於對小孩特別溫順。還不到七、八歲的土人囝仔，握著相思樹枝為鞭，啪擦啪擦地擊打相當於自己身體二三十倍的傢伙的屁股，水牛卻唯命是從，這

種地方是旅行臺灣的人都目擊的。可是對於大人，卻顯露出動不動就反抗的態度。特別是對內地人好像持有很深的敵愾心。例如一旦行過最敬禮後，突然從後方頂過來這樣。領臺以來，同胞遭遇此害者絕不在少數。其中也有知名人士因此而斃命者。「尤其在恆春的山野盛行水牛放牧，所以從此開始往南方的旅行，水牛反而比起生蕃更請您注意。」這句今早在枋寮聽到的話，又重新浮上我的心中。（七、水牛比生蕃還……）

透過中村古峽的形容，臺灣的水牛對小孩特別溫馴，卻對成年人顯露反抗姿態。其中「特別是對內地人好像持有很深的敵愾心」，讓他面對水牛時頗有危機意識。然而，中村古峽筆下的水牛，

85　牡丹社事件起因於一八七一年，有一艘琉球宮古島船隻在海上遭遇颶風，船上六十九人中有三人溺斃，後來漂流到臺灣的屏東縣滿州鄉附近，船上的琉球人上岸後因不諳當地民情而誤闖原住民部落，導致有五十四人遭到殺害。幸運生還的十二人，在漢人的幫助下平安返回琉球。琉球的歸屬問題在十七世紀初尚處於「中日（薩）兩屬」狀態。明治維新之後，大量武士失業，造成極大的社會問題。於是國內出現「征韓論」，企圖以海外擴張來解決內政問題。但是征韓在外交上困難較大，所以未獲得內閣多數閣員支持。後來日本政府為了安撫士族情緒，以牡丹社事件為契機，遂有出兵臺灣之議。當時日本當局藉口保護琉球居民，在一八七四年出兵臺灣攻打「蕃地」。日軍五月在社寮登陸後，隨後與牡丹社人在石門爆發戰役。六月初再度動員兵力攻入牡丹社，終於迫使該社投降。軍事勝利後，日本向清朝採取強硬的外交政策，兩方後來簽訂條約，承認日本出兵討伐蕃地的正當性，並且賠償日本軍事費用，日軍遂於十二月撤軍臺灣。由於該事件的發生，引起清朝對臺灣的重視。

86　毛利敏彥，《台湾出兵：大日本帝国の開幕劇》（東京：中央公論社，一九九六），頁一八。

並非臺灣人所熟悉的；水牛是臺灣人印象中的溫馴動物，不但是農村主要的勞動力，也象徵著刻苦耐勞的精神。尤其在美術創作方面，有不少以水牛為主題的作品。其中最著名的，大概是屬雕塑家黃土水的〈水牛群像〉[87]，這個作品生動刻劃出牧童與水牛之間的互動，放牧牛隻的工作會由兒童來擔任，顯然是取決於水牛的柔順個性。而臺灣畫家林玉山的作品〈歸途〉[88]，則描繪出一位農婦與水牛的和諧情調，這幅畫也釋出一個訊息：農民和水牛之間的情感，是生活夥伴的依賴關係。

因此，中村古峽所描述的水牛形象，對臺灣人來說應該是陌生的。不過，以一位外地旅行者的立場，他的戒慎恐懼是可以理解的。水牛的體型巨大，頭上的一對大角確實駭人。比起外型，中村古峽在意的地方，更著重於描繪水牛個性的乖僻。從他聽來的傳聞，臺灣的水牛似乎對日本人抱有敵意。水牛果真能分辨出臺灣人或日本人？這一點頗啟人疑竇。但是無庸置疑的是，在堅毅固執的特質上，臺灣的水牛和農民形象是頗為相似的。站在臺灣人的立場，這些水牛或許是性情頑固的傢伙，卻有其老實之處。

換一個角度來看，中村古峽的文章，其實是饒富趣味的，他的描寫富於生動、裕於自然，很能掌握事物的特徵，提供一個民間觀點的臺灣書寫紀錄。由於大正初期臺灣在交通網路尚未十分完善，讓作者能親身體驗夜半以臺車出遊，並目睹臺灣農村的日常風景。這篇紀行也提供大正時代日本人的臺灣認識，無疑是有歷史價值的。

相較於水牛，「生蕃、瘧疾、毒蛇」這三樣名物，更是一般日本人對於臺灣的概略印象，〈到鵝鑾鼻〉還是可以發現這些思維。在介紹臺灣的原住民、水牛之餘，中村古峽也分別談到瘧疾與毒蛇。在第十回的「石門的古戰跡」，作者除了陳述日軍在石門和臺灣原住民展開激戰的過程，也提及令日方士氣大為折損的「臺灣熱」。當時日本醫官所謂的「臺灣熱」，即是瘧疾。瘧疾主要的流行地區為非洲中部、南亞、東南亞以及南美北部的熱帶地區，因此並非臺灣地區的特有疾病。被稱為「臺灣熱」，顯然是肇始於日本人在臺灣得到瘧疾的經驗。當時從軍的三千六百五十八人當中，戰死僅有十二人，病死卻多達五百六十一人。瘧疾成為征臺之役中官兵的集體災難，根據中村古峽的形容，由於生病人數太多，抗瘧藥品奎寧完全不敷使用，甚至出現有病兵盜用的情況，可以想見軍心惶恐的景象。臺灣被視為瘴癘之地，在清朝許多文獻中已可發現。直到日本人殖民統治之後，臺灣才逐漸展開公共衛生建設，進而控制各種疫情的肆虐。但是對一般內地的日本人而言，從征臺之役到領臺初期的疾病肆虐，「臺灣熱」被賦予的疾病隱喻還是存在的，它代表了殖民地與日本文明化之間的反面關係：原始、落後、汙穢。這也是日人作家在臺灣書寫上的一種描景傾向，因為多半是旅行者身分的觀察視角，臺灣的特徵事物自然成為被選擇材料。

87　黃土水（一八九五—一九三〇）是日治時期著名的雕塑家，一九二〇年，他的雕塑作品〈蕃童〉，入選日本帝展，為臺灣人第一位入選的藝術家。〈水牛群像〉是黃土水的著名作品之一，完成於一九三〇年，這座浮雕寬五百五十五公分，高二百五十公分，是他逝世前所創作的，目前收藏於臺北市的中山堂。〈水牛群像〉的作品內容是以芭蕉樹為背景，刻劃牧童與水牛之間的互動，其中一個牧童是騎坐在牛背上，手裡拿著竹枝。另一名則是雙手溫柔撫摸牛頭，水牛低頭的姿態相當溫順，整部作品感覺和諧而恬適。

88　林玉山（一九〇七—二〇〇四），是日治時期著名的畫家，一九二七年入選第一屆臺灣美術展覽會東洋畫部，與郭雪湖、陳進並稱為「臺展三少年」。他的畫作〈歸途〉，創作於一九四四年，呈現了人與牛之間的和諧感。畫作內容為一位臺灣農婦於工作結束後，牽著一頭水牛踏上歸途，牛背上背負著一捆甘蔗尾。整幅作品呈現出和諧、悠揚的情調。

在第十一回的「毒蛇毒草」，也記錄了作者在臺灣旅行中印象深刻的爬蟲與植物；在爬蟲類方面是毒蛇、山蛭、壁虎，植物類方面則有咬人狗與咬人貓。令中村古峽最在意的爬蟲類，毫無疑問是臺灣的毒蛇。當時有許多關於毒蛇傷人致命的新聞，尤其恆春地方亦多毒蛇。而山蛭也是令人不快的爬蟲類，行走在山林草叢中，似乎無法避免不碰到這種噁心的東西。至於壁虎，雖然被視為益蟲，但是中村古峽提到，在臺灣四處的家屋內，天花板上都可見壁虎的行蹤，有時還會掉落下來，因此日本人連冬天都必須掛蚊帳睡覺。不過他說：「這種蟲的鳴叫聲非常優美。」這是頗有趣的觀察。另外在植物方面，他也有生動描寫。其中提到某位警廳的高層人士來山地視察旅行時，途中臨時在野地如廁，因為不識咬人狗是一種有毒植物，而將它摘下充當衛生紙，後來下體癢痛不已卻有苦難言。這段文字其實很短，但是卻把一個日本官吏的尷尬窘境鮮明地勾勒出來，也藉此傳達熱帶植物的樣貌。不難發現，在中村古峽筆下的各種臺灣生物，都充滿生氣勃勃的意象，也散發強烈的野性氣息。這一點特徵亦出現在原住民書寫之中，映照他文章開頭的漢人書寫，足以形成強烈的明暗對比。這或許可以解釋為他對臺灣原住民的接納程度較高，但其中也可能包含了他對野性美的複雜思維。

〈到鵝鑾鼻〉呈現了多樣的南國風情，可以想像此行視野見聞是多采多姿。但是這趟旅程絕非快適之旅，幾乎所有的行程都必須依靠腳力，這也讓中村古峽吃足了苦頭。長途跋涉的結果造成腳力不堪負荷，腳底起了很多水泡，更讓旅程益發艱辛。儘管絕景當前，但是能夠撫慰心靈、療癒肉體的痛楚，除了溫泉別無所求。作者後來也在四重溪溫泉享受了泡湯樂趣[89]，稍稍提振了他的身心，支撐他再度前進的動力。這一切的努力，都將在看到鵝鑾鼻燈塔時獲得回報吧。矗立在帝國極南海角的燈塔，不僅指引海上船隻的方向，也擔負護衛國防的重任。在最後一回「東洋第一大燈臺」，他鉅細靡遺形容了進入燈塔內部參觀的過程。建造於清朝時代的鵝鑾鼻燈塔，在改朝換代後依然占據極重要的戰略位置，它也是帝國南端的象徵。對中村古峽而言，長途跋涉至此的意義，已經超越了單純觀光的目的，更帶有一種完成某種使命的感覺。他在〈到鵝鑾鼻〉的最後，甚至留下一段文字，說明這段旅程的後續發展：

> 我在此歸途更往恆春半島的東海岸走去，從蚊蟀再度進入山中，拜訪了高士佛、牡丹、草埔後、內文、率芒各蕃社，所謂恆春的蕃地幾乎全部踏破，但是將其寫下會過長之故，先在此擱筆。

透過這段文字可以得知，作者有意繼續把東部的行程也記錄下來，但是直到三年後的一九一六年，他才發表了〈來自蕃地〉，是一部以小說姿態現身的作品。〈來自蕃地〉也是取材自作者的臺灣原住民部落旅行經歷，並以寫實技法呈現，但是仍與〈到鵝鑾鼻〉的紀行體裁有所差異。日本內

89　四重溪屬沉積岩分布區，因有天然溫泉自地下湧出，古稱「出湯」。日治時期才逐步開發四重溪溫泉，一八九二年，恆春廳長柳木通義為開發四重溪，設置警察派出所、浴場之後，始有發展雛形。到了一九三〇年代以降，四重溪溫泉已名列臺灣四大溫泉之一，和草山溫泉、關子嶺溫泉、礁溪溫泉齊名。關於日治時期臺灣溫泉的開發，可參閱曾山毅，《植民地台湾と近代ツーリズム》（東京：青弓社，二〇〇四），頁一九六—一九九。

地作家親自踏上殖民地，以臺灣體驗所完成的紀行文學，大抵就屬佐藤春夫的《霧社》是既為人周知又優秀的散文佳作。[90]早於《霧社》發表的〈到鵝鑾鼻〉，對臺灣文學界來說則是一篇沒沒無聞的作品，然而它不僅具備散文的素樸美感，也以內地作家的角度提供讀者瞭解一九一〇年代臺灣的南方風貌。誠然，〈到鵝鑾鼻〉有許多觀看臺灣的角度凸顯野性氛圍，顯露出作者的文明者位置，但是卻無損它的文學與歷史價值。以中村古峽的文筆，如果他沒有轉向心力投入心理學，而持續文學創作的經營，也許這篇紀行會引起矚目的。

二、〈來自蕃地〉的文明信息

一九一六年的〈來自蕃地〉，是一篇紀行文體的小說，也是作者根據一九一三年的旅臺經歷所寫成。以《中央公論》的知名度來說，〈來自蕃地〉在當時應該受到一定程度的注目。據筆者調查所知，該期雜誌是臨時增刊的特別號，專題為「世界大觀號」，內容選輯九篇以書寫各國「異國情調」為主的文學創作，分別是：有島生馬的小說〈孤鸞鏡中影〉（中國）、高濱虛子的小說〈從內地的海邊來〉（朝鮮）、小山內薰的小說〈莫斯科的第一夜〉（俄國）、與謝野晶子的小說〈拉典區之夜〉（法國）、坪內士林的劇本〈日本俱樂部〉（英國）、中村吉藏的劇本〈帽子別針〉（美國）、生田葵山的小說〈生鏽的鑰匙〉（德國）、中村古峽的小說〈來自蕃地〉（臺灣）、長田幹彥的小說〈積丹的少女〉（愛奴）。[91]在雜誌的卷頭語，指出了製作這一期「世界大觀號」的旨趣：

每年七月十五日所發行的《中央公論》臨時增刊加倍號，專門捕捉剴切時勢之問題，內容皆是成自一流名家之筆的雄編大作……。諸如大前年的「婦人問題號」、前年的「新腳本號」、去年的「大正新機運號」，都掌握到當時的熱門問題。而如今適逢歐洲的大戰、中國的混亂、美墨的糾葛等等，處在世界大變動的當中，發行「世界大觀號」以研究世界的現狀，一方面能夠策劃日本帝國的擴大發展，另一方面對於世界是日本民族期望能夠完成的天職使命……。附錄的小說腳本九篇，是和日本有密切關係的帝國以及以日本的新領土為背景而發揮異國情調最具珍奇趣味的創作，可以說是稍稍對厭棄平凡老套的文壇所投下的一帖清涼劑。敬請刮目期待本號的出刊日。

這一段話，透露了日本媒體對於新興日本帝國的奧援姿態，也亟欲展現其洞悉世界局勢的敏銳眼光。該期雜誌的社論〈論述日本在世界的地位〉，意旨是一目瞭然，其他並置的文章也多以時事

90 關於《霧社》的評價，請參閱島田謹二，〈台湾に取材せる写生文作家〉，《華麗島文學志》（東京：明治書院，一九九五），頁三九—六四。

91 固定在月初發行的《中央公論》，在每年的七月十五日都會出版臨時增刊特大號。在一九一六年七月所製作的「世界大觀號」上，共收錄了九篇著作，分別是：有島生馬的小說〈孤鸞鏡中影〉（支那）、高濱虛子的小說〈內地の海邊より〉（朝鮮）、小山內薰的小說〈モスクワの第一夜〉（露國）、與謝野晶子的小說〈拉典區の夜〉（佛國）、坪內士林的劇本〈日本俱樂部〉（英國）、中村吉藏的劇本〈帽留針〉（米國）、生田葵山的小說〈錆びし鍵〉（獨逸）、中村古峽的小說〈蕃地から〉（台湾）、長田幹彥的小說〈積丹の少女〉（アイヌ）。

評論為主，主要探討世界局勢與日本未來發展的關係。而「世界大觀號」的製作，顯然是當期的賣點，藉由小說或劇本的形式，開啟一扇讓日本讀者窺探世界的觀景窗。它也呈現了日本企圖在西方帝國與亞洲其他國家之間所設定的自我定位，一個具有世界觀的新興亞洲帝國之發言位置。強調以「異國情調」為主題的選輯取向，透過中國、朝鮮、愛奴、臺灣、俄國、法國、德國、英國、美國等地為故事背景的文學創作，展示不同風情的異國樣貌。這些作品的來源，由雜誌出面邀稿的可能性居多。從而，藉由這樣一座窗口所看到的世界風景，顯然牽涉了取景者的觀看角度。以內容來說，「是和日本有密切關係的帝國以及以日本的新領土為背景而發揮異國情調最具珍奇趣味的創作」，這樣的專題設計，以及目錄所呈現的整齊內容來看，編輯在邀稿之初極有可能提示了作者創作的方向，這也成為解讀〈來自蕃地〉的一個方式。

〈來自蕃地〉是一部約兩萬字的作品，全文分成五大段落。[92]故事的進行，是主角以寫信的方式向日本友人K君描述自己到臺灣「蕃地」的旅行過程。雖然這篇小說以「信件」的形式展開，表現手法還是採取記錄旅遊行程、體驗為主的紀行文體。但是它並不像〈到鵝鑾鼻〉用回目的方式介紹各地見聞為敘述主軸，而是聚焦在幾個原住民事件來架構小說的發展。在旅途一開始，主角停留於日本人尚有強烈印象的「牡丹社事件」所在地，「一、來自蕃地的第一封信」以書信開啟情節，向友人描述自己前往「蕃地」的緣由：

K君：

終於進入蕃地了。在內地時，只聞其名就多少有些令人不快的蕃地，我終於進來了。「為了什麼？」一類的，不要問這種事啦。只不過是像我往常一樣，一時任性的好奇心而已。現在我趴在月桃草所編織的粗糙草蓆上寫這封信給你的地方，是在我國歷史上素有剽悍之名的「高士佛蕃社」——即使這樣說你也是一點都無法推測的，是在明治七年的征臺役中和牡丹社協力合作、頑強抵抗我軍的高士佛蕃社的公學校的一角。[93]

其實一八七一年琉球人所闖入的正是高士佛社，後來因為文化認知不同而被該社的原住民殺害。之所以會稱為「牡丹社事件」，和石門戰役中的主力是牡丹社人有關。[94]文中所提到的征臺戰役，發生地點就是中村古峽在〈到鵝鑾鼻〉所提過的石門。小說中的主角以一種重大事件的口吻來向友人描述自己的所在地，是冒險和獵奇的心態居多吧。當時的日本人對於異文化抱持著各種想法，他們的「野蠻人」觀，有過度夢想化的傾向，相反的也會產生蔑視。牡丹社事件發生之後，日本的新聞媒體頻繁報導這個事件的始末，將臺灣原住民形容為和南洋群島食人族一般的野蠻人，這些內容取向左右了日本人的臺灣認識。經由報導的文字，臺灣的原住民被賦予「野蠻」、「食人」等

92　中村古峽，〈來自蕃地〉，《中央公論》（一九一六年七月號），頁二〇九—二三五。全文分為五個段落，分別是「一、蕃地からの第一信」、「二、テボ・サドガイと其の口風琴」、「三、草埔後の一夜」、「四、恐ろしき一時間」、「五、頭目の家の寶物」。

93　中村古峽，〈來自蕃地〉，頁二〇九—二一〇。

94　林呈蓉，《牡丹社事件的真相》（臺北：博揚，二〇〇六），頁二六—二七。

概括的觀念。在地理上，「南洋」的「未開化」也成為日本人形塑南方的意象。[95]在〈到鵝鑾鼻〉出現的「蕃童」，具有純真無垢的兒童形象，縱使他們是野蠻之族的後代，作者卻相信可以透過教化的力量去逐漸改造他們。然而〈來自蕃地〉所傳達出來的訊息，則是充滿文明與野性的衝突對立。

故事的第二部分「提波．沙豆蓋和他的口風琴」可說是小說中的一段高潮，主角在到達蚊蟀（今滿州鄉）後投宿在一所官廳房舍，透過一位公學校長I君的引介，認識了曾經於一九一〇年被送到日英博覽會上作為人種展示的一位原住民男性提波．沙豆蓋：「這個男人是一位年紀四十左右，身長不高、圓臉、鼻子扁，而且始終露出汙穢牙齒的蕃人。」[96]沙豆蓋的父親在一八七四年日本的征臺戰役中，很快就歸順了日軍，並且提供許多情報給日方，後來獲得日方的授旗榮譽。這面旗子隨之傳給了沙豆蓋，並且每天被他小心地隨身攜帶。提波．沙豆蓋是一位演奏口風琴的能手，他在傳統技藝的表現儘管精彩，但是一九一〇年的異國經歷更讓主角動容。I君告訴主角：「這個傢伙不喝酒就什麼也不說」[97]，所以頻頻向沙豆蓋勸酒，想要引起他的談話興趣。在喝了無數杯的酒之後，沙豆蓋的臉頰漸漸變紅，也開始多話了。由於沙豆蓋不會日文，透過I君的翻譯，「我」聆聽了沙豆蓋的遊歷過程：先從基隆乘船到門司，然後再換船行經上海、香港、新加坡、孟買、可倫坡、蘇伊士、馬賽等地，最後抵達英國。在提波．沙豆蓋的描述之下，英國被形容成一個不可思議的地方，到處都充滿了新奇的事物，尤其是各種現代化建設：

「滯英中，他們對什麼最驚訝？」我重複向I君提問，I君立刻傳達給提波．沙豆蓋。面對這個問題，他邊用動作加手勢，熱烈地高談闊論了半小時。當然我對蕃語是一竅不通，所以無法描寫他的語氣是很遺憾的。他對於市街和家屋都寬大整齊而豪華感到驚訝，再來是驚奇於很少看到田地卻有很多的蜜柑和蔬菜。還有，每個英國婦人的腰都出乎意料的細，卻能夠站立走路真是奇怪。而在黑漆漆的地方一直往前奔馳，什麼時候又從城市的當中出來了。警察的身材巨大也很嚇人。探照燈的炫人亮光讓人吃了一驚。最驚訝的是，有一天在博覽會場內的廣場上，好像有東西要爆炸的吧嗒吧嗒聲，什麼事呢？一看之下，是大箱子般的東西在天空飛舞。看著看著，它升高像小鳥飛走般地變小了，後來也不見了。箱子的裡面坐了兩個人，我想大概死掉了吧——他這樣說。想來是像看到飛行機了。[98]

提波．沙豆蓋以極為興奮的口吻述說英國見聞，包括當地街道房舍的規模、果菜生產的豐饒、英國女人的纖細身材、倫敦地鐵的神奇構造，還有警察體型的壯碩，以及都會炫目的燈光。除了飛行機的描述是博覽會的展示內容，他所提到的場景都和英國的城市生活有關。作為被陳列展示的活人種，提波．沙豆蓋並沒有意識到自己的參展功能。當「我」問他會想念臺灣嗎？他回答在展覽期

95　山路勝彥，《台湾の植民地統治：〈無主の野蛮人〉という言説の展開》（東京：日本図書センタ，二〇〇四），頁三三一—三三五。
96　中村古峽，〈來自蕃地〉，頁二一七。
97　中村古峽，〈來自蕃地〉，頁二一七。
98　中村古峽，〈來自蕃地〉，頁二一八—二一九。

間根本沒想過臺灣的事，反而希望妻子能到英國和他一起居住。在主角眼中，提波．沙豆蓋是一個思想單純的「蕃人」，縱使他具有特殊的英國經驗，卻和文明擦身而過。作為歸順日本的原住民後代，這是他會被選中參展的契機吧。或許提波．沙豆蓋是一位勇於嘗試新事物的人，所以他滯留英國期間才會樂不思蜀，然而半年的文明洗禮，卻無法徹底改造他的文化履歷。對博覽會的參觀群眾而言，原住民的人種展示，不僅具有探索異文化的知識意義，也正是區別文明與落後的證明方式，背後更有帝國主義的展示手段。臺灣原住民與日英博覽會的結合，造成強烈的文化衝擊感。透過小說的行文，可以看出作者是以搜索奇聞軼事的心態來傳達這場對談的畫面。一個文化未開的原住民，能遠渡重洋到英國居留半年，而且是以博覽會的活人種展示為工作，難怪日本人也會覺得相當驚奇。

進入二十世紀以後，新興帝國日本的各種展示不僅是文明化的宣傳，更積極朝向凸顯殖民母國與殖民地之間的文化落差。日清與日俄戰爭的結果，日本獲取殖民地也得到發展帝國主義的機會，不論是國內的勸業博覽會或者海外的萬國博覽會，日本的積極運作都有定位日本作為「帝國」和「未開」殖民地的距離。[99]關於一九一〇年所舉辦的日英博覽會，其實是為了緩和英美民間對日本日益深化的惡感所促成的。[100]而博覽會中的殖民地人種展示，就像是作為帝國的一種儀式與祭典，是帝國宣傳統治技術最好的方式。透過展示的手段，不僅能夠凸顯殖民母國的文明教化，也能彰顯殖民地對母國的經濟效益，更是帝國與帝國之間的較勁。追溯首度出現人種展示的博覽會，是一八六七年巴黎萬國博覽會中的中國巨人與侏儒。其後截至一九八六年為止，在五十七次的萬國博覽會當中，共有六十七處殖民地的人民被動員放置在博覽會中供人觀賞。[101]

殖民主義式的民族展示，在一九一〇年的日英博覽會之前，日本已先在國內的勸業博覽會中模仿巴黎萬國博覽會而舉辦。一九〇三年在大阪舉辦的第五回內國勸業博覽會，會場製作了一間供人參觀的「人類館」，預定將愛奴民族、臺灣原住民、琉球人、朝鮮人、中國人等民族，當作「陳列品」來集結展覽。另外，還將愛奴民族、臺灣原住民、琉球人共十數人的照片，以明信片的方式販售。[102]這場人種展覽，引起了中國、朝鮮、琉球方面的強烈抗議，被稱之為「人類館」事件，後來日本在展覽前取消了中國方面的展示，朝鮮與琉球則在展期中次第中止。[103]值得注意的是，當時他們所提出的嚴重聲明，都在抨擊日本將他們與「未開人種」並列展示。這裡所謂的「未開人種」，

99 吉見俊哉，《博覧会の政治学》（東京：中央公論社，一九九九），頁二一四。

100 日本在日俄戰爭（一九〇四—一九〇五）中獲得勝利，在歐美的外交地位驟升，但是日俄戰爭後日本勢力進入中國東三省，與英美同時競爭東三省鐵路的興建與經營權，使英美民間對於日本的惡感日益加深。而且從日俄戰爭結束後，日本的外債持續增加，對英美的貿易逆差不斷擴大，從財政外交與貿易的角度來看，日本認為此時和英國合辦一場博覽會，或許可以化解英國對於日本的負面印象，亦可增加對日本及其殖民地的投資，並順利取得英國的借款。基於這些考量，於是促成一九一〇年日英博覽會的舉行。請參閱呂紹理，《展示臺灣：權力、空間與殖民統治的形象表述》（臺北：麥田，二〇〇五），頁一七〇—一七一。

101 呂紹理，《展示臺灣：權力、空間與殖民統治的形象表述》（臺北：麥田，二〇〇五），頁一一五。

102 千カップ美恵子，〈「人類館」事件とアイヌ民族〉，收入大阪人權博物館編集，《博覧会：文明化から植民地化へ》（大阪：大阪人權博物館，二〇〇〇），頁六二。

103 松永真純，〈「人類館」事件と拓殖博覧会〉，收入大阪人權博物館編集，《博覧会：文明化から植民地化へ》（大阪：大阪人權博物館，二〇〇〇），頁六六。

無疑是指愛奴民族和臺灣原住民。可見北海道的愛奴民族和臺灣的原住民，在「人類館」事件當中是居於最弱勢的位置。他們不僅沒有發言地位，還成為被賤斥的「未開人種」。誠然，本節的重點並非討論愛奴人的問題，在此提出是為了說明，日本在帝國主義與殖民主義的發展上，如何運用人類學的展示方式來達成其目的。雖然歷經了「人類館」事件的衝擊，人種展示在此後仍然持續進行。

一九一〇年日英博覽會的人種展示，就是一個最好的後例。這次的展覽在倫敦舉行，會場分為三大部分，靠近主門的第一區是英日兩國的各主題館，如染織、工藝、歷史、自然風土等館，而介紹日本在臺灣統治狀況的「第十七號展場」則位於第一區的最後面（即第二十三號館：東洋館內）。第二區則是兩國爭奇鬥豔的日英庭園及音樂花園區，在其中則安置了面積近三百坪的「臺灣喫茶店」，具備休憩與商業功能。最遠端的第三區則是遊樂區，包含了「日本不思議館」、「日本魔術館」、「自動車競走場」，以及「臺灣土人村」、「愛奴村」、「愛爾蘭村」等人種展示區[104]，這場展覽再次凸顯日本和英國如何定義自己境內弱勢族群。此外，把人種展示劃分在遊樂區當中，是以娛樂為取向的設計，當然也包含了介紹珍奇的教育功能。對日本帝國來說，到英國參加博覽會是向歐美世界宣傳國勢的極佳機會，不過當時也出現了負面的聲音。有些日本人認為，會場中展示北海道愛奴與臺灣原住民，只會使英國人以為日本人的文化層次和生活狀態如同這些未開人種的等級。[105]在不瞭解東方的情況下，白種人所看到的東方人種都很類似，也會造成刻板的東方印象，這應該是部分日本人所疑慮之處。

日本人所謂的未開人種，具備何種原始風貌？姑且不論原住民的文化與生活狀態在博覽會中被如何呈現，展示活生生的「原始人」，就是一個最單純的賣點。看看描述提波．沙豆蓋的文字：

> 沙豆蓋的耳朵掛著直徑八公分左右的大耳飾。讓他暫時摘下取在手中觀看，恰好如鬪球盤的白球般圓形的木片中央，以貝殼刻入莫名其妙的圖案。將耳飾取出時，他耳朵怪怪的皺起很難看。可是他伸舌尖把耳飾周圍舔過，再度把它嵌回原來的位置，結果耳朵突然膨脹鬆弛地下垂，正好像繪畫中所畫的大黑神般的有福相。支那人總稱他們這個蕃族為「大耳國之人」也是有道理的。[106]

以長耳或長頸為美的象徵，在一些國家的少數族群都有出現，透過對局部身體的逐漸延展，來達到「非常體」的美感效果。這種塑身的結果，其實和英國女人的纖細束腰是類似作法。不過他們自我的審美標準，卻不相容於文明世界。反觀近代西方女性對於身體曲線過度追求，視蒼白、削瘦為時髦的女性美。二十世紀女性對於「瘦」的病態崇拜，關乎現代身體的文明美學，也成為西方世界的審美態度。長耳族或長頸族也是把身體當作可以雕塑的一部分，但是卻被當成珍奇的事物來看待。原因在於他們所追求的身體美有別於西方的主流價值，是一種自外於文明世界的美感經驗。提

104 呂紹理，《展示臺灣：權力、空間與殖民統治的形象表述》，頁一八五。

105 同上註，頁一七四。

106 中村古峽，〈來自蕃地〉，頁二一九。

波．沙豆蓋的大耳被特別形容，是野性的迷思，也是原始的隱喻。

換一個角度來看，在提波．沙豆蓋的視線下，他所描繪的日英博覽會，也充分呈現了世界真奇妙的風情。平時生活在山地原野的人，突然越洋渡海到遙遠的英國，現代都會的聲光魅影，可能強烈刺激他敏感的各種感官。從他形容的驚奇事物，可以感受到巨大的文化衝擊，其中更多是來自現代文明的震撼。「文明」與「未開」的迎面對峙，凸顯情節的戲劇性，更展現了雙重的異國情調；一方面是臺灣原住民部落的原始風情，另一方面則透過博覽會的寰宇搜奇，並穿插英國都會的摩登生活。這種書寫策略，是一種雙贏的局面。從未開社會一躍而到現代帝國，再回到原始部落，其中的轉折為故事帶來高潮，也強烈映襯了兩個世界的文明落差。

原住民在臺灣漢人社會中是少數弱勢族群，相關題材卻極為日治時期日人作家所青睞。旅行是一種跨文化想像，中村古峽僅有的兩篇臺灣書寫，幾乎都以原住民為主調，表徵了「異國情調」的濃淡決定作品內涵。日本歷來接受漢文化影響極廣且深，如果要以「異國情調」作為文脈的主要旋律，臺灣的漢人文化比原住民文化是遜色許多。〈來自蕃地〉從內容題材來分析，不脫作者的親身經歷，雖然無法考證提波．沙豆蓋是否確有其人，但是他的形象經歷相當具有真實性。從〈到鵝鑾鼻〉到〈來自蕃地〉，可以看出作品發展的脈絡有連續性，在這兩篇作品中反覆提及牡丹社事件，中村古峽以冒險的心情前來「蕃地」，顯然受到該事件的巨大魅惑。不論在〈到鵝鑾鼻〉或〈來自蕃地〉，提波．沙豆蓋也可能是最特殊的一位人物，因為他的跨國移動，不僅傳達了「文明」與「未開」的對置與對峙，也滿足該期雜誌「世界大觀號」專輯的異國情調訴求。

除了提波．沙豆蓋，主角在旅途中和不同部落的原住民邂逅，並且細膩描寫對他們的觀感，顯然以此作為「異國情調」的反覆旋律。縱使沿途都有日本巡查與本地導遊的照應，但是主角對當時的野性氛圍以及原住民的獰猛形象仍有強烈感受，小說中也常呈現他的心理描寫。〈來自蕃地〉的主角從鵝鑾鼻燈塔開始出發之際，在沿途不時陷入恐懼的心境，出現許多被害的妄想場景。以原住民想像為主軸的調子，次第揭開了中村古峽的臺灣觀。例如在第三段「草埔後的一夜」，只敘說了一個小事件，是描寫主角因為飲用河川生水而引起腹瀉的經過；在夜半時分突然一陣腹痛，主角眼看隨行的警察因為晚酌而酣睡，為了不驚醒同伴，他只好自己摸索來到位於屋外的廁所。劇烈的腹痛造成不斷的腹瀉，主角一而再地往外跑。更令主角意料不到的是，他竟然找不到洗手的地方。草埔後社位於高地，地勢關係加上氣流影響，這裡整年都起風。舉目荒野，春寒料峭，身在異鄉又有病痛，主角泛起欲哭無淚的無力感。雪上加霜的事情也發生了，他在如廁時彷彿聽到身後傳來聲響：

> 冷不防後方的茂林中，沙沙作響，不久就聽到二聲被柴刀或什麼東西砍下般的聲音。剎那間我的眼前浮起了昨夜和F警部一起抵達此處時，那等待警部回來並在門口一邊躬身、一邊叨絮控訴某事的三個蕃人的倔強身影。據警部說，他們因為築路的事情而和隔壁的蕃社之間發生糾葛，因此跑來控訴。或許是其中的一個生蕃——我的心臟感到胸口變成石頭般沉重。[107]

107　中村古峽，〈來自蕃地〉，頁二一三。

無來由的顫慄，是一種心理投射，其實並非人為的聲響，而是主角過度的恐懼感。這一段落沒有所謂的結局，只有懸疑心情伴隨著倦極而眠的主角，以身體微恙的殘局迎接早晨的雞鳴。主角纖細敏感的官能想像，不是神經質作祟，而和日本人自牡丹社事件以來的「生蕃」印象有密切關聯。在國境之南的山野叢林中，充滿了太多可以想像的事物。以文明人的詮釋角度，臺灣的特徵可能會被窄化為「生蕃」出沒、「毒蛇」亂竄、「瘧疾」肆虐的野蠻世界。另一方面卻也可以轉化為浪漫的原始憧憬，是一片青青草香飄搖的原始樂土，可以助人擺脫文明社會的機械生活。殖民地在兩極化的隱喻中擺盪，遂也出現各種旁生枝節的細微書寫，卻大抵不脫這兩種最主要的徵象。

然而，只要還在「蕃地」之內，恐懼就無所遁形。第四段「可怕的一小時」，描寫主角從草埔後社出發，由於派出所的人力不足，因而警方幫他找來一位完全不懂日文的「蕃丁」作為苦力兼嚮導。在初次碰面時，主角對這位嚮導完全沒有好感，除了語言無法溝通之外，他還有一張陰鬱的臉，實在令人感到可怕。在展開旅程後，主角更是處於提心吊膽的狀態。原因在於，一般嚮導者的工作通常是走在前方帶路，可是這個原住民始終跟在主角身後，並且保持三步左右的距離。兩人一路無言以對，主角卻不時可以聽見「蕃丁」拔刀砍除路旁樹枝的聲響。一前一後的登山步行，讓主角有被監視的危機感：

> 所謂「生蕃」這種人，聽說在與人會面時甚至會先盯著對方的頸部，然後判斷對方是易斬或難斬的脖子。而且也聽說在砍人時，一定會從後方突然襲擊。[108]

被害的想像，再度占據主角的思考。不過這個「蕃丁」似乎面惡心善，在途中還特地撿起主角被吹落在山崖邊的帽子，稍稍緩和主角對他的戒慎態度。再步行一段路程之後，不料竟被引入一戶「蕃舍」稍作停留。主角完全摸不著頭緒，只能眼睜睜地看著他的嚮導和屋主交談，卻不知道談話內容。時間一分分的流逝，主角的內心又浮起莫名的恐懼，腦海泛生一有危險就隨時準備逃走的覺悟。他們在屋內停留了將近一個小時，在不安的等待中，主角隨意瀏覽了屋內的陳設。這個家屋顯然比一般的「蕃舍」更為寬敞，而且有許多裝置器物，看來屋主的來歷不小。在擺設的器物上，他看到許多裝飾性的圖案，其中令他印象最為深刻的，就是百步蛇的圖案。

排灣族的代表圖騰是百步蛇，百步蛇也是臺灣五大毒蛇之一。對排灣族人而言，百步蛇是一種祖靈的象徵，他們認為自己是百步蛇的子民。而百步蛇也成為排灣族貴族的專屬紋飾，象徵鞏固貴族神聖的地位，同時具有強化階級社會結構的功能。因此，牠的圖紋大量出現在排灣族木石雕刻、日常用品及服飾上。在排灣族人眼中，百步蛇的性格很類似排灣族的頭目形象：獨立、安定、和平、彼此不會互相攻擊、不會主動攻擊別人但會反擊、不會到處遊走。[109]中村古峽在旅行的當下，是否聽聞了有關排灣族與百步蛇之間的傳說？從他的文字當中無法得知。不過透過小說的文脈，可以發現他對排灣族的先決觀感，還是承繼自牡丹社事件的印象。至於百步蛇的地位，雖然是被排灣族人敬畏的對象，透過〈來自蕃地〉的主角視野，總結了這兩者的負面印象：毒蛇的致命毒性和

108　中村古峽，〈來自蕃地〉，頁二二五。
109　潘立夫，《排灣文明初探》（屏東：屏東縣立文化中心，一九九六），頁一一六。

「蕃人」的野蠻本色。毫無疑問這也是他看到百步蛇圖騰後會湧起不快之感的原因。後來主角才知道，這位屋主是驅獵遊社（今位於屏東縣獅子鄉）的頭目，也是他的新嚮導。

故事最後一段「五、頭目家的寶物」，主角抵達了內文社（位於莿桐溪上游），這是進入「蕃地」的第三天。在當地警部的帶領下，他參觀了內文社的頭目家。在內文社的傳說，頭目的祖先是太陽之子，自古以來就擁有極大的勢力。但是當代的頭目似乎有些愚鈍，又每天沉淪於飲酒，因此失去了族人的尊敬。這位頭目的家中，似乎從先祖手中傳下不少寶物，在家屋內擺設許多雕刻品。不過引起主角興趣的，還是在頭目家外所看到的物品。從左手邊不遠的小林子進去約六十公尺處，那裡有一棵枝葉繁茂的大榕樹，在樹蔭下出現了至今只能在照片上看到的「生蕃的人頭架」，而且是兩個並列。近看之下，有點像是漢醫的藥櫃。一個是「生蕃」同志的人頭架，陳列了五十個左右的人頭。另一個則是「土人」的人頭架，大概放有五十多個吧。舉目所見的幾十顆人頭，呈現出形狀各異的骨骼架構。主角一邊凝視架上的人頭，一邊思索獵殺這些人頭的持刀者，揣測這些「蕃人」是以多急切的心情來完成這件事？隨著主角的想像，小說也漸入尾聲。

小說結束之際，寫到主角回東京不及半年的時候，在《臺灣日日新報》上看到臺灣原住民因為繳械事件而引起暴動的消息，內容指出恆春地方的數個「蕃社」突然企圖謀反叛亂，局勢日益不穩。原住民先後襲擊了該地區的幾個派出所，把數名警官和家人殺害，並且破壞當地的電線與電線桿。這一起暴動的參與者，是主角大部分都曾經參觀過的部落。而且殉職的人員名單中，也有招待過主角的警官。在一邊密切注意這些新聞的同時，「我」不僅回想起那些部落頭目們猙獰的面孔，也擔心著殖民地友人的安危：

儘管如此，I君到底怎樣呢？不知F警官能平安逃走嗎？那個肩膀健壯的驅獵遊蕃社頭目的面影又從我眼前浮現。——我有很長時間一直注視這個新聞，想著這些處於危險境地、日日忠實執行其勤務而值得尊敬的同胞的命運。（完）

「我」的殖民地行旅，得力於警察甚多，這也是他看到新聞後憂心忡忡的原因。當時日本內地人士來臺，只要能透過關係尋求協助，在旅遊嚮導方面多半依賴各地官廳的巡查。以臺灣人的立場而言，警察的形象誠然是不可親近；日治時期警察的職權掌管範圍相當廣大，幾乎細密包含人民生活層面的全部，不僅是治安刑事上的維持，還有戶口調查、「理蕃」政策、保甲制度、衛生行政，甚至原住民教育事業都受到警察的監控。但是從日本人的立場出發，這些同胞以自身性命換取殖民地秩序，是值得尊敬的人物。小說以「蕃地」的暴動事件為結尾，似乎也傳達了未完的驚嘆號。身在日本內地的「我」，遙想這些朋友在殖民地的命運，發出令人堪憂的訊息。

誠然，中村古峽的〈來自蕃地〉留下許多疑點，全文的架構也稍嫌鬆散。河原功指出，在中村古峽的〈來自蕃地〉中，並沒有說明「繳械事件」和原住民造反之間的問題。對原住民而言，槍械是不可或缺的生活工具。當以狩獵為中心的生活體系被崩解時，他們的強烈不滿，只能試圖以徒勞的抵抗暴動形式來表現，而這是作者沒有表示理解的。從全體的文章脈絡而言，中村古峽的想法認為原住民只是偽裝順從而已，終究是一群不開化的愚眾。從哀悼犧牲的警官們作為作品結尾來說，中村古峽的視點，徹底是以支配者內地人的目光來看原住民。但是，沒有理由只責備中村古峽一個人，因為日本人對於臺灣原住民的認識就是這種程度，而且新聞報導也對臺灣原住民很冷漠。一九三〇年代以降以同樣的視點來捕捉臺灣原住民形象的作品也不少。[110]河原功的觀察頗為準確地說明了日本人的原住民觀，也指出大眾媒體的偏頗態度。現代人的生活，幾乎透過新聞媒體來吸收新知、評析時事。新聞界採集和發布信息有其新聞自由可言，但言論背後的權力運作往往無法擺脫官方意識形態的影響。

主角的被害妄想，在小說結尾終於透過「蕃人」對警方的暴動行為而惡夢成真。〈來自蕃地〉的內涵，確實做到《中央公論》製作「世界大觀號」的宗旨：「是和日本有密切關係的帝國以及以日本的新領土為背景而發揮異國情調最具珍奇趣味的創作」。[111]為了凸顯異國情調，中村古峽擷取了旅行記憶中最珍奇的片段，強調文明與野蠻之間的張力。不論是被送往英國展示的原住民，或是沿途遭遇的「蕃人」，都不斷涉及我他區分與文明界線的設定。對臺灣原住民來說，奴役的歷史始於喪失自己的區域給外來統治者，他們被迫縮小自己的活動範疇，還有生活方式和經濟手段。在許多文學作品中，原始族群成為被想像的對象，他們被界定為低等文化的他者，面對文明只有瞠目結舌的模樣。觀看位置與他者之間的關係，說明了中村古峽在臺灣紀行與小說中所再現的寫實經驗，是作者心境的投射，也是記憶篩選下的文學產物。

結語

中村古峽畢生著作相當豐富，但多屬於心理學研究範疇。他年輕時代曾經對文學抱持熱情，也發表一些文學創作。由於一九一三年來臺旅行的契機，促使他完成〈到鵝鑾鼻〉與〈來自蕃地〉。這兩篇作品在他一生的創作總數來說，雖然只占了極微的分量，但是就文學質感來說，或者是臺灣文學領域的研究而言，都有重新挖掘的價值。雖然是短暫的殖民地旅行經驗，不過令中村古峽驚豔之處，儼然不在少數。筆者以為，中村古峽臺灣相關作品的文學性，絲毫不遜色於一九二〇年代的佐藤春夫。因為島田謹二的文學評論，使後人只注意到佐藤春夫，但是在一九一〇年代前後，中村古峽已經親自跋涉到臺灣南部「蕃地」，近距離觀察臺灣原住民，並完成具有相當水準的殖民地旅行書寫。在探討臺灣的南方書寫系譜之上，中村古峽是一個尚未被深掘的作家。本節的提出，適足以讓他逐漸現身，並藉此增補佐藤春夫之前的臺灣書寫領域。

中村古峽的臺灣書寫，是異國記憶的一部分斷面，也投射了微觀的旅者視線。中村古峽以一位年輕旅者的姿態來到臺灣，目的是單純旅行或是尋找文學材料，他並沒有說明。在長途跋涉行旅之後，他為自己的文學生涯留下兩篇關於殖民地經驗的文字，它們分別在《東京朝日新聞》和《中央公論》刊出後，應該吸引了一些讀者的目光。然而這兩篇作品的知名度，顯然都無法與佐藤春夫的臺灣紀行相提並論。佐藤春夫在一九二〇年來臺，到達臺灣中部原住民部落去觀光，當時的霧社已被他認為是「蕃界第一大都會」。在文明與野性的衝擊下，佐藤春夫提出許多關於文明的反思，這

110 河原功，〈日本人の見た台湾原住民：中村古峡と佐藤春夫〉，《講座　台湾文学》（東京：国書刊行会，二〇〇三），頁六八。

111 「中央公論臨時增刊　世界大觀號」目錄，《中央公論》（一九一六年七月十五日）。

種觀察是中村古峽沒有展現的。

中村古峽的「蕃地」書寫展現了盎然野趣與南國風情，對日本讀者應該有其美學渲染的效果，也有迷人的異國情調。異國情調是不同於本國文化或風土人情的特殊外國情趣，是跨境旅行書寫很常見的徵象。不過他在強調臺灣原住民「未開」（savageness）的描寫部分，有可能深化日本人對臺灣的刻板印象。將〈到鵝鑾鼻〉與〈來自蕃地〉並置比對，兩部作品相隔三年問世，文中所再現的臺灣原住民形象已出現差異。〈到鵝鑾鼻〉所出現的原住民，不論是兒童或是成人，都傾向於強調其純真無垢的天性。縱使曾經參與牡丹社事件的「蕃人」後代，也能透過殖民者的啟蒙教化以學習文明的禮儀。不過這並非同理心的表現，而是以先進者立場的思維為出發點。〈來自蕃地〉的原住民書寫，則著重在凶悍陰鬱的想像，主角隨時處在一種被害妄想的氛圍。原住民的獵頭習俗確實存在，作者的恐懼心理不是一種誤解。但是當他決心要深入東部排灣族部落，他顯然有所期待，卻無法有恃無恐。這種又期待又怕受傷害的反覆心理，足以窺探他對原住民認識的格局。

對中村古峽來說，他來臺之前所理解的臺灣，牡丹社事件是一個重要關鍵。而日本民間關於牡丹社事件的認識，則有絕大程度是來自官方報告與大眾媒體的介紹。[112]〈到鵝鑾鼻〉的文字，顯露作者對於牡丹社事件的高度興趣，他不僅造訪當時的遺跡，也以文字再現了日本在十九世紀末的帝國擴張企圖。〈來自蕃地〉則以一九一〇年的日英博覽會為事件，加強了作品的歷史性。可以說，文學展現的殖民地知識是作者潛意識的產物，一方面它重構了作者的親身經歷，另一方面也指涉了日本民間的臺灣知識。當真實的旅行經歷已成記憶，這些記憶再經過重整選擇之後，轉換而為文字呈現在讀者面前，過程有可能是在作者潛意識的狀態下進行，把真實的經驗用現成的套語、既有成見加以取代。[113]包括回憶錄、紀行、口述歷史等文字，甚至是照片的寫真特徵，其實都透露出說故事者的敘事立場。透過兩個歷史事件，中村古峽所建構的殖民地想像，毫無疑問帶有強烈的殖民者史觀。這兩篇小說的價值，也在於此。在文學性之外，它們提供一個視野去側面理解大正初期日本人的臺灣印象，也以現代旅者的姿態親臨殖民地，形塑一九一〇年代的臺灣圖像。在後殖民的歷史辯證下，中村古峽作品所蘊積的時代意義，會逐漸彰顯出來。

透過第一節和第二節的討論，不難發現竹越與三郎的南方書寫，展現帝國雄偉的視野，他在《臺灣統治志》，以科學理性的方式呈現日本殖民統治的績效。在一九一〇年的《南國記》，則放眼東南亞區域，不僅對東南亞各殖民地文化、政情有敏銳觀察，也是一部生動的南方遊記。而中村古峽的臺灣書寫，則是以近距離的素描，細部呈現臺灣南部的風景。如果說竹越與三郎的文字，是一種宏觀的書寫姿態，中村古峽的臺灣書寫，則是微觀的旅行者紀錄。官方與民間，宏觀與微觀，它們之間或許各有風情，卻也可以找到共同之處。竹越與三郎的官方觀點與中村古峽的民間觀點看似平行發展，但是彼此之間其實是相輔相成的共同構成了帝國論述與實踐，並進一步生產出明治末期日本的「南方」種族論述。

竹越與三郎透過臺灣總督府的協助，獲取許多殖民知識。中村古峽則是以徒步紀行的方式，來

112　山路勝彥，《台湾の植民地統治：〈無主の野蛮人〉という言説の展開》，頁三二一—三三五。

113　李維史陀曾經述說旅行書寫的侷限，他也在《憂鬱的熱帶》出現這種疑慮。請參閱李維史陀著（Claude Lévi-Strauss），王志明譯，《憂鬱的熱帶》（*Tristes Tropiques*）（臺北：聯經，一九八九），頁三三。

記錄臺灣社會的後山世界。他們選擇的詮釋方式，不論是用理性數據或是感性思維，都無法概括臺灣的全部，而是不同角度的殖民地片斷。

薩依德《東方主義》透過西方文學作品來分析殖民者所建構的殖民知識，姚人多指出這是對殖民權力本質的誤判，他認為日本的殖民治理性是強調科學理性，殖民知識除了民族神話與文化論述之外，還有一系列科學調查的結果。這種調查而來的知識不是一個有系統的、扭曲的文化論述，而是千真萬確、嚴謹認真的明察暗訪。這種知識是一種關於被殖民者的科學，它是由數字、圖表、曲線圖、地圖、趨勢圖所構成。換句話說，最能展現這些殖民知識的應該是這種技術：國家生產的數字（state-generated number）。這種知識是由科學的方法取得，也被用在科學的用途，如何有效管理被殖民者。因此，像薩依德在《東方主義》把整個殖民知識視為高度精緻的文化產品，在他的理論中，彷彿整個殖民主義只是一個再現的問題，殖民論述只與小說、戲劇、詩集、旅行遊記、繪畫、電影等所謂藝術文化作品有關，那就嚴重誤解了殖民論述的內容。殖民知識應該是所有知識形式中最實用的、最具體的典型。[114]

數字、圖表所呈現的科學理性，誠如姚人多所說：「這些數字及資訊以一種最直接的方式進入整個殖民地的治理經營之中，它把不確定性及錯覺驅散，剩下的是統治者與被統治者間毫無祕密可言的透明空間。」[115]這個論點可以在竹越與三郎的《臺灣統治志》得到最佳印證。不過，就某種相當基本的態度而言，帝國主義意指去思想、占領並控制不屬於你所有的、偏遠的，並由別人居住和擁有的土地，這也顯示了文學、文化與擴張的帝國有所牽連。[116]薩依德的觀察，對有被殖民經驗的國家帶來諸多啟示。姚人多試圖以日本的臺灣殖民經驗去解構《東方主義》的迷思，然而薩依德所處理的問題本非臺灣。調查所呈現「現實」的知識類型，也不必然和殖民者文學作品的殖民地「再現」出現矛盾。

在中村古峽的文字中，文學展現的殖民知識是作者潛意識的產物。它雖然重構作者的親身經歷，也滲入了民間日本人的臺灣認識。數字會說話，它的真實性有多真實？文學可以想像，它的虛構性有多虛構？這些問題，筆者不認為有標準答案。數字背後所運作的殖民治理性，包含了殖民者的權力運作。而日本民間的臺灣認識，有一定程度是來自官方意識形態與大眾媒體的介紹，它們具有共生的關係。理性的數字與感性的文學，都可以成為殖民地的光與影，為它帶來繁複的想像空間。誠如下一章佐藤春夫的臺灣相關作品，就以旅行者的文化視野為日人開啟一扇想像的窗口。一九二〇年代的殖民地，已逐漸揭開南方蠻荒的野性面貌，而朝向現代化的風景建構，同時也提供旅行者更舒適的觀光環境。佐藤春夫旅臺的心情，已迥異於竹越與三郎或中村古峽的探險心態，而展現旅行者浪漫的抒情風格。殖民地因為這些作家的凝視，有了更為豐富的文化表情。

114　姚人多，〈認識台灣：知識、權力與日本在台之殖民治理性〉，《臺灣社會研究季刊》第四二期（二〇〇一年六月），頁一一九—一八二。

115　同上註，頁一五〇。

116　愛德華．薩依德（Edward W. Said）著，蔡源林譯，《文化與帝國主義》（*Culture and Imperialism*）（臺北，立緒，二〇〇一），頁三八。

第二章

帝域與異域

一九二〇年代佐藤春夫的南方體驗

前言

佐藤春夫到臺灣旅行的時間，是在一九二〇年六月底至十月中旬，這不但是他生命中唯一的臺灣之旅，也是有生以來首次的遠行。在這次的旅行期間，他還跨海到中國福建廈門遊覽兩個星期。在抵達臺灣後，佐藤春夫認識了影響他此趟旅行的重要人物森丑之助（一八七七—一九二六），一位人格氣質皆令他相當讚賞的人類學者。森丑之助當時任職臺北博物館長，他對佐藤春夫釋出極大的善意，親自寫信建議旅臺行程，包括到福建廈門也出自他的推介。也由於森丑之助的引薦，佐藤春夫在滯留期間受到當時臺灣民政長官下村宏派令的特別照顧，沿途各地獲得盛情招待。另一方面，相較於臺灣方面的諸多優勢，佐藤春夫在旅行中國期間卻由於語言隔閡以及文化落差，甚至是隨行嚮導的疏忽，讓他明顯感受客居異鄉的寂寥與不安。

一九二〇年的閩臺之旅，應該讓佐藤春夫觀察到東亞正在轉變，不僅是日本，此刻的臺灣與中國已然呈現具有差異性的文化內涵。臺灣在當時已經接受日本統治達四分之一世紀，從淪為殖民地之後，臺灣人的文化認同縱使出現兩難的抉擇，但是相當明顯的，臺灣社會正快速邁向文明化與現代化。至於對岸中國的廣東沿岸一帶，卻是粵桂兩軍開戰的前夕[1]，國內到處動盪不安，籠罩著人心惶惶的氣氛。兩岸的政治局勢與社會民情，誠然有著極大的不同，也影響旅者的心情。從而，在兩地旅行的差別環境下，他往往在回憶文字中肯定臺灣旅行的成功。佐藤春夫自己也曾說過，殖民地之旅是促使他更亟欲深入瞭解「南方」而到南洋群島從軍的契機。

佐藤在返回日本後，從一九二一年到一九三七年之間，陸續發表了多篇與閩臺旅行相關的作品，體裁包括了小說、遊記與散文。這些文章的取材，多半來自實際的旅行體驗，具有紀行文的性質。透過這些文字不難發現，佐藤筆下的臺灣與福建，有著相當殊異的風情，而作者對於兩地的文化觀感亦頗有差距。當時森丑之助所重點推薦的，是臺灣山地與原住民部落，他所安排的殖民地行程，可以說是一種博物館學式的導覽。因此，佐藤春夫的殖民地書寫，也側重在山地原住民的刻劃，流露出日本人的「蕃人」觀。另一方面作者對南方抱有憧憬，嚮往原始與自然的情懷隨處可見。而他對於福建的描繪，則聚焦在民族的頹廢面，不論是廈門街景或是人物，作品漫漶一種腐敗、衰退的氣味，不過，也有淒美的描寫如「章美雪女士之墓」，他更屢次把焦點放在純粹的風景之上，相當欣賞當地的旖旎山水。誠然，佐藤春夫的書寫方式，傾向是選擇性地展示臺灣與中國，這是一種旅行者抽樣性的文化觀察，不過其中所凸顯的文化位階亦是頗為鮮明。

臺灣在成為日本的殖民地之後，也作為日本人想像「南方」的實景，在旅行的跨文化想像之下，佐藤春夫的臺灣書寫其實蘊含現代性與殖民性的帝國視域。他聚焦於描寫熱帶的南方風情、原始的原住民人種、傾頹荒廢的建築殘址，帶有強烈的異國情調。一九二〇年的臺閩之旅，也是他南方體驗的起步。可以說，他的東亞探索是以臺灣和中國作為開端，然後逐漸向南方前進。對中國古典文學相當孺慕的佐藤春夫，受到初次旅行時的動亂影響，他的中國印象應該也受到衝擊，在《南

1 佐藤春夫到中國所遇到的是「第一次粵桂戰爭」，又稱「兩廣戰爭」。是舊桂系軍閥陸榮廷，與效忠孫中山、由陳炯明所指揮的粵軍，在一九二〇年至一九二一年之間爆發的一場戰爭。主要作戰的地域為廣東、廣西兩省。

方紀行：廈門採訪冊》已經可以看出一些徵兆。佐藤春夫後來又三度前往中國，在中日戰爭期間是以隨軍作家身分成行，也曾經在一九四三年跟隨日軍遠赴馬來半島、爪哇等地。重新檢視他的閩臺書寫，他的東亞觀察顯然具有繁複的隱喻。

從大正時期以降，詮釋臺灣不再只限於人類學者或殖民地官吏，這個島嶼也逐漸吸引日籍作家的到訪。透過佐藤春夫的閩臺相關作品，不難看出臺灣有曖昧的隱喻，既是自然豐腴也是文明未熟的土地。佐藤春夫的南方觀，顯然與日本所逐漸展開的南進政策與東亞論述有所牽涉，以他的文學影響力，也極有可能發展為日本人想像東亞的一個範本。因此本章將以佐藤春夫的臺閩紀行為主題，藉此檢驗近代旅者的殖民地體驗與跨文化想像。不難看出，自竹越與三郎、中村古峽以降到佐藤春夫的南方書寫，次第勾勒出一條認識臺灣的系譜，這條系譜的生成背景，顯然涉及了帝國的慾望，並且和日本漸進演變的南進論有密切關係。佐藤春夫在臺閩紀行中對兩地的文化詮釋，帶有強烈的現代性批判眼光，不僅能夠窺探出他最初的南方印象，也可以側面理解他後來在戰爭期（一九三七—一九四五）的文學立場。

第一節　殖民地的隱喻：佐藤春夫的臺灣旅行書寫

引言：博物館學的觀看

佐藤春夫（一八九二—一九六四）是日本來臺作家中，建立旅行文學的擘建者。[2]日本學者島

2 佐藤春夫的臺灣相關作品，詳見本節附錄表一：「佐藤春夫臺灣相關作品目錄」，本文引用這些文章時請參考此表，文中將不再註明原發表刊物與日期（只列中譯本頁數）。從一九二一年開始，佐藤春夫陸續將這些作品發表於日本的雜誌上。並在一九二六年，發行了單行本《女誡扇綺譚》（東京：第一書房）。後來在一九三六年結集出版了《霧社》（東京：昭森社，一九三六），共收入六篇作品：〈日章旗の下に〉、〈女誡扇綺譚〉、〈旅びと〉、〈霧社〉、〈殖民地の旅〉、〈かの一夏の記〉（本篇為作者取代跋文的作品）。臺灣學者邱若山已將上述之佐藤春夫臺灣相關作品翻譯完成並出版，請參閱佐藤春夫著，邱若山譯，《殖民地之旅》（臺北：草根，二〇〇二）。但是這本中譯本《殖民地之旅》所收入的第一篇作品〈星〉，是中國的民間故事。〈星〉（《改造》，一九二一）是佐藤春夫在臺灣旅行中途，轉往中國的福建與廈門參觀時，在廈門的客棧透過一位臺灣人轉述給他聽的中國地方性傳說，故事紙本為清朝的小說《荔鏡傳》。這個傳說當時也流傳到臺灣，成為民間很受歡迎的戲劇「陳三五娘」。然而〈星〉的內容，雖然源自於《荔鏡傳》的靈感，內容卻和《荔鏡傳》不盡相同。佐藤春夫自己也說過：〈星〉是他個人的創作（參見佐藤春夫，〈詩文半世紀〉，收入佐伯彰

田謹二（一九〇一—一九九三）的研究指出，日治時期以臺灣為取材對象的散文作品，亦即內地作家的臺灣紀行，當以佐藤春夫的《霧社》為第一位。[3]佐藤春夫終生只來過臺灣一次，他旅臺的時間是一九二〇年六月底至十月中旬。由於此行受到官方的款待，佐藤春夫得以暢遊臺灣各地。在返回日本後，從一九二一年到一九三七年之間，他陸續發表了十二篇與這次旅行相關的作品，體裁包括了小說、遊記與散文。這些文章的取材，多半來自佐藤春夫的旅行體驗，具有紀行文的性質。通過作品可以發現，作者的足跡遍及臺灣南北，甚至跋涉到高山地帶。其中，〈社寮島旅情記〉與〈天上聖母〉是描繪基隆社寮島媽祖廟的見聞。〈女誡扇綺譚〉與〈鷹爪花〉，以臺南的廢屋、鳳山的尼姑庵為場景；〈殖民地之旅〉則是探討和中部文化界人士的會面情況。除了上述各篇之外，其餘作品則和「蕃地」旅行有關。這些文本為讀者烙下鮮明的印象。在這趟臺灣行旅中，作者相當偏愛島嶼南部與原始部落的異國風情。他的殖民地體驗與旅行書寫，也具體呈現出內心的臺灣風景。

憑藉佐藤春夫在日本文壇的知名度，他的臺灣相關作品不僅開啟許多日人的殖民地想像，也引發當時後輩作家的南方憧憬，甚至成為日人作家的臺灣書寫之典範。[4]然而，根據佐藤春夫的說法，他來臺的契機可說是相當偶然的。[5]一九二〇年的夏天，為了排遣個人感情生活所帶來的鬱悶情結，他從東京回到故鄉，無意間在街上和中學時代的好友東熙市相逢。東熙市在臺灣高雄開設齒科醫院，為了籌設翻新醫院的費用而回到日本的家鄉。東熙市和他碰面後，極力慫恿他來臺，佐藤春夫終於決定到臺灣旅行。他們於六月底出發，在基隆下船前往臺北後，東熙市的首要之務，就是帶領佐藤春夫去拜訪擔任臺北博物館代理館長的森丑之助（一八七七—一九二六）。[6]與森丑之助結識，可說是這趟旅行中的完美起點。透過他的引薦，佐藤春夫的旅程安排受到當時民政長官下村

一、松本健一監修，《作家の自傳十二佐藤春夫》（東京：日本図書センタ，一九九四，頁二八二）。換句話說，〈星〉是取材自中國泉州的故事，和佐藤春夫後來發表的〈南方紀行〉（《新潮》，一九二一年八—十月）同屬於中國相關作品系列。因此，筆者在「佐藤春夫臺灣相關作品目錄」中並未將〈星〉收入。

3　關於島田謹二對《霧社》的評價，請參閱島田氏著，〈台湾に取材せる写生文作家〉，《華麗島文學志》（東京：明治書院，一九九五），頁二五五。在佐藤春夫之前已有許多日人畫家的臺灣旅行觀察文字（請參閱顏娟英譯著，《風景心境：台灣近代美術文獻導讀》（臺北：雄獅美術，二〇〇一））。島田謹二將法國的殖民地文學（littérature coloniale）的概念介紹到臺灣，提出了「外地文學」的論點。他以日本／內地為座標，將殖民地臺灣的文學命名為外地文學。外地文學論是島田謹二為了與日本東京文壇的內地文學一別苗頭，而針對臺灣的日人作家所提出的文學理論。有關島田謹二的相關研究，將於本書第四章中探討。另外，可以參考橋本恭子，《『華麗島文学志』とその時代：比較文学者島田謹二の台湾体験》（東京：三元社，二〇一二）。

4　佐藤春夫（一八九二—一九六四），日本和歌山縣新宮市人。慶應大學中退。他是日本近代有名的詩人、小說家、評論家，與谷崎潤一郎、芥川龍之介同為大正時期相當活躍的作家。在日本近代文學史上，佐藤春夫屬於耽美派作家，他的成名作是〈病める薔薇〉（《黑潮雜誌》，一九一六年六月號）與〈都會の憂鬱〉（《婦女公論》，一九二二年一月號）這兩篇作品。耽美派的代表人物如永井荷風、谷崎潤一郎等作家，他們所推崇的耽美主義是一種浪漫主義。耽美派站在反對自然主義的立場，揚棄道德功利性而以美為至上追求的藝術傾向，特質在於強調世紀末的頹廢、耽美、官能的傾向。

5　佐藤春夫，〈かの一夏の記〉，收入單行本《霧社》（東京：昭森社，一九三六）；本文參考之復刻本係由河原功監修，《霧社》，（日本植民地文学精選集【台湾編】五）（東京：ゆまに書房，二〇〇〇），頁二五三—二五四。

6　森丑之助（一八七七—一九二六），日本京都市人。一八九五年以陸軍通譯的身分來到臺灣，在他隨軍隊移防臺灣各地的同時，他開始接觸臺灣的原住民社會，引發他研究臺灣「蕃地」與「蕃人」的興趣。一八九六年，森丑之助結識正在臺灣東部進行調查的鳥居龍藏（一八七〇—一九五三，日本德島縣人，著名的日本人類學家，共來臺四次進行原住民族的學術性調查旅行），爾後成為鳥居龍藏在臺的助手、翻譯與嚮導。一九一三年森丑之助暫時返日，於一九一四年又應宏（一八七五－一九五七）派令的特別照顧。[7]誠然，東熙市是佐藤春夫訪臺的推動者，但森丑之助才是這趟旅行的指標性人物。因為，佐藤春夫遊臺的行程，完全出自森丑之助的規劃，包括到對岸中國的福建、廈門之旅，也是聽從他的建議而行。其中，森丑之助重點導覽的，就是臺灣山地與原住民部落的參觀。以人類學的立場所安排的殖民地旅行，其實是一種博物館學式的導覽。

對殖民者來說，在島民的族群分布與文化層面上，日本人對臺灣原住民的認知最為薄弱。根據柯恩（Bernard Cohn）的研究，帝國主義在透過知識的權力運作去建構殖民地圖像時，各種針對殖民地的調查是最有力的操作工具。[8]總督府在接收臺灣之初，為了瞭解「蕃人」的種族特性，統治當局陸續派遣了人類學者，積極投入臺灣原住民的人種調查。對殖民者而言，調查模式中的歷史編纂與人類學研究，是建構原住民族群最具力量與權威的方式。而像人口與族群分布的統計報告，就可以透過行政的運用而發展成科學或經濟學研究的範疇。藉由一連串精細的數據與調查報告，總督府展開了「理蕃」政策與山區資源開發。森丑之助的人類學研究，也是促進帝國主義發展的一環。而他對佐藤春夫的旅行策劃，就是以博物館學的思維，選擇性的「展示」（exhibit）臺灣。經過這樣的安排，佐藤的殖民地之旅，幾乎就是一次博物館之旅。

抵臺後隨即和友人東熙市來到南部的佐藤春夫，由於當時臺灣進入颱風季節的緣故，因此接受了森丑之助的提議，先轉赴中國的福建與廈門參訪。八月初從中國回臺後，仍然以東熙市的家為據點，周遊高雄至臺南一帶。這時，他再三收到森丑之助的來信，提到要讓佐藤春夫「在最短時日內看盡臺灣該看的地方」[9]，並為他訂出一份旅遊計畫。森丑之助擬定的重點行程，是臺灣中部山林與「蕃地」觀光。透過他所提供的旅行日程（預定）表，可以建構出這位人類學者印象中的臺灣景點。[10]

臺灣總督府之邀，來到臺灣擔任蕃族科囑託。一九二六年七月由於工作、人際關係等諸事不順遂，在坐船返日途中投海自殺，享年四十九歲。關於森丑之助在臺田野調查活動，可參閱森丑之助著，楊南郡譯，《生蕃行腳：森丑之助的台灣探險》（臺北：遠流，二〇〇〇）。

7 下村宏（一八七五—一九五七），字海南，日本和歌山縣士族。在一九一五年由第六任總督安東貞美聘請他到臺灣擔任民政長官。任內廢除了小學教師制服佩劍的制度、違反人權的「罰金及笞刑處分例」，並且設立供臺灣人升學的高等專門學校，以及規劃日月潭水力發電計畫。至一九二一年辭職為止，他歷經安東貞美、明石元二郎、田健治郎等三任總督，也建立了自由的作風。在臺灣任職時，下村宏也得到法學博士的學位。除了政務官的身分外，他不僅擅長寫作短歌、隨筆，而且還是研究著作等身的學者作家。離開臺灣回到日本後，下村宏進入新聞界服務，戰後則致力於日本體育的重建。關於下村宏在臺的政績，可參考黃昭堂，《臺灣總督府》（東村山：教育社，一九八一）。中譯本為黃英哲譯，《臺灣總督府》（臺北：前衛，二〇〇二）。

8 Bernard Cohn, "Introduction", in Bernard Cohn, *Colonialism and its Form of Knowledge*, Princeton: Princeton University, 1996, pp. 3-15。Bernard Cohn在導論中探討了殖民主義擴張與它的知識形態，亦即大英帝國如何透過知識與權力運作去建構印度的殖民地圖像。Bernard Cohn指出，相對於清晰、明確的歐洲地理，印度象徵了模糊、神祕的東方。古老的印度文明就像一個龐大的博物館，為了瞭解它的知識、文化，各種針對殖民地的調查方式也應運而生。所以，在地理上的印度，有旅行者的凝視；在人文上的印度，有人類學者和歷史學者的凝視；在社會上的印度，有警察的凝視；在民族上的印度，有帝國之眼的凝視。從而，印度被建構成帝國想像的東方，一個被貶抑的「他者」。大英帝國的殖民主義具體呈現了，印度的古老文明縱使淵源深遠，它依然可以被解剖分析，然後在帝國的啟蒙下，有如博物館的文物被典藏定位。

9 佐藤春夫，〈彼夏之記〉，頁三四四。佐藤春夫和森丑之助的互動，以及森丑之助對他旅臺行程的提議，見於佐藤春夫，〈かの一夏の記〉，《霧社》（復刻本）（東京：ゆまに書房，二〇〇〇）。中譯本引用邱若山譯，《殖民地之旅》（臺北：草根，二〇〇二）。

10 關於森丑之助為佐藤春夫所訂定的山地旅行計畫，請參閱本節附錄表二：「森丑之助所提供的旅行日程（預定）表」。

二十世紀初大正時期的日本，經由媒體的策劃與宣傳，海外旅遊活動逐漸成為國民休閒生活的一部分。在統治臺灣以後，殖民地也被形塑為日本國民旅行的新天地。[11]臺灣旅遊環境的制度化，一方面可以展現殖民者統治的現代化成果，另一方面也有促進殖民產業的考量。旅行觀光是促使日本人與全世界「觀看」日本殖民成功的管道，「蕃地」作為一個被展示統治成果的景點，正是在這樣的政治脈絡下逐步建構而成的。一九二〇年代以後，隨著殖民者的「理蕃」政策與人類學者的田野踏查，臺灣原住民的面貌逐漸呈現在各種文本當中。無論是官方的統計報告或是人種調查，都讓臺灣各原住民族被細微而理性地研究、分析。而另一種再現方式，則是藉由藝術創作者的凝視，感性地展現在繪畫、照片或文學作品之中。作為一位人類學者，森丑之助以其對臺灣「蕃地」的熱中與長年研究，不僅替殖民政府蒐集許多有助於「理蕃」政策的資料，也提供美術家在創作原住民題材時的協助。[12]因此，不難想像他在規劃佐藤春夫的行程時，會將「蕃地」視為「臺灣該看的地方」。縱使後來因為天候的緣故，其中的行程有些延宕或取消，但是佐藤春夫還是在情況許可之下，盡量遵守森丑之助為他定的計畫。[13]在他的臺灣相關作品中，多篇涉及原住民的書寫，就是這次規劃行程下的產物。

因此可以藉助森丑之助的臺灣導覽，而從博物館學的角度來詮釋佐藤的旅行書寫。博物館學的特徵，基本上是以抽樣的文物取代文化的全部。殖民地的博物館學，就在於殖民地的自然與人文永遠是等待被詮釋、被定義。確切而言，殖民地主體是淪為空白的、陰性的。透過這樣的命名，博物館學無非是為了豐富並鞏固帝國的知識與權力。[14]對旅行者來說，原住民是絕佳的凝視對象，既具有異國情調，又充分展現臺灣的地域特色。「異國情調」也是讓佐藤春夫感覺「臺灣實在是個很有趣的好地方」的原因吧。[15]對已生活在現代化日本的作家而言，描繪頹廢的臺灣南部風物或是荒野待墾的「蕃地」部落，可以展現文化的異國情調，卻也是一種將臺灣主體陰性化的書寫傾向。在旅者的再現筆調下，臺灣的內涵顯然和殖民者所宣稱的「同化」主義，或是刻意標榜的殖民地現代性，都扞格不入。[16]

11 有關日治時期臺灣旅遊活動的「制度化」，以及臺灣名勝古蹟的地理景象的建構過程，請參閱呂紹理，《展示臺灣：權力、空間與殖民統治的形象表述》（臺北：麥田，二〇〇五），頁三四六—三九〇。

12 請參閱王淑津，〈高砂圖像：鹽月桃甫的台灣原住民題材畫作〉，《何謂台灣？：近代台灣美術與文化認同論文集》（臺北：行政院文建會，一九九七），頁一二一。王淑津的論文提到：一九二〇年代以後，美術家與人類學者之間經常有合作的例子，如雕刻家黃土水製作「兇蕃的獵頭」群像（一九二一）時，就曾經透過臺北博物館的森丑之助提供資料。

13 佐藤春夫，〈彼夏之記〉，頁三四四。

14 根據班納迪克．安德森（Benedict Anderson）的說法，人口調查、地圖、博物館這三種制度，深刻地形塑了殖民地政府想像其領地的方式：在其統治下的人類的性質、領地的地理、殖民地政府的家世（ancestry）的正當性。請參閱班納迪克．安德森（Benedict Anderson）著，吳叡人譯，《想像的共同體：民族主義的起源與散布》（臺北，時報，一九九九），頁一八三—二〇〇。這篇論文中所提出的博物館學的概念，除了是一種人類學知識的象徵之外，也和殖民者在選擇與展示殖民地圖像時的權力機制有關。

15 佐藤春夫，〈蝗蟲的大旅行〉，頁七五。

16 根據殖民政策的演變，日治時期分為綏撫政策、同化政策、皇民化政策。所謂的同化主義或是「一視同仁」，在表面上強調臺灣人和日本人享有同樣的權利、自由與地位，並且對臺灣實施與日本國內相同的法律制度。相對的，臺灣人必須將自己的語言及文化風俗習慣同化於日本。其中，透過國語（日本語）教育的工具性目標，就是由「德育」、「智育」

本文將以佐藤春夫的旅行書寫為主題，藉此檢驗近代旅者的文化視域。[17]以往，在日本學者或臺灣學者的研究中，佐藤春夫的臺灣相關作品普遍都得到正面的評價。[18]然而，在他的作品中，臺灣／殖民地的意象顯然被某些隱喻所纏繞。所謂殖民地的隱喻，或許是作者對於臺灣的詮釋，但它也可能會讓日本人對臺灣產生誤解或歧視。正是透過這些隱喻所蘊含的意義，可以讓我們理解旅者的凝視位置，並且展開對佐藤春夫臺灣相關作品的再閱讀，也期待能和先前的研究產生對話。

一、野性的呼喚：殖民地的「蕃地」行旅

> 我到這個森林來，好不容易總算在此嗅到蕃人族群的生活氣息的感覺。我的目的可說已達到了。[19]

這應該是一種朝聖的心情；向自然朝聖，回歸原始的心情。誠然，臺灣山地在一九二〇年代左右，雖然普遍已經沒有獵首的行為，但世情仍是不太穩定的，所以到「蕃地」旅行還是有風險。由於受到森丑之助的影響，佐藤春夫不僅遵照他的行程安排進入臺灣深山，而且也以朝聖者的姿態，希望能感受到原始族群的生活氣息。不過，他也必須具備探險的勇氣。

在日本統治初期，能夠進出臺灣原住民部落的，只有殖民官吏與人類學者。後來，開始有日本畫家受聘來臺，配合「理蕃」政策而作畫，再將畫作呈給日本天皇，以宣傳殖民者的「理蕃」成果。[20]除了來臺工作的性質外，有志於探險、尋找新畫題的畫家，也逐漸到臺灣接觸山地風景。根

據顏娟英的研究指出，到「蕃地」或高山創作並不是一件容易的事，必須仰賴軍警保護才能成行。所以早期的山岳畫家都和總督府方面保持良好互動，在創作完成時往往要獻呈作品給總督和相關官員。而他們所能到達的山區寫生地：臺北到新竹、臺中到南投的「蕃界」，以及從嘉義登阿里山的路線，在一九二〇年以前，這些地點在當時是具有特殊身分的日本人才能前往的觀光景點。[21]

所象徵的兩個同化：「同化於文明」與「同化於民族」。但實際上，臺灣人與日本人之間卻存在著極大的差別待遇。有關同化政策的研究，請參閱陳培豐，《「同化」の同床異夢：日本統治下台湾の國語教育史再考》（東京：三元社，二〇〇一）。

17 在佐藤春夫的臺灣相關作品裡，其中故事性較強的是三篇小說〈女誡扇綺譚〉、〈太陽旗之下〉（原題「奇談」）、〈魔鳥〉。〈魔鳥〉是佐藤春夫旅行於霧社到能高之際，隨行的警手說給他聽的原住民傳說，〈女誡扇綺譚〉與〈太陽旗之下〉（原題「奇談」）從題材看來，都是頗具獵奇情趣的小說。由於本章主要是探討佐藤春夫的旅行書寫，因此這三篇作品並不列入本章討論。

18 日本學者藤井省三、蜂矢宣朗、河原功，臺灣學者邱若山、姚巧梅，都曾專論探討過佐藤春夫的旅臺作品，並且給予正面評價。

19 佐藤春夫，〈霧社〉，頁一七二。

20 日本畫家石川欽一郎（一八七一—一九四五）於一九〇七年受聘來臺擔任總督府陸軍部通譯官，當時他以通譯官的身分製作許多歷史戰爭畫，並且配合第五任臺灣總督佐久間左馬太的「理蕃」政策而作畫。請參閱顏娟英，〈近代台灣風景觀的建構〉，《國立臺灣大學美術史研究集刊》第九期（二〇〇〇年九月），頁一八五—一八九。以及羅秀芝，《石川欽一郎：日本殖民帝國的美術教育者》（東海大學美術研究所碩士論文，二〇〇二）。

21 請參閱顏娟英，同上註，頁一八九。

佐藤春夫在九月中旬，開始依照森丑之助所擬定的旅行計畫，從高雄出發前往臺灣中部山區。就旅者所需的條件而言，這次的行程可說是相當周全的。除了森丑之助提供的旅行預定日程表，由於民政長官下村宏的文人身分，使他對作家也相當禮遇。不僅一路上都有接受官方派令前來招待佐藤春夫的當地嚮導，甚至在下榻的旅館也獲得貴賓般的服務。就交通而言，臺灣在一九〇八年，貫連西部平原的縱貫鐵道就已全線通車。以縱貫線為主軸，日治時期還發展出綿密的支線路網，其中以各製糖會社經營的營業線及私鐵和手押軌道最為重要。[22]在佐藤春夫的各篇紀行中，可以看到他搭乘不同交通工具的描寫，也能從中窺探出各地的現代化程度。以童話型態發表的〈蝗蟲的大旅行〉，就是用童趣般的筆調，敘述作者在從嘉義到二水的鐵道上，和一隻蝗蟲共同搭乘火車的有趣體驗。這篇小品文，不但勾勒出作者的旅行風景，還顯現出他對於自然界觀察的親密感及敏銳度。

從〈蝗蟲的大旅行〉以降，要觀察佐藤春夫的蕃地旅行動態，可以在〈日月潭遊記〉與〈旅人〉得到更為清晰的線索。這兩部作品所書寫的時空其實是重疊的，因此它們之間也有一種互文關係，但顯然〈旅人〉的篇幅是比較長的。兩篇相互對照後，就可以接續〈蝗蟲的大旅行〉之後的旅程路線。從二水下車後，作者搭乘了製糖會社的私線鐵道。但是由於天候造成濁水溪氾濫，沿線的鐵軌被沖毀，後來在迫不得已的情況下，他下車步行好長一段路後換搭另一列車。途中在某個車站下車後，又再搭乘臺灣電力會社的臺車到集集停宿一晚。第二天才坐著由苦力所抬的椅轎到日月潭參觀。基本上，〈日月潭遊記〉與〈旅人〉是在描述這段旅程的見聞。

其實，在轉搭臺車進入集集之前，佐藤春夫並不知道自己此行會受到官方盛情的招待：「在一個不知名的寒村小站，我下了車，實在不想下，可是車子已不再前進了。我有點日暮途窮之感了。」出乎意料的是，在剪票口竟然有一位年輕的紳士在等他。「從這裡開始，我在這王土之邊的山中，有三天左右，受到貴賓似的招待。」[23]作者在這趟旅程，獲得相當多的人力支援。此外，在交通方面也是大費周章，歷經各種方式才逐步地接近霧社山區。由於先前本來擬定要去的阿里山，遭受到大颱風的影響，導致登山鐵道完全不通而取消行程。因此，佐藤春夫特別在意此行，亦即到日月潭再前往霧社的路途，是否能順利抵達。如此長途跋涉，支持他的動力，應該是野性的呼喚吧。

佐藤春夫在〈日月潭遊記〉一開頭就提到，當他準備從集集前往霧社之際，在下榻的旅館裡耳聞山地的高山族爆發「薩拉瑪歐蕃」事件[24]：「無意間，鄰室的高談闊論聲傳來，讓我大吃一驚的是，生蕃蜂起，霧社的日本人全滅的消息。霧社，乃是在參觀完日月潭之後我所要前往的地方。我

22 呂紹理，《展示臺灣：權力、空間與殖民統治的形象表述》，頁三四九—三五〇。

23 佐藤春夫，〈旅人〉，頁一〇八。

24 關於「薩拉瑪歐蕃」事件的記載，當時拓務省管理局長生駒高常所寫的《霧社蕃騷動事件調查覆命書》中，在檢討一九三〇年霧社事件之前幾年的「蕃情」時，提到自從一九一一年以來，雖然沒有表面化的反抗事件，但以馬赫波社頭目莫那・魯道一派為中心，每逢警備力單薄，就企謀反抗。在報告中他列了三件紀錄，其中就有一九二〇年的「薩拉瑪歐蕃」事件。文字中記載，莫那・魯道趁當時霧社附近的警備員赴「薩拉瑪歐」討伐時，企圖屠殺內地人，但被當時一名巡查部長識破，因而阻止了叛變；生駒高常，《霧社蕃騷動事件調查覆命書》（拓務省，一九三〇），油印，密。本文參考之復刻本係由戴國煇編，魏廷朝譯，《臺灣霧社蜂起事件：研究與資料》（下冊）（臺北：遠流、南天，二〇〇二），頁三八七—三八八。

是無論如何一定要到蕃界去一趟，也想到名叫能高的高山去的。」[25]，由於當時人們誤傳事發的地點就在霧社，所以連平地的埔里地區也浮動著不安的情緒。因此，他在另一篇文章〈霧社〉之初便傳達了這樣的疑惑：「霧社本就是蕃界的第一大都會——這樣說大概不誇張，那裡至少有一百多個內地人住著，而且那個社裡的『蕃人』也應該不那麼野蠻才是。一百多個內地人悉數被殺，這件事是絕不可能的。」[26]霧社在一九二〇年代之初，已經是個步入文明的現代城鎮，所以佐藤春夫才會對傳聞有所質疑。他當然不會料到，這段謠傳在十年後的一九三〇年竟然成為事實，而爆發了震驚殖民者的「霧社事件」。

聽到風聞的第三天，佐藤來到埔里，然後再搭臺車上霧社。在前往霧社的途中，佐藤春夫遇到一群身穿「蕃衣」的搬運工，其中有個「蕃人」因為帶著內地車夫常用的帽子，吸引了他的目光。此外，佐藤更注意到了：

> 有一點特別引人注目的是，這人一看就知道他得了文明病，這不是從他的丰采的趣味得知的。他的鼻梁可憐已凹塌下去，醜陋的鼻孔就在顏面的正中心。在這個蕃地，而且是在蕃人之中發現梅毒患者，對我而言太意外了。[27]

在霧社目睹「蕃人」罹患梅毒，之所以會讓佐藤如此驚訝，是因為「蕃地」向來沒有這種病的存在，它是文明病的一種。梅毒是依賴性行為來傳染的，所以是從都市（平地）傳播到山地的。梅毒會被稱為「文明病」，自然和現代化與資本主義所形成的性產業有極大的關係，這也意謂著霧社的「蕃人」有性交易的事實存在。而且這個問題必然將隨著「蕃社」的現代化而更加蔓延，成為文明性的負面表徵。作者的反應，也大部分體現了內地人對原始族群的觀感；「蕃人」是純真無垢的人種，所以不會受到文明的汙染。這樣的觀感當然有其盲點，因為這種現象的發生，是伴隨「蕃地」的現代工程而來，疾病傳染的情況只會有增無減。如果殖民者不開發山區，應該是可以減低文明病的入侵的。

在一九三〇年霧社事件發生後所發行的《理蕃之友》，已經公開檢討這種疾病在「蕃地」的傳播速度，並且藉此譴責「理蕃」政策的過失。[28]在《理蕃之友》（一九三二年二月號）的第二期，有一篇討論「蕃人」梅毒問題的文章〈蕃人的黴毒患者〉。在這篇文章中提到：「蕃婦」的貞操觀念本來是很強固的，而且「蕃地」對於通姦等問題也有很嚴酷的制裁方式，這是他們自古以來就自然形成的傳統風紀。但是現在到「蕃社」旅行時，卻會聽到「蕃婦」逐漸罹患梅毒的消息。作者將

25 佐藤春夫，〈日月潭遊記〉，頁五九。

26 佐藤春夫，〈霧社〉，頁一四九—一五〇。

27 佐藤春夫，〈霧社〉，頁一五六。

28《理蕃の友》於一九三二年一月創刊到一九四三年十二月廢刊為止，共發行一百四十四期，是臺灣總督府警務局「理蕃課」的機關誌。《理蕃の友》的發行是肇因於霧社事件，因此這本雜誌也是屬於霧社事件後「理蕃」體制改革的一環。有別於《臺灣警察時報》的閱讀對象是平地勤務的警察官，《理蕃之友》是「理蕃」警察的專用機關誌。請參閱近藤正已，〈「理蕃の友」解題：「理蕃政策大綱」から皇民化政策へ〉，收入臺灣總督府警務局「理蕃課」編，《理蕃の友》【別冊：解題・總目次・索引】（東京：綠陰書房，一九九三），頁三—一四。

箭頭指向平地都會習氣的流布，在交通工具的日趨便利與運輸快速，也將梅毒這種文明病傳染至「蕃社」。而且，在「蕃人」對疾病本身與傳染途徑等知識都不瞭解的狀況下卻有很多人感染，最應該檢討負責的就是「理蕃」警察，因為他們的教導與取締不夠才會導致這種情況發生。[29]此篇文章最後把矛頭指向「理蕃」警察，斥責他們的怠忽職守而導致性病在「蕃地」傳播。

在殖民者眼中，「蕃人」的天性有其野蠻、無智的一面，卻也帶有純潔、天真的色彩。因此，在原本清淨無垢的「蕃地」裡，會有「蕃人」受到梅毒的汙染，無疑是「理蕃」政策的疏漏之處。然而，這種文明病的產生，絕對不只是「理蕃」警察的疏失而已，帝國資本主義對於「蕃地」的滲透才是最主要的原因。基本上，近代文明的滲透傳播是和身體的疾病有其邏輯關係的。由於高山原住民族傳統上生活在山區，他們依賴游耕與狩獵維生，容易感染的是以動物為媒介的寄生蟲。但是，自從殖民者為了山林資源，開始在山區修築道路，這些道路讓文明勢力入侵到「蕃社」，也便於將文明人的傳染病源傳入。范燕秋在研究中指出，日本治臺之後，泰雅族傳統疾病觀受到相當大的衝擊。新的疾病型態不斷出現，疾病處理的方式也因殖民者的強勢介入，而產生前所未有的改造。[30]另外，劉士永根據後殖民醫學論者大衛阿諾的觀點，指出阿諾對近代科學醫學（modern scientific medicine）的看法：在殖民主義與近代醫學的發展過程裡，殖民擴張不僅帶來新的醫學，也造成疾病的新型態。同時，殖民醫學的建構不再是殖民者一廂情願的安排，而是與殖民地經濟環境、社會結構甚至是自然環境妥協後的產物。[31]從他的觀點來看臺灣的醫學發展史和疾病史，當可獲得相當有力的證據。對於臺灣的島民而言，殖民者帶來現代的醫學觀念，是為了因應臺灣特殊的風土與疾病，但是新的醫學觀念卻也帶來新的疾病型態。「蕃社」道路的開發，也為原住民同時引進了現代文明與現代疾病。

道路的開發與規劃，誠然是一種殖民權力的延伸。佐藤春夫來到霧社之前，就知悉此地是「蕃界」第一大市鎮，但他還是期待能看到充滿原始氣息的部落，這種心情也頗能呈現出內地人對臺灣原住民的蠻荒憧憬。就因為他對「蕃人」存有未脫稚真的想像，所以在遇到梅毒患者時才會大感意外。然而，當「蕃社」已經無法抵擋殖民者的文明勢力時，「現代性」與「現代病」會在霧社同時出現，這是可以想像的。

在殖民者的文化改造下，「蕃人」的生理所承受的，不只是新的疾病而已，還有身體的馴化。在〈日月潭遊記〉與〈旅人〉都描寫到作者被招待去觀看「蕃人」歌舞表演的經過。在抵達日月潭邊的旅館後，有一位電力會社的技師來拜訪佐藤，順便邀約去參觀在潭對面岸邊的「蕃社」：「帶著酒當禮物去觀賞他們的歌唱及舞蹈吧！來這裡的人，去看他們的歌舞已成為一種習慣，『他們是

29 不著撰人，〈蕃人の黴毒患者〉，臺灣總督府警務局理蕃課編，《理蕃の友》第一年二月號（一九三二年二月一日），頁七。

30 請參閱范燕秋，《疾病、醫學與殖民現代性：日治臺灣醫學史》（臺北：稻鄉，二〇〇五）。尤其是〈第八章　疾病、邊緣族群與文明化的身體〉，雖然作者是針對宜蘭山區的泰雅族為分析對象，但是在殖民者開發山林的權力運作，或是地理環境與人種方面，都和南投山區的泰雅族群相當類似。在日治時期，殖民者也是依據分布的地區，而把泰雅族分為「南澳蕃」與「溪頭蕃」，只是地域上分布不同的分類法，但都是屬於泰雅族的一支。因此筆者用范燕秋的研究來探討霧社山區的「蕃人」（泰雅族）。

31 劉士永，〈大衛阿諾與後殖民醫學〉，《當代》第一七〇期（二〇〇一年十月），頁三〇。

水社的演員。』他做了這個不知是打趣還是別有他意而令我不解的說明。」[32]所謂「水社的演員」，是指這群「蕃人」會在遊客來訪時，換上傳統的服飾出來表演歌舞以娛眾人。原本在豐收等重要節慶才祭神的歌舞，是「蕃人」文化中的一種儀式。但是，隨著觀光客的湧入，這些接受文明開化的「化蕃」，也就成為被「觀看」的對象，透過肢體表演來展現地域性的異國情調。

在佐藤春夫的眼中，「化蕃」們不僅已接受教化，也欣然於這樣的生活：「現在，這一帶的土地雖是毗鄰蕃界，卻已經是王土之內了。逐白鹿至此移住的化蕃，為助我們——這個風光的訪問者——的座興，正暢飲送禮的酒為樂呢。」[33]移住於此的「化蕃」，儼然成為在「王土之內」的臣民。但是，想必作者不會進一步探究他們移居至此的歷史背景。他所看到的，是一群能夠以表演娛樂觀眾，又沉醉於美酒的「蕃人」：

> 安閒地住慣了之後，他們甚至不知道，其他同類的人，已漸漸逃入深山之處，而他們在不知不覺中已成了王土之民了。丟棄勇猛的精神，沉醉在別人施捨的美酒中，用祖先傳來的神聖的歌與舞蹈，獻媚於好奇的旅客。——喂！你們可知道在霧社的深山處，你們的同伴現在正在對我們的同伴進行可怕的攻殺嗎？[34]

這一段深沉的文字，同時批判了「生蕃」與「化蕃」。作者把日本人塑造成無辜的受害者，「蕃人」的舉止則充斥著血腥與暴力。安住於帝國的王土之內，對旅客獻媚以換取回饋的「化蕃」，就顯得柔弱，喪失人格。在作者的心目中，他似乎有一個理想的「蕃人」形象。然而，他畢竟無法理解，是殖民者的權力運作讓「生蕃」與「化蕃」有著兩種截然不同的命運。這樣的結果，也不是臺灣的高山原住民所自願的。他們或者被強行移住到平地，改變所有的生活方式。不然就必須逃往更深奧的山林，而終日惶惶於日本軍隊的追擊。佐藤春夫在面對「蕃人」暴動時，顯現出來的危機意識是日本人的正常反應。因此，他會抽離旅行者的情緒，而站在殖民者的立場，甚至用文明者的觀察視域來進行批判。

野性的憧憬，促使佐藤春夫跋涉到原住民部落。但是在〈霧社〉、〈日月潭遊記〉、〈旅人〉等作品中卻展現了他對原住民的辯證思維。同樣的，他對文明與自然之間，也存在著複雜的情感。當他聽人說日月潭要進行水力發電計畫時，深覺此項工程事業實在浩大壯觀，卻又興起對人類破壞自然之作為的輕蔑感。到底哪邊的比重較大呢？作者自己也無法確定。[35]當時他是否知道，旅行中給他協力最多的民政長官下村宏，就是策劃日月潭水力發電計畫的主導者？如果佐藤能夠以對待原始自然的情懷來理解「化蕃」，或許會領悟到「化蕃」被改造的生活型態與被馴化的柔軟身體，並不亞於大自然的人為破壞。

---

32 佐藤春夫，〈日月潭遊記〉，頁六五。
33 佐藤春夫，〈日月潭遊記〉，頁六八。
34 佐藤春夫，〈旅人〉，頁一二七—一二八。
35 佐藤春夫，〈旅人〉，頁一二三。

二、旅人之眼：女性與異色想像

在盛夏的臺灣，佐藤春夫的憂鬱似乎沒有被炎熱的空氣所蒸發。沉浸在異國情調的同時，他也不時探索熟悉的情感認同。透過景致與人物的互動，可以看出他內心世界的細微感受。無可否認的，佐藤春夫對於自然風景投注了相當細膩而感性的觀察視角，這和一般的旅行者是不盡相同的。在十多年後，他寫了〈社寮島旅情記〉，以回憶初抵臺灣時的奇妙體驗。這大概也是他的臺灣相關作品中，最明確感覺到臺灣暑氣的一篇。到基隆社寮島的短暫時光，帶給作者似夢似幻的印象：「在我生涯中曾經停留過一小時半左右的那個小島的記憶，在過了十年以上的現在回想起來，似乎已成為奇妙的一夕之夢了。」[36]這個島所賦予他的奇異氛圍，應該來自亞熱帶島民的生活型態，以及島上所蓋的一座媽祖廟。在發表〈社寮島旅情記〉之前，一九二六年他就寫過一篇媽祖為主題的〈天上聖母〉。作者除了概略性介紹了這位女神在臺灣所受到的尊崇，以及北港朝天宮的興建過程之外，他也談到了在基隆社寮島的媽祖廟的見聞。參訪北港的朝天宮，也在森丑之助所規劃的行程當中。從基隆社寮島的媽祖廟到北港的朝天宮，佐藤春夫應該可以感受到媽祖崇拜在臺灣是相當重要的民間信仰。但是，他還是說出了旅行者的異想：

> 我空想著，被當作船神的天上聖母會不會原來是乘著船而來的神呢？紅毛或南蠻在其船中奉祀而帶來這個地方的神呢？在各種東西被移植過來的同時，同化於此地的風土，這個女神也

是一樣自然地支那化而成為道教的女仙吧！她的古遠的誕生反被重新創造出來吧！假若我在媽祖廟的那個極盡丹青之能的裝飾之中能發現十字架之類的圖樣，那我就有當場斷定我所想像的勇氣了。[37]

媽祖確實是乘著船而來的神，但卻非由紅毛或南蠻傳入的。透過這段文字，就可以知道佐藤對於媽祖信仰的半知半解。因為，媽祖是道地的中國信仰，並不是傳來臺灣以後才被「支那化而成為道教的女仙」。他會聯想到媽祖信仰與紅毛或南蠻之間的關係，也是對異文化的歧異想像吧。臺灣是一個移墾社會，因此媽祖信仰是由中國來臺的漢人所引進的。明朝末年，隨著漢人在臺開拓的推展，從澎湖到臺灣府城，再由府城向南北擴張，終至分布到臺灣各地。[38]而且，日本也有媽祖信仰。最初亦是在明朝由中國船隻帶入，開始分布在南部的薩摩半島、九州地方的五島、平戶、長崎等地。[39]因為欠缺對臺灣宗教與文化背景的理解，才會讓佐藤春夫對媽祖有如此怪異的幻想。

就像〈鷹爪花〉描述佐藤在鳳山參訪了一間尼姑庵，也有如一場午後的夢遊。作者到臺灣南部的古城作客時，主人的朋友邀他到附近的尼姑庵走走。他在尼姑庵裡閒門扉內，看到一個若隱若現

36　佐藤春夫，〈社寮島旅情記〉，頁三一三。
37　佐藤春夫，〈天上聖母〉，頁二五四。
38　請參閱石萬壽，〈臺灣媽祖信仰概說〉，收入《臺灣廟宇文化大系〈貳〉天上聖母卷》（臺北：自立晚報，一九九四）。
39　請參閱李獻璋，《媽祖信仰の研究》（東京：泰山文物社，一九七九），頁四九一—五九三。

的年輕女子。她似乎是同行友人暗戀的對象，因為討厭男人，所以即將出家成為尼姑。兩個男子在無聊的午後，去造訪門禁森嚴的尼姑庵，已頗具異色的想像空間。而被男人凝視的對象，卻只看到水色衣裳的身影搖晃於眼底，而無法捕捉女子的白皙容貌，令人倍感惆悵。不過，午後傾盆而起、驟然而止的一場雷雨，倒是洗滌了旅者疲憊、焦躁的身心。下過雨的庭院，嬌豔欲滴的花朵，一道彩虹亮麗地浮現在天空中；諸般情景讓作者有種身在夢中的幻覺。然而，這些景物與天候，對臺灣人而言是日常生活的一部分。在佐藤的臺灣相關作品中，凡是具有地域特色的事物，反而讓他進入一種「非常」時空的錯覺。在異地旅行，本來就是一種從「常」到「非常」的跨空間移動。旅者對異地生活的不真實感，也來自強烈的跨文化語境。

因此，在異鄉的文化語境中，旅者還是習於觀看自己所認同的事物。相對於臺灣南部盛夏的炎熱感，佐藤春夫在「蕃地」書寫中，反而較常去刻劃景色的蕭瑟。他以水彩畫式的寫生風格，對照臺灣與日本的風景，企圖尋找自己熟悉的感觸。例如，在看到日月潭時，作者是頗為失望的。因為日月潭展現了「一種雄大的地方所特有的奇異的寥落感」，但這卻與日本人所謂的「寥落感」很不一樣，因此他萌生了奇異的觀感：

> 我是被《臺灣名勝舊蹟誌》的「令人驚訝的是在海拔二千五百尺的山上有周圍約四里多的大湖。水深平均一丈五呎，常呈紺碧之色。疑其池底有蛟龍暗潛」這樣的敘述所騙，而一直以為是雄大清澄的境地呢。但是，浮現在我面前的，並不是周圍四里餘的大湖，而只是個出奇的大的沼澤。[40]

日月潭到底是大湖或大沼澤，這是個相對性的問題，端看觀者所比較的對象而言。《臺灣名勝舊蹟誌》上的導覽文字，縱使給予佐藤一個概括的意象，但他也許在期待一個有如日本湖泊的境地[41]。不僅是在風景之上，他在面對異性時，也會聯想到心目中戀慕的對象。在〈日月潭遊記〉與〈旅人〉中出現過的旅館服務生，是一位臉色稍微蒼白、肌膚看來頗精緻的女侍。她寂寞似地伏目微笑的姿態，細微地觸動了帶著旅愁的作者的內心。他以細描式的文字形容女子的形貌：

> 整個看起來，宛如倒垂在水邊綻開的花朵，有著哀婉而又惹人憐的表情，以如此深山中的旅店的女侍來說，是相當有品味的了。她有著斷斷續續地帶著咳嗽說話的習慣，給人的感覺中有著無助又依人的音調。臉上的上半部和我所喜歡的某個人有點像。[42]

這是一位從日本長濱來臺灣深山（日月潭）工作的女子。從敘述來看，極具有日本女性的柔弱美，作者還發現她的臉和自己心愛的人有相似之處。從容貌、姿態、音調來判定，佐藤認為這個女子是相當有韻味的。相對地，也看出了佐藤對女性的審美品味。但是他在〈霧社〉中描述到的原住

40　佐藤春夫，〈日月潭遊記〉，頁六三。

41　佐藤春夫看到的是由杉山靖憲所著，《臺灣名勝舊蹟誌》。本文參考的版本是根據一九一六年排印本影印（臺北：成文，一九八五）。

42　佐藤春夫，〈日月潭遊記〉，頁六七。

民女性，則又具有另一番的異趣。透過原住民女性與日本女性的對照，應該能側面說明佐藤對臺灣的文明觀。

當他抵達霧社後，投宿在霧社俱樂部。這裡並沒有旅館，為了偶爾出現的稀有旅客，才有這個俱樂部的設施。這也再度說明了，「蕃地」旅行確實是少數具有特殊身分的日本人的觀光活動。在俱樂部內的女侍是一位當地原住民，年輕的少女以不熟練的動作為佐藤服務，因此作者試著和她對話。她用「鸚鵡式的語調」一句句地回答著問話，讓佐藤起了童心：

> 我用自己的手指頭指著自己的臉，比著她臉上刺青的模樣。她笑了。把臉上的那個部分用手掌掩住。這個動作與表情，讓我感受到親愛之情。不過，老實說，那種感情，很類似我對我的愛犬所懷抱的那種感情。[43]

作者和少女之間的親愛之情，是以愛犬為比喻對象的。基本上，他會有這樣的情感表現，主要在於女孩的順從態度。阮斐娜認為這也隱喻了支配／從屬、殖民者／被殖民者之間的關係。[44]另外，山路勝彥在研究中則指出，臺灣總督府的基層殖民官吏在建構「蕃人」觀時，不同於西方帝國主義對於征服對象採用「女人」的陰性化隱喻，而對於臺灣原住民使用「兒童」這種修辭的純真無垢、可愛化隱喻。山路勝彥特別指出佐藤春夫在〈霧社〉中的「蕃女」書寫，探討其中對原住民的再現視域。他認為〈霧社〉這篇紀行文中持有的筆調，應該可以窺探出當時一般日本人所共有的對異民族的認識。在日本開始發展帝國的版圖之際，透過政治運作而逐步建構了特定的臺灣原住民族觀。在通俗化的論述上，一方面他們會刻意凸顯「蕃人」在野蠻性上的「混沌無知」，另一方面則從現代性的角度來幻想這群尚保持「純真無垢」的未開化人類。近代日本人的異族觀就擺盪在這兩種論述中。[45]因此，原住民常被視為是四肢發達，頭腦簡單的人種。在佐藤眼中的「蕃女」，有如一個可愛的、順從的兒童或寵物。這種他者化的描寫方式，也和博物館學的展示／詮釋方式有關。

佐藤後來去參觀「蕃人」小學時，在訪客的面前，老師要學生回答問題，但是成果卻不盡理想。作者認為困難的原因，並不在於他們對日語的理解程度，因為這些小孩都能說得頗為流利。主要的原因，應該是他們欠缺對文明世界的想像力：

> 只是，他們被灌輸著在他們的世界裡無法想像的其他的概念。而灌輸者與被灌輸者之間的苦

43 佐藤春夫，〈霧社〉，頁一六二。

44 阮斐娜認為，佐藤春夫在書寫臺灣原住民的形象時，雖然避免使用聳動視聽的方式並且想要表現對他們的同情心，但是在這裡對少女／愛犬的比喻還是流露了優越的殖民者心態。請參閱Faye Yuan Kleeman（阮斐娜）, *Under an Imperial Sun: Japanese Colonial Literature of Taiwan and the South*, Honolulu: University of Hawai Press, 2003, pp.36-37。另可參閱中文版阮斐娜著，吳佩珍譯，《帝國的太陽下：日本的台灣及南方殖民地文學》（臺北：麥田，二〇一〇），頁六四。

45 有關山路勝彥的研究，對於殖民政府的「理蕃」政策在呈現「蕃人」的措辭上，從野蠻、凶性的成人到無垢、可愛的「兒童」之演變過程與權力運作，請參閱山路氏著，《台湾の植民地統治：〈無主の野蛮人〉という言說の展開》（東京：日本図書センタ，二〇〇四）。尤其是〈第三章　植民地と「子ども」のレトリック〉（殖民地臺灣與「兒童」的修辭學），頁八三—一一〇。

心，實在是無以復加的同情。46

其中，唯有一個小女孩能有較好的表現，但是作者提出這樣的看法：「我認為那只是語詞的暗誦而已。」這就像鸚鵡學舌一樣，只是音調的模仿，而非智力的開發。佐藤雖然質疑了「理蕃」政策下的「蕃童」教育，但他也認為「蕃童」的智力是有一定侷限的。然而，殖民者對於「蕃人」施以開化的教育，重點本來就不著重在智力的啟蒙，而是柔軟身體的訓練。透過現代時間的觀念，讓他們每天到學校來，進行升旗典禮、做體操、合唱等學習方式，以達到對理性身體的規範。因此，殖民者的「蕃童」教育，並不在於培養近代思考，而是一群順從的新國民。誠然，佐藤看出了這種教育的表面性，但間接批判了殖民者的教育體制。接受教化的「蕃童」只有更加印證了被殖民者的身體馴化，在文明與文化之間，原住民的改造恐怕是比漢人更劇烈的。

佐藤春夫到臺灣旅行的心理因素，源自私人情感的問題。47當他來到臺灣之後，相對於東京生活的快速節奏，南方島國的遲緩步調應該能讓佐藤放慢心情以省視自我。他會跋涉到霧社山區，也是期待看到原始部落的生活吧。對內地人而言，遊覽臺灣的「蕃社」是比參觀漢人社會更具異國情趣的。因為，當時臺灣的平地都市多已邁向現代化（尤其是北部）。縱使霧社是山地的文明市鎮，但是在日本人眼中，它還是深具原始氣息的。因此，他對於異文化亦是滿懷獵奇趣味的。〈霧社〉有一段描寫到佐藤抵達霧社的當天夜晚，在街上被一名「蕃女」搭訕，進而受邀拜訪她家。他會答應少女的邀約，只是單純地想要參觀原住民的住家，可是當佐藤走進黑闇的屋內後，女孩卻很快地把門鎖上。在女孩更進一步地挨近他的身邊時，「那少女輕輕地握住我的手腕。我感到一股不可名狀的恐怖。而且那恐怖感正一刻刻地升高。」[48]對女孩的誘惑，對「蕃人」的恐懼，對內心慾望的理性抗拒；錯綜複雜的心情讓佐藤陷入精神緊繃的狀態：

讓我之所以如此感到恐怖，乃是因為這個不知其來歷的少女的周遭以及這房子的那種陰慘的氣氛使然。我現在是在門邊，但裡面有誰在，不得而知，說不定會有蕃人拿著蕃刀突然跑出來。——理性否定掉這一種憂慮，心情則是不然。[49]

當女孩親暱地拉著作者的手對他說：「有錢嗎？」這句話才讓他恍然大悟，也聯想到三天前在路上碰到的梅毒患者：「那個缺鼻的時髦的蕃丁」。但是，他還是無法用放鬆的心情面對少女。因為在臺灣的日本人甚至是漢人，由於對「蕃人」文化的無知，所以普遍存在著原住民任意出草的觀感。〈霧社〉在其他文字中也描寫到，漢人對於「蕃人」叛亂的態度是充滿敵愾心的，這是因為漢

46　佐藤春夫，〈霧社〉，頁一六四。

47　佐藤春夫之所以來臺散心，是因為他和妻子的婚姻生活不順遂，而且當時他又跟谷崎潤一郎的妻子千代有愛戀關係。因為這些事情而感到鬱屈的佐藤，才決定來臺散心。關於這些心情，他在〈旅びと〉（旅人）這篇文章中有稍微提到。〈旅びと〉，發表於《新潮》（一九二四年六月），後來收入單行本《霧社》。他在一九二一年也完成了一本《殉情詩集》。

48　佐藤春夫，〈霧社〉，頁一七九。

49　佐藤春夫，〈霧社〉，頁一七九。

人社會對原住民也帶有偏見。佐藤春夫雖然極力保持理性的態度來面對少女，但是恐懼還是戰勝了理性：「不管如何，此際最好的方法乃是逃離這房子，並且，但願這個少女只是個單純的賣笑婦。這樣的話，只要給她錢，她就會樂於放我離開這裡吧。」[50]少女接受他的錢之後，被作者喝令把門打開。在他狼狽地衝出門外後，卻沒有察覺那個女孩竟無聲地跟了出來：「她無言含笑，然後坐在那邊的草地上。突然間，我想到一件很奇妙的事——我真是愛胡思亂想。該不會是這個蕃女愛上我了吧。我因為自己的這樣的空想，而頓覺這少女很可憐。也就連帶產生了想和她說句話的心情。」但是當他們接近交談後，清冷的月光映照出她熱烈的目光，少女眸子燦爛發亮地令佐藤感到戰慄：

> 我突然沒命地往山丘下狂奔。我說不上來是什麼原因？我自己的解釋是，那大概是因為恐怖與誘惑的複雜交錯使然吧！[51]

在理性與慾望的拉扯下，佐藤選擇逃離現場。他最終掙脫了少女的誘惑，是因為駭怕於「蕃人」嗜血殺人的野性所致吧。佐藤對臺灣原住民的認知，還是擺盪在野性的「混沌無知」與童心的「純真無垢」兩者之間。在許多西方帝國的旅行家、小說家的文本中，原住民女性的肉體與野性美，象徵了原始、熱情的肉慾。藉由作者的書寫，她們展現了無限的性魅力。這其中，當然也投射了男性的性幻想。[52]在〈霧社〉這篇遊記裡，相當鮮明地，原住民女性展現了兩種極端化的形象。一方面，她們有如天真無垢的可愛孩童，讓作者湧起親愛之情。另一方面，她們卻散發出肉體魅惑與原始野性，使主角陷入慾望與理性的掙扎。拉開視角來看，〈日月潭遊記〉、〈旅人〉、〈霧社〉所展演出的一系列原住民書寫，具體再現了佐藤春夫的「蕃人」凝視。對異性與異文化的探索，也同樣出現在〈鷹爪花〉、〈天上聖母〉、〈社寮島旅情記〉當中。透過旅人的眼睛，佐藤春夫在異國的文化語境裡，其實不斷追尋的，是自我文化的記憶與認同。

三、對峙與對話：與林獻堂的論辯

回到平地社會，回到理性情境的佐藤春夫，在〈霧社〉的最後文字，反思了自己看待臺灣原住民的想法。從霧社山區下到臺中之後，佐藤春夫受到州知事的招待。那晚官邸宴會的話題，都圍繞在「蕃人」的暴逆事件。當時正好有一個從山地視察回來的官員，傳達了軍方使用飛機作戰討伐「蕃山」的計畫。在宣布完這個消息後，州知事一方面大表贊成，另一方面卻意味深重地注視著作者說：

> 從內地來的旅行者總是在僅僅一瞥蕃山之後，就感覺到蕃人像詩一樣令人喜愛，但是，對統

50　佐藤春夫，〈霧社〉，頁一八一。
51　佐藤春夫，〈霧社〉，頁一八四。
52　愛德華．薩依德（Edward W. Said）著，王淑燕等譯，《東方主義》（*Orientalism*）（臺北，立緒，一九九九），頁三〇六—三〇七。

治者而言，實在是沒有比他們更棘手的東西了……云云。我本來就覺得自己沒有回話的資格，只有對他那放膽灑脫而響亮的哄笑報以無意義的、貧弱的微笑而別無他法了。53

在州知事的宴席中，他無力反駁官方的政策，只能報以虛弱的微笑。但是，藉由森丑之助的一番話，作者似乎想藉此思考「蕃人」出草的儀式性意義，而非嗜血的本性使然。他描述在《臺灣蕃族誌》的作者（森丑之助）家中作客時，和主人從新聞中聽到當時鎮壓蕃地的消息。一架被派去作戰的飛機遭到破壞，飛行員尋獲後卻發現他的首級與陽具被切斷。透過作者的再現，森丑之助以一位人類學者的同理心來陳述他對這件事的看法：

那時，M氏的溫雅的表情也顯示出微微的憂鬱，他說，其實蕃人殺人，其目的絕不在於殺人那件事上，他們只不過是為了一種宗教上的迷信而要得到人的首級而已，假如能得到首級就了事，他們毋寧是希望留下那人的性命的。54

這段敘述說明了，不僅是發表言論的森丑之助，甚至連追述整場回憶的佐藤，幾乎都對「蕃人」抱持著同情的態度。森丑之助透過人類學者的常識來說明「蕃人」的出草儀式，但是出草是否為宗教的迷信，森丑之助的解釋恐怕還是無法言明。佐藤春夫會把這段話記錄下來，或許也是要重新思考自己對「蕃人」的想法吧。根據姚巧梅的研究，佐藤春夫旅臺前後的文本，出現了微妙的差異。佐藤在臺灣旅行之後，除了創作量明顯增加之外，在作品內容上也開始展現對社會與人類的關心，這在他初期的成名作〈田園的憂鬱〉（《文藝雜誌》，一九一六年十一月號）是看不到的。[55]姚巧梅認為之所以會有這樣的轉變，應該和佐藤春夫在一九二〇年的臺灣、中國之旅有密切的關係。在經歷了臺灣和中國的風土、人情、現實社會之後，對佐藤春夫的心境產生了強烈的衝擊，也讓他將注視自我的目光轉向人間。從而，他看待臺灣原住民的異民族觀，或許也產生了一些轉變。

〈霧社〉的文化視角其實也觀察到了資本主義已經開始動搖「蕃人」的價值觀。相較於其他更具殖民者立場與觀點的日人作家，佐藤春夫的臺灣相關作品，藉助南方地域風物的描繪，可以發現他對臺灣人的同理心境。然而，佐藤凝視臺灣的方式，還是刻意保持一定的疏離感。他透過人道主義的立場，傳達出對「理蕃」政策的疑惑，但在潛意識中是以理性觀察者的位置發言。在他的「蕃地」旅行書寫，雖然採取同情的立場來理解「蕃人」，卻還是保持一種居高臨下的姿態，不自覺地流露出文化位階的優越感。基本上，作者對「蕃地」的觀感是相當複雜的；因為各自的文化處境不同，也無法真正進入原住民的生活內部與思想世界。可以確定的是，「蕃人」所帶給作者的文化衝擊，是臺灣旅行中印象最深的。這個看法可以經由他的作品〈殖民地之旅〉中窺探到一些端倪。

53 佐藤春夫，〈霧社〉，頁一八七。

54 佐藤春夫，〈霧社〉，頁一八九。

55 姚巧梅，〈佐藤春夫台湾物の「女誡扇綺譚」を読む：「私」と世外民を中心に〉，《日本臺灣學會報》第三號（二〇〇一年五月）。

〈殖民地之旅〉的主題，是佐藤從霧社山區回到平地後，和中部文化界人士的會面情況。[56]其中最引人注目的，就是和霧峰仕紳林獻堂（一八八一—一九五六）的對話。[57]森丑之助為佐藤春夫安排的行程中，最後一站是參觀鹿港。因此在下村宏的斡旋下，臺中州廳替佐藤安排了鹿港出身的臺灣人許媽葵為嚮導。除了到鹿港之外，許媽葵也帶領佐藤認識了中部的文人。佐藤在中部的最後行程，就是到霧峰林家拜訪。佐藤春夫和林獻堂兩人到碰面為止，其實都不知道對方的身世背景。顯然，林獻堂對於受到官方照顧的佐藤，是頗有「來者不善」的想法。因此開口之初，便詢問佐藤來臺旅行的動機。當作者回答：「並沒有什麼特別的目的」，林獻堂似乎不滿意這樣的答案。在他們一來一往的對話中，可以感受到林獻堂想要刺探佐藤來臺的政治目的。他或許以為，佐藤是日本官方的代表，因此急於詢問佐藤對臺的觀感。甚至在有警察監視、記錄的情況下，他依然激動地發表臺灣人對殖民政策的看法。林獻堂的最終用意，是要佐藤說出對臺灣人問題的觀感。沒想到佐藤所能想到的，卻只是「蕃情的不穩」[58]。

以佐藤在臺停留的時間與景點來看，他的回答是相當合理的。尤其此行受到官方的庇護，他的待遇甚至比在臺日人還要優渥。唯一讓他感到震撼的，大概就是在霧社山區和「蕃人」接觸的特殊體驗。因此，他會對「蕃情的不穩」有深刻印象，也認為那是臺灣居民都會面臨的嚴重問題。然而，真正能和原住民交流的漢人，是相當少數的。林獻堂自然無法認同他的看法，他也對「蕃情的不穩」提出自己的見解：

> 果然，那是一個大問題，但這拿來和本島人與內地人的問題相比的話，就不覺得有那麼重大

了。——這樣說，您或許會覺得我太本位主義。不過，第一，蕃人的人口與本島人比起來少得很。加之，蕃人就有如一般稱之為蕃人這名詞所示，和內地的文明比起來，其智力方面，早就有相當的距離，這個問題我想本身就很容易解決。但本島人的情形，在內地人看來如何，我不得而知，在我們本島人自身的自負而言，儘管現在無力作為，但卻是擁有古來傳統的深厚文明者。而且那文明的重要部分，我深信是和內地的有教養的人士們相通的。在這一點而言，我想可就複雜多了。[59]

56　關於佐藤春夫在拜訪過程中嚮導者A的身分，以及各個會面人士的人物研究，已有學者提出細緻的研究，本文就不再處理這個議題。請參閱河原功著，莫素微譯，〈佐藤春夫「殖民地之旅」的真相〉，《台灣新文學運動的展開：與日本文學的接點》（臺北：全華，二〇〇四），頁三一一二二；邱若山，〈「殖民地旅」をめぐって：『支那論』を越えるもの〉，《佐藤春夫台湾旅行関係作品研究》（日文）（臺北：致良，二〇〇二），頁二一三一二四七。

57　林獻堂（一八八一—一九五六），名大椿，號灌園。他是臺中霧峰望族林家第六代，從小接受漢文教育，二十歲喪父後即接掌家政。二十七歲遊日時認識了梁啟超，從此在思想和學問上受他的影響很深。曾任霧峰參事、區長，並被授與紳章。一九一四年呼應板垣退助的同化會，一九一九年加入新民會並任會長。一九二一年臺灣文化協會成立，林獻堂擔任總理，後又成為臺灣民眾黨顧問，組織臺灣地方自治聯盟。林獻堂在日治時期致力於民族運動，並積極推動臺灣議會設置請願活動，期待能達到牽制總督府獨大的政治權力。戰後歷任彰化銀行董事長、省政府委員、臺灣省通志館館長等職。一九四九年赴日就醫後即未再回臺，一九五六年九月八日死於日本東京。

58　佐藤春夫，〈殖民地之旅〉，頁三三〇。

59　佐藤春夫，〈殖民地之旅〉，頁三三一。

基本上，林獻堂的觀點絕大部分體現了臺灣大多數漢人對於原住民的看法。因為當時能夠接觸到原住民的人還是以殖民體系的官僚為主，所以漢人對原住民多抱持著「異化」的觀感。在〈霧社〉一文中，也描述到漢人對於「蕃人」暴動的負面反應。會產生這樣的反應，一方面是因為漢人接受現代性思維的影響，而質疑「蕃人」的文明化程度。另一方面，也由於殖民者在「理蕃」政策上，刻意拉攏漢人成為聯合陣線。對林獻堂來說，「蕃情不穩」的問題性確實存在，但是更刻不容緩的，是本島人的地位。他所要提出的，是圍繞在漢文化和日本文化之間位階高低的議題。他的重點在於，漢人古來擁有的深厚文明，其實和日本的漢文化傳統是相通的。甚至，本島的文化人士比來臺的殖民者是更具有高度文明的。因此，「政治地位的優越，未必意味著文明的優秀。」[60]林獻堂認為「蕃人」在臺灣屬於少數族群，以文明性來說，「蕃人」確實無法和日本人相比，他還是想把焦點置放在本島人身上。林獻堂的立場，是亟欲質疑殖民者對於本島人的同化問題。

要理解林獻堂的文明觀，就必須探討他的思想啟蒙歷程。他的父親林文欽是具有濃厚的儒學思想的仕紳，林獻堂從七歲開始，也在家裡設置的家塾開始接受以儒教為主的教育。陳培豐的研究指出，作為接近文明的手段，林獻堂有拘泥於漢文的傾向。[61]但是，在臺灣殖民化與近代化的雙重進展下，林獻堂在語言上、生活上也無法排除日本的影響。從《灌園先生日記》當中，可以看到他積極學習日文的態度。[62]另一方面，他開始關注到近代政治、經濟、學術和思想等範疇，對於近代文明的知識逐漸展現出強烈的興趣。後來，林獻堂透過介紹而閱讀中國洋務運動主導者梁啟超的一些著作，也到日本訪問梁啟超，進而招待他在一九一一年到臺灣來訪問，主要動機就是建立在對文明的強烈憧憬。

林獻堂對佐藤春夫發表長篇大論，其實並不在雙方對話的基礎下進行的。因為佐藤對他的咄咄發問，只能夠以社交辭令應付。在有警察監督做筆記的情況下，林獻堂依然持續發言，可見他不僅有心理準備，也期待這番話能引起執政者的回應。林獻堂的最終目的，其實是抨擊當時殖民者的同化政策，亦即田健治郎的「內地延長主義」、「一視同仁」等主張[63]：

> 總督閣下在赴任時都會就對本島人的政策大方針有所言明，有的說是，內地人、本島人平等；可是接著下一任的總督閣下又變成親和；以為決定親和了，再來的總督閣下卻又說是同化。在每個總督閣下而言，或許並沒有什麼矛盾。但，從同一總督府所為來看，難免令人覺得不無朝令夕改之觀。聽說是平等，我們就那樣做，接著卻又說是同化，這一來，我們本島人就不知何者為真，不知相信那個是好而感困惑了。[64]

---

60 佐藤春夫，〈殖民地之旅〉，頁三三三。

61 關於林獻堂學習近代文明的途徑，請參閱陳培豐，《「同化」の同床異夢：日本統治下台湾の國語教育史再考》（東京：三元社，二〇〇一），頁一九五—二〇八。

62 在一九三八年七月三十日（舊七月四日）的日記中：林獻堂記下他學習日文的辛苦。請參閱林獻堂著，許雪姬主編，《灌園先生日記》（第十冊，一九三八）（臺北：中研院臺史所籌備處，二〇〇〇）。

63 田健治郎（一八五五—一九三〇），日本兵庫縣人。一九一九年十月至一九二三年九月止，擔任第八任的臺灣總督，也是第一位臺灣文官總督。他的治臺政策標榜「一視同仁」、「內地延長主義」、「日臺融合」等同化政策。

64 佐藤春夫，〈殖民地之旅〉，頁三三二。

林獻堂希望殖民者的政策不要朝令夕改，而能夠有根本明確的定案。但是他顯然認為「同化」和「平等」之間是有落差的，所以才會發出這樣的疑問：「而那親和的方法本意，是應該同化呢？還是應該平等呢？」對他而言，漢文化是比日本文化更具有高度文明的。換個角度來看，殖民者的同化政策，不正是要臺灣人去同化於較低等的文明。林獻堂的論點相當顯然的，他也是採用文化位階優劣的觀念來抵制同化政策，只是殖民者諒必無法接受他的言論。不過，透過林獻堂的發言，倒是可以側面瞭解他對臺灣的族群觀。

對於這段談話的虛實成分，我們只能透過佐藤春夫的再現，而無法從林獻堂的相關史料中獲知。[65]然而，佐藤在這篇文章的後記卻特別註明了：「作者附記——事雖多實錄，無奈是十年前的記憶，而且加上行文虛實參半，切望莫因此拙文而有累及任何人的情事。」[66]針對這段說明，河原功在研究中指出，佐藤春夫在〈殖民地之旅〉採取不具名的方式來描寫會面的人物，甚至將林獻堂寫成林熊徵[67]，是顧慮到也許會給描寫對象本人或關係人帶來麻煩，所以姑且隱藏真名。[68]然而就他和林獻堂的初淺交情，會把人名誤植是頗為合理的。倒是可以藉由這段話，看出佐藤對於當初和他會面過的臺灣人士，是抱持善意的。

較令人疑惑的地方，是一九四三年《霧社》再版時，〈殖民地之旅〉卻被佐藤刪掉。根據作者本人的解釋是：「在這集子裡所描寫的臺灣是過去的臺灣，且出版此集子時的作者與現在的作者，也存在了些許差異，基於此一原因，便暫且刪除了初版中之重要作品〈殖民地之旅〉。」[69]這個理由當然頗為牽強。還是把這部作品放回當時的歷史脈絡，或許可以得到一些解答。《霧社》從初版發行（一九三六）到再版，這七年的期間，不僅一九三七年爆發了中日戰爭，一九四一年更演變成太平洋戰爭，而佐藤春夫也在一九三八年和一九四三年分別赴中國與南洋從軍。中國和日本戰局的惡化，或許讓佐藤顧慮到〈殖民地之旅〉中林獻堂擁護漢文化的論調，會敏感碰觸到殖民地的國族認同議題。此外，作者也成為從軍作家，已今非昔比。因此，他才會選擇把〈殖民地之旅〉刪掉，只留下原住民書寫的部分。[70]〈殖民地之旅〉縱使遭到撤換，但是有關殖民地的處境，佐藤春夫已為臺灣人留下了一些見證。

---

65 林獻堂的日記已整理出版，但是年代從一九二七年開始，因此無法得知一九二〇年和佐藤春夫會面的經過。請參閱許雪姬主編，《灌園先生日記》（臺北：中研院臺史所籌備處，二〇〇〇）。本日記全套二十七冊，始於一九二七年，止於一九五五年，其中缺一九二八及一九三六年。日記內容有家族生活、經濟活動、政治活動、文化活動等相關資料，極具史料價值，是研究林獻堂相當重要的參考資料。

66 佐藤春夫，〈殖民地之旅〉，頁三三八。

67 林熊徵（一八八八—一九四六），字薇閣，是臺北板橋林本源家族長房林維讓的大孫。日治時代中期開始掌管家政，一九〇九年在總督府鼓勵發展糖、鹽的政策下，出資成立「林本源製糖株式會社」，並一手創立「華南銀行」。板橋林家與殖民政府之間的關係相當親善，這是和林獻堂的作風相當殊異的地方。

68 河原功，《台湾新文学運動の展開：日本文学との接點》（東京：研文出版，一九九七）。本文引用之中譯本由莫素微譯，〈佐藤春夫「殖民地之旅」的真相〉《台灣新文學運動的展開：與日本文學的接點》（臺北：全華，二〇〇四），頁一一七。

69 同上註，頁六。本段文字為佐藤春夫的〈再版本霧社序〉，轉引自河原功的論文。

70 《霧社》再版將〈殖民地之旅〉刪除，換上〈蝗蟲的大旅行〉、〈鷹爪花〉、〈社寮島旅情記〉。因此，再版的版本中除了〈女誡扇綺譚〉、〈鷹爪花〉之外，其餘各篇都和「蕃地」旅行有關。

結語：博物館學式的旅行書寫

佐藤春夫的臺灣旅行，從接受友人邀請，到認識森丑之助，以至於透過官方權力通行於「蕃地」之間，看似偶然的旅行契機，其實在友人極力邀約的同時，就已經進入殖民者所建構的旅行機制。日本統治臺灣以後，殖民地被開發為日本國民旅行或開墾的新天地。友人東熙市來臺灣工作，乃至勸誘佐藤到臺灣觀光，都和官方運作下的殖民地開發政策有密切關係。對於日本人來說，早期在臺的旅遊活動較具有「探險」的意味，例如人類學者的田野踏查。隨著日本統治地位的鞏固，「探險」活動也轉向旅行與觀光的性質。[71]殖民地的旅行觀光，是促使日本人與全世界「觀看」日本殖民成功的管道，「殖民地」作為一個被展示統治成果的景點，也是在這樣的政治脈絡下逐步建構而成的。當公共體制（殖民政府）、學術調查（人類學者）、旅行書寫（日人作家）等等，都加入建構殖民地形象的權力機制，那麼，在殖民者書寫中所出現的殖民地論述，其實是被一整組力量所框架的再現系統。[72]誠如薩依德所說的，沒有任何觀點可以比社會系統本身更能對其領域實行全盤之霸權。[73]

在森丑之助的導覽下，佐藤春夫的旅行書寫，誠然是把臺灣當作一個巨大的博物館。殖民者的統治技術，是經由知識累積而成的文化工程，比武力征服更能在殖民地內通行無阻。他們運用史料編纂的模式、數據的模式、旅行觀察的模式、博物學的模式、監視的模式去探索殖民地，因而被殖民者的日常細節與各類統計數字皆鉅細靡遺地呈現出來。這些型態的成果包括了出版報告、文獻、統治數字、方志、地方律令、百科全書等等。佐藤春夫是日本來臺作家中，建立旅行文學的典範者。他的臺灣旅行書寫，就是建立在博物館學式的觀看方式，以抽樣性風景來取代臺灣的全部。這種觀看方式，誠然不只佐藤春夫一人而已，上一章提過的中村古峽，有更為偏頗的傾向，他直言對臺灣「蕃地」的興趣，所到之處都跨入臺灣內部的風景。中村古峽履及的蠻荒地方，在一九一〇年代都並非旅行制度化的景點。推動他走完全程的動機，已非單純的旅行樂趣，還有一種拓荒者或文明者的冒險精神與知識探索。

基本上，佐藤春夫的臺灣旅行書寫，還是以異國情趣為主調。他偏愛臺灣南方的頹廢步調，或是原住民部落的自然風情，都和日本國內的文化語境大異其趣。日本作家的異國情調文學，不僅在於強調文化內涵的不同，更指涉了文化位階的高低。儘管殖民者標榜同化政策、殖民地現代性，都無法改變作家在創作中所強調的「異化」或「頹廢化」景物。通過閱讀佐藤春夫的作品，臺灣／殖民地的意象顯然被某些隱喻所纏繞。佐藤春夫在小說〈女誡扇綺譚〉中以「荒廢美」的趣味來營造臺灣的異國情調，透過小說的文本語境，再現的臺灣可說是緩滯且失去生命力。[74]佐藤在〈天上聖

71　請參閱呂紹理，《展示臺灣：權力、空間與殖民統治的形象表述》，頁三八五。

72　愛德華．薩依德（Edward W. Said）著，王淑燕等譯，《東方主義》（*Orientalism*）（臺北，立緒，一九九九），頁二九九—三〇三。

73　愛德華．薩依德（Edward W. Said）著，蔡源林譯，《文化與帝國主義》（*Culture and Imperialism*）（臺北，立緒，二〇〇一），頁三三二。

74　關於佐藤春夫對臺灣的「荒廢美」隱喻，請參閱〈荒廢美的系譜：試探佐藤春夫「女誡扇綺譚」與西川滿「赤崁

母〉對臺灣媽祖信仰的詮釋，傾向於將媽祖與紅毛、南蠻聯想在一起，讓殖民地瀰漫著一股奇異的本土宗教氛圍。而在〈霧社〉這篇遊記當中，原住民女性則有兩極化的形象。一方面，她們有如天真無垢的可愛孩童，讓作者湧起和小狗相處般的親愛之情。另一方面，她們卻展現了肉體魅力與原始野性，令主角陷入慾望與理性的拉扯。

野性的呼喚，促使佐藤春夫跋涉到原住民部落去遊覽，但是在〈霧社〉、〈日月潭遊記〉、〈旅人〉等作品中卻展現了他對原住民的辯證思維，也流露出進步與荒廢、文明與野蠻的東方主義式的視線。文明與野蠻之間的優劣位階，不僅是〈旅人〉、〈霧社〉這兩篇作品中的重要對比，也是作者內心自我辯證的苦惱問題。因此，他才會在〈殖民地之旅〉中傳達臺灣居民對殖民政策的否定認同，也展現一定程度的人道關懷。所謂殖民地的隱喻，乃是指佐藤春夫對臺灣的文化詮釋，而這樣的詮釋也衍生出藤春夫的東亞觀。此外，作為一位成功的引路人，森丑之助的導遊計畫也牽動了佐作者對臺灣的誤讀與歧見。透過這些隱喻所蘊含的意義，我們可以對他的臺灣相關作品進行再詮釋。佐藤的書寫顯示，凡是他在臺灣旅行走過的地方，也正是他建構帝國知識之處，更是帝國權力延續伸張的表徵。佐藤春夫所營造的帝國文本，在後殖民理論盛行的今天，仍然具有豐富的、無窮的文化暗示。

記」〉，《文學與社會學術研討會：二〇〇四青年文學會議論文集》（臺南：國家台灣文學館籌備處，二〇〇四），頁一三九—一六四。修改後收入本書第四章第二節。

本節附錄表一：佐藤春夫臺灣相關作品目錄

篇名	發表刊物	發表日期
日月潭に遊ぶ記（日月潭遊記）	《改造》第三卷第八號	一九二一年七月
蝗蟲の大旅行（蝗蟲的大旅行）	《童話》第二卷第九號	一九二一年九月
鷹爪花（鷹爪花）	《中央公論》第三八卷第九號	一九二三年八月
魔鳥（魔鳥）	《中央公論》第三八卷第一一號	一九二三年十月
旅びと（旅人）	《新潮》第四〇卷第六號	一九二四年六月
霧社（霧社）	《改造》第七卷第三號	一九二五年三月
女誡扇綺譚（女誡扇綺譚）	《女性》第七卷第五號	一九二五年五月
天上聖母のこと（天上聖母）	《三田文學》第一卷第六號	一九二六年九月
日章旗の下に（太陽旗之下）	《女性》第一三卷第一號	一九二八年一月
殖民地の旅（殖民地之旅）	《中央公論》第四七卷第九—十號	一九三二年九、十月
かの一夏の記（彼夏之記）	作品集《霧社》跋文	一九三六年七月
社寮島旅情記（社寮島旅情記）	《文學》第五卷第八號	一九三七年八月

資料來源：佐藤春夫，《定本佐藤春夫全集》（京都：臨川書店，一九九九—二〇〇〇）。

本節附錄表二：森丑之助所提供的旅行日程（預定）表

日期	日程
九月八日	打狗出發　宿嘉義（飯店） 嘉義附近　參觀北港媽祖宮　訪問營林所（聯絡阿里山登山事宜）
九月九日	嘉義出發　宿交力坪或奮起湖
九月十日	抵達阿里山　停宿一晚（泊於阿里山事務所官舍）
九月十一日	滯留阿里山　視察附近山林　遠眺新高山
九月十二日	阿里山出發下山　途中宿一晚
九月十三日	嘉義出發　宿日月潭（涵碧樓）在嘉義搭乘頭班車至二水換車。在湳仔轉搭輕便鐵路，從新年庄起步行約十町。
九月十四日	日月潭出發　宿埔里社（日月館）。參觀日月潭附近，午後出發，從新年庄到埔里社為輕便鐵路。
九月十五日	宿霧社（霧岡俱樂部）上午赴抵霧社，下午視察附近蕃社。
九月十六日	霧社出發　宿能高山（泊於駐在所宿舍）能高山是中央山脈這帶山區的尖峰，標高一萬千尺，道路狀況良好，宿舍設備比較完善。
九月十七日	能高山出發　宿埔里社（日月館）
九月十八日	埔里社出發　宿彰化（彰化飯店）
九月十九日	參觀鹿港　宿臺中（春田館）
九月二十日	參觀臺中　搭夜車往臺北

資料來源：佐藤春夫，〈かの一夏の記〉，《霧社》（東京：昭森社，一九三六）。本文引用之復刻本係由河原功監修，《霧社》，（日本植民地文学精選集【台湾編】五）（東京：ゆまに書房，二〇〇〇），頁二五八—二五九。

第二節　朝向南方的旅途：一九二〇年佐藤春夫的臺灣與中國

引言

佐藤春夫發表的閩臺旅行作品當中，以紀行而論，臺灣書寫顯然占了多篇，福建方面較具分量則是《南方紀行：廈門採訪冊》。[75]作者在創作生涯中曾多次表示一九二〇年是一趟成功之旅，並強調在臺灣獲得快適的旅行心情。相形之下，福建之旅顯得黯然失色許多。上一節的討論，已經對臺灣紀行有初步研究。如果想要周延瞭解佐藤春夫的南方體驗，有必要進一步探討他的中國福建相

75　一九二〇年的中國相關作品，除了《南方紀行：廈門採訪冊》，另外還有小說〈黃五娘〉，《改造》（一九二一年一月），後來修改成〈星〉刊載在同年三月的《改造》；雜文〈廈門のはなし〉（話說廈門），《改造》（一九三七年十二月）。〈星〉的靈感是佐藤春夫在旅行途中，在廈門的客棧透過一位臺灣人轉述給他聽的中國地方性傳說，故事紙本為清朝的小說《荔鏡傳》。這個傳說當時也流傳到臺灣，成為民間很受歡迎的戲劇「陳三五娘」。不過〈星〉是佐藤春夫的創作，內容和《荔鏡傳》不盡相同。他另外也寫過名為〈荔鏡伝〉的作品，收入《むささびの冊子》（鼯鼠的冊子）（京都：人文書院，一九三七）。關於佐藤春夫作品〈星〉之研究，可參閱黃美慧，〈佐藤春夫と台湾・中国：「星」と「陳三五娘」の比較研究〉，《臺灣文學研究會會報》一七—一九合併號（一九九二年六月），頁二三七—二五七。

關作品，藉由《南方紀行》所展現的文化視域，足以視為日人作家在南方憧憬的樣本，也可窺探佐藤春夫對二十世紀初中國的認識論。

《南方紀行》一書由六篇文章所構成，分別是〈廈門的印象〉、〈章美雪女士之墓〉、〈集美學校〉、〈鷺江的月光〉、〈漳州〉、〈朱雨亭的事與其他〉。[76]從出發之際的陰霾天氣開啟文章序幕，似乎為這趟旅行埋下伏筆。透過臺灣與福建紀行的對比並置，鮮明反映佐藤春夫的兩地旅興有頗大差距，文章脈絡也呈現了相當殊異的風情與心情，可以強烈感觸到旅者的心境寫照。他的作品會浮現出這種現象，必須要追溯歷史原因才能釐清情況。在一九二〇年之前，中日間因為政治局勢已出現非常緊張的氣氛。毫無疑問的，這和日本對中國所進行的帝國侵略有關。一九一五年《二十一條約》[77]，一九一九年的山東問題[78]，都激起中國人的反日態度。佐藤春夫在廈門街上牆壁所看到的標語「青島問題普天共憤」、「勿忘國恥」，或是抵制日貨的「勿用仇貨」、「禁用劣貨」。[79]這些文字讓他見識到當時中國人的排日行動，也讓他的旅遊心情受到衝擊。而他在福建旅遊的嚮導，是友人東熙市的門生「鄭」，鄭氏是一位不會說日語的廈門人，兩人只好以簡單的英語溝通。眾所周知，佐藤春夫的漢文素養極深，對中國文學也抱持相當情趣，甚至從事翻譯中國經典以介紹給日本讀者。不過，他並不會說中國的普通話，更遑論是福建等地的閩南語。在異國旅行的經驗當中，語言障礙是頗為常見的問題。但是只能「看」不能「說」的佐藤春夫，在舉目「反日」的文字之下，在複雜的異國情調之外，更會產生強烈的疏離感。

佐藤在臺灣的行程，充分得到人情的協助。但是到對岸福建的旅行期間，一方面因為中國人的抗日情緒，一方面由於語言隔閡以及文化落差，甚至隨行旅伴的疏忽，讓他明顯感受到客居異鄉的寂寥與不安。此外，一九二〇年代的臺灣與中國，不論在政治或民情已呈現差異性的文化內涵。當時臺灣已接受日本統治達到四分之一世紀，在淪為殖民地之後，臺灣人的文化認同縱使出現兩難的

76 佐藤春夫，〈廈門的印象〉（廈門の印象）、〈章美雪女士之墓〉、〈集美學校〉、〈鷺江的月光〉（鷺江の月明）、〈漳州〉、〈朱雨亭的事與其他〉（朱雨亭のこと、その他），收入《南方紀行》（東京：新潮社，一九二二）。書前還有〈小引〉和一張「漳廈地方略圖」。另外，篇名全為漢字的部分就不再附錄原題。

77 《二十一條約》簽定於一九一五年五月，是中國近代的不平等條約之一。一九一五年一月，日本公使日置益向中華民國大總統袁世凱直接提出二十一條要求，並要求中國絕對保密。一月至四月，袁世凱一方面命令外交部跟日本談判，一方面暗中逐步洩露內容，希望能獲得英美支持抗衡日本。在談判過程中，中國的談判代表多次拒絕要求的部分內容，迫使日本作出讓步，中國國內亦出現反日情緒，而日本則以武力威脅中國。到了五月七日，日本政府向中國發出最後通牒，限令於九日前答覆。最終袁世凱政府在五月九日晚上十一時接受二十一條的一至四號要求，並於五月二十五日完成簽字。五月九日被全國教育聯合會定為國恥日，稱「五九國恥」。

78 「山東問題」發生在一九一九年，第一次世界大戰中屬於戰勝國的中國，卻被日本政府要求割讓中國山東領土之部分主權。一九一九年，戰勝國之一的中國代表團成員參加巴黎和會，會上日本政府卻要求以戰勝國的身分接管戰敗國德國在中國山東的一切權益。代表團員之一的顧維鈞，為此準備了《山東問題說帖》，力陳中國不能放棄孔子的誕生地山東，猶如基督徒不能放棄聖地耶路撒冷，震撼歐美代表，扭轉了輿論形勢並博取列強同情。但是後來由於義大利退出和會，英法美害怕日本的退出威脅會生效而導致和會流產，於是依日本要求，將德國之山東權益割讓給日本。此時中國代表團團長陸徵祥離開巴黎。因此顧維鈞實際上暫代團長職權，在他的主持下，中國代表團拒絕在《凡爾賽和約》上簽字。山東問題直至一九二二年的華盛頓會議才由美國調停下簽訂《解決山東問題懸案條約》，日本將山東及膠濟鐵路歸還中國，中國則開放當地為商埠，並提供日本僑民在當地的一些權益。

79 佐藤春夫，〈廈門の印象〉，《南方紀行》（東京：新潮社，一九二二），頁三一。

抉擇，但是相當明顯的，臺灣社會正在快速地邁向文明化，日本文化與語言使用方面也漸趨成熟。至於對岸中國福建，正值粵桂兩軍開戰前夕，又面臨東洋與西洋強國的覬覦，內憂與外患交攻，局勢到處動盪不安，沿岸各地漫漶著人心惶惶的氣氛。

一九二〇年代的亞洲，是一個劇烈變動的時刻，臺灣與中國，誠然有著不一樣的命運。佐藤春夫再現的風景與心境，也映襯出自然與文明的辯證思維，其中更指涉了日本文人的東亞概念。臺灣在最近十年陸續出現佐藤春夫的臺灣相關作品研究[80]，但是同時期的福建紀行卻多被忽略。[81]反日情緒與語言障礙，確實是閩行的最大問題，但是本節亟欲凸顯嚮導者的引導位置，透過引路人的人格特質與行動指引，旅行者的觀看角度也隨之轉移。嚮導者與旅行者之間的微妙牽絆，涉及臺灣的殖民性、中國的國民性問題。從而進一步以現代性與殖民性的雙重角度來觀察，更能深刻理解佐藤春夫的第一次東亞體驗。雖然本書是以日人作家的臺灣書寫為中心，但是如果只單純探討佐藤春夫一九二〇年代旅行的臺灣而不談論中國，誠然無法周延分析佐藤春夫文學中的南方與東亞。以觀光為前提的近代旅行，嚮導者（guide）是旅行的指標性人物，「觀看」行為則是最重要的目的，這也指涉旅行者的現代性視域。本節試圖以東亞現代性的文化角度來對照兩地旅行殊異，希冀能夠釐清佐藤春夫在帝國文化脈絡與南方觀點的發言位置，以及森丑之助作為一位引路人的嚮導功用。

一、引路的人：成功之旅的關鍵

一九二〇年暮春季節，也是佐藤春夫二十八歲時，他因為情事抑鬱難解，陷入極度神經衰弱的身心困境，遂想念起久違的家園而返回故鄉。當時已有妻室的佐藤春夫，愛上作家谷崎潤一郎的妻子千代。[82]辛苦戀情讓佐藤春夫飽受精神折磨，為驅散心中苦悶，促成一九二〇年回鄉與旅臺的契

80 佐藤春夫臺灣相關作品逐漸引起討論，應該與中譯本《殖民地之旅》（邱若山譯，臺北：草根，二〇〇二）問世有密切關係。

81 在中文方面，目前僅知一九九二年黃美慧提出一篇論文〈佐藤春夫與台灣中國：大正九年的台福之旅〉對比兩地之旅，《東海學報》第三三卷（一九九二年六月），頁一六七—一八三。該論文介紹佐藤春夫在一九二〇年的臺閩之旅，並歸納兩地旅途差異的四點理由：「（一）臺灣是當時日本的殖民地，讓佐藤春夫有一種國外旅行的安全感。而福建讓他感到身為外國旅客的不安。（二）臺灣之旅大致上有人安排，在旅行各地又都有保護者。福建之旅則大致由他自己計畫，又沒什麼保護者。（三）在臺灣無論是嚮導或訪問地的人，幾乎都用日語。而福建的嚮導用英語，訪問地用日語也不太通。（四）一般臺灣人喜歡內地人（日本人），尤其佐藤春夫訪問的文人墨客都很喜歡文學家的他。相對的，福建反日情緒非常高昂，而且兵火不絕下，很少有人能理解佐藤春夫。」。另外，姚巧梅則以日文發表了《南方紀行》的研究〈佐藤春夫文学における中国・福建の位置：『南方紀行』を中心に〉（在佐藤春夫文學上中國・福建的地位：以『南方紀行』為中心），《皇學館論叢》三八卷二號（二〇〇五年四月），頁五二—六八。碩士論文方面則有陳志堅，《佐藤春夫之閩南文學》（文化大學日本研究所碩士論文，一九九六）。

82 這段波折的感情，折磨佐藤春夫長達十年，到一九三〇年才有了結果。中間的過程，就是著名的「小田原事件」和「讓妻事件」。佐藤春夫和谷崎潤一郎相交，是在一九一七年的夏天，也因此結識其夫人千代。千代是一位溫柔典雅的女性，但並非谷崎潤一郎喜愛的類型。後來谷崎迷戀千代的妹妹せいこ，兩人在外同居不歸。這段期間佐藤春夫開始和千代接近，因為同情而生愛。一九二〇年前後，佐藤春夫產生鬱結心情，一方面來自他與谷崎千代的戀愛關係，另一方面也和他自身的婚姻問題有關。他在一九二〇年十月從臺灣返回日本不久，就和當時的妻子米谷香代子分手，但是谷崎潤一郎和千代的關係卻沒解決。當初谷崎潤一郎迷戀千代的妹妹時，極力鼓勵佐藤春夫和他太太的戀愛關係，表示願意將

機。該年春天，他在故鄉遇到中學時代的友人東熙市，佐藤春夫情不自禁地並說了自己的憂鬱，東熙市遂極力慫恿他到有趣的殖民地散心。未見的南國幻影，透過昔日同窗的舌燦蓮花，一幕幕浮現在他眼前。心動的佐藤春夫，倉促之下決定成行，他在〈彼夏之記〉述說到國境之南的動機：

> 或許有人會說，盛夏的時候，要玩也要看地方，特意到臺灣去，可真是好事之徒。沒錯，我是個好奇的人。到暑夏的地方不在炎天去，到北方不在下雪時去，是無法識得其中真趣的。這是我的一貫主張，因此，我自認我的好奇非常合理。[83]

這是一種極端的態度，要體驗暑夏，就是要到南方的臺灣才能感受熱度。佐藤春夫的故鄉是和歌山縣新宮市，位於本州的南部，有大海與山脈形成的自然風景，也有溫暖而和煦的陽光以撫慰遊子。然而，臺灣是比故鄉更南方的所在，它更是帝國之境的南端。殖民地的熱帶風土，流淌自然原始氣息，相信可以治療他的憂鬱；南方的明亮，也能驅趕心中的晦暗。佐藤春夫被惹起的旅興，有擺脫現實的意味，進入幻想中的南方。憂鬱的現代病徵，唯有回歸自然才得以紓解，這可能是佐藤春夫潛意識下的想法，也指涉現代人的文明反思與南方憧憬。他以「好奇」作為單純的動機，其實內心世界有更深的期待。而在當時，他的家人也透過行動支持：「老爸為了防患瘧疾，特別準備了奎寧丸塞在我的行李中，老母儘管總為線穿不過針孔所苦，還是挑燈緊急為我縫製麻質的衣物，忙得團團轉。」[84]已近而立之年的佐藤春夫，在身心安頓上還是仰賴父母。雖然文章裡面並沒有提到父母如何看待兒子的戀情，透過這一段文字，卻可以看到他們對子女的無怨情感，他們竭盡為兒子考量，細心準備旅行所需的藥品衣物，包括旅費都是由他的父親所支付。[85]佐藤春夫生在醫生之家，父祖之輩在新宮頗有名氣。但是在旅臺之際他頻頻自稱是貧窮文人，源於他的旅費還是依靠父親贊助。

因為一九二〇年的旅行，佐藤春夫留下一連串相關作品，為讀者攜來無限想像。如果以佐藤春夫的立場，這是一次意外的旅行，他的收穫是什麼？在心情上是否得到振作？以他晚年的話來回答是「完全幸福的一夏」。[86]在一九六〇年代的回憶性文章〈詩文半世紀〉中重提四十年前的旅行，

妻子讓給佐藤春夫。後来せいこ厭倦谷崎潤一郎而逐漸冷淡，他回家後也開始反悔，不願意佐藤春夫和妻子來往。佐藤春夫一怒之下與谷崎潤一郎絕交，文學史上稱「小田原事件」。小田原事件後的幾年間，佐藤春夫在家鄉與小田中タミ結婚，後來也和谷崎潤一郎恢復友情。在一九三〇年，他與タミ離婚。該年聽說谷崎打算讓千代與其弟子結婚，前來商談，結果由弟子退出，佐藤春夫決意和千代結婚。一九三〇年八月十九日，佐藤春夫、千代和谷崎潤一郎三人聯名在《朝日新聞》上發表公開信：谷崎潤一郎與千代離婚、孩子鮎子和母親一同生活、千代與佐藤春夫結婚，這就是著名的「讓妻事件」。

83　佐藤春夫，〈彼夏之記〉，頁三四〇。本節臺灣相關作品之中譯本係引用邱若山譯，《殖民地之旅》（臺北：草根，二〇〇二）。關於各文之原出處，請參閱本章第一節附錄表一：「佐藤春夫臺灣相關作品目錄」。

84　佐藤春夫，〈彼夏之記〉，頁三四〇。

85　關於旅費的部分，柳本通彥在探討佐藤春夫與森丑之助的交往關係時提過，請參閱柳本通彥，《明治冒険科学者たち》（東京：新潮社，二〇〇五），頁一七二—一七三。

86　此話出自〈詩文半世紀〉，原刊於《読売新聞》共七十五回（一九六三年一月四日—五月一日）。本引文係參考《定本佐藤春夫全集》（第一八卷）所收之底本，頁一〇八。

他的記憶還殘存多少，實在令人猜疑。不過可以確定的是，他選擇保留了美好的印象。這應該要歸功於一位人物，那就是森丑之助。南方暑夏的熱氣，森丑之助的熱情，都在他心中烙下深刻記憶。佐藤春夫的臺灣行程多半來自森丑之助企劃，前往福建地方也是由於森氏的建議。但是他在兩地的旅情卻有極大落差，相對於殖民地的愉快印象，福建之行則充滿危機感。探究其原因，人事物的協調與否，關乎佐藤春夫的旅行興致。單純從風景的角度來看，臺灣和廈門各有其趣，也自有獨特的異國情調，這是佐藤春夫頗為讚賞的部分。而以亞洲的時勢而論，一九二〇年代日本對中國正是蓄勢待發，福建地方的反日情緒，也在佐藤春夫意料之中。閩臺旅行的最大關鍵，還是在於「人」的部分。因為嚮導者的指南方式，旅行者的目光畛域也會有所不同。森丑之助以人類學者的導覽觀點，向佐藤春夫詳盡介紹臺灣景點的「可」看之處。對他而言，森丑之助不僅是一位優秀的嚮導者，也是人格值得尊敬的人物：

> 說到丙牛，歲數也許是比我大上二輪的丑歲出生的。是大約這般年齡、溫和平穩的中老年紳士。後來聽說，在日清戰爭時缺乏南京官語口譯的人，所以他因此從軍。戰後領臺的同時，他來到這個島上，以蕃人研究為志業。他說話有京都的腔調，一隻腳好像有殘疾而跛行，卻是一位人不可貌相的豪傑，身無寸鐵而縱橫蕃山，是蕃人們口中被稱為「日本的酋長」的人物。[87]

兩人在初識之際，佐藤春夫二十八歲，森丑之助四十三歲，當時僅相差十五歲，也就是一輪多而已。佐藤春夫顯然誤判了森丑之助的年齡，也有可能是森丑之助的成長經驗與人格氣質使他更具老練外貌。[88]根據楊南郡譯著《生蕃行腳：森丑之助的台灣探險》的介紹，森丑之助在生命履歷上，確實展現不凡身段。一八七七年出生於京都的森丑之助，是家中次子。由於長男亡故，使他成為獨子而受到過度照顧與保護。十六歲時為了逃避家庭束縛而輟學離家，決心不帶分文地到外地流浪。這時候適逢中日甲午戰爭爆發，日本軍方亟需一批中文通譯派往中國戰區，曾經自修中國南方官話的森丑之助，雖然僅略通皮毛，也被錄用準備派往遼東半島服役。然而戰爭很快結束，當時日本經由《馬關條約》獲得臺灣，嚮往浪跡天涯的森丑之助，立刻提出派往臺灣的申請書，來到他幼年時即聽聞：「有鬼魅一般可怕的生蕃居住的熱帶島國。」他初到臺灣之時，還是個充滿浪漫幻想的懵懂少年，因為公務進入「蕃地」引發好奇心，後來決定傾注心力於臺灣全島「蕃地」的調查研究。[89]他的南方憧憬，從幻想而起，逐步透過實踐，完成自我的理想追求。

森丑之助並非人類學背景出身的研究者，為了實踐自己的志趣，他憑藉著過人毅力，一一扭轉他在客觀條件上的種種劣勢。首先，他努力學習各個原住民的語言，短短一年多的時間內，即精通

87　同上註，參考第一八卷所收入之底本而翻譯，頁一〇八。

88　柳本通彥，〈第三章　「蕃人」に一生を捧げた人類学者森丑之助〉，《明治冒険科学者たち》（東京：新潮社，二〇〇五），頁一七四。

89　請參閱楊南郡，〈學術探險家森丑之助〉，收入森丑之助原著，楊南郡譯註，《生蕃行腳：森丑之助的台灣探險》（臺北：遠流，二〇〇〇），頁二九—三一。

各族語言。而為了學習植物方面的知識，森丑之助特別住進植物學家小西成章的宿舍，隨同他深入前人足跡未至之地，調查地圖上尚待勘查的山川形勢與森林植物分布。在人類學方面，則陪同人類學者鳥居龍藏進行多次冒險犯難的調查行動，如玉山主峰的首登、清代八通關古道的沿線部落訪查，以及學習調查方法與攝影技術。此外，他更殷勤與東京帝國大學人類學權威坪井正五郎教授通信，郵寄各種考古人類學的調查成果與標本給坪井博士，而坪井博士也深愛這位熱情好學的學生，不但毫無保留地傳授他考古與人類學專業學識，更寄贈許多調查用器材，協助他進行調查研究。在馘首習俗盛行的山區，森丑之助平時行動並沒有軍警隨行保護，甚至連防身武器也不帶，他所倚仗的就是誠心而已。[90]

不論是人種或是植物調查，人類學者與植物專家進行的實地勘查，都在於形塑一套龐大專業的臺灣學，將所有未名或未明的，一一清晰定位。這是屬於現代學術的領域，也是冒險犯難的工作，他們雖然多為接受臺灣總督府的協助或請託，在臺灣史上卻是較有正面評價的一群日籍人士。他們發現臺灣、探索臺灣，很多臺灣生物都留下他們的命名。他們與軍事占領的路線不同，是透過親身踏履征服臺灣的天涯海角。臺灣作為學術的對象，透過各種調查、分類、統計，他們成為臺灣學專家。這一切都建立在先驅學者的學術權威之上，無疑也是帝國權力的一部分。他們累積性的視野塑造了一個「真實」的臺灣。如何評估這些專家的歷史功過，涉及到理性的迷思，帝國的慾望。森丑之助能夠逐漸引起臺灣學界的矚目，除了殖民者身分所挾帶的文明手段，他對臺灣原住民的感性部分更是吸引研究者目光。

森丑之助以豪邁性格贏得「蕃人」認同，投入畢生心力去體驗最初的南方憧憬。佐藤春夫在返日之前，曾經滯留森丑之助家中近半個月之久，受到家族般的接待，令他樂不思蜀。兩人相處的時光中，佐藤春夫應該感受到森丑之助對於臺灣研究的熱忱，也可以推測他的臺灣認識，甚至是「蕃地」與「蕃人」的文化觀察，都來自森丑之助影響頗深。臺灣旅行在精神上，賦予佐藤春夫重新創作的慾望，因此他無法忘記臺灣和森丑之助。縱使在成名之後，他對森丑之助始終抱持極大敬意，不但常常在文章中提及「森先生」，兩人也一直保持往來。森丑之助一九二六年去世前的五月分，他還在東京的佐藤春夫家中滯留一個月左右。纖細敏感如佐藤春夫，在森丑之助臨死之前，也沒有察覺到友人的異狀，因此在接到森丑之助的死訊大感意外。[91]雖然兩人的緣分只有六年，在佐藤春夫的心目中，森丑之助是一位無法忘懷的非凡人物，才會在文章中不斷召喚自己的記憶。

一九二〇年的殖民地之旅，佐藤春夫相當愉快。當時森丑之助因為腳疾問題，無法親自陪伴佐

90　同上註，頁三二—三四。

91　請參閱柳本通彥，《明治冒険科学者たち》（東京：新潮社，二〇〇五），頁一七二—一八六。森丑之助由於工作、人際關係等諸事不順遂，一九二六年七月在坐船返日途中投海自殺，享年四十九歲。據柳本通彥推斷，森丑之助工作室因為一九二三年關東大地震而引起火災，將他近三十年的臺灣原住民研究資料全部付之一炬。他本來將這些資料帶回日本，是想要在日本重新出版，遭此意外打擊，等於把他一生的努力全部銷毀。森丑之助如何克服這個打擊，在他生命的最後兩年半並沒有留下任何相關文字。森丑之助在一九二六年七月初失蹤，後來才傳出他自殺的消息，當時臺北在傳聞他是為了女性關係自殺。不過後來的研究資料顯示，森丑之助會選擇絕路，其實和他計畫建設原住民村的「理蕃」事業不能如願進行有極大關聯。

藤春夫而至感遺憾。[92]但是透過他的關係，沿途都有通譯者與腳夫照料，食宿也不需花費，等於官員級的禮遇。他在多篇臺灣相關作品都得意提起這段經歷：

他們為我準備的乃是所謂的椅轎。說來，乃是用只有椅背和扶手而沒有腳的藤椅。從兩側插過棍子，由兩個苦力分別扛著兩根棍子前後兩端的東西。為了讓坐著的人可以放腳，以繩子垂掛一根細木片，我乃用力地把腳緊縮在那木片上。然後把兩臂放在扶手上。沒有遮目篷，所以撐開了洋傘。這椅轎，坐來頗不是愉快的。但，聽他們說若不用椅轎，一般的輿轎是無法爬上這樣的坡道的。看來並不常有人搭轎子，走出集集街道時，人們都朝著我看。我們一行，有兩個抬轎的苦力，還有一個是當抬著的其中一人疲累時隨時準備輪替的苦力。加上打從昨天就一直招待我的那位中年紳士——聽說是電力公司的這個工程的監督——以及另外一個負責拿所有的人的便當和茶水的年輕人。有這麼一大群隨從跟著，大概可以想像我有多神氣吧。[93]

佐藤春夫所描述的，就是在第二章討論中被作家中村古峽稱為「無聊東西」的交通工具。除了兩個轎夫之外，前後還有五個人簇擁，只有佐藤春夫獨自高坐於轎上。這是多麼風光的畫面，唯一感到美中不足的，是自己的人品及風貌實在沒有官員的架式。他的身材單薄而削瘦，身上衣著已經因為長途跋涉而濕黏地沾滿汗漬，帽子因為是粗俗品，帽沿早已歪皺不堪。而且這種轎子，坦白說並不舒服，必須一段時間適應，才能讓身體配合它的搖晃。在〈日月潭遊記〉和〈旅人〉，重複記載了這段經歷，顯然讓作者印象深刻。尤其隨行的人當中，還有電力公司派遣的日籍職員；不同的路段，由不同的監督接待。後來他遇到了一位健談之士，他來臺灣已經二十年以上，有關名勝古蹟、山川風光，或是道路花草樹木，各種問題都能詳盡地回答。親切無礙的交談，在不知不覺當中兩人已經如同結伴而行的旅人。對佐藤春夫而言，回憶殖民地實在是太有趣了，有情投意合的旅伴相隨，不僅沒有語言上的困擾，還能到處品味異國情調。透過森丑之助的導覽，他看到許多異於日常經驗的事物，尤其是臺灣原住民部落的「野趣」。

相較於佐藤春夫，一九一三年來到臺灣的中村古峽，兩人雖然都是來自日本民間的文人，但是所獲致的待遇則有頗大落差。對臺灣「蕃地」也抱持極大興趣的中村古峽，關於前往臺灣的動機，是單純旅行或是尋找創作材料？並未留下說明文字。確知的是，在出發之際，他就發願要看到臺灣最南端的鵝鑾鼻燈塔。雖然沿途也有各地官府警力的協助，但是他的旅行方式較為克難，有許多景點是利用雙腳跋涉，他的旅行條件顯然低於佐藤春夫，也甚少出現抒情般的心情書寫，而多是沿途風景的寫實紀錄。佐藤春夫的成功之旅，總而言之要歸功於森丑之助的人脈。[94]在「野趣」之餘，

92　在森丑之助於一九二〇年七月十七日寫給佐藤春夫的信當中，除了詳細介紹中部山區的景點之外，也說明他因為腳部的神經痛問題，無法親自為佐藤春夫導覽沿途風景，感到相當遺憾。請參閱新宮市佐藤春夫記念館編集，《佐藤春夫宛森丑之助書簡》（和歌山：新宮市佐藤春夫記念館，二〇〇三），頁四—五。

93　佐藤春夫，〈日月潭遊記〉，頁六二。

94　中村古峽來臺的一九一三年，森丑之助遇到一些問題，決心離開臺灣返回東京。令人好奇的是，如果中村古峽有森丑之助般的人物為他推薦臺灣旅遊景點，或許中村古峽的作品會出現不一樣的臺灣風貌。

佐藤春夫的原住民體驗，還加入了森丑之助的情感，因此他將一九二〇年的旅行稱為「完全幸福的一夏」。森丑之助對於殖民者當局的「理蕃」政策頗多微詞，也亟欲改造原住民的生活條件。這些幽微思考，或多或少也傳遞給佐藤春夫。儘管佐藤春夫無法避免以文明者的姿態凝視原住民，但是在他的作品當中，可以看出一些溫情思維。引路人的行動指引，能夠影響旅行者的觀看角度。嚮導者與旅行者之間的微妙牽絆，就在於此。

二、共感的界限：佐藤春夫的中國初體驗

佐藤春夫在一九二〇年七月抵達基隆之後，隨即就到臺北與森丑之助會面。[95]但是「因打算日後再來，也就先做南下計。」[96]所以並未在臺北停留，當天傍晚隨即搭乘臺北出發的火車，直驅友人東熙市位於高雄住所，在南部滯留了兩個星期，過著悠哉的生活。當時，森丑之助很關心他的旅行狀況，再三來信推薦行程。[97]因為七、八兩月也是臺灣的颱風季，森丑之助考量到天候問題會影響旅行品質，他向佐藤春夫提出建議：

> 丙牛先生給我一個提案：這般閒散的話，乾脆到對岸地方去看看怎麼樣？所謂的對岸地方，是指廈門、泉州一帶。搭汽船，一個晚上就能橫渡臺灣海峽到那裡。想想以後不知什麼時候才會再來這裡，順便走一趟看看也好，也就遊意頓生了。總之，好像已經看開了，變得較積極了。說不定這是風土的影響使然呢？[98]

所謂「風土的影響」，應該是指樂觀的態度。臺灣的熱帶風，把胸中沉鬱吹散，讓他轉換了好心情，也使他產生更大的旅心。但是，當時中國沿岸的局勢並不平靜，森丑之助提出建議時應該有考量到這種情況。不過，這也是他們趣味相投之處，兩人的性格裡顯然都有強烈的南方憧憬。森丑之助和南方結緣，源於他在少年時期學習中國南方官話的經驗，才使他後來成為陸軍通譯進而到臺灣。佐藤春夫對於中國也有濃厚興趣，他的亞洲認識是以傳統文明為主的中國。一九二〇年代處於巨變中的近代中國，誠然不是佐藤春夫所熟悉的。不過在半好奇半冒險的遊興驅使之下，他還是立即接受森丑之助的建議。該年夏季，佐藤春夫趁機到福建地方十數天，是從七月中旬到八月上旬的事情。一九二二年出版的《南方紀行：廈門採訪冊》，細膩記錄了他的中國初體驗，也可以視為是他對二十世紀中國的近距離觀察。

然而，能令他立刻成行的背景，應該也和東熙市的門生「鄭」有密切關聯。《南方紀行》的開端，佐藤春夫用簡單幾句話交代鄭氏的出身：

95　根據邱若山的「佐藤春夫臺灣島內旅行日程推定表」，佐藤春夫在一九二〇年六月底從日本神戶搭船出發到臺灣，七月六日抵達基隆，當天到臺北和森丑之助碰面後，傍晚隨即前往高雄。佐藤春夫在高雄滯留兩個星期，因為當時正是颱風季，森丑之助建議他前往中國看看。因此佐藤春夫在七月二十日至八月五日左右，前往中國的福建地方旅行。請參閱《殖民地之旅》，頁七。

96　佐藤春夫，〈彼夏之記〉，頁三四一。

97　請參閱新宮市佐藤春夫記念館編集，《佐藤春夫宛　森丑之助書簡》（和歌山：新宮市佐藤春夫記念館，二〇〇三）。

98　佐藤春夫，〈彼夏之記〉，頁三四三。

跟我一起來的嚮導，是在這個港口高雄開設牙醫診所的中學時代舊友東君的門生「鄭」。這位青年現在投靠姊姊與姊夫而住在高雄，他是在廈門出生、從廈門中學畢業的人。[99]

佐藤春夫和鄭姓青年顯然是透過東熙市而認識的。《南方紀行》完全沒有提到前往中國之前，兩人在高雄有何交集。廈門人出身的鄭氏，會成為佐藤春夫到福建地方的嚮導，一方面是因為他的地緣關係，另一方面也可能是接受東熙市的委託。七月中旬他們從臺灣高雄乘船出發渡海到對岸的廈門，在船上遇到鄭氏的友人陳氏，他是來自臺南的米商，因為米糧生意經常往返閩臺，是一個日語說得很差的臺灣人，後來成為投宿廈門的旅伴。

高雄到廈門的航程，需要二十多小時，在船上度過一夜之後，於隔日上午抵達廈門。後來三人一起投宿到當地的客棧「南華大旅社」，他們參觀了旅館的「特等房」。房間相當明亮，因為面向陽臺的窗戶敞開著，也由於光線的輔助，讓佐藤春夫清楚看到天花板各角落都掛著蜘蛛網。雖然環境不盡人意，他們還是決定住下。安頓好食宿問題，三人前往銀行兌幣。從銀行回來後，鄭氏隨即準備出門辦事，臨行前跟佐藤春夫交代：「今晚會遲才回來，所以把你的事仔細拜託陳了。」[100]文中清楚記載，鄭氏在下午四點左右離開後，直到晚上六點都沒人搭理佐藤春夫。這是他來到中國的第一天，獨自一人被留在客棧，「陳」也不見蹤影，實在難以排遣寂寞與不安的心情。他決定去探探陳氏的動靜，發現「陳」好像在房裡睡覺，他只好也回到自己的房間躺下。而當時正是用飯時間，佐藤春夫發現客棧夥計不時探頭進來，肯定是想來詢問點餐的事。夥計也顧慮到房客是一位日本人，言語顯然無法溝通，因此頻繁張望卻徒然而返。佐藤春夫想等陳氏起床，然後一起用餐，可是始終沒有動靜。在左右為難的情況下，他只好硬著頭皮對付再度前來的夥計，用廈門語說出：「飯拿來。」[101]這是他偶然記住的一句話，佐藤春夫知道自己的發音很奇怪，沒有想到竟然奏效，雖然不能詳細溝通，至少夥計瞭解客人想要用餐的意圖，後來果真把飯菜端來。然而食物解決了飢餓，卻無法填滿佐藤春夫的焦慮心情。他為情事而苦，想放浪自己於天涯海角，但是此時此地卻不禁思念起故鄉。

直到八點半過後，陳氏終於出現在佐藤春夫的房間，說了一句：「失禮。」陳氏的日文程度極差，兩人只能用簡單句溝通。從陳氏口中，佐藤春夫才知道「鄭」今晚不會回客棧。這些事情，顯然是「鄭」出門前就告知了：

> 「鄭」好像把今晚會住在鼓浪嶼的事留話給「陳」。那個晚上「鄭」果然沒回來。雖然獨自一人而不安，卻也因為昨夜以來的疲累而熟睡了。[102]

身為嚮導的鄭氏，並沒有細心意識到佐藤春夫的處境。「鄭」所託之人「陳」似乎也未盡到照

99 佐藤春夫，《南方紀行》（東京：新潮社，一九二二）。本文引用《南方紀行》之中譯部分為筆者自譯。
100 佐藤春夫，《南方紀行》，頁一八。
101 佐藤春夫，《南方紀行》，頁二〇。
102 佐藤春夫，《南方紀行》，頁二二。

顧的責任。在中國的初夜，交織著身心的不安與疲憊，佐藤春夫終於陷入睡眠。直到隔天的下午三點之前，「鄭」都一直未出現。當日的早飯和午飯，佐藤春夫是和陳氏一起進餐，但是陳氏在下午也要出門。在佐藤春夫自忖是否又要被置於孤單的景況時，鄭氏終於現身。一見到佐藤春夫，就叨絮著自己已和朋友會面，也向友人借好此後幾天要暫住的屋子。本來想對「鄭」發脾氣的佐藤，看到他喋喋不休地述說和朋友久別重逢的事，想來是人之常情，也就原諒了「鄭」。那天晚上，鄭氏還帶回兩位朋友，連同陳氏和佐藤春夫共五人，熱鬧地展開晚宴。酒足飯飽之後，竟然又起鬨一同前往歌妓院。敵不過眾人強力邀約，在風雨交加的夜晚，佐藤春夫進入廈門的妓院，展開特殊的體驗：

> 她們一點也不美，那些歌對我而言不好也不壞，完全風馬牛不相及。我坐在屋裡一角的床上，橫躺以單手支撐身體。三五個女孩抓起一把瓜子過來，笨拙地用手拿起來啃。他們讓女孩唱歌，聽歌時其他的女人就坐在他們的膝上，我一邊無聊地看著他們。一邊咀嚼著內心泛起的異鄉人心情。——我的表情變嚴肅了吧。結果他們也在意我的事，所以很快就離開那裡踏上歸途。[103]

「鄭」與朋友顯然經常涉足聲色場所，也頗沉溺於這種聲色環境。廈門的妓戶，可以同時感受到異國（exotic）與性愛（erotic）情調，幽暗陰濕的角落，流淌著曖昧的色情，但是佐藤春夫卻覺得百無聊賴。那些女人無法引起佐藤春夫的興趣，屬於低級趣味。對於女性，佐藤春夫有文明人的潔癖。在臺灣或中國的女性或情色描寫中，不難窺探出他的審美品味。臺灣的「蕃女」，有純真與野性的雙重形象，直探作者內心深層的慾望與恐懼。而中國的妓女，既沒有才藝也不具備美貌，令人索然無味。在佐藤春夫心中，自有理想的女性形象；是一位性格文靜，溫柔穩重並且具有高尚美德的大和撫子（やまとなでしこ）。[104]對鄭氏他們來說，逛妓院是很自在的樂事，因為佐藤春夫的存在，使他們無法盡興。在抵達客棧後，他們並沒有解散的模樣。鄭氏送佐藤春夫進入屋裡後才跟他說：

「你自個睡吧？」
「欸，你呢？」
「我必須出去，因為他們說正在等我。我馬上會回來的。」
「鄭」留下這些話之後，很快就離開了。我今晚又得擔心自己能夠在言語無法溝通的人間睡得著覺嗎？想到這裡就很生氣鄭氏不能體諒人的舉動。[105]

103 佐藤春夫，《南方紀行》，頁二七—二八。
104 大和撫子（やまとなでしこ，yamatonadeshiko）是日本女性的美稱。佐藤春夫當時苦戀的對象谷崎千代，就是具備大和撫子之美的女性。
105 佐藤春夫，《南方紀行》，頁二九。

佐藤春夫成為他們的絆腳石，最後被單獨留下。他不禁自問，「鄭」到底是一個怎樣的男人，才會對異鄉遊子做出這種莽撞舉動，把他當成像煙霧一般的存在。「鄭」是他的嚮導，卻缺乏應有的熱情，他的不親切是源自於缺乏幻想力的人格特質吧。總而言之，縱使鄭氏和他沒有語言上的障礙，兩人的心靈也無法契合，因為佐藤春夫是一個幻想力充沛的人。他們之間所存在的隔閡，也絕非僅止於友情的層面，顯然涉及思想的差距，其中更透露出佐藤春夫對於文明與落後的思維。「鄭」回到故鄉廈門之後的行為，已經踰越佐藤春夫所理解的現代人的行為規範與禮儀，肆無忌憚地展現任性的一面。

「鄭」當晚在朋友的邀約下，直到深夜一時半才回去。在這段期間，佐藤春夫感覺自己置身於危險的處境，產生許多被害的妄想。因為他把所有的旅費都交給「鄭」保管，所以身無分文。如果這時有人闖進他的房間，對他作出無理的要求，或是向他索討金錢，他完全無法面對，甚至可能因此惹上殺身之禍。這些不安想像，顯示他對「鄭」的信心崩潰：

> 我信任「鄭」——這樣相信難以信任的「鄭」，把錢全部託付給他——結果由於言語不通，看來雙方意志顯然完全沒有思考吻合的方法，如果我被殺的話，就這樣把我的屍體投入大海之中，在廈門也全然無法可施吧。[106]

佐藤春夫原本打算信任鄭氏，結果卻發現他是不可信賴之人。如果只看過《南方紀行》，沒有接觸佐藤春夫的臺灣相關作品，恐怕無法聯想他所謂「完全幸福的一夏」的定義。在《南方紀行》

第一章〈廈門的印象〉，就細數他到廈門之後的忐忑旅情。佐藤春夫漢文素養極深，甚至從事翻譯中國經典以介紹給日本讀者。但是他並不會說中國的普通話，更遑論福建等地的閩南語。雖然佐藤春夫對中國的內憂外患表示同情，然而迫於中日緊張關係，到處張貼的激烈標語讓他有危機感。初抵廈門的新鮮感，在舉目「反日」的文字之下，就不是單純的異國情調可言，而會產生強烈的隔離感。在廈門的初夜，更因為「鄭」的粗心，使他抱著危疑心情入睡。當初會匆促成行的原因，除了森丑之助的提議之外，舊友東熙市的門生「鄭」是廈門出身，所以才讓他不加考慮就毅然出發。然而，佐藤春夫可能後悔過自己的舉動，因為他想仰靠的嚮導「鄭」，卻帶給他許多困惱。

在《南方紀行》的呈現下，鄭氏的形象頗為負面，是一個讓佐藤春夫無法信賴的人物。作者一再強調兩人的溝通障礙。透過文字脈絡可以發現，作者所謂的障礙，不僅單指語言方面，也有思想層面的問題。因為鄭氏不會說日語，他們是以簡單的英語溝通。在語言之外，鄭氏的人格也受到佐藤春夫質疑，他認為鄭氏沒有體諒異國旅者的同理心。「旅伴」的意義，佐藤春夫在鄭氏身上看不到。第一節「廈門的印象」的主調，細膩地描述了佐藤春夫對鄭氏的不信任。在往後的旅程，「鄭」也陪伴他走過廈門與鼓浪嶼，遊歷到中國南方的絕美景點鷺江。但是作為《南方紀行》的開場白，〈廈門的印象〉所傳達出來的複雜心情，恐怕是令佐藤春夫最印象深刻的。

佐藤春夫返日的翌年，即完成《南方紀行》，這篇作品呈現作者對「鄭」的負面思考，儼然是一個不顧道義，追逐聲色的人。四十年之後，佐藤春夫在一九五九年發表〈暑旅的回憶〉重新反芻

106 佐藤春夫，《南方紀行》，頁三〇。

關於鄭氏的記憶[107]，這篇文字對鄭氏展現了溫情，作者不僅交代他們的結識緣由，也回憶和鄭氏在臺灣高雄的過往。透過這篇文章，可以對《南方紀行》的鄭氏形象進行不同面向的觀察：

> 在朋友的牙科醫院裡，有一位從廈門漂泊至此的鄭姓青年當見習生。我不太清楚他的詳細狀況，好像是住在旗後，通勤到醫院工作。而且他有同為牙醫的朋友住在旗後，所以我在鄭的邀約下也常常到旗後去。[108]

毫無疑問的，文中所提到的鄭姓青年，就是陪同佐藤春夫前往廈門的嚮導。兩人之間的互動，顯示在佐藤春夫抵臺初期即已展開，而且看似不錯。佐藤春夫不喜歡乘船，但是在回憶文字中，他想起和鄭氏在晚飯後從高雄搭乘木板船渡海到旗後，將近十分鐘的航程，可說是愉快的乘涼之旅。然後他們登上砲臺遺跡，風涼爽地吹著，正適合散步。雜草叢生的廢墟，展現了荒涼的詩趣。旗後的村落，悶熱且擁擠，在這些房子中，有一家是鄭的朋友，到他家拜訪時，他的妻子會做杏仁湯請客。在酷熱的夏天，享用滾燙的杏仁湯，別有一番風味，更能真切感受到暑夏的力量：

> 總之，所謂夏天的熱飲，宛如在南方豔陽下看火炎樹或夾竹桃；單單看就覺得悶熱濃郁之花，比起清涼的白花更相配、更有快感吧。[109]

熱到極限的夏天，才能稱為真夏。這是佐藤春夫的浪漫性格所致，其中也指涉了他的南方憧憬。佐藤春夫在〈暑旅的回憶〉一再強調，他喜歡夏天。夏天讓他幻想力旺盛，讓他變得有活力。從他的文字可以看出，夏天是南方的轉喻（metonymy），夏天涉及替代南方的重要概念。長年如夏的南方，自然風土具有療養身心的功效。憂鬱的現代病徵，也能透過熱度蒸發殆盡。佐藤春夫把他對南方的情感，移情到臺灣。從而，他看待臺灣的眼神蘊含著熱情，對轉變中的中國則是維持距離感。其中的差異性，可以透過描寫鄭氏的文字來觀察。佐藤春夫在臺灣相關作品中所提到的「鄭」，友情色彩濃厚許多。

〈暑旅的回憶〉關於鄭氏，有生動的紀錄：有一天傍晚，鄭氏邀他去旗後砲臺賞月，在賞完月色之後，鄭氏突然試探性地問他：「要不要去看旗後的藝旦？」[110]在好奇心的慫恿之下，佐藤春夫應諾了鄭氏的邀約。鄭氏在得到他的首肯之後，似乎顯得特別亢奮，快步走進一家骯髒的小酒吧。進去之後，開始一個人猛灌啤酒，完全無視佐藤春夫的存在。已有相當醉意的鄭氏，拉住身旁的

107　佐藤春夫，〈暑かった旅の思ひ出〉，該文是連載作品〈羇旅つれづれ草〉的第三回。〈羇旅つれづれ草〉連載於《世界の旅・日本の旅》第一號至第一三號（第一一號休載，共十二回）（一九五九年八月一日—一九六〇年八月一日）。第三回〈暑かった旅の思ひ出〉的發表日期，應該是一九五九年十月號。後來〈羇旅つれづれ草〉全文收入一九六一年發行的單行本《望鄉の賦》（東京：修道社），但是總題〈羇旅つれづれ草〉被刪除，而以各回的標題為篇名。本文是參考《定本佐藤春夫全集》（第二七卷）所收之底本，頁二七七—二八二。中文部分為筆者自譯。

108　佐藤春夫，〈暑かった旅の思ひ出〉，頁二七九。

109　佐藤春夫，〈暑かった旅の思ひ出〉，頁二八〇。

110　文章中是書以漢字「藝者」，但旁邊註記「ゲイトワ」，是福建話發音的「藝旦」。

「藝旦」滔滔不絕地講話。美其名為「藝旦」，在佐藤春夫眼中卻是可怕的女人：「雖說是藝旦，大概是從這附近哪裡拉來店裡的女孩子。全都是像南瓜或冬瓜妖怪似的賣春婦，歌一首也唱不出，只會瞎倒酒而已。」[111]面對這些相貌醜陋的女人，「鄭」卻陶醉其中，後來甚至搖搖晃晃走進房間的內室。佐藤春夫以為他去廁所，但久久不見出來。等待期間，他既聽不懂女人們的談話，又不喝酒。實在閒得無聊，往內室一探，才發現「鄭」橫躺在裡面，抱著一個女人，而且兩人大腿重疊相擁。原來是沉溺於性愛之中，難怪始終不見「鄭」的人影。眼前的色情風景，讓燠暑的夜晚更形滯悶了。佐藤春夫快步走出酒吧，想單獨先離開，「鄭」從後面倉促地追趕過來央求他：「今晚的事，請不要跟老師說。」這裡提到的老師，無疑是指東熙市。後來，佐藤春夫承諾保守祕密，他和「鄭」的關係也因為這個事件而拉近距離：

> 就這樣我和「鄭」變親近了，聽任「鄭」的推薦，渡過臺灣海峽前往對岸地方也就是「鄭」的故鄉福建去了。那時的紀行，在南方紀行與臺灣的各種作品或隨筆當中，幾乎已描寫殆盡。然而高雄與旗後的事，尤其是關於「鄭」的事卻還沒寫，想著想著也就把回憶如實地記錄下來了。
>
> 旗後的那個屋子，美其名說是藝旦間，其實是私娼寮吧。無論如何是個很新鮮的地方。「鄭」如今人在何處做什麼呢？[112]

根據佐藤春夫所言，〈暑旅的回憶〉是追溯他四十年前的往事，也就是一九二〇年在高雄旗後的回憶，尤其和鄭氏有關的部分，在之前的紀行作品都沒有提及，所以這篇文字是記錄他在初抵臺灣時與「鄭」相處的唯一一篇。但是，佐藤春夫的說法值得懷疑，因為在更早之前的臺灣相關作品〈彼夏之記〉，已介紹過作者和「鄭」在高雄的交往。〈彼夏之記〉是一九三六年出版《霧社》的跋文，這本集子共收錄〈太陽旗之下〉、〈女誡扇綺譚〉、〈旅人〉、〈霧社〉、〈殖民地之旅〉、〈彼夏之記〉[113]，全部屬於臺灣相關作品，作品先後順序是依照旅程從南到北編排而成，而非成稿年代。集子最後以〈彼夏之記〉一文代跋，說明作者的旅臺經過與行程安排，對佐藤春夫研究而言，這篇文章最重要的部分是記載森丑之助所提供的旅行日程（預定）表。不過其中有一大段文字，是描寫作者在舊友東熙市家作客的情形：

> 白天，就是看羌、看猴子、午睡，和H家的剛學會爬的小孩玩。入暮，則渡過港灣乘涼，到旗後的本島人部落參觀。地名就旗後，大概是因為在砲臺的後面而得名的吧！登臨深埋於雜草中如同廢墟的廣大砲臺，獨吟「夕陽西沉海面闊……」的詩句，遠眺著夕照霞空，迎著渡過海面吹來的涼風，見身影曳地時，才知道不知不覺間背後已是月上柳梢頭了。這時會感到

111 佐藤春夫，〈暑かった旅の思ひ出〉，頁二八一。

112 佐藤春夫，〈暑かった旅の思ひ出〉，頁二八〇—二八一。

113 佐藤春夫，《霧社》（東京：昭森社，一九三六）。本文引用之復刻本係由河原功監修，《霧社》，（日本植民地文学精選集【台湾編】五）（東京：ゆまに書房，二〇〇〇）。

荒涼的四周令人毛骨悚然，於是快步走下小巷。H的醫院裡有一個叫做某某的本島人徒弟幫忙做技工的工作，他就住在這裡的巷子內。看到我來，就拉我到他家中，請我喝杏仁湯等等。他有時也會以當我的嚮導為藉口，帶我到附近的酒家去。[114]

乍看這些文字，尤其是畫線的部分（筆者所加），似乎不是在形容鄭氏。佐藤春夫沒有提到這個人的名字，而且說他的出身是「本島人」。但是仔細推敲，除了名字未明和出身問題，其他經歷都和〈暑旅的回憶〉所提到的鄭氏相當吻合。這是啟人疑竇的地方，佐藤春夫會搞錯鄭氏的出身嗎？或者是東熙市另有徒弟？答案顯然都不是，佐藤春夫有可能故意模糊這個部分。

一九二二年的《南方紀行》深刻描寫福建之旅的鄭氏形象，一九五九年的〈暑旅的回憶〉則回想作者和鄭氏在高雄的過往。兩篇文章都清楚點出鄭氏的廈門背景。然而在一九三六年的〈彼夏之記〉，卻刻意模糊鄭氏的出現與身分。此外，佐藤春夫在一九三七年的一篇雜感〈話說廈門〉提到他對一九二〇年代的廈門印象，兼論當時廣東軍政領導人、粵系軍事將領陳炯明的事蹟，此文也隻字未提鄭氏這位嚮導者。這篇文字還指出，福建地方的排日氣氛非常強烈，並非適合安心旅行的所在，他無法確知自己當初前往中國的動機為何。[115]總而言之，在佐藤春夫的臺閩相關作品中，出現在中國的「鄭」有許多負面書寫，臺灣場景下的「鄭」則投以溫情的眼光。而在一九三〇年代，他顯然不願正面談論「鄭」，〈彼夏之記〉以「叫做某某的本島人徒弟」輕描淡寫帶過，在〈話說廈門〉甚至完全不提。是因為中日關係日趨緊張，他也意識到自身與中國的漸行漸遠，所以讓他對「鄭」這位人物有些敏感？

佐藤春夫的臺灣相關作品〈殖民地之旅〉，因為涉及殖民地的文化與政治問題，也有幾位臺灣人物是隱匿其名。日本學者河原功認為：「這部作品內藏著春夫對於被殖民者的臺灣人，特別是臺灣知識分子的同情。」[116]不過鄭氏的案例，誠非如此。這是一種潛意識的洩露，而成為表意識的呈現。透過佐藤春夫在「鄭」這個角色的書寫轉折，可以側面理解他看待臺灣與中國的態度。作為帝國之境的極南表徵，臺灣成為日本人體驗南方風土的最佳場所。他的目光，投射出文明人的自然憧憬，也蘊含殖民者的帝國慾望。佐藤春夫把他的南方憧憬，移情到臺灣。臺灣的熱度，燃燒出他的詩情，譬如炎陽的豔麗花朵、滾熱的杏仁湯、砲臺廢址的荒涼詩趣，都流淌著濃烈的南方情調。甚至滯留高雄時，有時會以嚮導為藉口，帶佐藤春夫到附近酒家的「鄭」，縱使兩人對於女性品味截然不同，佐藤春夫也會以朋友的義氣相挺，沒有將涉足風月場所的事告訴東熙市。因為臺灣的殖民地身分與南方地理，更由於結識森丑之助，他對於臺灣的人事物，產生許多共感（sympathy），進而萌生了同情與包容的態度。

換一個角度來看，佐藤春夫曾經自稱是日本「中國趣味愛好者的最後一位文人」。明治維新以

114　邱若山譯，〈彼夏之記〉，頁三四二。畫線部分為筆者所加。

115　佐藤春夫，〈廈門のはなし〉，《改造》（一九三七年十二月）。本文係參考《定本佐藤春夫全集》（第二一卷）所收之底本，頁四〇七。

116　關於〈殖民地之旅〉的書寫策略，請參閱河原功著，莫素微譯，〈佐藤春夫「殖民地之旅」的真相〉，《台灣新文學運動的展開：與日本文學的接點》（臺北：全華，二〇〇四），頁三—二二。

降，日本國民逐漸崇尚西洋，中國事物已不能再引起興趣，佐藤春夫卻始終抱持「支那趣味」。而佐藤春夫的中國認識，得自先祖的意志，父親的教育，可說是父祖之輩的遺產。[117]佐藤春夫的「支那趣味」，其實是指向傳統的古老中國，而非轉變的現代中國。中國的騷動不安，撼動佐藤春夫的心境，一九二二年的《南方紀行》已經可以看出轉向的徵兆。《南方紀行》的第一部分〈廈門的印象〉，幾乎都在敘說作者初抵廈門後的焦慮情緒。大時代的變化，以佐藤春夫的纖細感性，他不可能沒有察覺。中國人的反日姿態，他或許已有心理準備。不過，他的忐忑旅情，顯然來自鄭氏的疏忽，嚴重影響旅情。儘管在晚年時分，佐藤春夫以溫暖的眼光回憶鄭氏這位人物，但是就中國之行而言，作為一個引路者，「鄭」確實有失職的部分。曾經在旗後和「鄭」分享祕密的佐藤春夫，來到對岸的福建地方之後，因為中日之間的緊綳局勢，他對鄭氏的關係，出現共感的界限，兩人的友誼也面臨考驗。廈門所飄蕩的氣氛，「鄭」的不可信任，一再地加深旅行者的疑慮。佐藤春夫的戒慎緊張，也間接透露出他對一九二〇年代中國的態度。

三、風景心境：臺灣與中國的光與影

旅行者眼前的風景，往往能牽動心境的變化。相對的，心境也能影響風景的視野。風景與心境的交疊鏡像，從佐藤春夫的閩臺相關作品可見一斑。儘管他的憂鬱情事常干擾旅心，不過異境的新鮮感也撞擊出許多詩趣。作為日本殖民地的臺灣，歷經二十五年的殖民統治，一九二〇年代正在快速地邁向文明化，日本文化與語言使用方面也漸趨成熟。佐藤春夫得到總督府方面的協助，沿途都有官方人士照料。語言與人情的交流，讓他如同置身內地，而獲得快適的一夏。誠然，臺灣之旅既能體驗異國情調，又有日常的熟悉感，令佐藤春夫一生中回味無窮。反觀同期的福建之旅，當時正值粵桂兩軍開戰前夕，巴黎和會後的山東問題又使中國沿岸各地強烈散布著反日氣氛。當時，中國正面臨大時代的震盪，日本則展開擴張帝國的壯志，瞬息萬變的歷史時刻，改變了日本與中國的關係。佐藤春夫曾自稱恐怕是最後一個愛慕中國文化的文人，《南方紀行》也不免傳達出危疑不安的心情。當個人的「支那趣味」與國家問題產生衝突，矛盾則不時浮上他的胸臆，成為情感天平上互相浮沉的對手。

因此，一九二〇年佐藤春夫的臺灣與中國，不只是風景上的差異，更有心境內的映照。透過佐藤春夫當年的兩位引路人：森丑之助與鄭氏，頗能側面理解他對臺灣與中國的思考。森丑之助的人格特質，顯然吸引佐藤春夫的好感，可以成為心靈契合的對話者，直到森丑之助去世前，兩人始終保持密切聯繫。而中國方面的嚮導者「鄭」，則是一個完全不會日文的人物，兩人僅能以簡單的英語交談。但是他們之間的溝通障礙除了語言問題，也涉及到「鄭」作為一個現代知識分子的條件。從佐藤春夫的文字去推敲，他點出「鄭」的文明程度與審美品味是屬於低級情趣。尤其在福建旅行之初，鄭氏更是一位失職的導覽者，在抵達廈門之後，就一再出現「缺席」的狀況，令佐藤春夫精神緊張。他的人品與責任感，都受到佐藤春夫質疑。嘗試比較臺灣旅行與福建旅行的優劣，可以說

117　佐藤春夫，〈からもの因縁：支那雜記の序として〉，《支那雜記》（東京：大道書房，一九四一）。本文係參考《定本佐藤春夫全集》（第二二卷）所收之底本，頁一七九—一八四。

臺灣在政治和人情都占有絕對優勢。

天時、地利、人和，決定了佐藤春夫在一九二〇年的旅行條件。其中，引路人的行動指引，影響旅行者的觀看角度最廣。以人類學者的導覽觀點，向佐藤春夫詳細介紹臺灣景點的森丑之助，重點推薦臺灣的原始部落（請參考上節附錄的「森丑之助所提供的旅行日程（預定）表」），可以發現他當時引介的景點，在一九二〇年代後期以降，多數成為臺灣在制度化旅遊的景點。換一個角度來說，這也象徵著殖民地的現代旅行制度趨向成熟化。不過像佐藤春夫的原住民深度之旅，恐怕只有日本人才有機會體驗。在殖民者的「理蕃」政策之下，原住民的生存空間被規範在固定的區域之內。日治時期以原住民為主題的作品，多出自日人作家之手，都是旅行「蕃地」的文學產物。佐藤春夫的殖民地之旅，在相當程度上也反映當代的南方熱潮。不過與森丑之助深交，使他對臺灣有更為深刻的認識。佐藤春夫接受森丑之助的影響，對臺灣產生一定程度的熱情。在〈霧社〉、〈旅人〉、〈日月潭遊記〉等作品，除了殖民地風土的描寫，也刻劃殖民者所留下的統治軌跡，展現人道主義的關懷。臺灣山林被馴服改造的，不僅是「蕃人」，還有許多野生風景。尤其是日月潭水壩的興建工事，吸引他的目光。他在許多文字中，反覆提到日月潭是否應該現代化的問題。

大正年間，日本人亟欲在既有的殖民基礎上發展輕工業，並充分利用水力資源，以提供工業發展所需的電力。一九一九年四月，臺灣總督命令籌設「臺灣電力株式會社」，同年八月選定日月潭，著手興建日月潭水力發電工程，透過中央山脈中的濁水溪水源，以天然湖泊的日月潭為儲水湖，用標高二千四百尺的日月潭儲水，配水到門牌潭，利用落差一千零五十七尺之水力來推動發電機，而產生十萬千瓦的電量。為了工程的進行，殖民者從縱貫線二水站分出一條鐵道直達電廠所在地，以運送工程所需的物資，這便是日後的縱貫鐵道集集支線。[118]〈日月潭遊記〉和〈旅人〉重複提到他去參觀日月潭的經過。佐藤春夫就是透過這條支線從二水坐小火車到集集，然後從集集乘轎往日月潭。

他在〈日月潭遊記〉提過自己是被《臺灣名勝舊蹟誌》描述的景色而吸引：「令人驚訝的是在海拔二千五百尺的山上有周圍約四里多的大湖。水深平均一丈五尺，常呈紺碧之色。疑其池底有蛟龍暗潛。」[119]不過，當一行人逐漸接近日月潭，他發現路邊到處有積滿泥水的水窪，散發著腐臭草味的氣息，衍生一種荒涼傾頹之感。終於看到實景時，眼前只是個出奇大的沼澤，並不是周圍四里餘的大湖，和他的想像大異其趣。原本以為是一片亮綠的湖水，卻呈現混濁的赭褐色。不過，這種沉重的風景卻惹起佐藤春夫的共鳴：

> 水，看起來就是重重地沉澱著。連明朗的天空倒映出來的顏色，也是憂鬱而沉悶的色彩。那種無所謂似地無精打采的色調，比起明澈的水面，更是引人哀愁。我覺得這很好。卓越的文人畫風的繪卷，總是帶著氣韻，老氣橫秋。孤獨，是一種能讓人心情得到依託的孤獨。[120]

118　鄧相揚，《日月潭史話》（南投：交通部觀光局日月潭國家風景區管理處，二〇〇〇），頁一一一—一一九。
119　邱若山譯，〈日月潭遊記〉，頁六三。
120　邱若山譯，〈旅人〉，頁一一八—一一九。

日月潭帶著老病孤愁的樣貌，縱使令人情何以堪，卻引發佐藤春夫的惆悵。這片潭水靜靜地倚靠山林，旅人得到共鳴的，是油然而生的孤獨感。孤獨，該是如何排遣的心情？佐藤春夫在不同的文章，都以日月潭為主題，抒發了相同的愁緒。眼前的景色儘管廣闊，卻帶著無可言喻的寂落感。但是這種感觸，卻和本人俳句中的那種寂落感有所不同，是一種荒廢的美感：

> 我不學無術，不知道有什麼好例子可來說明，杜甫的詩裡大概會有表現這種寂寥的詩情之作吧。沉著又散發無可奈何的憂鬱美感。高貴的人對不幸的遭遇處之淡然的那種落寞感。父祖傳來的寬廣的我家屋簷傾毀掉的那種稍微汙髒又令人懷念的感覺。這個由深山以及淺泛而廣茫的水域所組成的大自然，在這大自然中的人們的營為，從這其中我興起了前述的幻影。這次第，我一點也不生厭。而這自然的景觀，不久將會因電力公司的工程進度，在數年之內面目一新——到那時，不管有什麼新的別的美觀產生，但那也不會是今天我所看到的大自然了。思及此，我不禁興起無限感傷。121

日月潭的自然景色，一方面帶有未開的野性美感，一方面也渲染傾頹待興的歷史色澤。如同父祖時代遺留下來的家屋般，勾引起親切而單純的感動。然而，這個帶有時間荒廢感的原始水域，將要興建成壯闊的蓄水池，雖然是象徵進步的現代工程，卻讓佐藤春夫興起了傷感。他不禁思索，所謂的人類文明，是對自然進行破壞或建設：

> 我聽了工學士的說明，深覺此工程事業實在浩大壯觀，又想，這一來，這裡又將變得如何呢？因而興起了對人類之作為的輕蔑感。哪邊的比重較大呢？我實在有點無法確定。只是，先前，近處傳來的潺湲水聲，聲聲入耳，令我傾聽神往，默然相許。[122]

如果以臺灣人的立場來看日月潭水壩的問題，顯然是批判殖民化與現代化的雙重結構。然而佐藤春夫所注意的，是自然（nature）與現代化（modernization）的衝突。日本的南方熱潮，有許多複雜的政治背景，不過佐藤春夫在一九二〇年代的南方憧憬，朝向自然膜拜的成分居多，是文明人對於現代性的一種抗拒姿態。因此他看日月潭的改造工程，興起了對人類之作為的輕蔑感，而傷感自然的永遠消逝。不過他也無法斷言孰重孰輕。唯一能夠確定的是，臺灣的現代化似乎過於快速，破壞許多野性美。就如同日月潭被消費觀光的「化蕃」，他們熟練地歌唱舞蹈，只是一種「演戲」。「化蕃」之「化」，是被殖民化、被現代化，就如同臺灣的原野山林，也即將面臨改造的命運。佐藤春夫並沒有提到開發行動與拓殖政策的關聯，關於自然與現代化的觀察，他是以一個文明人的反思，而非日本人的立場。雖然站在維護自然的一方，但是他個人卻無法逆轉現代化的趨勢，只能任由風景的改變。

反觀中國，它的現代化腳步則太過緩慢，透過佐藤春夫的廈門印象，可以看出他的批判思維。

121　邱若山譯，〈日月潭遊記〉，頁六四。
122　邱若山譯，〈旅人〉，頁一一三。

佐藤春夫在抵達福建之後，旅遊廈門、鼓浪嶼，到集美地方參觀華僑所興建的集美學校，以及考察陳炯明所治理的漳州。[123]在他眼中，廈門是一個風俗敗壞的地方，到處可見娼妓院與鴉片窟。當時流傳著一句話：「廈門是地獄，鼓浪嶼是天堂」，佐藤春夫似乎相當贊同這句話。在他的文字中，廈門可能是巨大中國的縮影，充斥著沉淪、墮落的中國人，反觀鼓浪嶼則流淌著清新進步的氣息。鼓浪嶼是位於廈門島外的一個小島，與廈門市區僅以五百米的鷺江相隔。[124]當時福建一帶有許多到南洋經商成功的華僑，回到故鄉後選擇在鼓浪嶼興建完全洋風或半中半西的別墅，到處矗立的豪華建築使當地如同一座大型的公園。鼓浪嶼原本是未經開發的地區，因為這些華僑的經濟回饋，洋溢著現代化的進步朝氣。

在到達鼓浪嶼的第八天，他們前往集美地方。[125]《南方紀行》的第三部分「集美學校」，就是描述佐藤春夫在鄭氏的帶領參觀集美中學的經過。[126]這所學校是由華僑陳嘉庚（一八七四—一九六一）為回饋鄉里所創建，從此促成集美地方的學術風氣。陳嘉庚出生於福建省同安縣集美村，父親在新加坡經商。在十七歲時第一次奉父函召，出洋新加坡習商，之後就經常往來福建與新加坡之間。一九一二年返鄉籌辦集美學校，一九一三年集美學校正式開學。一九一九年，回國籌辦廈門大

123 雖然他沒有言明自己的出發與滯留時間，但是根據《南方紀行》的一段文字：「在廈門的第十二天，是農曆六月十七日」（佐藤春夫，《南方紀行》，頁一二二），可以大致推算出他的行程。在島田謹二的〈佐藤春夫氏の「女誡扇綺譚」〉，推算出佐藤春夫所說的「舊曆六月十七日」，就是新曆的「八月一日」，收入《華麗島文學志》（東京：明治書院，一九九五），頁三五四。黃美慧的論文中，已推測出佐藤春夫的大致行程：七月十九日或二十日，從高雄出發，在

船上過一夜。七月二十一日至二十二日，住廈門。七月二十三日至三十一日，住鼓浪嶼（七月二十九日，看章美雪女士之墓；七月三十日，到集美中學及廈門街）。八月一日，到漳州，住中華旅社。八月二日，參觀漳州，住許氏醫院。八月三日，住鼓浪嶼或廈門。八月四日或五日，搭船往基隆。請參閱黃美慧，〈佐藤春夫與台灣中國：大正九年的台福之旅〉對比兩地之旅，《東海學報》第三三卷（一九九二年六月），頁一七七。關於住宿的部分，筆者在此補充兩點：一、佐藤春夫曾經說過：「在廈門港內的鼓浪嶼，住在高砂銀行廈門分行長林水木氏的宅邸，受到各種的招待。」，請參閱〈詩文半世紀〉，《定本佐藤春夫全集》（第一八卷）所收之底本，頁一〇九。二、佐藤春夫在《南方紀行》有記載，抵達漳州後投宿於當地名醫許連城所開設的宏仁醫院二樓。而他後來所創作的〈星〉，就是投宿在宏仁醫院二樓時，從漳州的嚮導徐朝帆所聽來的故事，請參閱《南方紀行》，頁一七六—一七七。

124 鷺江位於廈門島和鼓浪嶼之間，又叫做廈鼓海峽，僅約五百公尺。因為廈門島又稱鷺島，所以廈鼓海峽也稱為鷺江。

125 集美位於福建省東南沿海，廈門島西北面，原先屬於同安縣的一個小村莊，地處東溪至石潯入海處，其海灣稱潯江，潯江西岸延續到這個村莊已是末尾，村莊因此得名潯尾，後改名為集美。

126 《南方紀行》的第一部分「廈門的印象」，描述佐藤春夫初抵廈門的經過。其餘各章節，根據黃美慧的論文，已研究過《南方紀行》的重點內容：佐藤春夫到達鼓浪嶼的第七天，由鄭氏陪同到中國交涉署辦事，後來至附近散步，造訪一位少女的墓地，構成《南方紀行》的第二部分「章美雪女士之墓」。隔天他們搭小船前往集美地方參觀集美中學，見到該校的校醫兼中國文學講師陳鏡衡先生，這是第三部分〈集美學校〉。在當天離開集美之後，下午順著鷺江回鼓浪嶼，欣賞了鷺江的夕陽。隨後在鼓浪嶼結識漳州軍參謀長林季商的長子林正熊，該晚一行人雇小船到廈門逛了妓院與茶藝館，這是第四部分〈鷺江的月光〉。從廈門回來之後，鄭氏有事先回高雄，後來由廈門的日本小學老師徐朝帆與余錫華，以及在漳州執醫的許連城三人做嚮導，他們共同遊歷漳州的諸般經過則構成本書第五部分〈漳州〉。請參閱黃美慧，〈佐藤春夫與台灣中國：大正九年的台福之旅〉，《東海學報》第三三卷（一九九二年六月），頁一七六—一七七。至於最後一個部分〈朱雨亭的事與其他〉，黃美慧的論文並沒詳細說明。根據佐藤春夫的文字，朱雨亭是漳州中學的老師，是令他頗為懷念的一位人物，作者在最後一節回憶兩人的相識過程，以及同遊漳州的一些經歷。

學，組織同安縣教育會，對各鄉小學給與常年補助，受益者三十多校。一九二〇年集美學校增設女子師範和商科，並創辦集美水產航海學校。[127]根據佐藤春夫的文字，在前往集美的船程，鄭氏告訴他關於集美學校的歷史：因為廈門是風俗不好的市鎮，教育少年只能選擇像集美這樣的鄉間興辦學校。除了校舍建築費用的投入，校方更免費讓學生寄宿。每個星期六的午後，學校會用兩艘大型船隻運送學生與老師前往廈門。因為集美地方的土地、生活消費都很低，以陳家的資金是遊刃有餘，可以建設相當完善的學術環境。不過，中國人對於公共事業向來並不熱心，集美學校的成立，不僅對地方上來說是件罕事，在中國全土也是很稀奇的。[128]對公共事業不感興趣的佐藤春夫，關於集美學校的存在也頗有好奇心，而把它當作值得一看的景點。

在抵達集美學校之後，他們除了參觀校區，也接受校方的好意在該校食堂用膳，進而結識了該校校醫兼中國文學講師的陳鏡衡先生。陳鏡衡對於佐藤春夫的漢學素養甚感好奇，通過鄭氏的翻譯，向他詢問了關於做詩之類的問題。後來兩人當下約定互相贈詩，只見陳鏡衡備好筆墨，立即寫出一首詩：

贈佐藤春夫先生

陳鏡衡急就草

如雷灌耳有隆名
遊歷萍逢倒屣迎
小說警時君著譽

黑甜吾鄉愧難醒[129]

陳鏡衡慎重地將此詩交給佐藤春夫，然後等待對方的回覆。這種突發狀況令佐藤春夫相當困惑，他在《南方紀行》中宣稱，自己久未做詩，所以不知所措，雖然當時也寫了一首詩回贈陳鏡衡，不過卻已忘記內容，因為是很拙劣的作品。其實，佐藤春夫並非不擅作詩之人，只是兩人尚屬萍水相逢，顯然當下無法引起他的詩興。對他來說，這一首贈詩只是形式上的客套辭令，陳鏡衡從未讀過自己的作品，那些讚美之詞純粹是對外來客的恭維話。不過詩的最後一句卻明白指出中國的困境，引起佐藤春夫同感。所謂的「黑甜吾鄉愧難醒」，映襯出中國知識分子的覺醒。佐藤春夫回想來到廈門之後，在市街上極目所及的荒唐景象，對照詩中的自省，他讀出陳鏡衡的焦慮心情。雖然只是一首應酬之詩，卻有它的微言大義在其中：

> 前揭的陳鏡衡之詩，根本只是形式上的一些恭維話。但是，來到廈門之後我隨時的所見所聞

127 係參閱集美大學網頁http://www.jmu.edu.cn之學校概況介紹。集美大學前身院校淵源於陳嘉庚先生創辦的集美學村各校。一九九四年，由集美高等師範專科學校、集美航海學院、廈門水產學院、福建體育學院、集美財經高等專科學校五所院校合併組建而成。在長期辦學的實踐中，形成航海、水產專業的優勢與特色。

128 佐藤春夫，《南方紀行》，頁六一。

129 佐藤春夫，《南方紀行》，頁七〇。

——以目前兵火不絕的國情來說吧，在夜晚從市街的後巷經過，所到之處成排聚集著招呼過路人的賣春婦，在私娼寮的當中還雜處著鴉片窟，真是不正經。一瞧之下，更有意想之外的可疑畫面：任由少年子弟行走在此路；還有苦力蹲在路邊的狹小空地上，用小石子和地面為道具用「行直」的方法進行賭博遊戲；又在時髦洋館的輝煌電燈下，從馬路上可以看到二樓陽臺上出現一位戴著金框眼鏡、似乎有教養的年輕婦女恬然沉溺於賭博。以同樣的眼光讀了「黑甜吾鄉愧難醒」，加上這是出自於一位將新文化播種在這片貧瘠土地的集美學校老師心中，這一句話絕對不是空洞的。一介遊子如我也憐憫起他對於國家的憂心。[130]

清朝末期的封建中國，內憂外患此起彼落。一九一九年五四運動的意義，標誌著新時代的到來，也意謂新知識分子的崛起。然而這一場革命，還有長遠的路途要走。以廈門的情況為例，縱使到處軍火戰亂，但是市井小民卻沉迷於性與鴉片的黑甜魅惑。更令佐藤春夫困惑的是，曖昧的里巷紅燈區內，竟然可見少年人的身影。路旁更有勞工聚眾賭博，連看似具有教養的女性也耽溺於此。因此他看到陳鏡衡的詩，油然生起同情之心。舊中國的病徵，除了故步自封的封建體制，還有墮落的國民性。中國要步入現代化國家，不僅要揚棄沉重的傳統包袱，還需要國民的自我覺醒。佐藤春夫對陳鏡衡而言，恐怕只是今生僅有今日相會的緣分。在一位陌生的訪客面前，坦白自己國家的痛處，其實是一件難堪的事，這也就是佐藤春夫感到憐憫之處吧。

佐藤春夫成長的年代，日本已經超越中國許多。不過日本在明治維新之前，德川派與倒幕派也經過強烈抗衡，當時面臨國內秩序瓦解、歐美列強環伺的困境，在強烈的危機意識之下，日本人的民族意識覺醒，終於完成維新運動而逐步成為亞洲強國。福澤諭吉在明治時期所提出的〈脫亞論〉，更明確指出日本應該學習西洋，對於東亞其他國家則採取蔑視的態度。他指出，日本雖然位於亞細亞東部，但國民精神已經脫離東亞的頑固守舊，向西方文明轉移。但是近鄰的中國與朝鮮，不管是個人還是國家，都不思文明改進之道。東方文明是墮落的，因此日本必須和東亞鄰國絕交，避免日本被西方視為野蠻之地。[131]以福澤諭吉在明治時期的重要性，佐藤春夫必然讀過〈脫亞論〉，也熟知福澤諭吉對中國與朝鮮的批判。佐藤春夫在廈門街上所看到的亂象，似乎印證了福澤諭吉的話。不過在參觀集美學校之後，他看到整齊美觀的校舍、衛生乾淨的食堂，年輕學子也能夠流利使用英語。清新、蓬勃的學習風氣，不僅使他認同創校人陳嘉庚為現代化教育的用心，也讓他感受到中國的現代化正在這裡萌芽。

集美學村帶給佐藤春夫的震撼，是舊中國的新文明體驗，也是一種現代性的美感視野。關於自然風景的感觸，則以〈鷺江的月光〉描寫最為鮮明。在傍晚離開集美地方之後，佐藤春夫搭乘舢舨順著鷺江回鼓浪嶼，欣賞到鷺江的夕陽。那一幕景色，使他相當感動，在一生當中，從未遇到與自己趣味如此契合的自然。[132]因此引發他的興致，建議去聽歌。隨後在鼓浪嶼結識漳州軍參謀長林季商的長子林正熊，該晚一行人雇小船到廈門逛了妓樓與茶藝館，直到凌晨三點才踏上歸途，從而看

130　佐藤春夫，《南方紀行》，頁七二—七三。
131　〈脫亞論〉是福澤諭吉在一八八五年三月十六日發表在《時事新報》的著名短文。
132　佐藤春夫，《南方紀行》，頁九一。

到鷺江的月光。這也是構成《南方紀行》的第四部分〈鷺江的月光〉。從夕陽到月光，佐藤春夫在一天之內，看盡了鷺江的美景。鷺江是一個相當美麗的地方，佐藤春夫的旅情顯然有被吸引，連划槳的老舟夫也牽動他的悲傷。水色的魅力，令他難以抵擋。在臺灣的日月潭，他也是透過山光水景，被召喚出千絲萬縷的愁緒。

佐藤春夫的詩人神經是相當敏感纖細，那件困擾他內心的情感問題，似乎在《南方紀行》沒有刻意被提起。反觀他在臺灣相關作品中，屢屢提及心愛女子的影像，這亦是兩地旅行的差異點之一。在福建因為沒有遇到日本女性，或許也由於他刻意壓抑情感，所以並未觸及私人感情的描寫。除了沒有相似之人以勾起傷痛，他顯然將全副心力放在適應異域旅行的緊張，也就無暇想起。而臺灣旅行的生活太過安心，他內心深處的煩惱遂又悄悄地占據他的內心。對照一九二〇年佐藤春夫筆下的臺灣與中國，臺灣像是一幅輕快的水彩畫作，高雄的溽暑、霧社的山野、日月潭的水色，飽滿色彩而呈現繁複的重疊意象；中國則帶出頗為凝重的筆觸，首夜在廈門的紊亂心情，色澤晦暗不明，其後鼓浪嶼的華美、鷺江的月明，則為中國扳回幾成顏色。

臺灣與中國的風景，誠然反映出旅者的心境寫照。臺灣的殖民地環境，有旅行上的優勢；政情與人情的調和，造就出臺灣之旅的愉快印象。另一方面，巴黎和會後中國與日本的敵對關係開始鮮明化，佐藤春夫在中國的緊張心情，主要原因顯然不是來自中國本身的動亂，而是中國人對日本人的仇視態度。換個角度來看，日本對中國的侵略野心，在某種程度上也激起許多中國人的民族意識。佐藤春夫的父祖之輩，即是具備豐富漢學素養之人，在他的內心，對中國自有一份深刻的孺慕情感。不過他所熟悉的中國，是沉穩安定的古老中國。他一方面景仰中國傳統的文教禮樂，一方面也會以現代知識分子的眼光來審視前近代中國轉向近代中國的變與不變。因為一九二〇年的旅行，實現佐藤春夫的東亞初體驗。透過這一年的南方行旅，他完成了壯年時期重要的幾篇南方書寫，也開啟他往後朝向南方的旅途。

結語

一九二〇年返日之後，佐藤不斷在文章中給予此趟行旅以正面的評價：「回想那次旅行，放浪自適，真是我青年時代的難忘的一季。」[133] 他也曾在討論旅行經驗〈失敗之旅、成功之旅〉一文，提到臺灣旅行的成功：

> 對照最初九州旅行的失敗，十年後的臺灣之旅是成功的。在臺灣這個地方，受到移住於此的中學時代的同窗好友以家人般的待遇招待了一夏。不僅當時的臺北博物館長森丑之助先生替我訂定旅行計畫，其他必要的事項也依賴官方，讓我在旅行過程中得到方便而進行得很順利。因此，我得以探入蕃山的內部，也能在百日間幾乎遊遍全島，幾乎是一趟毫無遺憾的旅程。在這個島上大體參觀之餘，也遊歷了對岸的廈門而增添許多詩興。丙牛先生（按：森丑之助）說，為了要真正瞭解臺灣，就不能不知道爪哇、蘇門答臘、加里滿丹等南方諸島。我

133 佐藤春夫，〈彼夏之記〉，頁三四六。

想是因為他的意見吧，所以我後來才會有去南方從軍的機緣。[134]

當時，森丑之助所重點推薦的，就是臺灣山地與原住民部落的參觀。在天時、地利、人和的最佳裝置下，佐藤春夫完成了臺灣之旅。而森丑之助對他的言行啟示，也深遠到促使佐藤在戰爭期間遠赴南方從軍。一九三八年，他成為中日戰爭的隨行記者，到中國武漢參加作戰，也開始發表一系列的戰爭詩。[135]一九四三年，他則以從軍作家的身分到南洋的馬來、爪哇等地。[136]森丑之助對他的建議，是以人類學者的觀點來談的：「為了要真正瞭解臺灣，就不能不知道爪哇、蘇門答臘、加里滿丹等南方諸島。」森丑之助的這番話，是建立在臺灣山地原住民人種原屬於南島語系[137]，所以要瞭解臺灣（原住民）的話，就必須知道他們的發源地——南洋群島。不管佐藤的南島之行與森丑之助有多密切的關係，可以確定的是，森丑之助的原住民觀對他的影響是非常巨大的。在森丑之助的引領下，佐藤春夫才有近距離接觸臺灣原住民的機會，也成為他在臺灣相關作品中的重要部分。

可以說，佐藤春夫在同期的福建之旅，也是南方初體驗的一部分。他曾經在一九三七年的〈話說廈門〉自問，當時中國福建地方的排日氣氛非常強烈，並非適合安心旅行的所在。回想起來，他無法確知自己當初前往中國的動機為何。[138]追溯起來，佐藤春夫的殖民地之旅也是臨時起興。在故鄉遇到舊友東熙市、在臺灣結識森丑之助，似乎是促成他到臺灣以及隨後福建之行的關鍵，當然東熙市的門徒鄭氏，也是這趟旅行的助力之一。不過，與其說是他人的提議，毋寧說是佐藤春夫自身的浪漫情懷與南方憧憬，驅使他前往南方夢土，進而激發他在創作上對南方的幻想力。這也和日本在昭和中期以降的南方熱潮有直接關聯。佐藤春夫直言，他是一個喜歡暑夏的人。他在體質上或情感上，都和夏天相當契合，夏天也可以視為南方的轉喻。他的故鄉是日本南方的紀州，在青年時期就前往東京發展，當情感或生活出現波折，他總會回到故鄉以尋求慰藉，甚至驅使自己前往更未知的「南方」。南方的自然風土，是一個可以治癒被現代病「憂鬱」所苦的安穩場所，另一方面，則大幅超越近代的道德而成為容許凶猛想像力馳騁的危險場所。[139]佐藤春夫一邊呼吸南方的自然氣息，一邊也被「恐怖」的非文明力量所蠱惑。

川本三郎在《大正幻影》說過：「可以知道大正時代文學者的『南方憧憬』成為日本經濟發展

134 佐藤春夫，〈失敗の旅、成功した旅〉，《日本の風景》（東京：新潮社，一九五九），頁七〇。中文部分為筆者自譯。

135 請參閱佐藤春夫，《戰線詩集》（東京：新潮社，一九三九）；《大東亞戰爭》（竜吟社，一九四三）；《奉公詩集》（千歲書房，一九四四）。本文參考之版本為《定本佐藤春夫全集》（第一卷）（京都：臨川書店，一九九九），頁一六一—一八八、頁二二七—二五四、頁二六三—二九〇。

136 根據奧出健的〈佐藤春夫：南方の旅〉，推定出佐藤春夫在一九四三年至一九四四年的南方旅程沿經以下地方：一九四三年十月底往南方出發，十一月初旬抵達馬尼拉，隨後停留新加坡、馬六甲並經過吉隆坡，十一月中旬至十二月中旬在雅加達，十二月中旬到爪哇中北部的格拉幹，十二月下旬到泗水。一九四四年一月到峇里島旅行，隨後幾個月往來泗水、瑪琅、雅加達，五月二十七日從南方返日。此篇文章收入木村一信、神谷忠孝編，《南方徵用作家：戰爭と文學》（京都：世界思想社，一九九六），頁二〇三。

137 鈴木質，《臺灣蕃人風俗誌》（臺北：理蕃の友發行所，一九三二），頁一二—一九。

138 佐藤春夫，〈廈門のはなし〉，《改造》（一九三七年十二月）。本文係參考《定本佐藤春夫全集》（第二一卷）所收之底本，頁四〇七。

139 川本三郎，《大正幻影》（東京：筑摩書房，一九九七），頁二一二—二一三。

『南進論』的配套措施。當然佐藤春夫不可能沒有意識到這種『南方進展』。在〈日月潭遊記〉當中，書寫了日月潭附近的霧社因為『生蕃蜂起』，所以日本人好像全部被消滅的傳聞（並非昭和五年的霧社事件）。又或是在《南方紀行》記載了在中國走在對日本人有強烈反感的廈門市街上，到處牆壁上可見『青島問題普天共憤』、『勿忘國恥』的標語，以及『勿用仇貨』、『禁用劣貨』等排斥日貨的塗鴉口號。在中國本土的漳州，中國友人要他注意『在這裡不要太說日語比較好，因為大家都討厭日本人』。」[140]川本三郎認為，佐藤春夫在臺灣或是中國都遇到威脅日本人的事件，還能夠保持旅行的絕佳心情，絕對不是對現實無知，而是一位浪漫主義者的南方憧憬……。他在一九二〇年的臺灣與中國南部之旅，顯然是在這樣的背景下完成的。

然而，相較於殖民地之旅的好心情，佐藤春夫的中國首航顯然較有缺憾。一九二七年佐藤春夫二度前往中國，這次他受到郁達夫與田漢的熱情招待，自然也沒有語言溝通的問題。[141]佐藤春夫除了對中國經典文學表示出濃厚的興趣之外，和許多新文學家關係頗為密切，跟郁達夫、田漢、郭沫若、徐志摩、周作人、魯迅等人都有過不同程度的過往。佐藤與魯迅的長期交流，使一九三五年岩波文庫日譯《魯迅選集》的刊行得以實現，在將魯迅介紹給廣大日本讀者這一點上起了相當大的作用。中國作家方面受到佐藤春夫極大影響的，首推浪漫派作家郁達夫。郁達夫的成名作《沉淪》無疑深受佐藤春夫《田園的憂鬱》的啟發，他也被人稱為「中國的佐藤春夫」。不過，佐藤春夫在一九三七年中日戰爭爆發不久所完成的〈亞細亞之子〉[142]，以「鄭」和「汪」兩位主角，影射了郁達夫和郭沫若，造成郁達夫與他反目成仇。後來郁達夫寫了一篇文章〈日本的娼婦與文士〉[143]，以文章正式向佐藤春夫告別。作者的書寫策略誠然帶有極高的政治意識形態。佐藤春夫與郁達夫的決裂，其實和國家立場的對立有密切關係。在《南方紀行》已經出現一些徵兆，也可藉此窺探他在一九二〇年代和中國作家的交集，乃至中日戰爭爆發後和郁達夫等人的決裂。

在佐藤春夫發表〈亞細亞之子〉的當時，應該有許多曾經和他友好的中國作家都會感到錯愕與不解。對中國事物向來投以親近姿態的佐藤春夫，為何在一夕之間有了極大轉變？這恐怕是許多人無法理解的問題。但是，如果重新閱讀他在《南方紀行》的中國印象，或許可以從中找到答案。《南方紀行》在發表後，受到作家井上靖和評論家島田謹二的注目。佐藤春夫在風景上的書寫技藝，把水光的魅力表露無遺。[144]可以發現，《南方紀行》關於人物的描繪，除了〈集美學校〉之外，多聚焦在民族性的落後面，顯然是作者對現實中國最直接的反應或反感。但是他屢次把目光放在山光水色，以純淨的心情欣賞純粹的風景，在此時此刻，他的文字呈現一種柔和的美感。誠然，

140　川本三郎，《大正幻影》（東京：筑摩書房，一九九七），頁二〇三—二二一。在本書中出現許多錯別字，例如引文所舉的「勿用仇貨」，誤植為「勿田仇貨」；「漳州」，誤植為「潭洲」。

141　郁達夫在一九一三年赴日本留學，一九一九年進入東京帝國大學經濟學部，一九二二年畢業回國。郁達夫在日本留學，日語自然流利。此外，他不僅精通日語，還會多國語言，是一位語言天才。田漢一九一七年隨舅父去日本，最初學海軍，後來改學教育，進入日本東京高等師範學校就讀，熱心於戲劇，也精通日語。

142　佐藤春夫，〈亞細亞之子〉，《日本評論》（一九三八年三月號）。

143　郁達夫，〈日本的娼婦與文士〉，《抗戰文藝》一卷四期（一九三八年五月九日）。

144　姚巧梅，〈佐藤春夫文学における中国・福建の位置：『南方紀行』を中心に〉，《皇學館論叢》三八卷二號（二〇〇五年四月），頁五五。

佐藤春夫的書寫方式，是選擇性地展示臺灣與中國，這是一種抽樣性的文化觀察，而其中所凸顯的文化位階是頗為鮮明的。其中，他的中國想像，更是停留在古老中國的憧憬之上。當他目睹轉型期的中國是如此狼狽不堪時，他的《南方紀行》也出現了繁複的文化隱喻。南方顯示了與近代文明背道而馳的地理位置，臺灣與中國福建的位置，都在日本的南方。臺灣的自然風土，顯然比中國福建更接近佐藤春夫理想中的南方典型。因此他對中國的眼光是比較嚴肅的，而對於臺灣，則多了一份認同的情感。

佐藤春夫總共去過中國四次，中日戰爭期間是以隨軍作家的身分前往。在一九四三年的太平洋戰爭期間，他還隨日軍遠赴馬來半島、爪哇等地。這些南方的長征經驗，佐藤春夫都記錄在戰地所創作的詩集。顯然，他的東亞體驗是以一九二〇年的臺灣和中國作為起點，然後逐漸向南方前進。這一年，他在故鄉遇到舊友東熙市、在臺灣結識森丑之助，促成他到臺灣以及隨後的福建之行。年輕時期的佐藤，應該始料未及「臺灣」成為他前進南方的濫觴之地。尤其在森丑之助的引領下，佐藤春夫能夠近距離接觸臺灣原住民，而寫下他一生中的難忘回憶。反觀另一趟旅程，雖然好友東熙市的門徒鄭氏成為他的導遊，但是這位鄭氏的言行舉止沒有獲得佐藤春夫的信任，也直接影響了他在福建的旅情。比較佐藤的中國與臺灣書寫，不僅可以看出他對原住民和漢人的文明與否，有不同層次的評價，甚至是臺灣與中國的漢民族也呈現出不同的文化水平。從而也反映出佐藤春夫臺灣相關作品在南方想像的多義性。

憑藉佐藤春夫的知名度，在一九二〇年代到一九三〇年代，他對中國和臺灣的文學發展應該起了一定的啟發作用。不過進入戰爭期間，中國方面的聯繫被他自己切斷，他的書寫姿態也轉而積極參與日本帝國的擴張。而在臺灣的日人文學方面，作家中村地平、西川滿在一九三〇年代後期至一九四〇年代的臺灣書寫，顯然深受佐藤春夫的臺灣書寫之影響。如果深入探討《文藝臺灣》的作家作品，這條影響系譜極有擴大的可能。

第三章

彼岸的南方

一九三〇到一九四〇年代中村地平與真杉靜枝的臺灣印象

前言

對大正時期的作家而言，所謂的南方印象或南方行旅，多半來自歐洲文學的影響。歐洲在工業革命及都市文明發展之後，許多知識人開始對近代世界展開批判，回歸自然也成為遠離物質生活、尋求心靈寄託的方式。從十九世紀末期到二十世紀初葉，歐洲開始對南方產生憧憬而付諸旅行，這些行動已非單純的南方行旅，而是對文明世界的抗拒或逃避。當時有不少的作家與藝術家也投入這股浪潮，而創作了許多南方紀行作品。[1]歐洲的南方文學系譜，和工業革命以降的近代社會的建構有密切關係，是一種對現代性的否定，也是一種嚮往野性自然、原始風情的文化姿態。歐洲作家的南方旅行文學翻譯到日本後，用文學形式為日本作家提供了一個想像南方的模型，對日本作家的南方印象造成不小的影響。誠然，莫泊桑等歐洲作家從南歐到北非的南方之旅與日本作家在殖民地書寫的南方憧憬具有不同的種族與風土意涵，但其實都存在著帝國勢力路線朝向蠻荒開發的背景，亦對日人作家的南方造像有頗大啟示。佐藤春夫在一九二〇年代的南方書寫，尤其是牽涉到臺灣的部分，也被編制納入帝國文化裝置的一部分。

佐藤春夫在一九一八年之後，創作活動逐漸引起文壇矚目，在一九二〇年代已是一位知名作家，該時期所創作的臺灣相關作品，顯然吸引許多讀者甚至文評家的注意，而成為南方書寫之典範。這些創作不僅開啟許多日本人的殖民地想像，也影響了後輩作家的南方憧憬。中村地平（一九〇八—一九六三）從少年時代，就對南方懷有強烈憧憬，受到佐藤春夫的臺灣書寫〈女誡扇綺譚〉、〈旅人〉之啟發，讓他立下前往南方的志向。就佐藤春夫的文學影響而言，他的臺灣書寫是被接受的一條主軸[2]，成功地轉化為「南方」意象而被後輩的日人作家所接受。其中，中村地平就是受其影響頗深的一位作家。

中村地平在一九二六年終於一償宿願，來到臺北就讀總督府高等學校，在殖民地度過四年的高校生活，得以親近南方風土。後來回到日本完成大學、展開作家生涯的中村地平，顯然無法忘懷殖民地的一切。一九三九年，中村地平為了尋找小說材料再度來到臺灣，在一個月的殖民地之旅當中，收集到不少寫作的題材。一九四一年所發行的《臺灣小說集》，共收錄九篇臺灣相關書寫的作品，就是他兩次來臺體驗的成果。

本章除了探討接受佐藤春夫影響的中村地平之外，亦將論及和中村地平關係頗深的日籍女作家

1　例如安德烈．紀德（一八六九—一九五一）從一九二六年七月到一九二七年五月在法國近赤道的非洲殖民地旅行。在回法國之前，他又遊歷了現在的剛果共和國、中非共和國、喀麥隆等地。他在《剛果之行》（法語：*Voyage au Congo*，一九二七年）及《從查德歸來》（法語：*Le Retour du Tchad*，一九二八年）中描述了旅行經歷，除了追尋心靈自由外，也透過旅行觀察批判西方的殖民制度。另一位作家莫泊桑（一八五〇—一八九三），在中村地平的《臺灣小說集》當中經常引用這位作家對於南方的印象，本章第一節多處提出他對中村地平的影響。

2　佐藤春夫對於其他作家的文學影響，並不僅限於臺灣相關作品。佐藤春夫成名作《田園的憂鬱》以私小說的形式呈現主人公對現實生活的倦怠，這部作品影響了中國的浪漫派作家郁達夫。郁達夫的名作《沉淪》無疑深受佐藤春夫的啟發，也暴露了作者的私人世界，不過《沉淪》的主人公在個人情慾問題之外，還深沉思考民族存亡的問題。郁達夫也被人稱為「中國的佐藤春夫」。

真杉靜枝（一九〇一—一九五五）的臺灣相關作品。一九三九年和中村地平一同來臺的真杉靜枝，此行也是再度造訪臺灣。她在幼年即跟隨家人來到臺灣，十六歲從看護婦培訓所畢業，在臺中醫院工作。十八歲時在父母的強制命令下辭去醫院工作，和三十一歲的藤井熊左衛門結婚。後來由於無法忍受和丈夫的婚姻生活，一九二二年毅然離家出走回到日本內地。她以奔逃的倉皇處境回到日本後，在報社工作展開新生活，隨後積極朝作家之路邁進。一九三四年她發表以高雄舊城為背景的小說〈南方之墓〉[3]，描寫一群生活在殖民地南部的日本人身影，在這部作品中的幾位年輕女性角色，分別受到父權體制的婚姻支配、身體暴力或經濟控制。真杉靜枝在作品中以女性觀點強力批判父權家庭，並指出殖民地的落後文化氛圍讓日本男性的人性愈加低落。作品的末尾，一位女主人公選擇以自殺來擺脫丈夫的監控。真杉靜枝早期的作品展現抗拒臺灣的姿態，甚至以日本女性的「墳墓」來隱喻南方／臺灣。反觀青春時代的中村地平，則懷抱強烈的「南方憧憬」。彼岸的南方，到底是天堂還是地獄，他們兩人早期的創作顯然具有豐富的對話空間。

但是在一九三九年的旅行之後，兩人的文學創作開始出現轉變。中村地平在一九四〇年代發表的〈霧之蕃社〉、《長耳國漂流記》[4]，重新再現了帝國觀點的霧社事件與牡丹社事件，透過這兩篇作品可以發現中村地平的南方觀，出現微妙變化。而真杉靜枝二度來到臺灣，是為了探望生病的母親。重返殖民地，她的人生經歷已然不同，也擺脫昔日無依的少女形象。一九三九年回到日本之後的二、三年間，是真杉靜枝作家生涯多產的時期，她著重描寫殖民地經驗，文學中的臺灣意象也呈現了三百六十度的逆轉。她的創作明顯展現配合國家的積極態度，決戰期的作品〈南方的語言〉[5]，更直接介入殖民體制的語言同化問題。從〈南方之墓〉到〈南方的語言〉，將這兩篇作品並置討論，可以鮮明呈現出她對殖民地的排斥或認同，也和戰爭時期南進政策所喊出雄壯口號「要有死在南方的決心」，產生極大的對話性。不難發現，在一九四〇年代，中村地平和真杉靜枝的南方文學敘事都不約而同地轉向。作為慾望的象徵客體，中村地平開始關注臺灣史上原住民事件的「蕃人」形象，真杉靜枝則重新詮釋南方的新故鄉想像。中村地平後來追隨佐藤春夫的行動模式到南洋從軍，真杉靜枝也以實際行動加入「南支那派遣軍慰問團」。透過本章的討論，不僅能夠理解佐藤春夫對後輩作家的影響系譜，也可對照日人女性作家的南方書寫和男性作家之間所存在的差異性。

3　真杉靜枝，〈南方の墓〉（南方之墓），《桜》（第二卷第一號，一九三四年一月一日）。本文參考之版本為河原功編，《日本統治期臺灣文學．日本人作家作品集》（別卷【內地作家】）（東京：綠蔭書房，一九九八），頁二六七—二八四。

4　中村地平，〈霧の蕃社〉，收入《台湾小説集》（東京：墨水書房，一九四一）。中村地平，《長耳國漂流記》（東京：河出書房，一九四一）。這部長篇作品是描寫牡丹社事件的始末，以及後來日本派遣西鄉從道到臺灣征伐的經過。

5　真杉靜枝，〈南方の言葉〉，收入《ことづけ》（囑咐）（一九四一）。本文引用之復刻本係由河原功監修、解說，《ことづけ》，（日本植民地文学精選集十九：【台湾編】七）（東京：ゆまに書房，二〇〇〇），頁三—二〇。

第一節　南方與蠻荒：中村地平的《臺灣小說集》

引言

中村地平從少年時代就對南方懷有強烈的憧憬[6]，在閱讀佐藤春夫以臺灣為題材的小說〈女誡扇綺譚〉、〈旅人〉等作品，獲得啟發之後，驅使他立下南方之行的志向。一九二六年四月，中村到臺北就讀總督府高等學校，在殖民地度過四年的高校生活，終於得以親近南方風土。高校畢業後，他返日進入東大文學部美術史科專攻美學。後來拜井伏鱒二為師，以作家為專職。一九三九年二月底，他為了蒐集小說材料再度來到臺灣，在一個月的殖民地之旅當中，蒐集到不少寫作的題材。一九四一年所發行的《臺灣小說集》，共收錄九篇臺灣相關書寫的作品，就是兩次來臺體驗的成果[7]。在九篇當中有六篇是「蕃人」書寫，頗為鮮明地呈現出作者對原住民主題的偏愛，尤其是原住民女性的素描。本節要探討的〈霧之蕃社〉，也收於此書當中。創作於一九三九年的〈霧之蕃社〉是第一篇直接以霧社事件為主體的小說，這部作品將置放在下一節和霧社事件始末並置討論。而早在一九三二年發表的處女作〈熱帶柳的種子〉亦收入此書，是以臺北風情與漢人少女為主題的小說，這篇作品因為得到佐藤春夫的讚賞，從此開啟與他知遇的契機[8]。小說集的最後一篇文章

〈廢港〉，則是他追隨佐藤的臺灣相關作品〈女誡扇綺譚〉而完成的作品，可說是直接接受佐藤的影響，採取「荒廢美」的意象來呈現臺灣的系譜之作。[9]

中村地平的臺灣書寫，被形容為像牧歌般的作品，在〈熱帶柳的種子〉一作尤其鮮明。[10]沉浸在濃郁的亞熱帶空氣裡，作者似乎強烈感受到原始時代的素樸美感，因此帶有地域性特色的植物、氣候、景物、人種，也成為他熱中書寫的主題。在《臺灣小說集》的後記，作者寫下這樣一段文

6 中村地平，〈三等旅客〉，《仕事机》，頁一〇八。這篇隨筆是描寫作者初次踏上旅途前往臺灣，在船上無意間遇到同鄉與一位友善的年輕女性，和他們展開對話的經過。中村地平（一九〇八—一九六三），原名中村治兵衛，日本九州宮崎市人。中村地平從小就對南方懷有強烈的憧憬，受到佐藤春夫的臺灣相關作品之啟發，讓他產生了前往南方的動力。中村的文學活動大多集中在戰前，創作以小說為主，也有一些雜文隨筆發表。他的作品主題，是以故鄉宮崎或臺灣的事物居多。重要著作有《臺灣小說集》，此書收錄他在一九四一年之前和臺灣有關的短篇創作。此外在一九七一年日本方面還出版了《中村地平全集》（共三卷，東京：皆美社）。

7 《臺灣小說集》（東京：墨水書房，一九四一）所收錄的九篇作品為：〈霧の蕃社〉（霧之蕃社）、〈蕃人の娘〉（蕃人姑娘）、〈人類創世〉（人類創世）、〈旅さきにて〉（在旅途中）、〈太陽の眼〉（太陽之眼）、〈熱帶柳の種子〉（熱帶柳的種子）、〈太陽征伐〉（太陽征伐）、〈蕃界の女〉（蕃界之女）、〈廢れた港〉（廢港）。

8 中村地平，〈解說〉，《陽なた丘の少女》（京都：人文書院，一九四〇），頁二八一。

9 日人作家在潛意識的觀看政治中，會站在日本的主觀位置來對照臺灣，而流露出進步與荒廢、文明與蠻荒的東方主義式的視線。關於佐藤春夫作品的荒廢意象之討論，請參閱本書第四章第二節。

10 淺見淵，〈解說〉，中村地平，《中村地平全集》（第一卷）（東京：皆美社，一九七一），頁四七七。

字：「對於南方的鄉愁、南方的憧憬、南方的愛戀，是我一生永不改變的事。」[11]讓他投入情感的「南方」，無疑是在指涉臺灣。中村不只一次表示，他的南方之行與臺灣書寫，都得自佐藤春夫的啟發。而另一位法國作家莫泊桑，也是他的作品中經常被提及的詩人，是指引他在南方想像上的重要人物。[12]因私人情感問題來臺散心的佐藤春夫，以及為了治癒病痛而不斷前往非洲與南歐旅行的莫泊桑，他們兩人的南方行旅，都對中村產生莫大的魅惑。

受到人類學者森丑之助的臺灣旅行導覽[13]，佐藤春夫相當偏愛島嶼南部與原始部落的異國情調，他的臺灣書寫在無形中也搖身為中村在殖民地旅行的手冊。然而，這樣一份指標性的導覽工具，極有可能影響了中村觀看臺灣的視角。雖然高校時期在臺北居住了四年，但是經由《臺灣小說集》的出版不難發現，它和佐藤的臺灣相關作品有類似之處。原住民主題在他們兩人的作品中一再出現，這亦和原始風情含有濃厚的異國情調有關係。

中村在高校年代首度接觸臺灣風土，他的臺灣初體驗帶有青春期的浪漫情懷。第二次來臺，中村已經成為小有名氣的作家。循著佐藤旅臺的足跡，他也受到殖民政府的特別禮遇，並且得到官員和人類學者的協助，而採訪到許多官方觀點與人類學觀點的原住民史料。蒐集這些資料是中村此行的最大目的，《臺灣小說集》中的「蕃人」書寫，以及描寫牡丹社事件的長篇小說《長耳國漂流記》[14]，多集中在一九三九年以後發表，從這一點來看，中村第二度訪臺確實展現了具體的成果。《臺灣小說集》所傳達出來的臺灣意象，無形中也散發強烈的原始氛圍。

誠然，中村對南方／臺灣的鄉愁，其實是懷抱著蠻荒時代的野性憧憬，以及蘊含了濃烈的浪漫主義。他的觀察視域，也聚焦在臺灣原住民的種族想像。透過題材的選擇，更具體展現在他的臺灣書寫之上。他曾經說過：「臺灣是南進之人的慰安之地」，甚至提出將整個臺灣設為國家公園的構想。[15]對來自殖民母國的日本人來說，臺灣是一個亞熱帶的殖民地島嶼，極能發揮樂園的作用以撫慰旅者的身心。這是厭倦文明的近代人想回歸蠻荒的渴望，或者是呼應日本南進的開發政策而提出的想法？透過中村的臺灣書寫，不僅展現近代人的文化視域，也帶出了帝國的視線。文明與野性的相剋與否，是他在作品中不斷辯證的問題。因此，本節試圖以《臺灣小說集》為中心，探討中村的臺灣種族想像，並重新詮釋他的南方憧憬。[16]

11　中村地平，〈後記〉，《台湾小説集》（東京：墨水書房，一九四一）。本文引用之復刻本係由河原功監修，《台湾小説集》，（日本植民地文学精選集十七：【台湾編】八）（東京：ゆまに書房，二〇〇〇），頁二七三。

12　在《臺灣小說集》當中，中村地平經常引用這位作家的話。莫泊桑（Guy De Maupassant.，一八五〇——一八九三），法國自然主義小說家，出生於法國西北部諾曼地。莫泊桑留下的作品有多部長篇、遊記與戲劇等，並完成了三百多篇精彩的短篇小說，被譽為「短篇小說之王」。莫泊桑在作品中對社會有細密的觀察，他習慣以冷靜客觀的筆調來描寫人性的醜惡與真實面。晚期的莫泊桑受困於精神問題，寫作的內容也因此偏向奇幻詭譎，他最後因為自殺未遂而被送往巴黎郊區的一所精神病院，於一八九三年死於當地。著名的短篇小說〈脂肪球〉，是莫泊桑最為人所熟知的一部經典名著。關於莫泊桑的生平與創作介紹，可參閱高爾德著，蕾蒙譯，《莫泊桑傳》（臺北：志文，一九七六）。

13　關於森丑之助的討論，請參閱本書第二章。另外，森丑之助在臺田野調查活動，可參閱森丑之助著，楊南郡譯，《生蕃行腳：森丑之助的台灣探險》（臺北：遠流，二〇〇〇）。

14　中村地平，《長耳國漂流記》（東京：河出書房，一九四一）。

15　中村地平，〈旅びとの眼：作家の觀た台灣〉，《臺灣時報》（一九三九年五月號），頁六三。

16　中村地平取材自一九三〇年霧社事件所完成的〈霧之蕃社〉，將置放於下一節專門討論。

一、南方的旅行

一九二六年四月，中村地平如願從日本渡海來到臺灣讀書。這段青春時期的臺灣經驗，無疑為他留下難以磨滅的回憶。他在一九四一年所出版的隨筆評論集《工作桌》，有兩篇文章〈往南方的船〉、〈三等船客〉，談到初次赴臺的青澀心情。[17]〈往南方的船〉是描寫作者十八歲那年，要從故鄉前往門司搭船往臺的經過，除了沿途的瑣碎情節之外，也述說了作者出發前忐忑不安的心情。不過，這篇散文令人印象深刻的地方，在於它細膩地傳達出親情的強度。儘管父母極力支持中村的決定，然而隨著啟程日期的漸近，關於自己單獨旅行這件事，還是讓他萌生極大的危機感：「去臺灣的話，說不定我會罹患瘧疾而死。這樣的話，去好嗎？」[18]對於日本人來說，早期來臺的旅遊活動確實帶有「探險」的意味，但是到了一九二〇年代以降，臺灣已經逐漸邁向現代化，到臺灣的冒險活動也轉向較具娛樂的觀光性質，這誠然和殖民政權的穩定有密切關聯。[19]但是，其實一般日本國民普遍對臺灣缺乏知識，甚至存有負面的蠻荒印象。父親對兒子的遠行看似信心滿滿，內心卻是忐忑不安，而兒子也為即將離別而心慌，只是兩個男人都壓抑情感。但是，在中村即將出發前，父親向他表示要親自送行到門司。這番舉動，是為了安撫中村神經緊繃的情緒，也是父親的體貼。

父子兩人從故鄉宮崎坐汽車到門司，然後在客棧過夜等待隔天的船期。在用完晚餐的時刻，鄰室的一位房客突然來拜訪他們。這一位客氣的老人，也是要搭船前往臺灣，因此過來打聲招呼。當彼此開始閒聊之後，才發現老先生是因為兒子在臺灣病死，所以此行是要去接回他的骨灰。作者的父親在聆聽之際，神情似乎顯得相當狼狽。在老人告辭後，他語重心長地對兒子建議，如果想打退堂鼓也無所謂，就再一起回家吧。少年的自尊心，讓他隱忍住內心強烈想和父親回頭的渴望。隔天早晨，他們坐上小艇去轉搭輪船，這也是送行的最後一程。登上大船之後，距離啟航還有一些時間。神經衰弱的中村，這時身體狀況開始出現不適。父親急忙為他安排座位、買飲料解熱，並細心叮嚀他在臺灣可以去洗溫泉來保養身體，學校放長假時也可以返鄉……。忽然，開船的信號響起了。當父親再度坐上小艇返回碼頭時，作者企圖透過小小的船窗搜索父親的身影。然而小艇上擠滿了送行人，隨著漸行漸遠，他再也分不清誰的臉。回到座位躺下後，他的眼睛彷彿一直在追尋父親的背影。

原本嚴厲的父親，在這裡卻展現了異於往常的柔軟身段。父親的愛子之情，隨著〈往南方的船〉的文字不斷地滲透出來。中村地平在文中提到是佐藤春夫的文學讓他對南方產生強烈的憧憬，但是透過書寫的脈絡不難看出他對南方／臺灣還是存有疑慮。對於來自文明世界的旅人而言，亞熱帶縱使風情萬種，卻也難抵風土疾病的威脅。青澀少年的中村，當時即有神經衰弱的傾向。面對無法確定的未來，他的步伐顯得有些躊躇。中村在另一篇隨筆〈三等船客〉，描寫了上船後的際遇。

17　中村地平，〈南方への船〉（往南方的船）、〈三等船客〉，《仕事机》（東京：筑摩書房，一九四一），頁九三—一〇三、頁一〇三—一一五。

18　中村地平，〈南方への船〉，《仕事机》（東京：筑摩書房，一九四一），頁九六。

19　請參閱呂紹理，《展示臺灣：權力、空間與殖民統治的形象表述》（臺北：麥田，二〇〇五），頁三八五。

〈三等船客〉可說是〈往南方的船〉的續篇，作者在開頭延續了〈往南方的船〉結束時的感傷筆調。誠然，在前往臺灣的船上，他的寂寞與不安是強烈的。幸運的是，一位同船的年輕女性適時對他伸出友誼之手。而更令人出乎意料的，他竟然在船上遇到一位同鄉。與這些人的邂逅，彷彿是在預言他的臺灣之行還是受到祝福的。

不過，臺灣風土的疾病意象，顯然讓中村印象深刻。收進《臺灣小說集》的短篇小說〈在旅途中〉，最初發表於一九三四年五月的《行動》，屬於中村早期的創作，是一篇帶有淒美情調的作品。[20]這篇小說的女主角「俊」，最後就是因為感染熱病而死於臺灣。〈在旅途中〉的情節是描寫主角分別在兩次的旅途中，與「俊」短暫交會的情分。主角當時是一位臺北高等學校的日籍學生，可說是作者以自己為形象而塑造的人物。根據岡林稔的研究指出，日本文壇在明治末到大正時期，自然主義小說的創作技巧成為文學青年邁向作家之路的指標。當時許多知名作家在作品中將私人生活以藝術的告白的手法，對中村這些新生代作家是具有相當魅力的。[21]其實在佐藤春夫的臺灣相關作品，就能輕易看到這種表現方式。而中村地平在《臺灣小說集》中，也有多篇作品以此技巧展現。

〈在旅途中〉是主角對青春的追憶，其中也包含了他對「俊」的淡淡情愫。縱使如今已無法記起「俊」的真切容貌，但她的白皙身影與執著性格卻是他難以忘懷的。主角回想起與「俊」的初次會面，是某年夏天和友人牧一起到九州健行途中所認識的。「俊」當時在一個鄉村小鎮當小學老師，由於她和牧有親戚關係，所以計畫途經她的小學時叨擾住宿。不料學校當天有青年團的活動，於是「俊」轉而招待他們到旅館過夜。晚上三人聚在房間閒聊，就著窗口穿拂進來的涼風，主角感覺自己似乎被「俊」的浴衣飄散過來的香味所包圍住了。顯然主角對「俊」是頗有好感，然而他只是一位旅人，兩人的緣分或許是短暫的吧。怎知那年秋天，主角竟然在臺北的東門市場裡瞥見「俊」的熟悉身影。向友人查證後才知道她已嫁到臺灣的嘉義，這也開啟了他們在臺灣交會的契機。

隔年寒假沒有回鄉的主角，計畫一個人沿臺灣的西海岸旅行。在旅行途中來到嘉義，他決定順道拜訪「俊」。在尋訪「俊」的住處時，主角獨自走在本島人的街道上，由於種族的隔離性在這種鄉下更加明顯，他不僅受到異樣的眼光，骯髒汙穢的巷弄也讓他寸步難行。彷彿置身在奇異的時空，強烈的疲憊與不安在找到「俊」後才稍稍平息。兩人在異鄉重逢是值得喜悅的，然而主角也察覺到她在此地的處境是落寞的。縱使有丈夫的陪伴，但在日本人稀少的嘉義鄉下，「俊」終須長期忍受孤獨的煎熬。主角和他們夫妻分手之後，「俊」的故事卻還未告一段落。半年後，主角意外接到「俊」感染瘧疾而死亡的通知。「俊」的人生旅途，就在臺灣劃下句點。不難發現小說裡所選擇的場景都「在旅途中」，如果人生是一場漫長的旅程，那麼主角和「俊」的交會只是沿途的短暫景點吧。

依循線性時間的進行，〈在旅途中〉呈現了相互對照的世界：兩趟旅途，兩個地理，兩種人生。死後安息在嘉義的「俊」，生前在她的心目中，臺灣占有多少分量，讀者無從得知。曾向主角自白要採取獨身主義的「俊」，為什麼突然結婚，作者也沒有多加說明。因為「俊」的先生抱定海外雄飛的壯志，立志要往南方發展，所以她才會追隨而來到臺灣。但是置身在臺灣鄉下的「俊」，

20 中村地平，〈旅さきにて〉，《行動》二卷五號（一九三四年五月）。後收入《臺灣小說集》，頁九五—一一九。

21 岡林稔，《「南方文学」その光と影：中村地平試論》（宮崎：鉱脈社，二〇〇二），頁四四。

不僅要適應粗俗惡劣的環境，還要忍受孤獨與寂寥的心情。而主角在兩次旅途中和「俊」交會所激起的火花，最終也映襯了人間的無奈與蒼涼。「俊」如果沒有來臺灣，必定會有不同的人生。臺灣最終成了「俊」長眠的所在，她的死亡似乎是在叩問：「前往南方的可行性？」

然而青春的早逝，也籠罩著一種絕美情調。在死亡的恐懼意象之外，極有可能轉喻為浪漫的想像。在日本與臺灣、文明與落後之間，「俊」之死在南方／臺灣，作者的南方意象還有其辯證之處。縱使中村地平一直對南方懷有渴望，但是親臨與想像還是會有落差。他曾坦言雖然深受佐藤春夫的影響，但是隨著南方之行的漸近，也不免因種種臆測導致神經衰弱。對於熱帶的想像或是恐懼，其實都來自文明思維的訓練。透過中村另一篇作品〈廢港〉，相信可以更為理解中村的南方憧憬。〈廢港〉由兩篇作品組成，發表的時間稍早於〈在旅途中〉，也是中村初期的創作，是屬於紀行文式的短篇小說。[22]小說前半部「安平」，是敘述主角：一位高校生，他和專攻植物學的大學教授夫妻三人偕伴從阿里山旅行到南部的故事。後半部「淡水」，則是主角在前往淡水寫生途中，和一位內地來的畫家之間的對話。

前半部「安平」中人物的對話，可以觀察到旅者的跨文化想像與思鄉情懷。其中，植物學教授提出了他對臺灣植物的分析：「已研究過這裡各形各色的植物，它們全都帶有強烈的性的魅力。」[23]這位教授甚至以動物來比擬，認為亞熱帶植物在夜間所散發出來的氣息與姿態，如同動物的交歡。他的形容儘管很生動，卻不免帶有異色（erotic）的眼光。對植物學者而言，分析臺灣植物的特色，也成為他詮釋臺灣的方式。而少年高校生的心情，卻是把目光放在荒廢美的追尋之上。佐藤春夫在〈女誡扇綺譚〉中對荒廢風景與心境的營造，深深地影響了中村地平。藉由安平與淡水兩個廢港的荒廢意象的震撼，他也期待自我內在能激發出對人生嶄新的覺悟。在前半部「安平」到後半部「淡水」，其實都有這樣的中心思考。追求從荒廢到新生，甚至永恆的美，只有自然界才有如此搖撼人心的力量。因此作者不斷提到法國詩人莫泊桑在南方紀行的一段話：

> 總之，我就是看到了水、太陽、雲、岩石。——不幸詩人的幸福言語，幾度無意義地在我內心裡不斷地複誦著。[24]

對莫泊桑來說，他眼睛要捕捉的水、太陽、雲、岩石，就是最純粹的自然；不涉及文明的一切，只是對原始的渴望。如此單純的情感想必衝擊了中村地平的心靈，他嚮往南方也是為了追求這樣的蠻荒境界。中村在高校期間，就曾經因為神經衰弱的問題而留級一年。中村在此以法國詩人莫泊桑為借鏡，期待南方的光與熱能夠為他治癒精神上的苦惱。[25]

---

22 中村地平，〈廢れた港〉，這篇作品是由兩篇文章〈廢港淡水〉與〈南海の紀〉組成，再以〈廢れた港〉為名收入《臺灣小說集》，頁二四六—二七一。（〈廢港淡水〉，原發表於《四人》二月號（一九三三年二月），收入《臺灣小說集》後標題改為「淡水」；〈南海の紀〉，原發表於《四人》五月號（一九三三年五月），收入《臺灣小說集》後標題改為「安平」。）

23 中村地平，〈廢れた港〉，頁二四八。

24 中村地平，〈廢れた港〉，頁二四九。

25 莫泊桑後半生為疾病所苦，視力衰退、偏頭痛、神經痛、全身麻痺與嚴重失眠，彷彿為了忘記疾病，他持續著寫作的熱以自然主義文學聞名的莫泊桑，其悲劇性的命運對中村產生無比的魅力。中村常在作品中引用莫泊桑在南方紀行的那段文字，應該也是希望這段話能夠帶給他力量吧。而他在少年時期所閱讀的佐藤春夫的臺灣相關作品，則是對他形成積極影響的效用。當他透過回憶的文字，書寫自己初次的南方經驗時，可以看出兩位作家賦予他創作上的靈與肉。可以說，中村自少年期對南方的憧憬，是經由在臺的高校生活而得以實踐，但是卻也留下了負面的回憶。中村提過和佐藤春夫初次會面時，臺灣的事物是他們倆共同的話題。在這次的對話中，中村向佐藤傾訴，在殖民地的生活並不愉快。佐藤則向他表示，這是因為政治等等原因所造成的。[26]中村在這裡並沒有詳述「不愉快」為何，但是顯然和佐藤春夫所解釋的理由有關。在〈廢港〉後半部「淡水」的人物對話中，也曾討論日本人是否能以人道主義看待殖民地的問題，或者只是漠然以對。[27]由於民族的問題、政治的問題等等，這些複雜因素都有可能影響中村的臺灣觀感。

當一九三九年二月底，中村地平為了蒐集小說材料再度來臺時，他已經成為一位專業作家，也發表過許多作品。除了寫作方面，距離他上次離開臺灣到目前為止，這些年他的人生也有許多重大事件發生。首先，他和真杉靜枝的同居生活已將結束，兩人約定一起來臺，卻是這段感情的分手之旅。而在此之前的一九三七年五月，中村的大哥戰死在中國戰場，這個事件對中村的打擊相當大。同年的十月，他自己也收到徵召令而進入軍隊，不過後來因為胃病發作而立即退伍。但是隨著戰爭局勢的蔓延，日本全國也籠罩在風聲鶴唳的氣氛當中。中村在一九三九年到臺灣取材，或許是希望能轉換心情而來的吧。

中村地平這次的臺灣之旅，受到總督府以內地文士的特殊身分而被招待，和佐藤春夫當時遊臺的情況相同。他也透過這趟旅行，蒐集到不少寫作的題材。如果要具體說明中村再次造訪後的臺灣觀感，〈旅人之眼：作家觀看下的臺灣〉是相當重要的參考之作。[28]中村在這篇隨筆中，描述了他二度來臺旅遊的見聞與心情。比起十年前就讀高校時的景況相比，他明顯感覺到臺北已相當的現代化，不僅外在的事物改變了，連文化等精神層面的內容也有了急速的進步，這些變化令他相當驚訝。此外，他提到自己在臺北停留只有一個目的，那就是去參觀臺北帝大的土俗學教室，期待能瞭解「生蕃」的文化。中村也談到這次旅行受到官方相當的優遇，讓他非常感動。但是，來臺過程中唯一使他無法忍受的，大概就是旅途中所遇到的本島人了。

中村在日本因為工作的關係，所以有很多旅行的機會，他又是一個極愛好庶民旅遊方式的人，所以在交通工具上都會選擇三等車廂。但是在臺灣搭乘三等車廂，卻是一件必須忍耐的苦事。中村指出，除了車體本身的老舊、座位的不舒適之外，臺灣人的衛生習慣還非常低劣。不僅隨地吐痰、大聲談話，還攜帶各種魚肉蔬果上車，因此整個車廂充斥著惡臭與喧譁。而且臺灣各地方的飲食店也都不注重衛生，他只好以香蕉充饑。這些因素終於讓久未復發的胃疾在途中發作。這篇隨筆展現

情，而且也前往各地旅行，希望能藉此驅除病魔，他乘著遊艇倘佯於地中海，也不時造訪炙熱的非洲與南歐，然而在南方陽光的熱情照射下，終究還是無法燃燒掉他體內的病痛。莫泊桑最後的人生歲月，是在巴黎郊外的精神病院度過的。

26 中村地平，〈佐藤春夫氏〉，《文藝》（一九三五年十二月），頁九二。

27 中村地平，〈廢れた港〉，頁二六三－二六四。

28 中村地平，〈旅びとの眼：作家の觀た台灣〉，《臺灣時報》（一九三九年五月號）。

了近代旅者的文化心態，比起高校時期的青澀少年，此時的中村，儼然已具備文明人的批判視野。

然而，中村在〈旅人之眼〉，還是對臺灣沿途的景色讚嘆不已，認為完全沒有令他失望。他甚至建議臺灣應該規劃設立國家公園，將全臺灣國家公園化。他的理由在於：

既然臺灣是軍事、經濟的南進基地，那麼同時更必然是南進之人的慰安之地。[29]

從這一段文字不難看出帝國的視線，中村提出要把臺灣全島國家公園化，以成為南進者可以獲得撫慰的休憩之地。然而，臺灣人的位置在那裡？如果臺灣是慰安之地，那麼臺灣人所扮演的角色又是什麼？從他批判本島人的身段，到提議將臺灣國家公園化，和他六、七年前在作品〈廢港〉中，苦心思索殖民地問題的文字，其間的書寫策略是有極大差異的。具體而言，對於臺灣的南方風土特色，他的態度始終是憧憬的。他在另一篇隨筆〈臺灣的溫泉〉也提到，在他高校時代時，就非常喜歡臺灣的溫泉。臺灣各地的溫泉，除了各有其天然特質之外，還能以極為便宜的價格享用，對中村這樣年輕的學生來說，真是非常快樂的事。因此他認為：「聽起來或許會誇張也說不定，但是我深深地感覺到，臺灣真是旅行者的樂園。」[30]從學生到作家，中村的社會身分已經轉換，然而他對南方的風土之情卻依舊未變。但是在批評本島人時，他所展現的文明視野則顯得非常敏銳。在〈旅人之眼〉的論述當中，臺灣甚至能發展成帝國的新樂園，作者顯然提出他對南進政策的思考。這篇文章是他二度來臺後不久就發表的，所傳達出來的南進觀點與臺灣想像，應該是清晰而深刻的。中村的南方憧憬，也逐漸產生了變貌。

二、女性素描：跨種族想像

一九四一年所發行的《臺灣小說集》，幾乎集合了中村地平在臺灣書寫的短篇創作。[31]在為這本書所寫的後記，作者記錄下自己的南方志向：「對於南方的鄉愁、南方的憧憬、南方的愛戀，是我一生永不改變的事。」[32]受到佐藤春夫的文學之啟發，中村展開了他的創作生涯，作品主題則都是以故鄉宮崎（南九州）或臺灣的事物居多。從《臺灣小說集》的選材方向來看，他相當偏愛臺灣原住民的題材，並且帶有極為濃厚的南方色彩，這應該也和佐藤春夫的影響有關。佐藤春夫旅行臺灣的初衷，是為了排遣個人感情生活所帶來的鬱悶情結，這和中村在某方面也是吻合的。中村少年時代在精神上的苦惱，乃至成為作家後與真杉靜枝的情愛糾葛，都激發他亟欲擺脫憂鬱的情緒，轉而追求南方風土的純真與熱情。〈熱帶柳的種子〉與〈蕃界之女〉，正足以鑑照他這兩個時期的南

29 中村地平，〈旅びとの眼：作家の觀た台灣〉，頁六三。

30 中村地平，〈台灣の溫泉〉，《仕事机》（東京：筑摩書房，一九四一），頁一一八。

31 中村地平的臺灣書寫，除了《臺灣小說集》之外，他在一九三三年還發表了一篇改編自臺灣原住民神話的童話〈白雲がなぜ窪地のうへに襲いてゐるか〉（白雲為什麼要停在窪地的上面呢），《四人》第三號。此外還有兩篇長篇小說：分別是〈長耳國漂流記〉，《知性》，一九四〇年十二月至一九四一年五月連載；《あをば若葉》（青葉嫩葉）（東京：博文館，一九四二）。

32 中村地平，〈後記〉，《臺灣小說集》，頁二七三。

方憧憬。

中村在高校期間的文學活動已經相當活躍，他在總督府高等學校所刊行的校友會雜誌《翔風》、文藝部與繪畫部學友會刊《足跡》都有發表作品。但這些創作只能算是學生時代的習作，文學性並不高。[33]〈熱帶柳的種子〉是中村地平正式踏入文壇的處女作[34]，是他以高校時期的臺北生活經驗為題材的青春小說。整部作品瀰漫著明亮、開朗的筆調，透過一位本島人少女阿恰的純真作風，描繪出主角在殖民地的生活面貌。

來到臺灣念書的主角，和友人古賀在臺北過著寄宿生活。本島人少女阿恰，是在主角的寄宿家庭中幫忙洗衣與打掃的工作。在主角的眼中，阿恰單純無邪的憨態，與這個家庭的女主人正好形成強烈的對比。由於男主人長期出差未歸，這位女主人的身影始終籠罩著一股強烈的寂寞之情。而她的成熟與世故，正足以襯托出阿恰的天真與無知。阿恰是在兩歲的時候，被附近一戶人家買來當童養媳的。現年已經十七歲的阿恰，卻仍然未脫稚氣。阿恰與動物之間的相處，是作者極力鋪陳的部分；例如，阿恰曾經為了家中所飼養的母豬將在祭典中被宰殺，於祭典前夕不顧家人阻止而在豬欄陪那隻豬整晚。〈熱帶柳的種子〉會受到佐藤春夫的讚賞，主要原因應該是它展現了濃郁的臺灣色彩。小說中登場的動物，或是作品的命名，以及文中出現的街景、木瓜樹，這些殖民地風情的素描，相信能夠喚起佐藤的臺灣記憶與南方想像，這也印證了中村在書寫策略上的成功。

就像作者在第一段所描寫的，臺北是很會下雨的地方。亞熱帶樹木的氣息，濃郁到在屋子裡也能輕易用手捉住。看不見的黃色花粉，在天空中飄浮著，走在人行道上，如指頭大的白色棉毛會落到身上，那是熱帶柳的種子。透過這些文字的敘述，可以感受到主角居住在臺北的不真實感：

我總是會有天真地把這些棉毛放在掌中搓揉的癖好。住在殖民地的我們的心，往往會變得虛無吧。[35]

這段形容臺北潮濕氣候的文字，有顏色、有氣味、有心情。它間接說明了中村在殖民地的生活觀點。那是一種帶有距離的美感，迷離而浪漫。也是因為這層隔閡，所以閱讀〈熱帶柳的種子〉總是會有一種無法貼近臺灣的筆調。在異國情調的視線下，這篇小說對臺灣女性的觀察是有些偏頗的，尤其是童養媳阿恰的問題。在離主角住處不遠的本島人街上，色情行業相當盛行，許多少女也因而被販賣到這裡。作者利用了妓女的賣淫生涯，映襯出童養媳阿恰的單純情懷。在主角看來，阿恰的童養媳身分無疑是幸運的，她和那戶人家的長子每天兩小無猜，將來正式結婚後必定能過著幸福的生活。但是，只要翻開日治時期的臺灣女性史，就可以發現童養媳的命運和妓女是殊途同歸，

33 關於中村地平在高校時期的文學活動，可參閱河原功著，莫素微譯，〈中村地平的台灣體驗：其作品與周邊〉，《台灣新文學運動的展開：與日本文學的接點》（臺北：全華，二〇〇四），頁二四—三二。至於中村在高校時期創作的評價，蜂矢宣朗和河原功都有論及。另參閱蜂矢宣朗，〈第二章：中村地平と台灣〉，《南方憧憬：佐藤春夫と中村地平》（臺北：鴻儒堂，一九九一），頁六四。

34 中村地平，〈熱帶柳の種子〉，《作品》（一九三二年一月號）。後收入《台湾小說集》（東京：墨水書房，一九四一），頁一四三—一五八。

35 中村地平，〈熱帶柳の種子〉，頁一四四。

她們的身體都是可以被買賣的。[36]作者反而深化阿恰既無邪又無知的個性，藉由她對動物的愛情來刻劃善良的人性。

顯然，阿恰的童養媳形象被浪漫化了。她和動物間的互動，則展露出兒童般的稚情。在主角的心目中，無論是寄宿家庭的女主人，或是本島人街上的妓女，都更加凸顯出阿恰的純潔色彩。日本學者岡林稔認為，綜觀中村地平所有作品，表面上一點也看不到民族主義的問題，〈熱帶柳的種子〉也是以阿恰的形象塑造為主。但是，這篇作品可以說是作者內心意識到民族主義的風潮，在佐藤春夫的文學影響下，傳達出自身對臺灣憧憬的處女作。[37]岡林稔的觀察，旨在肯定中村對殖民地的人道主義。筆者卻以為，這篇小說的浪漫主義與異國情趣，其實才是作品的主調。就像熱帶柳的種子抓在掌心的感覺，給人一種如夢似幻的虛無感。高校畢業後回到日本的中村，〈熱帶柳的種子〉或許是他回憶臺北的心情寫照。無論阿恰是否真有其人，她的性格重疊了天真的兒童和可愛的動物，在某種程度上映襯出中村地平對於本島女性的非文明化想像。

女性的素描，在《臺灣小說集》是一大特色。如果說〈熱帶柳的種子〉的阿恰是漢人女性的代表，原住民女性則是〈蕃界之女〉的西巴魯．伊娃魯（シバル・イワル）。[38]〈蕃界之女〉是中村在二度訪臺後不久所創作的作品，可以說是他此趟旅行的成果之一。這篇小說一開始出現的風景，是在太魯閣峽谷。這是一部紀行文式的小說，中村在隨筆〈蕃界遊記〉中描述了到東海岸旅行的目的，是為了探訪「牡丹社事件」的經過。[39]〈蕃界之女〉則是敘述兩名旅者在旅途中，結識一個原住民女性的故事。

在初秋的午後，為了驅除心情的鬱悶，主角三吉來到了花蓮。三吉的旅伴山名，則是前幾天在知本溫泉才初識的，是一位來臺蒐集小說題材的作家。由於山名的慫恿，三吉決定和他一起前往花蓮的原住民部落。因為婚姻生活不協調而來到南方療傷的三吉，以及為了小說題材而來東岸尋訪的山名，兩人其實都是作者中村的分身。[40]他們抵達花蓮後，在造訪原住民部落時遇到一位年輕的女性伊娃魯。因為感冒而沒有外出工作的伊娃魯，接受了三吉和山名兩人的請求，讓他們進屋內參觀。在薄暗的光線中，他們看到屋裡的簡單陳設與生活用品，進而對這些東西產生購買的興趣。伊娃魯熱情地招待他們，也積極和兩人做起買賣。當她認真地為三吉示範一條腰帶的綁法時，伊娃魯身上的汗味、體臭，以及屋子土地的氣息，全都撲進三吉的鼻子裡。同時他的手指在無意間，也觸碰到伊娃魯柔軟的乳房。三吉的胸口湧起一陣熱，身體也好像受到了震動，這種感覺就像是衰弱的體內吹進一股自然的生命力。本來已經對女性不再抱持希望的三吉，彷彿從伊娃魯身上得到了復甦的生氣。文明往往壓抑了人性本能，因此在接觸原始氣息的同時，也讓三吉體內產生了生理變化。

36 請參閱曾秋美，《臺灣媳婦仔的生活世界》（臺北：玉山社，一九九八）。

37 請參閱岡林稔，〈中村地平と台灣小說：「熱帶柳の種子」について〉（中村地平與臺灣小說：關於「熱帶柳的種子」），「殖民主義與現代性的再檢討」國際學術研討會（中研院臺史所籌備處、文建會主辦，二〇〇二年十二月二十三、二十四日），頁一〇。

38 中村地平，〈蕃界の女〉，原發表於《文藝》七卷九號（一九三九年九月）。後收入《台湾小説集》（東京：墨水書房，一九四一），頁一九九—二四四。

39 中村地平，〈蕃界遊記〉，《仕事机》（東京：筑摩書房，一九四一），頁一一六—一三六。

40 蜂矢宣朗，《南方憧憬：佐藤春夫と中村地平》（臺北：鴻儒堂，一九九一），頁九二。

在此之前，三吉的女性觀是悲哀的，這也頗能反映出作者在情感上受挫的情緒，因為中村地平與女作家真杉靜枝的感情生活，為他帶來了許多苦惱。[41]中村在小說開頭再度引用了莫泊桑的話，藉此道出前往南方的心情：

> 總之，我就是看到了水、太陽、雲、岩石。——除此以外的事無法言說。——而我僅僅只是想到了人在水波中搖晃而睏倦想睡，甚至被波浪推動時總會想到的事。[42]

期待投向自然的懷抱，以治癒身體或精神的創傷，是莫泊桑能夠引起中村共鳴的地方。因為伊娃魯而得到慰藉的三吉，甚至在夢中也看見她的身影。出現在夢中的伊娃魯，融入了三吉在幾天前從知本溫泉眺望到的景象。在一塊大岩石的蔭下，有兩個原住民女性在泉裡泡湯，似乎是一對祖孫。年輕的女孩，把兩手當作枕頭，放心地將上半身靠在岩石邊仰睡，她那對豐滿的大乳房，就赤裸裸地浮現在泉面上。這一個畫面，是中村地平親眼目睹的場景，而把它寫進小說中。他的散文〈蕃界遊記〉，也曾描述過這個令他屏息感動的一幕。[43]在〈蕃界之女〉的內容中，這段回憶不僅成為主角三吉的旅遇，也化身為他夢中的景物，甚且和伊娃魯的形象做了巧妙的結合。

和伊娃魯邂逅後，三吉重新感受到身心的甦醒，他和山名也進而思考文明與野蠻的問題。他們在旅行途中，知道臺灣的外島蘭嶼還有雅美族的存在。有一群原住民維持著天地開闢以來的生活方式，而這個小島竟然就在日本附近，這是令人驚奇的事情。已經捲入二十世紀文明漩渦的日本，對於雅美族人的文化想必無法想像，但僅僅只是知悉他們的生存之道，也會讓三吉這種厭倦都會生活的文明人，轉而憧憬原始人的素樸世界。然而三吉和山名也注意到臺灣本土的原住民，其實已經開始朝向現代化。在「理蕃」政策的推行下，他們的維生方式，從傳統的狩獵轉向定點農耕。在許多部落裡，也出現像內地日本人農家的改良式住宅。受到文明恩澤的原住民，他們在生活方式甚至在思維上的轉變，到底是幸福，還是不幸？作者透過三吉發出這樣的疑惑，也展現了批判現代性／殖民性的思維。阮文雅指出，中村地平在〈蕃界之女〉中對臺灣原住民的境遇，表達了「自省」的態度。[44]然而，原住民是無力選擇屬於自己的幸福之道的。在文明與野性之間，它的界線往往取決於文明者的眼光。當文明以殖民主義的力量入侵原住民部落時，它也成為帝國的面具。

透過伊娃魯的形象，可以理解他這段時期的南方憧憬，縱使帶有浪漫的想像，但已經投射了現代性的文化視域。不難發現，中村在一九三九年來臺後的創作，幾乎集中在臺灣原住民書寫，這應該是他這個階段的文學方向。除了先前提到兩位作家莫泊桑與佐藤春夫對他的影響之外，也和此行

41　中村地平和女作家真杉靜枝的交往，是在一九三四年開始。關於中村地平和真杉靜枝之間的情感糾葛，以及對他創作的影響，岡林稔在他的專著中有詳細的分析，請參閱岡林氏著，《「南方文学」その光と影：中村地平試論》（宮崎：鉱脈社，二〇〇二）。尤其是第二章的第三節「真杉靜枝とのこと」，頁七五—七九。

42　中村地平，〈蕃界の女〉，頁二〇一—二〇二。

43　中村地平，〈蕃界遊記〉，《仕事机》（東京：筑摩書房，一九四一），頁一三六。

44　請參閱阮文雅，〈中村地平「蕃界の女」と佐藤春夫「旅びと」：作品における「南方憧憬」のまなざしを巡って〉（中村地平「蕃界之女」與佐藤春夫「旅人」：作品中關於「南方憧憬」的視線），二〇〇五年日語教學國際會議論文集（二〇〇五），頁二三三—二四九。

他能以內地文士的身分而接觸到許多原住民資料有關。具體來說，他的早期作品〈熱帶柳的種子〉、〈在旅途中〉所流淌的南方色彩，確實是較為直接的風景與心境素描。而二度訪臺後發表的作品，在題材上則明顯以原住民主題為觀察對象。岡林稔的研究指出，中村從〈蕃界之女〉到後來創作〈霧之蕃社〉，這兩篇作品才較為明確地呈現出文明與野蠻的主題。[45]不過這個觀點似乎還有待商榷，因為在〈蕃人姑娘〉中也有這樣的文化思維。

根據岡林稔的分類，他將〈蕃人姑娘〉和〈熱帶柳的種子〉、〈在旅途中〉三篇，歸類為中村初期帶有浪漫主義象徵的作品。[46]由於〈蕃人姑娘〉沒有發表在任何刊物，而是直接收入中村的小說集當中，所以無法確知寫作的完成時間。〈蕃人姑娘〉是一篇頗為特殊的小說，它雖然是以原住民女性為主題，場景卻在中村年少時期居住過的殖民地都市臺北。歷來有關中村地平的文學研究中，這篇小說顯然不受重視。但是筆者認為，透過中村在〈蕃人姑娘〉的書寫策略，可以釐清中村後期作品的中心思考。這篇小說的篇幅不長，是描寫來到臺灣念書的主角，和鄰居山本一家人的互動情形。以第一人稱的表現技法來看，〈蕃人姑娘〉確實具有中村早期創作的特質。然而它所涉及的內涵，亦即文明與野蠻的議題，卻是可以置放在〈蕃界之女〉、〈霧之蕃社〉，甚至是後來的長篇小說《長耳國漂流記》這一條軸線來探討的。[47]

〈蕃人姑娘〉的故事，從主角和鄰居山本先生的同鄉情誼說起。由於兩人的故鄉都在日本九州，因此他們開始認識後就變得很親密。山本先生是一位退休的警察官吏，如今和太太過著安樂的晚年生活。為人和氣、沉靜的山本，在主角到他家拜訪時，都會聊起往日當巡查時討伐「生蕃」、土匪的事情。在這個家裡還有一位女傭花子，是一位二十多歲，溫柔、寡言的女孩。作者還特別描寫了花子的眼睛；她的眼睛銳利得令人感到是位個性好勝的女孩，但是眼睛的色澤卻相當深邃而澄清，足以彌補好勝的缺點。在主角看來，花子的舉止，其實十足具有女性含蓄的特質，每當主角到山本家叨擾時，她總是在送完茶點後就害羞地躲起來。如果不是山本太太自己提出，主角絕對看不出花子是一個原住民姑娘。因為花子的外表裝扮，和內地姑娘可說是完全沒有兩樣。因此主角在聽到這個事實後，覺得實在不可思議。

花子其實是一位十分日本化的原住民少女。山本先生之前派駐在花蓮工作，他的太太感染到熱病，花子就是當時的看護婦。受到花子無微不至的照顧，彼此間也建立了親密的感情，所以後來山

45　請參閱岡林稔，《「南方文学」その光と影：中村地平試論》（宮崎：鉱脈社，二〇〇二），頁一二五。除了一些日本學者的單篇論文之外，岡林稔可以說是近年來在日本對於中村地平的南方文學進行系統性研究並有專書出版的學者。另外，〈霧の蕃社〉，原先發表於《文學界》（一九三九年十二月號）。後收入由河原功監修，中村地平著，《台湾小說集》，（日本植民地文学精選集十七：【台湾編】八）（東京：ゆまに書房，二〇〇〇），頁一—六六。〈蕃界の女〉和〈霧の蕃社〉都是中村在一九三九年訪臺後完成的創作。

46　中村地平，〈蕃人の娘〉，原收入《蕃界の女》（初出誌不明）（東京：新潮社，一九四〇）。後收入《台湾小說集》（東京：墨水書房，一九四一），頁六七—七六。岡林稔的研究指出，依照中村在高校時期的同學長嶺宏的說法，〈蕃人の娘〉是作者描寫青春時期淡淡戀情的作品，這篇小說和〈熱帶柳の種子〉、〈旅さきにて〉，都是屬於中村初期帶有浪漫主義象徵的創作。請參閱岡林稔，〈中村地平『台灣小說集』解說〉，收入河原功監修，中村地平著，《台灣小說集》，（日本植民地文学精選集十七：【台湾編】八）（東京：ゆまに書房，二〇〇〇），頁三。

47　中村地平，《長耳國漂流記》（東京：河出書房，一九四一）。

本夫婦要離開花蓮到臺北時，就讓花子也跟隨他們至今。山本先生對臺灣原住民始終抱持著善意的態度，這也是他會接納花子的原因。可是主角對於原住民還是懷有疑慮，他直接向山本先生詢問：「不是時常有內地人在蕃界被殺害的事情嗎？」[48]其實，中村地平高校畢業回日本那一年，臺灣爆發了震驚的「霧社事件」。事變的鎮壓行動結束後，總督府針對此事所完成的調查報告與官方檔案，還是將霧社事件的責任歸因於「兇蕃」的野性。這段歷史相信對中村也造成極大的衝擊，他後來會以霧社事件為題材寫成〈霧之蕃社〉，其實在〈蕃人姑娘〉這篇小說中，已經可以感受到他對這個事件的注目。

在獲知花子的原住民身分後，主角開始以另一種眼神來凝視她；花子豐滿而健康的肉體，彷彿從體內深處洋溢著野性的氣味，那是一種極具彈力的美感。然而，她眼神的銳氣似乎更暗沉了，散發出在深山居住的原始人般的激烈凶暴的熱情。主角不禁想像，她的成熟肉體，就好像長在樹上的一顆成熟果實，但卻是在伸手也無法觸及的深山樹林裡。花子的野性美，顯然具有肉體的吸引力與凶暴的威脅力。在文明人的思維中，野性往往影射了強大的肉體慾望。主角心中不斷描繪的身影，其實也是作者對野性的渴望。在那之後，主角一直沒有和花子近距離接觸的機會。當秋天來臨時，山本夫婦突然決定要回日本定居，卻無法帶花子隨行。在出發那一天，花子為了盡情宣洩巨大的悲傷，發出如孩童一般的哭聲，後來她甚至做出了令人驚訝的舉動，企圖用身體去阻止火車前進。如何也想要一起去內地的心意，終於隨著火車漸行漸遠而絕望。

花子的形象，在這篇小說中呈現了三種的劇變。從完全日本化的花子，到極具成熟野性美的花子，以及小說結尾時以兒童姿態收場的花子，這三個類型是極端對比的，卻同時存在於花子身上。

在文明與野蠻之間，作者似乎抱持著一種宿命觀。縱使花子接受日本文化的啟蒙，擁有辨識不出種族身分的外貌，然而她血液中流淌的野性，還是無法改變的宿命。當主角獲悉她的原住民血統後，開始以異國情調的視線，對她產生異色的幻想。最後，花子在車站上任性的一幕，是這篇小說的高潮，也戲劇性地點出花子的內在性格。這篇作品有作者對於野性的渴望，卻是以文明人的憧憬為出發點的。岡林稔認為從〈蕃界之女〉開始，中村在作品中才較為明確地去呈現文明與野蠻的主題。他將〈蕃人姑娘〉視為中村對青春期的思慕作品，但是並未加以詮釋。〈蕃人姑娘〉也是《臺灣小說集》當中，最被研究者忽略的一篇作品。然而筆者以為，要探討中村的臺灣種族想像，以及他在南方文學志向的發展軌跡，〈蕃人姑娘〉是相當重要的作品。它已經處理到文明與原始的糾葛，也涉及了殖民性與現代性的內涵，藉由〈蕃人姑娘〉的文本脈絡，也更有助於釐清中村一系列的臺灣原住民書寫。

結語

佐藤春夫和莫泊桑，是指引中村地平在南方想像上的重要人物。莫泊桑對原始的渴望，撼動了中村地平的心靈，在西方世界開始對都市文明展開批判時，回歸自然成為許多文明人的嚮往。當西方文學中的南方論述旅行到日本後，誠如莫泊桑的南方紀行，營造出印象式的情感，讓中村地平對

48 中村地平，〈蕃人の娘〉，頁七二。

蠻荒世界產生了直接的憧憬。而佐藤春夫的臺灣紀行，則提供中村一個實踐南方體驗的模式，成為他在殖民地的旅行導覽書。中村在創作中一再出現的原住民主題，顯然深受佐藤春夫的影響，他們書寫臺灣的方式，都在於凸顯地域特色與南方風土，除了野性的憧憬之外，也和強烈的異國情調有關。不過以中村在臺北的生活經驗和後來的取材之旅，顯然和佐藤春夫的短暫旅行不同。不難看出，中村在戰爭期的臺灣書寫，縱然在取材方面和佐藤有很大的同質性，但是書寫策略已呈現差異性。不過他們對於當時戰爭國策的響應，則是一致的。

誠然，中村早期對南方／臺灣的鄉愁，其實是懷抱了鮮烈的浪漫主義。但是在二度訪臺後，他的觀察視域，開始聚焦在臺灣原住民族群。透過題材的選擇，他的《臺灣小說集》也展現了野性的原住民想像。曾經直言在殖民地生活不愉快的中村，後來卻提出要把臺灣設為國家公園的構想，因為它能撫慰南進之人的身心。為什麼中村會出現轉折性的思考，還是必須置放在大時代的氛圍中探討。一九三七年五月，中村的大哥戰死在中國戰場，這個事件對中村的打擊是相當大的。同年十月，他自己也收到徵召令而進入軍隊，不過後來因為胃病發作而立即退伍。但是隨著戰爭局勢的蔓延，日本全國也籠罩在風聲鶴唳的氣氛之中。當時的臺灣總督小林躋造（一八七七—一九六二），為了因應戰局而在臺推動皇民化運動，提出治臺方針為「工業化、皇民化、南進基地化」。[49]日本冀望以臺灣作為南進基地，進攻中國華南與南洋群島，從而建立大東亞共榮圈。[50]中村在〈旅人之眼〉中的發言，不難看出南進政策對他引發的效用。從中村在一九三九年蒐集到的材料來分析，他回歸原始、嚮往南方的渴望似乎更加強烈，卻也終究無法逃避外在世界的劇烈震盪。一九四一年他再度接受徵兵，被派遣到南洋從軍。中村對於南方憧憬的地理版圖與文學創作，也隨之擴張到馬來半島。從而，他的作品內涵也超出了佐藤春夫的影響。

49 小林躋造為臺灣在日治時期的第十七任總督，任期從一九三六年九月至一九四〇年十一月。出身海軍大將的小林躋造，屬於皇民化時期被派任來臺的武官總督。請參閱黃昭堂，《臺灣總督府》（臺北：鴻儒堂，二〇〇三），頁一六〇—一六九。

50 矢野暢，《「南進」の系譜》（東京：中央公論社，一九九七）。

第二節　霧社之霧：一九三〇年的霧社蜂起事件與中村地平〈霧之蕃社〉

引言

中村地平顯然對南方懷有熾熱的情感，他直言自己對於南方的鄉愁、南方的憧憬、南方的愛戀，一生永不改變。而讓他心靈悸動的「南方」，無疑是在指涉臺灣。中村的南方／臺灣鄉愁，是他對素樸時代的蠻荒憧憬，也蘊含濃烈的浪漫主義。然而一九三〇年所發生的霧社蜂起事件，不僅衝擊中村的南方憧憬，也影響他對臺灣原住民的再現視角。中村地平在一九三九年來臺旅行時，因緣際會認識了出動鎮壓霧社事件的臺中州知事水越幸一，從他口中得知霧社事件的始末，並據此整理而寫成小說〈霧之蕃社〉。[51]發表於一九三九年十二月號《文學界》的〈霧之蕃社〉，也是第一篇直接以霧社事件為主題的小說。[52]從小說的取材來看，〈霧之蕃社〉的敘事觀點幾乎複製了總督府所發表的官方資料，多數情節更摻雜了作者的臺灣原住民想像。

從一九三九年以降，中村開始嘗試以小說來詮釋殖民地的歷史，他的南方書寫也逐漸和日本帝國主義的南進政策有巧妙的結合。透過上一節的討論，可以發現中村地平的南方憧憬，還是迎拒於文明與蠻荒之間。從嚮往南方的蠻荒未開化，到強調南方的蠻荒待開化。南方作為一個概念，其實是一種政治無意識（political unconscious）的表徵。以日本為中心的亞洲地理觀，形塑了中村的南方想像。中村地平的南方文學，也成為帝國書寫的一環，無形中展開了認識南方的知識論。「南方」象徵與日本地理相對的蠻荒位置，南方是有待被文明開發的區域。在中村的臺灣相關作品中，南方與蠻荒，變成可以互相指涉的對象。南方的光與熱，曾經給與中村身心的慰藉。但是在〈霧之蕃社〉，臺灣原住民的野性再現為南方形象蒙上一層陰影，中村的南方憧憬遂也產生了衍異。

一、霧社事件的歷史迷霧

霧社，不僅僅是臺灣的地名，也在日治殖民史上留下深沉的意義。從殖民經濟的角度來分析，日本對於臺灣的開發與剝削是同步進行的。[53]殖民者之所以要開發臺灣的山地，最重要的目光還是朝向豐饒的林區資源。而開發的過程當中，臺灣的高山族便成為總督府首要克服的障礙。相對於文

51 中村地平，〈旅びとの眼：作家の觀た台灣〉，《台灣時報》（一九三九年五月號），頁六四。

52 河原功著，莫素微譯，〈中村地平的台灣體驗：其作品與周邊〉，《台灣新文學運動的展開：與日本文學的接點》（臺北：全華，二〇〇四），頁三九。

53 關於日本對殖民地的支配經濟，請參閱山本有造，《日本殖民地經濟史研究》（名古屋：名古屋大學出版會，二〇〇〇）。尤其是第三章〈日本植民地帝國の經濟構造〉，頁一一五—一五二。

明、開化的日本人種，高山族的「蕃人」象徵了落後、野蠻的人種。由於殖民者對臺灣的原住民一無所知，為了瞭解「蕃人」的人種特性與族群習俗，各種針對「蕃地」的調查方式也應運而生。日本在接收臺灣之初，統治當局就陸續派遣人類學者如鳥居龍藏、森丑之助、伊能嘉矩等人[54]，積極投入臺灣原住民的人種調查。他們運用史料編纂的模式、數據統計的模式、旅行觀察的模式、博物館學的模式去探索臺灣的原住民，因而原住民的日常細節與各類統計數字皆被鉅細靡遺地呈現出來。這些型態的成果包括了調查報告、踏查路線、方志、統治數字等等。對殖民者而言，調查模式中的歷史編纂與人類學研究，是建構原住民族群最具力量與權威的方式。而像人口與族群分布的統計報告，就可以透過行政的運用而發展成科學或經濟學研究的範疇。藉由一連串精細的數據與調查報告，總督府展開了「理蕃」政策與山區資源開發，霧社也逐漸被改造為文明開化的山地都會。甚至可以說，在日治的前半期，霧社是統治者在「理蕃」政績上相當引以為傲的模範地區。

然而，一九三〇年所發生的霧社蜂起事件，卻粉碎了總督府的統治表象。在事變的消息透過中部傳到臺北之後，殖民政府一方面派遣強大的軍力鎮壓山區，另一方面因擔心媒體傳播會引起島內震盪，以及對日本中央政界的效應等因素，所以極力干涉新聞界的報導。事變的鎮壓行動結束後，總督府針對此次事件所完成的調查報告與官方檔案中，對於霧社事件的發生始末與責任歸屬，還是歸因於「兇蕃」的野性。透過這些史料可以清楚地看出，當時的歷史詮釋權完全是掌握在殖民者手上。從而，霧社事件的真相在日治時期被層層的迷霧所籠罩，一般臺灣人根本無法獲悉確實的面貌。然而，本節的重點並不在於探討霧社事件的歷史始末。而是要去思索：在殖民文學史上，有關「蕃人」與「霧社事件」的再現政治。

對日本殖民者來說，霧社事件是「理蕃」方針的一個轉變點。日治前半期的「理蕃」政策，總督府採用了「威壓」與「綏撫」強柔並進的方式，但還是以武力為統治政策的中心。然而，霧社事件的蜂起，無疑對殖民者的「理蕃」政策投下巨大的衝擊。所以在事變之後：對外，總督府為了逃避政治責任，因而把霧社事件的罪過悉數推給「兇蕃」；對內，則開始檢討關於臺灣原住民的統治技術，而將「理蕃」政策的重心放置在精神教化的層面。當時的總督府「理蕃課」認為，事件的原因不一定只在於「蕃人」，而和「理蕃」警察有極大的關聯。「也就是說在所謂的『蕃地』特別行政區中，擁有強大執行權與強制力之現地警察官，不可能與蜂起的原因無關，甚至是警察官在『蕃人接遇』上之過失，才是原因之所在。」[55]一九三一年十二月太田總督提出了八條「理蕃政策大綱」[56]，該大綱是以教化原住民安定生活為其目標。研究者中村孝志針對「理蕃政策大綱」指出，

54 包括鳥居龍藏、伊能嘉矩，和本文前述提及的森丑之助，都是日治時期來臺的著名人類學者。他們是接受官方（日本政府或臺灣總督府）委託，到臺灣進行原住民人種研究與田野調查。不難看出，他們對臺灣原住民的人種調查，可以幫助統治者認識「異者」與「異文化」，而許多精密的人口調查，則提供統治者在治理原住民上的效率。關於他們對臺灣原住民的紀錄，請參閱伊能嘉矩，《臺灣蕃政志》（臺北：臺灣總督府民政部殖產局，一九〇四年三月發行）；森丑之助，《臺灣蕃族志》（臨時臺灣舊慣調查會，一九一七）。

55 近藤正己，〈霧社事件後的「理蕃」政策〉，《當代》第三〇期（一九九八年十月），頁四一。

56 本文參考之「理蕃政策大綱」全文，收入近藤正己，〈「理蕃の友」解題：「理蕃政策大綱」から皇民化政策へ〉，臺灣總督府警務局「理蕃課」編，《理蕃の友》【別冊：解題・總目次・索引】（東京：綠蔭書房，一九九三），頁六－一一。（近藤正己則是引自鈴木作太郎，《台灣の蕃族研究》（臺灣史籍刊行會，一九三九）。）近藤正己的文章中有提到

這八條大綱其實了無新意，都是以往就該施行的政策。因此，如今重新提及，等於承認了過去都未實行。從而，中村也分析了「理蕃政策大綱」較之以前的「理蕃」政策更為積極強化的，則是對高砂族的教化、授產、衛生等方面的施政。[57]另一位研究者近藤正己也提到：「作為霧社事件善後策而製成的理蕃大綱，是將在此之前於臺灣所累積的先住民統治技術加以彙集並使警察官容易理解為重點做成的。『理蕃大綱』中主要的是警備和『保育』的思想。」[58]因此，霧社事件後的「理蕃」政策，一方面在於改善警察的素質，另一方面則是「蕃人」教化。[59]或者可以說，就是在更加嚴密的警察監視體制下，積極地推行皇民化政策。隨著在日治末期藉由心靈改造而進行的教化工程，也似乎比前期的武力征服更容易在「蕃地」形成同化的力量。從而，「理蕃」政策的轉變，正是從文明化到皇民化的過程。

在霧社事件發生之前，霧社一度是臺灣總督府「理蕃」政策的模範地區，它也是如佐藤春夫所說的：「『蕃界』第一大都會。從佐藤春夫的描述中可以得知，霧社在當時已經逐漸接受現代化與殖民化的洗禮，而成為邁向文明、擺脫野蠻的現代都會。在殖民者的眼中，這不僅象徵了「理蕃」政策的成功，也代表「蕃人」的野性已被統治者馴化。然而，霧社事件蜂起的震撼，徹底動搖了日本人的威權與信心。一九三〇年十月二十七日，以莫那・魯道為首的泰雅等高山族，在霧社發動武裝抗日，造成一百三十四名日本人死亡。顯然，霧社事件並非只是單純的出草儀式，而是針對日本人所進行的復仇行動。在蜂起事件傳到臺灣總督府後，日本統治者擔心因新聞的傳播而引起島內震盪，以及對日本中央政界的責任問題等因素，所以極力干涉新聞界的報導。然而，霧社事件因為具有衝擊性，甚至引來了媒體關係者的注意。連松竹製片公司的攝影小組也開拔到了埔里。而統治當局自然是對這些媒體人進行限制，更阻礙他們的採訪行動。在處理非常事態的情況下，舉凡電報、信件、照片通通遭到檢查，有如頒布了戒嚴令一般。[60]在事件發生兩天後，鎮壓的主導權也由警察當局轉移到軍隊的掌握。此外，在派遣軍隊展開鎮壓高山族的過程中，統治者還利用沒有參加抗日事件的「味方蕃」加入討伐的戰鬥隊伍，並且使用毒氣逼迫藏匿在山區的高山族投降。事件平息之後，日本對於參與反抗的投降高山族，取名為「保護蕃」而置於警察體系的監視之下，但是卻又造成「保護蕃」被襲擊的報復事件。在「保護蕃」被襲擊事件發生後，統治者才儘速進行保護蕃移住川中島計畫（今南投縣仁愛鄉清流部落）。

對於鎮壓手段——瓦斯毒氣的使用，日本當局矢口否認曾經進行此事，在臺灣平地方面也完全

「理蕃政策大綱」在當時是印成容易攜帶的小冊子，以方便「理蕃」警察官隨時參考，但是現在已找不到這種手冊，而且《理蕃の友》也沒有全文刊載過「理蕃政策大綱」，都只是部分地發表在警務局所發行的「理蕃」相關刊物上，所以他才在此揭載全文。

57 中村孝志著，許賢瑤譯，〈日本的「高砂族」統治：從霧社事件到高砂義勇隊〉，《臺灣風物》四二卷四期（一九九二年十二月），頁五五。

58 近藤正己著，張旭宜譯，〈臺灣總督府的「理蕃」體制和霧社事件〉，《臺北文獻》直字一一一期（一九九五年三月），頁一八二。

59 〈理蕃政策大綱の通達〉，臺灣總督府警務局，《詔勅令旨諭告訓達類纂》（一九四一年三月），頁六〇五。

60 河原功著，《台湾新文学運動の展開：日本文学との接點》（東京：研文出版，一九九七）。本文參考之中文版為莫素微譯，〈話說霧社事件〉，《台灣新文學運動的展開：與日本文學的接點》（臺北：全華，二〇〇四），頁九八—九九。

對外封鎖消息，更遑論當時的新聞媒體會報導此事。由河上丈太郎與河野密執筆，刊載於一九三一年三月號《改造》的〈談霧社事件的真相〉[61]，是一篇非常重要的史料，也是日本的媒體輿論中，最早以人道的觀點來檢討霧社事件的文章。這篇文章客觀探討日本殖民統治中「理蕃」政策的缺失，相當具備批判意識。在霧社事件發生之後不到半年的時間，它就能夠在日本刊物《改造》上公開發表，論者分析霧社事件的因果關係，主要原因還是出自「理蕃」政策的不當，這和日本官方說法顯然有所出入。在事變的鎮壓行動結束後，總督府針對此次事件所完成的調查報告與官方檔案中，對於霧社事件的發生始末與責任歸屬，還是歸因於「兇蕃」的野性。透過這些史料可以看出，總督府為了掩飾事件背後的真相，進而以文明姿態彰顯原住民的未開化。從而，當時的歷史詮釋權是完全掌握在殖民者之手。

此外，一九三一年山部歌津子的長篇小說《蕃人賴沙》[62]，其實側面透露了霧社事件的鎮壓經過，但卻是以曖昧的「傳聞」呈現。《蕃人賴沙》雖然是一部以原住民為題材的小說，主題並不是一九三〇年的霧社事件。然而，作者在小說的結尾之際，透過書中一個日本人「胖」在前往臺灣途中的所聽所聞，再現了臺灣官方對蕃社的瓦斯攻擊：

> 單身前往臺灣的途中，蕃社反亂事件發生後的消息漸漸在報上看到，也聽到了人們的傳言。特別是坐船在從神戶到臺灣的三等船艙裡，幾乎大家都在持續討論這件事。為了討伐僅僅不到五百人的生蕃，出動了二個聯隊的軍隊，甚至從屏東調來三架的陸軍飛行機加入討伐軍的陣容，將陸軍科學研究所最近完成的自豪成果——毒瓦斯，不分晝夜地從飛行機上投入蕃

社。如同白木蓮花色般的毒煙像細霧一般瀰漫開來，煙過之處，草木都焦黑捲縮，連螞蟻也無一倖存……。[63]

這部小說出版的日期是在霧社事件不到半年的時間，亦早於賴和所發表的〈南國哀歌〉。[64]作者雖然沒有在內文中提及「胖」沿途所聽到的傳言是否就是震驚臺日的霧社事件，但在字裡行間所描述的細節，和「霧社事件」的鎮壓經過非常吻合。作者似乎對被討伐的「生蕃」抱持同情，這部小說在當時沒有遭到查禁，令人覺得不可思議。山部歌津子在小說中揭露了軍隊使用毒瓦斯討伐原

61 河上丈太郎、河野密，〈霧社事件の真相を語る〉（談霧社事件的真相），《改造》（一九三一年三月號），頁一二一—一三二。事件發生後，日本國會眾議員河野密、河上丈太郎來臺調查，旋即在一九三一年三月號的《改造》發表這篇文章，言明調查霧社事件的發生理由：一、原住民因為缺乏手段和方法所以無法表達真相。二、事件的多數當事人，不論是原住民或是日方警察，因為在事件中消失，無法判斷事件的是非。三、事件之後，最早進入霧社的記者受到限制，無法報導真相，致使霧社事件到現在仍然成謎。

62 山部歌津子，《蕃人ライサ》（東京：銀座書房，一九三一）。本文引用之復刻本係由河原功監修，《台湾小說集》，（日本植民地文学精選集十六：【台湾編】四）（東京：ゆまに書房，二〇〇〇）。

63 山部歌津子，《蕃人ライサ》，頁三五一。

64 安都生（賴和），〈南國哀歌〉，本詩原刊於《臺灣新民報》三六〇、三六一號（一九三一年四月二十五日、五月二日），為哀悼霧社事件而作。但是，此詩在刊登當時卻遭到新聞檢查人員刪除相當大的段落，致使報紙留下一片空白。必須等到戰後，〈南國哀歌〉的全貌才獲得呈現。請參閱李南衡編，《賴和先生全集》（臺北：明潭，一九七九），頁一七九—一八四。

住民，縱使她沒有點出事件的名稱，但令人輕易就聯想到霧社事件。接下來要討論的作品〈霧之蕃社〉，儘管它是以霧社事件為主題寫成的歷史小說，作者中村地平卻絲毫沒有提及這項史實。發表於一九三九年十二月號《文學界》的〈霧之蕃社〉[65]，是第一篇直接以霧社事件為主體的小說。中村地平在來臺旅行中因緣際會認識了出動鎮壓霧社事件的臺中州知事水越幸一，從他口中得知霧社事件的始末。基本上，〈霧之蕃社〉是一篇在敘事觀點上採取總督府官方立場為主軸而發展成的小說，也成為官方版本的文學宣傳。

除了山部歌津子和中村地平之外，還有許多日人作家都曾以「蕃人」或霧社事件為創作主題。可以發現，在日人作家的臺灣書寫作品中，他們似乎都偏愛以「蕃社」和「蕃人」為書寫題材。相對而言，日治時期的臺人作家幾乎沒有原住民相關作品。[66]因此，我的研究重點並不在於瑣碎探討霧社事件發生始末，而是要提出一個思考：在殖民文學史上，關於「蕃人」與「霧社事件」的再現政治。霧社事件雖然在統治者的強力鎮壓下迅速落幕，但是卻遺下許多待解的懸案。對原住民施以過度勞役，是霧社事件發生的最主要原因之一，這是連殖民者都不得不承認的事實。[67]但是，在霧社事件的歷史解釋上，日本統治者還是將過失悉數歸咎於「蕃人」的野蠻與凶性。從而，在官方檔案上，無論是有關莫那．魯道的描述，或是其他幾位主要參與的「蕃人」，都出現了過度情緒化的字眼。[68]至於花岡一郎與二郎的部分，則語帶保留而不願評論。事變之後，不僅所有參與的「蕃人」都無一倖存，甚至連很多投降的「保護蕃」，也被以嫌疑犯的罪行暗中處死。因此，我們至今所看到的史料，其實並沒有事變策動者的說法。

歷史上的迷霧，原住民的神祕色彩，引發了文學家的種種想像，才會出現《蕃人賴沙》、〈霧

之蕃社〉等原住民相關作品。[69]「霧社事件」究竟是「兇蕃」的野蠻報復行動？還是原住民起義的

---

65 中村地平根據霧社事件所創作出來的小說〈霧の蕃社〉，原本發表於一九三九年十二月號《文學界》，後收入他的專書《台湾小說集》（東京：墨水書房，一九四一年）。本文引用之復刻本係由河原功監修，《台湾小說集》，（日本植民地文学精選集二十；【台湾編】八）（東京：ゆまに書房，二〇〇〇），頁一—六六。這篇小說已有中譯，請參閱郭凡嘉譯，邱雅芳監修，〈霧之蕃社〉，《聯合文學》三三三期（二〇一一年九月），頁五六—七三。

66 在日人作家的臺灣書寫作品中，他們都偏愛以「蕃社」和「蕃人」為書寫題材。會有如此懸殊的現象，大概是因為日人作家在潛意識中都傾向以「荒廢」或「蠻荒」的意象來再現臺灣。對已生活在現代化社會的日本作者而言，描寫荒廢的臺灣南部風物或是蠻荒待墾的「蕃地」部落，除了可以展現作品的異國情調之外，更是一種將臺灣「他者化」的書寫傾向。因此，日人作家在潛意識的觀看政治中，會站在日本的主觀位置來對照臺灣，而流露出進步與荒廢、文明與蠻荒的東方主義式的視線。這種書寫傾向也可以用來解釋，何以在臺人作家和日人作家的文學作品中，臺灣會呈現了不同的面貌。關於日人作品中的荒廢意象之討論，請參閱本書第四章第二節。

67 矢內原忠雄在《帝國主義下の台灣》一書中就有提到臺灣東部的「蕃人」在日常被強迫勞役的事實，所以強迫勞役的例子並非只存在於霧社山區。在東臺灣的開墾上，警察有權命令「蕃人」出役，「蕃人」也有配合出役的義務。此外，日本當局為了鼓勵資本家投資東部，所以接受資本家的要求，提供「蕃人」的勞力以供資本家使用，所以「蕃人」也必須讓資本家剝削。在種種的勞力剝削下，「蕃人」反而無力照顧自己家中的田園而導致荒廢。請參閱矢內原忠雄，《帝國主義下の台灣》（東京：岩波書店，一九八八），頁一〇七。

68 請參閱戴國煇編，魏廷朝譯，《臺灣霧社蜂起事件：研究與資料》（下冊）（臺北：遠流、南天，二〇〇二）。這本書收錄當時臺灣總督府警務局以及軍方的祕密檔案，對莫那・魯道及幾位主要參與的「蕃人」的記載中，都用「兇蕃」的字眼來形容，也談到原住民的獸性與嗜血性等天性。

69 從日治時期到戰後，都有以霧社事件為題材的創作。在日治時期，此類作品以日人作家居多，請參閱河原功著，莫素微

抗日事件？本節的研究動機即在於透過〈霧之蕃社〉的敘事脈絡與出場人物，探討霧社事件的再現詮釋；一方面分析日人作家在面對官方史料的敘事策略，另一方面也可以側面理解殖民政權對於這個事件所欲彰顯或遮掩的部分，試圖撥開歷史的迷霧。

二、歷史的紀實與虛構

中村地平一九三九年來臺旅行，在臺灣停留了一個月的時間，其中有十四天在臺北度過，其餘十六天則環島一周。中村曾在〈旅人之眼〉中提及他在臺北停留只有一個目的，那就是去參觀臺北帝國大學的「土俗學」教室，期待能瞭解「生蕃」的文化。而在另一篇隨筆〈蕃界遊記〉，則描寫了他前往臺灣南端鵝鑾鼻探訪牡丹社事件的遺跡。[70]他更在此行中因緣際會認識了出動鎮壓霧社事件的臺中州知事水越幸一，從他口中得知霧社事件的始末，並據此整理而寫成小說〈霧之蕃社〉。[71]從這些文章看來，中村在出發來臺前，就已經計畫要蒐集原住民資料作為寫作題材。除了水越幸一提供他資料之外，中村也從臺北帝大史學教授與總督府圖書館長的談話中獲得許多協助。[72]發表於一九三九年十二月號《文學界》的〈霧之蕃社〉，也是日治時期第一篇直接以霧社事件為主題的小說。[73]

從中村取材的對象來判斷，〈霧之蕃社〉的敘事觀點幾乎複製了總督府所發表的官方資料，其中的多數情節更摻雜了作者的原住民想像。因為作者在這篇小說中，對於霧社事件的領導者莫那．魯道，運用了大量的篇幅來呈現他的負面形象。另一方面，卻對花岡一郎參與起義的史實避重就輕，而刻意形塑他自殺前所展現的日本武士精神。這些角色的安排，和官方報告幾乎完全吻合。〈霧之蕃社〉編寫自歷史事件，顯然和中村其他的臺灣體驗作品有所不同。參考水越幸一和官方檔案所寫成的〈霧之蕃社〉，不難看出是一部偏離歷史事實的小說。小說的情節發展，不僅將暴動的罪過推諉於高山族的野蠻本性，也企圖淡化統治者對「蕃人」勞力剝削與歧視待遇的問題。讓我們進入文本脈絡來分析，將會更加理解作者的再現方式。

〈霧之蕃社〉共有七個小節。幾位主要的人物，原住民方面是接受殖民者栽培的花岡一郎、二郎，事變主導者莫那．魯道及他的妹妹特娃絲．魯道，還有三名主要參與事變的比荷．沙波、比荷．瓦歷斯、鐵木．波赫克。[74]在日本人方面，有掌握「蕃人」出役薪資的佐塚愛佑警部，在族人

譯，〈日本文學中的霧社事件〉，《台灣新文學運動的展開：與日本文學的接點》（臺北：全華，二〇〇四），頁六三—九八。至於臺人作家部分，如本文前述，日治時期的賴和，在一九三一年所寫的詩作〈南國哀歌〉，就是哀悼霧社事件而作。而在戰後，小說家舞鶴企圖以小說《餘生》來探究莫那．魯道發動的「霧社事件」的正當性與適切性如何，兼及「第二次霧社事件」的發生。而「餘生」就在於描寫他所訪問到的霧社事件後的部落餘生。

70 中村地平，〈蕃界遊記〉，《仕事机》（東京：筑摩書房，一九四一），頁一二一。

71 中村地平，〈旅びとの眼：作家の觀た台灣〉，《臺灣時報》（一九三九年五月號），頁六四。

72 同上註，頁一二五。

73 河原功著，莫素微譯，〈中村地平的台灣體驗：其作品與周邊〉，《台灣新文學運動的展開：與日本文學的接點》（臺北：全華，二〇〇四），頁三九。

74 郭明正在專書《又見真相：賽德克族與霧社事件——六十六個問與答，面對面訪問霧社事件餘生遺族》（臺北：遠流，

婚禮上和莫那．魯道起衝突的吉村克己巡查[75]，以及娶莫那．魯道之妹卻又遺棄她的近藤儀三郎巡查。從這些出場人物，可以推測作者把當時官方歸納出「霧社事件」發生的原因都寫入小說：第一是「蕃人」出役遭到剝削的問題，第二是「理蕃」警察和原住民女子通婚的問題，第三是莫那．魯道未脫凶蠻本性的問題。[76]中村在〈霧之蕃社〉確實掌握了當時原住民在殖民統治下的生活處境，阮斐娜在她的專書中也指出中村的書寫策略呈現了作者對臺灣原住民的同理心。[77]然而，中村所選擇的官方材料，卻削弱了同情的目光。

對於花岡一郎、二郎的形象，〈霧之蕃社〉並不多所著墨。但是，中村卻選擇在小說的開頭，描述了花岡一郎在運動會前夕的心理掙扎；關於明日的事變行動，他顯然不知所措。他不可以背叛族人的計畫，但是日本人對自己卻有再造之情。陷入兩難的一郎，在事變後終於選擇自盡。小說在最後一節特別強調花岡一郎、二郎與其家族脫下蕃服、穿上和服，集體走入山林自殺的畫面。花岡一郎是其中唯一切腹自殺的人。小說中提到：蕃人自古皆以上吊來自盡，在蕃地以切腹的形式結束生命，花岡一郎是第一人。這一部分的情節也和殖民者對外發布的消息相吻合；接受日本文明教化並被重用的一郎，既是原住民，也是日本國民。在族人發動的事變中，他和二郎的位置最為尷尬。一郎最終選擇以武士道精神的切腹儀式來表示必死決心，他的心意與謝罪行動，至少可以稍稍減緩臺灣官方在面對事變後的狼狽與尷尬。

中村地平低調處理花岡一郎、二郎在事變中的位置，而把焦點置放在「蕃人」暴動的非理性層面。尤其是在霧社事件領導人莫那．魯道的刻劃，以及三名主要參與事變的比荷．沙波、比荷．瓦歷斯、鐵木．波赫克，在小說的書寫策略採取了貶抑的呈現方式。就如同官方檔案對「蕃人」的定義：「平常如貓的他們一旦見到流血的慘狀，可能立即失去理智，潛意識在剎那間燃起，相貌馬上變得可怕，行為又敏速，根本不是普通人所能想像。」[78]透過官方的論述，嗜血性與野蠻性成為原住民的共同特質。作者把莫那．魯道形容成狡猾、凶猛的「蕃社」頭目，三名主要參與事變的「蕃人」則是在生活中受到挫折，又被「蕃社」族人唾棄的滋事分子。由這些人所主導的霧社事件，自然是一起「兇蕃」不服教化的叛亂事件。

莫那．魯道對日本人的仇恨，除了在出役問題上有所埋怨，他的妹妹嫁給日本巡查近藤儀三

二〇一二）的【附錄三】有所有霧社事件人物的名詞對照表。對照郭明正的調查，中村地平〈霧之蕃社〉中出場的原住民顯然有所出入，也簡化霧社事件的複雜背景。從而，這也反映了〈霧之蕃社〉對於該事件的史料立場與再現觀點。

75 關於這一部分的歷史紀錄，在鄧相揚的調查中指出：當時和巡查發生衝突的人，並非莫那．魯道，而是他的長子和次子。不過在這場風波之後，確實加深了莫那．魯道想要抗日的決心。請參閱鄧相揚，《風中緋櫻：霧社事件真相及花岡初子的故事》（臺北：玉山社，二〇〇〇），頁六〇—六一。而在中村地平的小說中，和巡查發生衝突的則是莫那．魯道本人，或許作者對詳細經過並未釐清，也可能他想強化莫那．魯道的頑抗性格。

76 橋本白水，《あゝ霧社事件》（臺北：南國出版協會，一九三〇）。本文引用之復刻本（臺北：成文，一九九九），頁一一〇—一一一。

77 請參閱Faye Yuan Kleeman（阮斐娜），*Under an Imperial Sun: Japanese Colonial Literature of Taiwan and the South*, Honolulu: University of Hawai Press, 2003, pp. 26-34。本書中文版：阮斐娜著，吳佩珍譯，《帝國的太陽下：日本的台灣及南方殖民地文學》（臺北：麥田，二〇一〇）。

78 臺灣總督府警務局，《霧社事件誌》，（臺灣總督府警務局，油印）部外密。本文引用之復刻本係由戴國煇編，魏廷朝譯，《臺灣霧社蜂起事件：研究與資料》（下冊）（臺北：遠流、南天，二〇〇二），頁五〇一。

郎，旋即又遭到拋棄，也是他心中的一大恨事。「理蕃」警察對原住民女性始亂終棄的事，在日治時期的「理蕃」史上屢見不鮮。和親政策本來是為了輔助「理蕃」事業的推展，卻演變成日本官吏在「蕃地」排遣寂寞的替代方式。作者反而採取了逆向思考，認為「蕃女」都很期待成為日本官吏的妻子：「蕃女對於內地人的男性充滿憧憬，這是從以前到現在都一樣的事。」[79]尤其向特娃絲・魯道求婚的人，不是普通男性而是日本巡查，更是令她相當得意。雖然特娃絲・魯道對結婚一事的興致相當高，但是部落的習俗並不歡迎族人和別的種族通婚，莫那・魯道身為頭目更不應該破壞這種風氣，因此他的心情顯得相當猶豫：

> 如果特娃絲成為近藤巡查的妻子，那我就是大人（註：日治時期對警察的敬稱）的兄長了。內心被這樣的誘惑牽引著，莫那・魯道是苦惱的。[80]

中村刻意凸顯莫那・魯道對於權勢的誘惑，後來他的妹妹也如願嫁給近藤巡查。然而婚後生活種種的不協調，終於導致近藤的不告而別。但是小說裡的情境無疑是同情近藤儀三郎的，這在〈霧之蕃社〉是一個很明顯的書寫策略。作者對於「理蕃」官吏的描述都是正面的，包括在原住民婚禮上和莫那・魯道的兒子起衝突的吉村巡查，他們在小說裡都是善良、溫和、負責的警察。至於掌管「蕃人」出役薪資的佐塚警部，在官方史料裡他確實有所疏失，但是這篇小說卻把薪資問題所引發的抱怨，歸罪到部落中一些不良分子的煽動。從這一點可以明顯看出，小說甚至超出了史料的觀點，而比統治者的立場更泛政治化。這篇作品在最後片段，還出現了臺中州知事水越幸一的事蹟，描述他領隊到山區搜尋暴動「蕃人」的一幕：

> 知事水越幸一也領隊在全山搜索，當他眺望到深林之中蕃婦和小孩上吊的屍體時，意外地升起悲哀的感動。他們大部分的人都為了自盡而裝扮自己，幾乎全部穿上了內地人的和服。這些和服都是水越知事本人為了撫育蕃人，在不久前的同一年春天用貨車運來送給他們的物品。81

作者在小說的結尾，加上這一段動人的描述，或許是想要感謝提供他寫作資料的水越幸一吧。水越幸一確實有領隊上山搜索「蕃人」，但是在官方資料中並沒有記載上述的畫面。這也許是作者自己的想像，也可能得自水越幸一的說法。中村利用史料所完成的〈霧之蕃社〉，誠然沒有脫離官方論述的框架。他複製了官方的意識形態，在書寫策略上彰顯「蕃人」的野性，卻低調處理統治者的不當政策。曾經讓作者怦然心動的「野性」，一旦覆蓋上暴力的陰影時，也成為被賤斥的對象。從〈霧之蕃社〉的再現政治來對照霧社事件，不難釐清作者的意識形態與虛構的歷史想像。

79　中村地平，〈霧の蕃社〉，《台灣小說集》（東京：墨水書房，一九四一），頁一一。本文引用之復刻本係由河原功監修，《台灣小說集》，（日本植民地文学精選集十七；【台湾編】八）（東京：ゆまに書房，二〇〇〇）。

80　中村地平，〈霧の蕃社〉，頁一二。

81　中村地平，〈霧の蕃社〉，頁六六。

對於〈霧之蕃社〉的評價，日本學者尾崎秀樹是以「異國情調」的視角來定義：「對於從那時就開始發表習作的他來說，南方熱帶的景物是寄託情懷的極好素材。從這個意義上來講莫那．魯道也好，他的長子達多．魯道也好，都只不過是作者藉異國素材寄託鄉愁、寄託對南方熱帶的憧憬與熱愛的素材而已。由於樂觀地描寫了以莫那．魯道為首的高山生活狀態，所以有給讀者一個與專制統治者想像中的殘忍至極的高山族完全不同的印象，這確是事實。」[82]這樣的說法，顯然忽視了作者對於原住民殘暴野性的書寫策略。〈霧之蕃社〉確實具備濃厚的異國情調，但是同時也涉及了日本人被殺的史實。中村的用意並非是樂觀地描寫出以莫那．魯道為首的高山生活狀態，而是深化原住民非理性的層面，霧社事件想必衝擊了中村的南方憧憬。

日本學者河原功對〈霧之蕃社〉的評論則是較為持平的：「先不論這個事件有沒有小說化的魅力，起碼都還沒有人十分正式地描述過這個事件，這也是由於此事被當局有心地蒙蔽了真相，對於霧社事件的認識，人們也多依賴報導與總督府所發表的〈霧社事件之始末〉，於是，他所寫的〈霧之蕃社〉也並沒有脫離了官方說法的框架……更重要的是他以統治者的姿態來看這件事，自然無法迫近理蕃政策的問題本質。」[83]河原功站在為中村辯護的立場，認為他完全採用官方的史料，才會無法釐清事變的真相。如果作者能訪問到參與事變的原住民，那書寫的立場又會是如何？誠然，直接參與霧社事件的原住民已無人存活下來，因此這個假設自然無法成立。但是，他曾經為了另一篇小說〈長耳國漂流記〉，訪問到與牡丹社事件有關的原住民，卻懷疑對方是否會把史實與現實混淆不清。[84]中村面對原住民的態度，也許是一種政治無意識（political unconscious），這也足以說明為什麼他會接受官方的觀點。在文明與野蠻之間，對於不具有現代視野與歷史意識的原住民，象徵理性的殖民者才是足以信賴的。

《長耳國漂流記》（東京：河出書房，一九四一年六月發行）以單行本出版，是描寫牡丹社事件的始末。日本學者山路勝彥在研究中指出，牡丹社事件發生之後，日本的新聞媒體頻繁報導這個事件的始末。由於日本人對於臺灣的原住民完全不瞭解，因此報導的內容取向也左右了日本人的臺灣認識。經由那些報導的文字，臺灣的原住民被賦予「野蠻」、「食人」等概括的觀念。在地理上，「南洋」的「未開化」也成為日本人形塑南方的意象。[85]中村第二次來臺的主要目的，就是採集這個事件的史料。牡丹社事件後的出兵討伐被視為是日本展開帝國主義的濫觴，中村會用何種方式呈現，其實並不難想像。以野性和宣撫為主題的《長耳國漂流記》，也在於宣示殖民與開化原住民的合理性。[86]可以看出，中村在這個時期的南方書寫，開始以小說詮釋臺灣歷史，進而呈現南方的蠻

82　尾崎秀樹，《舊殖民地文学の研究》（東京：勁草書房，一九七一）。本書之中文版為陸平舟、間ふさ子共譯，《舊殖民地文學的研究》（臺北：人間，二〇〇四），頁二三二—二三三。

83　河原功著，莫素微譯，〈日本文學中的霧社事件〉，《台灣新文學運動的展開：與日本文學的接點》（臺北：全華，二〇〇四），頁八〇—八一。

84　中村地平，〈蕃界遊記〉，《仕事机》（東京：筑摩書房，一九四一），頁一二四。

85　山路勝彥，《台湾の植民地統治：〈無主の野蛮人〉という言説の展開》（東京：日本図書センタ，二〇〇四），頁三四—三五。

86　關於中村地平《長耳國漂流記》的討論，並不列入本書的研究範圍，日後筆者擬以專篇方式探討這篇小說與歷史事件之間的關係。

荒待開性格。

尾崎秀樹認為中村的《臺灣小說集》雖然是以臺灣為題材，但是從大部分描寫的都是「蕃地」傳說事件這一點來看，不難想像對中村而言，臺灣乃是一個敘事詩般的世界。[87]他會提出這樣的觀點，是因為《臺灣小說集》中有三篇關於原住民神話傳說的作品：〈人類創世〉、〈太陽之眼〉、〈太陽征伐〉，是中村參考由總督府編纂、佐山融吉與大西吉壽所蒐集的原住民傳說《蕃族舊慣調查報告書》而完成的。中村自己說過，這三篇作品不是單純的創作，也並非純正的傳說，而是透過佐山、大西所蒐集到的故事，再混合他自己的一些幻想而完成的。[88]這樣的書寫企圖是龐大的，因為三篇作品涉及了二十幾個傳說。藉由日本人類學者的調查，臺灣原住民的神話傳說以文字方式被記錄下來，透過中村的想像再進行創作，他的作品已非原住民神話傳說的原型，而是經過兩次再詮釋的結果。敘事詩般的神話世界，顯然是尾崎秀樹在閱讀後的印象。

然而《臺灣小說集》所展現的歷史想像，絕對不只是浪漫主義和異國情調而已。當〈霧之蕃社〉以官方樣本的姿態成為再現霧社事件的大歷史小說時，作者對霧社事件的詮釋已非個人的意識形態，而是全面性接受官方史料的結果。刻意以文明自居的殖民者，其實正以野蠻的方式來改造原住民。它粗暴地把賽德克族的文化完全切割，強迫他們進入文明的現代化系統。換一個角度來看，文明本身也是一種野蠻，當〈霧之蕃社〉成為彰顯原住民「兇蕃」野性的帝國文本，作者也是以粗暴的方式來詮釋霧社事件的始末。

結語

中村地平在一九三九年以降的創作，可以逐漸感受到南進政策的影響。文明與野性的相剋與否，是他在作品中不斷辯證的問題。從厭倦文明的近代人想回歸原始的渴望，到呼應日本南進政策而提出南方憧憬，中村的《臺灣小說集》不僅展現了近代人的文化視域，也帶出了帝國的慾望。中村地平對於南方的執著，顯然是一種帝國的慾望及其膨脹。就文學性來討論，在《臺灣小說集》的各篇作品中，他的臺灣體驗作品如〈熱帶柳的種子〉、〈廢港〉、〈在旅途中〉，甚至是〈蕃界之女〉，無疑都優於歷史小說〈霧之蕃社〉。透過官方資料而完成的〈霧之蕃社〉，在歷史的紀實與虛構之間，中村選擇代表理性的殖民者這一邊，而忽視歷史被遮蔽的部分。可以說，他的南方文學在〈霧之蕃社〉發表後，至此展開一個新的變貌階段。

霧社事件衝擊了中村的南方憧憬，促使他開始以小說來詮釋殖民地的歷史，他的南方想像也逐漸和日本帝國主義的南進政策進行了巧妙的結合。以日本為中心的地理觀，形塑了中村的南方想像。而中村地平的南方文學，也成為帝國書寫的一環，無形中展開了認識南方的知識論。南方象徵

---

87 尾崎秀樹著，陸平舟、間ふさ子共譯，《舊殖民地文學的研究》（臺北：人間，二〇〇四），頁二三三。

88 中村地平，〈太陽征伐〉，《臺灣小說集》，頁一六〇。中村在文章中所提到的《蕃族舊慣調查報告書》（臺北：臺灣臨時舊慣調查會，一九一三—一九二一），關於原住民傳說的部分是由兩位人類學者佐山融吉和大西吉壽所蒐集的。

與日本地理相對的蠻荒位置，南方是有待被文明開發的區域。在中村的臺灣相關作品中，南方與蠻荒，變成可以互相指涉的對象；南方充滿蠻荒的意象，蠻荒的所指就在南方。《臺灣小說集》的臺灣觀點，從對自然野性的憧憬到凶暴野性的賤斥，中村的南方文學與臺灣種族想像，終究還是無可避免地和殖民論述產生了某種共謀。從南方的蠻荒未開化到強調南方的蠻荒待開化，南方憧憬作為一種文明人的情感視線，其實也是帝國慾望的擴散版圖。

第三節　殖民地新故鄉？真杉靜枝從〈南方之墓〉到〈南方的語言〉的臺灣意象

引言：惡評之女

真杉靜枝幼年跟隨家人來臺灣定居，是在殖民地成長的女性作家。[89]一九二七年，真杉靜枝發表處女作〈火車站長的年輕之妻〉，以自己的故事為模型，描寫一位年輕女性陷入婚姻生活的苦悶，整天耽溺幻想以自憐。故事場景的舊城，籠罩著荒涼破落的氛圍，儼然是一座埋葬女性青春的墳

89　真杉靜枝一九一五年進入臺中醫院附屬的看護婦培訓所受訓，一九一六年從培訓所畢業之後在臺中醫院工作。當時她被邀請參加醫院內的文學集團，從而展開對文學的關心。不過她的看護婦生涯並不長，一九一八年在父母的強制命令下辭去醫院工作，和任職臺中火車站副站長、三十一歲的藤井熊左衛門結婚，那一年她才十八歲。後來由於無法忍受和丈夫的婚姻生活，另一方面也是對文學懷抱憧憬，一九二二年毅然決定離家出走回到日本內地。抵達日本之後，她先暫時借住在大阪的外祖父母家中，然後在基督教青年會YMCA會館定居下來。一九二四年就職《大阪每日新聞》成為女性記者。一九二七年，真杉靜枝遷居東京，從此展開文學生涯，該年發表處女作〈駅長の若き妻〉（火車站長的年輕之妻），《大調和》（一九二七年八月）。

場。臺灣作家葉石濤在追溯舊城印象的文章中，不僅提及這部作品，也談起真杉靜枝和舊城的因緣：

> 青春時代，我對舊城這個地方有模糊的認知。那認知來自於灣生（臺灣出生）的日本女作家真杉靜枝的短篇小說，名叫〈舊城驛長之妻〉。舊城驛長指的是舊城火車站站長。原來真杉念完高中，只是十七歲的少女時，她的爹娘硬把她嫁給年齡懸殊的火車站站長。日本人的封建陋習似乎也和咱們不相上下呢。血液裡流著熱情奔放的追求意願的真杉，耐不住這窮鄉僻壤的寂寞生活，後來離家出走，跑到日本本土去當起作家來，聲名狼藉，換了好多個情人。不過，蓋棺論定，她可沒留下什麼好作品，似乎緋聞比小說強。[90]

葉石濤的發言，涉及他個人的文學品味，不過關於真杉靜枝的部分，有些輕率。真杉靜枝在臺灣成長，卻非在臺灣出生。顯然他也曾聽到一些關於真杉靜枝與男性作家交往的流言或緋聞，因此對她的評價不高。令人好奇的是，葉石濤是否看過真杉靜枝的全部作品？真杉靜枝的文學生涯起步於一九二〇年代末期，一九四〇年代是她創作活動最為顛峰的階段，當時出版過響應戰時國策的作品《囑咐》、《南方紀行》、《妻》[91]，可以說是頗具知名度的作家，不過她在戰後所得到的文學評價並不高。在日本文壇的歷史上，真杉靜枝和武者小路實篤、中村地平、中山義秀等男性作家的感情事件，顯然比文學才華更為可觀。[92]透過葉石濤的話，不難窺見她在臺灣似乎也留下類似負面的印象。成為女作家，或許是真杉靜枝尋求獨立的方式。儘管世人多以負面態度議論她的情感生活，但是她肯定也從這些經驗中獲取書寫的力量。值得深思的是，她如何以書寫為策略，在男性世界中發聲。所以本節將真杉靜枝的臺灣經驗與戰爭時期的文學活動置放在大時代的歷史脈絡下審視，透過性別與民族的位階，檢視一位女性作家的文學轉折，並藉此探索日本統治時代在臺日人女性的身影。

一九三四年，真杉靜枝發表以高雄舊城為背景的小說〈南方之墓〉，描寫一群生活在殖民地南部的日本人身影，在這部作品中的幾位年輕女性角色，分別受到了父權家庭的婚姻支配、身體暴力或經濟控制。真杉靜枝在作品中以女性觀點強烈批判父權家庭，更指出是殖民地的落後文化氛圍致使日本男性的人性愈加低落。作品末尾，一位女主人公選擇自殺以擺脫丈夫的監控。這篇小說以日本女性的「墳墓」來隱喻臺灣，南方的蠻荒意象也不言可喻，可說是她早期創作意識的代表。[93]也

90　葉石濤，〈在拱辰門月亮下〉，《展望臺灣文學》（臺北：九歌，一九九四），頁二一三—二一四。

91　真杉靜枝在一九二〇年代末期，開始展開文學活動，一九三八年發行的創作集《小魚の心》（竹村書房）是她第一本出版品。一九三九年到一九四二年的幾年間，可以說是她創作產量最為顛峰的時期，陸續出版下列作品：《小魚の心》（東京：竹村書房，一九三九）；《南方紀行》（東京：昭和書房，一九四一）；《ことづけ》（囑咐）（東京：新潮社，一九四一）；《妻》（東京：博文館，一九四二）。

92　火野葦平，〈淋しさヨーロッパ女王〉（寂寞的歐洲女王），《新潮》（一九五五年一月號）；平林たい子，〈真杉靜枝さんと私〉，《文芸春秋》第四八號（一九五五年十月），頁六二—六八；石川達三，《花の浮草》（花之浮草）（東京：新潮社，一九六五）。

93　自從處女作〈駅長の若き妻〉（火車站長的年輕之妻，《大調和》，一九二七年八月）發表後，真杉靜枝書寫一系列以自己在臺灣的婚姻經驗為題材的作品，包括〈異鄉の墓〉（異鄉之墓，《若草》，一九二九年一月），〈南方の墓〉（南方之

是從一九三四年左右，真杉靜枝和中村地平正式交往。對比並置他們兩人在一九三〇年代初期的殖民地書寫，臺灣的南方意象分別指涉了殊異的內涵。在臺灣有過一段不愉快婚姻的真杉靜枝，對於殖民地的心情寫照，顯然和中村地平在青春時期的南方憧憬有豐富的對話空間。一九三九年春天，真杉靜枝和中村地平同行來臺，對兩人來說都是再度造訪臺灣。這次的旅行目的，中村地平是為了蒐集小說材料，真杉靜枝則是來探望生病的母親。旅行除了文學與親情的理由，他們也協議此行後要正式分手，而稱為兩人感情的「畢業之旅」。[94]在一九三九年返日之後，兩人在臺灣想像的創作視野都不約而同出現轉向。[95]

在中日戰爭爆發後，真杉靜枝開始以女性作家的身分直接響應戰爭，〈南方的語言〉就是該期的作品之一，它涉及了介入殖民體制的語言同化問題。[96]真杉靜枝以自發性文學行動協助帝國的戰時體制，尤其一九三九年從臺灣返日後，在創作上積極強調自己和臺灣的關係。真杉靜枝能夠以女性作家的身分參與戰爭，事實上與她的殖民地成長背景經驗有著密切關係。[97]從〈南方之墓〉到〈南方的語言〉，真杉靜枝對於臺灣的情感呈現三百六十度的逆轉。兩部作品的主角都是年輕日本女性，前者以奔逃的姿態狼狽出走臺灣，後者則選擇臺灣作為安頓身心的新故鄉。把這兩篇作品並置討論，相當鮮明呈現出她對殖民地的排斥或認同，映襯出戰爭期南進政策所喊出的雄壯口號「要有死在南方的決心」是絕對的男性語言。本節還附帶討論另一位在臺日人女作家龜田惠美子，在她的作品〈故鄉寒冷〉出現了臺灣的「新故鄉」意象。[98]龜田惠美子以情感的溫度來對照「故鄉寒冷」和「南國溫暖」，提問何處才是可以安身立命的故鄉？這篇小說所呈現的南國情感足以呼應真杉靜枝的南方書寫。從女性之墓到女性新故鄉，日人女性作家的土地認同，既投射對男性家國體制的欲拒還迎姿態，也不乏地理空間的豐饒想像。

一、奔逃的女人：〈南方之墓〉的父權隱喻

真杉靜枝的處女作〈火車站長的年輕之妻〉，發表於一九二七年八月[99]，可以說是一部以自己

墓，《桜》，一九三四年一月），〈南海の記憶〉（南海的記憶，《婦人文芸》，一九三六年八月）。請參閱李文茹，〈「蕃人」・ジェンダー・セクシュアリティ：真杉靜枝と中村地平による植民地台湾表象からの一考察〉，《日本台湾学会報》，第七号（二〇〇五年五月），頁一三〇—一三一。

94 林真理子，《女文士》（東京：新潮社，一九九八），頁一九五。

95 關於中村地平創作主題的轉變，請參考筆者，〈南方與蠻荒：以中村地平的《台灣小說集》為中心〉，《台灣文學學報》，第八期（二〇〇六年六月），頁一四七—一七六。

96 真杉靜枝，〈南方の言葉〉，收入《ことづけ》（囑咐），一九四一年十一月發行。本文引用之復刻本係由河原功監修、解說，《ことづけ》，（日本植民地文学精選集十九：【台湾編】七），（東京：ゆまに書房，二〇〇〇），頁三—二〇。

97 李文茹，〈殖民地・戰爭・女性：探討戰時真杉靜枝台灣作品〉，《台灣文學學報》，第一二期（二〇〇八年六月），頁六三—八〇；吳佩珍，〈皇民化時期的語言政策與內台結婚問題：以真杉靜枝〈南方的語言〉為中心〉，《台灣文學學報》，第一二期（二〇〇八年六月），頁四五—六二；收入吳佩珍之專書《真杉靜枝與殖民地台灣》（臺北：聯經，二〇一三），頁一〇七—一二三。

98 龜田惠美子，〈故郷寒冷〉，《文藝臺灣》（一九四一年七月）。

99 真杉靜枝，〈駅長の若き妻〉（火車站長的年輕之妻），《大調和》（一九二七年八月）。

在殖民地的婚姻經驗為主題的私小說。從這部作品以降，她持續發表系列創作，包括〈異鄉之墓〉（《若草》，一九二九年一月）、〈南方之墓〉（《桜》，一九三四年一月）、〈南海的記憶〉（《婦人文芸》，一九三六年八月）等，把少女時期的不幸婚姻陰影，轉化成為文字，在揭傷言痛之餘，也達到身心的救贖，更藉此宣示逃離殖民地的義無反顧。〈南方之墓〉可以說是她的早期作品中，最具代表性的一篇。作品描述臺灣的日人女性，被停滯不前的低氣壓所籠罩，生活在窒息煩悶的父權世界，一生的幸福全都掌握在父母，縱使遭受到丈夫的暴力相向，也得不到至親的身心支援。〈南方之墓〉透露出繁複的視角，從殖民者的立場來看，日人女性縱使沒有國族認同的疑慮，也無法脫離父權的龐大陰影。從現代性的角度而言，作者則指控是殖民地的落後文化讓日本男性的人性更加退步。「南方」是一個墮落的殖民地隱喻，也是葬送女性青春的墳墓。

〈南方之墓〉在某些情節上，來自真杉靜枝的私人經驗。一九〇〇年在日本福井縣出生的真杉靜枝，是以私生女身分誕生於世。當時父親真杉千里已有元配，卻和少女みつい展開不倫之戀而生下靜枝。一九〇一年千里和同居妻子斷絕關係，與みつい正式結婚。隨後，千里任職神官，全家移居臺灣。追溯真杉靜枝的身世，可以發現她的出生即帶有原罪。不難窺探真杉一家來到臺灣，並非南方憧憬，而是難堪的戀愛關係以致無法在故鄉生活，所以選擇移民之途。不過千里對於みつい，有強烈的感情成分，真杉靜枝的第一次婚姻，則是在沒有愛情的基礎下，接受父母之命嫁給年長自己十三歲的臺中車站副站長藤井熊左衛門。在他們結婚不久，藤井熊左衛門就調職成為舊城車站站長。真杉靜枝不滿二十歲即當上站長夫人，成為眾人欽羨的對象，但是她的婚姻生活卻是地獄。真杉靜枝不是溫順聽話的女孩，常遭到丈夫暴力相向。此外，藤井熊左衛門在婚前已經有一位同居人，婚後也常流連妓館，她甚至被丈夫傳染淋病，因此終身無法受孕。真杉靜枝在新婚初期就對丈夫絕望，四年的婚姻生活，更帶給她巨大的身心煎熬，造成她奔回日本的動力。

如果不知道真杉靜枝的成長史，恐怕就難以理解她在〈南方之墓〉的悲憤心情。從幼年到少女時期的殖民地經驗，尤其是婚姻的屈辱回憶，形塑她對臺灣的敘事主調：臺灣是精神的廢墟，女性的墳墓。在這一部短篇小說中，描寫三位年輕女性：火車站長的女兒、警察部長的女兒、醫師夫人，她們在殖民地的生活，完全操控在家長／男性手中，弱勢的處境使她們萌生反抗意識。最後，火車站長女兒選擇奔逃，醫師夫人則步向自我毀滅。其中，警察部長女兒妥協父母所安排的婚姻，但是誰能預測她的下場？

火車站長女兒一角，頗能看見真杉靜枝的影子。和小說不同的部分，則在作者的父親一直擔任神官之職，並非舊城火車站長，舊城火車站實際上是她丈夫任職的所在，這個地理位置曾經占據她晦暗人生的一部分，因此真杉靜枝以舊城為背景，更以火車站作為重要的場景。火車站的現代化象徵，舊城的荒廢意象，兩者剛好形成強烈的對比。臺灣縱貫鐵道從北向南延伸，在南端有個名叫「舊城」的車站，來到這裡的旅行者，一眼望去，可以看到廣大的田野，以及矗立在雜草叢中的中國式古城：

> 小村莊被臺灣獨特的竹林所圍繞，從此處傳來生活的噪音，可以聽見小狗和鵝隻的鳴叫聲。廟會的時候有爆竹，美麗的月夜中則傳來咿咿嗚嗚的胡琴哀調。水牛的泥臭味，豬舍的甜醋酸味，混雜流淌其中，土人的小孩們赤腳走過。

在這裡，還是有內地人居住；穿著內地的和服，講著七分臺灣話，在這種村莊生活著的內地人們。100

在這偏遠鄉下的小村莊中，充滿各式的噪音，動物、爆竹、胡琴的聲響，就是當地的生活情調。除了熱鬧的聲音，還有家畜的氣味混雜流淌其中。因為是漢人部落，住民以臺灣人居多，不過也是有內地人。誠如作品中描述，像火車站長或是警察部長，只要一張派令，無論多麼窮鄉僻壤也得接受前往。不過，小說裡也提到的一些內地人，他們並非公職背景，卻有如花粉隨風飄落到這個土地，展開異鄉體驗的人生際遇，如理髮師、醫師等人。派遣至此擔任警察部長的唐山先生，在這個村莊的地位與權勢，就如同日本古代的領主一般。那棟雄偉華麗的警察局，聳立在臺灣風的土磚房屋當中顯得相當醒目，散發出威嚴的力量，也是權力的象徵。警察部長的唐山氏出身鹿兒島，二十年前接受派令，帶著妻子來到殖民地。在臺灣的長年生活中，依靠部長夫人的手腕，不僅順利養育六個小孩，也累積可觀的家產和儲蓄。縱使必須離鄉背井，每天面對臺灣人，但是來臺任職的辛苦代價，是豐厚的退休金，他們也算沒有遺憾。眼前所要關心的，則是兒女的婚事。他們的長女，正值花樣年華：

唐山家的長女，已經滿十八歲。因為看婦人雜誌而學會美妝技巧，她每天必做的一件事是穿過土人村莊，散步到火車站。

為了剛好趕得上配合旅客列車通過車站的樣子，她不由得加快腳步往車站去。

旅客們在這樣簡樸的火車站中，看到妝扮美麗得像野薔薇般的女孩那拚命想讓人看見的身影，一面覺得我見猶憐，一面還是就這樣離開了。[101]

這個女孩的身姿，也可能透露了作者的青春情懷。一位對愛情滿懷憧憬的少女，積極地吸收婦女雜誌的時尚訊息，把流行的彩妝化在自己臉上，並期待能吸引他人的目光。然而，村莊的年輕日本男人極為稀少，為了展現自己的美貌，她每天一次，走到人潮最聚集的車站，因為那裡有很多旅客。對她來說，旅客們的讚賞眼神是她一天當中最感成就的時刻。但是舊城是個小站，很多人過站不下，從車上眺望這個女孩的旅客，應該有人看穿在她的美麗外表下，是一顆多麼騷動不安的心。一個害怕在舊城老去的焦慮靈魂，急欲展現她的美好形貌，透過刻意的妝扮，然後突兀地出現在車站。然而，她的「化裝」，卻赤裸裸地把內在表露無遺，她渴望被看見。〈南方之墓〉的「舊城」，是地理的邊緣，也是文明的廢墟，火車愈往南行，和現代都會愈背道而馳，火車站恐怕是當地最摩登的中心位置。在這個百廢待興的小城，長久呼吸停滯的空氣，年輕女孩可能在不知不覺之間就衰老了，唯有來到火車站才能夠感受新鮮的氣息。

另一方面，警察部長女兒的形象，訴說了女性的孤立無援。從去年迄今，她的閨中好友、火車

100　真杉靜枝，〈南方の墓〉，《桜》（一九三四年一月）。日文部分係參用河原功編，《日本統治期臺灣文學‧日本人作家作品集》（別卷【內地作家】）（東京：綠蔭書房，一九九八），頁二六八。

101　真杉靜枝，〈南方の墓〉，頁二七〇。

站長女兒出嫁別處之後，她失去親密對話的人。在偏遠鄉下，和她同年的女孩微乎其微，也不可能找漢人玩伴，寂寞情事更為難遣。因此當她聽到站長女兒和丈夫吵架而跑回舊城，她急忙去和好友相見，兩人再度來到以前的祕密場所談心。一年的別離，她們也細微察覺出彼此的差異，而陷入無言尷尬的局面。終於，火車站長的女兒打破沉默，以過來人的姿態告誡好友：「無論如何，沒有愛情的婚姻是行不通的。」自己成為婚姻的實驗者，被不愛的男人奪走處女，這是怎麼說都令人遺憾的事。無法抑制的眼淚，是自悔也是自憐。丈夫耽溺於酒色，經常在外過夜。平常在家裡也是作威作福，只要不順其意，就是拳頭以對。這種現象，也不只她家如此：

> 走到哪裡，女人都只是被使喚的下女。這種愚蠢的習慣，肯定是殖民地的緣故，所以還殘留著。在文化光明的內地，男性必然不會有毆打女性那樣的氣燄。[102]

在殖民地，日人女性不僅被物品化，也被奴隸化，是男性家長任意擺布的擁有物。如果是文化進步的內地，男性一定不敢過度驕傲自滿，至少會披上文明的外衣，不會對女性使用暴力。作者會寫出這段話，也和臺灣的養女與蓄婢風氣有關。[103]站長的女兒以這些話作為一年婚姻生活的實驗感想，並且透露自己想要離婚並且前往東京的決心。但是這些事只能對好友傾訴，卻無法向家人傳達。因為她知道父母希望她能和丈夫復合，不可能支持她離婚，也會極力勸阻她的出奔舉動，所以尚未透露絲毫訊息。這項決定，意謂著未來的艱辛。在聽完站長女兒的告白之後，部長女兒突然小聲地回應，她也無法接受沒有愛情的婚姻。原來父母已經幫她尋找到對象，是警察局裡的部下，也是村裡唯一的單身日本人，因為積極儲蓄的習慣而受到唐山夫人的讚賞，卻是有張蒼白臉孔的人。這個男人被部長女兒所厭惡，站長女兒也站在前輩的立場認真警告她，要堅決反對到底。但是，十天之後部長女兒卻傳來一封信給站長女兒：

> 我畢竟是非常不幸的女孩。母親認真地分析給我聽，像我這樣的人，絕對無法擁有自己期待的丈夫；女學校也沒畢業，沒有資格反對父母的安排。請同情我的處境。你也是，還是應該回到丈夫身邊吧。[104]

唐山夫人對女兒說的話，確實是最實際的考量。[105]小說的時代背景，應該在一九二〇年前後，當時還未積極提倡內臺融合，一般日本人之間通婚是理所當然。他們移住臺灣已經二十年，和內地

102　真杉靜枝，〈南方の墓〉，頁二七二。

103　日治時期的女性解放運動，對於臺灣女性的地位有重大改革，但是查某嫻（婢女、女僕）的解放程度並不普及，成果也不大。主要是擁有者難以放棄自己的利益所致。竹中信子回憶自己在一九四〇年還很容易看到住家附近有查某嫻的存在。請參閱竹中信子，《植民地台灣の日本女性生活史》（大正篇）（東京：田畑書店，一九九六），頁一八二—一八三。

104　真杉靜枝，〈南方の墓〉，《日本統治期臺灣文學·日本人作家作品集》（別卷【內地作家】），頁二七三。

105　來臺日人到了適婚年齡，因為居住在殖民地，不太可能透過日本內地的親戚或友人介紹對象，婚姻成了一大問題，後來在一九二〇年就出現「婚姻介紹所」。請參閱竹中信子，《植民地台灣の日本女性生活史》（大正篇）（東京：田畑書店，一九九六），頁一八二—一八三。

親戚的聯繫已經淡薄，在當地能夠找到單身男性已是可喜可賀。另一方面，唐山家的長女既沒知識背景，也無一技之長，如何吸引傑出的年輕日本男性？最後她終於妥協家長的安排。年輕女孩終歸無法抗拒現實世界的壓力，站長女兒讀完信之後，感覺身體像被火灼身一般炙熱。面對昔日好友的規勸言辭，她知道兩人已經愈行愈遠，除非對方也能在婚姻中得到覺悟，否則她們不會再有心靈交集。此時此刻，她更是深刻感觸到自己又回復到孤獨一人。因為連她的至親也不支持。母親看到她突然回家，不僅沒有同情女兒的遭遇，反而希望她回到丈夫身邊。她對著女兒痛哭流涕。但是那些眼淚並非為女兒而流，而是傷心女兒竟然拋開丈夫，這就形同失去經濟的依靠：

對於倔強女兒的不幸，母親每天都在女兒面前嘆氣給她看。整天看著這樣的母親，女兒不知不覺地感到自己被拋棄了。比起聽母親發牢騷，勝過回到會毆打自己，沒有求知慾的丈夫身邊。106

不過對站長女兒來說，丈夫的低俗與無智，已經到了無法忍耐的地步，與其和他生活，不如回家聽母親的嘮叨。但是她也開始想要擺脫母親，尋求獨立的地位，看在母親眼中，自己辛苦養大的女兒，成為忘恩負義的他人。不過對女兒來說，母親的一生也被桎梏於殖民地之中，只希望求取穩定的生活。當女兒宣示要脫離丈夫展開獨立生活時，母親殘酷地說：「會死在野外」。母親的想法認為，女性終歸需要丈夫，那是經濟無虞的保證，尤其女婿已升任站長，離開他更是不智的決定。這位母親的形象，其實和真杉靜枝的母親相當接近，雖然個性頗精明能幹，卻是依存在父權體制下的女人。所謂父權體制，乃是在家庭中由年長男性掌握權威的制度。男性不僅是經濟體系的主宰，也是知識體系的主體。在權力的論述建構下，父權思維也複製給女性，所以家庭中的年長女性，往往是父權結構的共犯者。〈南方之墓〉中的火車站長，是一個隱形的人物，作者幾乎沒有描寫。他藏身在女性背後，只由母親發言，但是他對女兒握有絕對的支配權，而當女兒結婚後，權力則全部轉交到她丈夫手中。顯然，站長女兒的婚姻並非個例，而是通例，警察部長的女兒，也將步上同樣的命運。

在〈南方之墓〉還描寫一位女性，她是來到當地執醫的內地人醫生之妻。這位醫生的來歷不明，鮮少與人坦誠相對。他租用臺灣人的房屋，在光線陰沉的屋內，僅僅陳列稀落的藥瓶，絲毫沒有現代診所的規模。他甚至被村人傳聞是個沒有執照的密醫，幾乎沒有任何患者造訪。但是，在這個晦暗的房子，他那清瘦且相當漂亮的年輕妻子總是無所事事地坐在其中。這位身材矮短、年過四十以上的中年醫生，竟然擁有如此年輕貌美的太太，最令村人感到不可思議。兩人之間的結合，其實和金錢糾紛有關，更涉及一個女性的悲史。她在十六歲的青春年華，一心想要從事表演工作，所以從繼母家出走，投奔巡迴演出的劇團而來到臺灣。但是劇團在臺灣沒有發展機會，又碰上經濟不景氣，最後她竟然被團長出賣，在臺南成為藝妓。沒有多久，她開始出現肺病症狀，又被臺灣人傳染到梅毒，因為醫療費用，不知不覺間她的負債高築。這個時候，留著絡腮鬍的醫生出現，提出結婚的條件，答應幫她贖身並還清債務。嫁給醫生，不僅可以解決欠債問題，又能得到醫療的幫助，

106　真杉靜枝，〈南方の墓〉，頁二七四。

她答應了醫生的要求。兩人在結婚後不久，丈夫就以養病的理由，把她哄到這個鄉下地方。但是來到舊城之後，卻經常發生激烈吵架，引起附近理髮店老闆娘的關切。也是內地人出身的老闆娘，頗知悉醫生之妻的來歷，逢人問起便饒舌地傳述：「她過去是藝妓出身」：

> 醫師的妻子，不僅是藝妓，還是道地的江戶人。手指和下顎的地方，可以看到青筋透明浮現的樣子，身形蒼白削瘦。她自己說過有肺病，已經是第三期了，好像身為丈夫的醫生也仔細給她診斷過，這樣說給她聽。
>
> 但是丈夫對於妻子有毛病，既不給她藥吃，也絕對不讓她一個人外出。連一分錢也不給妻子。107

身為醫師夫人，這名妻子卻是無產階級，丈夫以疾病和金錢控制妻子行動，她的身心彷彿遭到囚禁，整天只能坐在家中發呆。在這沉寂的屋子，死亡的陰影也逐漸靠近，感染末期肺病的肉身，已經逐漸敗壞。妻子病情加重，丈夫卻袖手旁觀，他的居心何在？如果是一具健康的年輕軀體，她恐怕無法安於室吧。兩人外貌與年齡的差距，造成丈夫的疑心，擔憂妻子會有離家出走的企圖。所以作為醫生的丈夫，故意不讓妻子服藥，也斷絕她的所有經濟來源。他們的婚姻生活，充滿了信任危機；丈夫懷疑妻子的忠誠度，妻子則指控丈夫的殺人慾。作為一位被支配者，妻子終於無法忍耐經濟的困窘與身體的病痛，寧願回到臺南的「家」。臺南是被夥伴出賣的地方，也是以肉體換取生存的歡場，此時此刻卻成為「家」的投射物，人生境遇之荒謬莫過於此。

對醫生之妻來說，所謂的「家」應該具備什麼功能？她在養女時期，選擇離家，這是她第一次出走家庭。被賣到臺南的妓院後，她落入賣淫生活，像溺水後捉住一塊浮木般地嫁給醫生，然後來到舊城。舊城的家，是她成為人妻之後的居所。丈夫的占有慾，使她陷在精神與肉體的雙重虐待。「家」的消極意義可以遮風避雨，積極意義能夠安頓情感，但是她卻連基本的滿足都無法獲取。如今被牽引到殖民地的南端之一角，她已經走投無路，無家可歸。最後，她決定要消失在丈夫的視線之中。某天夜晚，火車站前突然出現醫生張皇失措的舉動，四處向人詢問他太太的蹤影，引起村裡一陣騷動。沒想到，妻子已在舊城的斷垣雜草叢中，服毒結束自己短暫的一生，作為她最激烈的抗議。舊城，是她人生最後的落腳處，她的屍骨將埋葬於此。南方的南方，是墮落的深淵，是死亡的幽谷。醫生之妻如櫻花凋零般地失去生命，想必她的心中還有莫大遺憾。

在臺日人女性的成長、墮落與死亡，是真杉靜枝早期作品一再面對的結果，她的女性書寫是自我的傷逝姿態，告別少女歲月的祭弔書。耐人尋味的是，作者在描寫〈南方之墓〉三位女主人公時，都沒有為她們命名，而是用「站長的女兒」、「唐山氏的女兒」、「醫生的妻子」。這些稱謂指出她們的身分與歸屬，或為人子，或為人妻，都是家長的擁有物，也象徵有更多無名的「她們」存在。就家庭結構而言，她們是第二性；就經濟層面而言，她們是無產階級。毫無疑問的，這三位女性的形象塑造，以醫生之妻最為突出，也最具悲劇性，更點出「南方之墓」的命題意義。殖民地的

107　真杉靜枝，〈南方の墓〉，頁二七六。江戶是日本首都東京的舊稱，特別指以皇居為中心的東京特別區中心部。江戶之名稱，起源於一四五七年建立的江戶城。

父權隱喻最終指向了死亡，多少年輕女性的青春肉體在這裡衰老、天真夢想在這裡腐敗。在這座灰暗滯悶的廢墟，成為女性最終的埋骨之處，它的抑鬱陰影，消抹了女性的聲音與顏色。

文明一日沒有降臨，殖民地就是一個失樂園，具有邊緣地理與文明失落的廢墟象徵。作者意圖指控，殖民地的封建文化，召喚日人男性內心深層的劣根性，使日人女性沉浮在父權的餘威之下。換成內地的話，絕不會出現這種情況，因為日本已接受現代社會的文明洗禮，男性的父權慾望已被削弱。然而，文明愈進步，人性有可能更墮落。權力利益的爭逐與占有，是無關文明進退。真杉靜枝把壓迫女性的罪過推諉到殖民地，但是首先應該認清父權家庭的本質。對被壓迫的女性來說，封建家庭體系的「家」即是「枷鎖」。家庭是男性權力的基礎，婚姻則使女性成為男性的財產，阻止女性追求真愛。男性長久以來將女性視為擁有物品，女性一直得不到經濟自主權與身體自主權。女性意識的覺醒，首先在於擺脫女性被物化的命運。父權體制的挑戰，也應從壓迫的原點「家」做起。〈南方之墓〉的最後一段，描寫站長女兒終於從家庭出走，這段情節也呼應了真杉靜枝的真實人生。女性的悲哀，莫大於此，因為壓迫者是自己的家長。離家出走，擺脫父母，是獨立的第一步。

小說末尾出現狼狽的父母身影，或許正是真杉靜枝家人的寫照。根據林真理子的《女小說家》所描述，真杉靜枝的母親みつい是一位個性鮮明的人物。不過，真杉靜枝和母親的關係似乎並不和諧[108]，從〈南方之墓〉也可嗅出一些緊張關係。然而她與父親卻有很深的情感，尤其在知道父母的戀愛史之後，她對父親充滿了同情與愛心。遙想當時，擔任小學教職的真杉千里已有妻室，卻迷戀上美麗的少女みつい，不惜與懷有身孕的妻子離婚，在家族間引起極大的震盪。千里的父親，是鄉里聲譽極高的醫生，兒子發生不倫戀情，對方且是小商人的女兒，不僅敗壞家風也與門第不配。真杉千里為了追求愛情，受到前妻與父親的雙面譴責，只好帶著みつい和出生不久的靜枝渡海來到臺灣。真杉千里出身師範學校，家中又經營醫院，如果留在鄉里肯定生活不虞匱乏，但是卻被迫到殖民地生活，擔任神官以換取全家溫飽。真杉靜枝始終覺得父親相當可憐，縱使自己的婚事是父母雙方安排，不過她埋怨母親的成分較多，對於父親則採取寬容的態度。她也在戰爭期寫過〈我的父親〉一文，談到父親的神官工作狀況，這篇文章可以說是響應神道而寫，卻也傳達對於父親深切的孺慕情感。[109]

以私生子的身分誕生，真杉靜枝並非母親所期待的小孩，她很早就察覺到母親對她的排斥感。換一個角度來看，儘管みつい和真杉靜枝彼此有母女心結，她們其實擁有共同的宿命，兩人對於殖民地都有許多遺憾心情。背負偷情歡愛的「野合」罪名，真杉千里和みつい無顏待在鄉里，漂流浪蕩到臺灣，有家不得歸，在殖民地度過四十年以上的時光[110]，這是みつい初嘗愛情禁果時所意料不

108　根據《女小說家》的敘述文字，真杉靜枝認為自己被母親所憎恨，這顯然是出於女人與女人之間的忌妒。因為兩人的外表很相似，但是自己比母親年輕且貌美，這是母親みつい所無法忍受的事。請參閱林真理子，《女文士》（東京：新潮社，一九九八），頁五七。

109　真杉靜枝，〈私の父〉，《帰休三日間》（大阪：全國書房，一九四三）。本文引用之復刻本係由長谷川啟監修，《帰休三日間》（〈戦時下〉の女性文学：十四）（東京：ゆまに書房，二〇〇二），頁二一五—二一八。

110　根據十津川光子的描述，真杉靜枝在和中山義秀離婚之前，把父母從臺灣接到日本。他們婚姻從一九四二年開始，至一九四六年結束，所以她的父母應該是一九四〇年代中期左右返日。請參閱《惡評の女：ある女流作家の愛と哀しみの生

到的人生。不過她卻將女兒推向沒有愛情的婚姻，最後迫使真杉靜枝離開臺灣；父母的家、丈夫的家，已無自己容身之處。為了擺脫暴虐無明的生活，她以奔逃的姿態，跳脫封閉的舊城。回首來時路，一路戰戰兢兢，她害怕被丈夫與父母追回，更加覺悟「家」的荒謬性。事過境遷之後，她也曾揣想，如果當初生下丈夫的孩子，恐怕從此墮入萬劫不復的深淵，會因為孩子的存在而忍辱求生。或許被丈夫感染性病的不幸，可能解救了自己。這些不堪往事，是她念茲在茲的創作靈感。不難發現，真杉靜枝早期的創作風格，耽溺於不幸婚姻的家暴回憶，書寫這些「回憶」就是她不斷揭開傷痛、審視未來的獨立宣言。她寫殖民地空間的禁錮，南方也是殖民地的隱喻。南方與文明隔絕，是蠻荒的所在，日人女性的墳場。荒草漫漫，〈南方之墓〉有感傷自戀的風情，也有亟欲突破男性重圍的企圖。

二、殖民地新故鄉：〈南方的語言〉的書寫策略

為了探望生病的母親，一九三九年真杉靜枝和中村地平同行，回到睽違已久的臺灣。兩人達成約定，在旅行回國後就正式分手。這一年，她失去了愛人，卻重獲親情，消解與母親之間的惡劣關係。也是一九三九年之後，真杉靜枝的創作方向逐漸拋開殖民地的傷痛，轉而重新投注情感。把〈南方之墓〉與〈南方的語言〉並置對照，可以發現明顯的轉變。如果說〈南方之墓〉是南方頹廢的死亡意象，〈南方的語言〉則有劫後再生的生機隱喻。這兩篇作品表現出作者強烈的情感轉折，凸顯對於南方的憎惡與愛情。作者敘事姿態的轉變，不僅是親情的重拾，也和戰爭時局有密切關

係。一樣的臺灣，兩樣的心情，以殖民地為場景，她重新發現了南方。

從一九三九年到一九四〇年代初期，真杉靜枝的創作行動相當活躍，尤其是以派遣作家身分從軍，在一九四〇年與一九四二年前往中國訪問。戰爭局勢的炙熱化，對於真杉靜枝的作家生涯是一大轉機。真杉靜枝擅於從臺灣汲取靈感，抑鬱的殖民地經驗，曾幾何時，已能轉化為明朗的鄉土書寫，鮮明展現文學動員的姿態，也成為真杉靜枝的文學特色。日人女性作家在戰爭時期作為筆部隊的一員，終於可以和男性作家同進同出，共同為日本帝國的南進之夢挺進。回顧世界的歷史，女人歷來都是被國家／男性權力摒除在外的客體，唯有當男性政權發生危機時，他們才會要求女性共體時艱。真杉靜枝自覺到時局所趨，她主動出擊，一頭栽進南方暖暖的新故鄉敘事。

耀眼的陽光，成熟的果香，殖民地的亞熱帶意象在〈南方的語言〉第一段文字即清晰可見。這部小說以臺灣南部傳統農村為背景，描寫一位日本女性木村花子經歷失敗的婚姻，在走投無路的窘境下來到臺灣投靠友人卻未竟，意外邂逅人力車夫的李金史，毅然嫁入李家成為臺灣人媳婦。善良的丈夫和婆婆，讓木村花子重新感受家庭的溫暖，臺灣作為她從此安身立命的所在，也成了她的新故鄉。「國語」（日語）政策與日臺通婚，是這篇小說較為鮮明的主題，但是日人女性的「家」之所在，恐怕是作者念茲在茲的書寫企圖。故事的情節，從殖民地官吏為了國勢調查（戶口調查）而造訪花子一家談起。[111]

涯》（東京：虎見書房，一九六八），頁一〇九—一一〇。

111　在日治時期，為了有效掌握殖民地的各種情報，統計調查事業的推動是相當重要的基礎工作。其中，又以國勢調查位居在臺灣人式的家屋中，李家的老婦為了官吏的即將到來而緊張，大聲呼喊她的媳婦「阿花」，屋後傳來年輕女子用臺灣話回應婆婆的聲音。被稱為「阿花」的女孩，就是木村花子。相對於婆婆慎重惶恐的態度，阿花卻表現出輕鬆自在的神情。從文字的描述中，阿花是一位體態豐腴的美麗女子，她的穿著與口音已和臺灣婦女無異，不僅熟悉臺灣話，也是家事的勞動者。李家唯一的財產就是豬舍裡所圈養的豬隻，餵食與清理的問題都由阿花負責。漢人的生活文化和「豬」有久遠淵源[112]，小說所呈現出來的景象，無疑是屬於庶民大眾的底層情調，而且也看出木村花子已經相當融入臺灣人媳婦「阿花」的生活。

木村花子出生於東京築地附近，父母在她少女時代已經過世，也沒有任何兄弟姊妹。利用僅有的遺產在女校完成學業後，旋即嫁為人妻，踏上婚姻生活，不過卻以離婚收場。婚姻失敗的同時，她的人生也陷入計窮途拙的窘境。花子在幼年時代有一位好友，和殖民地官吏結婚而嫁到臺灣，她想起這位朋友，在自己也不知所以然的情況下，突然決定前來投靠。到了臺灣之後，才打聽到朋友已經不在人間，意料之外的結果反而使她鼓起勇氣，決意留在臺灣發展。但是下一步該怎麼辦呢？眼看當晚的落腳處都成問題，想要到警察局請求協助時，花子坐上李金史的人力車，初次見面就讓她留下深刻印象。吸引花子的原因，在於李金史的日語相當流利，幾乎分辨不出是臺灣人。兩人開始交談後，因為語言溝通無礙，不知不覺中花子道出她的困頓處境。花子當下也在暗自思索，是否能夠藉助這個男人步向新的人生：

李金史和她，就在這樣的機會下相遇。她想到去那裡的官廳之後要把自己的故鄉和身世全部說出時，就覺得很厭煩。從而，也思索著這個年輕的車夫是不是可以幫助自己重新出發呢？[113]

正要前往警察局的時候，花子遇見李金史。兩人邂逅後的進展，與其說是命運的安排，不如說

各種統計調查事業之根本。臺灣早在一九〇五年以「第一次臨時臺灣戶口調查」為名，推動國勢調查作業。一九〇五年後藤新平發布「戶口規則」，以「戶口調查」之名，同時達成了三個目的：一個是「國勢調查」，一個是求得警察治安資料，另一個是作成臺灣人民的戶籍。臺灣「戶口制度」的基本架構，原則上是在一九〇五年的「臨時臺灣戶口調查」後確立的。根據「臨時臺灣戶口調查」所得資料作成全臺灣居民的「戶口調查簿」後，將原來由地方「街庄役場」管理的「戶籍簿」作廢，改以新的「戶口調查簿」取代之。此後，依據「戶口規則」，所有臺灣居民的「人籍」與「戶籍」事務全部由警察管理。「戶籍」政策與一般行政政策不同，不能先從做得到的地方開始進行，然後逐漸擴大範圍，而是必須全體同時實施的。當時臺灣的地方「街庄役場」沒有能力辦理戶籍事務，因此由領臺以來一直在全島從事維持治安工作的警察單位負責處理。其實，全臺灣的警察相關單位數量是地方街庄役場數量的兩倍多，熟悉當地語言的警察人數也遠遠超過街庄役場人員。另外從法令根據方面來看，舊慣調查尚未結束，在舊慣立法基本資料不足的「現實」條件下，後藤新平所採取的「人籍」與「戶籍」事務合併處理的「戶口制度」，可以算是最適合當時臺灣社會狀況的政策。請參閱阿部由理香，《日治時期臺灣戶口制度之研究》（臺北縣：淡江大學歷史學系碩士論文，二〇〇〇）。

112 在傳統漢人農業社會家庭，豬是屬於家畜，牠通常都被圈養在廁所旁邊，人的糞便等排泄物就是牠的飼料之一，而牠又成為人的食物被吃進肚子，人消化後又排泄糞便讓豬吃，這是一種食物文化的循環關係。

113 真杉靜枝，〈南方の言葉〉，收入《ことづけ》（囑咐）（一九四一年十一月發行）。本文引用之復刻本係由河原功監修、解說，《ことづけ》，（日本植民地文学精選集十九：【台湾編】七）（東京：ゆまに書房，二〇〇〇），頁一一。

是花子的投靠姿態。到當地官廳求援，是安全無虞的考量，但是向警察訴說自己的身世，卻有難堪的心情。她選擇李金史作為傾訴的對象，換一個角度來看，花子跟李金史談話時，也在釋放求助的訊息。這是木村花子的人生轉折，也是真杉靜枝的敘事轉折。〈南方之墓〉的女性，為了逃離殖民地的沉鬱壓抑，有人被迫自殺，有人遠離臺灣。〈南方的語言〉卻以主動換取被動，透過親身實踐，女性積極追求愛情與人生。這是作者所終生追求的，她更在木村花子身上找到自我救贖的希望。

李金史收容了木村花子，進一步發展感情，在相處半個月後就決定結婚。誠然，這部小說指涉臺日通婚的可行性與浪漫性。提倡「內臺融合」，是殖民者的理想，但它終究不容易達成。因為日本人與臺灣人在民族位階上，是統治者與被統治者的關係，無可避免權力之間的利益衝突。但是真杉靜枝卻採取逆向敘事，她讓花子成為一個融入殖民地社會的臺灣人媳婦「阿花」，甚至會說流利的臺語。另一方面，當官吏來到李家調查戶口時，這位年輕的女孩，雖然衣著與外表滿身都是勞動後的汙穢，卻使用得體又高雅的東京腔日語應對，令來訪人士刮目相看。大家都被木村花子的流轉身世所吸引，他們心中應該都有疑問：一個內地女學校出身的知識女性，為何願意待在臺灣的鄉下，和臺灣人一起過著勞動揮汗的樸實生活？

根據吳佩珍的研究，渡臺的日本移民，自明治時期以來便背負著負面形象，唯有內地的邊緣者才會出走至臺灣，流落至臺灣的女性更慣常地被貼上「性道德墮落」的標籤。因此，女學生出身而經歷婚姻失敗的木村花子，在性別或內地的社會階級都處於弱勢，這也是她會和臺灣人車夫李金史結婚的原因。他們兩人的婚姻之所以成立，可說是帝國邊緣者的同質性結合。而真杉靜枝在此作品中對於木村花子因「愛情」而與李金史結合的安排，與她在早期作品中缺乏「愛情」基礎婚姻的描寫形成強烈對比。為了跳脫日本內部被壓抑的構造，內地女性試圖向海外奔逃，卻擺脫不掉再度成為「帝國邊緣者」的命運。[114]但是，換一個角度來說，成為「帝國邊緣者」的木村花子，在殖民地獲得新生，不正是真杉靜枝的書寫策略。

曾經帶給真杉靜枝狂暴記憶的殖民地，在〈南方的語言〉重新賦予臺灣嶄新的鄉土氣息。木村花子和李金史的結合，除了愛情之外，還有語言作為重要的中介功能。從語言層面去分析，乍到殖民地的木村花子，她必須自謀生路。李金史吸引花子的關鍵，即是日語的流利能力。李金史曾經被臺北的銀行家僱用為車夫，所以有學習日語的環境。不過，這篇小說特殊之處，毋寧說是花子的雙語能力。對被殖民者而言，同時具備母語與日語是較為平常的。但是花子嫁入李家之後，一方面積極學習臺語，一方面也引導婆婆學習日語。誠然，花子無可避免會接觸到臺灣的生活文化、風俗習慣，她會逐漸熟悉當地的語言，並非無理之事。花子不僅能夠融入殖民地生活，更成為一位稱職的臺灣人媳婦。從而，她在面對戶口調查時的得宜舉止，雖然展現女性羞澀的一面，卻毫不畏懼並坦然面對殖民官吏的詢問，可視為她對殖民權力的親和性。[115]花子的柔軟身段，某種程度也呼應了同化政策與皇民化運動，這是有脈絡可循的。

114　吳佩珍，〈皇民化時期的語言政策與內台結婚問題：以真杉靜枝〈南方的語言〉為中心〉，《真杉靜枝與殖民地台灣》（臺北：聯經，二〇一三），頁一一八—一一九。

115　高良留美子，〈真杉靜枝「南方の言葉」を読む〉，《植民地文化研究》，第五號（二〇〇六），頁一六五。

日本殖民理念除了政經結構的統治格局，也注重殖民地人民的思想改造。一八九八年日本在臺灣推動殖民教育，一九三七年中日戰爭以降更積極進行皇民化運動，以「八紘一宇」的團體精神，對殖民地臺灣的人民，從物質與心理兩方向，徹底去除舊有的思想、信仰、物質等層面，使其成為徹底的皇國子民。所謂「八紘一宇」的團體精神，就是以普遍性的原則抹煞個別的差異，讓殖民地的人民遵守一致的日本人生活準則，朝向皇民之路邁進。皇民化運動是一種同化為日本人的運動，而它所施行的範圍，幾乎涵蓋了人民的所有日常生活面。其中，語言的教化往往是影響層面最廣泛的。殖民母國的語言，負載殖民者的意識形態，語言與權力的交相為用，莫過於此。在國語運動的推動下，日語成為臺灣人的學習目標，臺灣話則被視為低等的語言。弔詭的是，花子來臺灣二年之後，已經能夠說出流利的臺灣話。在戶口調查的同時，她成為語言的翻譯者與中介者：

> 「阿花是一個好媳婦哦」，老婦格外加深應酬的笑容對官員們這樣說。
>
> 「好了啦，媽，別這麼說」，花子突然喉嚨腫脹般，從嘴裡說出流利的臺灣話。官員們用明白而慰勞的眼光看著花子，覺得她從頭到腳怎麼看都不像內地婦人而有本島人的味道。116

花子的外表與言行，令所有官員感到耐人尋味。「木村花子」與老婦口中的「阿花」是同一人嗎？他們無法理解，一位內地知識女性，下嫁給臺灣勞動階級男性，在窮鄉僻壤過著平凡的庶民生活，甚至婆媳之間對話是操用流利的臺灣話，這顯然超出一般人對於日臺通婚的想像。117

為了避免村人異樣的眼光，木村花子隱藏內地的身分，等待時機成熟才要公開一切。花子更決意將李家提升成為村裡的文化家庭。李家的成員中，婆婆是「最不進步」的人，因為她不會日語。小說主題既曰「南方的語言」，難免啟人疑竇，因為篇名充滿南方憧憬，「阿花」的臺語操作，更流露出對於南方語言的新鄉愁。然而，〈南方的語言〉之命題，並不在於宣示殖民地語言的混融性，這篇小說的最終目的，顯然意圖消抹「南方的語言」，而朝向「國語家庭」邁進[118]。關於宣傳國語（日語）政策的描寫，最鮮明的部分應該是在李金史的七十歲母親。在花子嫁入李家後，婆婆開始熱中學習日語，她的年紀雖然老邁，卻和學童一起在國語教習所上課，而且愈來愈進入狀況。

116 真杉靜枝，〈南方の言葉〉，頁一二。

117 殖民政策在一九三二年前半的重大課題是內臺融合，因此內臺人通婚法的實施成為急務，一九三三年實施通婚法。根據竹中信子的訪談紀錄，當時臺日通婚的情況，有日人男性與臺人女性，也有臺人男性與日人女性的例子。不過，他們多屬於社會中上階級或知識階級，沒有勞動階級臺人男性與日人知識女性通婚的案例，請參閱竹中信子，《植民地台灣の日本女性生活史》（大正篇）（東京：田畑書店，一九九六），頁二二六—二三一。此外，當時日本婦女嫁給臺灣男性時，因為戶籍法尚未在臺施行，即使結婚幾十年，在法律上妻子的戶籍仍然設在日本或是變成無戶籍者，關於日本女性的戶籍問題，是日臺通婚者所迫切想立法解決的問題。

118 對於全家成員都用日語交談的家庭，殖民政府會頒予「國語家庭」以此獎勵。要成為國語家庭必須提出申請，通過認定後可獲得證書、獎章及刻有國語家庭（國語の家）字樣的門牌，供其懸掛在住家門口上。「國語家庭」在當時不僅代表榮耀，也可以享有許多優惠，如小孩較有機會進入設備師資較好的小學校及中學念書、公家機關得以優先任用、食物配給較多等。

花子的丈夫本來程度就好：「李金史的國語說得太棒了，幾乎讓人無法聯想他是臺灣人。花子覺得自己也該穿起和服，在附近的人面前以內地女性的姿態現身了。」[119]

在萬事俱備之前，木村花子不僅在外貌上偽裝，連語言也是偽裝的。身分的「不可言說」，是因為還未取得協調性。這種協調性，不是花子向李家靠攏的姿態，而是李家朝向國語家庭的和諧度。隨著婆婆日語能力的進步，全家約定以日語交談，操演「日語」成為一種日常生活的態度，甚至是美德。誠如吳佩珍的研究指出：至今為止「本島人阿花」的偽裝，隨著臺灣人夫家日語水準的提升，已經失去偽裝的必要性，也表示公開木村花子日本人身分認同的時機已經成熟。[120]除了語言的問題，花子公開身分的意義，在於宣告她和李金史婚姻的穩定性。花子如果一直待在內地，只是個平凡女子。來到殖民地之後，她遭遇到生命不平凡的考驗。內地人身分的曝光，或許會吸引異樣眼光，但是她因為愛情帶來自信，相信和丈夫會排除萬難：

> 如果跳開現在愛著丈夫的心情，只思考自己各種狀況的話，住在哪裡都無所謂吧。她突然意識到這樣的心意時，認為女性的愛情真是具有奇妙的作用。雖然對於東京感到厭煩，但是現在，可以的話，也想和李金史一起回東京。如果自己擁有一份職業則不錯，也讓李再讀點書。——李和她都同年是二十七歲。[121]

木村花子與李金史邂逅，是一個奇蹟性的相遇，從而滋生的愛，造成驚人的勇氣。花子認為，只要能和丈夫共同生活，哪裡都是自己安居的場所。南方，是丈夫故鄉所在，也是她終止流浪的歸宿，是她的新故鄉。不過，在情感得到滿足後，她也思考回返東京的可能性。臺灣終究只是花子的人生跳板，她還是抱有「進步」的理想。南方的地方色彩，樸素舒緩，適合休憩療傷。東京的帝都色彩，則匯集文明與娛樂、機會與風險，是一個充滿魅惑的花花世界，令她欲拒還迎。花子的人生行旅，她想繼續走下去，而且帶著李金史。這種相濡以沫的情感，是愛情的，也是母性的。在愛情萌長的同時，她的母性也逐漸被召喚。耐人尋味的是，在她的未來願景中，看不到婆婆的位置，這誠然是一種暗示。

不論是民族位階或是知識位階，花子顯然都高於李金史。她的委身相許，縱使愛情成分居多，也有策略性考量。以她先前的落魄處境，要獲得平等的愛情是奢望之事。花子以冒險的心情來到臺灣，將危機化為轉機，她決心放手一搏，自己選擇李金史以為終身依靠。李金史的日語能力已無問題，她期待能讓他接受更多的知識，以彌補臺灣人出身。眼看美好的遠景，已在花子腦海中逐步建構。然而〈南方的語言〉的故事，並不就此打住，小說末段情節急轉直下：

老太婆在路上被水牛的角撞倒，抬回家中不到一個小時就死亡了，李家一片混亂。丈夫立刻

119 真杉靜枝，〈南方の言葉〉，頁二〇。

120 吳佩珍，〈皇民化時期的語言政策與內台結婚問題：以真杉靜枝〈南方的語言〉為中心〉，《真杉靜枝與殖民地台灣》（臺北：聯經，二〇一三），頁一二〇。

121 真杉靜枝，〈南方の言葉〉，頁一六。

從外面趕回來，跪倒在母親的屍體旁邊，一邊大聲痛哭，一邊罵出「幹你娘」。從來沒有像現在這一刻，讓花子湧起對丈夫的憐愛之情，而想要用手撫慰他。「幹你娘」在臺灣話裡可以說也是「畜牲」的意思。花子雙手抱著情不自禁怒吼的丈夫，一邊流著眼淚，一邊安慰他。[122]

李金史正面衝擊母親的猝死，無法抑制憤怒的情緒，脫口而出的「幹你娘」，超越作者解釋的「畜牲」意義，而有更粗俗的文化暗示。[123]令人側目的是，造成老婦死亡的凶手確實是一隻畜牲。日人作家對於水牛形象的刻劃，顯然和臺灣人有極大殊異。[124]真杉靜枝在《南方紀行》中的一篇隨筆，也曾經記錄下她對臺灣水牛的印象。[125]對臺灣人而言，水牛是溫馴的動物，也象徵庶民刻苦耐勞的精神。失控的水牛，失控的李金史，彷彿重疊的影像，形成劇烈張力。李金史一貫溫和的形象，於此出現戲劇化的轉折。作者刻意以臺灣話來表現李金史的悲憤，其實相當傳神。在最痛徹心腑的時刻，只有母語最能傳達哀者之慟。這一句臺灣話，也有極為低劣的意涵。不過在這篇小說中，這是李金史第一次也是最後一次使用臺灣話。李金史的脫軌行為，透露出真杉靜枝對於殖民地男性的文化認同，還是保持遲疑態度。

李母的死，或許是成為花子重返日本的契機。在此之前，花子已在盤算，殖民地是否可以成為安身立命的新故鄉？臺灣作為第二故鄉的地位，是毫無疑問的。不過此生若是在殖民地落地生根，恐怕就要自甘平凡了。他們兩人都還年輕，才二十七歲而已，有太多的未知橫擺在眼前，例如李母的死亡。面對丈夫喪母的悲痛，花子展現強韌的母性。不難看出，〈南方的語言〉的敘事策略，是以「母性特質」來強調女性與土地、子女的親密關係。「母親」是一個容易發揮的議題，一方面代表血統上的親情，一方面也延伸為土地的象徵。〈南方的語言〉讓讀者思索，所謂「母語」的意義，已從母體的語言轉化為國體的語言。臺灣母親的死亡，象徵日本母親的現身。行文至此，花子的形象轉折，也從妻子的身分昇華為母親的角色。一筆之差的結局，將改變他們的命運。似乎可以預見，花子將帶領李金史，穿越重重關卡，輾轉抵達東京，邁向文化光明的人生。然而語言已非問題，種族血緣卻不能置換，他們肯定會再面臨更艱難的課題。或許，兩人又再度落魄回到臺灣……至少殖民地是最後退路。虛構的故事，有太多的可能。〈南方的語言〉關於語言、身分、種族的混雜交融，終於化成一則愛情的寓言。

〈南方之墓〉與〈南方的語言〉兩篇作品的主題，都關注南方與愛情的辯證關係，展現殊異的地理想像。〈南方之墓〉裡的女人有家難歸，舊城之舊，儼然是一個文明墮落的「廢城」。〈南方的

122 真杉靜枝，〈南方の言葉〉，頁二〇。

123 「幹你娘」按照字面意思雖然是傳達想要與對話者母親性交的意思，但罵人者不一定真的想要從事這項行為，只是想藉由這句粗口間接地侮辱對方或發洩憤怒。不過，也有臺灣人以此為口頭禪，通常會被界定為文化水準較低下的人。

124 水牛是臺灣農村主要的勞動力，個性溫馴也刻苦耐勞。在本書第一章第二節有探討日人作家中村古峽對於臺灣水牛的印象，可與本節相互對照。

125 真杉靜枝在隨筆〈水牛〉一作，提到水牛是極具臺灣色彩的動物，多半性情溫和。但是她也曾經在原住民部落旅行時，看到兩隻水牛互相對峙的情況，讓她印象深刻。〈水牛〉收入《南方紀行》（東京：昭和書房，一九四一）。本文參考之復刻本係由原ひろ子監修，《南方紀行》（女性のみた近代：二四）（東京：ゆまに書房，二〇〇〇），頁一九七—二〇一。

語言〉則透過「他鄉」來的女人，以木村花子的命運流轉，見證殖民地成為新故鄉的政治寓言。木村花子是一個有冒險性格的女人，最終她以堅強母性撫慰了殖民地男性。然而，木村花子的故事，終究只能成為一則傳奇。真杉靜枝的小說，是頗為煽情的。她以木村花子的人生試煉，撐起這篇小說的發展。所有事理似乎都不和諧，唯有浪漫的越界戀情作為說服力。南方之於真杉靜枝，既親切又疏離，長於斯的土地，曾經留下太多歷史記憶，有辛酸也有甜蜜。真杉靜枝終其一生，不斷尋尋覓覓真愛，為情感找尋終極歸宿。更進一步藉由創作以明志，促成她寫作動力的，端在「愛情」。透過渴望愛情的女性形象，用自己的創傷澆自己的塊壘。這些書寫也不妨視為她醫治情傷，追求自我治療的過程。

故鄉的辯證關係，成為真杉靜枝創作的靈感。日人女性的「家」之所在，是作者念茲在茲的書寫企圖。從〈南方之墓〉到〈南方的語言〉的敘事轉折，已經進行自我對話。〈南方之墓〉寫殖民地空間的禁錮，男性家長制的陰影；〈南方的語言〉則以木村花子的流轉身世，見證殖民地成為新故鄉的政治寓言。真杉靜枝兩篇作品的主題，從死亡到新生，有一種歸零再重新出發的覺悟，也展現殊異的鄉土與南方想像。

三、南國溫暖：兼論龜田惠美子的〈故鄉寒冷〉

真杉靜枝的文學活動，幾乎都在日本內地，雖然戰爭期比她活躍而知名的女性作家不在少數[126]，但是她的殖民地經驗是相當特殊的例子，也成為真杉靜枝重要的文學特色。反觀殖民地臺灣的文學狀況，在各種現實條件的限制下，相對於男性作品的質與量，留存下來的女性作品可謂比重很輕。[127]不過，形塑殖民地成為新故鄉的鄉愁敘事，可以在一位女性作家龜田惠美子的作品中發現。她曾在臺灣發表過一篇小說〈故鄉寒冷〉，刊登於一九四一年七月的《文藝臺灣》。[128]後來由葉石濤譯成中文，並簡單介紹她的創作狀況：

> 作者龜田惠美子是臺灣日本人女作家之一。在臺日人作家人數很多，作品量也可觀，可是女作家非常少。龜田惠美子的小說只找到這一篇，其餘日本人女作家較有名氣的有屬於《臺灣

126 例如吉屋信子、林芙美子、佐多稲子、円地文子、宇野千代等女性作家，都在一九四〇年代相當活躍。

127 當時在臺灣較為活躍的日人女性作家，應屬坂口れい子，她在臺期間雖然也有描寫故鄉的作品，但是有關臺灣主題的作品更為突出。尤其太平洋戰爭爆發之前，以日本的農業移民在臺灣的生活情況以及處理皇民化問題的作品，都受到臺灣文學界的注目，請參閱大原美智，〈坂口れい子研究：日人作家的臺灣經驗〉（臺南：國立成功大學歷史學系碩士論文，一九九六），頁一九。坂口れい子一九一四年出生於日本熊本縣，就讀女學校（一九二八）時就開始以筆名投稿文章。坂口れい子曾待在臺灣兩段期間，第一次是一九三八年四月到一九三九年三月，這段期間她到臺中州北斗郡北斗小學校當老師；第二次則是從一九四〇年四月到一九四六年三月，她嫁給坂口貴敏當繼室，再度來臺至日本戰敗而回國。

128 龜田恵美子，〈ふるさと寒く〉（故鄉寒冷），《文藝臺灣》二卷四號（一九四一年七月），頁三六—四四。中譯文由葉石濤譯，收入葉石濤編譯，《台灣文學集「一」》（高雄：春暉，一九九六），頁一三三—一四五。此外，除了〈ふるさと寒く〉一作，龜田惠美子還發表過一篇隨筆〈街〉，《文藝臺灣》二卷六號（一九四一年九月），頁四四—四五。另外還有一首詩作〈返信〉（回信），收入《華麗島》（一九三九年十二月），頁三七。

文學》的坂口䙥子，她的作品多，也較有名氣。作者龜田惠美子身世不詳。然而本短篇小說是在臺日人作家所寫小說中最傑出的一篇。[129]

葉石濤對於龜田惠美子的評價極高，但是這位日人女性作家在日治時期僅發表過一篇小說、一則隨筆與一首詩，在稀少的作品中很難窺探作者的創作歷程。或許〈故鄉寒冷〉是她作家生涯的吉光片羽，以題材而言，這是一部平實溫暖的小品。透過近鄉情怯的心情轉折，描寫主角一家離鄉背井多年後重回故鄉的感情變化。在殖民地擔任下級官吏的日本人，隔了二十三年之久，才帶著妻子與女兒勢子返回日本。故事從勢子和父親回到故鄉而展開序幕，透過勢子的眼睛來審視父親的過去與未來。

父親在年少時，原本懷著遠大夢想要到美國闖天下，無奈局勢忙亂而作罷。但是心想至少也要到菲律賓，因此帶著僅有的錢來到臺灣等船次轉往南洋。由於種種因素竟然把旅費花盡，最後不得不留在臺灣工作。父親在臺灣的起步，相當辛苦而瑣碎。他做過食品店的高級夥計、製糖會社的低級職員、新聞社的鄉村在地記者等各種職務。在輾轉變換工作的過程中，父親的雄心壯志已被消磨殆盡，人也開始步入中年。後來，好不容易攀上官界的尾端，至此安分守己，在這職位上做了十五年之久。沒有學歷的父親，在現實競爭上落人一截，只能以加倍努力的態度求取肯定。父親在擁有高學歷畢業的日本上司底下做事：「一心一意地為偏遠地方的開發如火般幹了活兒」[130]，認真沉默的工作性格，取得上司的認同，靠著微薄的薪水，拉拔兒女上學念書，因而勢子家的生活是收支相抵罷了。到如今無法回到內地的理由，與其說是離不開公務，其實是沒有經濟上的餘裕，所以一直延宕回鄉之路。

對勢子的父親而言，他已有埋骨在臺灣的覺悟，故鄉早就被他遺忘在記憶的深淵，但是希望見到親生母親的慾望依然熾烈。離開故鄉二十三年之後，父親終於能步上歸鄉的旅途。看在勢子的眼中，近鄉情怯的父親，令人既憐憫又心痛。父親不具有出生家庭，他的生父在二十三年前去世，生母後來改嫁到山中。所以父親是在勢子的母親、也就是後來的妻子家裡寄養長大。勢子細膩察覺到，父親在母親娘家中的邊緣位置，他在家中不敢大聲說話，而且態度拘謹。二十多年的時空阻隔，稀釋了父親對妻子親屬之間的情感。他們的出現，也引起家長繼承權的敏感問題。當真正回歸故鄉後，勢子的父親才發現故鄉的人事，注定隨著時間的流逝而改變。曾經占據內心二十多年的「望鄉」情愁，突然變得既陌生又曖昧，彷彿那曾經折磨自己的思鄉之痛，都是虛幻的。

當祖母出現時，父親以充滿沙啞與突兀的尖銳聲響呼喚自己的母親，猶如吐出積鬱已久的壓抑心情。但是連這一刻久別重逢的畫面，也是壓抑的：「端坐在圍爐旁的父親抱著胳膊沒臉見人地垂頭喪氣，似乎正在一動不動地忍耐著全身的激情。」[131]父親澎湃的情感，就像激浪拍岸後無聲退潮，只有當他回到生母的山中之家時，才能毫無拘束地和繼父以及同母異父的弟弟歡談。祖母也向父親提出返鄉的建議：「那麼，要不要從臺灣回來務農？土地也足夠餬口呢，難道臺灣那邊更充裕

129 此段話為譯者語，寫於〈故鄉寒冷〉之中譯文篇尾，《台灣文學集「一」》（高雄：春暉，一九九六），頁一四五。
130 龜田惠美子，〈ふるさと寒く〉，頁一三四。
131 龜田惠美子，〈ふるさと寒く〉，頁一三六。

嗎？」父親卻顯得猶豫不決：

父親驀地露出動搖的氣色，痛苦地回答說：「近期內想辭職回來。這樣長久旅居臺灣也就愈來愈難以回來，不過，和在臺灣衙門的同事之間比起親戚更加親密地交往，沒有一點兒令人不安的地方。」[132]

故鄉的美好形象，必須透過距離才能顯現。當他回到故鄉，紛紛攘攘的過往記憶，全都逼近眼前。他在妻子家中沒有地位，也沒有確切的發言權，親友之間的往來明顯生疏許多。反而和臺灣同事的相處更加密切，也沒有令人不安的地方。父親回答祖母的話，有游移不定的心情。不過，他卻希望女兒能多親近自己生長的家鄉與親人。但是勢子卻覺得深山步調太過無聊，而提議早點下山，這個時刻，他不禁有難以言傳的落寞。勢子對於父母的原鄉，有自然萌生的情感，也有犀利的批判。因為她成長以來的記憶，都圍繞在臺灣事物之上。父母鄉土的山川草木，儘管是如此豐饒美好，但是村民的智識卻老舊頹敗，甚至比殖民地還落後。所以勢子並不想長住於此：

透過父母的心看到的故鄉，被豐滿的哀愁包容著，吸收無盡的生命之流，綿綿不絕的山中小村的芳香。勢子無法消化的事物的老舊，到處橫行霸道。她感到村民所具有的濃密愛情，同時他們看事物的狹窄性，也令她感到不舒暢。縱令對這故鄉的山河有忍不住的摯愛，可是如果父母伸出永住下來的手，勢子一定激烈地拒絕。[133]

勢子和父親的心中都有一個天平，企圖估量臺灣和日本孰輕孰重。在現代化與殖民化的雙重改造下，臺灣竟然比日本更具進步印象。作者的書寫策略，似乎逐漸浮現。回到日本鄉下沒有幾天，他們父女開始強烈想念臺灣的報紙。「報紙」是文明的指涉物，象徵知識與訊息的流通。他們父女更以臺灣的「報紙」，作為新鄉愁的中介。龜田惠美子的移民書寫，直探「鄉土」的定義。在情感層面上，勢子是灣生的日本人，她坦言自己對臺灣的思念；在政治層面上，臺灣是日本的殖民地，勢子沒有國家認同的疑慮。勢子無法忍受日本親友仍然生活在老舊社會的陰影，而且他們的思想太過狹隘。父母的鄉土縱使美麗，她也無法產生認同。從而，她提問自己的故鄉在何處：

故鄉——那麼我底故鄉在哪兒？——她被打動心絃，勢子在這混濁的焦慮中，想到父母，懷念起南國燦爛的陽光。「信！」走廊有了聲音，勢子和幼小的孩子一起衝出去。去拿從臺北的家隔一天就寄來的報紙是無上的快樂。把這報紙，父親貪婪地讀著。當勢子說：「還是臺灣的報紙充分可以瞭解，太好了」時，父親說：「回去吧……內地轉冷了，再說臺灣什麼都豐富……我也覺得臺灣好……」134

132　龜田惠美子，〈ふるさと寒く〉，頁一三八。
133　龜田惠美子，〈ふるさと寒く〉，頁一四〇。
134　龜田惠美子，〈ふるさと寒く〉，頁一四四。

故鄉寒冷，南國溫暖，作者以溫度對比人情的冷暖，也映襯出主角的心情寫照。想要離開故鄉再度返回臺灣的父親，並非是以簡單的感情所能夠下結論的。父親那深奧而宿命的感慨，更令勢子覺得難能可貴。〈故鄉寒冷〉中父親的心理轉折，呈現較具戲劇化的效果，他的故鄉認同，在返回日本之前，一直以日本為依歸。不過，故鄉的概念，來自流動的經驗，從日本到臺灣，再從臺灣回日本，他體悟到臺灣是他的新故鄉。勢子的態度則始終如一，她是灣生的日本人，不僅認同臺灣，甚至出現「想像的鄉愁」（imaginary nostalgia）。勢子以唾棄父母故鄉老舊事物的態度，來凸顯她對臺灣的情感。在某種程度上來說，臺灣是她的故鄉。不過，她並沒有國家認同的矛盾，因為臺灣也是隸屬日本的一個地方。她的鄉土之愛，相當坦然。她感動於父親的果敢決定，深深體會到父親「那深奧而宿命的感慨」。人生的行為境遇，皆依預定的命運發生，而非人力所能變更。因為待在臺灣是勢子全家的宿命，所以要有移居南方的覺悟。作者以宿命觀作為結論，是一種弔詭的隱喻。宿命論儼然是一種政策包裝，成為日本展開南進慾望的合理化解釋。不過，譯者葉石濤卻認為這篇小說含有日本人認同臺灣土地與人民的正面意義：

> 她們父女眷戀「悠閒、美麗、安樂」的臺灣，束裝返回她們真正的故鄉——臺灣。小說中充分呈現統治者日本人認同臺灣的強烈意念。她們在內地感受不到溫暖，身心凍冷，唯有陽光燦爛的臺灣才能使她們活得舒暢。它描寫了殖民地日本人的一部分已經認同臺灣這塊土地和人民。[135]

葉石濤對於這篇作品的評價，應該出於文字所流露的臺灣情感，不過，也有可能是「誤讀」的結果。以後殖民批判的立場來看，這篇小說顯然在書寫策略上和南進政策有共犯結構，作者透過日本人父女對臺灣的感情，尤其是少女勢子的天真情懷，回憶與想像「新故鄉」同時並進，成為一種新鄉愁敘事，更投射南方的魅力。〈故鄉寒冷〉關於父親一角的移民前史，有些草草了事，但是女兒勢子的形象塑造卻頗為成功。透過勢子的視角，也看到一個為生活而消磨壯志的父親側影。這個男人原本懷有冒險理想，最終卻被迫在臺灣落地生根。他念茲在茲的「故鄉」，其實早已失去家族的涵義，生家與養家都沒有他的容身之處。或許他有回歸故鄉的慾望，卻透過這一次的日本行，更加確知返鄉的艱難。〈故鄉寒冷〉的瑣碎情節，述說親族關係的糾葛，個人有個人的心事。氣候的冷暖感知，不僅是現實的表象，更攸關家族內在的牽絆。而她的女兒勢子，雖然置身其中，卻猶如一個旁觀者，親族的血緣、父母的鄉土，於她並無深刻意義，臺灣才有真實的記憶，那裡有自己的家、成長的記憶、熟悉的人情事物，連「報紙」都顯得可親。她對臺灣的情感，直接而坦率。

無可諱言的，龜田惠美子的故鄉敘事，一方面描繪出日本人男性離鄉背井的鄉愁，另一方面也不妨看作是灣生女性的新鄉愁。其中，也可以捕捉到政治意識形態的敘事策略。〈故鄉寒冷〉刻劃離開日本的移民者，以回到故鄉為心情高潮，最終發現留在殖民地的宿命難以豁免，進而逼視自己重新省視對臺灣的愛。故鄉投射出的寒冷意象，彰顯臺灣的南國溫暖。溫暖的想像，包含了安心感與信任感。〈故鄉寒冷〉在文字上釋放了一些訊息，呼應日本人的南方想像，間接鼓勵南方發展的

135　此段話為譯者語，寫於〈故鄉寒冷〉之中譯文篇尾，《台灣文學集「一」》（高雄：春暉，一九九六），頁一四五。

可行性。勢子的父親身為殖民地下層官吏，卻「一心一意地為偏遠地方的開發」而埋頭苦幹，內心藏著激烈的鬥志。〈故鄉寒冷〉為有意移民者賦予希望，在日本的殖民政策下，臺灣在文化的大躍進，超越了日本鄉村。南方不再是蠻荒，開出現代感的新意。作者有意無意間，探問了親情、血緣、地理關係的能動性。雖然權力的內在本質是強制性的，但是它的運作卻常常以情感包裝的形式，達到牽動人心的效果。不過，小說本身也出現拉扯的張力，以「宿命論」詮釋移民者的邊緣處境，有一種迫於無奈的悲情效果。

日本帝國主義擴張下的南進政策，具體反映在移居殖民地及前進南洋。但是來到臺灣的日本人，除了官吏之外，絕大比例是日本的低下階層百姓。如果不是接受公職派令，一般日本人甚少考慮移民臺灣。通常是帝國內部的邊緣者，才會被「新天地」的南方憧憬所吸引。〈故鄉寒冷〉裡的父親，是一個循規蹈矩的人，沒有家世與學歷背景。他曾經擁有一顆冒險的心，卻沒有充分的積極態度。輾轉來到臺灣之後，也不免操勞於生活瑣事。不過，因為日本人身分，他的就職機會還是比臺灣人好。父親長年擔任殖民地的低等官吏，生活雖然不算富裕，但卻能擁有尊嚴。如果執意留在故鄉，恐怕人生處境相當難堪。龜田惠美子以女性視角，書寫父親及女兒認同之下的家鄉，「故鄉」的定義於此並不代表國家，而是一個生於斯或長於斯的場所。因此，以小說的人物而言，他們對臺灣是一種地方認同，無關民族的同情。

父親的故鄉，是女兒眼中的異鄉，〈故鄉寒冷〉構築一個故鄉與異鄉的辯證關係，臺灣作為主角投射情感的客體，與這一臺灣想像相互呼應的，是鄉土定義的重新詮釋。一方面，勢子以女兒身分來肯定父親回到臺灣的決定。另一方面，龜田惠美子則以女性作家的身分，投入日本帝國主義在南方的想像。根據葉石濤的說法，龜田惠美子是一位身世不詳的作家。〈故鄉寒冷〉的寫實性色彩濃烈，但它是虛構的故事，或是真實題材，誠然無從得知。不過，龜田惠美子曾經發表一篇隨筆〈街〉[136]，稍微可以窺探到這位作家的生活側影。〈街〉以第一人稱書寫，敘述剛剛失去工作的女性，一個人漫無目的在臺北城遊蕩，以細膩的觀察，描寫市街風景。後來她的目光被鳥店吸引而停下腳步，看到店門口擺了不同的鳥籠，依照牠們的品種而有不同價格：純種而色彩鮮豔的小鳥，一隻單價就頗貴；也有雜種而生氣勃勃的小鳥，被聚集在一籠，任君挑選，價錢則較便宜。透過小鳥，她彷彿看到自己的景況。她就有如雜種鳥，所以充滿求生慾望。〈街〉最後以主角勉勵自己、重新出發為結局。龜田惠美子的出身，單憑這一些線索，是無法斷言。不過，她既能創作，所以具備知識背景。她的身分，可能是灣生，也可能是移民。她需要為生計而煩惱，也不失為追求獨立的女性。〈街〉的女性側寫，不禁令人想起真杉靜枝初抵日本的落魄情況，兩人有類似的境遇。

龜田惠美子〈故鄉寒冷〉，因此與真杉靜枝的南方書寫形成有趣辯證。兩人都運用女性的視角，深入探索帝國的邊緣地景——「南方」的臺灣。龜田惠美子以情感的溫度來試探「故鄉寒冷」和「南國溫暖」，曾經被封鎖在父親心中多年的「鄉土」，彷彿無視時間的激流，依然停滯在封閉的狀態。對灣生女兒來說，生於斯長於斯的臺灣，已非客居之地，而是「新」故鄉。故鄉的辯證關係，也是真杉靜枝創作的靈感。日人女性的「家」之所在，是作者念茲在茲的書寫企圖。從〈南方

136　龜田惠美子，〈街〉，《文藝臺灣》二卷六號（一九四一年九月），頁四四。她在文末提到剛剛失去的工作，應該和公家機關的小職務有關。

之墓〉到〈南方的語言〉的敘事轉折，已經進行自我對話。〈南方之墓〉寫殖民地空間的禁錮，男性家長制的陰影；〈南方的語言〉則以木村花子的流轉身世，見證殖民地成為新故鄉的政治寓言。真杉靜枝兩篇作品的主題，從死亡到新生，有一種歸零再重新出發的覺悟，也展現殊異的鄉土與南方想像。女子歸鄉的路何其曲折，這兩位日人女性作家的臺灣書寫，賦予「故鄉」多重繁複的意義，既投射對男性家國體制的欲拒還迎姿態，也不乏地理空間的豐饒想像。故鄉之為故鄉，在此透露似近且遠、既親且疏的情感位置。

結語

一九五五年，真杉靜枝死於癌症，享年五十三歲。她在生前是擁有惡評的女流作家，過世後的負面聲名也沒有獲得翻轉。

二〇〇七年一月號的《文藝春秋》「作家寫真專輯系列」[137]，以真杉靜枝為主題。那張照片攝於一九五〇年作家團體前往信州小諸的演講旅行途中，前列從左排序的作家依次為濱本浩、真杉靜枝、丹羽文雄、久米正雄。照片下面有一段文字，簡單介紹真杉靜枝：

> 拿手的技藝是洋裁，自炫於穿著自己設計、剪裁的洋裝，但是同行的作家們對於這個特點好像不太明白的樣子。她和武者小路實篤、中村地平、中山義秀等多數作家談過愛情，也以戀愛豐富的女性而馳名。

寫出這段話的作者，顯然已對真杉靜枝做出道德評價。短短幾句話，道盡真杉靜枝在男性作家中的侷促地位。值得注意的是，這一段話尚且是二〇〇七年的寫真集所附錄。關於她的評價，歷來的回憶文字幾乎都是負面書寫。較為正面的，應該只有出現在《惡評之女：一位女性作家的悲歡生涯》。[138]不過，林真理子以真杉靜枝為主角所寫的《女小說家》，倒是提出一些中肯的說法。林真理子分析真杉靜枝無法在文壇立足的原因，還是出於文學產量，更和本身的才華有關。[139]《女小說家》當然也描寫真杉靜枝和眾多男性的關係，透過倒敘的方式，在第一章就以真杉靜枝的靈前守夜式揭開序幕，曾經和她發生戀愛關係的武者小路實篤和前夫中山義秀都有現身，中村地平則是始終沒有出現。真杉靜枝和中村地平的愛情，是由女方採取主動姿態，後來因為男方家長的反對，以分手收場。中村地平的年少時期有南方憧憬，真杉靜枝則有南方恐懼。兩人的臺灣經驗，也成為各自創作的重要靈感。一九三九年分手之後，他們的人生不再交集，卻不約而同以文學響應戰爭。然而，真杉靜枝的私人生活，超越世人對她文學的矚目，對於真杉靜枝文學的研究，可說才在起步階段，是否能夠引起廣泛討論，還有待觀察。

137　樋口進，〈文藝春秋写真館（九）由紀しげ子　真杉静枝　壺井栄〉，《文藝春秋》（二〇〇七年一月號），頁一一一一四。

138　十津川光子，《悪評の女：ある女流作家の愛と哀しみの生涯》（惡評之女：一位女性作家的悲歡生涯）（東京：虎見書房，一九六八）。

139　林真理子，《女文士》（女小說家）（東京：新潮社，一九九八），頁三七—三八。

真杉靜枝早期的創作，不斷寫著同一個故事，離開臺灣之後，殖民地成為她創作靈感的泉源。陰暗的、荒涼的舊城地標，構成一廢墟式的視景。「舊城」之名所指涉的文化地理意義及空間象徵，投射日人女性被囚禁的父權魅影。她以〈南方之墓〉的死亡意象來隱喻臺灣，殖民地文化退步的氛圍，扼殺女性的青春與愛情，具有令人窒息的恐怖意象。但是到一九三〇年代末期，她重新詮釋臺灣，〈南方的語言〉寫木村花子，兼及寫出她所愛的南方新故鄉，那是她丈夫的成長之地，也是改變她命運的所在。真杉靜枝藉文本銘刻生命的創傷，將內心的匱乏與慾望，重現字裡行間，顯示她與過去經驗角力的痕跡，並以此作為重新出發的宣言。真杉靜枝對於她成長的地方，開始出現自覺與自戀，南方作為創作的想像日益鮮明。

隨著日本侵略戰爭的白熱化，作為重要戰略地位的殖民地臺灣，真杉靜枝的臺灣想像也出現轉折，在許多以臺灣為主題的創作中，展現了她協力戰爭的被動員姿態。根據李文茹的研究，真杉靜枝能夠以女性作家的身分參與戰爭的背後，事實上與她的殖民地成長背景有密切聯繫。一九三九年從臺灣返回日本後，她在發表創作的同時，也積極強調自己與臺灣的關係。真杉靜枝的作品經常使用第一人稱，所以更能添加言論的可信性。對她的創作活動來說，一九三九年再度前往殖民地的動機，除了探視親人之外，也可說是為了蒐集小說題材的旅行。而且，更值得注意的是，真杉靜枝在這次的旅行動機中，對於戰爭時期文壇有著強烈的意識。當然不可忽略的是，在真杉靜枝選擇以「後方女性」的身分，亟欲將自己殖民地體驗作為創作題材時，確實存在著以男性為主的文壇結構。[140]

真杉靜枝的創作，呼應了她的成長背景與人生性格。如何在以男性為主流的文壇中嶄露頭角？

如何在戰時體制中占據發言位置？惡女之惡，似乎成了必要之惡。她的創作擅長於強調臺灣經驗，臺灣作為慾望的想像客體，彼岸的南方，是救贖的天堂，還是沉淪的地獄？透過她的作品，可以看出當時她對愛情的期待、時代的焦慮，甚至國家的想像。誠然，中村地平與真杉靜枝的南方書寫，有殊異的發展脈絡。一九三〇年代前半，兩人的創作生涯都剛起步。中村對南方／臺灣的鄉愁，其實是懷抱著蠻荒時代的野性憧憬，以及濃烈的浪漫主義。真杉靜枝在經歷失敗婚姻後，耽溺於傷痕書寫，她的南方書寫全力聚焦在父權批判之上。一九三九年之後，兩人都出現文學轉折，卻也朝向各自的發展。中村地平開始關注日本殖民史上的臺灣原住民形象，真杉靜枝則重新詮釋南方的新故鄉想像。女性從主體的確立到家國的建構，一方面要掙脫男性的重圍，一方面卻要與男性共體時艱。真杉靜枝的南方書寫為她個人帶來救贖力量，也為後人保留一些吉光片羽，其中的豐富想像仍猶待開發。真杉靜枝的作家生涯，堪稱緋聞不斷。這些緋聞的真假，撲朔迷離；涉及她的成長、戀愛與作家生涯，為她帶來虛華的聲名，反而模糊了真杉靜枝追求女性自主而朝向作家的理想。不過，現在也應該是回歸到以文學為主體來認識真杉靜枝的時刻吧。

140　請參閱李文茹，〈殖民地・戰爭・女性：探討戰時真杉靜枝台灣作品〉，《台灣文學學報》第一二期（二〇〇八年六月），頁六三—八〇。

第四章

西川滿與臺灣場域下的外地文學

前言

邁入二十世紀的二〇年代，儘管臺灣新文學是接受中國白話文運動的啟蒙而展開，在經歷新舊文學論戰與臺灣話文論戰之後，卻也不得不接受日文逐漸成為強勢文學語言的局面。活躍在一九三〇年代的臺人作家，一方面逐漸具備嫻熟的日文書寫能力，另一方面亦極力謀求臺灣文學的出路，形成日人作家與臺人作家相互抗衡的局面。日人作家西川滿為了主導臺灣的文壇走向[1]，在一九三九年九月與北原正吉、中山侑等人籌設成立「臺灣詩人協會」，成員還包括楊雲萍、黃得時、龍瑛宗等臺人作家。後來「臺灣詩人協會」改組，「臺灣文藝家協會」取而代之於一九四〇年一月一日成立，隔月發行機關誌《文藝臺灣》創刊號。由西川滿所主導，集結臺日的詩人、小說家乃至畫家的《文藝臺灣》，為一九三七年中日戰爭爆發後沉寂已久的臺灣文壇，攜來一股文學復甦的景象。「臺灣文藝家協會」在一九四一年二月為配合戰時體制而改組為半官半民組織後，《文藝臺灣》遂由西川滿「文藝臺灣社」發行。在一九四一年五月張文環另組《臺灣文學》之前，《文藝臺灣》是當時唯一以新文學為對象的綜合文藝雜誌[2]，它也是日治時期發行時間最久、網羅最多日人作家的刊物。西川滿的不少重要創作，多是透過這本刊物發表。《文藝臺灣》的運作，為西川滿在臺灣文壇占據了發言地位，並逐漸展露與日本內地文學抗衡的野心。[3]

《文藝臺灣》的成立背景，儘管和西川滿爭取臺灣文壇發言權有密切關聯，歸根究柢，還是無法擺脫大時代的影響。一九三七年中日戰爭爆發，一九三八年日本通過《國家總動員法》。[4]對日本來說，這一場戰爭是東洋與西洋的勢力對峙，也是重新建立東亞新秩序的契機，臺灣作為南進基地的地位益形明確。在文學動員的層面，這段期間出現大量歌頌「南方」的作品，前進南方的地理書寫也指涉了更為明確的帝國慾望。而在臺灣的日人作家，以何種姿態響應戰爭？或者說，如何透過書寫向中央文壇爭取發言的位置？當時的比較文學者島田謹二從一九三四年至一九三五年左右，

1 西川滿（一九〇八—一九九九）三歲時跟隨家人來臺，在臺渡過童年、少年時期。一九二七年三月到一九三三年四月這段期間，他返回日本念書。一九二八年先入早稻田第一高等學院專攻法國文學，後再入早稻田大學法文科就學。早稻田教師吉江喬松、西條八十、山內義雄等人，對西川滿的文學與人生觀影響很大。畢業之際，他為了去留日本本土的問題猶豫不決時，因為吉江喬松對他勉勵的」句話：「為地方主義文學要貢獻一生吧」，一九三三年下定決心再回到臺灣。一九三四年，西川滿進入「臺灣日日新報」社，主編該報文藝版，同年九月創設「媽祖書房」，刊行《媽祖》雜誌。從一九三九年設立「臺灣詩人協會」開始，逐漸成為皇民化時期的臺灣文壇領導人。關於西川滿生平簡略，請參閱「西川滿先生略年譜」，《淡水牛津文藝》第四期（一九九九年七月），頁二五—二八。

2 柳書琴，〈戰爭與文壇：日據末期的臺灣文學活動（一九三七．七—一九四五．八）〉（臺北：國立臺大歷史學系碩士論文，一九九四），頁六六。

3 根據中島利郎的研究指出，西川滿對「臺灣文藝家協會」的組成與《文藝臺灣》的經營策略，都指向建立「地方主義文學」並與日本中央文壇對峙的野心。請參閱中島利郎，〈日本統治期台湾文学研究：「台湾文芸家協会」の成立と「文芸台湾」：西川滿「南方の烽火」から〉，《岐阜聖徳学園大学紀要》外国語学部編第四五集（二〇〇六），頁九一—一〇八。

4 日本在一九三八年通過《國家總動員法》，政府在戰爭期間，遇到必要時刻得依法徵用帝國臣民，協助實行動員工作，也可使用或徵用動員物資。

開始對在臺日人的文學活動產生關注，自一九三八年起，藉由構思《華麗島文學志》一書，投注心力逐步建構「外地文學」論。[5]這是島田謹二針對在臺日人作家而提出的文學方向，相對於日本內地，島田謹二將在臺日人的文學命名為「外地文學」，他的用意除了要區隔內地作家與外地作家的書寫風格，也企圖擘造具有殖民地風情的外地文學論述。進一步，他更規範外地作家的身分，指出只有「長期」定居臺灣的日人作家，能夠以寫實技藝真實呈現殖民地風情，同時展現異國情調和寫實主義兩種內涵，才堪稱是足以和東京文壇相互頡頏的外地文學。西川滿的臺灣成長背景，正是島田謹二在建立「外地文學」論時所想到的最佳人選。

一九四〇年代由西川滿主導籌設的《文藝臺灣》，自然成為外地文學的實踐場域。《文藝臺灣》創刊於文學動員的年代，它的編輯走向也格外引人關切。這本雜誌的作家組成與文學風格，在一定程度上，逐步遵循官方政策的走向。回溯歷史現場，當時的日人作家和臺人作家或有對峙，或有合作。其中，西川滿主導「臺灣詩人協會」、《文藝臺灣》的成立經過，相當值得注意。中島利郎的研究提出，西川滿策劃「臺灣詩人協會」的成立及其機關誌《華麗島》的創刊，標誌以臺灣人作家為中心的臺灣文學界，轉向了以日本人作家為中心的階段。[6]一九四〇年一月一日「臺灣文藝家協會」取代「臺灣詩人協會」，並於隔月發行機關誌《文藝臺灣》創刊號。沒有多久，西川滿透過「臺灣文藝家協會」的會員組織，分為「贊助員」、「贊助會員」、「普通會員」，他刻意拉攏內地文藝家和島內有影響力的日本文人參與，不僅發揮自己的人脈力量，也達到掌控《文藝臺灣》的目的。[7]可以說，西川滿策略性地藉由「臺灣詩人協會」與「臺灣文藝家協會」的成立，逐步控制了臺灣文壇的主要發言位置。進一步分析《文藝臺灣》的內容，可以發現「文學」與「藝術」的結盟，正是該雜誌的重要特色。這是耐人尋味的地方，透過畫家和作家的相互結盟，展現西川滿薈融臺灣文學與藝術兩大勢力的雄心壯志。

另一方面，西川滿也藉由《文藝臺灣》，進行他的創作實驗。雜誌編輯與文學創作，是西川滿在一九四〇年代的兩條主軸。《文藝臺灣》在創刊之初，編輯取向上就鮮明展現了西川滿的美學風格。眾所周知，這本雜誌的發表成員以日人作家占多數，內容則偏重臺灣風土情趣。前行研究較少論及的是該雜誌在一、二卷各期的卷首，重點介紹西方繪畫名作，這是相當有趣的地方，其實也頗為符合西川滿的作風。從一九四一年十月的第三卷開始，他才捨棄西方繪畫的介紹，開始全力投入臺灣色彩的營造。

隨著戰爭愈來愈臻於高峰，《文藝臺灣》中期以後大量出現配合國策體制的作品。值得注意的

5　島田謹二的研究成果，以松風子為筆名，陸續發表在以《臺灣時報》為主的報刊。請參閱橋本恭子，《『華麗島文学志』とその時代：比較文学者島田謹二の台湾体験》（東京：三元社，二〇一二），頁一〇三。

6　中島利郎，〈日本統治期台湾文学研究：日本人作家の抬頭：西川満と「台湾詩人協会」の成立〉（日本統治期臺灣文學研究：日本人作家的抬頭：西川滿與「臺灣詩人協會」的成立），《岐阜聖徳学園大学紀要》外国語学部編第四四集（二〇〇五），頁四三—五四。

7　中島利郎，〈日本統治期台湾文学研究：「台湾文芸家協会」の成立と「文芸台湾」：西川満「南方の烽火」から〉（日本統治期臺灣文學研究：「臺灣文藝家協會」的成立與「文藝臺灣」：從西川滿「南方的烽火」談起），《岐阜聖徳学園大学紀要》外国語学部編第四五集（二〇〇六），頁九一—一〇八。

是，西川滿一九四〇年所發表的〈赤崁記〉[8]（《文藝臺灣》，一卷六號），可以說是這份刊物中出現相當早的一篇響應南進政策的小說。〈赤崁記〉在結構或敘事的表現方式上，和佐藤春夫的〈女誡扇綺譚〉有許多類似的書寫手法，尤其是在異國情調方面。島田謹二曾經說過佐藤春夫的〈女誡扇綺譚〉是典型的異國情調文學，亦符合他本人所提出的「外地文學論」。[9]可以說，日本文化界開始對臺灣投以關注，是在讀到佐藤春夫〈女誡扇綺譚〉的臺灣相關作品之後。[10]〈女誡扇綺譚〉不僅開啟了很多內地作家的臺灣想像，連在臺日人作家也受到影響。〈赤崁記〉是西川滿以異國情調重新詮釋臺灣歷史故事的初啼之聲，也是從〈赤崁記〉開始，西川滿在小說創作中展現了鮮明的政治語言，迥異於他本人以往臺灣書寫的文學調性。

〈赤崁記〉在一九四三年得到第一屆臺灣文化賞。對西川滿來說，〈赤崁記〉是一次成功的創作實驗，這也促使他展開一系列的臺灣歷史小說書寫工程。本章第三節所探討的〈龍脈記〉與《臺灣縱貫鐵道》，便是他在這一時期的文學產物。這兩個文本的主題都指向路線開發，牽涉到臺灣邁入現代化的發展過程，但也包含作者對臺灣歷史的挪用、改編。〈龍脈記〉與《臺灣縱貫鐵道》更是象徵西川滿文學轉折的重要代表作，印證他對外地文學論的表態。

因此，本章的研究範疇，將以島田謹二的外地文學論為問題意識，進而分析西川滿在日治時期臺灣文壇的發言位置，以及他回應島田謹二的文學實踐。寫實主義與異國情調是「外地文學」論的兩個重要內涵，檢驗西川滿的作品，異國情調是他偏愛的，但是寫實主義的部分則是需要克服的障礙。西川滿曾經說過：「討厭寫實主義的我，提筆寫一篇故事時，頂多是查閱文獻資料，決不會親自走一趟去調查。憑一知半解寫作之前，如果先看到或聽到什麼，就會削弱想像力，喪失詩情畫意。」[11]厭惡寫實主義的西川滿，為了迎合島田謹二的文學論，他的創作將必須有所改變。因此，西川滿選擇以臺灣的歷史故事或傳說為題材時，他的書寫策略應該是想要融合寫實主義與異國情調。從《文藝臺灣》可以窺探出主編的美學品味，該雜誌雖然肩負戰爭文藝的工作，每期也有響應戰爭的文字，不過還是充分展現了西川滿式的中國趣味，這也是探討這份雜誌時不可忽略的重點。受到島田謹二的高度期待，西川滿是否具體落實「外地文學」論？本章的重點將以西川滿為主，企圖透過《文藝臺灣》的成立經緯，分析西川滿的編輯風格與美學品味。進一步，勾勒《文藝臺灣》中期以降關於外地概念之實像與虛像，並重新思考《文藝臺灣》在一九四〇年代的文藝定位與東亞色調。

8　本文引用之中譯本為陳千武譯，〈赤崁記〉，收入《西川滿小說集二》（高雄：春暉，一九九七）。根據譯者註，這篇譯文最早發表於一九八七年六月十五至二十五日的《臺灣時報》副刊。

9　松風子（島田謹二），〈台灣の文學的過去に就て〉（臺灣文學的過往）（「華麗島文學志」緒論），《臺灣時報》（一九四〇年一月號）。

10　請參閱邱若山，〈「女誡扇綺譚」とその系譜：ロマン主義文學の本質からのアプローチ〉（「女誡扇綺譚」與其系譜：從浪漫主義文學本質的研究），《佐藤春夫台湾旅行関係作品研究》（臺北：致良，二〇〇二），頁一八九。

11　西川滿，〈笙歌一曲〉，《Andromeda》，第一九五期（一九八五年十一月二十三日）。本文轉引自中島利郎著，涂翠花譯，〈「西川滿」備忘錄〉，收入黃英哲編，涂翠花譯，《台灣文學研究在日本》（臺北：前衛，一九九四），頁一二八。

第一節　外地文學論與《文藝臺灣》的成立

引言：外地文學論與南方色彩

隨著中日戰爭的爆發，文學進入被動員的階段，「南方」的地理書寫也指涉出更為明確的帝國慾望。當時占據臺灣文壇發言位置的比較文學者島田謹二[12]，將法國殖民地文學（littérature coloniale）的概念介紹到臺灣，針對在臺日人作家的殖民地書寫，提出「外地文學」的論點[13]，並強調異國情調（exoticism）與寫實主義（realism）為其共同基調。所謂的「外地」就是殖民地：「思考外地和內地最大不同的社會特性，就是身在與內地殊異的風土下，與這些在內地看不到的異人種共住，而在那裡進行特別不同的生活。」[14]因此外地文學的特徵，在於以外地／殖民地作為外地作家獨特的領域，而用寫實主義的態度描寫出來。他的用意除了要區隔內地文學與外地文學的地理差異之外，也有意凸顯外地作家創作「異國情調文學」的獨特性格。島田謹二認為，臺灣位於有別於日本內地的南方外地，是殖民地成為日本文學之一翼的特殊地理意義：

> 臺灣的文學作為日本文學之一翼，其外地文學——特別作為南方外地文學而前進才有其意

義。和內地風土、人物和社會都不同的地方——那裡必然產生和內地相異特色的文學。[15]

在空間意義上，臺灣是日本內地延伸出去的南方領土；時間意義上，臺灣的文化發展晚遲日本許多。既要成為「日本文學之一翼」，又要與內地有不同特色，外地文學如何吸引日本的關注目光？這是在臺文學者需要思考的課題。島田謹二以「異國情調」作為外地文學的形貌，自然有其策略性的考量。殖民地特有風景的詮釋，令人聯想到《日本風景論》。日本近代的風景建構，首推志

12　島田謹二（一九〇一—一九九三），日本比較文學研究者。東京外國語學校英文系畢業，一九二九年任臺北帝大英文學、法文學講師，一九四六年被遣送回日本。戰後任教於東京大學教養學部，後來擔任大學院比較文學比較文化專修課程的第一任主任，奠定日本的比較文學基礎。一九六一年自東大退休後至東洋大學任職。著有《翻譯文學》（志文堂，一九五一）、《近代比較文學》（光文社，一九五六）、《華麗島文學志》（明治書院，一九九五）等書，主編《佐藤春夫詩集》（新潮社，一九四九）。島田謹二在日本統治期關於外地文學論的研究，於一九九五年才收入《華麗島文學志》一書，該書詳細介紹明治時期以降日人作家的臺灣相關作品，但多側重在詩人的討論。

13　島田謹二刻意迴避「殖民地文學」的譯詞，而採取「外地文學」，因為在法國「殖民地文學」泛指以殖民統治者為主體的文學，但是在其他殖民地領有國尚未有明確的概念。後來島田謹二逐漸確立自己的觀點，以「外地文學」作為殖民統治者的文學。請參閱橋本恭子，《『華麗島文学志』とその時代：比較文学者島田謹二の台湾体験》（東京：三元社，二〇一二），頁一四一—一五七。

14　島田謹二，〈臺灣の文學的過現未〉，《文藝臺灣》二卷二號（一九四一年五月二十日），頁十九。本文後來收入島田氏著，《華麗島文學志》（東京，明治書院，一九九五），頁四七六。

15　島田謹二，〈臺灣の文學的過現未〉，頁四七〇。

賀重昂於一八九四年出版的《日本風景論》。[16]在這本書中，志賀重昂以嶄新的眼光重新發現日本之美，重新定位日本地形。他揭露了日本特有地理環境所帶來的瀟灑與跌宕之美，企圖透過風景論表現日本的景色乃至國民性。《日本風景論》在風景建構之上，更有地理政治美學的訴求。志賀重昂提出地理學對日本未來的重要，強調地形是人文的先天條件，進一步以日本國土的特殊優越性，激發日本國民的自我認同意識和民族優越意識，也反映當時回歸東洋美的聲浪。此書也對當時日本殖民地臺灣與朝鮮有所著墨，更兼論亞洲鄰近國家的落後性，顯然帶有強烈的殖民擴張意識。志賀重昂的《日本風景論》，普遍流行於當時的日本知識界，顏娟英分析他的論點也影響在臺日人美術家石川欽一郎。[17]

石川欽一郎曾經說過：「鑑賞臺灣風景，首先一定要對照著，從日本的風景角度來考慮。」[18]石川欽一郎以日本風景為主體，指出殖民地的畫家突出畫風的方式，就是仔細觀察地方色彩。他將日本與臺灣並置對照，臺灣具備南方的獨特美感，是一個色彩斑爛的地方。石川欽一郎與島田謹二，分別影響一九二〇年代與一九三〇年代以降的臺灣文藝界，屬於藝術與文學領域的指導者。島田謹二的外地文學論，在某種程度之上，其實和石川欽一郎以日本為主體的臺灣風景論有類似之處。兩個人都提到，臺灣風景就是要表現出異於內地風土的特質，才能形成對日本人具吸引力的創作。不過，石川欽一郎也說過，臺灣的地方色彩，充滿活潑熱鬧的明朗氣息，這是它的特色，也是缺憾。以內地對比，日本風景是陰翳之美，具有內斂的精神；臺灣風景是陽剛之美，卻缺乏內在要素：

如此臺灣的山水，主要是外向性格，不能說對人沒有影響。快活、享樂、熱情是多數臺灣人的性格。我想這也和山水一樣，以表面的表現為主，缺乏內在的精神要素。或者反過來說，精神性的內面被表現性的強烈表現所遮蓋了。[19]

16 請參閱，《日本風景論》（志賀重昂全集第四卷），東京都：日本図書センター，一九九五年復刻版（根據一九二八年志賀重昂全集刊行會發行之版本複製）。本書在第一章第一節已簡略介紹過志賀重昂的南方書寫，志賀重昂（一八六三—一九二七）出生於日本岡崎市，一八八七年出版《南洋時事》，一八九四年出版《日本風景論》。他是日本聞名的地理學者、國粹主義者，也是活躍的政治家、政治評論家。他根據自然科學來解明日本山水風景的專書《日本風景論》，是他的著名作品。志賀重昂也是日本最早主張往南洋移民、貿易的南進論者之一。

17 顏娟英指出，石川欽一郎等早期來臺的水彩畫家美學觀的共同來源之一為日本的國粹保存論者、地理文學家志賀重昂於一八九四年出版的《日本風景論》。請參閱顏娟英，〈近代台灣風景觀的建構〉，《國立臺灣大學美術史研究集刊》第九期（二〇〇〇年九月），頁一九〇—一九四。

18 石川欽一郎，〈台灣方面の風景鑑賞に就いて〉（臺灣方面的風景鑑賞），《臺灣時報》（一九二六年三月號）。石川欽一郎（一八七一—一九四五）日本靜岡縣人，畫家。於一九〇七年至一九一六年、一九二四年至一九三二年前後兩次來臺，擔任臺北師範學校圖畫科教師，是臺灣近代西洋美術的啟蒙者，也是臺灣學校美術教育的開創者。他在《臺灣日日新報》、《臺灣時報》、《臺灣教育》發表大量的畫作與文章，出版《最新水彩畫法》、《課外習畫帖》、《山紫水明》等，並且指導七星畫會、臺灣水彩畫會、基隆亞細亞畫會與各種學校美術講習會以及業餘美術愛好團體，在一九二〇年代以降的臺灣畫壇深具發言地位。

19 石川欽一郎，〈台灣の山水〉，《臺灣時報》（一九三二年七月號）。本文之中譯文係引用顏娟英譯，〈臺灣的山水〉，收入《風景心境：台灣近代美術文獻導讀》（上冊）（臺北：雄獅美術社，二〇〇一），頁五三。

臺灣的自然美，色彩狂野而豐饒，卻缺乏文明感。石川欽一郎對臺灣風景的詮釋，往往停留在概念式的印象，恐怕和他接受《日本風景論》的審美標準有密切關聯。[20]他也認為，臺灣縱使缺乏內在的精神要素，只要畫家如實觀察即可。島田謹二卻試圖以文字彌補這一缺陷。一方面，他從文學的立場出發，評價臺人文學的貧乏[21]；另一方面，他則期許日人作家能夠發揚外地文學論的藝術追求。就他的想法，臺灣風景的詮釋，必須依賴在臺日人作家之手，才能創作出深刻的作品。從而，既要掙脫內地文壇的主流品味，又要爭取內地文人的主流目光，是島田謹二在建構外地文學論時所極力克服之處。

島田謹二以「異國情調」作為臺灣色彩的獨特性，正有其地理考量。內地作家親自踏上殖民地，以臺灣體驗所完成的紀行文學，大抵就屬佐藤春夫《霧社》是既為人周知又優秀的散文作品。一九二〇年代來臺的佐藤春夫，其臺灣相關作品受到島田謹二的肯定[22]，兩人也有深切往來。島田謹二公開推崇〈女誡扇綺譚〉，指出這篇作品內容涵蓋一半的紀行乃至於寫生文，它並非日本傳統的瀟灑風格，卻是作者以特有詩魂而貫徹極致冶豔的異國情調文學。〈女誡扇綺譚〉的殖民地意象，無論是港灣還是城址、街路、家屋等描寫，深具特異的風景美，或灼熱、或荒廢、或瑰麗、或縹渺，都並非日本人所熟悉的美感，卻能夠藉此擴大詩境，挖掘內在感性的處女地。[23]〈女誡扇綺譚〉可視為異國情調的極品之作。不過，島田謹二直言，如果要嚴格界定「外地作家」的身分，佐藤春夫並不符合，他只是來臺旅行三個月的內地作家。因此，島田謹二雖然讚賞〈女誡扇綺譚〉濃烈的異國情調，還是提出嚴厲看法，認為它「並不是真正的『外地文學』」[24]，「即使是外地文學，也不是足以與世界文學競爭的傑作。」[25]在「外地文學」的定義下，只有長期定居在臺灣的日人作家所創作出的外地文學，才是真正能夠與東京文壇相互頡頏的作品。島田謹二由於結識西川滿，逐漸對住在臺灣的內地人的文學活動產生興趣，從而開始研究臺灣的日本人文學，進而在一九三〇年代後半才有「外地文學論」的提出和《華麗島文學志》的書寫計畫。[26]島田謹二指出，要等到一九三〇年代以後，西川滿與濱田隼雄等日人作家的外地文學才令人值得期待。[27]

在建構外地文學論的過程當中，島田謹二一方面將「異國情調」定位為「外地特有的景觀描寫」，另一方面卻不願意只側重於此，因為有可能會流於空泛而概念式的印象。最為理想的外地文

20 顏娟英，〈近代台灣風景觀的建構〉，《國立臺灣大學美術史研究集刊》第九期（二〇〇〇年九月），頁一九〇—一九四。

21 請參閱松風子（島田謹二），〈台灣の文學の過去に就いて〉（關於臺灣的文學的過去），《臺灣時報》（一九四〇年一月號）。本文後來收入島田氏著，《華麗島文學志》（東京：明治書院，一九九五），頁一四—三八。

22 請參閱松風子（島田謹二），〈台灣に取材せる写生文作家〉（取材自臺灣的寫生作家），《臺灣時報》（一九三九年七—八月號）。本文後來收入島田氏著，《華麗島文學志》（東京：明治書院，一九九五），頁二五四—三〇〇。

23 松風子（島田謹二），〈佐藤春夫氏の「女誡扇綺譚」〉（佐藤春夫氏的「女誡扇綺譚」），《臺灣時報》（一九三九年九月號），頁六一。本文後來收入島田氏著，《華麗島文學志》（東京：明治書院，一九九五），頁三五八。

24 松風子（島田謹二），〈佐藤春夫氏の「女誡扇綺譚」〉，《華麗島文學志》，頁三八三。

25 同上註，頁三八四。

26 請參閱橋本恭子，《『華麗島文学志』とその時代：比較文学者島田謹二の台湾体験》（東京：三元社，二〇一二），頁一〇四—一〇七。

27 島田謹二〈臺灣の文學的過現未〉，《文藝臺灣》二卷二號（一九四一年五月二十日），頁九。本文後來收入島田氏著，《華麗島文學志》（東京，明治書院，一九九五），頁四六七。

學，島田謹二認為是「真正能掌握居住於其地人之心理特性的作品」。針對這一點，根據橋本恭子的解說，島田謹二為了使外表的「異國情調」進一步深化，他認為需要與「心理的寫實主義」融成一體，才能成為所謂的「大文學」。[28]當時臺人作家的寫實主義文學，自然不被島田謹二所重視。臺灣作家寫臺灣，誠然是最接近社會真實的，但是卻屬於灰調平凡的景致。透過帝國之眼，南方作為一種想像的疆界才能更形豐饒。南方意味著令人興奮的新天地，而不是日常生活的單調。島田謹二建構外地文學論，企圖掌握再現臺灣的詮釋權是不言可喻的。

以異國情調為皮膚，以寫實主義為血肉，正是外地文學的魅力所在。值得注意的是，島田謹二的外地文學論，有意形塑一種新的「寫實主義」，不為特定的政治目標而宣傳，而以作家的切身感觸為動力。島田謹二在〈臺灣文學的過去、現在、未來〉一文特別強調，他所謂的「寫實主義」，並非西方以普羅大眾為對象的寫實主義文學：

> 但是，即使說是寫實主義卻不可和所謂無產階級的寫實主義等同視之。那是完全的或朝向特別的政治目標而做宣傳、唆使、曝露為志向的，是脫離了文藝本色。不是那種偏頗的東西，而是真正對文藝獨特的任務有所覺醒，把與內地不同風土之下共同居住的民族的想法、感覺方式、生活方式的特異性，就這樣生動地「結合生命」描寫出來的話，這時就會完成一幅生之縮圖，而產生一種新題材的、在所謂「政治的態度」以外深深植根於文學獨特之領域的寫實主義吧。[29]

寫實主義文學在技巧展現上，強調對自然或生活做準確、詳盡和不加修飾的描述，主張摒棄理想化的想像，而細膩觀察事物的外表。這些論點和島田謹二的理解並不相背離。不過，「無產階級」的寫實主義，批判官方與資產階級的罪惡，卻是島田所抨擊的對象。無產階級的寫實主義創作，多表現在勞工和農民等社會底層庶民的困苦生活，實質是對封建體制和資本主義政治合流的理性透視，所以官方與資產階級多以敵對姿態視之。島田謹二反對無產階級所詮釋的寫實主義，而提議要置身於政治態度之外。弔詭的是，他的寫實主義卻凸顯極為鮮明的官方姿態，以帝國之眼詮釋殖民地，像薩依德（Edward Said）所說西方學者的東方學（Orientalism），也可視為一種南方主義。關於殖民地的想像，島田謹二有意建構屬於在臺日人作家的南方書寫系統。透過日人作家的生活體驗，賦予南方以嶄新的生命，是一種似遠且近的南方鄉愁。

就文學生產而言，日本在領臺初期出現許多以臺灣為背景的文學作品。透過閱讀市場的角度進行分析，這個現象顯示出了日本國民對臺灣事物的興趣。因為臺灣是日本的第一個海外領地，自然吸引許多關注的目光。一般大眾的臺灣知識相當貧乏，文學者遂利用國民的好奇心態，積極以臺灣為創作主題。從而，明治作家的臺灣觀（特別是廣津柳浪、尾崎紅葉、德富蘆花、田山花袋），藉他們在文壇上的地位，以及當時新聞雜誌的普及勢力，他們的作品透過被閱讀，轉化成多數內地人

28　橋本恭子，《『華麗島文学志』とその時代：比較文学者島田謹二の台湾体験》，頁三八四。

29　島田謹二，〈臺灣の文學的過現未〉，《文藝臺灣》二卷二號（一九四一年五月二十日），頁一九。本文後來收入島田氏著，《華麗島文學志》（東京：明治書院，一九九五），頁四七六。

的臺灣印象。但是這些作品多是想像之物，有些是以政治小說的型態出現。[30]這種南方熱潮，在一九〇四至一九〇五年前後突然消退，那是因為日俄戰役將日本國民的目光拉向北方。在島田謹二來臺後，他才意識到明治文學者所留下的臺灣書寫，不僅成為一般人對於臺灣知識的來源，還造成此後的負面印象，許多誤解也隨之而生，文學的力量可見一斑。對於內地人的臺灣觀，勢必徹底理解明治時期的社會史，才能釐清各種的臺灣事情，這也涉及到文學的社會影響。[31]

因此，島田謹二把目光投向在臺定居的日人作家，期待這些人能真實而全面地描寫殖民地風土，以有別內地文學的日本風土。顯然，外地文學論所欲建構的，是殖民者階級的文學，島田謹二宣稱，在臺日人作家才可以代表臺灣發言。然而他對寫實主義所下的新定義卻非常矛盾，作為「殖民者的文學」之外地文學，它本身的政治性格不僅清晰可見，也是劃分作者身分的階級文學，更賤斥臺灣人的臺灣觀點。外地文學論還是外地作家與日本中央文壇抗衡的一種政治態度，昭然若揭外地作家在殖民地的強勢，在中央文壇的弱勢。因此，「在所謂『政治的態度』以外深深植根於文學獨特之領域的寫實主義」，顯然是自相衝突，從而能否具體履行也令人懷疑。

島田謹二提出的外地文學論，因為完全無視臺灣人作品而受到許多批判，橋本恭子認為這是一種誤解：由於島田謹二對於「外地文學」和「殖民地文學」的區分非常嚴密，他最終採取了「外地文學」的譯詞，並逐漸確立自己的觀點。他在文章中以「外地文學」作為殖民統治者的文學，「臺灣文學」則是等同於「殖民地文學」的「被殖民者文學」。而島田的研究對象也始終是「外地文學」＝殖民統治者的文學＝「日人文學」，並不觸及臺人作家與作品。[32]對島田謹二而言，殖民地臺灣的文學作品裡，只有日人作家才具備創作的水準和被討論的價值。他所指稱的「臺灣的文學」，基本上是以日本人作家作品為主，對臺人作家及作品則採取貶抑姿態。島田以為，從一九〇五年以降的二十年間，臺灣作家的創作水準非常低落，雖然也出現極多的文藝雜誌，但值得記憶的卻極稀少，很多作品還是停留在模仿階段。縱使來到一九三〇年代末期，對比以日語為母語的日本人，臺灣人接受日語教育還仍屬於創始年代，就日語使用的純熟度來說，島田謹二的排斥在所難免。不過，在語言問題之外，恐怕還有更深層的文化問題。

誠然，從島田一貫地只關心臺灣的內地人文學的態度，可以看出他對本島人文學的排斥性。此外，島田謹二相當重視西方文學對日本文學的影響，卻排斥臺灣文學給予日本文學的影響。筆者以為，島田謹二完全無視臺灣文學的存在，還是他的文化姿態所致。相對於已經步向進步性、文明性的日本母國文化，殖民地臺灣的文化與文學無疑是落後粗俗。所以他不僅推崇外地文學論，更把異

30 島田謹二，〈明治の內地文学に現われたる台湾〉（明治的內地文學中所展現的臺灣），《臺大文學》四卷一號（一九三九年四月）。本文後來收入島田氏著，《華麗島文學志》（東京：明治書院，一九九五），頁六一—六三。島田謹二指出，領臺以後的明治時期的內地文學中所出現的臺灣相關作品，探究其內容可分為三大類型：一是和征臺軍事有關；二是家人渡臺不歸（或不得歸），徒留內地親人哀傷的家庭悲劇；三是前往臺灣工作的內地人官吏或民間人士為題材。至於島田謹二重點提出的四位作家廣津柳浪（一八六一—一九二八）、尾崎紅葉（一八六八—一九〇三）、德富蘆花（一八六八—一九二七）、田山花袋（一八七二—一九三〇），他們都是明治時期的代表作家。

31 同上註，頁六一—六三。

32 橋本恭子，《『華麗島文学志』とその時代：比較文学者島田謹二の台湾体験》（東京：三元社，二〇一二），頁一五三—一五七。

國情調視為相當重要的文學因素。試想，臺灣人作家描寫自己的鄉土時，會強調異國情調嗎？所謂的異國情調，就在於以臺灣為凝視的客體，凸顯觀看者的主體位置。

一九四〇年創刊的《文藝臺灣》，在很大意義上，是作為外地文學的實踐場所。島田謹二的外地文學論，雖然多在《臺灣時報》發表，不過從《文藝臺灣》創刊以來，他也先後發表了〈外地文學研究的現狀〉、〈臺灣文學的過去、現在與未來〉、〈Jean Marquet的法屬印度支那小說：外地文學雜話（一）〉、〈臺灣寫生派俳句的前輩們：外地文學雜話（二）〉、〈Robert Randau的第二代小說：外地文學雜話（三）〉、〈文學的社會表現力〉等評論文章。[33]陸續衝擊日人作家的文學方向，也引發作家的迴響。[34]尤其是在《文藝臺灣》創刊號〈外地文學研究的現狀〉一文，島田謹二不厭其煩地反覆闡釋他在其他研究中的外地文學論，以為其論述的再確立之作。島田謹二在文章開頭即向讀者提問，一個國家在占領外地後，橫渡到此地，乃至在此地成長者之間，以此地生活與自然為素材，而以國語創作的文學，在現代的學界，給予怎樣的名稱？以怎樣的方法徹底鑽研？舉出怎樣的成果？他在結論中更提到，這種新文學與國文學之間的關係：

> 這個新文學並不是文化程度低等土著民族的文化研究，而是以渡航乃至於移住至此的國人的文學，作為國文學史研究的一個延長為目標。唯有特殊外地生活的體驗者才能夠研究，無法以普通的國文史研究法舉出充分效果。並且這外地文學自然和國語不同，接觸二種以上的文學，這一方面成為國文學與外國文學之間的交涉，當然是收入「比較文學研究」的一個部門。[35]

這一段話，簡明扼要指出外地文學的基本原則。它並不是低等土著民族的文化研究，而是移居至此的日本人生活風貌的刻劃，強調寫實主義的技藝表現。南方色彩的展現，則是決定異國情調的主軸。不論是創作者或是被書寫者，都以在臺日本人為主體。此外，外地文學涉及到殖民者與被殖民者的兩種語言狀態，所以它是屬於比較文學的範疇，也是島田謹二的專業領域。所有的規範，只為了量身訂做適合在臺日人作家的南方敘事風格。透過他們的外地書寫，他們的生活、文化和意向逐漸累積為陌生的疆域（對臺灣人而言），逐漸將殖民地轉變成他們的「家園」。誠然，對支配的慾望、理解或探索其他社會的精力，是願意投注心力或加以排斥，都和權力和利益之配置有密切聯

---

33 島田謹二，〈外地文學研究の現狀〉（外地文學研究的現狀），《文藝臺灣》創刊號（一九四〇年一月一日），頁四〇—四三；〈臺灣文學の過現未〉（臺灣文學的過去、現在與未來），《文藝臺灣》二卷二號（一九四一年五月二十日），頁三—二四；〈ジャンマルケエの佛印度小說：外地文學雜話（一）〉（Jean Marquet的法屬印度支那小說：外地文學雜話（一）），《文藝臺灣》三卷一號（一九四一年十月二十日），頁三六—三九；〈台灣における寫生派俳句の先達：外地文學雜話（二）〉（臺灣寫生派俳句的前輩們：外地文學雜話（二）），《文藝臺灣》三卷二號（一九四一年十一月二十日），頁五八—六三；〈ロベエルランドオの第二世小說：外地文學雜話（三）〉（Robert Randau的第二代小說：外地文學雜話（三）），《文藝臺灣》三卷六號（一九四二年三月二十日），頁三六—三八；〈文學の社會表現力〉（文學的社會表現力），《文藝臺灣》五卷一號（一九四二年十月二十日），頁五—一五。

34 中村哲，〈外地文學の課題〉（外地文學的課題），《文藝臺灣》一卷四號（一九四〇年七月一日），頁二六二—二六五；打木村治，〈外地文學私考〉，《文藝臺灣》三卷六號（一九四二年三月二十日），頁三九—四一。

35 島田謹二，〈外地文學研究の現狀〉（外地文學研究的現狀），《文藝臺灣》創刊號（一九四〇年一月一日），頁四〇—四三。

繫。顯而易見，權力的修辭被配置在一個帝國的場景時，外地文學宣稱自外於政治態度的姿態，卻是充滿了帝國的意味。外地文學論的建構，以文化之名展現帝國拓殖事業的慾望，因而有關南方文化的概念都經釐清、加強、批判或賤斥。其中，更牽涉在臺日人作家的外地詮釋權。島田謹二念茲在茲的，該是如此。他是一位文學評論者，外地文學的具體實踐，就有賴以西川滿為首的日人作家集團。島田謹二在一九三八年以降，開始形塑外地文學體系，一九四〇年《文藝臺灣》的成立，無疑是一個重要的文學宣示。

一、《文藝臺灣》的成立與文學理念

西川滿對日治時期的臺灣文壇逐漸形成影響力，是在一九三〇年代後期。籌設「臺灣詩人協會」之前，他在一九三九年一月號的《臺灣時報》發表的文章〈臺灣文藝界的展望〉，具體說明他的文學使命。這篇論述的重要性，在於呈現他亟欲整合日人與臺人作家的企圖。他以臺灣文藝界的歷史為開端，概括介紹歷來著名作家作品。展望臺灣文學，過去有森鷗外與伊良子清白以臺灣為主題的古典詩，為後人留下驚異的優秀作品。現在則有學者型的人物，像矢野峰人的譯詩、島田謹二的翻譯與評論、神田喜一郎的臺灣古文獻研究。而在短歌、新詩創作或譯詩方面，更有許多日人作家投身其中，如新垣宏一、小山捨月、松村一雄、林鹿二、石本岩根、中村地平、西田正一、北原政吉、本田茂光、後藤大治、上清哉、藤原泉三郎、藤野雄二、石田道雄、樋詰正治、平井二郎、濱口正雄、田淵武吉、山本孕江等人。隨筆則有森於菟、金關丈夫、池田敏雄、濱田隼雄、前島信次，戲劇方面是田中總一郎、菊田一夫、中山侑、鶴田資光。〈臺灣文藝界的展望〉的特殊之處，在於西川滿也提出臺人作家的活躍者，如黃得時、楊雲萍、龍瑛宗、水蔭萍、郭水潭、楊逵、呂赫若、張文環等人。[36]不難發現，西川滿的意圖並非單純解說臺灣在小說或詩歌的創作狀況，他把目光放在全體文化之上，被他提出的人名，涵蓋詩人、小說家、評論者、劇作家、學者。而這些被列舉出的人物，大多成為往後「臺灣詩人協會」乃至「臺灣文藝家協會」的會員。

中島利郎指出，西川滿在這篇文章當中，將自己置身於一定距離之外評論這些作家。譬如他主動提到左翼作家上清哉、藤原泉三郎的態度，肯定他們過去的輝煌活動。而曾經厭惡西川滿的「貴族性」，甚至批判以西川滿為中心的作家群體是「文學暴力集團」的藤野雄士，仍以「峻銳」稱許之。[37]值得注意的是，雖然他是以日人作家為重心，卻還是舉出幾位臺人作家的名字，顯然是一種收編策略。與其把臺人作家排斥在外，不如對他們釋放善意，邀請他們加入外地文學陣營，擴大自己的力量。西川滿還發出豪語，他期許臺灣文藝界，從此而後不要一味追逐東京文壇，要以臺灣獨自的方法來尋求文學發展：

36　西川滿，〈台灣文藝界の展望〉，《臺灣時報》（一九三九年一月一日），頁七八—八五。

37　中島利郎，〈日本統治期台湾文学研究：日本人作家の抬頭：西川満と「台湾詩人協会」の成立〉（日本統治期臺灣文學研究：日本人作家的抬頭：西川滿與「臺灣詩人協會」的成立），《岐阜聖徳学園大学紀要》外国語学部編第四四集（二〇〇五），頁四三—四四。

南是南，北是北，既然身在明亮透澈的光之國，為何始終想念昏暗的北國雪空。日本終究會以臺灣為中心向南延伸下去吧，我們這些參與文藝之道的人，當前如果沒有抱持深刻的自覺，後世要以何面目對待子孫？將華麗島的文藝成為相稱於南海、聳立天際的巨峰，這是我們的天職。[38]

南方是光之源，賦予我們秩序、歡樂、華麗。〈臺灣文藝界的展望〉，無疑是外地文學的新展望。站在島田謹二的基礎之上，西川滿試圖展現更大的氣魄與野心。一九三九年九月，西川滿、北原政吉、中山侑等日人作家籌設成立「臺灣詩人協會」，成員還包括臺人作家楊雲萍、黃得時、龍瑛宗等人，共結合三十三位詩人，並於一九三九年十二月發行機關誌《華麗島》。[39]作為一本以詩為主體的刊物，西川滿刻意把火野葦平的隨筆〈經過華麗島〉放在卷首，實在耐人尋味。[40]火野葦平是昭和時期的小說家，在戰爭期更以隨軍作家而聞名。火野葦平在初抵臺灣之前，西川滿曾經寄給他自己出版的書籍與雜誌[41]，試圖透過文學介紹自己。火野葦平在一九三九年因配合臺灣總督府的「時局．南支展」而來，以此機緣寫下〈經過華麗島〉一文，作為《華麗島》的創刊賀作。在此之前，火野葦平並不瞭解臺灣的文藝狀況，但是他對佐藤春夫的〈女誡扇綺譚〉與臺灣紀行的印象深刻，他喜愛這些作品，從而對臺灣產生憧憬。西川滿寄送的書籍，誠然帶給他一些臺灣想像。在〈經過華麗島〉一文，火野葦平感謝先前西川滿在從未謀面的情況下，竟然不辭千里寄書，以文學安慰他在戰場的心靈。另一方面，也驚訝於這些限定版書籍的稀有與精緻之美。透過參展的機緣，他終於能踏上臺灣並面識西川滿，更恭逢全島詩人的合流團結以及《華麗島》的發刊，在文字最

後，他為這本雜誌獻上祝福。[42]火野葦平在當時已是內地的知名作家，他的官方立場與從軍作家身

38 西川滿，〈台灣文藝界の展望〉，頁八四。

39 創刊於一九三九年十二月一日的《華麗島》，只發行一期，主文共五十二頁，除了火野葦平的隨筆〈華麗島を過ぎて〉（經過華麗島）、池田敏雄的隨筆〈單身娘〉（單身女孩）、西川滿的小說〈瘟王爺〉，其餘全部都是詩作。在該雜誌卷末，附錄了會員名冊，共有以下三十三位：赤松孝彥、池田敏雄、石田道雄、糸數正雄、王育霖、郭水潭、川平朝申、喜多邦夫、北原政吉、邱淳洸、邱炳南、黃得時、吳新榮、澁山春樹、莊培初、高橋比呂美、竹內康治、中山侑、長崎浩、長野泰一、西川滿、新田淳、新垣宏一、日野原孝治、久長興仁、本田晴光、萬波教、水蔭萍、村田義清、楊雲萍、龍瑛宗、林精鏐、林夢龍。

40 火野葦平（一九〇七—一九六〇）本名玉井勝則，是昭和時期的小說家。一九三七年應召加入中日戰爭，出征前所寫的《糞尿譚》，後來獲得第六屆芥川賞而在軍中聞名，隨後創作許多戰爭文學。太平洋戰爭期間也遠赴各戰線，以從軍作家活躍於文壇。一九三九年曾配合臺灣總督府的「時局・南支展」而來到臺灣，以此機緣寫下〈華麗島を過ぎて〉（經過華麗島）一文。

41 西川滿和火野葦平結識，是透過中山省三郎的介紹。中山省三郎和火野葦平都是早稻田高等學院的同學，也算是西川滿的學長。中山省三郎和火野葦平一生過從甚密，一九三八年火野葦平正在廣東戰場時，中山省三郎應改造社之託去訪問他，回程時短暫停留臺灣，因而結識西川滿。中山省三郎和西川滿都是早稻田出身，並且具有浪漫主義傾向的詩人，兩人頗意氣相投。西川滿並從中山省三郎那裡，獲得火野葦平的訊息。當時火野葦平已是日本知名作家，西川滿也希望透過中山省三郎介紹，認識火野葦平。他積極地把自己在臺灣裝幀出版的限定版書籍與雜誌《媽祖》、《傘仙人》、《神曲余韻》等書寄給火野葦平，希望透過書籍讓火野葦平認識他與臺灣的文學狀況。請參閱中島利郎，〈日本統治期台湾文学研究：日本人作家の抬頭——西川満と「台湾詩人協会」の成立〉，頁四八—五〇。

42 火野葦平，〈華麗島を過ぎて〉（經過華麗島），《華麗島》創刊號（一九三九年十二月一日），頁五—七。

分，更使他的文章具有政治意涵。西川滿顯然亟欲透過火野葦平的祝賀之意，宣示「臺灣詩人協會」的劃時代意義。《華麗島》只發行一期，旋即宣告結束。不過，它已完成階段性的任務。西川滿的企圖，不僅在於整合臺灣的詩人，而是朝向文藝界的大集合。

「臺灣詩人協會」成立不久即傳出要改組的消息。一九四〇年一月一日由「臺灣文藝家協會」取代「臺灣詩人協會」，並於隔月發行機關誌《文藝臺灣》創刊號。「臺灣文藝家協會」的成員，不僅網羅外地的日臺作家，也邀請內地的重要文人以壯大聲勢，更有許多藝術家參與。西川滿透過「臺灣文藝家協會」的會員組織，分為「贊助員」、「贊助會員」、「普通會員」。「贊助員」以內地著名文藝家為主，以期達成臺灣文藝界的文化向上。[43]「贊助會員」則是以在臺灣居住，年齡或社會身分高於西川滿的人士，具有協會顧問性質的地位。[44]實際上參與創作最多的，則以「普通會員」為主，《文藝臺灣》的編輯委員也出自於此。[45]在會員名單中，臺人作家都列於「普通會員」，黃得時和龍瑛宗還是編輯委員。然而，臺人會員的人數，顯然無法和日人會員相比。不難發現，西川滿刻意拉攏內地文藝家和島內有影響力的日本文人參與，不僅發揮自己的人脈力量，也達到掌控《文藝臺灣》的目的。[46]

「臺灣文藝家協會」為中日戰爭爆發後沉寂已久的臺灣文藝界，攜來一股文學復甦的信心。「臺灣文藝家協會」在一九四一年二月為配合戰時體制而改組為半官半民組織後，朝向政治性結社的功能，《文藝臺灣》遂改由西川滿「文藝臺灣社」發行，但是仍然積極支持協會運作。[47]雖然一九四

43 贊助員名簿（內地）：安西冬衛、飯島正、飯田蛇笏、伊藤整、伊藤永之介、石坂洋次郎、岩佐東一郎、伊良子清白、

宇野浩二、小田嶽夫、大鹿卓、大木惇夫、岡崎義惠、岡田禎子、恩地孝四郎、川西英、川端康成、川上澄生、川崎長太郎、川路柳虹、上司小劍、木下杢太郎、木木高太郎、木村毅、小宮豐隆、佐藤惣之助、佐藤一英、齋藤茂吉、西條八十、榊山潤、山宮允、式場隆三郎、新村出、壽岳文章、田中冬二、田村泰次郎、竹中郁、高村光太郎、張赫宙、寺崎浩、土岐善麿、十返一、富澤有為男、那須辰造、中村武羅夫、中村地平、中山省三郎、中川一政、中里恒子、楢崎勤、丹羽文雄、西村真琴、新居格、長谷川伸、春山行夫、火野葦平、日夏耿之介、平塚らいてう、平田禿木、藤澤桓夫、古谷綱武、保田與重郎、保高德藏、真山靜枚（筆者按：應為真杉靜枝）、松田解子、丸岡明、丸山薰、都新聞社文化部、百田宗治、矢崎彈、山口勢子、山內義雄、與田準一、橫光利一、吉井勇、吉江喬松；引自《文藝臺灣》一卷二號（一九四〇年三月一日）。

44 贊助會員名簿（臺灣）：安藤正次、飯沼龍遠、石黑魯平、植松平、大澤貞吉、金關丈夫、神田喜一郎、草薙晋、國府種武、小林土志朗、佐伯秀章、島田昌勢、島田謹二、鈴木巖、世良壽男、府圖書館、田淵武吉、塚越正光、富永豐文、中村喜代三、西岡英夫、早坂一郎、樋詰正治、宮本延人、森田政雄、矢野峰人、山中樵、山本孕江、鄭津梁；引自《文藝臺灣》一卷三號（一九四〇年五月一日）。

45 普通會員名簿（臺灣）：＊赤松孝彥、飯田實雄、＊池田敏雄、石田道雄、系數正雄、王育霖、王碧蕉、大賀湘雲、郭水潭、川合三良、川平朝申、木皿正一、喜多邦夫、＊北原政吉、吉見庄助、邱淳洸、邱炳南、桑田喜好、久保田明之、＊黃得時、吳新榮、境暢雄、周金波、澁山春樹、莊培初、＊高橋比呂美、＊竹內實次、立石鐵臣、田中青汾、千葉正美、張文環、土屋寶潤、中井淳、中里如水、中島俊男、＊中山侑、＊長崎浩、長野泰、名島貢、西川史郎、＊西川滿、新垣宏一、新田淳、濱田隼雄、日野原孝治、古川義光、本田晴光、槇ツユ、松井奈駕雄、萬造寺龍、萬造おしえ、水蔭萍、宮本彌太朗、村田義清、山口充一、楊雲萍、橫田太郎、藍蔭鼎、＊龍瑛宗、林精鏐、林夢龍、林熊生（＊印為編輯委員）；引自《文藝臺灣》一卷三號（一九四〇年五月一日）。

46 中島利郎，〈日本統治期台湾文学研究：「台湾文芸家協会」の成立と「文芸台湾」：西川滿「南方の烽火」から〉，《岐阜聖徳学園大学紀要》外国語学部編第四五集（二〇〇六），頁九一—一〇八。

47 〈社報〉，《文藝臺灣》二卷一號（一九四一年三月一日）。

一年五月張文環另組《臺灣文學》，與《文藝臺灣》形成立場殊異的兩股力量，不過《文藝臺灣》卻是日治時期發行時間最長、網羅最多作家群的刊物。西川滿在戰爭期的不少重要創作，多是透過這本刊物發表。《文藝臺灣》的運作，無疑為西川滿在臺灣文壇占下發言地位，他運作「臺灣文藝家協會」的組成與《文藝臺灣》的經營策略，都指向建立「地方主義文學」，並與日本中央文壇對峙的野心。[48]

《文藝臺灣》的創刊格局是壯闊展開，社員們也自我期許要成為臺灣文化的領航者。《文藝臺灣》在創刊號的〈後記〉以七段文字說明也指出創刊的旨趣，以下四段是和編輯方向有關的段落：

◇昭和十四年二月以來成為懸案的臺灣文藝家協會，在臺官民的有志者、「臺灣日日新報」「臺灣新民報」兩社學藝部，以及各種文化團體的積極支持下，在紀元二千六百年組成，茲創刊「文藝臺灣」。

◇協會不止是謀求會員相互親睦的社交團體，進一步要刊出自己的文藝雜誌，全然是因為臺灣的特殊情況所致，正因為如此，故更堅信能謀求臺灣文學的向上發展。

◇幸運的是，本誌不僅只有文學家，在「府展」中活躍的美術家也加入了。因此今後就以本誌為中心，在繪畫上、在文學上，讓臺灣文藝界盛開出百花撩亂的文化花朵吧。

◇誠然，本雜誌並非同人雜誌，也非營利雜誌。故不走空有外表主義的媚態編輯路線，也不流於促銷商品的陣容。決心要和各位臺灣島民共同真摯研鑽，一路邁向南方文化的建設。[49]

上述文字，是創刊宗旨中值得注意的部分。它指示出《文藝臺灣》發刊的時代意義，並嚴重申明該雜誌並非同人雜誌，也非營利雜誌。故不走空有外表主義的媚態編輯路線，也不流於促銷商品的陣容，並以建設南方文化為理想。這和島田謹二的看法是同理共貫的：「要以臺灣為舞臺的文藝之士，要和愛爾蘭文學和Provence（筆者按：普羅旺斯）文學等的初期的創作的文藝以外的心理準備。換言之，要像內地的中央文壇一般要求靠它作為企業的文學商品的利益，就該明白那是於己於人都有損害的。早日求好生業而作為副業來從事文學創作，在這裡目前是義務。」[50]島田謹二的論點，基本上強調外地文學的生存條件無法和內地文學比並。在外地從事文學者，必須面臨更嚴峻的文學環境，文學創作，是一種理想，甚至是義務，不能抱持營利或求名的想法。這和〈後記〉所點出的宗旨是一致的。島田謹二名列贊助會員，毫無疑問他也是西川滿在《文藝臺灣》的首席顧問。而在第二卷的卷首，刊登署名文藝臺灣社同仁以〈三大誓願〉：「我們要成為臺灣文化的支柱、我們要成為臺灣文化的眼目、我們要成為臺灣文化的大船」[51]，說明《文藝臺灣》作為臺灣文壇領航者的野心。

48　請參閱中島利郎，〈日本統治期台湾文学研究：「台湾文芸家協会」の成立と「文芸台湾」：西川滿「南方の烽火」から〉，頁九一—一〇八。

49　〈あとがき〉（後記），《文藝臺灣》一卷一號（一九四〇年一月一日），頁五六。

50　島田謹二〈臺灣の文學的過現未〉，《文藝臺灣》二卷二號（一九四一年五月二十日）。本中譯文係引用葉笛譯，〈臺灣文學的過去、現在和未來〉（下），《文學臺灣》第二三期（一九九七年七月），頁一八五。

51　《文藝臺灣》，二卷一號（一九四一年三月一日）。

從「臺灣詩人協會」到「臺灣文藝家協會」，乃至《文藝臺灣》的成立，都一步步邁向西川滿的理想。中島利郎的研究提出，西川滿策劃「臺灣詩人協會」的成立及其機關誌《華麗島》的創刊，標誌出以臺灣人作家為中心的臺灣文學界，轉向了以日本人作家為中心的階段。透過《華麗島》的創刊，刊登火野葦平的〈經過華麗島〉，將內地作家引進臺灣文壇。可以說，西川滿藉由「臺灣詩人協會」與「臺灣文藝家協會」的成立，逐步控制了臺灣文壇的主要發言位置。[52]在文學結盟之外，畫家和作家的相互應援，更是《文藝臺灣》的重要特色。這一特點，與其說是雜誌的特色，不如說是西川滿個人的美學堅持。他向來講究書籍美編與裝幀，會強調畫家與作家的結合，並不令人意外。在《文藝臺灣》的「普通會員」部分，可以看到許多畫家的名字。這一名單，充分顯示西川滿不僅要統合文學界，更有意朝向文藝的全方位追求。這些畫家的繪畫或版畫創作，頻繁出現在每期的插畫或美術專欄。《文藝臺灣》可以說是日治時期雜誌當中，具體結合文藝兩股勢力並每期刊出繪畫的唯一刊物。

耐人尋味的是，西川滿以《文藝臺灣》作為「臺灣文學」統合的創刊宣言，其實和島田謹二最初的構想已有所差異。島田謹二在一九三〇年代嚴格定義「外地文學」是「內地人文學在臺灣」，而「臺灣文學」是「被殖民者的文學」。進入一九四〇年代，他為了配合詭譎的時局而有所調整，基本上還是區分以日人作家為主體的「外地文學」與臺人作家為主體的「臺灣文學」。[53]因為他對臺人作家的創作水準顯然不具信心，並不願意日人作家與之並置討論。但是在一九四〇年代內臺融合的宣傳下，文學更需要成為先導的示範作用。西川滿雖然服膺島田謹二的外地文學論，但是當他開始意圖收編臺灣文壇，從「臺灣詩人協會」到「臺灣文藝家協會」等組合時，難免有其策略性考量。進入一九四〇年代以後，現實局勢轉變，以日文為創作語言的臺人作家也不得不匯流到以日人為主的「外地文學陣營」。《文藝臺灣》的創作成員，以日人作家居多，卻也接納臺人作家的加入。顯然，在內臺融合的國策局勢下，西川滿對於外地文學的規範，盡量放寬創作者的資格，並嘗試促進臺日作家的團結，不過還是強調日人作家的主導地位。這也是後來會出現《臺灣文學》集團的原因。

提倡鄉土色彩與地方主義，是《文藝臺灣》始終保有的基調。這和當時一九四〇年大政翼贊運動所提倡的「振興地方文化」有密切關係。[54]可以說，「大政翼贊運動」對臺灣文學活動最主要的影響，在於「新文化體制」的推行。以臺灣的情況而言，戰爭期的「大政翼贊運動」與「大東亞共

52　請參閱中島利郎，〈日本統治期台湾文学研究：日本人作家の抬頭：西川満と「台湾詩人協会」の成立〉，頁四三—五四。

53　請參閱橋本恭子，《『華麗島文学志』とその時代：比較文学者島田謹二の台湾体験》（東京：三元社，二〇一二），頁三四二。

54　日本全面發動侵華戰爭後，近衛內閣試圖仿照西方的法西斯體制，在日本國內以達成「國防國家」為目標，推行「新體制運動」。一九四〇年十月十二日，「大政翼贊會」正式成立。大政翼贊運動被誇示為「昭和維新」，該運動之規約有三：一、大政翼贊運動為全體國民之運動。二、本運動在確立萬民翼贊、一意一心，職司奉公之國民組織，以期順利完成「實踐臣道」體制。三、設大政翼贊會為推動本運動之機關。大政翼贊會的宗旨是實踐翼贊大政的臣道，上意下達，下情上通，密切配合政府。大政翼贊會是國民總動員體制的核心組織，它透過上意下達的模式，引導國民的思想精神運動。

榮圈」等官方政策雖然壓抑臺灣文藝界的創作方向，但是在「新文化體制」提倡重視「地方文學」與「外地文學」，殖民地的文學開始受到中央注意。戰略位置的提高與廣大南方占領區的出現，使臺灣從帝國的邊陲躍升為「帝國的心臟」。日本政府有意將臺灣的殖民統治，作為南方占領區的示範角色，而臺灣人也因南方統治的需要成為「南方民族的指導者」。[55]這誠然是一種相對性概念，臺灣人在日本殖民史上可以成為南方民族的示範，但是臺灣人的導師則是日本人。西川滿在〈外地文學的獎勵〉一文提出，為了振興落後的日本外地文學，無論是本島人或高砂族，都要給予指導與啟蒙[56]。在此，他提出臺灣人參與外地文學的可能性。不過臺灣在文化發展上還是比日本遲晚許多，有賴日人作家的提攜。從而，南方文化的詮釋，也需要日人作家起帶頭作用。

柳書琴指出，《文藝臺灣》集團雖然不時出現「南方」這個頗具國策意味的字眼，但是在集團文學者眼中所見的「南方」，仍是「浪漫的南方」，而非「國策的南方」。在日本政府再三強調南進政策的此時，「南方」這個詞彙已不再單純地指涉臺灣而已，更包含廣闊的南支和南洋地區。然而，《文藝臺灣》的文學者仍將其對「南方」的視野侷限於臺灣，而且持續因襲先前的高蹈走向，就協力政府而言，《文藝臺灣》的消極性很鮮明。[57]確實在創刊初期，尤其第一至二卷的階段，《文藝臺灣》充分滿足西川滿的美學趣味。[58]但是隨著局勢愈來愈趨於緊張，《文藝臺灣》開始發揮文學動員的角色。從而，以西川滿為首的「文藝臺灣」作家群，他們在作品中也正面回應國家的南進政策論述。從第三卷（一九四一年十月）以降的編輯取向，逐漸出現響應戰爭的文字。在一九四二年一月號卷首，甚至以「文藝臺灣社」為具名，發表一篇社論，宣示文學報國的決心：

為了大東亞戰爭而奮起的國家之心，光響應這國家之心，我等的文學精神在躍動。嶄新的國民文學之理想，並非抽象美的彼岸之理想。應該具體化現實的國家理想，有資格為國民生活的路標。[59]

會出現這篇宣言，無疑是日本向英美宣戰的緣故。日軍在一九四一年十二月七日襲擊珍珠港[60]，太平洋戰爭爆發，日本也進入決戰體制。當太平洋傳來隆隆砲響時，日本皇軍正在英勇奮戰：「我等在大東亞戰爭的此刻，而且身在南方作戰基地的陸上母艦臺灣，思及尚能有幸於從容創

55　柳書琴，〈戰爭與文壇：日據末期的臺灣文學活動（一九三七．七—一九四五．八）〉（臺北：國立臺灣大學歷史學系碩士論文，一九九四），頁一五二—一六二。

56　西川滿，〈外地文學の奬勵〉，《新潮》（一九四二年七月），頁四七。

57　柳書琴，〈戰爭與文壇：日據末期的臺灣文學活動（一九三七．七—一九四五．八）〉（臺北：國立臺灣大學歷史學系碩士論文，一九九四），頁八七。

58　最大的特徵，在於《文藝臺灣》從一卷一號至二卷六號（一九四〇年一月—一九四一年九月），都以西洋名畫為卷首，並請金關丈夫撰文解說畫作。這誠然和地方主義或臺灣鄉土色彩毫無關聯，也不直接涉及官方政策。

59　此文章具名為「文藝臺灣社」所作，並無標題，可視為社論，《文藝臺灣》三卷四號（一九四二年一月二十日）。

60　一九四一年十二月七日清晨，日本帝國海軍的航空母艦載飛機和微型潛艇突然襲擊美國海軍太平洋艦隊在夏威夷基地珍珠港以及美軍陸軍和海軍在歐胡島的飛機場，太平洋戰爭因此爆發。這個事件被稱為珍珠港事件，又稱為珍珠港事變、偷襲珍珠港、珍珠港戰役等；日本則稱之為真珠灣攻擊。隨著珍珠港事變的發生，第二次世界大戰也從歐洲戰場擴大到全球衝突。

作文學，真是感激不盡。」文章也以臺灣的文學者要有肩負重任的自覺，為了臺灣文學的前進，要打破個人主義或自由主義的舊文學的理念，宣誓努力滅私奉公。從此，《文藝臺灣》逐漸加重戰爭色彩的表現，每一期至少都有相關文章出現。為了呼應大東亞共榮圈與南進拓殖政策，《文藝臺灣》也愈來愈趨向於南方想像的呈現，不論是插畫或是詩文，甚至開始出現南洋想像的繪畫作品。這些具備異國情調的藝術創作，雖然是畫家的想像之物，卻顯然帶有鮮明的戰爭意識，透過帝國之眼重新詮釋南洋，轉喻日軍在南洋地區的攻克。

寫實文學方面，尤其有關時局的長篇小說，首推濱田隼雄的長篇〈南方移民村〉。[61]此外，濱田隼雄的〈草創〉[62]，以及西川滿〈臺灣縱貫鐵道〉的連載[63]，更是從《文藝臺灣》延伸到《臺灣文藝》。這三部長篇小說在決戰期之後出現，誠然帶有深刻的殖民啟示，也為《文藝臺灣》增色許多。濱田隼雄頗擅長以寫實技法創作，〈南方移民村〉是刻劃日本東北地方的農人遷移到臺灣東部製糖會社的移民村，在惡劣環境下從事甘蔗栽培，希冀在臺灣落地生根的移民史話。〈草創〉也是以臺灣糖業為主題，描寫日治初期在總督府的協助下，將製糖業往臺灣移植經營的創立經過，這也涉及殖民統治在臺灣的草創階段。〈臺灣縱貫鐵道〉則是西川滿轉向寫實技巧的長篇巨作，他以日軍的領臺役作為主題，令人聯想到島田謹二在一九四一年所發表〈向領臺役取材的戰爭文學〉一文。這篇文章介紹了數篇在日治初期取材自領臺役的文學創作，島田謹二認為，展現皇軍將士奮勇力戰的征臺役應該被內地作家廣泛應用在文學創作，但是通覽那個時期的作品之後才驚覺很少，也許明治時期的文學者對於總力戰尚無自覺。[64]島田寫下這篇文章，提示一九四〇年代戰爭文學的創作方向，或許給予西川滿創作〈臺灣縱貫鐵道〉的靈感。戰爭所追求的雄壯語言，並非西川滿的專長，所以他轉而從臺灣開拓史中找尋題材，技巧性地植入南進論述，足證他的書寫策略和戰爭國策是相互呼應的。〈臺灣縱貫鐵道〉是西川滿強調以寫實主義的文學表現，不過其實也蘊含被浪漫化的軍國主義。可以說〈臺灣縱貫鐵道〉的書寫原點，是一部向能久親王與父親致敬的家國之書。

《文藝臺灣》在決戰期之後的編輯取向，誠然沒有捨棄臺灣鄉土色的美感追求，但是卻也符合地方主義的發展。另一方面則逐漸加入戰爭語言，成為文學動員的應援場域。西川滿對《文藝臺灣》縱然有絕大的主導地位，但是這本雜誌顯然不可能單純作為他個人的文學產物。在國家緊張的年代，文學與政治的互動關係更形密切。一九四四年一月的終刊號，刊登了在一九四三年十一月十

61 濱田隼雄〈南方移民村〉分九回在《文藝臺灣》刊登：三卷一號至四卷三號（一九四一年十月—一九四二年六月）（未完）。因為一九四二年七月中旬計畫出版單行本（東京：海洋文化社），所以四卷三號以後即停止連載。

62 濱田隼雄，〈草創〉分別連載於《文藝臺灣》與《臺灣文藝》，共八回：《文藝臺灣》計六回，五卷六號、六卷三號至七卷二號（一九四三年四月、一九四三年七月—一九四四年一月）；《臺灣文藝》計兩回，一卷一號至二號（一九四四年五—七月）。

63 西川滿，〈臺灣縱貫鐵道〉分別連載於《文藝臺灣》與《臺灣文藝》，共十一回：《文藝臺灣》計五回，六卷三至六號、七卷二號（一九四三年七月—十一月、一九四四年一月）；《臺灣文藝》計六回，一卷一號至四號、六號至七號（一九四四年五—八月、十一—十二月）。

64 島田謹二，〈領臺役に取材せる戰爭文学〉，《文藝臺灣》二卷六號（一九四一年九月二十日），頁五四—五八。島田所探討的文本，包括總督府陸軍局郵便部長土居香國的漢詩、遲塚麗水的戰爭小說《大和武士》、總督府陸軍局軍醫部長鷗外森林太郎的《能久親王事蹟》、柳川春葉的短篇小說、德富蘆花的處女作《不如歸》等作品。

三日所召開的〈臺灣決戰文學會議〉紀錄，確立本島文學的決戰態勢，也是宣示文學者的戰爭協力姿態。西川滿也發表〈文藝雜誌的戰鬥配置〉一文[65]，宣布將停刊《文藝臺灣》，放棄「個人」之己見，全力支持滅私奉公的具體實踐：

> 事到如今已籠罩在決戰之下，以業餘的態度、或是作為消遣而從事文學的自我慰安之事，今後是斷不可行的。將文學作為思想戰的槍彈以大力發揮作用，是理所當然。[66]

西川滿的文學態度始終認真，不過《文藝臺灣》多被評價為充滿個人趣味的消遣品，這對他來說，是不太願意接受的說法吧。所以在此決戰時刻，他直言文學作為消遣品的罪惡性，亟欲展現自己的協力姿態。縱使他對《文藝臺灣》有極大的個人情感，仍決心將其獻給臺灣文學奉公會，以滅私的覺悟再度集結全島的文藝者，編集一本宣揚戰爭文學的綜合雜誌。至此，《文藝臺灣》已完成它的階段性任務。從而促成一九四四年《臺灣文藝》（臺灣文學奉公會）的誕生。[67]

二、《文藝臺灣》的美學走向

翻閱《文藝臺灣》的內容，可以發現「文學」與「藝術」的結盟，正是這本雜誌的重要特色。透過畫家和作家的相互結盟，展現西川滿薈融臺灣文學與藝術兩大勢力的雄心壯志，這也是《文藝臺灣》的重要特色。文學與藝術的並行合作，具備何種文化暗示？在《文藝臺灣》創刊號的〈後記〉，特別強調文學與藝術的結合特質：「幸運的是，本誌不僅只有文學家，在『府展』中活躍的美術家也加入了。因此今後就以本誌為中心，在繪畫上、在文學上，讓臺灣文藝界盛開出百花撩亂的文化花朵吧。」[68]透過這一段文字，可以看出在創刊之初的編輯策略上，早已計畫讓作家與畫家共同發揮。

這樣的作法，《文藝臺灣》不是首例。在臺灣文藝復興運動轉折的一九三四年，臺人作家在臺中會師，正式成立「臺灣文藝聯盟」。以臺人畫家為主的「臺陽美術協會」成員[69]，在那段時期也集體加入臺灣文藝聯盟，並且為機關誌《臺灣文藝》的封面作畫。[70]作家與畫家同時參加文藝聯

65 西川滿，〈文藝雜誌の戰鬥配置〉，《文藝臺灣》終刊號（一九四四年一月一日），頁四七。

66 西川滿，〈文藝雜誌の戰鬥配置〉，頁四七。

67《臺灣文藝》（臺灣文學奉公會）共發行七期，一卷一號至二卷一號（一九四四年五月一日—一九四五年一月五日）。在文學動員的緊張時刻，這本雜誌再度集結了日臺作家，包括以西川滿為首的日人作家文學集團，以及以張文環為首的臺人作家集團。

68〈あとがき〉（後記），《文藝臺灣》一卷一號（一九四〇年一月一日），頁五六。

69 一九三四年十一月十二日，「臺陽美術協會」成立大會於鐵道旅館舉行，簡稱「臺陽美協」，為臺灣畫壇歷史最悠久的美術團體，創始會員有陳澄波、廖繼春、陳清汾、顏水龍、李梅樹、李石樵、楊三郎、立石鐵臣等人。

70 臺灣文藝聯盟成立於一九三四年，集結了全島的臺人作家，表面標榜為文藝運動，實則是具有政治性的文學結社，該聯盟張深切為委員長，楊逵任日文欄編輯。該聯盟的機關誌《臺灣文藝》從一九三四年十一月五日發行創刊號，至一九三七年六月五日的二卷一五號為終刊號。

盟，產生許多對話與交流的活動，《臺灣文藝》不僅開始發表藝評，並且有作家與畫家的座談，以及文學家對畫家的介紹。這種互相支援的情況，正是臺灣文藝聯盟成立之初所期待的。[71]西川滿對於《文藝臺灣》的藝術堅持，誠然和《臺灣文藝》的文藝取向有共通之處。兩本刊物的相似點，都在強調「文」與「藝」的雙重特色，都有朝向作家與畫家的積極合作。最大的差異點，則在於《臺灣文藝》是以臺灣人為主體，《文藝臺灣》是以日本人為主體。此外，《文藝臺灣》在繪畫創作與介紹之上，分量明顯超越《臺灣文藝》許多。[72]

透過畫家和作家的美感交會，展現西川滿薈融臺灣文學與藝術兩大勢力，企圖影響殖民地臺灣的美學走向。歷來的研究者多把焦點放在該雜誌的文學動員，卻極少細膩討論這本刊物在藝術的發展性；然而，畫家在《文藝臺灣》並非只是從屬的參與者。仔細觀看該刊中的畫作、插畫與裝幀，即使是一個小小圖案，它們多被安排在文章開頭的最上方，雖然是插畫，卻極為奪人眼目。這種定位，說明編者對藝術的想法。

《文藝臺灣》創刊號卷首的一幅銅版畫，明顯展現《文藝臺灣》成立之初的美學政治。西川滿選用一六七五年由荷蘭人所撰《被忽視的臺灣》的封面為首圖（見圖一）[73]，這本書透露荷蘭失去臺灣的無限惋惜，封面則繪製鄭成功騎馬的圖畫，但是造型相當奇特，具有東方主義式的視線。西川滿挪用這張封面，刻意強調鄭成功打敗荷蘭，勝利取得臺灣的歷史。鄭

圖一：閑却されたる台湾（被忽視的臺灣）

成功的父親鄭芝龍是縱橫東亞、南亞海上的霸主，母親則為日本人。鄭成功後來更率軍渡過臺灣海峽，擊敗荷蘭東印度公司軍隊並接收其領地，建立臺灣第一個漢人政權。西川滿始終對鄭成功的領臺事蹟頗感興趣，他的小說〈赤崁記〉即是以鄭氏家族的興衰為題材。[74]因為鄭成功有日本血統，他又曾經取得臺灣政權，結合了日本和臺灣的政治聯想。在〈被忽視的臺灣〉一圖，甚至同時出現

71 「臺灣文藝聯盟」機關誌《臺灣文藝》關於作家與畫家結盟的經過，請參閱陳芳明，〈當殖民地畫家與作家相遇：台灣文學史的一個側面〉，收入《殖民地摩登：現代性與台灣史觀》（臺北：麥田，二〇〇四），頁一一五—一三六。

72 一九三四年創刊的《臺灣文藝》，總共發表畫家的作品共二十二幅（封面和內頁），請參閱陳芳明，〈當殖民地畫家與作家相遇：台灣文學史的一個側面〉，《殖民地摩登：現代性與台灣史觀》（臺北：麥田，二〇〇四），頁一三〇—一三一。一方面由於發行卷數的關係，另一方面也是以文學為主，《臺灣文藝》的繪畫分量，誠然和《文藝臺灣》有極大懸殊，請參閱本書附錄六：「《文藝臺灣》各卷收錄圖繪目錄」。

73 《文藝臺灣》在創刊號卷首所刊登的這一幅畫是《被遺誤的臺灣》（*'t Verwaerloosde Formosa*）一書扉頁的插圖。此書作者署名C.E.S.，據學者研究，應是拉丁文Coyett et Socius之略，意為Coyett及其同僚。F. Coyett（揆一）為最後一任在臺灣的荷蘭長官。揆一在回到巴達維亞後，立刻受到審判，被控只以本身利益為重，而不顧公司的財產，致使公司財產落入敵人之手。揆一因此被判終身流放到班達（Banda）附近的艾一島（Ay）。揆一在島上度過八年，他的子女才將他贖回。回國後，一六七五年出版《被遺誤的臺灣》，書中譴責東印度公司高層怠忽職守，他因孤立無援才丟掉臺灣。圖上方繪了一張西部在上的臺灣橫躺式地圖，特別突出荷蘭人據點大員一帶。圖中騎乘馬上的人是鄭成功，造型奇特，還繪有駱駝隨後。圖下方則為熱蘭遮城。（撰稿者：石文誠）。請參閱http://nrch.cca.gov.tw/ccahome/search/search_meta.jsp?xml_id=0006716459國家文化資料庫。《文藝臺灣》則將此書翻成「閑却されたる台灣」（被忽視的臺灣）。

74 西川滿，〈赤崁記〉，《文藝臺灣》一卷六號（一九四〇年十二月十日）。

馬和駱駝，描繪出異國空間的荒謬想像，攜來無限的東方遐想。西川滿有豐富的臺灣經驗，他卻選擇這幅帶有異國情調的版圖，想像鄭成功征服福爾摩沙的畫面，期待「被忽視的臺灣」重新注入生命，以文學滋養落後大地，投射出「東方化」臺灣的政治暗示。

西川滿一生的創作主題幾乎都圍繞在支那情趣，媽祖是他的東方繆思。另一方面，他也深受法國文學的影響。東方與西方的異國色調，是他人生的兩種美感經驗，他也不斷嘗試組合。《文藝臺灣》在創刊初期，西川滿即試圖將東方與西方融合在雜誌中的編輯風格。眾所周知，這本雜誌的發表成員以日人作家占多數，內容則偏重臺灣風土歌詠與民俗傳說介紹。不過，該雜誌從創刊號（一九四〇年一月一日）到二卷六號（一九四一年九月二十日），卻重點介紹西方繪畫名作，彰顯了西川滿的西洋藝術趣味。引人注意的是，每一幅西洋畫作，都由金關丈夫撰寫專欄以深入淺出的方式解說畫作。[75]這些繪畫以文藝復興時期的畫作占多數，也有幾位印象派畫家的作品。例如一卷二號刊登法國畫家西奧多・查斯塞瑞奧（Théodore Chassériau）的畫作〈伊斯帖的香水〉，是金關丈夫長年想親近一眼的作品，終於在一九三五年的比利時萬國博覽會看到真跡。二卷二號卷首〈帕拉斯的頭部〉則局部放大桑德羅・波提切利（Sandro Botticelli）的〈馴化肯陶洛斯的帕拉斯〉，金關丈夫認為這幅畫象徵中世紀以來的愚劣頑迷被克服，展現了近代人文主義的勝利。在二卷四號卷首〈釘刑圖（局部）〉的解說中，金關丈夫則提出了美術家盧卡斯・克拉納赫（Lucas Cranach）同時宣揚了人性的善與惡、美與醜，體現了近代人的世俗性。另外，在印象派作品部分，一卷五號卷首〈受傷的浴女〉是法國畫家雷諾瓦（Renoir）的名作，透過陰影與立體感的表現，令人感受近代繪畫已往前邁開大步。

這些繪畫以義大利文藝復興時期畫作居多，也有幾位法國印象派畫家作品。歐洲的文藝復興時期，標誌了重要的西洋藝術階段。以人文為核心的文藝復興運動，站在人文主義立場，反對中世紀教會宣揚的禁慾主義，積極肯定人與自然。藝術家提倡客觀地觀察自然與社會，把美術和現實生活緊密聯繫，把人和自然環境有機結合。進一步運用自然科學於美術創作技法上，建立了藝術解剖學、透視學、繪畫明暗轉移法、色調調置法等新學科。[76]這些創新手法，改變了以往繪畫的平面性，而朝向立體性邁進。至於印象派畫風，借助光影與顏色的變幻來表現畫家在瞬間所捕捉到的印象。這些畫作在色調上的共同性，都聚焦於光線的重新發現。西川滿的用意顯然是想透過《文藝臺灣》的能見度介紹西方美術，並造成話題。這也頗符合他的唯美作風。尤其是邀請金關丈夫在每期以二至三頁的文字說明畫作的時代背景與創作者的繪畫風格，甚至提出參考文獻以供閱讀者深入研究。金關丈夫是著名的人類學者，也參與創刊《民俗臺灣》。他在《文藝臺灣》以深入淺出的方式翻譯西洋美，展現了多才多藝的豐富學養。

《文藝臺灣》向來被視為西川滿個人美學品味的刊物，充滿瑰麗的「支那」情趣，也十足展現

75 金關丈夫（一八九七—一九八三），日本香川縣人。解剖學者、人類學者，一九二三年畢業於京都帝國大學醫學部，一九三四年擔任臺北醫專教授，一九三六年擔任臺北帝國大學醫學部解剖學教授，也從事人類學、考古學、民俗學的研究。一九四一年參與創辦《民俗臺灣》月刊，為臺灣民俗留下豐富資料。他也以「林熊生」為筆名，發表偵探小說《船中的殺人》、《龍山寺的曹老人》。二次大戰後，留任為臺灣大學教授，一九四九年返回日本。

76 關於西方文藝復興時期的特點，請參閱吳澤義著，《文藝復興繪畫》（臺北：藝術圖書，一九九八），頁二四—二九。

濃郁的熱帶美。關於《文藝臺灣》在創刊初期引介的西洋繪畫，顯然受到忽視，因為這些繪畫和雜誌的另一條路線「地方色彩」並不協調。不過，換一個角度來說，西川滿的編輯風格，並沒有違背在創刊號所提出的理念「邁向南方文化的建設」。這句話，可以解釋為具有戰略色彩的文藝宣言，也可以解釋為啟蒙臺灣文化的意義。介紹西洋的繪畫，是想要向歐洲借鏡，吸收西方繆思的靈感，並向本島人提示近代美術的知性與感性。以西方的文藝復興來對比《文藝臺灣》在臺灣所背負的文藝使命。在一般評價中，西川滿的藝術品味，偏愛採集中國民間信仰與傳說故事作為靈感，而他所描繪的臺灣形象，有絕大部分是屬於中國南方的陰柔情調。《文藝臺灣》初期的藝術風格，卻透露一些訊息：西川滿對於美術的追求，從來就不亞於文學，而且也不侷限在臺灣或中國題材。然而，在現實與政治環境的考量之下，他終究還是放棄了西洋美的追求，把《文藝臺灣》慢慢導向地方色彩的呈現，讓眼神從西方繆思轉移到東方繆思。顯然，島田謹二的外地文學論，在相當程度上左右了西川滿往後的編輯態度。

三、不斷延伸的外地：《文藝臺灣》中期以降的東亞色調

《文藝臺灣》在創刊初期的西方繪畫專欄，似乎沒有帶來驚豔的效果，從第三卷（一九四一年十月號）也被突然取消。這個維持近兩年的專欄，到底為臺灣文藝界攜來多少影響，恐怕還是值得挖掘的問題。儘管雜誌本身沒有任何說明，不難從中看出一些蛛絲馬跡。站在日本人的立場，無論是西方風景或臺灣風景都具備異國情調的特質。然而，《文藝臺灣》在啟蒙意義之上，縱然帶有提

升南方文化的教育目的，但是西洋繪畫畢竟太過脫離現實，而被視為是滿足西川滿個人慾望的異色想像產物。終究，《文藝臺灣》從中期之後，還是把路線調整到外地色彩的追求，以捕捉臺灣寫實風土為主題。

一提到《文藝臺灣》的地方美術特色，令人會直接聯想到立石鐵臣的版畫[77]，尤其是以俐落線條刻劃臺灣庶民的生活景物。眾所周知，立石鐵臣在臺灣的多數創作，是他對於庶民生活的觀察紀錄，擅長以衣食住行、各行各業與日常用品為主題。[78]如果把島田謹二的外地文學論擴大範圍，放諸文學與藝術各領域來討論，立石鐵臣的作品具體實踐了島田謹二所提出的寫實主義。立石鐵臣的版畫創作，強調實用的生活美學，其實也應合了柳宗悅的工藝文化論：

> 我認為美的方向在於同生活的結合，現在，這個問題日趨顯示它的迫切性。從生活圈攝取美的因素的時代已經到來。在這裡，美的工藝被賦予了新的意義。美與生活的結合體現在工藝文化中，從而能夠使人們觀賞到健康之美。我們不能把與生活無關的美叫做美，美必須是生

77 一九〇五年在臺灣出生的立石鐵臣是典型灣生，一九一三年因為父親調職而重回日本。一九三四年至一九三九年間，他數度來臺，除了積極創作版畫與從事描繪動植物標本工作，也為臺陽美術協會的發起人之一。一九四四年，因戰爭被徵召，服役於臺灣軍，駐軍花蓮。戰後短暫於臺大擔任講師，一九四八年回日本。

78 立石鐵臣對於庶民生活的觀察紀錄大約可歸納為三類：衣食住行、各行各業與日常用品。前兩類代表的是人類的生活型態，後者主要是為了生活的便利而創造的物品。請參閱邱函妮，《灣生・風土・立石鐵臣》（臺北：雄獅美術社，二〇〇四），頁九二—九三。

活的產物，這樣才能逐漸地達到完美的境地。79

他認為我們周遭的日常用具，是對生活態度的真實表現。因此，為了涵養健全的精神，必須要捨棄過度裝飾的錯誤思考，以更自然溫潤的方式以貼切生活。柳宗悅對於美與生活的結合，甚至把庶民生活用品的平凡美感提升到完美的境界，影響了立石鐵臣詮釋臺灣的方式。立石鐵臣在〈生活工藝品的反省〉一文，就以日常生活的用品為例，暢談自己的創作哲學：

臺灣的竹製品，例如便宜的椅子等，認真看待它的人就會認出它是巧匠的製品，值得甚高的評價，確實能夠把握竹子的機能，構造素樸而毫不誇張，雖然沒有刻意考慮很多，卻能直接和我們的心靈結合在一起。生活用具的美與溫潤感，可以說就像這樣很自然地湧出。80

這篇文章可視為立石鐵臣的藝術觀，他講求質樸而溫厚的生命情調，所謂藝術，就應該具備竹椅這種實用又簡單的功用，對人類來說是一種必需品，而非生活的奢華品。如果把島田謹二的外地文學論擴大範圍，放諸文學與藝術領域來討論，立石鐵臣的版畫創作，顯然比西川滿更能實踐島田謹二所提出的寫實主義。立石鐵臣擅長版畫創作，以寫實、簡樸的構圖，呈現臺灣地方風土。他對於「地方色彩」的看法，也自有獨到之處。他觀察到「由於居住地點的不同，不知不覺中每個人畫風表現也各有不同。將此視為地方色彩便覺得有趣。」然而臺人畫家似乎太固守本島的地方色彩，他以為「能否表現地方色彩絕不是美術創作的大問題。關心地方色彩固然很好，不關心也不是什麼錯誤。」立石鐵臣的評論，指出臺人畫家無法擺脫傳統色彩的束縛，因此無法創新畫風。朝鮮畫家中有許多前衛畫風者，創作抽象畫的人也特別多。相形之下，本島畫家卻幾乎沒有。然而，地方色彩的呈現，還是取決於個人的美感體驗：

同樣仍在臺灣這塊土地上，內地人與本島人的感性相當不同，所以無法歸納成一種臺灣的地方色彩。本島畫家的作品出現在東京的各展覽會場上，也可以一目瞭然地分辨出來。也許是因為他們固守著本島的地方色彩也說不定。他們的作品甚至於看到名字也好像已聞到臺灣料理的味道似的，立即認得出來。[81]

立石鐵臣指出，具備不同感性的人，在面對同樣風景時，也會殊異的表現。他採取一種優越的文化姿態批判臺灣畫壇，可以看出他對於臺人畫家的評價似乎並不高。但是臺灣畫壇對他的評價卻

79 請參閱柳宗悅著，徐藝乙譯，〈自序〉，《工藝文化》（桂林：廣西師範大學出版社，二〇一一），頁一。柳宗悅（一八八九—一九六一）是日本著名的民藝理論家、美學家，一九四三年曾應邀來臺灣參訪，觀賞到許多臺灣民間工藝作品。

80 立石鐵臣，〈生活工藝品への反省〉，原載於《興南新聞》（一九四三年九月十三日）。本文之中譯文係引用顏娟英譯，〈生活工藝品的反省〉，收入《風景心境：台灣近代美術文獻導讀》（上冊）（臺北：雄獅美術社，二〇〇一），頁四八一。

81 立石鐵臣，〈地方色彩〉，原載於《臺灣日日新報》，一九三九年五月二十九日。本文之中譯文係引用顏娟英譯，〈地方色彩〉，收入《風景心境：台灣近代美術文獻導讀》（上冊）（臺北：雄獅美術社，二〇〇一），頁一六九。

以正面居多，因為他的臺灣風俗圖繪，保留日治時期珍貴的庶民圖像。值得注意的是，戰後立石鐵臣返回日本後，他的作品積極朝向超現實畫風的追求，令人反思他在日治時期的創作靈感和動力，顯然與身處殖民地的現實環境有密切關聯。他或許對臺灣地方色彩產生興趣，也希望能保有藝術者的自由創作意志，卻無法擺脫官方文藝的大方向。

相對於生活用品的素樸技法，立石鐵臣對於臺灣女性形象的塑造，顯現了許多細膩表現。在二卷四號和二卷五號，各有一幅立石鐵臣創作的女性畫〈少女與金魚〉、〈扇〉[82]，以簡潔卻感性的線條，刻劃現代女性的摩登美。這兩幅畫都是帶帽女性，而且身穿洋裝，可以看出立石鐵臣在服飾造型的立體感。〈少女與金魚〉的少女，她的臉部被寬邊帽完全遮住，帶有神祕感。身體則斜靠在桌沿，以輕鬆又自信的姿態側坐。畫中右下方有一個透明金魚缸，金魚的視線盯著這位神祕女郎，為整幅畫帶起畫龍點睛之妙。另外一幅〈扇〉，則是一位端正側坐的女性，手上持著扇子擋在胸前，公主袖的連身洋裝和扇子的花樣相當簡單卻也醒目，她的目光專注凝視眼前的抽象畫，呈現一種溫柔的美感。這兩幅版畫，大概是立石鐵臣在日治時期少見而具有時代感的畫作，和他的臺灣風俗圖繪形成極大對比，捕捉現代女性的知性與感性。這也側面理解日治時期臺灣美術的多樣貌。這兩幅畫的線條與色彩，具有強烈的現代感。新女性為畫家帶來了新繆思，可以窺見東亞現代性在日治時期文學雜誌的光影。

此外，畫家宮田彌太朗則為《文藝臺灣》速寫一系列的原住民圖像[83]，其中以排灣族女性為速寫對象的〈瑪卡扎亞扎亞的少女〉[84]，著重在頭部與頸部的特寫，簡單的線條，勾勒出剛毅而深刻的臉部。頭巾與項鍊裝飾，則展現原住民族的衣著特色，可以說是一種圖像式的民族誌。

從希臘神話的女神到二十世紀的現代女性，或者是臺灣原住民族的少女，《文藝臺灣》傾向以局部放大或近距離的方式，透過各種技法呈現不同形式的女性美。繪畫的選擇，當然牽涉西川滿的美學品味。以天上聖母為模型的〈幻想〉[85]，一方面刻劃慈眉垂目的媽祖形象，一方面也展示宗教華麗繽紛的場面。在西川滿的文學創作，媽祖也是帶給他許多豐饒想像的神祇，是他的東方繆思。一九三〇年代中期，西川滿創作一系列以「臺灣風土記」或「臺灣顯風錄」的散文詩[86]，根據臺灣宗教節慶的習俗，以淺近日文配合臺灣話語，展現他特有的華麗情調。聲音、顏色、嗅覺的感官表

82 〈少女與金魚〉，《文藝臺灣》，二卷四號（一九四一年七月二十日），頁七；〈扇〉，二卷五號（一九四一年八月二十日），頁七。

83 宮田彌太郎（華南、晴光、彌太朗，一九〇六—一九六八）出生於東京，隔年隨父母來臺。中學時期和西川滿結識，後來成為摯友。一九二七年進入日本川端畫學校洋畫部及小西洋畫研究所，師事野田九浦。一九二九年返回臺灣，在臺時期創作大量版畫，與立石鐵臣、西川滿合作設計許多書籍裝幀，風格唯美細膩。一九三五年與西川滿、立石鐵臣等人組「臺灣創作版畫會」，致力民俗版畫的蒐集，並舉辦多次版畫展覽。

84 宮田彌太朗，〈マカザヤザヤの娘〉（瑪卡札亞札亞的少女），《文藝臺灣》，一卷六號（一九四〇年十二月十日），頁四七三。畫中的女孩是排灣族瑪卡札亞札亞社（Makazayazaya）的少女，排灣語「瑪卡札亞札亞」是指傾斜的山坡地，意謂著部落是坐落在溪流坡地，一九四五年後全省行政區域重行調整改名為「瑪家鄉」。瑪家鄉位於屏東縣東北，西鄰內埔鄉、南接泰武鄉、北接三地門鄉、東鄰臺東縣金峰鄉。瑪家鄉，隸屬屏東縣。

85 立石鐵臣，〈幻想〉，《文藝臺灣》三卷四號（一九四二年一月二十日），頁一六。

86 這些作品大多發表在《文藝泛論》或《臺灣時報》，詳細目錄請參閱中島利郎編，《西川滿全書誌》，本書為未定稿（大阪：中國文藝研究會，一九九三）。

現，是這些散文詩的共通特色。西川滿的文字，蘊含著聲色的動感與想像，有著異於現實的虛幻。似乎藉著這一幕幕的景象，看到了似真而非的臺灣祭典。立石鐵臣的畫作，向來著重單純形象，〈幻想〉一作是以媽祖為主題，似乎也被感染了西川滿的華麗筆調，旁邊的圖案造成紛亂熱鬧的效果。

在一九四二年之後，《文藝臺灣》的風格儘管還是受西川滿所掌控，但是內涵出現明顯改變，原因在於為了因應時局發展，「南方」成為一個重要主題。透過文字與圖繪的齊頭並行，所謂的外地，開始朝南方延伸。外地不侷限在殖民地，甚至是即將成為殖民地的帝國夢土也指涉其中。《文藝臺灣》在一九四二年以後，新詩與插畫逐漸加入南洋的題材，立石鐵臣也參與其中[87]。題為〈南方〉的版畫，是一位馬來少女的上半身畫作。這幅版畫凸顯馬來少女濃眉、大眼、厚唇的容貌，以五官深邃的輪廓，搭配華麗的髮飾與項鍊，這就是畫家心目中的南方。以一幅少女圖像，顯然無法涵蓋廣泛的南方，而是一種化約南方的呈現，也是一種東方主義式的視線。

立石鐵臣可以說是支援《文藝臺灣》最出力的畫家，從創刊號到終刊號，幾乎每期都有他的作品。除了立石鐵臣之外，可以齊名的重要畫家非宮田彌太朗莫屬了。他以宮田彌太郎、宮田晴光之名，在雜誌上發表許多臺灣風土的畫作，如先前介紹的〈瑪卡扎亞扎亞的少女〉。他和西川滿的美學情調相當契合，也是西川滿的終生摯友。宮田彌太朗在決戰時期，也有南洋想像的作品〈馬來之女〉[88]。畫家以一位袒胸哺乳的母親，強調南方豐饒的土地想像，背後則飾以茂盛的南方植物，確實具備熱帶風情。〈馬來之女〉的土著女性形象，除了母性，也帶有野性，是畫家對於南洋種族的概括看法。不論是〈南方〉或〈馬來之女〉，都刻意強調地方色彩。對於一般讀者而言，這些畫作很有南洋情調，也可能留下刻板印象（stereotypes）。這些畫作是一種美的誘拐，勸誘人們往南方前進。如《文藝臺灣》五卷六號末頁的泰國版畫，畫名為〈往南方之邀〉[89]。四位身穿泰國傳統服飾的女孩，以纖纖細指和柔軟身軀在舞動著。畫面洋溢著動人的誘惑，可以透過她們看到南方的異色情調。而她們的邀約，無疑是一種美學式的政治語言，也可看出《文藝臺灣》在選擇這些插畫的時局策略。

這些圖繪以鮮明造型讓人眼睛為之一亮，它們產自馬來或泰國，也是當時日本所提出的大東亞共榮圈中的一部分。透過這些雜沓的足跡，不斷延伸的帝國慾望，往更南方前進。叢林、沼澤、巨獸，交織而成一幅幅熱帶風景。「泰國象」在第五卷之後，沉重地占據插畫位置。這些圖繪並非日人畫家的創作，而是泰國作品。以「象」映襯大東亞戰爭，為讀者攜來前進南方的東亞想像。這些大象所生存的土地，則是帝國慾望的夢土，正待征伐。

相對於南方／外地概念的虛像化，日人畫家配合時局的戰爭畫呈現了美化殖民地的戰爭圖像[90]。例如宮田彌太朗的〈制空〉、〈擊沉〉和〈紅色郵筒〉，這三幅畫的線條異常簡單，然而在描寫動態的軍事活動，令人一目瞭然，它們分別展示海軍與空軍的戰爭畫面。〈制空〉僅畫出一架翺

87 立石鐵臣，〈南方〉，《文藝臺灣》三卷五號（一九四二年二月二十日），頁一。

88 宮田彌太朗，〈馬來の女〉，《文藝臺灣》四卷一號（一九四二年四月二十日），頁三一。

89 作者不詳，〈南への誘ひ〉，《文藝臺灣》五卷六號（一九四三年四月一日），頁一二一—一二二中間，夾入西川滿的一篇社訊〈給社友們〉（共四頁），本張畫為第四頁。

90 宮田彌太朗（宮田晴光），〈擊沉〉，《文藝臺灣》四卷二號（一九四二年五月二十日），頁四三；〈制空〉，《文藝臺灣》五卷四號（一九四三年二月一日），頁一；〈赤いポスト〉，《文藝臺灣》五卷六號（一九四三年四月一日），頁一。

翔在空中的戰機，〈擊沉〉則以橫線條與留白的方式，表現軍艦在海上擊沉敵方的戰況。〈紅色郵筒〉象徵徵兵令的到來，鼓勵青年雄飛。這些插畫傳達了戰爭的緊張感，成為一種戰爭宣傳的刻板印象，也是美術動員的具體表現。

在繪畫之外，宮田彌太朗也曾經撰文響應戰爭，他提出應援聖戰的美術動向，跟決戰期的文學精神是可以互相呼應：「現在日本國民旺盛的國家意識蓬勃洶湧，在團結一致的大旗之下，負起聖戰的重大任務。我們身在臺灣，立足於日本國民的自覺之上，同時必須從東洋畫的立場來理解華麗島值得自負的美麗，悠久的美的根源，在體認現實中感覺從靈魂的深處騷動起來，如此努力前進才好。」[91]他主張以東洋畫的精神來詮釋臺灣之美，期許外地畫家建立自己的風格。宮田彌太朗的創作技法多樣，題材也相當廣泛，尤其是以佐藤春夫〈女誡扇綺譚〉為藍本的同名畫作，流淌唯美情調的藝術表現。不過在決戰期的國家目標下，所有的文化領域全部接受動員，舉凡文學、藝術等都毫無保留地在民族意識下重新再組織，宮田彌太朗是外地畫家當中相當鮮明的例子。

另一位常出現在《文藝臺灣》的畫家飯田實雄[92]，和宮田彌太朗一起舉辦過「臺灣聖戰美術展」，他也提出：「對畫家而言，追求『美麗』是奉為圭臬的創作真理。但是，因為新局勢的牽動，以美為終極目標的繪畫，也必須加以修正，題材將擴大至關心社會性的方向。具體來說，畫家應該描繪的對象已經登場，那就是新母題——戰爭。畫家也要創作出表現戰鬥意識的戰爭畫，要描寫迫切的民族熱情，要傳達戰爭的雄偉之美。」[93]這場聖戰是屬於日本國民的全體戰爭，畫家居於文化先鋒的位置，更應該起帶頭作用。飯田實雄的文與畫，十足反映在臺的日本美術團體的積極姿態。《文藝臺灣》的最後幾期，分別在文學與繪畫上出現大量的戰爭作品。作為一本遵循官方體制的文藝產物，它的立場相當鮮明。隨著戰局的擴大，《文藝臺灣》也次第出現一些南洋想像的文藝作品，不過幾乎大多出於慾望之物，並非創作者的親身經驗。當時前往南洋隨軍的文藝團體，多屬於內地人。因為臺灣的南進基地位置，使外地作家等同置身於前線，所以缺乏親赴南洋的機會。從而《文藝臺灣》開始流淌出南方風情的熱帶情調，不過尚屬摸索階段，只能提供概念式的印象。而所謂大東亞共榮圈的集體想像，更多可能只是作家的虛擬之境與南方幻影。

從一九四〇年代以降，各種日本帝國論述所指涉的「南方」，因為太平洋戰場的緣故，擴大涵蓋到越南、爪哇、蘇門答臘、婆羅洲、馬來西亞、新加坡、汶萊等南洋地區，它的界限有逐漸延伸的趨勢。這些局勢也影響文學藝術等文化動員的前進方向。《文藝臺灣》有超過兩百幅的插畫或畫作，除了少數西洋繪畫之外，大體上仍然以臺灣鄉土色彩為主。要到一九四二年之後，才開始出現種種南洋想像。南方是外地的外地，是一個充滿野性而魅力之所在。以女性來展現南方的狂野冶豔、或是豐饒肥沃，不僅成為日人作家物化的對象，也暴露對於南方知識的匱乏。儘管西川滿和宮

91　宮田彌太朗，〈台灣東洋畫の動向〉，原載於《東方美術》（一九三九年十月）。本文之中譯文係引用顏娟英譯，〈台灣東洋畫的動向〉，收入《風景心境：台灣近代美術文獻導讀》（上冊）（臺北：雄獅美術社，二〇〇一），頁五三七。

92　飯田實雄（一九〇五—一九六八），一九二五年進入信濃橋洋畫研究所，師事小出楢重。一九二八年進入新洋畫研究所，師事中山巍。一九三七年來臺。一九四〇年參與創元美術協會的成立，一九四一年九月，創元美術協會於公會堂主辦臺灣聖戰美術展，十一月中並發行《臺灣聖戰美術》畫集。

93　飯田實雄，〈臺灣聖戰美術展〉，《臺灣日日新報》，一九四一年九月十一日。本文之中譯文係參考顏娟英譯，〈台灣聖戰美術展〉，收入《風景心境：台灣近代美術文獻導讀》（上冊）（臺北：雄獅美術社，二〇〇一），頁三六三。

方維持良好關係，也極力為文化政策代言，他的陰柔美感和戰爭文學所崇尚的壯闊格局還是有所扞格的。不難發現，西川滿儘管網羅許多協力者，但他的時代感卻過於薄弱，美學傾向也與現實環境疏離，許多發言只是虛張聲勢，缺乏戰爭文學的格局。可以說《文藝臺灣》後期經營「南方」的氣勢，有努力的痕跡，卻始終無法壯大。

四、西川滿的美學追求

西川滿的文學脾性，其實傾向於陰柔美的追求。大學時期以法國詩人韓波為研究對象的西川滿，深受韓波文學的啟發。[94]他的文學生涯，也從來沒有放棄過浪漫主義的筆調。在一九四〇年代戰爭臻於高峰之際，西川滿一方面必須以文藝報國，一方面卻耽溺於唯美情調文學。雄壯的戰爭語言與陰柔的臺灣民俗書寫，顯然是兩條平行線，西川滿選擇齊頭並進的方式進行。他在決戰時期所發表的文藝動員言論相當慷慨激昂，文學創作上，他則嘗試以寫實主義技法改寫臺灣歷史，姑且先不論文學藝術的成就高低，他確實完成了〈赤崁記〉、〈龍脈記〉、《臺灣縱貫鐵道》等作品。同時，他持續經營自己擅長的主題，就是臺灣風俗民情的細膩書寫。戰後，龍瑛宗在一篇評論〈日人文學在臺灣〉，對西川滿的文學作風做了描述：

> 西川滿受島田謹二的影響至深，是島田謹二所提倡的外地文學的實踐者，而他的藝術大師卻是佐藤春夫。他的詩集有「華麗島頌歌」，小說有「楚楚公主」「梨花夫人」「赤崁記」等。

> 誠然，他絢爛地高唱著華麗島的風物，媽祖祭、城隍爺祭、港祭、甘寧將軍、文廟、神戲、上元祭、玄壇爺祭、大天后、宮歌、卜卦、金紙、女媧娘娘、排骨湯、銅鑼、范無救，大恩教主釋迦牟尼如來，則天武后，沙上寒燈轉淒然，orgel（荷蘭語——風琴）等等。[95]

以龍瑛宗在《文藝臺灣》時期的編輯委員身分，他和西川滿應該有高度契合，也頗熟悉西川滿的書寫風格。不過，當戰後開始以中華民族主義檢驗皇民化時期的文學時，他也留下批判西川滿的文字。在一九九〇年代，臺灣出現為西川滿平反的聲音，依據西川滿的選材，認為他是一位真正「愛臺灣」的日本人。無論是中華民族主義或臺灣意識的文學詮釋，更言明政治與政治的隨從關係，令人徒增荒涼之感。西川滿在日治時期以殖民地風土為主題的小說、詩集、隨筆數量非常龐大，他對於文學題材的執著，即可見一斑。他不僅書寫以臺灣為主題的風土民俗故事，每一本書幾

---

94 法國詩人阿爾蒂爾・韓波（Arthur Rimbaud，一八五四—一八九一），他的創作生涯只有五年，作品數量有限，卻被公認是象徵主義運動最傑出的詩人之一，也被認為是其後超現實主義的鼻祖。象徵主義者力求發現（或破譯）隱藏在日常事物後面的真實，在題材上側重描寫個人幻影和內心感受，極少涉及廣闊的社會題材。超現實主義者則進一步要求通過直覺和幻想創造事物之外的真實。韓波的詩作有種創新精神，善於製造陰鬱而狂熱的氣氛。他認為「幻覺」和「曖昧的主觀世界」構成詩的「真實」。關於韓波與法國文學的介紹，請參閱陳振堯，《法國文學史》（臺北：天肯文化，二〇〇三）。

95 龍瑛宗，〈日人文學在臺灣〉，《臺北文物》三卷三期（一九五四年十二月十日）。後收入《龍瑛宗全集》第五冊，頁三二六—三二七。

乎都由畫家立石鐵臣負責封面及內頁插圖，插圖的內容也是以臺灣鄉土景色為主調。無論是他的創作或是主編的雜誌，都大致以這種圖文並茂的模式印行出版。換一個角度來看，戰爭所追求的雄壯語言，確實不是西川滿所擅長的。《文藝臺灣》雖然肩負戰爭文藝的工作，每期也有響應戰爭的文字，不過還是充分展現了西川滿式的美學趣味。他對於「媽祖」、「天上聖母」題材的熱愛，雜誌經常出現的異國情調版畫，都是《文藝臺灣》很重要的組成因素。

可以說，西川滿的美學追求，不能單純以「臺灣情趣」來概括，而稱為「中國情趣」比較妥切。他離開臺灣之後，綜觀他戰前戰後的出版書籍，可以發現他一生的文學活動都沒有脫離中國傳統文學的改寫與再造工程。[96]臺灣漢族的民間色彩，多半是承繼中國文化而來，從閩臺兩地的民生風情可見一斑。庶民空間的騎樓巷弄，傳統屋舍的前埕後厝，古剎廟宇的飛簷斗拱，構成一幅幅庶民的生命之圖。西川滿尤其鍾愛民間信仰與傳說故事，他所描繪的臺灣形象，有絕大部分是屬於中國南方的陰柔情調，注重感官體驗的細部呈現，卻脫離臺灣庶民的真實生活。這也和石川欽一郎所看到的陽剛之美，形成有趣對比。

日治時期和西川滿有師生情誼的葉石濤，就曾經提到他對《文藝臺灣》的看法：「由於『文藝臺灣』變成西川滿個人的刊物，所以這本刊物的外觀也就反映了西川滿注重傳奇的、異國情趣的傾向。儘管雜誌的封面以『文章報國的決心』幾個大字，表示擁護國策，其實這是矇混當局的障眼絕招，西川仍然我行我素，雜誌上所刊的木刻劃、照片仍然是藝術性豐富、刻意呈露出臺灣的鄉土色彩。」[97]這段話好像是在批判西川滿的任性，換一個角度來說，似乎又有為西川滿辯護的意味。站在日人作家的立場，臺灣的鄉土色彩具有異國情調的蠱惑魅力。但是，所謂的「異國情調」，其實也是「外地文學」論中重要的因素。該雜誌所展現的濃厚鄉土色調，並不違背「新文化體制」下所強調的振興地方文化政策。所以，《文藝臺灣》雖然符合西川滿的文學脾性，誠然不如葉石濤所說只是「我行我素」的個人美學趣味，也帶有響應國策的編輯策略。《文藝臺灣》的創刊宗旨，正是要建設乃至宣揚外地文化，南方情調是西川滿所擅長的文學表現，這本雜誌在他的影響下，其實也未偏離殖民者的政治理想。

《文藝臺灣》縱使由西川滿所主導，但是仍然呈現較多元的發展。唯有透過西川滿的創作，才能真正逼視其文學轉折的過程。西川滿在《文藝臺灣》所發表的〈赤崁記〉，是他文學轉折的代表。一方面是他試圖改寫臺灣歷史，亟欲嘗試展現寫實技藝的呈現。另一方面，這篇小說其實受到佐藤春夫〈女誡扇綺譚〉的影響。火野葦平在〈經過華麗島〉一文，也特別強調佐藤春夫啟蒙他的臺灣印象[98]。從〈赤崁記〉以降，他開始嘗試改變，但還是殘留許多浪漫主義的基調。愈邁向決戰時刻，西川滿已經覺悟無法繼續任性的美學追求，只有努力朝向寫實主義的實踐。〈龍脈記〉到《臺灣縱貫鐵道》的臺灣鐵路開拓史書寫，更印證他的書寫企圖。一九四〇年代以降的南方，已非政治無意識下的南方：「南方是／光之源／給我們／秩序與／歡喜與／華麗」，而蛻變成昭然若揭的政策口號，浮上文藝界的檯面。在文藝動員的局勢下，大家齊喊前進南方的政治宣言。

96　請參閱中島利郎編，《西川滿全書誌》（大阪：中國文藝研究會，一九九三年，未定稿）。

97　葉石濤，〈「文藝臺灣」及其周圍〉，《文學回憶錄》（臺北：遠景，一九八三），頁九。

98　火野葦平，〈華麗島を過ぎて〉（經過華麗島），《華麗島》創刊號（一九三九年十二月一日），頁六。

第二節　荒廢美的系譜：以佐藤春夫〈女誡扇綺譚〉與西川滿〈赤崁記〉為中心

引言：再現殖民地

島田謹二所提出的「外地文學論」，成為在臺日人作家的文藝指導政策，以相對於在日本國內創作的內地文學。強調以異國情調與寫實主義為基調的「外地文學」，是島田謹二參考法國殖民地文學的狀況後，針對日人作家在臺灣所產生的殖民地文學而創設的論點。藉由上一節的討論中可以得知，島田謹二以日本內地為座標，將在臺日人文學命名為外地文學，他的用意除了要區隔內地文學與外地文學的地理差異之外，也有意凸顯外地作家創作異國情調文學的合理性與獨特性。島田謹二積極將「異國情調」的因素引進「外地文學」，不僅因為當時臺灣人作家也崇尚寫實主義，如果外地文學論只重視寫實主義就會顯得毫無特色，此外也和他自身的文學信仰以及西川滿有很大的關係。島田或許是期待外地作家在「異化」臺灣的過程中，也能夠強化自我身分的定位，並且向日本中央文壇爭取文學的發言權。

外地文學論中所強調的「異國情調」，似乎可以在佐藤春夫和西川滿的作品中得到相當妥切的印證。以旅人身分來臺三個月的佐藤春夫和青壯年時代都在臺灣定居的西川滿，他們兩人有關臺灣書寫的作品，對當時的日臺文壇而言都產生了一定程度的影響。本書第二章第二節探討的佐藤春夫閩臺紀行作品，主要是以寫實為主的散文、遊記，這一節所提出的〈女誡扇綺譚〉，則可歸類為小說創作，帶有虛構的成分。佐藤春夫雖然只來臺三個月，在他一生創作歷程中有關臺灣書寫的作品分量也顯然不多，但他本人卻對〈女誡扇綺譚〉（一九二五）相當肯定，並列為自己全部創作中屈指五篇之內最滿意的作品。[99]除此之外，〈女誡扇綺譚〉所呈現的南方島國氛圍，也對日人作家造成頗多迴響。甚至可以說，日本文化界開始對臺灣產生注意力，是在讀到佐藤春夫〈女誡扇綺譚〉等系列的臺灣關係作品所致。[100]閱讀過西川滿的〈赤崁記〉（一九四〇）就不難看出，此篇作品無論是在結構或敘事的表現方式上，都和〈女誡扇綺譚〉有許多類似的書寫手法。為何這兩個作品會有如此高的同質性，將是本節要探討的重點。

關於異國情調的討論，島田謹二曾經說過〈女誡扇綺譚〉是典型的異國情調文學，亦符合他本人所提出的「外地文學論」[101]。然而，日本學者藤井省三一方面以結構和情節的類似，將西川滿的

99　〈女誡扇綺譚〉刊登於一九二五年五月號的雜誌《女性》，是佐藤春夫在臺灣之旅的五年後才發表的作品。翌年由第一書房發行單行本《女誡扇綺譚》，在單行本的〈後記〉中，佐藤自述對此篇作品的偏愛程度。

100　請參閱邱若山，〈「女誡扇綺譚」とその系譜：ロマン主義文學の本質からのアプローチ〉（「女誡扇綺譚」與其系譜：從浪漫主義文學本質的研究），《佐藤春夫台湾旅行関係作品研究》（臺北：致良，二〇〇二），頁一八九。

101　松風子，〈台湾の文學的過去に就て〉（「華麗島文學志」緒論），《臺灣時報》（一九四〇年一月號）。

〈赤崁記〉視為〈女誡扇綺譚〉的系譜[102]，另一方面卻駁斥島田謹二對〈女誡扇綺譚〉的評價。藤井以為：「島田謹二完全無視佐藤春夫所苦心描寫殖民地知識人『世外民』的苦惱和庶民的心情，以及為隱蓋這種事實而起作用的新聞媒體的實際狀況，只是一味地強調著異國情趣。」[103]因此，針對這兩篇作品的比較，藤井認為〈女誡扇綺譚〉是對臺灣民族國家主義共鳴為基調的作品，至於西川滿的〈赤崁記〉反而是「殖民體制崩壞的預言書」，弔詭地展現了異國情調的敗戰預感。藤井的觀點其實體現了戰後大部分臺灣文學研究者對這兩位作家的普遍印象；佐藤春夫的文學與人格似乎都得到正面的評價，而西川滿的文學與人格則充滿爭議。因此，如何釐清這些觀點的異同之處，還是必須從文本著手，把作品置放在臺灣殖民史的脈絡之中，以此考察他們再現臺灣的書寫方式。

再者，西川滿的書寫策略是否具體實踐了外地文學論？島田謹二根據法國殖民地文學的研究，在臺灣逐步完成了外地文學的理論，主要是把關注的對象放在臺灣的日人作家群身上。藉由與西川滿結識的契機，島田謹二開始注意到臺灣的文學現象，所以西川滿也順理成章成為島田謹二在其外地文學論中被提及且期許的作家。[104]殖民地臺灣始終是西川滿創作的靈感，由於西川滿文字追求浪漫、唯美的筆調以及感官的描寫，經由他筆下彰顯出來的臺灣風物，總會形成迷離的時空氛圍；日本人閱讀過後會有強烈的異國情調，而臺灣人則會產生一種距離感。如果用外地文學論來檢驗西川滿的作品，在島田謹二的觀點裡有兩個重要的內涵：寫實主義與異國情調，這兩種基調如何被西川滿結合，然後化為文字呈現出來呢？一九四三年五月，西川滿透過《文藝臺灣》的〈文藝時評〉為文批判臺籍作家的鄉土書寫是偏離戰爭國策的「糞寫實主義」，進而強調寫實主義與皇民文學的關係。以無產階級為描寫對象的寫實主義文學，並不被西川滿所認同。關於寫實文學的內容，他似乎自有定見。比較文學者島田謹二在「外地文學論」所提出的觀點，應該可以用來理解西川滿文學轉向的原因，這是本文所要處理的課題之一。本節的後半部將嘗試以〈赤崁記〉作為探討的對象。

一、奇異與歧義：誤讀〈女誡扇綺譚〉

從第二章的討論可以得知，一九二〇年六月到十月，佐藤春夫受到友人邀約前往臺灣散心旅行。他在返回日本之後，從一九二一年開始陸續發表有關於旅臺的作品，並於一九三六年結集出版了《霧社》（東京：昭森社），這本文集收錄了六篇作品。不過，佐藤春夫的臺灣相關作品共計有十三篇，包括了小說、遊記與散文。[105]本書的第二章，已經探討佐藤春夫的臺灣紀行作品。這一節

---

102 關於「女誡扇綺譚」的系譜問題，臺灣學者邱若山也提出和日本學者藤井相同的看法，邱若山更進一步將西川滿、新垣宏一、中村地平、邱炳南（永漢）的文學作品都列入「女誡扇綺譚」的系譜之中。

103 藤井省三著，張季琳譯，〈臺灣異國情調的敗戰預感：西川滿「赤崁記」〉，《臺灣文學這一百年》（臺北：麥田，二〇〇四），頁一三五。本書之日文版為《台湾文学この百年》（東京：東方書店，一九九八）。

104 島田謹二，〈臺灣の文學的過現未〉，《文藝臺灣》二卷二號（一九四一年五月二十日）。本文引用葉笛譯，〈臺灣文學的過去、現在和未來〉（上），《文學臺灣》第二三期（一九九七年四月），頁一六六。

105 佐藤春夫有關臺灣書寫的作品，從一九二一年後陸續發表於日本的雜誌上，一九三六年有結集出版了單行本《霧社》，但並沒有全部收入。臺灣的學者邱若山已將這些作品翻譯完成並出版，請參閱佐藤春夫著，邱若山譯，《殖民地之旅》（臺北：草根，二〇〇二）。

所要討論的小說〈女誡扇綺譚〉，首次刊行於一九二五年五月號的《女性》，發表後相當受到文壇的注目與肯定，而且作者本人也很喜愛這篇作品，所以在一九二六年，發行了單行本《女誡扇綺譚》（東京：第一書房）。如前所言，日本文化界開始對臺灣產生興趣，是受到佐藤春夫〈女誡扇綺譚〉等系列的臺灣關係作品的影響。島田謹二也相當讚賞佐藤春夫的旅臺作品，認為具有濃厚的異國情趣：「特別是發揮安平臺南一角落之荒廢美，賦以獵奇的偵探趣味故事的〈女誡扇綺譚〉。」[106]異國情調是島田謹二外地文學論中相當重要的因素，其用意在於對比出與日本內地差異的文學景致。然而，以任何一篇異國的旅行者文學的觀點來看，作品內容結合了荒廢美、獵奇、偵探趣味的異國情調，顯然是可以理解的。但是佐藤春夫的旅行地卻是自己國家的殖民地，那麼〈女誡扇綺譚〉或許可以解讀出作家的政治潛意識，透過將殖民地賦予荒廢美感，以凸顯日本的文明位階，並達到自我文化認同。

佐藤春夫在他的另一篇文章〈彼夏之記〉（かの一夏の記）中提到了〈女誡扇綺譚〉的取材：「〈女誡扇綺譚〉的建築物、安平的風景，可以說是實景描寫。其他情節是參雜中部地方的見聞與想像而創作的。」[107]在日人作家的臺灣書寫作品中，相對於快速邁向現代化的臺北，他們似乎都偏愛以南臺灣或山地「蕃社」為書寫題材。[108]〈女誡扇綺譚〉發生的場景是在臺南一個廢港（禿頭港）的廢屋裡，它所呈現出來的頹廢意象是相當鮮明的。或許，有人會把「荒廢」（wilderness）的表現技法歸因於佐藤春夫耽美派的文學風格[109]，但是為何大多數的日人作家都會以「荒廢」或「蠻荒」的意象來再現臺灣？對已生活在現代化國家的日本作者而言，描寫頹廢的臺灣南部風物或是荒野待墾的「蕃地」部落，除了可以展現作品的異國情調之外，更是一種將臺灣「他者化」的書寫傾向。

因此，日人作家在潛意識的凝視政治中，無形中對日本／臺灣會流露出進步與荒廢、文明與蠻荒的東方主義式的視線。「某種程度而言，無論是現代或是原始社會，都是以此『非我族類』的負面思考方式，找到集體的認同。」[110]以否定他者來確認自己，這種書寫傾向也可以用來解釋，何以在臺人作家和日人作家的文學作品中，「臺灣」會有不一樣的長相與表情。

從而，佐藤春夫〈女誡扇綺譚〉的影響力只能及於日人作家，卻無法對臺籍作家造成深刻的感動或觸發創作的思維。臺灣學者邱若山也觀察到這種現象：「臺灣的文壇及文學界在〈女誡扇綺譚〉發表之後，相對於此篇作品給居臺的日本籍作家帶來廣大深遠的影響，臺灣籍作家中受到〈女

106　島田謹二，〈臺灣の文學的過現未〉，《文藝臺灣》二卷二號（一九四一年五月二十日），頁八。本文後來收入島田氏著，《華麗島文學志》（東京：明治書院，一九九五），頁四六五。

107　佐藤春夫，〈かの一夏の記〉（彼夏之記），《霧社》（東京：昭森社，一九三九）。本文參閱之復刻本係由河原功監修，《霧社》，（日本植民地文学精選集【台湾編】五）（東京：ゆまに書房，二〇〇〇）。本文引用之中譯本為邱若山譯，《殖民地之旅》（臺北：草根，二〇〇二），頁三四三。

108　以荒廢的臺灣南部風物或是蠻荒待墾的山地部落為題材的作品，除了佐藤春夫之外，新垣宏一、中村地平、坂口れい子、西川滿、真杉靜枝、山部歌津子、大鹿卓等日人作家，都有相關的作品，臺灣作家則鮮少碰觸此類題材。

109　在日本近代文學史上，佐藤春夫屬於耽美派作家。耽美派的代表人物如永井荷風、谷崎潤一郎等作家，他們所推崇的耽美主義是一種浪漫主義。耽美派站在反對自然主義的立場，而追求藝術至上的個人主義以及人道主義、理想主義的方向，特質在於強調世紀末的頹廢、耽美、官能的傾向。此外，耽美派的代表刊物為《三田文學》，主持者是永井荷風。請參閱佐佐木八郎等著，《新修日本文學史》（京都：京都書房，二〇〇二），頁一四〇—一四二。

110　愛德華・薩依德（Edward W. Said）著，王淑燕等譯，《東方主義》（*Orientalism*）（臺北，立緒，一九九九），頁七五。

誡扇綺譚〉影響的人或作品幾乎找不到，這也是殖民地時代臺灣作家在創作主題、處理的文學課題和日本作家大相逕庭的一個例證。」[111]日治時期的臺灣作家，雖然也會在作品中刻劃臺灣的負面形象，但卻是以切身之痛的情感為出發點。而〈女誡扇綺譚〉的主角則是一位旅臺的日人記者，當他來到臺南的安平時深深感覺到：「安平的荒廢之美深深打動我的心弦，未必和它的歷史知識有關。」[112]安平縱然經歷了許多歷史事件，但是在他的眼中還是充滿了「荒廢美」的遺跡情境。再加上因主角的好奇心而引起的「奇異」事件，不僅反映了臺灣人的鬼魅迷信，也點出主角自身的進步性與理性。因此，這種題材對當時積極追求現代性與文化改造的臺灣作家而言，幾乎是完全不會碰觸的創作主題。

其實，只要投入小說的語境，就會發現〈女誡扇綺譚〉不失為一部吸引讀者注目的作品。故事的兩位主要人物是日本人的臺南報社記者和臺灣人的傳統文人世外民，這樣的搭配頗有對比的意味。故事的開頭，新聞記者的主角和漢詩人世外民連袂參訪臺南古城，途中的對話可以看出不少現代與傳統的思維辯證。再者，主角「我」的觀察視野則是貫穿整部作品最主要的敘事聲音。

在前往赤崁城的沿途，臺車、養殖魚場（想必是虱目魚）、荒野、枯草的南臺灣意象，一一從文字浮現。似乎在閱讀的同時，也可以感受到那沿海的潮氣與太陽的熱度。進入安平的市鎮之後，頹廢的街道令主角油然而起一種淒然的美感。可是在抵達禿頭港後，卻發現那裡只是一處令人作嘔的汙穢社區，而禿頭港更已成為泥沙淤積的廢港了。行文至此，似乎可以感受到主角的不耐與嫌惡。然而，禿頭港的一座廢屋，卻吸引了兩位旅者的目光。在如此髒亂破落的社區中，卻出現一棟令人驚訝的大屋：「事實上，這個廢屋，愈看愈令人感到難以言喻的豪華感從每個角落滾滾湧出。」[113]這樣豪華又面海的宅邸，如今卻荒廢地屹立於此，就像是盛時的安平的最佳殘影，主角似乎一而再地被殘缺之美所傾倒。兩人在好奇心的驅使下推門而入，發現屋子的內部有一種滄桑的破敗美感，而主角「我」更欣喜於這樣的發現：「在歲月的侵蝕下倖存的一部分殘留，卻反而給人無限的遐想與想像的空間，在發現它可悲的種種不調和之前，那異國情調就足以讓人欣然而喜了。」[114]就美的鑑賞力而言，荒廢與豪華感共存的殘缺美學，表現出主角的特殊癖好。沉迷於頹廢之美的「我」，其實正是作者自身的寫照。佐藤春夫是耽美派的追隨者，傾向於浪漫、頹廢、官能的文學風格，運用這些特質來書寫殖民地的南方風光，透過它筆下呈現出荒廢的古城、廢港、空屋，具有相當濃豔的異國情調。

正在專心參觀廢屋內部的主角和世外民，卻意外地聽到二樓傳來年輕女子的聲音。疑惑、驚訝、饑餓感交雜的兩人，擔心自己成為闖入者，最終選擇離開廢屋。這時，遇到一位站在屋外的老

111 邱若山，《佐藤春夫台湾旅行関係作品研究》（日文）（臺北：致良，二〇〇二），頁一六四—一六五。邱若山另外指出，在日治時期的臺灣籍作家中，只有邱炳南的作品受到〈女誡扇綺譚〉的影響，而垂水千惠和岡崎郁子也有這方面的討論。請參閱垂水千惠，《台灣的日本語文學》（臺北：前衛，一九九八）；岡崎郁子，《台灣文學：異端的系譜》（臺北：前衛，一九九七）。

112 佐藤春夫，《女誡扇綺譚》（東京：第一書房，一九二六），本文引用之中譯文為邱若山譯，《殖民地之旅》（臺北：草根，二〇〇二），頁一九三。

113 佐藤春夫，《女誡扇綺譚》，頁一九四。

114 佐藤春夫，《女誡扇綺譚》，頁二〇七。

婦人，從她口中得知這間廢屋裡的女鬼傳說。廢屋裡有女人的聲音，或許是女鬼的魂魄吧。傳說中的女子本來是海運富商沈家的千金，不料一場颱風襲捲了他們家所有的船，沈家最終破產了。原本已訂親的女婿因而和這位千金解除婚約，沈家的男女主人也相繼病逝，只留下女子孤獨地在廢屋裡生活。她每天都倚窗望海等待著，或許有一天夫婿會回心轉意從海上乘船來和她會面。等待中發瘋的女子，最後落寞地躺在床上死去好幾天才被發現，屍體已行將腐爛的她，還插著金簪，身穿新娘裝。這個傳說結合了詭異、淒美、恐怖的感覺，主角「我」甚至認為這是支那文學的一個定型。不難看出，這位新聞記者始終扮演一個冷靜、理性的觀察角色，來客觀分析他所看到、聽到的臺灣。而世外民彷彿受到廢屋傳說的奇異性的影響，露出耿耿於懷的不安。因此，在這篇作品中他們兩人的對比性格相當明顯，主角一直以文明人自居，而世外民則是落後思考的臺灣文人。弔詭的是，主角一方面具備了進步性的思考，另一方面卻耽溺於停滯、遲緩的「荒廢美」。因此，主角凝視臺灣的視線是失焦的，雖然他欣賞臺灣頹廢的異國情調，但又以現代眼光批判殖民地文化的落後。

所以在聽完傳說之後，主角運用理性的思維推測，他們所聽到的，或許只是一位年輕的女子在廢屋裡等待幽會的情人所發出的聲響。於是，主角決定拉著世外民再度進入廢屋探險。這一次，他意外地在床底下發現一把扇子，扇面是曹班昭《女誡》的〈專心章〉，而扇背畫了蓮花並寫著周敦頤〈愛蓮說〉的一句話：「不蔓不枝」。〈專心章〉的主旨是告誡已婚女子不可再嫁，應遵守「一女不事二夫」的婦誡，〈愛蓮說〉的「不蔓不枝」雖然是在描寫蓮花的特性，但在扇背出現的用意相當明顯，是為了和「專心」相呼應。這是一把明記著婦德的扇子，但扇子的主人是誰呢？主角對此引發了無限遐想：

我更進一步地假想著一個禿頭港的下階層區奔放無知的女孩的事。她在本能的引導下，連那悽慘的傳說的房子都無所畏懼。而且，以前在上面有什麼人死過，她全都忘得一乾二淨。在那豪華的寢床上，手拿明記著暗示婦女道德的這把扇子，全然不知道什麼意義地翻玩耍弄，為全身沾滿她的汗水的情夫扇送陣陣的涼風……。她任憑生命的氾濫而無視一切。──我所要的不是它的善惡問題，而是「善惡的彼岸」……。[115]

少女和情人恣意貪歡的黑檀床，也是曾經躺過插飾著金簪、穿著新娘裝而腐爛死掉的女屍的床。世外民曾經看到床上停著的那隻大紅蛾，更是鬼氣森森。透過主角對女體的想像，似乎可以感受到在這張漂浮著死屍氣味的床上，也沾染了年輕肉體交歡時所滴下的汗水。生命的衝勁與死亡的氣息，在此交織成驚悚的感覺。生命與死氣、黑檀床與大紅蛾、年輕女體與腐爛女屍，這些強烈的衝突意象直指作者的內心底層，所謂「善惡的彼岸」，是道德，或是背德？主角在此思考的問題，或許也是佐藤春夫自己的疑惑吧。

日人畫家宮田彌太朗曾經以佐藤春夫的〈女誡扇綺譚〉為題材，創作同名畫作，在一九三五年第九回臺展中展出。畫面上有一位憑欄而立的美人，身穿華麗的嫁衣，手裡持著女誡扇，哀怨眺望窗外的海岸，在等待丈夫乘船歸來。這一幅畫流淌舒緩淒美的情調，和佐藤春夫的原創頗有出入，立石鐵臣在參觀後向他提出建議：「不如畫一位年老的婦人頭戴金簪，穿著嫁衣，躺在床上腐敗的

115　佐藤春夫，《女誡扇綺譚》，頁二四〇。

樣子更配合此瘋狂的女人，牆上有紅色的蛾，床上放著女誡扇，像這樣充滿幻想的畫面，將使你的畫風更加活躍，你以為如何？」[116]立石鐵臣的修改意見，顯然更貼近佐藤春夫的驚悚敘事，以瘋狂女人的老朽衰敗，映襯紅色之蛾的生命力，以及女誡扇的古典訓誡。在異國情調之餘，更添鬼魅氛圍。

佐藤春夫的文學基調以「憂鬱」見長，初期的作品〈生病的薔薇〉（《文藝雜誌》，一九一六年十一月號）和後來〈都會的憂鬱〉（《婦女公論》，一九二三年一月號），是他的二部代表作，主要在於描寫現代人因為自我意識過剩而產生的倦怠、孤獨、焦躁等等憂鬱的特質。本書第二章提過，佐藤春夫在旅臺之後，除了創作量明顯增加之外，在作品內容上也開始展現對社會與人類的關心，這在他初期的作品〈田園的憂鬱〉是看不到的。[117]〈田園的憂鬱〉只注重個人內心世界如孤獨、倦怠等感覺的刻劃，〈都會的憂鬱〉則表現了對他者的同理心與冷靜的自我分析。因此，返國五年才發表的〈女誡扇綺譚〉，確實展現了對異民族的人類愛。日本學者藤井省三也認為佐藤春夫在這篇作品中，對臺灣人表達高度的同理心：「可以說〈女誡扇綺譚〉的特色，就是以這個宿命的殖民島嶼作為舞臺，不抱持偏見或差別意識，甚至表示共鳴地向日本讀者描繪出，日本統治下的臺灣人的生活和心理。」[118]論者之所以會提出這樣的評價，應該是因為〈女誡扇綺譚〉的結局所致。

主角在撿到女誡扇後不久，當地就傳出那間廢屋裡有一年輕男子上吊自殺。平常鮮少人跡的廢屋，會發現剛死亡的遺體，而這個消息竟然是由一家穀物商的千金作夢所得知。主角聽到傳聞後覺得非常荒謬且憤怒，在他看來，用夢境預知或暗示命運，是一件相當無知愚昧的事：

我在訝異於無智的人們相信別人的程度會是那麼深的同時，想到編出那種話就打算輕而易舉地欺騙別人的少女，一定是厚顏無恥的傢伙；我決定要把一切都揭發出來。那時，我尚年輕，不懂人情世故，想來，是對那年輕女子玩弄智慧而說出的荒誕愚昧的謊言，無法以同理心去理解看待之故。[119]

主角會有這樣的感觸，是因為他最終還是知曉了一切。真正在那間廢屋幽會的，是穀物商千金的下女。這位下女將被主人嫁給內地的日本人，所以她的情人才會上吊殉情，而下女也在不久後吞鴉片自盡。看到新聞報導的主角因此不勝唏噓，也自責於「無法以同理心去理解」。其實，小說在這段情節的安排上，頗有不合理之處。在日治時期，臺灣的下女與內地的日本人，這兩種人的身分位階相差甚大，所以這位下女是以什麼身分出嫁還值得懷疑。縱然，佐藤春夫在這篇作品中以人道

116 立石鐵臣，〈第九回臺展相互評：西洋画家の観た東洋画の批判〉，《臺灣日日新報》，一九三五年十月三十日。本文之中譯文係引用顏娟英譯，〈第九回臺展相互評：西洋畫家的東洋畫批判〉，收入《風景心境：台灣近代美術文獻導讀》（上冊）（臺北：雄獅美術社，二〇〇一），頁二四一。

117 姚巧梅，〈佐藤春夫台灣物の「女誡扇綺譚」を讀む：「私」と世外民を中心に〉（閱讀佐藤春夫臺灣作品「女誡扇綺譚」：以「我」與世外民為中心），《日本臺灣學會報》第三號（二〇〇一年五月）。

118 藤井省三著，張季琳譯，〈大正文學與殖民地臺灣：佐藤春夫「女誡扇綺譚」〉，《臺灣文學這一百年》（臺北：麥田，二〇〇四），頁一〇八。本書之日文版為《台湾文學この百年》（東京：東方書店，一九九八）。

119 佐藤春夫，《女誡扇綺譚》，頁二四五。

主義的同理心來看待臺灣人，但在他的潛意識中還是保有文明者的思考，因此作品中所呈現出來的臺灣人依然是無智、落後的。

東京都會的現代化生活，除了節奏快速之外，人與人之間的關係也頗為疏離。佐藤春夫選擇到臺灣旅行，是因為生活中感情因素的問題，所以決定來臺散心，因此臺灣成了他療傷休養之地。[120]當佐藤春夫來到臺灣之後，尤其是南臺灣的遲緩步調，相信能讓佐藤春夫放慢心情並省視自我。藤井省三認為佐藤之所以在島都臺北只停留半天，一方面是因為同行的朋友東熙市急於回到工作地點高雄，另一方面對佐藤而言這反而保障了在旅遊臺灣的前兩個月，能和殖民統治者保持距離，以維護私人旅行者的立場。[121]但是，佐藤春夫在旅臺行程中，其實受到官方相當多的禮遇與人力資助，所以他會馬上就前往臺灣南部旅行，應該和他想要抽離都市的心情有關。而南臺灣的熱帶異國情趣，也許真的對他的創作產生影響。臺灣成為日本人的「南方憧憬」，在文學上是由於日本作家受到十九世紀末歐洲的文學家對文明被汙染的幻滅，進而對「南方」的追求而產生的影響。佐藤春夫的故鄉是在紀州新宮，相對於定居在東京的佐藤而言，故鄉是他思念不已的南方，而臺灣則是他更廣泛的南方想像。[122]

臺灣學界到目前為止，關於佐藤春夫的討論已有相當分量。研究過他的臺灣關係作品的評論者普遍認為，相較於其他更具殖民者立場與觀點的日人作家，在佐藤春夫有關臺灣的作品裡，透過南方特殊風物的描繪，可以發現他對臺灣人／被殖民者的理解與同情。因此，藤井省三對島田謹二單純地將這篇小說評價為「異國情調文學」的論點才會有歧異的看法，他認為〈女誡扇綺譚〉是以對臺灣民族國家主義共鳴為基調的作品。但是此處要指出的是，佐藤春夫凝視臺灣、書寫臺灣的方式，還是刻意保持一定的距離感。在〈女誡扇綺譚〉這篇小說中不難發現，佐藤春夫以一種理性觀察者的姿態出現，刻意呈現出臺灣「荒廢」的歷史情境，並且以「奇異」的鬼魅氛圍來營造臺灣人的愛情悲劇。作者在小說中，透過主角「我」和世外民的對話，討論了「荒廢之美」的定義：

> 在一個東西即將敗廢的背後，應該有一個更具活力、生氣蓬勃的東西利用著它的廢朽應運而生的。[123]

如果「新生」的意象是和「荒廢美」應運而生，在廢屋中幻滅的愛情與死去的年輕肉體不正是「新生」的逆說。佐藤春夫以「憂鬱」來呈現日本都市裡人心的特質，而用「荒廢美」描繪臺灣的人物風貌。藉由他的觀看，臺灣無疑是緩慢、靜止，甚至失去生命力的。而小說中日本記者的男性眼光，更成為女誡扇中的「女誡」之所以被凸顯的意義。臺灣女性的貞潔或淫蕩，也必須經由他來窺探並揭祕。〈女誡扇綺譚〉濃厚的異國情調，應該是這篇作品受到日本文壇與作家注目的多數原因

---

120 關於佐藤春夫來臺散心的原因及旅臺經過，請參閱本書第二章。

121 藤井省三著，張季琳譯，〈大正文學與殖民地臺灣：佐藤春夫「女誡扇綺譚」〉，《臺灣文學這一百年》（臺北：麥田，二〇〇四），頁九九。本書之日文版為《台湾文學この百年》（東京：東方書店，一九九八）。

122 蜂矢宣朗，《南方憧憬：佐藤春夫と中村地平》（臺北：鴻儒堂，一九九一），頁一二三—一二五。

123 佐藤春夫，《女誡扇綺譚》，頁一二六。

吧。作者雖然透過作品揭穿了鬼魅傳說的荒誕，但卻引領讀者進入一個更荒廢、更奇異的臺灣想像。

二、南方憧憬：西川滿的〈赤崁記〉

佐藤春夫的旅臺作品再現了臺灣的島國情調，他的文學也對後輩作家造成很深的影響力。日人作家中村地平曾經提起，他是因為受到佐藤春夫的文學之啟發，所以自小對南方即懷有強烈的憧憬。甚至在佐藤春夫臺灣相關作品中大量描寫的「廢屋」場景，都讓中村地平產生深刻的印象。因此，中村地平在一九三九年造訪臺南安平時，對當地廢屋逐漸減少的情況，感到無比的遺憾。[124]由此可見，佐藤作品中的臺灣風物帶給中村地平頗多的殖民地想像。

如前所言，西川滿的〈赤崁記〉也被視為是屬於〈女誡扇綺譚〉的系譜。藤井省三說過：「西川滿〈赤崁記〉主角的『我』，是從事文筆工作者。在古都臺南的荒廢建築物內，和奇異人物接觸，由『我』來解明因這接觸而產生的疑問等結構上的類似，可以說是屬於〈女誡扇綺譚〉的系譜。」[125]如果這樣的看法可以接受，則荒廢的意象、奇異的人物、淒美的情感，顯然是這兩篇作品都具備的共同主調。

西川滿在〈赤崁記〉之前的作品，雖然都以臺灣風物或民間傳說為創作主題，但由於他的文學風格傾向於追求已失去的事物或荒廢的美感，因而作品流露了強烈的浪漫主義文學的特色，和佐藤春夫的耽美派風格有很多類似的表現手法。但由於佐藤春夫是日本內地作家，西川滿則在臺灣創作，他們兩人所接觸的題材完全不同，因而作品的特色相差頗大。透過佐藤春夫旅臺的臺灣相關作品，他和西川滿的作品有了對話的可能。

西川滿在日治時期的文學位置是有目共睹的，一九四〇年一月一日，由西川滿主導，集結臺日詩人、小說家的「臺灣文藝家協會」設立，隔月發行機關誌《文藝臺灣》。在一九四一年五月張文環另組《臺灣文學》之前，《文藝臺灣》是一九三七年中日戰爭爆發後唯一以新文學為對象的綜合文藝雜誌。一九四二年西川滿率同濱田隼雄、張文環、龍瑛宗四人參加第一屆「大東亞文學者會議」。一九四三年二月，臺灣設置「皇民奉公會文化獎」，西川滿以〈赤崁記〉獲得第一屆臺灣文化賞。同年十一月由「臺灣文學奉公會」主辦，在臺北市公會堂（今之中山堂）召開「臺灣決戰文學會議」，西川滿建議將文藝雜誌納入「戰鬥配置」。[126]在他的建言下，臺灣的文藝雜誌都遭到解散。一九四四年五月，以「皇民奉公會」的名義發刊、統合性的新雜誌《臺灣文藝》誕生。這些事實顯示，西川滿在戰爭期不僅協力國策也位居領導者地位。因而，〈赤崁記〉的創作內涵和書寫策

124　關於佐藤春夫對中村地平的影響，以及中村地平對臺灣的觀感，請參閱中村地平，〈旅びとの眼：作家の觀た台灣〉（旅人之眼：作家觀看下的臺灣），《臺灣時報》（一九三九年五月號）。

125　藤井省三著，張季琳譯，〈臺灣異國情調的敗戰預感：西川滿「赤崁記」〉，《臺灣文學這一百年》（臺北：麥田，二〇〇四），頁一三五。本書之日文版為《台灣文學の百年》（東京：東方書店，一九九八）；另外，臺灣研究佐藤春夫的學者邱若山也提出同樣的看法，請參閱邱若山著，《佐藤春夫台湾旅行関係作品研究》（日文）（臺北：致良，二〇〇二），特別是「II作品各論」的〈「女誡扇綺譚」とその系譜：ロマン主義文學の本質からのアプローチ〉（「女誡扇綺譚」與其系譜：從浪漫主義文學本質的研究），頁一六一—二一一。

126　〈臺灣決戰文學會議〉，《文藝臺灣》終刊號（一九四四年一月一日），頁三四。

略就有深入探討的必要。

如上所言，發表於一九四〇年的〈赤崁記〉[127]，得到了一九四三年的第一屆臺灣文化賞。〈赤崁記〉的內容講述了鄭成功家族的第三代鄭克臧及其夫人陳氏的故事，是西川滿運用不同的時空場景，揉合過去與現代的虛實手法，並參考《臺灣外記》所創造出來的歷史小說。小說中的主角「我」，頗有作者自身的寫照，這和〈女誡扇綺譚〉的敘事觀點是一樣的。

住在臺北的「我」受邀到臺南的公民館演講，隔天自己前往赤崁樓參訪。看到入口的粗俗設計，令主角大感幻滅。但是當踏進樓門之後，迎面而來的巨大悲壯的荒廢感，使「我」感到相當興奮。當「我」獨自沉醉於赤崁樓的滄桑時，有一位年輕人向他搭訕。這位陳姓青年在前一晚因為聽到「我」在公民館的演講：「臺南人不太愛惜自己的土地和歷史。探究歷史，有了歷史的基礎，才真正有新時代文化的發展。」[128]因此在赤崁樓等待主角「我」的出現，只為了向「我」證明自己是一個愛惜歷史的臺灣人，而「我」更被神祕的陳姓青年請託撰寫鄭氏家族的故事。情節的安排不僅凸顯了日本人「我」的主體位置，以及陳姓青年和鄭氏家族史的客體性，進而更強調了由日本人來詮釋臺灣歷史的合理性。

從〈赤崁記〉一開頭的奇異式情節，和〈女誡扇綺譚〉有異曲同工之妙，也觸發獵奇的異國情趣。西川滿的「異國情調」的視線，雖然是以臺灣為觀看對象，卻絕不是朝向臺灣的人民。所謂異（國）化的行為，也就是一種自我確認的行為。藉由將他者客體化而使自己的主體性更為明朗。[129]這也說明了島田謹二之所以積極將異國情調納入外地文學論，或許就是期待外地作家在「異化」臺灣的過程中，強化自我身分的定位，並且向日本中央文壇爭取文學的發言權。而外地文學論的另一個重要因素：寫實主義，似乎也可以從〈赤崁記〉的書寫策略，看到作者努力鑲嵌的痕跡。

〈赤崁記〉情節的第三部「轉章」，講述了鄭氏家族的興亡史，透過主角「我」的口吻，可以得知作者參考了《臺灣外記》為史料。根據黃典權的研究，江日昇所著的《臺灣外記》可說是鄭成功傳記中最完整的一種，是不折不扣的歷史著作。「但是這一本重要的史籍卻因文字通俗，有些地方描寫過於生動，而被認為是杜撰的『說部』。」[130]西川滿之所以會選擇《臺灣外記》的觀點，關鍵應該在於，只有《臺灣外記》採取了異於其他史書的看法：「克臧不是螟蛉子」這個重點上。[131]〈赤崁記〉所要強調的重點，是克臧並非螟蛉子的說法，而他的身上也流有日本人的冒險血液。在父親鄭經與中國作戰失敗後，克臧為了補救父親的政績，決心放棄大陸，而以臺灣為基地向南方前進：

---

127 西川滿，〈赤崁記〉，《文藝臺灣》一卷六號（一九四〇年十二月十日）。

128 本文引用之中譯本為陳千武譯，〈赤崁記〉，收入《西川滿小說集二》（高雄：春暉，一九九七），頁九。根據譯者註，這篇譯文最早發表於一九八七年六月十五至二十五日的《臺灣時報》副刊。

129 阮斐娜著，張季琳譯，〈西川滿和「文藝台灣」：東方主義的視線〉，《中國文哲研究通訊》第四一期（二〇〇一年三月），頁一四一。

130 黃典權，〈台灣外記考辨：新刊台灣外記序〉，《臺南文化》（臺南：臺南市文獻委員會，五卷二期，一九五六年七月三十一日），頁一一四。

131 請參閱江日昇著，劉文泰等點校，〈卷二五：錫范為婿殺克臧　啟聖保題請施琅〉，《臺灣外誌》（濟南：齊魯書社，二〇〇四），頁三三二—三四七。

啊！祖父曾經攻下的鹿耳門紅毛砦，當孫子的自己必須從祖父所獲得的地方重新出發。在這渺茫的臺灣當一個統治者，有什麼稀罕？明國的再興才是重要。把大明帝國建立在南方，對！必須跳出鹿耳門這個地方，到廣大的海上南方去。思念不忘的是童年時，聽祖母講的祖父成功義烈與勇武的故事。祖父的母親是日本人，是祖父感到得意的，而自己五尺體內，也有日本人敢於冒險的血液流著，到南方去吧。[132]

〈赤崁記〉提及鄭成功的日本血統，他的日本母親也成為作者刻意強調的事實。克臧處心積慮地整頓國家內部的結構，並且轉移進攻的目標向南發展，正是西川滿企圖凸顯的重點。縱使克臧被懷疑是否擁有繼承正統的身分，但是他仍野心勃勃於將臺灣引向更光明的南方，而克臧的雄心壯志也呼應了日本接收臺灣的合法地位，以及日本南進政策的積極性。日本學者藤井省三就指出：「〈赤崁記〉中鄭克臧所說的『新體制』和『高度國防國家』，都是第二次近衛文麿內閣成立前後的標語，是朝向總力戰體制化的重要政策。幾乎沒有疑問地，西川滿是把十七世紀臺灣的悲劇英雄，和一九四〇年代的現實重疊。」[133]因此，藤井省三才會認為〈赤崁記〉是一部「殖民體制崩壞的預言書」，弔詭地展現了異國情調的敗戰預感。

〈赤崁記〉被解讀出「異國情調的敗戰預感」，恐怕是作者在創作時始料未及的事吧。西川滿刻意在小說中提到《臺灣外記》，目的就在深化〈赤崁記〉的真實性與歷史感。作者以懷古絢麗的筆觸，將克臧和文正女的故事描寫得極為淒美，這些情節都不出《臺灣外記》的敘述，陳氏的悲劇性下場，似乎也在遙遙呼應〈女誡扇綺譚〉中的殉情少女。學者陳藻香曾經針對歷史取材的部分，在她的論文中為西川滿的〈赤崁記〉辯護，她以為：「『女誡扇綺譚』完全是虛構而成的幻想小說，『赤崁記』則是以史實為基礎的稗史小說。」[134]但是，西川滿在這些歷史人物的對話中，無可避免地出現了響應殖民者南進政策的話語。不難看出，西川滿結合了異國的情趣和歷史小說的淒美成分，卻巧妙地置入日本統治者的南方共榮圈的意識形態。臺灣歷史和異國情調這兩者弔詭地成為〈赤崁記〉的主調，作者對臺灣的國體想像是相當偏頗的。〈赤崁記〉的真實與虛幻，從無故消失的陳姓青年和那名女子身上，似乎可以窺探一二：

或許，上次遇到的那位青年和女人，就是昔日傳說中的監國克臧和文正女的幽靈？現今，那樣的傳說，都知道是騙小孩的，所以上次遇到的那位青年和女人，應該是跟陳家祖廟有宗親關係的年輕人吧。不過，那位青年以不尋常的方法引誘我到這裡來的原因，不外就是被奪走了延平郡王三世王位的克臧夫妻，埋沒在歷史的精靈所為的吧。我認真地這樣想。[135]

132　本文引用之中譯本為陳千武譯，〈赤崁記〉，收入《西川滿小說集二》（高雄：春暉，一九九七），頁三三。根據譯者註，這篇譯文最早發表於一九八七年六月十五至二十五日的《臺灣時報》副刊。

133　藤井省三著，張季琳譯，〈臺灣異國情調的敗戰預感：西川滿「赤崁記」〉，《臺灣文學這一百年》（臺北：麥田，二〇〇四），頁一四一。本書之日文版為《台湾文學この百年》（東京：東方書店，一九九八）。

134　陳藻香，〈日本領台時代の日本人作家：西川滿を中心として〉（日本領臺時代的日本人作家：以西川滿為中心）（臺北：東吳大學日本語文學系博士論文，一九九五），頁五七四。

135　本文引用之中譯本為陳千武譯，〈赤崁記〉，收入《西川滿小說集二》（高雄：春暉，一九九七），頁一二。根據譯者這位青年和女人，是鬼魂或是精靈？縱然〈赤崁記〉加入歷史情節的描寫，結局還是瀰漫在一片浪漫、詭譎的淒迷情調。其實，〈赤崁記〉在發表之後得到不少正面的肯定。包括站在西川滿對立的立場，支持寫實主義雜誌《臺灣文學》的工藤好美，雖然無法完全認同西川滿的文學風格，但在他的文章〈臺灣文化賞與臺灣文學——特別關於濱田、西川、張文環三位〉中還是肯定了〈赤崁記〉的突破。工藤認為，對以往的西川滿而言，他一定會想要強調陳姓青年的奇異氣氛，但是在〈赤崁記〉可以看出作者抑制這種氛圍的努力：「如此抑制的結果，使得作品整體成為一部成功的令人喜愛的歷史故事。」[136]不難看出，工藤好美會對〈赤崁記〉產生好感，應該在於這篇作品有寫實主義的成分，縱使他仍質疑西川滿文學的寫實性不強。從側面來看，工藤好美會說出〈赤崁記〉是一部「成功的令人喜愛的歷史故事」，也是在不論成分高低的前提下，讚許了西川滿對寫實主義的嘗試。如果工藤好美的評論反映了部分事實，西川滿的〈赤崁記〉可稱得上符合了島田謹二的外地文學論。

但是工藤好美也明白指出，綜觀西川滿到目前為止的努力，也並非完全的成功，還是有進步的空間。[137]誠然，西川滿無法接受工藤好美對他的評價。工藤好美是該屆臺灣文化賞的評審，他在〈臺灣文化賞與臺灣文學〉一文，其實相當肯定採取寫實主義的臺籍作家張文環的得獎小說〈夜猿〉，而對另外兩位得獎者西川滿與濱田隼雄的作品則是有褒有貶。這自然引發兩位日籍作家的不滿，西川滿在一九四三年五月的〈文藝時評〉，就以「糞寫實主義」來批判臺籍作家的寫實主義：

總的來說，迄今構成臺灣文學主流的「糞寫實主義」，都是明治以降傳入日本的歐美之文學手法，至少對喜愛櫻花的我們這些日本人是全然引不起共鳴的。[138]

西川滿指出，臺灣作家一味模仿歐美的文學手法卻對現實缺乏自覺，無疑是相當諷刺的，真正的寫實主義絕對不是這樣的；在臺籍作家依舊只關心「虐待繼子」或「家族紛爭」等鄙陋問題的時候，下一代的本島青年早已在「勤行報國」和「志願兵」表現熱烈的行動了。西川滿在〈文藝時評〉上的發言，顯然是受到島田謹二的影響。島田在一九四二年《文藝臺灣》所發表的〈文學的社會表現力〉，談到西方在十九世紀末期的近代文學幾乎傾倒於「寫實主義」，而日本文壇也有同樣現象：

> 我國的文壇也大致在那個時候開始和西歐的詩壇、思想壇進行實質的接觸，漸漸把小說當作文學的中心勢力，由於當時對西歐文物的盲目崇拜，也因為世界的大潮流而有共同的思想節奏，寫實主義的精神與手法，從最初的「寫實派」、中期的「自然派」、後來的「普羅派」，儘管一時一時的名稱不同，始終一貫是大勢力。[139]

註，這篇譯文最早發表於一九八七年六月十五至二十五日的《臺灣時報》副刊。

136 工藤好美，〈台湾文化賞と台湾文學〉，《臺灣時報》（一九四三年三月號），頁一〇五。

137 同上註，頁一〇六。

138 西川滿，〈文藝時評〉，《文藝臺灣》六卷一號（一九四三年五月），頁三八。

139 島田謹二，〈文學の社會表現力〉，《文藝臺灣》五卷一號（一九四二年十月），頁九。

西方的寫實主義（realism）表現在文學藝術上，是指涉對自然或對當代生活作準確、詳盡及不加修飾的描述。寫實主義摒棄理想化的想像，而主張細密觀察。對於這股西方傳入而造成的文學勢力，島田謹二似乎不以為然，他甚至質疑所謂「寫實主義」的藝術性。總的來說，島田謹二的外地文學論，不僅有和日本內地文學一別苗頭的企圖，也抱持著超越西方的野心。他所宣揚的寫實主義，其實是為了帝國慾望所量身訂做的。也難怪西川滿會發出這樣的豪語：

竭盡寫的那些模仿歐美「糞寫實主義」的作品，即使翻譯成歐美的文字，也是引不起歐美人的注意，只有遭到藐視。作為日本文學家的我們，不是應該去創造一些歐美人怎樣也寫不出來、具有日本傳統精神的作品嗎？並且把英美色彩的東西從文學的世界排除出去。[140]

西川滿認為臺人作家的寫實主義文學，不僅無法反映時局現況，也是模仿自歐美文學的劣等作品。對他而言，所謂的寫實主義，就應該和戰爭國策產生對話，而不是一味地描寫鄙陋的臺灣鄉土之情。西川滿的言論，立即引發臺籍作家楊逵的反駁：「西川氏批評本島人作家還是拚命地描寫虐待繼子或家族紛爭之類的世俗人情（《文藝臺灣》五月號），濱田氏則是批評本島人作家喜歡描寫缺點（《臺灣時報》四月號）。如果他們批評的是始終都在描述醜惡的現實面的作品，筆者也大有同感。但是，大多數的本島人作家就算描寫這樣的黑暗面，也有心想從這裡再往前跨出一步。如果故意忽視他們的這種意志，就不得不說那是令人不齒的『曲解』了。」[141]隨之展開的「糞寫實主義文學論爭」，相當程度指出臺人作家和日人作家對於寫實主義的理解。[142]

〈赤崁記〉雖然在情節構成上結合了歷史故事，其實它的寫實成分並不高，反而帶有作者「理想化的想像」，虛構（fiction）也不少，西川滿是否掌握了寫實主義技法的運用，是一件很值得懷疑的事，〈赤崁記〉的內涵，其實是「似是而非」的寫實主義。鄭氏家族史／歷史的挪用，並不必然就是寫實主義的精神。尤其西川滿還加入了荒謬的歷史想像，以及殖民者的統戰語言，反而讓〈赤崁記〉淪為皇民化政策的產物，而減損了文學的價值。日治時期的西川滿，之所以無法讓臺灣作家認同，除了他是握有政治權力的文學者之外，還是在於他的文學所釀造的疏離感。西川滿文字追求浪漫、絢爛的筆觸以及官能的描寫，所以透過他筆下顯影出來的臺灣風物，總是瀰漫著迷離的時空氛圍；日本人閱讀過後會有強烈的異國情調，而臺灣人則會產生一種距離美感，經由西川滿文字再現後的臺灣，已經不再是臺灣人所認識的臺灣，而成為日本人眼中的「他者」與「異者」。他尤其特別偏愛臺灣民間傳說與臺灣歷史的改寫，把〈赤崁記〉置放在臺灣歷史的脈絡下檢驗，可以發現他的歷史書寫強烈反映了作者內心的帝國凝視。

在島田謹二的觀點裡有兩個重要的內涵：寫實主義與異國情調，如果用外地文學論來檢驗西川

140 西川滿，〈文藝時評〉，《文藝臺灣》六卷一號（一九四三年五月），頁三八。

141 楊逵，〈糞リアリズムの擁護〉，《台湾文学》三卷三號（一九四三年七月）。中譯文引自涂翠花譯，〈糞寫實主義的擁護〉，《楊逵全集》「詩文卷」（下），頁一二四—一二五。西川滿的文章是發表在一九四三年五月《文藝臺灣》六卷一號的〈文藝時評〉，濱田隼雄的文章則是發表在該年四月號《臺灣時報》，篇名為〈非文學的感想〉（ひ文学的な感想）。

142 關於「糞寫實主義文學論爭」已有精闢討論，請參閱黃惠禎，《左翼批判精神的鍛接：四〇年代楊逵文學與思想的歷史研究》（臺北：秀威科技，二〇〇九），頁一五〇—二三二；第三章第二節：「楊逵與糞寫實主義文學論爭」。

滿的作品，異國情調是西川滿的文學中早已存在的成分，而寫實主義的部分則是西川滿需要克服的障礙。西川滿曾經說明自己的創作手法：「討厭寫實主義的我，提筆寫一篇故事時，頂多是查閱文獻資料，絕不會親自走一趟去調查。憑一知半解寫作之前，如果先看到或聽到什麼，就會削弱想像力，喪失詩情畫意。」[143]如此討厭寫實主義的西川滿，為了迎合島田的期待，他的文學內容也必須有所改變。因此，當西川滿選擇以臺灣的歷史故事或傳說為題材時，他的書寫策略應該是想要融合寫實主義與異國情調。這兩種基調首次在〈赤崁記〉裡被西川滿嘗試結合，然後化為文字呈現出來。由於〈赤崁記〉在刊出後受到不少好評，從而增加了西川滿的信心，促使他繼續創作一系列以「記」的型態，取材自臺灣的開拓史、民俗人情、地方史的作品，如〈雲林記〉、〈元宵記〉、〈朱氏記〉、〈採硫記〉、〈龍脈記〉[144]等，〈龍脈記〉更成為西川滿的長篇小說《臺灣縱貫鐵道》的藍圖。在這些創作上，他更加運用大量史料來支撐小說的架構。

結語：荒廢美的系譜學

在荒廢的場景裡，流淌著神祕與詭異的氛圍，一九二〇年代的〈女誡扇綺譚〉展現了對女體的想像，而一九四〇年代的〈赤崁記〉則營造了國體的想像。異國情調與異色情調的「異趣」，成為西川滿和佐藤春夫共有的基調。透過對少女身體的想像，佐藤春夫披露了旅人的觀賞角度，也傳達了男性的道德思考。西川滿則是以書寫者的身分，企圖成為臺灣歷史的代言者，也藉此彰顯了統治者的歷史詮釋權之合理性地位。這兩篇之所以會有如此高的同質性，是一種將臺灣「他者化」的書寫傾向。

不約而同的，佐藤春夫與西川滿在他們的作品中，選擇以「荒廢」或「蠻荒」的意象去再現臺灣。或許，對已經接受現代性的日本作家而言，描寫頹廢的臺灣南部風物或是荒野待墾的蕃地部落，是為了展現特殊的南方情趣，但在無形中也透露了作家的政治潛意識。日籍作家在潛意識的觀看政治中，以日本的主觀位置對比臺灣的客觀位置，流露出進步與荒廢、文明與蠻荒的東方主義式的視線。因此，無論是旅人之眼或殖民者之眼，他們所看到的臺灣都只是表面而非內部，從而也無法真正觸及臺灣人的現實生活，這也是他們的作品深具異國情調，以及和臺籍作家作品的文本性格懸殊甚大的原因。

研究過佐藤春夫的論者普遍認為，相較於其他更具殖民者立場與觀點的日人作家，在佐藤春夫有關臺灣的作品裡，透過南方特殊風物的描繪，可以發現他對臺灣人／被殖民者的理解與同情。但是佐藤春夫審視臺灣、書寫臺灣的方式，還是刻意保持一定的距離感。在〈女誡扇綺譚〉這篇小說中可以看出，佐藤春夫以一種理性觀察者的立場現身，刻意呈現出臺灣「荒廢」的歷史情境。並且

143 西川滿，〈笙歌一曲〉，《Andromeda》，第一九五期，一九八五年十一月二十三日。本文轉引自中島利郎著，涂翠花譯，〈「西川滿」備忘錄〉，收入黃英哲編，涂翠花譯，《台灣文學研究在日本》（臺北：前衛，一九九四），頁一二八。

144 〈雲林記〉，《文藝臺灣》二卷一號（一九四一年三月一日）；〈元宵記〉，《新潮》（一九四一年十一月一日）；〈朱氏記〉，《文藝臺灣》三卷四號（一九四二年一月二十日）；〈採硫記〉，《文藝臺灣》三卷四號、四卷一號、四卷二號（一九四二年三月二十日、四月二十日、五月二十日）。

以「奇異」的鬼魅氛圍來營造臺灣人的愛情悲劇。西川滿的〈赤崁記〉被視為〈女誡扇綺譚〉的系譜，以臺灣的殘缺對照日本的完整，刻意追求頽廢的美感，而營造神祕的情境與悲愴的愛情，是這兩篇作品都具備的共同主調。但是，為何〈女誡扇綺譚〉和〈赤崁記〉會產生正反兩極的討論，甚至佐藤春夫與西川滿的人格與文學評價也有所差異，最主要的關鍵還是在於文本的問題吧。佐藤春夫的臺灣相關作品，是他短暫旅臺的觀感與回憶。而西川滿於一九四〇年代的作品則出現鮮明的政治語言，他在〈赤崁記〉中不僅結合了異國情調的廢朽之美和歷史小說的悲劇成分，還巧妙地置入日本統治者的南方共榮圈的意識形態，因此使〈赤崁記〉成為響應國策的文學產物。為政治而文學的因素，應該就是西川滿的人格和作品受到爭議的地方。

根據法國外地（殖民地）文學的範疇，「異國情調文學」和「外地文學」並不相同，它們各自具有互不相容的要素。前者基本上是以來自內地的「旅行者」為媒介去書寫殖民地，後者則是居住在殖民地的作家所創作的作品。因此，兩種作品的視線是截然不同的：一個是居住者由內部觀看殖民地的「外地文學」，一個是旅行者由外部觀看殖民地的「外地觀光文學」。「外地文學」奉「寫實主義」為圭臬，「外地觀光文學」則含有許多異國風情，繼承「異國情調文學」的傳統。[145]因此，如果按照法國外地文學理論的分類，佐藤春夫的〈女誡扇綺譚〉應該是屬於「外地觀光文學」，而西川滿的〈赤崁記〉則不易歸類，因為他的小說較缺乏寫實主義卻洋溢著異國情調。

其實，異國情調的強弱，並非是決定作品好壞的條件，而是作品所呈現出來的內涵。從〈女誡扇綺譚〉的女體想像到〈赤崁記〉的國體想像，佐藤春夫與西川滿對臺灣的觀看政治還是沒有跳脫「荒廢美」的視野。如此的表現手法，除了和兩位作家的文學風格有關之外，癥結源自於臺灣在日本人凝視下所造成的刻板形象。島國所代表的停滯、敗廢、消逝美的意象，和日本朝向現代性的速度相比，其對比性是強烈的。因此，展現臺灣的落後性成了日本作家創造異國情調的主軸。島田謹二積極地將「異國情調」的因素引進「外地文學」中，用意在於強調外地作家創作「異國情調文學」的獨特性格。不言可喻，在西川滿的文學實驗下，濃郁的異國情調與似是而非的寫實主義，將〈赤崁記〉導向具政治性的歷史想像，更無法自外於政治意識。島田謹二的外地文學論，在西川滿的作品中暴露了難以突破的桎梏。

西川滿的文學向來具有濃厚的浪漫主義傾向，〈赤崁記〉的寫實主義實驗，其實並不太成功。然而，他在一九四〇年代以降的書寫工程，更積極朝向寫實主義的追求，企圖完成史詩般的長篇作品《臺灣縱貫鐵道》。在下一節將討論西川滿對於臺灣開發史的書寫工程。以他對寫實主義的詮釋，他企圖透過臺灣歷史事件再現真實。從而，外地文學論的兩種基調，是否能具體實踐？

145　橋本恭子，《『華麗島文学志』とその時代：比較文学者島田謹二の台湾体験》（東京：三元社，二〇一二），頁二九二—二九七。

第三節　向南延伸的帝國軌跡：西川滿從〈龍脈記〉到《臺灣縱貫鐵道》的臺灣開拓史書寫

引言

西川滿在一九四〇年所發表的〈赤崁記〉[146]，可說是《文藝臺灣》中出現相當早的一篇響應國策的小說。〈赤崁記〉在發表後獲得不少好評，並於一九四三年得到第一屆臺灣文化賞。對西川滿來說，〈赤崁記〉是一次成功的創作實驗，也促使他展開一系列的臺灣歷史小說書寫工程。本文所要探討的〈龍脈記〉與《臺灣縱貫鐵道》，就是他在這一時期的文學產物。[147]〈龍脈記〉是一部刻劃劉銘傳時代篳路藍縷開拓臺灣鐵路的短篇小說，以這篇作品為基礎，西川滿繼續構思長篇小說《臺灣縱貫鐵道》，描寫北白川宮能久親王在一八九五年甲午戰後如何帶領日軍接收臺灣。這兩個文本的主題都指向道路開發，牽涉到臺灣邁向現代化的發展過程，其實也包含了作者對臺灣歷史的挪用、改編。

運用大量史料所完成的〈龍脈記〉與《臺灣縱貫鐵道》，是西川滿捨棄浪漫主義轉向寫實技巧的創作，而他的書寫企圖顯然傾向於配合戰爭國策。一九四三年五月，西川滿透過《文藝臺灣》的

〈文藝時評〉為文批判臺籍作家的鄉土書寫是偏離戰爭國策的「糞寫實主義」，進而強調寫實主義與皇民文學的關係。以無產階級為描寫對象的寫實主義文學，並不被西川滿所認同。關於寫實文學的內容，他自有定見。比較文學者島田謹二在「外地文學論」所提出的觀點，應該可以用來理解西川滿文學轉向的原因。從一九四〇年代以降，西川滿的一系列臺灣鐵路書寫，可以視為他對寫實主義的實踐，不論成功於否，至少可以看出他的敘事轉折。本節所探討的〈龍脈記〉與《臺灣縱貫鐵道》，是西川滿在戰爭期的重要作品。這兩部作品都涉及到臺灣開發，也暗示權力的延伸。西川滿在創作技藝上，如何透過史料與寫實技法去營造歷史氛圍？紀實與虛構、歷史與小說的雙軌書寫策略，成為西川滿在四〇年代的創作主軸，他如何將政治語言與帝國思維融入歷史情境？其中所指涉的慾望與想像，是本文探討的中心。

一、〈龍脈記〉的歷史再現

一八八五年的九月，清廷將臺灣升格為行省，任命劉銘傳（一八三六—一八九五）為首任巡

146　西川滿，〈赤崁記〉，《文藝臺灣》一卷六號（一九四〇年十二月十日）。

147　西川滿，〈龍脈記〉，《文藝臺灣》四卷六號（一九四二年九月二十日）。西川滿，〈臺灣縱貫鐵道〉，分別連載於《文藝臺灣》與《臺灣文藝》，共十一回，《文藝臺灣》計五回，六卷三號至六號、七卷二號（一九四三年七月—十一月、一九四四年一月）；《臺灣文藝》計六回，一卷一號至四號、六號至七號（一九四四年五—八月、十一—十二月）。

撫。在其任內，他實施辦防、練兵、清賦、撫番等政策。繼而實行樟腦專賣、茶葉獎勵，設置樟腦局、礦務局。並興辦洋務，設置軍械機器局、火藥局、撫墾局、樟腦局、礦務局、水雷局等機構。一八八七年四月，劉銘傳奏請清廷准許在臺修築鐵路，他強調鐵路之興建，可應三大需要：一為有裨於海防，二為有裨於建立省城，三為有裨於臺灣工程。在李鴻章大力支持下，清廷數日內即予批准。劉銘傳於奉准後，設立「全臺鐵路商務總局」，從事勘察路線與施工準備之相關工作。[148]總辦人由記名提督劉朝幹擔任，會辦為張士瑜、黨鳳岡、蔡斯彤、姚西漢。接下來著手聘請外國工程技術人員來臺，鐵路工程設計者為畢嘉（Becker）。〈龍脈記〉即是講述劉銘傳時代德籍工程師畢嘉開鑿鐵路的歷史小說。

透過清朝在臺灣的鐵路開拓史話，西川滿展開了對臺灣歷史的重新詮釋。除了本文所探討的兩部作品外，西川滿另有多篇以「鐵路」為題材的創作[149]。他會如此鍾情鐵路，和他童年時期的回憶應該有部分關聯：「虛歲三歲時，跟著父親乘信濃丸到臺灣。先是住在多雨的基隆，七歲那年春天，搬到臺北的大稻埕。在看得見北門的大稻埕入口，橫過太平街的大馬路，生鏽的鐵路伸向淡水方面，那裡有老舊的火車頭的車庫（從前曾是臺灣火車驛站，再上溯是劉銘傳時代的火車票房，我在過了很久的後來才知道的）。」[150]和自己童年生活有密切關係的鐵路，成了他最佳的創作題材。但是西川滿在重現臺灣鐵路的開發史時，並沒有把目光放在劉銘傳身上，而是以德國工程師別克爾（按：畢嘉，Becker）作為這篇小說的主角人物，這是頗具深意的。

〈龍脈記〉以中國人的風水信仰作為開端：「有個東西叫做龍脈，這是構成中國特有的風水思想的根源，在社會生活上跟民眾有不可切斷的關係。」[151]這條龍脈是構成中國南嶺的一脈，到達福州的五虎山一度消失不見，其實是在福州沿海潛入海底，然後在基隆登陸，接著一路往南綿延到臺灣的最南端鵝鑾鼻為止。機器局德國工程師別克爾的不幸，來自於他所測量而要建設的鐵路，必須開鑿這條龍脈：「在風俗習慣不同的眼裡，映出的清國人的日常生活幾乎都是頑劣的迷信罷了，所謂龍脈，頂多只是既無害又無益的迷信中的一項。」[152]這條阻礙鐵路開發的龍脈，在別克爾眼中只是一條普通的山脈而已，但是官兵卻堅信破壞它會招致橫禍，甚至管理這些軍工的廖姓軍官也多次為難別克爾，因此讓工程一再陷入停滯的狀態。此外，讓別克爾的處境雪上加霜的，還有清國軍隊素質的惡劣以及軍官階層的收賄。在西川滿的筆下，德籍工程師別克爾儼然是一具備使命感的人物。透過他的現代思維與科學精神，更加暴露了中國人的無智與迷信。

148 陳延厚，《劉銘傳與臺灣鐵路》（臺北：臺灣鐵路管理局，一九七四）。

149 西川滿以鐵路為題材的作品有〈台湾の汽車〉（臺灣的火車），《臺灣時報》（一九四二年六月）；〈二人の独逸人技師〉（二位德國人技師），《台灣鉄道》三六一號（一九四二年七月）；《桃園の客》（桃園之客）（臺北：日孝山房，一九四二年九月）；〈幾山河〉，收入臺灣總督府情報課編，《決戰臺灣小說集》坤卷（臺灣出版文化株式會社，一九四五）。

150 西川滿，〈後記〉，《臺灣縱貫鐵道》（東京：人間の星社，一九七九）；這篇文章是西川滿在戰後重新修訂出版戰前所發表的長篇小說〈臺灣縱貫鐵道〉所寫的後記。本文引用黃玉燕譯，《臺灣縱貫鐵道》（臺北：柏室科藝，二〇〇五），頁三八四。

151 西川滿，〈龍脈記〉，《文藝臺灣》四卷六號（一九四二年九月二十日）。本文引用中譯文係由葉石濤譯，〈龍脈記〉，收入《西川滿小說集一》（高雄：春暉，一九九七），頁九〇。

152 西川滿，〈龍脈記〉，頁九二。

〈龍脈記〉以開鑿獅球嶺作為本篇小說的高潮，由於別克爾堅持從這座山挖開隧道，結果造成多位施工人員負傷。其實，根據近人的研究，就現實環境來考量，獅球嶺隧道一帶的土質是非常不穩定的：「在一般工程進行中，最使從事監工官兵感到困難者，是基隆獅球嶺隧道之開挖，據地質調查，認為該地區地層鬆軟，泥土含沙與水分甚多，極易移動，但泥土上層堅硬如岩，人工開挖甚為吃力，負責開挖之英德工程師，經數度研究，仍不得要領。甚至開挖後所建立的擋土牆，也可在一夜之間移動位置，於是頻頻更迭工程人員，期其有助於開挖工事進行。」[153]如何克服獅球嶺的土質，考驗工程師的勘查經驗與測量技術。但是對兩位來工地視察的清朝官員：鐵路商務總局總辦張士瑜與杜子田將軍而言，頻頻發生事故的獅球嶺工程，已非工程師的專業技術能夠掌握，而是攸關惡果報應。小說中的別克爾，後來被迫將開挖獅球嶺的任務轉手給麥迪遜。而這位麥迪遜，則被西川滿描寫為深具心機的英國人：

> 年長的麥迪遜比別克爾更世故。比起別克爾什麼都要硬幹到底不同，他用英國人特有的黏性，採取巧妙地利用民族風俗的手法。當他曉得別克爾的沒落來自於龍脈時，麥迪遜在調查獅球嶺以前就去拜訪當時艋舺著名的地理師——風水先生高金雞。[154]

高金雞本來是個挖墓工人，利用在獅頭上發現金雞的傳說，如今成為艋舺頗有勢力的人。麥迪遜把他帶到獅球嶺誦經作法，別克爾所遺漏的微妙人情，這英國人巧妙地掌握了。毫無疑問的，〈龍脈記〉中的兩位工程師，形象相當鮮明；正面形象的別克爾，負面形象的麥迪遜。甚至連小說中的劉銘傳，也傾向於照顧德國人，而討厭英、法兩國。西川滿會凸顯這種對比，應該是與當時日德同盟的時局情勢有關。麥迪遜的巧妙策略，終究抵不過現實環境的反撲。一次更大規模的山崩，擊垮了麥迪遜，也讓別克爾重執獅球嶺隧道的大任。然而，重新歸隊的別克爾，縱使雄心壯志得以伸張，此時卻被傷寒擊垮。「不幸」的流言，再度瀰漫於施工的人們之間。小說進行到最後，別克爾戰勝了疾病，並且在他的強硬態度下，獅球嶺這條龍脈終於鑿通，但是卻意外挖中令中國人更加忌諱的「龍腦」。對別克爾而言，鑿通獅球嶺是一件值得欣喜的事；但是對中國官兵來說，卻沒有比觸犯龍腦更令他們感到顫慄恐懼了。

〈龍脈記〉在某方面來說，大致是符合史實的。根據朱昌崚的研究指出：「劉氏於奉准後，立即興工建築，先修臺北至基隆段。在德籍工程師碧加（Becker）之技術監督下動工。劉氏為表示其興趣，曾伴同碧加從事最初四英里之勘查工作。然而從開工始，即發生無數問題，如碧加之不能直接指揮軍工；軍工統帥余得昌任意拒受碧加之技術建議。即使劉氏之誠摯勸告，往往亦不能產生預期之結果。故在第一段鐵路竣工之前，至少有五位外籍工程師曾先後參與工作。繼碧加之後之四位英人為坎麥爾（G. Murray Campbell）、瑪體蓀（至目前為止仍與煤礦有關係）、哥特瑞（E. P. Gottrell，前時與中國北部鐵路局有關係）與瓦特遜（W. Watson）。在瓦特遜時，余得昌因參加鎮撫

153 陳延厚，《劉銘傳與臺灣鐵路》（臺北：臺灣鐵路管理局，一九七四），頁二六。

154 西川滿，〈龍脈記〉，頁一〇七—一〇八。

蕃族之工作而離開，故其所遇之困難較前人為少。」[155]透過這段話可以大致掌握〈龍脈記〉所現身的主角，幾乎都以真實人物為主。但是作者所選取的歷史片段，以及文本中一再出現的政治隱喻，都成為帝國敘事的聲音，也傳達了支配性權力與論述結構的積極態度。

西川滿曾經說過：「即使是描寫內地人、本島人和原住民這三個種族共同攜手生活的臺灣的某一現實面，也許中央的人就把它看成了單純的異國情調文學。」[156]姑且不論他為何提出這種言論，但是從他的話至少可以窺探到一件事，那就是內地人將臺灣納入一種東方想像的侷限模式。換個角度來看，這段話也可以用來理解西川滿對於「外地文學論」的實踐態度；他的臺灣相關作品不管內涵如何，對內地人而言，都有異國情調的成分。因此，外地文學論的另一個要素：「寫實主義」，成為他努力的目標。把先前討論過〈赤崁記〉和〈龍脈記〉相互比並，立刻能夠察覺出〈龍脈記〉的寫實手法更加濃厚了。

西川滿的文學轉向，臺籍作家自然也密切注意。和西川滿展開「糞寫實主義」論爭之前，楊逵曾經在一九四二年發表了一篇文論〈作家與熱情〉，回顧半年來臺灣文學的發展狀況。這篇文章談論範圍概括臺日作家作品，其中也提到了西川滿於該年發表的〈龍脈記〉：

> 西川氏發表了〈火車〉（《臺灣時報》）、〈龍脈記〉（《文藝臺灣》）兩篇都是所謂的報導文學，我們對他的辛苦應該大加讚賞。但是既然寫成小說形式發表，我們希望他能完全消化、吸收那些調查來的史料，把它們化成鮮血，栩栩如生地傳達給讀者。與其把史料當成一種知識，還不如透過感情去親近史料。〈龍脈記〉寫到後半部，那種調查的成分不再令人讀得很

厭煩，這表示他有進步，我覺得很高興。[157]

這兩篇作品都以臺灣鐵路為主題，楊逵不僅把它們稱之為「報導文學」，也表現了部分的肯定，不過他仍質疑西川滿在創作上對於史料的運用技術。能夠把生硬的史料化為生動的情感，才能昇華為文學藝術，否則只是史料的堆砌而已。〈龍脈記〉被臺籍寫實作家楊逵所注目，足以證明西川滿捨棄浪漫主義的努力，至少有了相當程度的成功。但是楊逵並沒有意識到西川滿改寫臺灣鐵路開發史的策略何在。

訴諸過去是詮釋現在的策略之一，西川滿的書寫策略是想以寫實技術重新處理他所蒐集而來的史料，而他的知識運用顯然是把東方主義（orientalism）的視線投向臺灣開發的再現與詮釋。殖民地歷史的再現（representation），已非對史實的忠實描繪而已，也概括了作者的策略位置。西川滿選擇了清朝鐵路開發史作為文本主題，而在其中鑲嵌了帝國思維，並將殖民地納入帝國想像的一部分。劉銘傳未竟的臺灣縱貫鐵路工程，最終是由日本人所完成，〈龍脈記〉誠然是一首殖民地開發

155 朱昌峻，〈劉銘傳與臺灣現代化〉，收入《中國近代現代史論集》第二九編（臺北：臺灣商務，一九八六），頁二八八—二八九。筆者按：瑪體蓀應該就是小說中的英籍工程師麥迪遜。

156 西川滿，〈外地文學の奬勵〉（外地文學的奬勵），《新潮》（一九四二年七月號），頁四七。

157 楊逵，〈作家と情熱〉，《興南新聞》（一九四二年十一月十六日）。中譯文引自涂翠花譯，〈作家與熱情〉，《楊逵全集》「詩文卷」（下），頁六三。

史的前奏。

二、〈臺灣縱貫鐵道〉與日軍征臺史

雖然以「臺灣縱貫鐵道」為書名，並計畫要從日軍領臺階段寫起直到臺灣縱貫鐵道興建完成的故事，但是西川滿始終沒有完成這個書寫工程。從一九四三年七月開始在《文藝臺灣》連載的〈臺灣縱貫鐵道〉，是西川滿的二部曲長篇作品《臺灣縱貫鐵道》之正編「白鷺之章」[158]，當時他還計畫撰寫續編「蓮霧之章」。根據西川滿的構想，正編「白鷺之章」以描寫北白川宮能久親王在一八九五年甲午戰後如何帶領日軍從北到南接收臺灣為主題，而續編「蓮霧之章」則置放於一八九六年以降日本在臺灣的縱貫鐵路開發史為經緯。[159]然而，西川滿在完成「白鷺之章」沒多久，二次世界大戰結束，臺灣的日本殖民時代也正式劃下句點，續編「蓮霧之章」的書寫計畫，從此無疾而終。

在一九四三年創作〈臺灣縱貫鐵道・白鷺之章〉之前，西川滿已有多篇以鐵路為題材的作品；〈臺灣的火車〉[160]、〈二位德國人技師〉[161]、〈龍脈記〉[162]、《桃園之客》[163]。這些文本的共通點在於它們都發表於一九四二年，而且內容皆圍繞在劉銘傳時代的臺灣鐵路草創期。西川滿在一篇短訊中有談到這段時期的創作理念：「是打算以一連串短篇形式的作品為前篇，描寫領臺前的鐵路發展，再以領臺後的鐵路建設為正篇，發展成為正式的長篇小說。近來想要暫且埋首於臺灣鐵路這個主題，因為有心要完成『臺灣縱貫鐵道』。[164]前述的短篇作品，可以說是為了展開《臺灣縱貫鐵道》的暖身之作。」

西川滿對於「臺灣鐵道」的關注，還可從《文藝臺灣》的編輯內容中看出。《文藝臺灣》是一本綜合性的文藝雜誌，早在發表一系列的臺灣鐵路書寫之前，一九四一年第二卷一號至六號的雜誌末頁都附錄了「縱貫線火車時刻表」。這是一種文學的宣傳策略嗎？或只是方便讀者的生活需求？不論編輯者的立意如何，它至少透露了一個訊息，那就是現代性的展示。象徵現代化的火車動力與時間觀念，已經根植於殖民地。換個角度來看，無論是火車的前進意象，或者是往南延伸的鐵道軌跡，其實也符合了日本南進政策的政治語言。這些因素都不脫殖民現代性的影響。從而，以劉銘傳時代為開端，橫跨到日治時期縱貫鐵路通車的歷史為主軸的臺灣鐵道書寫，西川滿在一九四〇年代的創作重心，傾向戰爭國策的意圖相當鮮明。

可議的是，西川滿為何選擇以北白川宮能久親王的征臺事蹟作為〈臺灣縱貫鐵道．白鷺之章〉的主軸？關於這部長篇小說的創作動機，西川滿提出是為了向父親盡孝道而寫的。因為他的文學志

158 西川滿，〈臺灣縱貫鐵道〉分別連載於《文藝臺灣》與《臺灣文藝》，共十一回，見本章註釋63。

159 西川滿，〈後記〉，《臺灣縱貫鐵道》（東京：人間の星社，一九七九）。本文引用中譯文係由黃玉燕譯，《臺灣縱貫鐵道》（臺北：柏室科藝，二〇〇五），頁三九二—三九三。

160 西川滿，〈臺灣的火車〉，《臺灣時報》（一九四二年六月）。

161 西川滿，〈二位德國人技師〉，《臺灣鐵道》（一九四二年七月）。

162 西川滿，〈龍脈記〉，《文藝臺灣》（一九四二年九月）。

163 西川滿，《桃園之客》（臺北：日孝山房，一九四二）。

164 西川滿，〈鶏肋〉，《文藝臺灣》五卷一號（一九四二年十月），頁三七。

業，和父親的支持有關，而能久親王則是父親所尊敬的人物：「會津武士的血統，父親一生的座右銘是『殺身成仁』，我衷心敬畏的父親，對北白川宮能久親王殿下——父親參拜臺灣神社時不喜歡穿平常服的西裝，一定換穿軍服，或禮服——我也無限地敬慕殿下，我決心以殿下從澳底登陸到臺南的升天的期間為經，把從幼時及眼見耳聞的，從劉銘傳以來的縱貫鐵道的祕話為緯，來描寫日本的作家尚無人著手的草創期的臺灣。」[165]西川滿和他父親的態度，不難窺探出能久親王在當時日本人心中的神格地位。[166]他也說過在念臺北一中的五年間，每月二十八日臺灣神社的例祭日，都會走四公里多的路程去參加團體參拜臺灣神社社祀四十九歲升天的北白川宮。[167]

《臺灣縱貫鐵道》的書寫動機，除了作者對日本征臺史、鐵路開發的濃厚興趣之外，還在於這段歷史是「日本的作家尚無人著手的草創期的臺灣」。在此之前其實已有以領臺役為主題的作品，島田謹二〈向領臺役取材的戰爭文學〉一文，就介紹數篇在日治初期取材自領臺役的文學創作。島田在文章開頭即指出，有關臺灣的戰爭文學，對日本人而言，最引起興趣的莫過於領臺當時皇軍的奮戰了。但是他也提到，本來以為展現皇軍將士奮勇力戰的征臺役應該會被當時內地作家廣泛應用在文學創作上，但是通覽那個時期的作品後才驚覺是意外的少，也許是那個時候的日本作家對總力戰尚無自覺吧。[168]島田在一九四一年寫下這篇文章，討論早期領臺役相關作品的文學表現，是否意圖以此為借鏡，提示四〇年代戰爭文學的創作方向？不論島田的真正用意為何，〈臺灣縱貫鐵道・白鷺之章〉誠然是一個適時的回應，西川滿的創作慾望應該也藉此點燃吧。

為響應戰爭的時局與國策，西川滿有意寫出一部帝國史詩般的寫實作品。以臺灣征服史為經、殖民地風土為緯的《臺灣縱貫鐵道》，不僅符合外地文學的特色，也能成為振奮人心的戰爭文學。

西川滿在回憶創作〈臺灣縱貫鐵道．白鷺之章〉前的準備工作時，特別感謝兩位幫助他重現史實的人：

> 現在回想起來不勝感謝的是，臺灣總督府圖書館山中樵氏對我格外的激勵，山中館長說：「除了你，沒有別人能夠完成這部小說。」因此我能夠對總督府圖書館所藏的一切資料、文獻，進入暗淡的書庫在一年之間，涉獵、讀破。連門外不出的種種祕古文書，館長都欣然借閱……還有對於臺灣總督府鐵道部長滿尾君亮氏特別的關照，我只有感謝。我拜託他說，我希望如宮殿下進擊的路線，去看看鐵路旁的一草一木。他說，搭火車難看見，好，坐軌道臺車走全線，於是趁縱貫鐵道的時間差，滿尾部長讓我坐軌道列車，他也特地同乘……。[169]

165 西川滿著，黃玉燕譯，〈後記〉，《臺灣縱貫鐵道》（臺北：柏室科藝，二〇〇五），頁三八六。

166 北白川宮能久親王（一八四七—一八九五）為幕末、明治時代的皇族，曾赴普魯士留學，近衛師團長。臺灣民主國成立後，能久親王率領近衛師團進攻臺灣，展開為期數月的乙未戰爭。臺南攻下後一週，能久親王因感染瘧疾而病死於臺南豪族吳汝祥宅邸中。後來創建臺南神社祭祀能久親王，遺體則運至豐島岡墓地國葬。日治時期能久親王被神格化，臺灣神社更以能久親王為主祀的神祇。

167 西川滿著，黃玉燕譯，〈後記〉，《臺灣縱貫鐵道》，頁三八四。

168 島田謹二，〈領臺役に取材せる戦争文学〉，《文藝臺灣》二卷六號（一九四一年九月二十日），頁五四—五八。

169 西川滿著，黃玉燕譯，〈後記〉，《臺灣縱貫鐵道》，頁三八七。

西川滿為了貼近寫實主義的描寫，刻意埋首圖書館中細讀大量史料，此外又從北到南實地勘查能久親王進擊的路線。這些創作前的瑣碎功課，是他之前最不情願做的事。迥異於之前的短篇作品，〈臺灣縱貫鐵道．白鷺之章〉完稿後，確實具備了歷史小說的壯闊格局；從一八九五年五月二十九日黎明、日本軍艦抵達基隆外海寫起，到北白川宮能久親王十月二十八日在臺南病逝為止，描寫在五個月之間日本軍隊沿途與抗日臺灣人交戰，終於一路往南攻掠至臺南的征臺事蹟。小說中登場的人物眾多，許多角色都是以真實姓名出現。誠然，這是一部以日本人史觀為立場的小說，作者並沒有以能久親王為主角，而是透過側寫的方式，藉由日方的人物對話中去形塑這位親王的崇高性。雖然續篇「蓮霧之章」沒有完成，但是可以看出作者計畫以一八九五年到一九〇八年臺灣縱貫鐵路通車的日本統治史為歷史背景來安排全書的架構。

這部作品的主要角色：從軍攝影師恆川清一郎、從軍記者村上正名、鐵道隊技師小山保政，可以說是作者參照史料所創造的人物。以不違背大歷史的發展為前提，透過這些人物的對話與小說的敘事，作者所進行的帝國想像穿梭在歷史的罅隙之中。誠然，歷史小說的虛構與紀實，端看作者所占據的書寫策略位置。從軍記者或是從軍攝影師的安置，是為了忠實記錄戰爭的一切。然而他們所呈現出來的文本（text），能真正還原歷史現場嗎？小說再現歷史現場的過程中，自然涉及了凝視的角度，這也決定什麼是被彰顯的，什麼是被遮蔽的。西川滿小說的書寫企圖就在於此。在朱惠足的論文中，已經討論過西川滿在《臺灣縱貫鐵道》的史料基礎：「《臺灣縱貫鐵道》主要情節大致與日人所著《臺灣鐵道史》、《南進臺灣史攷》以及英國記者所著*Island of Formosa: Past and Present*之史實紀錄相符，清朝與日本歷史人物也多以真名登場。然而，小說當中仍有許多地方出自作者的虛構及刻意改寫，這些與史實有所出入的敘述不只是小說的修飾手法，而帶有濃厚的帝國意涵。」[170]本文將透過圖畫史料《風俗畫報》，分析西川滿撰寫臺灣開拓史的表現手法。

戰後返回日本近二十年後的一九七五年，西川滿決定在日本出版《臺灣縱貫鐵道》，後來在一九七九年正式問世。[171]為了還原創作當時的參考資料，也就是配合主角從軍記者村上正名、從軍攝影師恆川清一郎所呈現的從軍畫面，西川滿在書中安插大量領臺役的舊照片，此外還採用了從《風俗畫報》全卷所藏的畫。[172]他甚至在每幅圖畫或寫真的旁邊附錄了小說頁碼，藉此透過互文的形式，提醒讀者這些圖片與小說文字的關聯性。〈臺灣縱貫鐵道．白鷺之章〉以連載方式在《文藝臺灣》發表時，並沒有機會讓這些寫真或圖畫現身。透過專書的出版，也得以一窺作者的史料出處。被西川滿提起的《風俗畫報》，是日本第一份畫報雜誌。它在一八九五年曾經製作過「臺灣征討圖繪」專號五編，以日軍攻臺之役為主。另有「臺灣土匪掃攘圖繪」兩編，報導征臺之初日軍平定臺

170 朱惠足，〈帝國主義、國族主義、「現代」的移植與翻譯：西川滿《臺灣縱貫鐵道》與朱點人〈秋信〉〉，《「現代」的移植與翻譯：日治時期台灣小說的後殖民思考》（臺北：麥田，二〇〇九），頁一〇九。

171 一九七五年西川滿決定出版《臺灣縱貫鐵道》，在排版工作完成後，自一九七七年起他花了將近一年的時間進行修訂工作，終於在一九七九年正式出版。基本上，西川滿專書在修訂的過程中，多是將難的漢字改為平易的，日文假名改為新的用法，並沒有更動內容。

172 《風俗畫報》於一八八九年創刊，到一九一六年停刊為止，總共發行了二十七年，是日本最早的畫報雜誌，也是最大的風俗研究誌。《風俗畫報》共五一八冊，內容包括江戶、明治、大正的世相風俗、歷史、文學、事物、地理、戰爭、災害等等分野。

灣土匪的事蹟。[173]《風俗畫報》的發刊，是意識到日本在明治維新之後，造成傳統文物藝術、風俗習慣、生活樣式的急速消逝，因此欲以文字搭配圖繪的方式為傳統留下紀錄，所以這本刊物的特色是著重圖畫作為歷史考證的寫實功能。

臨時增刊的「臺灣征討圖繪」與「臺灣土匪掃攘圖繪」的編輯風格，和《風俗畫報》其他卷的內容一致，分為「論說」、「記事」、「雜錄」三部分。「論說」相當於社論，「記事」和「雜錄」則為記者所傳回的戰地報導。「記事」除記者親眼見聞的戰地實況外，還引用各種公私函牘、軍事公報等，有極大的歷史價值。「雜錄」多為征戰沿途對於臺灣民俗風土的介紹。根據吳密察對「臺灣征討圖繪」的研究指出，中日戰爭爆發後，日本各大新聞社便競相派遣戰地記者隨軍記錄，他們從前線所送回的戰地報導，成為報刊吸引讀者的重要版面。當時以戰爭報導雜誌之面目出現而有名的是博文堂《日清戰爭實記》，

和東陽堂《風俗畫報》的增刊號「日清戰爭圖繪」、「征清圖繪」、「臺灣征討圖繪」。「乙未（一八九五年）戰役」的中文資料有限，日本官方正式公刊的《日清戰史》雖然全面敘述但卻單調枯燥，而且偏重日軍的戰鬥部署與戰爭行動。像「臺灣征討圖繪」這種隨軍記者所描寫的戰爭報導，正好可以從多面向彌補史料不足之處。[174]至於「臺灣土匪掃攘圖繪」，和「臺灣征討圖繪」的內涵相當接近，是日領初期關於日軍掃蕩臺灣抗日分子的報導，其中也涉及了征臺戰和臺灣民俗考（如上頁圖）。[175]在圖畫中，記錄了臺灣的人種、習俗、節慶、建築、生活樣態等各種的風俗民情。透過寫真般的圖畫方式介紹，這些圖片也成為日本人認識臺灣的知識來源。

值得注意的是，西川滿小說的情節構成，也許受到《風俗畫報》的影響；小說主角從軍記者村上正名、從軍攝影師恆川清一郎的形象塑造，其部分靈感有可能來自《風俗畫報》。志願從軍的記者村上，隨軍觀察戰爭實況與臺灣民情，然後透過「手記」的方式隨筆記錄所見所聞，再以「通

173 「臺灣征討圖繪」專號，共有五編，分別是：第九八號（第一編），一八九五年八月三十日；第一〇一號（第二編），一八九五年十月二十八日；第一〇三號（第三編），一八九五年十一月二十八日；第一〇五號（第四編），一八九五年十二月二十五日；第一〇九號（第五編），一八九六年二月二十五日。「臺灣土匪掃攘圖繪」共兩編，第一一一號（第一編），一八九六年三月二十五日；第一一五號（第二編），一八九六年五月二十五日。另外，沒有涉及征臺戰役但是和臺灣有關的還有「臺灣蕃俗圖繪」共兩編，第一二九、一三〇號，一八九六年十二月。

174 吳密察，〈導讀：《攻臺見聞》的時代性與史料價值〉，收入許佩賢譯，《攻臺見聞：風俗畫報・臺灣征討圖繪》（臺北：遠流，一九九五），頁四二—五八。

175 此圖引自《風俗畫報》第一〇五號（「臺灣征討圖繪」第四編）（一八九五年十二月二十五日）。

信」的方式將他的資料傳回給日本的編輯長。而攝影師恆川清一郎則沿途拍攝戰役經過，以及臺灣的風俗民情，透過寫真的方式留下歷史見證。小說中各種實戰場面以及沿途的民俗介紹，都和《風俗畫報》相當類似。西川滿在一九七九年正式出版《臺灣縱貫鐵道》時，提到他收藏了全卷的《風俗畫報》，並且在該書中收錄多幅「臺灣征討圖繪」的圖片來配合小說。《風俗畫報》特別強調文字與圖畫的寫實性，欲傳達一種「寫真」的效果。這種寫實的報導文學，也正是作者的書寫策略。不過，完全以日本人立場為出發點的「臺灣征討圖繪」、「臺灣土匪掃攘圖繪」，顯然無法做到真正的寫實再現，而是帶有濃厚的政治意識形態。這樣的凝視角度，也正是西川滿小說的侷限性。縱使西川滿在創作前讀破許多機密的檔案，掌握到一般人無法接觸的史料，例如余清勝脫困或劉永福脫走的歷史，但是他的詮釋觀點卻無可避免成為偏頗的史觀。顯然，在日軍征臺史的建構上，西川滿刻意形塑其正義與人道的一面：

> 一聽到將有戰爭時，街民之中有錢人爭相越過獅球嶺，從港仔口乘船沿著基隆河逃去臺北。沒有錢的人的做法，把寫著「良民居住」四個大字的紙貼在前門，人躲在家裡。貧窮而心地純樸的人，堅信日本軍會保護良民。事實上，剛才的巷戰，街民未死一名。儘管軍方不得不忍著對於戰策不利的作法，但為了保護良民不得不如此，僅有兩名受傷者的數字便是最好的證明。而且其中的一名，是因為驚慌絆在石頭上，腦袋打到水井，自己招致的災禍。[176]

上一段描述，處理到日軍征臺之初的臺灣民情，採取完全日本立場的敘述筆法，極力刻劃官兵愛民的犧牲精神。另一方面，則刻意扭曲抗日的臺灣人形象；在小說中，作者把抗日的臺灣人一律稱為「敵」、「土匪」或「匪賊」，強調他們進行抗爭是擾民暴動，但是一般良善百姓是馴服接受日軍進城的事實。這些畫面，可以在「臺灣征討圖繪」中看到。下頁圖則是《風俗畫報》在一八九六年五月所增刊的「臺灣土匪掃攘圖繪」封面，描繪日軍抵達臺灣之際的熱烈景況。而在西川滿的文字，也提到這一幕畫面：

城內家家戶戶掛著描繪旭日的速成之旗，其中也有掛白旗。誠然是尊重文字的民族，各戶貼著「大日本良民」的毛筆字，書法極為出色。[177]

諸如此類的描述，在小說中不勝枚舉，《臺灣縱貫鐵道》和《風俗畫報》的征臺圖繪之間，兩者顯然具有多處互文性（intertextuality）。不難看出「臺灣征討圖繪」與「臺灣土匪掃攘圖繪」的報導，是日方的政治意識形態遮蔽了「真實」，而彰顯日軍領臺的合理性。不過，縱使西川滿小說和《風俗畫報》的關係值得推測，但顯然這並不是構成他創作靈感的唯一來源，也與他所接觸的其他資料有關。臺灣總督府圖書館的館藏檔案中，凡涉及征臺役和北白川宮能久親王的事蹟，多是以日本帝國主義為本位的紀錄文件。尤其能久親王最後在殖民地逝世，不僅他的地位被神格化，征臺戰

176　西川滿，《臺灣縱貫鐵道》，頁五五。
177　西川滿，《臺灣縱貫鐵道》，頁八八。

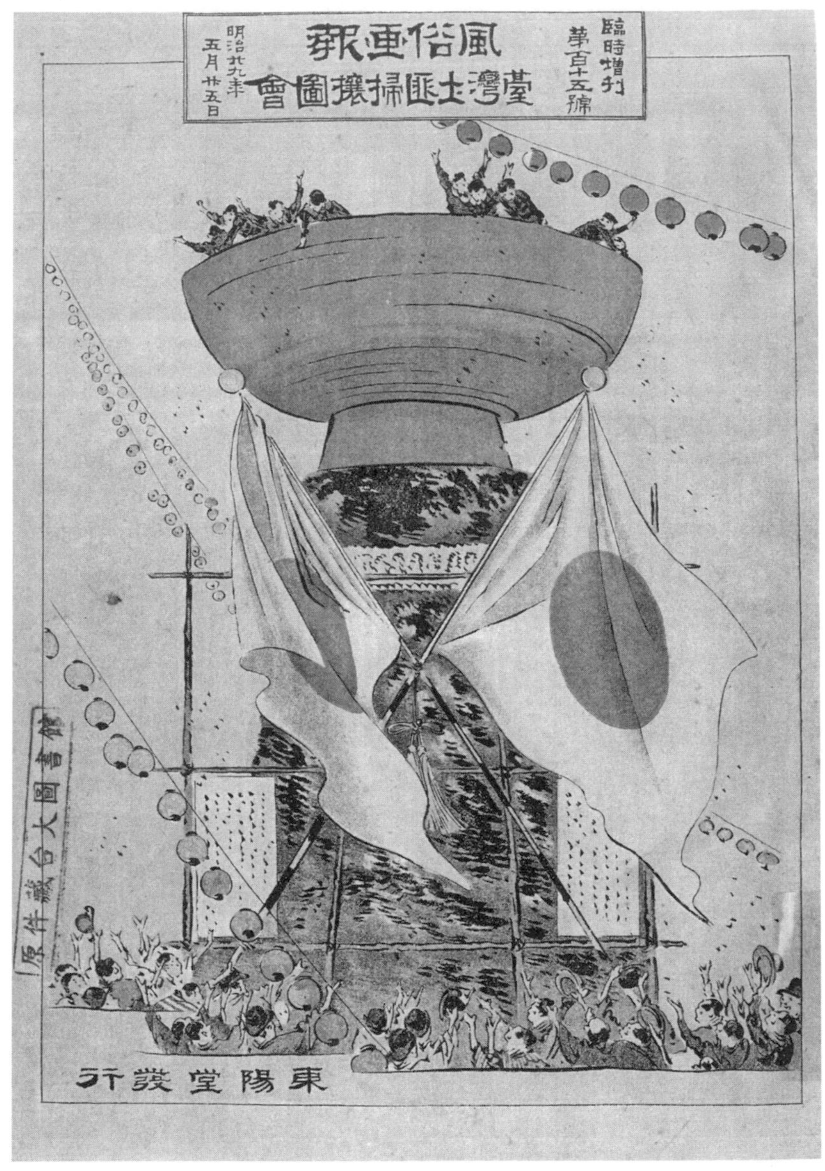
臨時增刊
第百十五號
風俗畫報
臺灣土匪掃攘圖會
明治廿九年
五月廿五日
原件藏台大圖書館
東陽堂發行

役也成為壯烈史詩般的歷史。朱惠足在相關研究中提及：「發表於中日戰爭激烈進行的一九四三至一九四四年的《臺灣縱貫鐵道》，試圖透過半個世紀前的日軍征臺之役，對日本在殖民地臺灣的異族軍事動員進行正當化……臺灣人在當下『這場戰爭』以帝國軍人的身分『為了天皇陛下』而戰，是早在半世紀前收編臺灣人為帝國臣民的『那場戰爭』當中，就已預示的帝國理想之實現（「有朝一日」）。作為戰爭時期的文化產物之一，《臺灣縱貫鐵道》透過打造臺灣被殖民者為帝國主體的共通事業，將相隔半個世紀的兩場日本帝國戰爭銜接在一起。」[178]可想而知，西川滿的書寫策略，是透過征臺戰役的合理性來詮釋日本殖民事業。在小說中，他把抗日的劉永福定位為賊徒，而把征臺軍形容為穩定民情、剿除匪寇的正義象徵，北白川宮能久親王作為征臺戰役的精神指標與殖民意義，不言可喻。西川滿自童年時代就十分敬慕能久親王的史蹟，透過日方史料的穿針引線，西川滿的小說也織入殖民者觀點的歷史想像。

臺灣鐵道的開拓歷程，成為西川滿重新建構殖民史的材料。《臺灣縱貫鐵道》正編「白鷺之章」的主題還未涉及臺灣縱貫鐵路的開發，其中的鐵路書寫多伴隨日本征臺戰役的進行，歷史與小說的雙軌書寫策略，鮮明顯示殖民權力的延伸。在小說中第一次出現鐵道的身影，是透過從軍攝影師恆川清一郎的眼睛所看到的：

178　朱惠足，〈帝國主義、國族主義、「現代」的移植與翻譯：西川滿《臺灣縱貫鐵道》與朱點人〈秋信〉〉，《「現代」的移植與翻譯：日治時期台灣小說的後殖民思考》（臺北：麥田，二〇〇九），頁一二五—一二六。

清一郎登上山坡，「啊」，他瞪大眼睛看，有兩條軌道的鐵路，鐵路伸向山腹。「臺灣也有鐵道呀！」清一郎納悶，注視著黑而亮的鐵路。[179]

隨時背著沉重的相機為戰爭留下紀錄的恆川清一郎，在獅球嶺附近看到了鐵路。他以為臺灣是個蠻荒之地，根本不可能有鐵路的存在，所以在看到的一瞬間才會如此訝異吧。劉銘傳時代所興建的鐵路是從基隆到新竹[180]，但是至今已有所破壞。主角之一的鐵道隊技師小山保政，就是來臺灣修復這些鐵路的靈魂人物。如果鐵路能夠通行，對於戰略勢必相當有利；相對火車的前進速度與運輸能力，人力步行根本無法比擬。日軍顯然想以現代化的優勢，從北到南快速征服臺灣。西川滿在〈臺灣縱貫鐵道．白鷺之章〉，透過技師小山保政修復劉銘傳時代火車「騰雲」的熱情，重現了日本領臺之初的鐵路景況：

小山想像著「騰雲」開動之姿，心裡忍不住湧上的欣喜之情，小山想著也曾跟他一樣喜悅地注視著這同一火車頭的人物。[181]

小山心裡所想的人物，就是不顧眾人反對、堅持興建臺灣鐵路的劉銘傳。當時「由兩個德國技師貝德勒與霍凱爾引導著，進入河溝頭街機械局的臺灣巡撫劉銘傳，對這輛火車頭以澄澈的眼睛注視著。」[182]那一天，由德國技師所建造完成的「騰雲」，在幾年後的今日，將由日本技師的手來修理。這顯然是一個暗示，中國對臺灣的現代化必須仰賴德國人，如今日本接管臺灣之後，殖民地的現代化將由日本人自己執行。這誠然是作者的自傲之情，但也可窺探出日本對臺灣的改造野心。一八九五年六月三十日，日軍登陸臺灣後，為配合軍事南下，首先由工兵隊修理基隆到新竹之間的路線。隨後在一八九九年開始建築縱貫鐵路，一九〇八年四月完成，歷時僅九年。[183]可想而知，日本對殖民地的現代化改造有多迫切，因為交通運輸的增加和城鄉差距的縮短，無疑和資本主義有相當密切的關聯。道路的設計與開發，更涉及了權力結構。

在小說最後，近衛兵團完成征臺任務將凱旋而歸。離臺之前，日方舉行了大招魂祭，以此祭慰在戰役中戰死病歿的兵士。對從軍攝影師恆川清一郎而言，記錄這場慰靈儀式，是他在臺灣的最後工作。在工作完成之後，他意識到自己在征臺戰役期間：「一直只攝影戰鬥的畫面，或只為讀者拍攝的風物而已」。[184]對於病逝在臺灣的北白川宮能久親王，他卻未能盡任何心意。因此，他發願要去拍攝北白川宮能久親王曾經住過的房屋，所以決定留在臺灣開照相館，不要追隨軍隊返回日本。

179 西川滿，〈臺灣縱貫鐵道．白鷺之章〉，《臺灣縱貫鐵道》，頁五一。

180 劉銘傳時代所興建的鐵路分為兩條路線：一條是從基隆到臺北，一八八七年開工，一八九一年竣工，全長二十八點六公里；一條是從臺北到新竹，一八八八年開工，一八九三年竣工，全長七十八點一公里。請參閱陳延厚，《劉銘傳與臺灣鐵路》（臺北：臺灣鐵路管理局，一九七四），頁二一—二二。

181 西川滿，〈臺灣縱貫鐵道．白鷺之章〉，《臺灣縱貫鐵道》，頁六九。

182 西川滿，〈臺灣縱貫鐵道．白鷺之章〉，《臺灣縱貫鐵道》，頁六九。

183 曾汪洋編著，《臺灣交通史》（臺北：臺灣銀行，一九五五），頁五四。

184 西川滿，《臺灣縱貫鐵道》，頁三八三。

他更以臺灣縱貫鐵路的延長計畫來勉勵自己所下的決定：「鐵道技師的小山先生也曾說過，鐵路延長了，攝影的工作便一定會增加的。」[185]從軍記者村上正名以同感的心情回應恆川清一郎的抱負：

「我明白，我很明白。聽你這麼說，我也想留下呢。不過，我跟你不同，家裡有妻子在等我回去。」村上這麼說，眼睛注視著祭壇那邊，然後臉色突然開朗起來，「對了，剛才你說鐵路延長了，向南延長，縱貫鐵路完成時，渡航一定也許可了。那時，我會帶著妻子和孩子來訪，我一定會來。」

「我等候著，你一定要來。」清一郎的目光發亮。[186]

這個結尾，顯然是要為續篇「蓮霧之章」埋下伏筆，因為在西川滿的書寫計畫中，留在臺北開設照相館的攝影師恆川清一郎，是後半部小說的串場人物。續篇「蓮霧之章」將正式進入臺灣縱貫鐵道開發的主題；依照西川滿的構想，「蓮霧之章」將從一八九六年伊澤修二在芝山巖辦學時期談起，以日人在臺興建鐵路的歷程為主軸，最後在一九〇八年的臺灣縱貫鐵路通車典禮畫下完美的句點。而故事將描寫到在臺灣縱貫鐵道的通車典禮上，恆川清一郎和村上正名終於再度見面了：

村上和清一郎相見握手言歡，頭上響著二十一發的皇禮砲。設於公園內二層樓典禮場的壇上正面，掛著的緋色緞子以及金色黑天鵝絨織成的「大臺灣省全路告成誌慶」、「全臺鐵路告成誌喜」的兩幅祝賀匾額，是清廷福建省的布政使尚基亨與洋務總局的會弁呂渭英送的，雖然臺灣已是日領，但他們對於臺灣巡撫劉銘傳一生的願望，遂由日本人的手達成，衷心地祝賀。[187]

這些情節安排，是西川滿為了父親所提早構思，在父親的病榻前述說給他聽的。然而父親在一九四三年底病逝，不僅無法看到正編「白鷺之章」連載完畢，更遑論「蓮霧之章」。[188]緊接著日本在一九四五年宣布投降，這部長篇小說的書寫計畫，也因為時局而從此中斷。對於西川滿而言，日本戰敗讓他喪失了繼續創作的動機與動力。《臺灣縱貫鐵道》無疑是一部響應「父之家國」的書寫，小說章節中的「南進再南進」，描寫日軍縱貫攻達臺灣南部，從而也暗示了日本帝國主義的南進政策。[189]不難想像《臺灣縱貫鐵道》正篇與續篇的書寫企圖，是想要透過臺灣鐵路的現代化／殖民化過程，展現向南延伸的帝國軌跡。而這部長篇小說的未完成，也成為日本帝國事業未竟的隱喻。

185 西川滿，《臺灣縱貫鐵道》，頁三八三。

186 西川滿，《臺灣縱貫鐵道》，頁三八三。

187 西川滿著，黃玉燕譯，〈後記〉，《臺灣縱貫鐵道》，頁三九二。

188 關於西川滿計畫撰寫《臺灣縱貫鐵道》「白鷺之章」與「蓮霧之章」的緣由，他在書的〈後記〉都有說明。同上註，頁三八六—三九四。

189 〈南進再南進〉是《臺灣縱貫鐵道》的第五十一章節，描寫日軍即將攻進臺南前夕。

結語

綜觀西川滿在一九四〇年代以降的言論或創作，和島田謹二的外地文學論有相當程度的互動關係。然而，西川滿的寫實風格作品始終並沒有真正符合島田謹二的外地文學論。對西川滿來說，「外地文學論」要兼顧寫實主義與異國情調，但是現實的殖民地景況和臺籍作家「糞寫實主義」式的創作題材，顯然無法引起他的興趣，因此他只好在史料中追求靈感。而這卻和島田所強調的寫實精神有所出入：「把與內地不同風土之下共同居住的民族的想法、感覺方式、生活方式的特異性，就這樣生動地『結合生命』描寫出來的話，這時就會完成一幅生之縮圖，而產生一種新題材的、在所謂『政治的態度』以外深深植根於文學獨特之領域的寫實主義。」島田所提出的「寫實主義」，是要以當下的殖民地風土為材料，再配合日籍作家對這片土地的熱情，成就有別於內地風景的外地寫實文學，而透過獨特題材所產生的作品也帶有濃厚的異國情調。誠然，不論是島田謹二或西川滿所詮釋的「寫實主義」，其實都是帝國與文化主義的產物；不僅無法自外於政治態度，也終於無可避免地成為荒謬的寫實詮釋。

可以說，西川滿的寫實主義實驗，其實並不太成功。西川滿的文學脾性，始終還是傾向於陰柔美的追求。戰爭所追求的雄壯語言，並非他所擅長。從泛黃史料堆中重新建構歷史再現，〈龍脈記〉與《臺灣縱貫鐵道》是西川滿擲棄浪漫主義轉向寫實技巧的創作，顯而易見他的書寫格局和戰爭國策是相互呼應的。對於清朝無法完成的鐵路開發，在殖民政府的現代化改造下，臺灣縱貫鐵路終於一路綿延到殖民地的南端。道路的規劃與裝置，可以視為權力的延伸。無論是火車的前進意象，或是往南延伸的鐵道軌跡，其實都吻合了殖民現代性／南進政策的政治語言。在歷史與小說的重疊架構中，西川滿藉鐵路的擴張隱喻日本人現代化的軌跡，同時也透過歷史小說的營造，企圖改造臺灣人的思想軌跡。歷史與小說的雙軌書寫策略，鮮明顯示了殖民權力的延伸與膨脹。在臺灣開發與殖民現代性的視線下，縱使〈龍脈記〉與《臺灣縱貫鐵道》挪用歷史素材欲達到紀實效果，但是西川滿的寫實主義實驗始終是一個未完成式，卻無法跳脫帝國之眼的敘事政治。這兩部作品的內涵，其實也投射出帝國書寫的虛構與侷限。

第五章
結論

一、臺灣作為南方的侷限性

南方作為一種想像的疆界日益漫漶，「往南方雄飛」的構圖在一九四〇年代已經成為作家在書寫策略上的政治集體意識。南進論發展到昭和時期之後，從以實利主義為主的南方進出，逐漸演變為以配合戰局為考量的南方干預。尤其在一九三七年中日戰爭爆發後，日本進入戰時體制，一九四〇年南進政策正式成為基本國策。太平洋戰爭發生之後，「南進政策」和「大東亞共榮圈」的宣傳文本，占據了日本國內、殖民地和占領區的各種傳播媒體。在決戰期階段，文學者的協力更是探討南進論不可忽略的一環。當時在文藝動員方面，日本內地許多知名作家都被徵召赴南洋隨軍創作。臺灣作為南進基地的地位益形重要，不僅是外地作家，連臺人作家也被動員響應戰爭。所以在這段期間出現了大量配合南進政策的文學作品，諸如詩、小說、評論、雜文等不同文體的創作。其中，有許多小說都以「前進南方」作為結局。

日人作家在一九四〇年代所完成的三部小說巨作：西川滿的《臺灣縱貫鐵道》、庄司總一的《陳夫人》、濱田隼雄的《南方移民村》，它們創作的年代，正是戰爭臻於高峰的階段，作品內涵除了具備濃厚的政治氛圍，主題也和南進政策有一定關聯。西川滿和濱田隼雄兩人，在一九四〇年代的臺灣文壇都有其一定的發言位置，《臺灣縱貫鐵道》和《南方移民村》在發表之初顯然是受到矚目的，而庄司總一的《陳夫人》則是「大東亞文學賞」的得獎作品。這三篇小說都屬於長篇形式，展現了作者龐大的書寫企圖，也具備時代性的創作意識。然而本書在此亟欲指出的是，它們的存在意義反而暴露出南進政策的未明性與侷限性。

戰後，這三部作品因為涉及的政治意識，還有創作者的日人身分，更緣於文本的語言問題，所以被臺灣文學界塵封近六十年之久。葉石濤曾經說過：

> 日治時代在臺日本人作家的作品，也是屬於臺灣文學的一環。可惜，未受臺灣人的重視。特別是取材於臺灣的土地和人民的日人作家的作品，不管他們的立場與意識形態如何，已經成為臺灣文學的重要遺產。我以為西川滿的長篇小說《臺灣縱貫鐵道》，濱田隼雄的《南方移民村》以及庄司總一《陳夫人》最能代表日人作家對臺灣的殊異看法。[1]

上述發言，是葉石濤在為庄司總一《陳夫人》中文版作序時所提出的論點。這三部作品是否「未受臺灣人的重視」，筆者認為政治環境牽動日治文學的研究有密切關聯。不過葉石濤的感慨，倒是頗為貼切地傳達出臺灣學界對於日人作品的研究狀況。[2]近幾年來這三部小說已被全文譯出，也

---

1 葉石濤，〈《陳夫人》中文譯本問世〉，收入庄司總一著，黃玉燕譯，《陳夫人》（臺北：文英堂，一九九九），頁三。

2 如今，這三篇小說已被全部翻譯，可以用中文的面目呈現。這三部作品的中譯者都是黃玉燕，她在〈《臺灣縱貫鐵道》譯序〉提起翻譯這三本長篇小說的緣由：「記得是一九九一年，我首次把翻譯成書由聯經出版的『日本名家小說選』兩冊，寄贈葉石濤先生，獲得來信鼓勵。五年後的一九九六年，我再寄贈由傳文出版社印行的兩集『日本短篇小說名作選』，這次葉石濤先生來信鼓勵我翻譯上述三部長篇小說。於是我勉勵自己來翻譯這三部作品，為臺灣文化盡點力量。」收入西川滿著，黃玉燕譯，《臺灣縱貫鐵道》（臺北：文英堂，二〇〇五），頁二八。各書中文版出版資料如下：《陳夫

已經有不少研究者投入。

《臺灣縱貫鐵道》是西川滿運用大量史料所完成的作品，這篇小說也是他刻意轉向寫實技巧的創作，藉此以重新詮釋臺灣的開發史與殖民史。庄司總一的《陳夫人》，情節以內臺融合的婚姻為主題，在錯綜複雜的人物安排下，也部分呈現殖民者眼中的臺灣傳統社會風貌。濱田隼雄的《南方移民村》則是刻劃臺東廳關山郡鹿田村的日本移民，在惡劣的環境下從事甘蔗栽培，因為天時地利人和等條件都不順遂，最後決定離村集體移民南洋。這三部作品指涉的時代僅有些微差異，都是以日本統治時期的臺灣社會為背景，主角也是日本人身分，在情節鋪陳與人物對話中，各自蘊含頗為繁複的帝國想像。

庄司總一（一九〇六—一九六一）受到臺灣文壇矚目，即是發表探討內臺融合婚姻的小說《陳夫人》。[3]七歲左右隨家人來臺的庄司總一，到大學時代返回日本求學，在《陳夫人》發表之前，他已經用筆名「阿久見謙」陸續在日本發表譯作與小說。以本名發表的《陳夫人》，在一九四〇年出版第一部「夫婦」，一九四二年出版第二部「親子」，一九四三年這部作品獲得大東亞文學賞次獎，也奠定這本書在一九四〇年代出版的歷史意義。在一九四三年，庄司總一曾經以文學報國會會員的身分來臺巡迴演講一個月左右，同年還出版了《南方的枝幹》一書[4]，內容包括了他在臺灣的生活回憶，一九四三年的巡迴演講，也表達他對戰時文化、皇民化運動的看法。

《陳夫人》的故事舞臺，是庄司總一曾經居住過一段時日的臺南。時代背景則從一九一八年到一九三八年共二十年左右。小說描述日本人女性安子嫁到臺南陳家，從此展開坎坷的婚姻生活。安子來到殖民地定居，在踏入陳家那一刻，切盼能夠與家族的每個人融合，但是她面對的卻是一群各

懷心事的家人。安子的日人身分，是她成為臺灣人媳婦的一層阻礙，主要的原因無疑是日本與臺灣

人》（臺北：文英堂，一九九九）；《南方移民村》（臺北：柏室科藝，二〇〇四）；《臺灣縱橫鐵道》（臺北：柏室科藝，二〇〇五）。透過中文譯作的完成，作家作品的相關研究成果累積愈來愈豐碩，可參考國家圖書館臺灣碩博士論文系統。

3 庄司總一（一九〇六—一九六一），小說家，出生於日本山形縣，為父親庄司常治、母親庄司梅乃的長男。父親庄司常治於仙臺醫專畢業之後，因為和雙親的關係不太和諧，所以放棄在家鄉開業的機會，出奔到臺灣東部的卑南，任職於臺東官立醫院。總一約在七歲左右，隨同母親與兄弟姊妹渡臺和父親會合。在臺東定居三年後，一九一七年他們舉家遷往臺南，父親也隨即在當地自行開業。由於父母都是虔誠的基督教徒，總一來到臺南不久也受洗成為教徒。總一的童年與少年階段都在臺灣度過，分別於一九一九年畢業於臺南市南門小學校、一九二四年畢業於臺南州立臺南第一中等學校。中學學業完成後，他才回日本就讀慶應大學英文科，並且展開他的文學活動。庄司總一在大學時代，受教於詩人、英文學者西脇順三郎（一八九四—一九八二），對其文學啟蒙至深。一九三一年自慶大畢業之後，他立志從事文學。總一隸屬於三田文學派，透過同人雜誌《新三田派》，以筆名阿久見謙陸續發表譯作與小說。由於《新三田派》發行數期後即廢刊，後來總一的主要創作都刊登於《三田文學》。一九三七年中日戰爭爆發後，為了舒緩戰爭所帶來的焦慮情緒，總一加入小說家佐佐木邦（一八八三—一九六四）的幽默俱樂部，學習馬克吐溫式的幽默寫作。期間他以筆名金讓二發表的《私の太陽》（《我的太陽》）被改編成電影，在「帝都座」上映時大受歡迎。庄司總一的生平創作主要發表於《新三田派》、《三田文學》，已出版之重要作品有《陳夫人》、《殘酷な季節》（殘酷季節）、《聖なる恐怖》（神聖的恐怖）、《しびれ》（痲木）、《ばら枯れてのち》（薔薇凋零後）等小說集，以及散文詩集《ノノミ抄》（野野實抄），作家評傳《ロレンスの生涯》（勞倫斯的一生）等。關於庄司總一的生涯，請參閱庄司野々実，《鳳凰木：作家庄司總一の生涯》（東京：中央書院，一九七六）。

4 庄司總一，《南の枝》（南方的枝幹）（臺北：東都書籍，一九四三）。

之間的殖民關係。出身的國籍（日本）加上丈夫的國籍（臺灣），使安子無時無刻活在婚姻是幸或不幸的自我辯證當中。小說不斷重複述說的「愛」，也出現了無法跨越的界限。庄司總一創作的《陳夫人》，展現了相當繁複的思考。雖然他想處理皇民化政策下的內臺融合婚姻，另一方面，也意外地引發出很多的問題。宗教的意義，在《陳夫人》顯然占有決策性的地位。安子和清文的基督教信仰，是他們面對生活挑戰的精神支柱，這顯然和作者自身的宗教經驗有關，因為庄司總一是虔誠的基督教徒，他的宗教信仰發揮了重要的中介功能。小說中清文和安子因此認識、結合，作者也強調宗教的力量可以化解種族與家族的衝突。

庄司總一企圖用微觀的視野來描寫主體認同與族群認同的兩難困境，小說中不但刻劃了內地人和本島人之間的殖民情境，也觸及到日本人、漢人、原住民的文化問題，甚至是臺灣農業的發展狀況。但是，作者顯然沒有為主角一家的未來找到確定的答案。故事最後以陳家分房、清文計畫舉家遷移南洋發展作為結束，遙遠的南方，突然成為近在咫尺的希望。這種忐忑不安的期待，不正是當初回臺的心情？然而，在臺灣歷經碰壁的人生之後，主角計畫往更南的方向前進。安子或清文，是無法在自己的家鄉落地生根，而他們的女兒清子則以「我既是日本人又是臺灣人；這等於我不是日本人，也不是臺灣人」的雙重認同／雙重否定來看待自己的混血兒身分。從而，「前往南方」能為他們帶來新生嗎？

南進政策在一九四〇年代成為明確的國策宣言，它也是日本帝國在大東亞論述的重要內涵之一。「南進」的思考，至此演變為日本國民集體的堅強意志。《陳夫人》的結局，雖然安排「前進南方」作為願景，但作者似乎無法以合理的解釋來為殖民者造成的種族問題自圓其說，愛的救贖理論，是他唯一找到的方式。但是，愛的力量就像安子柔弱的性格，在小說當中顯得相當薄弱，無法解決殖民者所帶來的衝擊。從而，「前往南方」的抉擇，能為他們換取新生嗎，還是又帶來一次沉淪？《陳夫人》在表面上呼應了南進政策的實踐行動，但是卻也暴露更多問題，這部作品呈現出南進政策的未明性。

同樣的情況，也出現在濱田隼雄（一九〇九—一九七三）的《南方移民村》。[5]這部小說於一九四二年出版單行本[6]，公醫神野珪介、警察石本、指導員國分，是小說中的三位靈魂人物。他們的身分雖然象徵了知識與權力的上層位階，是監督者的角色，在小說中卻是和日本移民一起共患難的盟友。但是這塊尚待開墾的土地，似乎沒有給予他們應有的回報。本土疾病與惡劣的自然環境，不斷打擊農民的開墾信心。而人事方面，更形窘迫之境，指導員國分殉難於暴風雨，警察石本離開移民村，公醫神野珪介臥病不起，村內耆老嘉兵爺已年邁老衰，壯年則被徵召遠赴南洋戰場。移民村的未來，顯然籠罩在一片黑暗之中。最後，年輕一代的彌太郎決定，為了不重蹈父祖輩的失敗，村民只好放棄臺東這塊土地，他要把全村移往南方之島，進一步期許能為大東亞的建設奉獻一份心

5　濱田隼雄（Hamata Hayao，一九〇九—一九七三）幼年在日本仙台市長大，一九二六年從縣立仙台市第二中學畢業後，考取臺北高等學校文科乙類。隔年並和中村地平、鹽月赳等創刊同人雜誌《足跡》。一九二九年高等學校畢業後，他回到仙台，考取東北帝國大學。一九三三年到一九四六年是他第二次滯臺時期，一九三八年他和西川滿結識，從此成為文學上的盟友。他在西川滿主持下的《文藝臺灣》開始發表創作，從此展開作家生涯。

6　濱田隼雄〈南方移民村〉分九回在《文藝臺灣》刊登：三卷一號至四卷三號（一九四一年十月—一九四二年六月（未完））。因為一九四二年七月中旬計畫出版單行本（東京：海洋文化社），所以四卷三號以後即停止連載。

力。

濱田隼雄的《南方移民村》是《文藝臺灣》連載的第一部長篇作品，它常和《臺灣縱貫鐵道》被並置比較。不難看出，這兩篇小說都朝向寫實主義去經營，但是對此技巧較為熟練而成功的，顯然是濱田隼雄。不過，日人文學評論者尾崎秀樹對《南方移民村》提出評價，他關注的並不是作者的創作手法，而在於作品最後呈露出來的政治意識形態：

> 他以東北人特有的韌性，描述了移民的歷史，其中也包含著其自身的新的發展。但時代背叛了他的願望，這部烙有時局扭曲烙印的《南方移民村》，本來可能要寫的只是開拓移民充滿血汗的慘敗的歷史，而不是具有光輝的、當局所熱中的「南方經營」發展史……。只是，作者在正確地提出問題的同時，又將這個移民村置於高山族或者臺灣人部落不相往來的位置（事實可能是這樣的），以致阻礙了探索日本和臺灣農民的團結關係。而日本開拓移民所走的滿是荊棘的道路，明明也是臺灣農民所遇到的……。[7]

一九四〇年代的臺灣文壇，頗為傾向寫實主義的追求。這不但受當時文學風潮的影響，也和戰爭語言的使用有關。浪漫主義的文字表現，顯然不太適合陽剛的發言。濱田隼雄在《南方移民村》運用寫實主義技巧的部分是無庸置疑的，尾崎秀樹認為問題在於，他把一部充滿血汗的移民史寫成配合日本當局的「南方經營」發展史。尾崎秀樹的觀察，基本上已經點出了這篇小說的日本立場。日本移民到臺灣開墾，他們所遭遇到的問題，臺灣農民也有同樣處境。小說中刻意強調臺灣總督府對西部的水利建設與整地工程，因此被照顧的臺灣農民是很幸福的。相形之下，到臺灣後山的臺東從事開墾的日本移民，則是自力更生的艱苦拓荒者。這些情節誠然帶有許多虛構性，《南方移民村》的敘事角度，顯然偏頗地傾向日本農民那一邊。

這部作品在當時也引起臺人作家的關注，不過龍瑛宗對於《南方移民村》的看法，在戰前與戰後，卻持有兩種不同的評論。戰前對於濱田隼雄文學採取奧援姿態的龍瑛宗說過，自己並不想抹煞「外地文學」的價值，但是文學的本質應該像《南方移民村》中可見的寫實主義為基調，如此才是具有建設性的文學。當然他也注意到這篇小說的內涵：

> 與其說寫這本書《南方移民村》的作者是要創造一個文學作品，倒不如認為他是憑藉著一個理想在寫此作品。作者的理想充滿善意，因為作者的眼不是以形而上學來接觸現象，而是以寫實的方法來探求現實，因此作者必定會遭遇到意想不到的苦惱。但他不迴避苦惱反而認為是作家宿命、是業苦，因此這位作家才能成為搖撼我們心靈的優秀作家。相信這位認真的作家必定不會辜負我們的期待。[8]

7　尾崎秀樹，《舊植民地文学の研究》（東京：勁草書房，一九七一）。本文引用之中文版，係由陸平舟、間ふさ子共譯，《舊殖民地文學的研究》（臺北：人間，二〇〇四年十二月），頁一九二。

8　龍瑛宗，〈南方の作家たち〉，《文藝臺灣》三卷六期（一九四二年三月二十日）。本文引用之中文本係由林至潔譯，〈南方的作家們〉，收入《龍瑛宗全集【五】評論集》（臺南：國家台灣文學館籌備處，二〇〇六），頁一〇二。

透過上述的發言，可以看出龍瑛宗對於濱田隼雄的辯護。因為作者是「以寫實的方法來探求現實」，所以《南方移民村》才會遭遇到書寫的苦惱。龍瑛宗提出這篇評論時，《南方移民村》還沒全部完成，不過顯然已受到一些批評，龍瑛宗卻選擇從中途開始為其聲援。[9]來到戰後的一九五〇年代中期，龍瑛宗的日治文學觀出現轉折，《南方移民村》也成為他批判的對象。他在〈日人文學在臺灣〉一文指出，生長於臺灣的日人文學，具有典型的特色的作家，大概只有西川滿和濱田隼雄兩個人而已。西川滿可說是異國主義作家，而濱田隼雄則是「好像寫實主義作家」。何謂「好像寫實主義作家」？龍瑛宗認為，濱田隼雄並非真正的寫實主義作家，他的寫實主義是觀念的。雖然濱田隼雄和西川滿的文學作風相差甚遠，但卻站在共通的現象之上，他們的文學都缺乏寫實精神和根源的文學靈魂。不過，西川滿的作品政治性稀薄，濱田隼雄卻具有相當濃厚的政治性，濱田隼雄的長篇小說《南方移民村》，是他鼓吹海外發展史的創作，但是「作品裡的人物是死靈魂，完全是濱田隼雄的傀儡。」[10]在這篇文章中，龍瑛宗認為濱田隼雄所寫的寫實主義文學，其實是似是而非的。主要的原因在於「濃厚的政治性」。但是這些因素，龍瑛宗在戰前應該已經察覺到，只是一九四〇年代的「南方經營」，是日本發展帝國主義的宣傳政策，它也成為人民的集體信念。到了戰後，龍瑛宗卻不得不修正自己的發言。

尾崎秀樹或龍瑛宗對《南方移民村》的負面評價，大約都聚焦在該作品傳達的政治性之上，這也是一般研究者會注意到的。濱田隼雄的文學創作，向來是以寫實主義為基調，但是作家在戰爭臻於高峰的階段，無論是信奉寫實主義，或是視浪漫主義為圭臬，都無法逃避文藝動員的工作。《南方移民村》會出現南進的思考，也是帝國慾望的動力所促成。這個時期的南進概念，誠然已經跨越政治無意識的狀態，進而演變為強悍的戰鬥意志。《南方移民村》透過一群日本農民遷移到臺灣東部製糖會社的移民史話，企圖重新詮釋殖民地的開拓史。隨著太平洋戰爭的擴大蔓延，《南方移民村》所指涉的「南方」，已經擺脫臺灣的範疇，進而往南洋延伸。臺灣作為南進基地，向來被形塑為日本的遊園地與新樂土，但是對《南方移民村》的日本農民，卻成為必須離棄的所在。從移民到棄土，為了美好的願景，離棄臺灣前往更南的南方，變成他們勢在必行的抉擇。南方的南方，是豐收的樂園，想像的天堂。在帝國慾望的版圖上，濱田隼雄的南方想像也衍生了新的意義。談論日人作家在一九四〇年代的文學表現，西川滿的《臺灣縱貫鐵道》、庄司總一的《陳夫人》、濱田隼雄的《南方移民村》最受矚目。它們完成的年代瀰漫著戰爭的煙硝味，作品散發出來的氣息自然帶有濃厚的政治氛圍，令人輕易就和南進政策產生聯想。葉石濤在庄司總一《陳夫人》中文版的序中提起：「日治時代在臺日本人作家的作品，也是屬於臺灣文學的一環。可惜，未受臺灣人的重視。特別是取材於臺灣的土地和人民的日人作家的作品，不管他們的立場與意識形態如何，已經成為臺灣文學的重要遺產。我以為西川滿的長篇小說《臺灣縱貫鐵道》，濱田隼雄的《南方移民村》以及庄司總一《陳夫人》最能代表日人作家對臺灣的殊異看法。」[11]葉石濤的發言，有文學者的無限感

9 同上註，頁一〇三。

10 龍瑛宗，〈日人文學在臺灣〉，《臺北文物》三卷三期（一九五四年十二月十日）。後收入陳萬益編，《龍瑛宗全集【五】評論集》（臺南：國家台灣文學館籌備處，二〇〇六），頁三一七。

11 葉石濤，〈《陳夫人》中文譯本問世〉，收入庄司總一著，黃玉燕譯，《陳夫人》（臺北：文英堂，一九九九），頁三。這

慨。這三部小說是否「未受臺灣人的重視」，筆者尚且不敢妄下定論，但是最基本的問題，應該還是跟語言障礙有極大關係。

西川滿的《臺灣縱貫鐵道》，可以說是這三篇小說中最具圓滿結局的作品，描寫能久親王在一八九五年甲午戰後帶領日軍從北到南接收臺灣為主題，他以既有的史料為骨幹，再填補南方想像的血肉，顯然是向歷史借火以取暖的書寫策略。《陳夫人》和《南方移民村》則留下了看似明朗、其實未明的結局。庄司總一的《陳夫人》以內臺融合的婚姻為主題，在錯綜複雜的人物安排下，也部分呈現了殖民者眼中的臺灣傳統社會風貌。濱田隼雄的《南方移民村》則是刻劃日本東北地方一群農人遷移到臺灣臺東廳的關山郡，在窮盡的惡劣環境下，為建設移民村而陷入艱苦奮鬥。

將《臺灣縱貫鐵道》、《陳夫人》和《南方移民村》置放在本書結論中討論，也在於映襯決戰期的臺灣作為南方想像已出現侷限性。《陳夫人》中的女主角安子，因為出身的日本國籍和丈夫的臺灣國籍，使她一直活在內臺融合婚姻幸或不幸的辯證中，「愛」在小說裡成了解決安子困惑的支柱，但是「愛」真的是所有問題的解決之道嗎？最後她的丈夫似乎有心帶著安子和女兒前往南方尋求新生。而《南方移民村》的日本農民們，終究也決定離開臺灣集體移民南洋。這兩篇小說是南進政策的文學產物？筆者認為，它們的存在證明了臺灣作為南進基地的窘境。臺灣曾經是日本歌頌的南方樂土，但是在這些書寫中，前往南方的人卻一再碰壁，他們被迫離棄臺灣繼續航向更遠的南方，因此南方的界線也只好一再往南推衍，成為敗北者流亡／定居的投奔所在。經由這三部作品，透露出一個訊息：在決戰期階段，臺灣已經無法饜足日本的強大慾望，隨著太平洋戰爭的擴大蔓延，為了美好的願景，前往南方的渴望，成為出走臺灣的藉口。而臺灣的地理意義，終將成為南進政策下，一個被恣肆利用而將被遺棄的所在。

二、帝國慾望與南方的想像地理

日治時期日人文本的存在背景，自然無法單純以文學的時代風潮或主流文化來定位，它們絕對難以規避政治意識形態的問題，更不能自外於日本帝國擴張的歷史脈絡。文化或帝國主義都不是靜止的，因此他們之間作為歷史經驗的文學關聯，不僅是動態而且是複雜的。[12]這些南方文本是作者在其歷史經驗下的產物，它們顯然也和文化與帝國主義有深層的共生關係。日本在占領臺灣之後，把臺灣再現成為具體的南方。一方面，殖民地賦予日人作家以豐饒的文學想像；另一方面，日人作家的臺灣書寫顯然也對日本人殖民地知識之建構有所貢獻，甚至影響被殖民者的文學觀與歷史觀。

追溯日本作家開始對臺灣投注興趣，是在明治時期的領臺之初。因為臺灣是日本的第一個海外領地，日本國民對於臺灣事物產生好奇，但是一般大眾的臺灣知識又相當貧乏，文學者遂利用獵奇

三篇小說已全部翻譯，可以用中文的面目呈現。中文版出版資料如下：《陳夫人》（臺北：文英堂，一九九九）；《南方移民村》（臺北：柏室科藝，二〇〇四）；《臺灣縱貫鐵道》（臺北：柏室科藝，二〇〇五）。

12 愛德華．薩依德（Edward W. Said）著，蔡源林譯，《文化與帝國主義》（*Culture and Imperialism*）（臺北，立緒，二〇〇一），頁三三—四九。

心態，積極以臺灣為創作主題。這些作品多是想像之物，有些是以政治小說的型態出現[13]，顯示文學與擴張的帝國有所關聯。這種南方熱潮，在一九〇四至一九〇五年前後突然消退，那是因為日俄戰役將日本國民的目光拉向北方。在島田謹二來臺後，他才意識到明治文學者留下的臺灣書寫，不僅成為一般讀者對於臺灣知識的來源，也造成往後的負面印象，許多誤解更隨之而生，文學的力量可見一斑。島田謹二指出，對於內地日本人的臺灣觀，勢必徹底理解明治時期的社會史，才能釐清各種的臺灣事情，這也涉及到文學的社會影響。[14]島田謹二想要扭轉內地關於臺灣的刻板想法，他期許外地作家能夠擔任這項任務，賦予南方以新生命。外地文學的內涵，是將目光朝向內地，將讀者限定為內地的日本人。這些文本並非被臺灣人，而是被日本人閱讀，以此滿足他們的南方想像。另一方面，外地作家也藉此達到自我認同，作為一種政治正確的發言位置。島田謹二的外地文學論，受到當時代作家的矚目。然而，重新審視一九四〇年代的文學創作，真正能夠落實外地文學論的作家，可說微乎其微。島田謹二所提出的文學觀點，限制文學的想像空間，更是政治意識的文化產物。許多日人作家的臺灣書寫，其實也超越外地文學論的框架。

從明治中期到一九四〇年代日人作家所呈現的臺灣，他們所帶來的文學／文化／地理想像問題，誠然耐人尋味。檢視他們南方書寫的內涵，可以發現其中歷經了三個階段的演變：從領臺初期混沌未明的南方憧憬階段，藉助各種文化與帝國論述的傳播，逐漸成為日本人集體的政治無意識，最後在戰爭期則演進而為日本帝國的強大意志。值得注意的是，敘事的權力，或者是阻礙其他敘事之形成發展，對文化與帝國主義都是非常重要的，也是構成兩者之間主要關聯之一。[15]外地文學強調以日人作家的臺灣詮釋為正統，就是涉及書寫與被書寫的權力關係。日人作家的南方書寫，無時無刻都在透露帝國慾望的無止無境。在日人作家的凝視下，臺灣成為被陰性化的客體，從原始瘴癘的蠻荒土地，逐漸轉變為具有撫慰身心的樂園隱喻，許多關於殖民地女性的性想像也隨之而生。臺灣在確立南進基地的位置之後，則開始以雄壯語言歌頌南方之美。

不難發現，日人作家的臺灣書寫，和臺人作家的文學表現有極大的差異性。以「南方」觀來說，臺人作家龍瑛宗的〈死於南方〉[16]，藉由一對兄弟的跌宕人生，一方面批判臺灣人精神文化之落後，一方面也在質疑「前進南方」的可行性。這個故事最後，哥哥發瘋、弟弟死在南方，而留在臺灣的人們似乎也混混沌沌地活著。龍瑛宗的用意頗為鮮明，臺灣人浮沉在殖民性與現代性之間，他們面對命運的態度是被動的，顯然不可能「自願」去南方。而另一位臺人作家呂赫若的〈清秋〉[17]，一開始以「歸鄉」起頭，主角耀勳是一位學成回鄉的新式知識分子。〈清秋〉的時代背

13 島田謹二，〈明治の內地文学に現われたる台湾〉（明治的內地文學中所展現的臺灣），《臺大文學》四卷一號（一九三九年四月）。本文後來收入島田氏著，《華麗島文學志》（東京：明治書院，一九九五），頁六一—六三。

14 島田謹二，〈明治の內地文学に現われたる台湾〉（明治的內地文學中所展現的臺灣），《華麗島文學志》（東京：明治書院，一九九五），頁六一—六三。

15 愛德華・薩依德（Edward W. Said）著，蔡源林譯，《文化與帝國主義》（*Culture and Imperialism*）（臺北，立緒，二〇〇一），頁三一二九。

16 龍瑛宗，〈南方に死す〉（死於南方），《臺灣時報》二四卷第九期（一九四二年九月五日）。後收入陳萬益編，《龍瑛宗全集》《龍瑛宗全集【二】小說集（二）》（臺南：國家台灣文學館籌備處，二〇〇六），頁一三—二六。

17 呂赫若，〈清秋〉，收入小說集《清秋》（臺北：清水書店，一九四四）。

景，正是戰爭臻於高峰的一九四〇年代。作者以「志願到南方去」作為整部小說的關鍵點，讓故事主角徘徊在留或不留（故鄉）、去或不去（南方）的抉擇上。在危疑的時代，臺灣人對於「志願到南方去」的響應與否，從〈清秋〉看出了遲疑的態度。相對而言，日人作家的「南方」觀，除了帶有異國情調的刻板幻想之外，也投射強大的帝國慾望。如果深入探討臺人作家的南方觀，有可能出現更繁複而交錯的明喻、轉喻或隱喻。

臺灣與日本的關係，原本就是權力、支配和殖民者系統的複雜交錯關係，他們的南方敘事都是日本對臺灣權力施展的符號展現。不論是一九一〇年代的竹越與三郎、中村古峽，一九二〇年代的佐藤春夫，或者一九三〇年代的中村地平、真杉靜枝，都以內地作家的身分留下具有繁複意象的南方敘事，然而他們和殖民地的緣分都沒有外地作家西川滿來得深刻。不過，在西川滿陰柔美的文學表現下，南方也成為一個頹廢而充滿魅力的所在。必須要到戰爭期之後，西川滿才著手進行戰爭文學的書寫計畫。一九四〇年代由西川滿主導的《文藝臺灣》，成為外地文學的實踐場域。《文藝臺灣》創刊於文學動員的年代，這本雜誌的作家組成與文學風格，在一定程度上，逐步遵循官方政策的走向。西川滿刻意拉攏內地和臺灣有影響力的日本文藝人士參與，不僅發揮自己的人脈力量，也達到掌控《文藝臺灣》的目的。《文藝臺灣》透過畫家和作家的相互結盟，展現西川滿薈萃南方文化的雄心壯志，表現令人驚豔。近年以來，日治時期臺人作品的討論與研究已漸趨成熟，不論是全集的出版，或是學術研討會的舉辦，都得到極大的肯定與注目。相形之下，日人作家的文本研究卻極為貧乏，語言誠然是一個問題。現今，臺人作家日文作品的翻譯，多已完成。但是在戰爭期占據重要發言地位的《文藝臺灣》，到目前為止作品多未被翻譯成中文。在二〇〇六年所出版《日治時期臺灣文藝評論集》，已經處理到《文藝臺灣》的評論部分。[18]文學的部分，則有待努力。這些作家在日本文學史上也許不見經傳，除了幾位日本學者的研究之外，極難找到相關的研究文獻。但是他們的作品對臺灣文學史而言，絕對是有價值性的文獻。回溯歷史現場，當時日人作家和臺人作家或是對峙、或是合作，還是得置諸於文學集團來討論，才能彰顯其意義。

在決戰期之後，日本帝國論述所指涉的「南方」，有逐漸擴大界限與範疇的趨勢。這樣的南方，實質是如此空洞，卻成為一個鮮明的戰爭符號，存在於日本人的心中。弔詭的是，一九四〇年代的三部長篇創作，對於「南方」已出現分歧的情感。隨著太平洋戰爭的擴大蔓延，《陳夫人》和《南方移民村》所指涉的「南方」，已脫離臺灣的範疇，只能往南洋延伸。所謂南進基地臺灣，甚至成為不得不離棄的所在。為了更美好的願景，「前往南方」變成勢在必行的抉擇。在此，臺灣已無法承載帝國的慾望，「南進」的意涵，反而逐漸顯露敗戰的預感。三部小說中最晚完成的《臺灣縱貫鐵道》，是這三篇作品中唯一有明朗結局的作品。西川滿埋首書堆閱讀史料的身影，是一種將自身跳脫現實而轉向歷史尋求慰藉的姿態。西川滿以帝國觀點重新詮釋臺灣歷史，透過臺灣開拓史的現代化與殖民化過程，投射向南延伸的帝國慾望，和〈赤崁記〉一樣鑲嵌了附和南進政策的戰爭語言。日本的南方開拓之旅，存在著帝國勢力路線朝向蠻荒開發的背景，也對日人作家的南方書寫有頗大啟示。不言可喻的，這些作品具體呈現了文化和帝國主義的關係。

沒有臺灣，就沒有南方。「南方」的地理方位，是以日本為中心座標，而所謂「南方」的內

18　請參閱黃英哲主編，《日治時期臺灣文藝評論集》（雜誌篇，共四冊）（臺南：國家台灣文學館籌備處，二〇〇六）。

涵，從原初的地理位置概念出發，逐漸貼近於日本帝國主義論述下的南方類型，進而形成一種政治無意識（political unconscious）。南方的概念，可以透過各種南進論述被標籤化，進而化約成幾個簡單的印象，並且成為一種想像南方的思維模式。從模糊未明的南方，到以臺灣為主的南方想像，大約是明治中期到大正時期的南方印象。臺灣作為被觀看的客體，透過各種話語敘事而逐漸顯現清晰的形體。然而，到了日本積極發展南進政策的階段，臺灣已經無法滿足帝國的南方慾望，「前進南方」成為戰爭宣傳下的集體意識，南方的概念也隨之無限膨脹。

昭和時期以降，尤其是中日戰爭爆發之後，作家筆下的「南方」，開始出現膨脹的想像，這種發展誠然和大東亞共榮圈、南進政策下的戰爭時局有緊密聯繫。南方的空間範疇，透過日本帝國主義的宣傳，在日人作品中展演了延伸空間、延長時間的可能。它從未明到定名，這個階段它可能是南太平洋的任何一個地方。一九四〇年代日本帝國主義所欲求的「南方」，指涉的地理位置可能是中國、越南、爪哇、蘇門答臘、婆羅洲、馬來西亞、新加坡、汶萊……。例如本書提及的佐藤春夫、中村地平、森三千代、中島敦、高見順等內地作家都在決戰期親赴戰場[19]，用具體行動應援南進的可行性。決戰時期的南方概念，已經不再是點或線的單獨地區，而是向外張開的大東亞版圖。在南進論與軍國主義的積極運作下，日本更意圖取代中國成為亞洲的發言人。當太平洋戰爭逐漸臻於高峰之際，日本學界以亞洲文化主體的區域性統合為理由，刻意凸顯東洋與西洋的差異性，而提出「近代的超克」，宣稱要超越西方的近代性。在美學追求上，則有回歸東洋美的聲浪。「近代的超克」所楬櫫的意義，是為了合理化大東亞戰爭與南進政策的理想主義色彩；以「大東亞共榮圈」作為建設日本、東亞、東南亞的共榮共存為目標，一方面足以對抗歐美帝國主義的侵略，另一方面可創造出亞洲命運共同體的概念。

可以看出日本急欲尋求日本未來的出路，因此不斷透過言說：往南、往南。然而，這些南進書寫似乎也在弔詭地預言南方的不可行性。未名的南方，是從點到圈的擴張，也是帝國無限延伸的欲望。「南方」的可塑性在日人文學中，先是以未名的姿態現身，而在占領臺灣之後為南方想像的容器注入具體的模型，南方形象逐漸出現清晰的樣貌。隨著南進政策的明朗化，南方的地理位置展現了向南推進的無限可能性，南洋群島的任一個島嶼，都極可能成為新的南方指喻。在戰爭末期時，如同《陳夫人》或《南方移民村》所昭示的結局：臺灣已非樂土。這顯然是一個隱喻，它暗示了「南進」的勢在必行，卻無意中流淌著一股日本敗戰的預感。沒有明確界限的南方，成為一個鮮明的戰爭符號，只存在於日本帝國的想像地理版圖。終究，南進論因為日本敗戰而成為一個未完成式。南方作為帝國慾望的指涉物，在不同領域曾經被無邊的想像與詮釋，如今也變成被放大檢視的一段歷史。換一個角度來說，相對於南方憧憬，日本在帝國主義的擴張過程中，毫無疑問也出現了關於「北方憧憬」的文化產物。這誠然又是一個大課題，也是筆者未來計畫的研究方向。

今日，日本的殖民主義已經終止了，但是當年帝國主義所建構的南方論述，或許還殘存於日常普遍性的文化領域，或是特定的政治、意識形態、社會慣例當中。對現今的一般人來說，縱使他們已經遺忘戰爭的陰影，也不甚瞭解南進政策的政治內涵，但是所謂的南方概念，可以透過各種南進論述被標籤化，從而化約成幾個簡單的印象，並且成為一種想像南方的思維模式而被殘留下來。本

19 請參閱黑川創編，《南方・南洋／台湾》（〈外地〉日本語文学選一）（東京：新宿書房，一九九六）。

書企圖以再閱讀與再詮釋的方式，進入南方論述的歷史脈絡，探討日治時期日人作家所形塑的南方憧憬，並解構日人作家所建構或虛構的南方敘事。如同戰爭期被無限膨脹的南方想像，當時的南方書寫也達到可觀的成果。如前所言，還有很多日人文本未被翻譯或討論，在未來的研究方向上，繼續摸索日治時期的南方／臺灣書寫，以重新挖掘文學的想像地理，自是可以欲求的。本書的未竟之地，當往更南的南方前往。

後記

這本書的原型，是我在二〇〇九年完成的博士論文《南方作為帝國慾望：日治時期日人作家的台灣書寫》。二〇一一年，透過國科會的博論改寫專書計畫補助，我在章節架構與內文論述做了相當程度的修改，也讓我直面思考它成為書的可能性。後來，它以專書的形式投稿聯經出版公司，在接受審查者的建議後，又進行了仔細調整而成為如今的面貌。因為這本書的修改過程有點曲折而漫長，今年四月終於要正式出版的事實，使我重新回想起跟它有關的人與事。

首先要感謝的人是陳芳明教授。他是我從碩論到博論的指導老師，在研究生的求學階段，為我攜來思想的廣度與研究的深度，鍛鑄我的學術人格與思想信仰。作為一個不懈的行動者，他始終疾走在我的遠遠前方，成為我的學術典範。這本書得以完成，來自他一直鞭策的力量。在此，要向陳老師表達至深敬意。

而值得銘記的事，應該是我在博士班階段申請並通過了國科會千里馬計畫赴日本東京大學一年的留學生活。二〇〇六年四月櫻花正繁盛的時刻，我抵達了東京，一年的光陰幾乎都在東大本鄉校區和總圖書館消磨。由衷感謝藤井省三教授接受我的研究申請並熱忱指導，文學院寺田德子教授認真而細心的論文寫作教學。此外，非常感激河原功教授、星名宏修教授、謝惠貞學妹都曾給予協助或提供文獻。沉潛的心情讓我確立了博論主題，並藉此展開前行研究與史料文獻的蒐集工作。這一年的意外收穫，則是我無止盡的步行。為了平衡文字的閱讀，也為了縮減通學的交通費，我經常從東大的本鄉校區走回池袋附近的租居處。沿著地鐵或JR路線漫步，讓我思索臺灣作家的東京經驗或是日本文人的臺灣旅行。這些生活枝節，似乎也和我近年來的研究主題產生某種程度的契合性。

二〇一〇年八月，我進入聯合大學臺灣語文與傳播學系專任，最初兩年的研究主軸還是置放在日治時期文學，新的研究契機是我在二〇一一年受邀加入政大頂尖計畫「現代中國的形塑」之子計畫「文學與藝術的現代轉化與跨界研究」而展開的。這個計畫的主持人是陳芳明老師，他邀請各個領域的研究者以跨界的研究方式探討現代主義在臺灣的接受與轉化過程。因此，我近年的研究方向逐漸以兩條主軸同時展開：一條主軸以日治時期文學在東亞殖民性與現代性的接受過程為課題，延續了博士班階段以來的日治文學研究；另一條主軸則針對一九六〇年代以降臺灣作家對於現代主義的接受與轉化過程為中心，將研究視野延伸到戰後世代至二十一世紀臺灣文學領域，到目前為止已分別探討了施叔青、聶華苓、叢甦等三位作家。

臺北與苗栗，亦成為我生活的兩條主軸。如果繞回本書的出版過程，應該也是苗栗的步奏讓我溫溫底養成它。今年，是我在苗栗生活的第七年，大概可以用深居簡出形容這段山城歲月。很多學生仍然以為我每天往返在臺北與苗栗之間，其實除了上課，我是深夜或凌晨才會出沒的。不過，我感謝苗栗與聯大的環境讓我可以自在，也很感謝同系的黃惠禎老師和林克明老師。惠禎學姐是我博士階段以來的好友，她是治學嚴謹的人，因為研究領域相近，我們經常分享想法。而克明則是來聯合任教才認識的至交，他狂嗜閱讀，有深厚的理論背景與影像知識，思考繁複又好辯，每每給我觀念上的撞擊。因為他們，我對於教學與研究得以保持熱情。

此外，要向協助此書完成的學生們致謝，尤其是曾經擔任我研究助理的林孟姿同學，以及我的碩士論文指導學生施盛介同學。他們都是我在聯大的學生，後來分別去政大臺文所和中央客家所就讀碩士班。在執行專書計畫那年，孟姿是我的計畫助理，已經協助我進行校訂與整理工作。後來在書稿通過聯經出版公司審查後，我請盛介加入，他對各種資料的掌握能力幫我解決許多問題。現在，孟姿和盛介都已進入職場也有優秀表現，在工作之餘還允諾協助校稿，這是我相當感激他們的一點。

本書的前期工程是環繞在上述的人與事而成，更承蒙國立臺灣文學館的「臺灣文學研究論文獎助」和行政院國家科學委員會提供研究經費。而本書的後期工程，則要向聯經出版公司總編輯胡金倫先生、最初與我聯繫的叢書主編沙淑芬小姐以及後來擔任編輯的張擎先生致上最誠摯謝意，因為他們的專業與耐心，本書終於能夠成書。

後記的最後，當然要感謝我的家人，他們是給予我保持前進的熱量。寫到此，這篇名為「後記」的文字，好像不是為了記述一本書的完成，而是瑣碎交代作者的心情。如果是這樣，那就在文末也謝謝這幾年陪伴我的三隻貓吧，謝謝Miko，Ken，Kiki。

二〇一七年三月六日於苗栗

參考書目

壹、基本史料

一、雜誌、報紙

＊《中央公論》（東京：中央公論社）。
＊《文學報國》（東京：日本文學報國會）。
＊《文藝臺灣》（臺北：臺灣文藝家協會、文藝臺灣社）。
＊《臺灣民報》（臺北：臺灣民報社）。
＊《臺灣新民報》（臺北：臺灣新民報社）。
＊《臺灣日日新報》（臺北：臺灣日日新報社）。
＊《臺灣新報》（臺北：臺灣新報社）。
＊《臺灣文藝》（臺北：臺灣文藝聯盟）。
＊《臺灣新文學》（臺中：臺灣新文學社）。

*《臺灣文學》（臺北：啟文社、臺灣文學社）。

*《臺灣文藝》（臺北：臺灣文學奉公會）。

*《臺灣時報》（臺北：臺灣總督府情報部）。

*《民俗臺灣》（臺北：東都書籍臺北支店）。

*《理蕃の友》（臺北：臺灣總督府警務局理蕃課）。

*《華麗島》（臺北：臺灣詩人協會）。

*《媽祖》（臺北：媽祖書房）。

*《興南新聞》（臺北：興南新聞社）。

二、作品、文集

*大鹿卓著，《野蠻人》，（臺北：巢林書房，一九三六年）。本文參考之復刻本係由河原功監修、解說，《野蠻人》，（日本植民地文学精選集十八；【台湾編】六）（東京：ゆまに書房，二〇〇〇）。

*大鹿卓著，川村湊監修、解說，《大鹿卓作品集》，（日本植民地文学精選集四五；【樺太編】二）（東京：ゆまに書房，二〇〇一）。

*山部歌津子，《蕃人ライサ》（東京：銀座書房，一九三一）。本文參考之復刻本係由河原功監修、下村作次郎解說，《蕃人ライサ》，（日本植民地文学精選集十六；【台湾編】四）（東京：ゆまに書房，二〇〇〇）。

*中村古峽，〈蕃地から〉，《中央公論》（一九一六）。

*中村地平，《陽なた丘の少女》（京都：人文書院，一九四〇）。

*中村地平，《仕事机》（東京：筑摩書房，一九四一）。

*中村地平，《臺灣小說集》（東京：墨水，一九四一）。本文參考之復刻本係由河原功監修、岡林稔解說，《台

湾小說集》，（日本植民地文学精選集二十；【台湾編】八）（東京：ゆまに書房，二〇〇〇）。
＊中村地平，《中村地平全集》（共三卷）（東京：皆美社，一九七一）。
＊中村地平，《中村地平小說集》（宮崎：鉱脈社，一九九七）。
＊中島利郎、河原功編，《日本統治期臺灣文學‧日本人作家作品集》（共六卷：第一—二卷，西川滿著，中島利郎編。第三—四卷，濱田隼雄著，河原功編。第五卷，坂口れい子‧中山侑‧川合三良等著，中島利郎編。別卷，內地作家宇野浩二等著，河原功編。）（東京：綠蔭書房，一九九八）。
＊臺灣總督府情報課，《決戰臺灣小說集》（乾、坤兩卷）（臺北：臺灣出版文化株式會社，一九四四、一九四五）。本文參考之復刻本係由河原功監修，《決戰台湾小說集：乾之卷／坤之卷》，（日本植民地文学精選集十五；【台湾編】三）（東京：ゆまに書房，二〇〇〇）。
＊竹越與三郎，《臺灣統治志》（東京：博文館，一九〇五）。本文參考之復刻本，（臺北：南天，一九九七）。
＊竹越與三郎，《南國記》（東京：二酉社，一九一〇）。
＊西川滿編，《臺灣文學集》（東京：大阪屋號書店，一九四二）。本文參考之復刻本係由河原功監修、垂水千惠解說，《臺灣文學集》，（日本植民地文学精選集十三；【台湾編】一）（東京都：ゆまに書房，二〇〇〇年九月）。
＊西川滿，《臺灣縱貫鐵道》（東京：人間の星社，一九七八）。本書已有中文版，黃玉燕譯，《臺灣縱貫鐵道》（臺北：柏室科藝，二〇〇五）。
＊西川滿著，葉石濤譯，《西川滿小說集一》（高雄：春暉，一九九七）。
＊西川滿著，陳千武譯，《西川滿小說集二》（高雄：春暉，一九九七）。
＊西川滿著，陳藻香監製，《華麗島顯風錄》（臺北：致良，一九九九）。
＊西川滿著，陳藻香監製，《華麗島民話集》（臺北：致良，一九九九）。

＊庄司總一，《陳夫人》（東京：通文閣，第一部／一九四〇，第二部／一九四二）。本文參考之復刻本，（臺北：鴻儒堂，一九九二）。本書另有中譯本：黃玉燕譯（臺北：文英堂，一九九九）。
＊庄司總一，《南の枝》（臺北：東都書籍，一九四三）。
＊佐藤春夫，《女誡扇綺譚》（東京：第一書房，一九二六）。
＊佐藤春夫，《霧社》（東京：昭森社，一九三六）。本文參考之復刻本係由河原功監修、藤井省三解說，《霧社》，（日本植民地文学精選集十七：【台湾編】五）（東京：綠蔭書房，二〇〇〇）。
＊佐藤春夫，《日本の風景》（東京：新潮社，一九五九）。
＊佐藤春夫，《定本佐藤春夫全集》（京都：臨川書店，一九九九—二〇〇〇）。
＊佐藤春夫著，邱若山譯，《殖民地之旅》（臺北：草根，二〇〇二）。
＊佐藤春夫記念館編集，《佐滕春夫宛　森丑之助書簡》（新宮：新宮市立佐藤春夫記念館，二〇〇三）。
＊坂口れいこ，《鄭一家》（臺北：清水，一九四三）。本文引用之復刻本係由河原功監修、星名宏修解說，《鄭一家；曙光》，（日本植民地文学精選集三十七：【台湾編】十二）（東京：ゆまに書房，二〇〇一）。
＊呂赫若等著，《臺灣小説集》（臺北：大木，一九四三）。本文引用之復刻本係由河原功監修、野間信幸解說，《台湾小説集》，（日本植民地文学精選集十四：【台湾編】二）（東京都：ゆまに書房，二〇〇〇）。
＊呂赫若，《清秋》（臺北：清水，一九四四）。本文引用之復刻本係由河原功監修、垂水千惠解說，《清秋》，（日本植民地文学精選集三十九：【台湾編】十四）（東京：ゆまに書房，二〇〇一）。
＊周金波著，中島利郎、黃英哲編，《周金波日本語作品集》（東京：綠蔭書房，一九九八年）。
＊皇民文庫刊行會，《鄭成功》（臺北：東都書籍株式會社臺北支店，一九四四）。
＊星名宏修編，《台湾純文學集》（日本統治期台湾文学集成：第一期：五，六）（東京：綠蔭書房，二〇〇二）。
＊真杉靜枝《小魚の心》（東京：竹村，一九三九）。本文引用之復刻本係由尾形明子監修，《小魚の心》（近代

女性作品精選集：十七）（東京：ゆまに書房，一九九九）。

＊真杉靜枝，《ことづけ》（東京：新潮社，一九四一）。本文引用之復刻本係由河原功監修、解說，《ことづけ》，（日本植民地文学精選集十九：【台湾編】七）（東京：ゆまに書房，二〇〇〇）。

＊真杉靜枝，《南方紀行》（東京：昭和書房，一九四一）。本文引用之復刻本係由原ひろ子監修，《南方紀行》（女性のみた近代：二十四）（東京：ゆまに書房，二〇〇〇）。

＊真杉靜枝，《母と妻》（大阪：全國，一九四三）。本文引用之復刻本係由長谷川啟監修，《母と妻》（〈戦時下〉の女性文学：十二）（東京：ゆまに書房，二〇〇二）。

＊真杉靜枝，《帰休三日間》（大阪：全國書房，一九四三）。本文引用之復刻本係由長谷川啟監修，《帰休三日間》（〈戦時下〉の女性文学：十四）（東京：ゆまに書房，二〇〇二）。

＊高山凡石（陳火泉），《道》（臺北：臺灣出版文化株式會社，一九四三（昭和十八））。後中譯連載於《民眾日報》（高雄：民眾日報社，一九七九年七月七日—八月十六日）。

＊野上彌生子，《私の中國旅行》（東京：岩波書店，一九五九）。

＊張恆豪編，《臺灣作家全集．短篇小說卷／日據時代》（共十冊）（臺北：前衛，一九九一）。

＊黑川創編，《南方．南洋／台湾》（〈外地〉日本語文学選一），（東京：新宿書房，一九九六）。

＊葉石濤編譯，《台灣文學集一【日文作品選集】》（高雄：春暉，一九九六）。

＊葉石濤編譯，《台灣文學集二【日文作品選集】》（高雄：春暉，一九九六）。

＊濱田隼雄，《南方移民村》（東京：海洋文化出版社，一九四二）。本書已有中文版：黃玉燕譯，《南方移民村》（臺北：柏室科藝，二〇〇四）。

＊龍瑛宗著，陳萬益編，《龍瑛宗全集》（臺北：行政院文建會，二〇〇六）。

貳、研究專書

一、中文

*王詩琅，《日本殖民地體制下的臺灣》（臺北：眾文圖書，一九八〇）。

*王曉波編，《臺灣的殖民地傷痕》（臺北縣：帕米爾，一九八五）。

*中島利郎編，《日據時期台灣文學雜誌：總目．人名索引》（臺北：前衛，一九九五）。

*卞鳳奎譯，《中村孝志教授論文集：日本南進政策與臺灣》（臺北：稻鄉，二〇〇二）。

*米歇．傅柯（Michel Foucault）著，謝石、沈力譯，《性史》（*Histoire de la sexualité*）（臺北：結構群文化，一九九〇）。

*米歇．傅柯（Michel Foucault）著，劉北成、楊遠嬰譯，《規訓與懲罰》（*Surveiller et punir*）（臺北：桂冠，一九九二）。

*米歇．傅柯（Michel Foucault）著，劉北成、楊遠嬰譯，《瘋癲與文明》（*Histoire de la folie à l'âge classique*）（臺北：桂冠，一九九二）。

*米歇．傅柯（Michel Foucault）著，王德威譯，《知識的考掘》（*L'archéologie du savoir*）（臺北：麥田，一九九三）。

*米歇．傅柯（Michel Foucault）著，劉北成、劉絮愷譯，《臨床醫學的誕生》（*Naissance de la clinique*）（臺北：時報文化，一九九四）。

*托里．莫以（Toril Moi）著，陳潔詩譯，《性別／文本政治：女性主義文學理論》（*Sexual / Textual Politics: Feminist Literary Theory*），（臺北：駱駝，一九九五）。

*西野英禮著，鄭炷摘譯，《殖民地的傷痕：帝國主義時代日本人的臺灣觀》（日中関係におけ台湾の位置——植

民地の傷痕と「台湾独立運動」の本質）（臺北：反抗，一九七〇）。
＊江日昇著，劉文泰等點校，《臺灣外誌》（濟南：齊魯，二〇〇四）。
＊竹內好著，孫歌編譯，《近代的超克》（近代の超克）（北京：三聯，二〇〇五）。
＊弗德利希・瓦達荷西（Friedrich Waidacher）著，曾于珍等編譯，《博物館學》（*Handbuch der allgemeinen Museologie*）（臺北：五觀藝術管理，二〇〇五）。
＊呂紹理，《展示臺灣：權力、空間與殖民統治的形象表述》（臺北：麥田，二〇〇五）。
＊克莉絲・維登（Chris Weedon）著，白曉紅譯，《女性主義實踐與後結構主義理論》（*Feminist Practice and Poststructuralist Theory*）（臺北：桂冠，一九九四）。
＊阮斐娜著，吳佩珍譯，《帝國的太陽下：日本的台灣及南方殖民地文學》（*Under an Imperial Sun: Japanese Colonial Literature of Taiwan and the South*）（臺北：麥田，二〇一〇）。
＊周蕾，《寫在家國之外》（香港：牛津，一九九五）。
＊周英雄、劉紀蕙編，《書寫台灣：文學史、後殖民與後現代》（臺北：麥田，二〇〇〇）。
＊周婉窈，《海行兮的年代：日本殖民統治末期臺灣史論集》（臺北：允晨文化，二〇〇三）。
＊法農（Frantz Fanon）著，陳瑞樺譯，《黑皮膚，白面具》（*Black Skin, White Masks*）（臺北：心靈工坊，二〇〇五）。
＊邱函妮，《灣生・風土・立石鐵臣》（臺北：雄獅美術，二〇〇四）。
＊林獻堂著，許雪姬主編，《灌園先生日記》（臺北：中研院臺史所籌備處，二〇〇〇）。
＊林呈蓉，《牡丹社事件的真相》（臺北：博揚文化，二〇〇六）。
＊松尾直太，《濱田隼雄研究：文學創作於臺灣一九四〇—一九四五》（臺南市：臺南市立圖書館，二〇〇七）。
＊范燕秋，《疾病、醫學與殖民現代性：日治台灣醫學史》（臺北：稻鄉，二〇〇五）。

*荊子馨著，鄭立軒譯，《成為日本人：殖民地臺灣與認同政治》（*Becoming "Japanese": Colonial Taiwan and the Politics of Identity*）（臺北：麥田，二〇〇六）。

*柳宗悅著，石建中、張魯譯，《民藝四十年》（桂林：廣西師範大學，二〇一一）。

*高爾德（Stephen Coulter）著，蕾蒙譯，《莫泊桑傳》（*La vie passionnée de Guy de Maupassant*）（臺北：志文，一九七六）。

*班納迪克・安德森（Benedict Anderson）著，吳叡人譯，《想像的共同體：民族主義的起源與散布》（*Imagined Communities: Reflections on the Origin and Spread of Nationalism*）（臺北，時報文化，一九九九）。

*格蕾・格林（Gayle Greene）、考比里亞・庫恩（Copplia Kahn）著，陳引馳譯，《女性主義文學批評》（*Making A Difference: Feminist Literary Criticism*）（臺北：駱駝出版社，一九九五）。

*吳佩珍，《真杉靜枝與殖民地台灣》（臺北：聯經，二〇一三）。

*黃英哲編，涂翠花譯，《台灣文學研究在日本》（臺北：前衛，一九九四）。

*黃英哲主編，《日治時期臺灣文藝評論集》（共四冊）（臺南：國家台灣文學館籌備處，二〇〇六）。

*黃惠禎，《左翼批判精神的鍛接：四〇年代楊逵文學與思想的歷史研究》（臺北：秀威科技，二〇〇九）。

*陳延厚，《劉銘傳與臺灣鐵路》（臺北：臺灣鐵路管理局，一九七四）。

*陳芳明，《後殖民台灣：文學史論及其周邊》（臺北：麥田，二〇〇二）。

*陳芳明，《殖民地摩登：現代性與台灣史觀》（臺北：麥田，二〇〇四）。

*陳芳明主編，《台灣文學的東亞思考：台灣文學藝術與東亞現代性國際學術研討會論文集》（臺北：印刻，二〇〇七）。

*陳芳明，《台灣新文學史》（臺北：聯經，二〇一一）。

*陳映真等著，《呂赫若作品研究》（臺北：聯合文學，一九九七）。

*許佩賢譯，《攻台見聞：風俗畫報・台灣征討圖繪》（臺北：遠流，一九九五）。

*盛寧，《新歷史主義》（臺北：揚智文化，一九九五）。

*曾建民主編，《清理與批判》（臺北：人間，一九九八）。

*曾建民主編，《噤啞的論爭》（臺北：人間，一九九九）。

*森丑之助原著，楊南郡譯註，《生蕃行腳：森丑之助的台灣探險》（臺北：遠流，二〇〇一）。

*張京媛主編，《新歷史主義與文學批評》（北京：北京大學，一九九三）。

*博埃默（Elleke Boehmer）著，盛寧譯，《殖民與後殖民文學》（*Colonial and Postcolonial Literature*）（香港：牛津大學，一九九八）。

*斯塔夫里阿諾斯（Leften Stavros Stavrianos）著，吳象嬰、梁赤民譯，《全球通史》（*A Global History: From Prehistory to the 21st Century*）（上海：上海社會科學院，一九九九）。

*葉石濤，《台灣文學史綱》（高雄：文學界，一九八七）。

*楊碧川，《臺灣歷史年表》（臺北：自立晚報，一九八八）。

*愛德華・薩依德（Edward W. Said）著，王淑燕等譯，《東方主義》（*Orientalism*）（臺北，立緒文化，一九九九）。

*愛德華・薩依德（Edward W. Said）著，蔡源林譯，《文化與帝國主義》（*Culture and Imperialism*）（臺北，立緒文化，二〇〇一）。

*綢仔絲萊渥口述，中村勝、洪金珠著，《山深情遙：泰雅族女性綢仔絲萊渥的一生》（臺北：時報文化，一九九七）。

*廖炳惠，《回顧現代：後現代與後殖民論文集》（臺北：麥田，一九九四）。

*劉紀蕙，《心的變異：現代性的精神形式》（臺北：麥田，二〇〇四）。

＊橋本恭子著，涂翠花、李文卿譯，《島田謹二：華麗島文學的體驗與解讀》（『華麗島文学志』とその時代——比較文学者島田謹二の台湾体験）（臺北：國立臺灣大學出版中心，二〇一四）。
＊戴寶村，《帝國的入侵：牡丹社事件》（臺北：自立晚報，一九九三）。
＊戴國煇編，魏廷朝譯，《台灣霧社蜂起事件：研究與資料（上、下冊）》（台湾霧社蜂起事件—研究と資料）（臺北：遠流、南天，二〇〇二）。
＊藤井志津枝，《近代中日關係史源起：一八七一—七四臺灣事件》（臺北：金禾印行、揚智總經銷，一九九二）。
＊顏娟英，《風景心境：台灣近代美術文獻導讀》（上、下冊）（臺北：雄獅美術，二〇〇一）。
＊顏娟英，《水彩・紫瀾・石川欽一郎》（臺北：雄獅美術，二〇〇五）。
＊蘇碩斌，《看不見與看得見的臺北》（臺北：群學，二〇一〇）。

二、日文

＊十津川光子，《悪評の女：ある女流作家の愛と哀しみの生涯》（東京都：虎見書房，一九六八）。
＊小林英夫，《「大東亞共榮圈」の形成と崩壞》（東京：御茶水書房，一九七五）。
＊小林英夫編，《帝国という幻想：「大東亜共栄圏」の思想と現実／ピーター・ドウス》（東京：青木書店，一九九八）。
＊小森陽一，《ポストコロニアル》（東京：岩波書店，二〇〇一）。
＊丸山真男，《日本の思想》（東京：岩波書店，一九七八）。
＊山本有造，《日本植民地經濟史研究》（名古屋：名古屋大學出版会，二〇〇〇）。
＊山口守編，《講座　台湾学》（東京：国書刊行会，二〇〇三）。
＊山路勝彥、田中雅一編著，《植民地主義と人類学》（兵庫：関西学院大学出版会，二〇〇二）。

＊山路勝彥，《台湾の植民地統治：〈無主の野蛮人〉という言説の展開》（東京：日本図書センタ，二〇〇四）。
＊山路勝彥，《近代日本の植民地博覧会》（東京：風響社，二〇〇八）。
＊川本三郎，《大正幻影》（東京：筑摩書房，一九九七）。
＊川村湊，《異郷の昭和文学》（東京：岩波書房，一九九〇）。
＊川村湊，《南洋・樺太の日本文學》（東京：筑摩書房，一九九四）。
＊川村湊，《「大東亞民俗學」の虛實》（東京：講談社，一九九六）。
＊小熊英二，《単一民族の起源》（東京：新曜社，一九九五）。
＊小熊英二，《日本人の境界：沖縄・アイヌ・台湾・朝鮮植民地支配から復帰運動まで》（東京：新曜社，一九九八）。
＊下村作次郎，《文学で読む台湾：支配者・言語・作家たち》（東京：田畑，一九九四）。本書已有中文版：邱振瑞譯，《從文學讀台灣》（臺北：前衛，一九九七）。
＊下村作次郎編，《よみがえる台湾文学：日本統治期の作家と作品》（東京：東方書店，一九九五）。
＊木村一信、芦谷信和、上田博編，《作家のアジア体験：近代日本文学の陰画》（京都：世界思想社，一九九二）。
＊木村一信、神谷忠孝編，《南方徵用作家：戦爭と文學》（京都：世界思想社，一九九六）。
＊木村一信，《昭和作家の「南洋行」》（京都：世界思想社，二〇〇四）。
＊中村光夫，《佐藤春夫論》（東京：文藝春秋社，一九六二）。
＊中村孝志編著，《日本の南方関与と台湾》（奈良：天理教道友社，一九八八）。
＊中島利郎編，《西川滿全書誌》（本書未定稿）（大阪：中國文藝研究會，一九九三）。
＊中島利郎編，《「台湾時報」總目錄》（東京：綠蔭書房，一九九七）。

＊中島利郎等編，《日本統治期台湾文学研究文献目錄》（東京：綠蔭書房，二〇〇〇）。

＊中島利郎編著，《日本統治期臺灣文學小事典》（東京：綠蔭書房，二〇〇五）。

＊中薗英助，《鳥居龍蔵伝：アジアを走破した人類学者》（東京：岩波書店，一九九七）。

＊臺灣總督府警察本署，《理蕃誌稿》（一九一八）。

＊臺灣總督府警務局，《臺灣の警察》（一九三二）。

＊臺灣總督府警務局，《詔勅令旨諭告訓達類纂》（一九四一）。

＊臺灣臨時舊慣調查會編纂，《蕃族舊慣調查報告書》（臺北：臺灣臨時舊慣調查會，一九一三—一九二一）。

＊臺灣總督府，《臺灣統治概要》（東京：原書房，一九七九）。

＊白井朝吉、江間常吉，《皇民化運動》（臺北：東臺灣新報社臺北支局，一九三九）。

＊矢野暢，《「南進」の系譜》（東京都：中央公論社，一九九七）。

＊矢野暢，《日本の南洋史觀》（東京都：中央公論社，一九七九）。

＊矢內原忠雄，《帝国主義下の台湾》（東京：岩波書店，一九八八）。

＊疋田康行編著，《南方共栄圈：戦時日本の東南アジア経済支配》（東京：多賀出版，一九九五）。

＊古屋哲夫，《近代日本のアジア認識》（東京：緑蔭書房，一九九六）。

＊半田美永，《佐藤春夫研究》（東京：双文社，二〇〇二）。

＊庄司野々実，《鳳凰木：作家庄司總一の生涯》（東京：中央書院，一九七六）。

＊吉見俊哉，《博覧会の政治学》（東京：中央公論社，一九九九）。

＊竹中信子，《植民地台湾の日本女性生活史》（明治篇）、（大正篇）、（昭和篇，上下冊）（東京：田畑書店，一九九五、一九九六、二〇〇一）。

＊竹內好著，《日本とアジア》（東京：筑摩書房，二〇〇二）。

*伊能嘉矩，《台湾蕃政志》（臺北：臺灣總督府民政部殖產局，一九〇四）。本文引用之復刻本為臺北古亭書屋藏版（臺北：祥生，一九七三）。
*志賀重昂，《南洋時事》（志賀重昂全集第三卷）（東京：志賀重昂全集刊行会，一九二七）。
*志賀重昂著，近藤信行校訂，《日本風景論》（東京：岩波書店，二〇〇六）。
*杉山靖憲著，《臺灣名勝舊蹟誌》（臺北：成文，一九八五）。據日本一九一六年排印本影印。
*杉本幹夫，《データから見た日本統治下の台湾・朝鮮プラスフィリピン》（東京：竜渓書舍，一九九七）。
*佐杉融吉、大西吉壽著，《生蕃傳說集》（臺北：杉田重藏書店，一九二三）。本文參考之復刻本（南天，一九九六）。
*佐佐木八郎等著，《新修日本文学史》（京都：京都書房，二〇〇二）。
*尾崎秀樹，《舊植民地文学の研究》（東京：勁草書房，一九七一）。本書已有中文版：陸平舟、間ふさ子共譯，《舊殖民地文學的研究》（臺北：人間，二〇〇四）。
*坂元ひろ子，《中国民族主義の神話：人種・身体・ジェンダー─》（東京：勁草書房，二〇〇五）。
*坂野徹，《帝国日本と人類学者：一八八四─一九五二年》（東京：岩波書店，二〇〇五）。
*近藤正己，《台湾總督府の『理蕃』體制と霧社事件》（東京：岩波書店，一九九二）。
*近藤正己，《総力戦と台湾：日本植民地崩壊の研究》（東京：刀水書房，一九九六）。
*吳密察、黃英哲、垂水千惠編，《記憶する台湾：帝国との相剋》（東京：東京大学出版会，二〇〇五）。
*李獻章，《媽祖信仰の研究》（東京：泰山文物社，一九七九）。
*垂水千惠，《台湾の日本語文学》（東京：五柳書院，一九九五）。本書已有中文版：涂翠花譯，《台灣的日本語文學》（臺北：前衛，一九九八）。
*垂水千惠，《呂赫若研究：一九四三年までの分析を中心として》（東京：風間書房，二〇〇二）。

＊林真理子，《女文士》（東京都：新潮社，一九九八）。
＊松田京子，《帝國の視線：博覽會と異文化表象》（東京：弘文館，二〇〇三）。
＊岡林稔，《「南方文学」その光と影：中村地平試論》（宮崎：鉱脈社，二〇〇二）。
＊岡崎郁子，《台湾文学：異端の系譜》（東京：田畑書店，一九九六）。本書已有中文版：涂翠花譯，《台灣文學：異端的系譜》（臺北：前衛，一九九八）。
＊邱若山，《佐藤春夫台湾旅行関係作品研究》（臺北：致良，二〇〇二）。
＊河原功著，《台湾新文学運動の展開：日本文学との接點》（東京：研文出版，一九九七）。本書已有中文版：莫素微譯，《台灣新文學運動的展開：與日本文學的接點》（臺北：全華，二〇〇四）。
＊柄谷行人，《日本近代文学の起源》（東京：岩波書店，二〇〇四）。
＊洪郁如，《近代台湾女性史》（東京，勁草書房，二〇〇一）。
＊柳本通彥，《明治冒険科学者たち》（東京，新潮社，二〇〇五）。
＊島田謹二，《華麗島文學志》（東京：明治書院，一九九五）。
＊孫歌，《竹內好という問い》（東京：岩波書店：二〇〇五）。
＊黃昭堂，《臺灣總督府》（臺北：鴻儒堂，二〇〇三）。
＊陳培豐，《「同化」の同床異夢：日本統治下台湾の國語教育史再考》（東京：三元，二〇〇一）。本書已有中文版：王興安譯，《同化的同床異夢：日治時期臺灣的語言政策、近代化與認同》（臺北：麥田，二〇〇六）。
＊笠原政治，《文化人類学の先駆者：森丑之助の研究》（東京：横濱國立大學，二〇〇二）。
＊森丑之助，《臺灣蕃族志》（第一卷）（臺北：臺灣日日新報社，一九一七）。本文參考之復刻本（臺北：南天書局，一九七九）。
＊森永国男，《太宰と地平》（宮崎：鉱脈社，一九八五）。

＊楊南郡著，笠原政治等編訳，《幻の人類學者森丑之助：臺湾原住民の研究に捧げた生涯》（東京：風響社，二〇〇五）。

＊鈴木質，《台灣蕃人風俗誌》（臺北：理蕃の友發行所，一九三二）。

＊新宮市佐藤春夫記念館編集，《佐藤春夫宛　森丑之助書簡》（和歌山：新宮市佐藤春夫記念館，二〇〇三）。

＊蜂矢宣朗，《南方憧憬：佐藤春夫と中村地平》（臺北：鴻儒堂，一九九一）。

＊蜂矢宣朗，《続続　湾生の記》（作者自印，二〇〇〇）。

＊倉澤愛子編，《東南日本占領》（東京：早稲田大學出版部，一九九七）。

＊曽山毅，《植民地台湾と近代ツーリズム》（東京：青弓社，二〇〇四）。

＊福田清人編，岡田純也著，《佐藤春夫》（東京：清水書院，一九八八）。

＊駒込武，《植民地帝國日本の文化統合》（東京：岩波書店，一九九七）。

＊橋本白水，《あゝ霧社事件》（臺北：南國，一九三〇）。本文引用為復刻本（臺北：成文，一九九九）。

＊橋本恭子，《『華麗島文学志』とその時代：比較文学者島田謹二の台湾体験》（東京：三元社，二〇一二）。

＊藤井省三著，《台湾文學この百年》（東京：東方書店，一九九八）。本書已有中文版：張季琳譯，《臺灣文學這一百年》（臺北：麥田，二〇〇四）。

＊藤井省三、黃英哲、垂水千恵編，《台湾の「大東亜戦争」：文学・メディア・文化》（東京：東京大学出版会，二〇〇二）。

＊藤井省三編，《「帝國」日本の学知：東メディア文学・言與空間》（東京：筑波書店，二〇〇六）。

＊櫻本富雄，《文化人たちの大東亜戦争：ＰＫ部隊が行く》（東京：青木書店，一九九三）。

＊櫻本富雄，《日本文学報国会：大東亜戦争下の文学者たち》（東京：青木書店，一九九五）。

三、英文專書

＊Bernard Cohn, *Colonialism and its Form of Knowledge*, Princeton: Princeton University, 1996.

＊Faye Yuan Kleeman, *Under an Imperial Sun: Japanese Colonial Literature of Taiwan and the South*, Honolulu: University of Hawai Press, 2003.

＊Joshua A. Fogel, *The Literature of Travel in the Japanese Rediscovery of China, 1862-1945*, Stanford: Stanford University Press, 1996.

＊Mary Louise Pratte, *Imperial Eyes: Travel Writing and Transculturation*, London ; New York: Routledge, 1992.

叁、期刊論文

一、中文

＊中村孝志著，許賢瑤譯，〈日本的「高砂族」統治：從霧社事件到高砂義勇隊〉，《臺灣風物》四二卷四期（一九九二年十二月），頁四七—五七。

＊中島利郎著，邱慎譯，〈評葉石濤譯「西川滿小說集Ⅰ」、陳千武譯「西川滿小說集Ⅱ」：西川滿文學之復活〉，《文學臺灣》第二七期（一九九八年七月），頁二七—三二。

＊王淑津，〈高砂圖像：鹽月桃甫的台灣原住民題材畫作〉，《何謂台灣？：近代台灣美術與文化認同論文集》，臺北：行政院文建會（一九九七年二月），頁一一六—一四四。

＊木村一信著，許育銘譯，〈南方徵用作家：以「爪哇」為中心〉，《東南亞區域研究通訊》第六期（一九九八年十二月），頁一八五—一九七。

＊朱惠足，〈帝國主義、國族主義、「現代」的移植與翻譯：西川滿《臺灣縱貫鐵道》與朱點人〈秋信〉〉，《中外文學》第三九五期（二〇〇五年四月），頁一一一—一四〇。
＊朱惠足，〈帝國下的漢人家族再現：滿洲國與殖民地台灣〉，《中外文學》第四四五期（二〇〇八年三月），頁一五三—一九四。
＊呂紹理，〈日治時期台灣旅遊活動與地理景象的建構〉，收入黃克武主編，《畫中有話：近代中國的視覺表述與文化構圖》，臺北：中研院近代史研究所（二〇〇三年十二月），頁二八九—三三六。
＊阮斐娜著，張季琳譯，〈西川滿和「文藝台灣」：東方主義的視線〉，《中國文哲研究通訊》第四一期（二〇〇一年三月），頁一三五—一四五。
＊近藤正己，〈西川滿札記〉《文季》二卷三期（一九八四年九月），頁二八—五二。
＊周婉窈，〈「莎勇之鐘」的故事及其波瀾〉，《歷史月刊》第四六期（一九九一年十一月），頁四四—四九。
＊周婉窈，〈從比較的觀點看臺灣與韓國的皇民化運動（一九三七—一九四五）〉，《新史學》五卷二期（一九九四年六月），頁一一七—一五八。
＊周婉窈，〈台灣人第一次的「國語經驗」：析論日治末期的日語運動及其問題〉，《新史學》六卷二期（一九九五年六月），頁一一三—一六一。
＊李道明，〈日本統治時期電影與政治的關係〉，《歷史月刊》第九四期（一九九五年十一月），頁一二三—一二八。
＊李文茹，〈殖民地・戰爭・女性：探討戰時真杉靜枝台灣作品〉，《台灣文學學報》第一二期（二〇〇八年六月），頁六三—八〇。
＊吳佩珍，〈皇民化時期的語言政策與內台結婚問題：以真杉靜枝〈南方的語言〉為中心〉，《台灣文學學報》第一二期（二〇〇八年六月），頁四五—六二。

＊吳佩珍，〈明治「敗者」史觀與殖民地台灣—以北白川宮征台論述為中心〉，《台灣文學研究學報》第二〇期（二〇一五年四月），頁一三一—一五七。

＊林雪星，〈兩個祖國的漂泊者：從坂口䙥子的《鄭一家》及真杉靜枝的《南方紀行》《囑咐》中的人物來看〉，《東吳外語學報》第二三期（二〇〇六年三月），頁三九—六四。

＊林玉茹，〈軍需產業與邊區政策：臺拓在東臺灣移民事業的轉向〉，《臺灣史研究》一五卷第一期（二〇〇八年三月），頁八一—一二九。

＊邱雅芳，〈荒廢美的系譜：試探佐藤春夫「女誡扇綺譚」與西川滿「赤崁記」〉，《文學與社會學術研討會：二〇〇四青年文學會議論文集》，臺南市：國家台灣文學館籌備處（二〇〇四年十二月），頁一三七—一六四。

＊邱雅芳，〈殖民地的隱喻：以佐藤春夫的台灣旅行書寫為中心〉，《中外文學》第四〇七期（二〇〇六年四月），頁一〇四—一三一。

＊邱雅芳，〈南方與蠻荒：以中村地平的《台灣小說集》為中心〉，《台灣文學學報》第八期（二〇〇六年六月），頁一四七—一七六。

＊邱雅芳，〈南方的光與熱：竹越與三郎《臺灣統治志》、《南國記》的殖民地論述〉，《台灣文學研究學報》，第六期（二〇〇八年五月），頁一九三—二二三。

＊邱雅芳，〈向南延伸的帝國軌跡：西川滿從〈龍脈記〉到《臺灣縱貫鐵道》的臺灣開拓史書寫〉，《臺灣學》，第七期（二〇〇九年六月），頁七七—九六。

＊邱雅芳，〈中村古峽在大正初期的殖民地行旅：〈到鵝鑾鼻〉、〈來自蕃地〉的南方風情與「蕃地」體驗〉，《台灣文學學報》第一五期（二〇〇九年十二月），頁一六五—一九七。

＊邱雅芳，〈殖民地新故鄉：以真杉靜枝〈南方之墓〉、〈南方的語言〉的臺灣意象為中心〉，《文史臺灣學報》第二期（二〇一〇年十二月），頁六五—一〇〇。

＊邱雅芳，〈迷霧中的緋櫻：一九三〇年霧社事件的再探析〉，《台灣文獻》六六卷二期（二〇一五年六月），頁三九—七一。

＊施淑，〈認識台灣：西川滿文學現象〉，《中國時報》開卷版（一九九七年七月三十一日）。

＊姚人多，〈認識台灣：知識、權力與日本在台之殖民治理性〉，《台灣社會研究季刊》第四二期（二〇〇一年六月），頁一一九—一八二。

＊胡家瑜，〈博覽會與臺灣原住民：殖民時期的展示政治與「他者」意象〉，《考古人類學刊》第六二期（二〇〇四年六月），頁三—三九。

＊胡家瑜，〈博物館、人類學與台灣原住民展示——歷史過程中文化再現場域的轉形變化〉，《考古人類學刊》第六六期（二〇〇六年十二月），頁九四—一二四。

＊黃典權，〈台灣外記考辨：新刊台灣外記序〉，《臺南文化》五卷二期（臺南：臺南市文獻委員會，一九五六年七月三十一日），頁一一四—一三〇。

＊黃美慧，〈佐藤春夫與台灣中國：大正九年的台福之旅〉，《東海學報》三三卷（一九九二年六月），頁一六七—一八三。

＊陳火泉，〈被壓靈魂的昇華：我在台灣淪陷時期的文學經驗〉，《文訊》第七、八期合刊（一九八四年二月），頁一一八—一二八。

＊陳萬益，〈去除污名，重建精神家園：戰後有關「皇民文學」爭議的省思〉，「近代日本與臺灣」學術研討會論文（臺灣大學法學院主辦，一九九八年十二月二十五、二十六日）。

＊陳昭順整理，〈莎韻之鐘的迷思：揭開一段被塵封的原住民歷史〉座談會紀錄，宜蘭縣史館主辦，《歷史月刊》第七九期（一九九四年八月），頁一〇八—一一四。

＊許南村（陳映真），〈談西川滿與台灣文學〉，《文季》一卷六期（一九八四年三月），頁一—一一。

＊陳計堯，〈「邵族」與「鄒族」：日治時期對日月潭地區原住民的知識建構〉，《國立政治大學民族學報》第二四期（二〇〇五年十一月），頁二〇五—二四一。

＊葉石濤，〈一九四一年以後的臺灣文學〉，《台湾新生報》，一九四八年四月十六日，「橋副刊」第五版。

＊葉寄民，〈日據時代的「外地文學」論考〉，《思與言》三三卷二期（一九九五年六月），頁三〇七—三三八。

＊張良澤，〈西川滿先生著作書誌〉，《臺灣文藝》第八四期（一九八三年九月），頁一五七—一六五。

＊張良澤，〈戰前在台灣的日本文學：兼致王曉波先生〉，《文季》二卷三期（一九八四年九月），頁一六—二七。

＊張隆志，〈後藤新平：生物學政治與台灣殖民現代性的構築〉，《第六屆中華民國史專題論文集：二十世紀臺灣歷史與人物》（臺北縣：國史館，二〇〇二年十二月），頁一二三五—一二五九。

＊張隆志，〈知識建構、異己再現與統治宣傳：《臺灣統治志》（一九〇五）和日本殖民論述的濫觴〉，「文化啟蒙與知識生產（一八九五—一九四五）國際學術研討會」（臺灣大學臺文所、音樂所主辦，二〇〇五年十一月二十六日）；後收入梅家玲編，《文化啟蒙與知識生產：跨領域的視野》（臺北：麥田，二〇〇六），頁二三三—二六〇。

＊楊雅慧，〈日據末期的臺灣女性與皇民化運動〉，《臺灣風物》四三卷二期（一九九三年六月），頁六九—八四。

＊蔡龍保，〈長谷川謹介與日治時期臺灣鐵路的發展〉，《國史館學術集刊》第六期（二〇〇五年九月），頁六一—一〇八。

＊廖炳惠，〈旅行、記憶與認同〉，《當代》第一七五期（二〇〇二年三月），頁八四—一〇五。

＊顏娟英，〈近代台灣風景觀的建構〉，《國立臺灣大學美術史研究集刊》第九期，（二〇〇〇年九月），頁一七九—二〇六、二四〇。

＊顏娟英，〈臺灣畫壇上的個性派畫家：鹽月桃甫〉，《藝術家》第三〇九期（二〇〇一年二月），頁三二二—三三三。

＊顏娟英，〈日治時期地方色彩與台灣意識問題〉，《歷史月刊》第二一四期（二〇〇五年十一月），頁二四—三六。

二、日文

＊大久保房男，〈戦争責任の追及と佐藤春夫〉，《三田文学》夏季號（二〇〇三年），頁二二二—二三二。
＊大久保由理，〈「移民」から「拓土」へ：拓南塾にみる拓務省の南方移民政策〉，《年報日本現代史》第一〇號（二〇〇五年五月），頁八五—一二二。
＊山路勝彥，〈台湾博覧会：植民地は今花盛り〉，《比較日本文化研究》第九期（二〇〇五年十一月號），頁四五—八四。
＊中村地平，〈佐藤春夫氏〉，《文芸》十二月號（一九三五（昭和十）年），頁九〇—九二。
＊中村誠，〈金子光晴における「反帝国主義」と「大東亜共栄圏」——「鮫」から『マライの健ちゃん』へ〉，《昭和文学研究》第五二期（二〇〇六年三月號），頁六二—七四。
＊中島利郎，〈日本統治期台湾文学研究：日本人作家の抬頭：西川満と「台湾詩人協会」の成立〉，《岐阜聖徳学園大学紀要》外国語学部編第四四集（二〇〇五年），頁四三—五四。
＊中島利郎，〈日本統治期台湾文学研究：「台湾文芸家協会」の成立と「文芸台湾」：西川滿「南方の烽火」から〉，《岐阜聖徳学園大学紀要》外国語学部編第四五集（二〇〇六年），頁九一—一〇八。
＊井伏鱒二，〈亡友中村地平〉，《新潮》通號第六九七號（一九六三年四月），頁一七七—一八一。
＊井上洋子，〈「女誡扇綺譚」の主題と方法：「扇」の兩義性をめぐって〉，《福岡国際大学紀要》第一一期（二〇〇四年），頁二七—三五。
＊石崎等，〈「ILHA FORMOSA」の誘惑：佐藤春夫と植民地台湾（Ⅰ）〉，《立教大学日本文学》第八九號（二〇〇二年十二月），頁一一三—一二六。

＊石崎等，〈「ILHA FORMOSA」の誘惑：佐藤春夫と植民地台湾（Ⅱ）〉，《立教大学日本文学》第九〇號（二〇〇三年七月），頁五六—七〇。
＊石丸雅邦，〈戦後における日本統治時代の「理蕃政策」関連文献をふりかえって：日本と台湾の比較〉，《台湾原住民研究：日本と台湾における回顧と展望》（台湾原住民研究【別冊二】）（二〇〇六年一月），頁一六五—一九七。
＊石川豪，〈台湾州警察衛生展覽會理蕃館に於ける原住民表象の分析〉，《台湾原住民研究：日本と台湾における回顧と展望》（台湾原住民研究【別冊二】）（二〇〇六年一月），頁一九八—二一三。
＊平林たい子，〈真杉靜枝さんと私〉，《文芸春秋》第四八號（一九五五年十月）頁六二—六八。
＊北見吉弘，〈大鹿卓の小説における野蛮性崇拝〉，《真理大學人文學報》第三期（二〇〇五年三月），頁二八五—二九八。
＊平田健，〈南進と日本考古学史：戦時下における東南アジア及び南洋諸島の調査とその意義（二〇〇五年度駿台史学会大会研究発表要旨）〉，《駿台史學》第一二七號（二〇〇六年三月），頁一三一—一三三。
＊朱惠足，〈帝國のロマンチシズムと內地人農業移民：濱田隼雄「南方移民村」〉，《南臺應用日語學報》第三期（二〇〇三年六月），頁一四八—一六二。
＊朱衛紅，〈佐滕春夫「霧社」論：台湾先住民女性像に見る「社會的小說」の要素〉，《「翻訳」の圏域：文化・植民地・アイデンティティ》，筑波大學文化批評研究會發行（二〇〇四年二月），頁一九—二八。
＊阮文雅，〈憧憬と嫌惡が交錯する地平：中村地平「熱帶柳の種子」を中心に〉，《東吳日本語教育學報》第二五期（二〇〇二年七月），頁二七九—三〇七。
＊阮文雅，〈中村地平「土竜どんもぽっくり」論：「故郷」回帰と「南方的文学」の創出〉，《近代文学試論》第四〇號（二〇〇二年十二月），頁六一—六九。

＊阮文雅，〈中村地平「霧の蕃社」：重疊的なジレンマ〉，《現代台湾研究》第二四號（二〇〇三年三月），頁三八—五三。

＊阮文雅，〈中村地平「蕃界の女」と佐藤春夫「旅びと」：作品における「南方憧憬」のまなざしを巡って〉（二〇〇五年日語教學國際會議論文集，二〇〇五年），頁二三三—二四九。

＊角南聡一郎，〈日本植民地時代台湾における物質文化研究の軌跡：雑誌『南方土俗』と『民俗台湾』の検討を中心に〉，《台湾原住民研究》第九號（二〇〇五年三月），頁一三一—一五四。

＊河上丈太郎、河野密，〈霧社事件の真相を語る〉，《改造》三月號（一九三一年），頁一二一—一三二。

＊河原功，〈作家濱田隼雄の軌跡〉，「近代日本與臺灣」學術研討會論文（臺灣大學法學院主辦，一九九八年十二月二十五、二十六日）。

＊河原功，〈日本統治期台湾での「検閲」の実態〉，《東洋文化》第八六號（二〇〇六年三月），頁一六五—二一四。

＊河原林直人，〈南洋協會という鏡：近代日本における「南進」を巡る「同床異夢」〉，《人文學報》（京都大學人文科学研究所）第九一號（二〇〇四年十二月），頁一一三—一四〇。

＊河野龍也，〈佐藤春夫「女誡扇綺譚」論：或る〈下婢〉の死まで〉，《日本近代文学》（日本近代文学会）第七五號（二〇〇六年十一月），頁一〇三—一一六。

＊垂水千惠，〈「糞realism」論爭之背景：與《人民文庫》批判之關係為中心〉，《葉石濤及其同時代作家文學國際學術研討會論文集》（高雄：春暉，二〇〇二年二月），頁三一—五〇。

＊李文茹，〈「蕃人」・ジェンダー・セクシュアリティ：真杉靜枝と中村地平による植民地台湾表象からの一考察〉，《日本台湾学会報》第七號，（二〇〇五年五月），頁一二九—一四八。

＊李文茹，〈ジェンダーから見た台湾「原住民」の記憶と表象〉，《社会文学》第二三號（二〇〇六年），頁九

九—一一一。

＊松田京子，〈一九三〇年代の台湾原住民をめぐる統治実践と表象戦略：「原始芸術」という言説の展開〉，《日本史研究》通號五一〇號（二〇〇五年二月），頁一五二—一八〇。

＊中村誠，〈金子光晴における「反帝国主義」と「大東亜共栄圏」：「鮫」から『マライの健ちゃん』へ〉，《昭和文学研究》第五二期（二〇〇六年三月），頁六二—七四。

＊岡林稔，〈中村地平と台湾：「熱帶柳の種子」をめぐって〉，《社会文学》第一九號（二〇〇三年），頁九九—一一一。

＊秋吉收，〈植民地台湾を描く視点：佐藤春夫『霧社』と頼和「南国哀歌」〉，《佐賀大学文化教育部研究論文集》八巻二號（二〇〇四年），頁七七—九四。

＊紅野敏郎，〈大鹿卓の第一詩集『兵隊』と第一短篇集『野蛮人』：佐藤一英・横光利一・佐藤春夫などをめぐって〉，《国文学》（二〇〇五年九月），頁二二二—二二六。

＊姚巧梅，〈西川滿と台湾〉，《曙光》第七號（一九九六年十二月），頁八五—九二。

＊姚巧梅，〈濱田隼雄と台湾〉，《曙光》第九號（一九九八年十二月），頁一〇七—一一二。

＊姚巧梅，〈「女誡扇綺譚」の評価と佐藤春夫文学の現状〉，《曙光》第一一號（二〇〇〇年），頁一〇〇—一一五。

＊姚巧梅，〈「女誡扇綺譚」の成立をめぐる試論〉，《曙光》第一二號（二〇〇一年），頁七二—八四。

＊姚巧梅，〈佐藤春夫台灣物の「女誡扇綺譚」を読む：「私」と世外民を中心に〉，《日本台湾學會報》第三號（二〇〇一年五月），頁八九—一〇二。

＊姚巧梅，〈「日影丈吉と台湾」ノート〉，《曙光》第一六號（二〇〇五年），頁七二—八一。

＊姚巧梅，〈佐藤春夫と台湾：「指紋」「都会の憂鬱」「女誡扇綺譚」を中心に〉，《解釈》五九八・五九九號

（二〇〇五年一・二月），頁一九—二六。
＊姚巧梅，〈佐藤春夫文学における中国・福建の位置：『南方紀行』を中心に〉，《皇學館論叢》第三八巻第二號（二〇〇五年四月），頁五二—六八。
＊畠山香織，〈佐藤春夫と中国近代劇作家田漢との交友について：「人間事」から読みとれるもの〉，《京都産業大学論集・外国語と外国文學系列》第二五號（一九九八年三月），頁八七—一〇八。
＊高橋世織，〈南方熊楠と佐藤春夫：大逆事件前後〉，《國文学》通號七二六（二〇〇五年八月），頁六一—六四。
＊高良留美子，〈真杉靜枝が書いた台湾〉，《植民地文化研究》第四號（二〇〇五年），頁七六—七九。
＊高良留美子，〈真杉靜枝「南方の言葉」を読む〉，《植民地文化研究》第五號（二〇〇六年），頁一六二—一七〇。
＊華阿財，宮崎聖子譯，〈「牡丹社事件」にちいての私見〉，《台湾原住民研究》第一〇號（二〇〇六年三月），頁八〇—九四。
＊葉石濤，〈世氏への公開状〉，《興南新聞》第四四二八號，一九四三年五月十七日，第四版。
＊許雅妮，〈日治時代初期（一八九五—一九三〇）における台湾原住民教育—「蕃童教育所」の役割〉，《台湾原住民研究》第一〇號（二〇〇六年三月），頁三八—七九。
＊黃振原，〈濱田隼雄『南方移民村』論〉，《論究日本文学》第六三號（一九九六年十二月），頁二二—三二。
＊黃振原，〈濱田隼雄の『草創』について：戦争と濱田と『草創』〉，《文学と教育》第三二號（一九九六年六月），頁二四—三二。
＊黃振原，〈台湾時代の濱田隼雄：その人と作品〉，《文学と教育》第三二號（一九九六年十二月），頁一七—三一。

＊笠原政治，〈華阿財と「牡丹社事件」の研究〉，《台湾原住民研究》第五號（二〇〇一年三月），頁一七七—二〇〇。

＊笠原政治編，〈台湾原住民關係文献目錄（一）〉，《台湾原住民研究》第一〇號（二〇〇六年三月），頁九五—一〇一。

＊許雅妮，〈日治時代初期（一八九五—一九三〇）における台湾原住民教育：「蕃童教育所」の役割〉，《台湾原住民研究》第一〇號（二〇〇六年三月），頁三八—七九。

＊奥出健，〈作家のアジア体験（二）：佐藤春夫の大陸戦線（前）〉，《創造と思考》第九號（一九九九年三月），頁二五—三一。

＊奥出健，〈作家のアジア体験（二）：佐藤春夫の大陸戦線（後）〉，《創造と思考》第十號（二〇〇〇年三月），頁九—十四。

＊鈴木正夫，〈郁達夫と佐藤春夫：佐藤春夫の放送原稿「旧友に呼びかける」に即して〉，《横浜市立大学論叢人文科学系列》五三巻一・二號（二〇〇二年），頁一六五—一九七。

＊鳳気至純平，〈書いたのは誰の歴史か？：『南方移民村』から見る濱田隼雄の歴史意識〉，《日本台湾学会報》第一四号（二〇一二年六月），頁八九—一〇四。

＊駒込武，〈台湾原住民における近代の傷痕〉，《前夜》第一期（二〇〇五年四月號），頁一九六—二〇一。

＊橋本恭子，〈島田謹二『華麗島文学志』における「外地文学論」の形成〉，《比較文學》四七巻（二〇〇五年三月），頁四九—六四。

＊橋本恭子，〈島田謹二『華麗島文学志』におけるエグゾティスムの役割〉，《日本台湾學會報》第八號（二〇〇六年五月），頁八八—一〇七。

＊橋本恭子，〈在台日本人の地方主義：島田謹二と西川滿の目指したもの〉，《日本台湾學会報》第九號（二

〇〇七年五月），頁二三一—二五二。
＊磯村美保子，〈佐藤春夫の台湾体験と「女誡扇綺譚」：チャイニーズネスの境界と国家・女性〉，《金城学院大学論集》二卷一號（二〇〇五年九月），頁五二—七四。
＊磯村美保子，〈佐藤春夫「魔鳥」と台湾原住民：再周辺化されるものたち〉，《金城学院大学論集》三卷一號（二〇〇六年九月），頁五五—六六。

肆、學位論文

＊阮文雅，〈中村地平研究：「南方文學」の理想と現實〉（廣島：廣島大學大學院社會科學研究科博士課程學位請求論文，二〇〇五）。
＊李文茹，〈帝国女性と植民地支配：一九三〇—一九四五年における日本人女性作家の台湾表象〉（名古屋：名古屋大学大學院人間情報科研究科，二〇〇四）。
＊柳書琴，〈荊棘之道：旅日青年的文學活動與文化抗爭：以《福爾摩沙》系統作家為中心〉（新竹：國立清華大學中國文學系博士論文，二〇〇一）。
＊陳藻香，〈日本領台時代の日本人作家：西川滿を中心として〉（臺北：東吳大學日本語文學系博士論文，一九九五）。
＊楊智景，〈日本領有期の台湾表象考察——近代日本における植民地表象〉（東京：御茶之水女子大學人間文化研究科博士論文，二〇〇八）。
＊橋本恭子，〈島田謹二《華麗島文學志》研究：以「外地文學論」為中心〉（新竹：國立清華大學中國文學系碩士論文，二〇〇三）。

台灣與東亞
帝國浮夢：日治時期日人作家的南方想像

2017年4月初版　　定價：新臺幣680元

著者　邱雅芳
總編輯　胡金倫
總經理　羅國俊
發行人　林載爵

出版者　聯經出版事業股份有限公司
地址　台北市基隆路一段180號4樓
編輯部地址　台北市基隆路一段180號4樓
叢書主編電話　(02)87876242轉270
台北聯經書房　台北市新生南路三段94號
電話　(02)23620308
台中分公司　台中市北區崇德路一段198號
暨門市電話　(04)22312023
台中電子信箱　e-mail：linking2@ms42.hinet.net
郵政劃撥帳戶第0100559-3號
郵撥電話　(02)23620308
印刷者　世和印製企業有限公司
總經銷　聯合發行股份有限公司
發行所　新北市新店區寶橋路235巷6弄6號2樓
電話　(02)29178022

叢書編輯　張擎
封面設計　沈佳德
校對　馬文穎

行政院新聞局出版事業登記證局版臺業字第0130號

本書如有缺頁，破損，倒裝請寄回台北聯經書房更換。　ISBN 978-957-08-4921-9 (平裝)
電子信箱：linking@udngroup.com

國家圖書館出版品預行編目資料

帝國浮夢：日治時期日人作家的南方想像/
邱雅芳著．初版．臺北市．聯經．2017年4月（民106年）．
480面．14.8×21公分（台灣與東亞）
ISBN 978-957-08-4921-9（平裝）

1.台灣文學史 2.文學評論 3.日據時期

863.0908 106003430